신데렐라를
곱게 키웠습니다

II

키아르네 장편소설

fioret

신데렐라를 곱게 키웠습니다 2

초판 1쇄 인쇄 2020년 8월 10일
초판 1쇄 발행 2020년 9월 21일

지은이 키아르네
발행인 오영배
편집 편집부
디자인 Mull
본문디자인 오정인
제작 조하늬

펴낸곳 (주)삼양출판사 · 피오렛
주소 서울시 강북구 도봉로 173
대표 전화 02-980-2112 / **팩스** 02-983-0660
편집부 전화 02-987-9393 / **팩스** 02-980-2115
블로그 blog.naver.com/dan_gul
출판등록 1999년 3월 11일 제9-00046호

ISBN 979-11-283-9876-6 (04810) / 979-11-283-9874-2 (세트)

fio ret 은 (주)삼양출판사의 로맨스 판타지 문학 브랜드입니다.

신데렐라를
곱게 키웠습니다

II

✦ 키아르네 장편소설 ✦

fioret

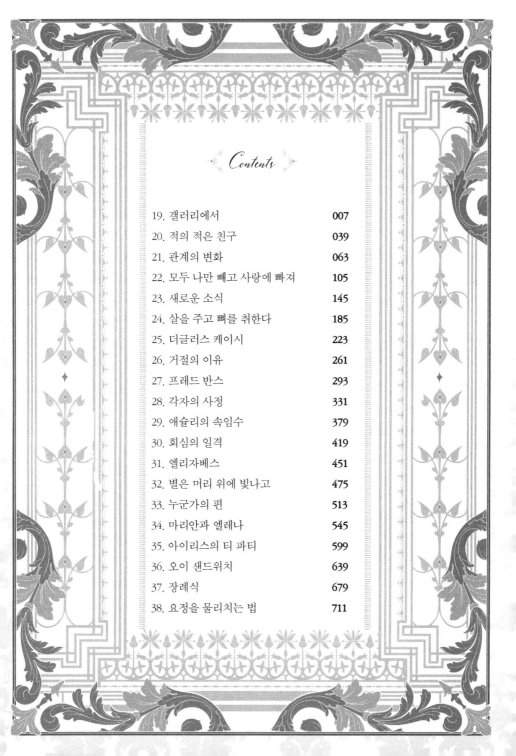

Contents

19

갤러리에서

"좋은 아침입니다."

아침에 식당으로 들어서자 다니엘이 내게 인사를 건넸다. 이게 내 집인지 애 집인지 모르겠다.

나는 그가 펼치는 신문을 낚아채며 말했다.

"우리 집은 식탁 앞에서 신문 금지예요."

헉 하고 누군가 작게 숨을 들이켜는 소리가 들렸다.

뭐야? 고개를 돌려보니 다니엘이 데려온 하인이 놀란 표정을 재빨리 감추는 게 보였다.

내가 다니엘의 신문을 낚아챈 것과 식탁 앞에서 신문 금지라는 것 중 어느 쪽에 놀란 건지 모르겠다. 상관없나.

나는 하인에게 신문을 건네고 주방으로 향했다. 이 집에 살려면 둘 다에 익숙해져야 할 것이다.

주방에 들어서자 제일 먼저 맛있는 냄새가 날 반겼다. 그리고 삐쩍 마른 남자가 빵을 굽고 계란 프라이를 하고 있었다. 나는 찬장에서 컵을 꺼내며 말했다.

"안녕하세요."

계란 프라이를 하던 남자가 눈동자만 굴려 나를 쳐다보는 게 보였다. 그때 내 뒤로 다니엘이 따라오는 소리가 들렸다.

남자는 갑자기 허리를 바로 하더니 내게 인사를 건넸다.

"안녕하세요. 거쉰입니다."

이놈 봐라? 촉이 왔다. 나는 거쉰을 빤히 쳐다보다가 물었다.

"요리사예요?"

"네, 맞습니다."

"특기는?"

거쉰이 내 뒤를 쳐다보기 시작했다. 하지만 나는 아무 말도 하지 않고 그의 대답을 기다렸다.

다니엘 역시 아무 말도 하지 않았다. 표정으로는 뭐라고 했을지 모르지만 안 돌아봐서 모르겠다.

"스테이크입니다."

"제일 쉬운 거네."

나는 어이없다는 듯 픽 웃으며 다니엘을 쳐다봤다. 스테이크는 굽기만 하면 되잖아. 수프나 빵이라고 했으면 이해했을 텐데.

다니엘은 그저 어깨를 으쓱해 보일 뿐이었다. 다시 거쉰을 쳐다보자 그는 수치심인지 분노인지 모를 감정으로 얼굴을 붉히고 있었다.

"아침부터 스테이크를 먹을 수는 없잖아요. 오믈렛은 할 줄 알아요?"

다시 거쉰의 시선이 다니엘을 향했다. 하지만 다니엘이 아무 말도 하지 않자 그는 약간 기가 죽은 목소리로 대답했다.

"네, 할 수 있습니다."

"아침으로 나는 그걸 먹죠. 경은요?"

내 질문에 다니엘이 한쪽 눈썹을 들어 올리더니 거쉰에게 시선을 던지며 내게 말했다.

"저도 같은 걸로 먹죠."

"그래요. 아이들은 오면 물어봐서 알려 줄게요."

거쉰의 얼굴에 낭패감이 떠올랐다. 나는 그가 튀기듯이 굽고 있던 계란 프라이를 본 척도 하지 않고 주방을 빠져나와 식당으로 향했다.

건방진 놈이네. 계란 요리라는 건 주인 가족에게 어떻게 할지 물어보고 요리하는 거다.

요리사가 주는 대로 먹으라고 할 수 있는 게 아니라.

나는 다니엘에게 요리사 교육을 어떻게 한 거냐고 한마디 하려다 말고 자리에 앉았다. 그래도 하인은 눈치가 빨랐는지 재빨리 나와 다니엘 앞에 접시와 식기를 가져와 놓기 시작했다.

그사이에 짐이 차를 끓여 왔다. 그는 내 잔에 차를 따른 뒤 다니엘에게 물었다.

"차는 어떻게 드릴까요?"

다니엘의 시선이 다시 나를 향했다. 그는 짐에게 물었다.

"부인께서는 어떻게 드시지?"

"아침에는 우유를 약간 넣어서 드십니다."

"그럼 나도 그걸로."

짐은 고개를 끄덕하더니 다니엘의 찻잔에 차를 따르고 우유병을 집어 나와 다니엘의 찻잔에 약간씩 따랐다.

곧이어 하인이 주방에서 갓 구운 따듯한 빵을 가지고 나왔다.

어젯밤에 미리 반죽해 둔 모양이다. 나는 내가 반죽한 빵이 아니라는 것을 깨달았지만 아무 말도 하지 않았다.

이것도 괜찮네. 역시 전문 요리사가 반죽한 거라 그런지 몰라도 맛있었다.

"케이시 경에게 연락이 왔습니다."

다니엘이 그렇게 말한 순간 릴리가 주방으로 들어오다가 멈칫했다. 나는 나와 다니엘의 얼굴을 번갈아 쳐다보는 릴리에게 인사를 건넸다.

"잘 잤니, 릴리?"

"어, 안녕히 주무셨어요?"

다니엘 역시 찻잔을 들어 올리며 릴리에게 인사를 건넸다.

"좋은 아침."

나는 릴리가 머뭇거리며 식탁으로 다가오는 것을 물끄러미 지켜보고 있었다.

이게 잘한 짓인지 모르겠다. 릴리가 다니엘을 좋아하는 걸 알면서 같이 산다는 게.

릴리는 어딘지 모르게 다니엘을 신경 쓰는 태도였다. 그녀는 짐이 차를 따라주는 내내 다니엘을 힐끔거리다가 결국 못 참겠다는 듯 물어봤다.

"케이시 경이 왜요?"

"그림을 팔기로 했거든."

릴리의 얼굴에 어리둥절한 표정이 떠올랐다. 그녀는 믿기 어렵다는 듯 물었다.

"케이시 경이 그림을 산다고요?"

"카일의 그림 말이야. 케이시 경이 카일의 그림을 아주 좋아해서 몇 점이나 소장하고 있대."

내 대답에 릴리의 인상이 일그러졌다. 그녀는 다시 물었다.

"케이시 경이요?"

"그림에 관심이 꽤 많거든."

이번에는 다니엘이 말했다. 릴리는 여전히 믿을 수 없다는 표정이었다. 하지만 그때 주방에서 오믈렛이 두 개 나왔다.

그리고 하인이 릴리에게 달걀을 먹을 건지, 어떻게 먹을 건지 확인하는 사이 아이리스와 애슐리도 식당으로 내려왔다.

나는 다시 다니엘에게 고개를 돌려 그와 이야기하기 시작했다.

"오후 일정은 어떻게 되십니까?"

집에 남자가 있으니 약간 안심이 되긴 한다.

나는 아침 식사를 마치고 응접실로 나와 편지를 쓰다가 다니엘의 질문에 고개를 들었다. 그의 옆에서는 하인이 테이블에 각각 차를 내려놓고 있었다.

이 집은 크고 외따로 떨어져 있는 편이라 나와 아이들만 살기엔 좀 위험했다.

짐이 있다고 해도 그는 할아버지라 혹시라도 집에 도둑이 들기라도 하면 우리는 도둑이 필요한 것을 가져가는 것에만 만족하길 바라는 수밖에 없었다.

"딱히 없어요. 집에서 편지를 쓰고 어슬렁거릴 생각이었어요."

원래 계획대로라면 내일 먹을 빵 반죽을 하고 시내로 내려가서 장을 볼 생각이었다. 하지만 다니엘이 하인들을 데려온 덕분에 일이 확 줄었다.

"그럼 부인의 귀한 시간을 받을 수 있을까요?"

어슬렁거릴 거라고 했는데 귀한 시간이라니까 기분이 좀 이상하다. 나는 짐이 가져다준 신문을 펼치며 물었다.

"뭘 하려고요?"

비밀이라거나 가 보면 안다고 하면 정색해 줄 테다. 하지만 다니엘은 빙그레 웃으며 말했다.

"갤러리에 초대받았거든요. 함께 가시죠."

갤러리라고? 이 나라에 박물관이나 미술관 같은 게 있나? 나는 잠시 어리둥절해하다가 가겠다고 하려고 했다.

하지만 문득 릴리가 떠올랐다.

그림이라면 나보다는 릴리가 함께 가는 게 좋지 않나? 내가 그렇게 생각하며 릴리를 돌아보자 릴리 역시 눈을 반짝이고 있었다.

"그런 거라면 릴리와 함께 가는 게 어떨까요?"

다니엘은 마치 내가 그럴 줄 알았다는 표정을 짓고 있었다. 그는 릴리를 한 번 쳐다보더니 말했다.

"부인께서 가신다면 릴리도 함께 갈 수 있겠죠."

어째 말투가 묘하다. 나는 다니엘을 쳐다보다가 웃으면서 말했다.

"전 됐으니 둘이 다녀와요."

"부인과 함께가 아니면 싫습니다."

그 순간 응접실이 얼어붙었다. 내 눈에 아이리스와 애슐리가 필사적으로 못 들은 척하는 게 보였다.

릴리는 기분이 상하지 않은 건지, 아닌 척하는 건지 내게 몸을 기울이며 간청해 왔다.

"어머니, 같이 가요. 네?"

릴리에게 죄책감이 들었다. 애의 잘못이라면 다니엘을 좋아하고 그림을 좋아한다는 죄밖에 없다.

그걸 이렇게 칼같이 잘라낼 필요가 있어? 릴리는 이제 고작 열여덟 살이잖아.

나는 다니엘을 노려봤다. 방금 전까지 끝내주게 잘생겼다고 생각한 그의 얼굴이, 여전히 끝내주게 잘생기긴 했지만 뺨을 한 대 때리고 싶어졌다.

"그래요. 같이 가요."

나는 그렇게 말하며 신문을 펼쳤다. 그 전에 넌 나한테 혼 좀 나자.

"무슨 재미있는 소식이라도 있어요?"

상황이 부드럽게 흘러가자 그제야 아이리스가 내게 아는 척을 해 왔다. 나는 신문을 훑으며 건성으로 대답했다.

"그다지."

좀 늦어지네. 프레드 반스의 시체를 실은 배가 도착해야 하는데 아직도 도착했다는 소식이 없다. 나는 선박에 관련된 기사를 다시 한 번 꼼꼼히 살폈다.

하지만 프레드의 시체를 실은 배와 비슷한 시기에 출발한 배는 모두 늦어지는 모양이었다. 설마 좌초되거나 한 건 아니겠지. 제발 아니었으면 좋겠다.

나는 애슐리를 힐끔 쳐다보고 그녀를 위해서라면 프레드의 시체가 하루라도 빨리 도착하는 게 나을지, 늦게 도착하는 게 나을지 잠시 고민했다.

프레드의 시체가 도착하기 전에 애슐리가 왕자와 만나서 결혼한다면 최소한 애슐리는 기록상으로는 아버지가 있는 상태에서 왕자와 결혼하는 게 된다.

하지만 프레드의 시체가 도착하면? 애슐리는 완전히 천애 고아로 왕자와 결혼하게 된다.

잠깐, 애슐리가 진짜 왕자와 결혼할 수 있는 거야? 나는 한 가지 의문을 떠올리고 미간을 찡그렸다.

아무리 애슐리가 예쁘다고 해도 애가 정말 왕자와 결혼할 수 있나?

"어머니? 안 좋은 소식이라도 있어요?"

머릿속에 뭔가가 가물가물하게 떠오르려는 순간 아이리스가 끼어들었다. 나는 아이리스를 쳐다보고 다시 신문을 내려다봤다. 내가 뭘 하고 있었더라?

아, 프레드의 시신을 실은 배가 언제 도착하는지 생각하고 있었다. 언제 도착하려나. 나는 신문을 접고 내게 온 편지 봉투를 뜯기 시작했다.

"전에도 갤러리를 경험하신 적이 있나요?"

그날 오후, 다니엘은 나를 에스코트하며 물었다. 우리 뒤로 릴리가 얌전하게 따라오고 있었다.

있나? 나는 머릿속을 뒤져보고 고개를 저었다.

"아뇨, 처음이에요."

"갤러리는 그리 공개가 잦지 않죠."

그보다는 내가 그림에 관심이 없기 때문이다. 갤러리라고 해서 미술관 같은 걸 생각했는데 어느 귀족의 방 하나였다.

거기에 온갖 그림이나 조각을 모아서 진열해 놓았다.

방 하나에 진열하느라 그랬는지 조각과 조각 사이가 좀 가깝다는 느낌이 들었다.

나는 릴리를 뒤돌아보고 그녀의 행복해서 반짝이는 눈을 본 뒤 다니엘을 쳐다봤다. 그리고 팔꿈치로 그의 옆구리를 콱 찍으며 속삭였다.

"내 딸한테 한 번만 더 그렇게 못되게 굴면 가만두지 않을 거예요."

꽤 아팠을 것 같은데 다니엘은 꿈쩍도 하지 않았다. 그는 내게 찍힌 옆구리를 쓰다듬기는커녕 움찔하지도 않은 채 나를 에스코트하며 평온

하게 속삭였다.

"전 부인의 딸에게 못되게 군 적이 없습니다만."

"오전에 릴리에게 뭐라고 했어요? 저랑 가는 게 아니면 싫다면서요? 꼭 그렇게 그 애를 무안하게 만들었어야 했어요?"

"그럼 제가 릴리와 단둘이 여길 왔어야 한단 말입니까? 제가 함께 가고 싶었던 건 릴리가 아니라 부인인데요."

의외로 다니엘이 고집스럽게 나왔다. 나는 약간 의외라는 느낌이라 다니엘을 쳐다보다가 다시 시선을 정면으로 옮기며 말했다.

"릴리가 당신을 좋아한다고 했잖아요. 그 애에게 좀 다정하게 대해 주라고요."

갑자기 다니엘의 걸음이 멈췄다. 뭐야? 그의 팔 안쪽에 손을 얹고 있던 내 걸음도 같이 멈추는 수밖에 없었다.

나는 무슨 일인가 해서 다니엘을 올려다봤다.

"제가 좋아하는 건 밀드레드, 당신이라고 말했을 텐데요."

헉하는 소리가 저도 모르게 흘러나왔다. 나는 반사적으로 손을 뻗어 다니엘의 입을 막았다.

미쳤어, 미쳤어, 진짜. 여기가 어디라고 그런 소릴 내뱉어?

나는 재빨리 주위를 둘러보고 다니엘의 말을 들은 사람이 있는지 확인했다. 다행히 사람이 별로 없었고 다들 멀리 떨어져 있어서 다니엘의 목소리가 들리지 않은 모양이었다.

릴리 역시 우리에게서 약간 떨어진 곳에서 그림을 멍하니 쳐다보고 있었다.

다니엘은 내 손에 입이 막힌 채로 나를 물끄러미 내려다보고 있었다. 그제야 나는 내가 무슨 짓을 한 건지 깨달았다.

아차. 허둥지둥 손을 내리자 다니엘이 다시 입을 열었다.

"제가 왜 좋아하는 사람을 두고 엉뚱한 사람에게 다정하게 대해 줘야 합니까?"

애 왜 이래. 나는 뭐라고 말해야 할지 모르겠어서 다니엘을 멀뚱멀뚱 쳐다봤다.

내가 아는 다니엘이 아닌 것 같았다. 그동안 내가 알았던 다니엘은 다정하고 좋은 남자였는데 지금은 마치 전혀 다른, 모르는 사람처럼 느껴졌다.

"하지만 릴리는 당신을 좋아한다고요. 그리고 어리잖아요. 못되게 굴 필요는 없잖아요."

다니엘이 이상하다는 듯 눈썹을 들어 올렸다. 그리고 눈을 가늘게 뜨더니 내게 몸을 기울이며 나직하게 물었다.

"다시 말씀드리지만 릴리는 절 좋아하지 않습니다. 그리고 설령 그 애가 절 좋아한다면, 제가 다정하게 대하는 게 더 상황을 악화시킬 거라는 생각은 안 해보셨습니까?"

어휴. 다니엘의 말도 맞다. 나는 한숨을 내쉬었다. 어째야 할지 모르겠다.

그의 말대로 그가 릴리를 받아줄 생각이 없다면 괜한 마음을 갖지 않도록 냉정하게 구는 게 낫다. 하지만 릴리는 내 딸이잖아. 내 눈앞에서 누군가에게 냉대를 당하는 것을 보고도 내 기분이 아무렇지 않을 리가 없다.

그게 설령 다니엘이라 해도 마찬가지다.

"이 사태를 해결할 수 있는 방법이 있죠."

다니엘은 평온하게 말하고 다시 걷기 시작했다. 아, 나도 안다고! 나는 다니엘을 한 대 때리려다 말았다.

인정하고 싶지 않지만 이번에도 그의 말이 맞다.

아, 애는 왜 맨날 옳은 말만 하고 이래? 좀 틀리고 그래라. 나는 다니엘을 한 번 노려보고 다시 릴리를 쳐다봤다.

그렇다고 릴리한테 가서 '네가 좋아하는 다니엘 말인데 나도 걔 좋아하는데 걔도 날 좋아하거든?'이라고 말할 수는 없잖아. 안 그래?

"멋지네. 아주 멋져."

막장 드라마가 따로 없다.

"어떻습니까?"

다른 사람들과 대화하고 있던 남자가 우리를 향해 다가오면서 물었다. 싱글벙글한 얼굴을 보아하니 반응이 좋은 모양이다.

"거스 남작님."

다니엘은 우리를 향해 다가온 남자에게 고개를 까딱해 보였다. 그리고 방 안을 돌아보며 말했다.

"다양하게 수집하셨군요."

좋게 말해서 다양한 거지 솔직히 내 기준으로는 별다른 기준이 없이 모아 둔 걸로 보였다.

그림과 조각이 뒤섞여 있었고 하다못해 색별로 나누지도 않았다. 북부 지방과 남부 지방의 구분도 안 한 것 같은데 시대별로 구분은 했을까 싶다.

나는 저도 모르게 슬쩍 다니엘의 안색을 살폈다.

그가 미술품에 조예가 깊다면 가소롭게 보일 것 같다. 이건 미술품에 별 관심이 없지만 돈만 많은 사람이 있어 보이려고 닥치는 대로 사들여서 자랑하는 걸로 보인다.

"최근 미술품에 관심이 생겨서 말입니다."

거스 남작은 그렇게 말하며 나와 다니엘을 번갈아 쳐다봤다. 그 시선이 마치 너희 둘이 그런 사이냐고 묻는 걸로 보여서 나는 재빨리 입을 열었다.

"제 딸이 미술에 관심이 많아서요. 윌포드 남작님만 초대하셨는데 군식구가 딸려 와서 불쾌하지 않으셨다면 좋겠네요."

거스 남작의 시선이 어딘가에 있을 내 딸을 찾았다. 나는 몸을 살짝 틀어 릴리를 불렀다.

"릴리."

약간 떨어진 곳에서 조각을 구경하고 있던 릴리가 재빨리 다가왔다. 그녀는 거스 남작에게 드레스를 들어 올리며 인사했다.

"안녕하세요."

"부인께 이렇게 다 큰 딸이 있는 줄은 몰랐습니다."

거스 남작이 그렇게 말하며 묘한 시선으로 나와 다니엘을 쳐다봤다. 왜 저래? 나는 그의 시선이 무슨 의미인지 이해할 수가 없어서 다니엘을 쳐다봤다.

그때 거스 남작이 다니엘을 쳐다보며 다시 말했다.

"그나저나, 남작. 집에 화재가 났다면서요? 우리 집에 방이 남는데 괜찮다면 우리 집에 머무는 건 어떻겠습니까?"

그렇지 않아도 오늘 여기서 만난 사람들 모두 다니엘에게 화재에 대해 이야기하긴 했다. 다니엘은 웃는 표정으로 거절했다.

"제안은 감사합니다만 이미 머물 곳이 정해져서 괜찮습니다."

"그래요?"

거스 남작의 얼굴에 대놓고 아쉽다는 표정이 떠올랐다.

설마. 그가 뭘 바라는지 감이 오기 시작했다. 거스 남작은 그걸로 멈추지 않고 한 번 더 말했다.

"지금 있는 곳보다 우리 집이 더 편안할 수도 있습니다. 방도 전부 준비돼 있고 저와 미술 이야기도 할 수 있으니 더 좋지 않을까요?"

흠. 나는 자기 집으로 오라고 꾸준히 권하는 거스 남작 앞에서 모르는 척 서 있었다.

슬쩍 돌아보니 릴리가 못마땅한 표정을 짓는 게 보여서 팔꿈치로 그녀를 툭 치는 것도 잊지 않았다.

"사실은 현재 여기 반스 부인 댁에 머물고 있습니다."

거스 남작이 쉽게 물러날 것 같지 않자 결국 다니엘이 입을 열었다. 그는 나와 릴리를 돌아보며 말을 이었다.

"부인의 저택에 꽤 흥미로운 작품이 있어서 살펴보고 있던 중이었거든요. 부인께서 감사하게도 작업실을 내주셨는데 화재가 났다는 것을 아시고 자비롭게도 침실도 내주셨답니다."

그렇게 말하니 내가 무슨 자비의 요정이나 신 같다. 전혀 아니거든? 하지만 나는 거스 남작을 향해 모른 척 씩 웃어 보였다.

거스 남작은 당황한 표정으로 나와 다니엘을 번갈아 보다가 재빨리 주제를 바꿨다.

"그렇군요. 좋은 분을 만나 임시 거취를 찾을 수 있어서 다행입니다. 그나저나, 내 딸 엘레나는 만났습니까?"

어째 임시라는 단어가 강조된 것처럼 들린다. 게다가 이 남자, 아까부터 나한테 전혀 말을 걸지 않네?

다니엘도 나와 같은 생각을 한 건지 그의 시선이 아주 잠깐 나를 향했다. 하지만 그는 언제 그랬냐는 듯 거스 남작을 쳐다보며 말했다.

"아뇨, 아직."

"불러오죠. 잠시만요."

거스 남작은 다니엘이 뭐라 말하기도 전에 휙 하고 몸을 돌려 떠나버렸다.

흠. 내가 다니엘을 힐끔 쳐다보자 그는 못마땅한 표정을 지으며 거스 남작의 뒷모습을 쳐다보다가 내게로 시선을 돌렸다.

"죄송합니다."

"뭐가요?"

이건 거스 남작이 무례한 거지 다니엘이 잘못한 게 아니다. 내가 모르 겠다는 표정을 짓자 다니엘은 곤란한 표정을 지었다.

하지만 거스 남작이 자기 딸을 데리고 돌아오자 나는 그가 사과한 진 짜 이유를 알 수 있었다.

"월포드 남작님!"

엘레나 거스는 누가 봐도 사랑에 빠진 소녀의 얼굴을 하고 있었다.

나이는 아이리스보다 좀 많을 것 같은데. 갈색 머리에 파란색 눈을 가 진 예쁜 소녀였다.

"안녕하세요, 거스 영애."

그에 비해 다니엘은 거의 차갑다 싶을 정도로 딱딱한 태도를 취하고 있었다.

엘레나는 잠깐 당황했지만 곧 나와 릴리에게도 인사를 건넸다. 그 옆 에서 거스 남작이 끼어들었다.

"엘레나, 네가 월포드 남작님을 안내해 주렴."

엘레나의 눈이 다시 반짝이기 시작했다.

흠. 이거 별로 안 좋은데. 나는 슬그머니 손을 다니엘의 팔에서 떼려 고 했다. 하지만 곧바로 다니엘이 반대편 손으로 내 손을 눌러 버렸다.

"괜찮습니다. 바쁘실 텐데 저희끼리 구경하죠."

"아니, 괜찮아요! 안 바빠요, 저."

다니엘의 차가운 태도에도 불구하고 엘레나는 재빨리 대답했다. 다니 엘의 시선이 잠깐 나를 향했다가 다시 엘레나에게로 돌아갔다.

뭐야. 꼭 그가 내 눈치를 보는 것 같았다. 나는 모르는 척 다니엘의 팔 에 손을 얹고 그와 함께 엘레나의 뒤를 따르기 시작했다.

"이쪽에 있는 건 남부 지방에서 만들어진 조각이라고 해요. 요정 벨라랍니다."

나는 조각을 설명하는 엘레나의 눈동자가 여전히 다니엘을 향한 것을 보고 릴리를 확인했다.

릴리는 내 뒤에 바짝 붙어 있다가 내가 돌아보자 작은 목소리 물었다.

"다 아는 건데 따로 봐도 돼요?"

"다 아는 거야?"

"남작님께 배웠어요. 남부 지방의 벨라는 머리카락을 묶고 있는 경우가 많대요. 저 옆에 있는 그림 속 벨라는 머리카락을 풀고 있잖아요? 저건 북부 지방의 특징이라고 하더라고요."

아하. 나는 엘레나가 설명하는 조각과 그 옆의 그림을 번갈아 쳐다봤다. 과연, 조각은 머리카락을 반묶음 한 형태로 그려놨는데 그림은 머리카락을 완전히 풀어 놓고 있었다.

"머리색의 차이도 있죠."

그때 다니엘이 내 쪽으로 몸을 기울이며 낮은 목소리로 말했다. 다니엘의 목소리에 반응한 귀가 움찔하고 움직이는 느낌이 들었다.

나는 놀란 티를 내지 않으려 노력하며 고개를 돌렸다.

"그래요?"

"북부 지방 쪽 벨라는 머리카락 색이 좀 어두운 편이거든요. 남부 지방은 밝은 편이고요. 이건 조각이라 색이 안 보이지만요."

그 사이 릴리가 슬금슬금 멀어지는 게 보였다.

다 배웠다면 엘레나의 설명이 지루하기도 하겠다. 엘레나는 이런 건 전혀 이야기하지 않았거든.

나는 릴리가 멀어지는 것은 모른 척하며 다니엘에게 물었다.

"왜 그런 거죠?"

"지역 차이입니다. 북부 지방은 머리카락 색이 어두운 사람이 많거든요."

아하. 나는 고개를 끄덕이며 말했다.

"어쩌면 제 조상도 북부 지방 쪽에서 왔을 수도 있겠네요."

"그렇게 생각할 수도 있죠."

다니엘은 그렇게 말하며 손을 뻗었다.

응? 그가 뭘 하려는 건지 몰라 멈춰있는데 다니엘의 손이 흘러내린 내 머리카락을 집어 귀 뒤로 넘겨주는 게 느껴졌다.

굳이 쳐다보지 않아도 엘레나가 얼어붙은 걸 알 수 있었다. 나는 최대한 아무렇지 않은 척 미소 지었다.

"어머, 고마워요."

다니엘 역시 별거 아니라는 듯 미소 지었다.

"아닙니다."

내가 고개를 돌리자 가까스로 정신을 차린 엘레나가 삐걱거리며 다음 조각을 향해 움직였다. 그때 우리에게서 별로 멀지 않은 곳에 익숙한 얼굴이 보였다.

"반스 부인, 여기서 뵙는군요!"

저 남자가 여기 왜 있어? 바톤 경이었다. 거스 남작과 아는 사이인가? 나는 엘레나에게 재빨리 물었다.

"바톤 경과 아버님이 아는 사이예요?"

"바톤 경이요? 아, 네. 매주 금요일마다 함께 카드놀이를 하세요."

샤발. 그동안은 바톤 경과 만난 적이 없었다. 아마 바톤 경을 초대하는 사람이 줄어들었기 때문이 아닐까?

하지만 거스 남작은 바톤 경과 카드를 칠 정도로 친한 사이니 당연히 초대했겠지.

게다가 내가 올 줄도 몰랐을 테고.

"어떻게 할까요?"

다니엘이 물었다. 뭘? 나는 그를 멍하니 쳐다보다가 다니엘이 바톤 경을 어떻게 할지 물어보는 거라는 것을 깨달았다.

웃음이 흘러나왔다. 뭐야, 귀여운 소리를 하네. 꼭 믿음직한 경호원을 곁에 둔 느낌이었다.

"됐어요. 상대할 필요도 없어요."

나는 그렇게 말하며 돌아섰다. 상대할 필요도 없다. 저 남자가 대체 나한테 뭘 바라는지 모르겠지만 나는 바톤 경과 이야기할 생각이 없었다.

"어?"

그때, 바톤 경을 쳐다보고 있던 엘레나가 깜짝 놀란 표정을 지었다. 내가 무슨 일인가 하고 고개를 돌린 순간, 바톤 경의 옆에 있던 조각 하나가 기울어지는 게 보였다.

허둥거리며 내게 다가오던 바톤 경이 툭 친 모양이었다.

"어!"

내가 이 방에 들어올 때 떠올랐던 생각이 다시 떠올랐다. 방 안에 모든 조각과 그림을 전시하느라 그랬는지 조각과 조각이 너무 붙어 있다.

스르륵 무너진 조각이 옆에 있던 더 큰 조각을 건드리며 떨어졌다. '쨍그랑!' 하는 소리와 함께 작은 조각이 바닥에 떨어져 박살이 났다.

"꺅!"

엘레나가 비명을 지르면서 주저앉았다. 나는 떨어진 조각이 건드린 커다란 조각을 쳐다봤다.

검을 든 발타자르의 조각이었다. 조각이 앞뒤로 흔들흔들하더니 검 부분이 바로 옆에 있던 다른 조각을 건들며 넘어졌다.

와장창하는 소리와 함께 도미노처럼 방 안에 있던 조각이 하나둘 쓰러지기 시작했다.

"릴리!"

나는 반사적으로 릴리를 찾았다. 방 밖에 서 있던 하인들이 안으로 뛰어 들어오는 게 보였다. 그리 멀지 않은 곳에서 그림을 구경하던 릴리가 내게 달려왔다.

"부인."

다니엘이 나를 조각들로부터 감싸려는 것처럼 몸을 돌렸다. 하지만 그보다 먼저 주저앉은 엘레나의 뒤에 있는 벨라 조각이 흔들리는 게 보였다.

아무 생각도 들지 않았다. 나는 반사적으로 엘레나를 향해 뛰어갔다.

"밀!"

"어머니!"

다니엘과 릴리가 동시에 나를 불렀다. 힉 하고 엘레나의 어깨가 움찔하고 떨리는 게 보였다.

나는 그대로 그녀의 몸 위로 내 몸을 숙였다.

다음 순간 '쾅!' 하는 소리와 함께 조각이 어딘가에 부딪히는 소리가 들렸다. 내 위로 뭔가가 떨어지는 일은 일어나지 않았다.

내가 고개를 들자 쓰러지는 벨라 조각을 한 팔로 막은 다니엘이 서 있는 게 보였다.

"괜찮으십니까?"

부랴부랴 달려온 하인들이 다니엘의 팔에 막힌 조각을 지탱했다. 어찌나 무거운지 하인 셋이 달라붙어 끙끙대며 세워야 할 정도였다.

세상에. 나는 놀란 표정으로 다니엘을 쳐다봤다. 얘, 팔 부러진 거 아냐?

"뭐 하는 겁니까?"

하인들이 조각을 붙잡자마자 다니엘은 내게 훅 다가오며 나직하게 말했다. 나직한 목소리였지만 거의 윽박지르는 것처럼 들려서 나는 눈을 크게 떴다.

"뭐가요?"

"방금 그거 말입니다. 제정신입니까?"

아니, 그건 내가 할 말인데? 나는 미간을 찡그리며 물었다.

"좀 더 구체적으로 말해 줄래요?"

"위험 속으로 뛰어드는 짓 말입니다."

"조금만 더 구체적으로."

"그러니까, 무너지는 조각 앞으로 뛰어드는 행위 말입니다."

거기까지 말한 다니엘의 얼굴 위로 아차 하는 표정이 떠올랐다. 그는 내게 바짝 붙으며 말했다.

"제가 지키려고 한 건 부인이었고, 부인이 지키려고 한 건 오늘 처음 본 사람이었잖습니까."

"무슨 차이가 있어요? 둘 다 사람을 구하려고 한 건데?"

내 대답에 다니엘의 화난 표정이 가라앉았다.

그는 한쪽 눈썹을 들어 올리더니 '그렇게 말할 거야?'라는 표정을 지었다. 그리고 다시 내게서 약간 떨어져서 가슴 위로 팔짱을 끼며 말했다.

"다르죠. 전 사랑하는 여자고, 부인은 오늘 처음 본 사람이니까요."

"헉!"

얘가 뭐라는 거야? 나는 깜짝 놀라서 주위를 둘러보고 다행히 다들 부서진 조각에 정신이 팔려 우리의 대화를 듣지 못했다는 것을 깨달았다.

딱 한 명. 엘레나 거스만 빼고.

엘레나는 창백해진 얼굴로 입술을 바들바들 떨고 있었다. 방금 '헉' 하는 소리도 내 입이 아니라 얘 입에서 나온 모양이었다.

그제야 나는 다니엘이 '그렇게 말할 거야?'라는 표정을 지은 이유를 깨달았다. 이, 이, 이 미친놈이?

급기야 엘레나의 눈에서 눈물이 글썽이기 시작했다.

나는 그녀가 흔들리는 눈동자로 나와 다니엘을 번갈아 보다가 휙 하고 떠나는 것을 보고 다니엘의 팔을 움켜잡았다.

"이 나쁜 놈아!"

다니엘의 한쪽 눈썹이 다시 휙 하고 올라갔다. 그는 상당히 기분 나쁘다는 표정을 지으며 내게 물었다.

"제게 한 말입니까?"

"일부러 그런 거죠? 거스 양이 당신을 좋아하는 걸 알고!"

"전에 말했을 텐데요. 전 누가 절 좋아하는지 안다고요. 당연히 알고 한 말입니다."

다니엘은 허탈할 정도로 순순히 수긍했다. 뭐 이런 놈이 다 있어? 아니라고 부인할 줄 알았다. 나는 어이가 없어서 입을 딱 벌렸다.

너 잘났다, 이 자식아. 다니엘이 진짜로 짜증 나기 시작했다.

하지만 내가 뭐라고 한마디 하기도 전에 그가 내게 몸을 내밀고 나직하게 말했다.

"그리고 제가 누굴 좋아하는지도 알죠."

"그걸 누가 몰라요?"

"그렇습니까?"

우리가 다투는 사이 하인들이 방을 정리하고 사람들을 대피시키고 있었다. 그들은 다투는 나와 다니엘에게도 다가와서 말을 걸었다.

"치료를 위해 의사를 부르겠습니다."

하인들의 말을 듣자 그제야 내 머릿속에 다니엘이 날 위해서 조각을 막았다는 사실이 떠올랐다.

아차! 나는 깜짝 놀라서 다니엘의 소매를 잡으며 물었다.

"팔! 팔 괜찮아요?"

다니엘의 미간에 주름이 생겼다. 그는 약간 못마땅한 표정으로 나를 쳐다보더니 한숨을 내쉬었다. 그리고 하인들을 향해 말했다.

"됐네. 우리는 이만 돌아가지."

"하지만 주인 어르신께서……."

하인이 허둥대며 다니엘을 말렸다. 그러자 다른 사람들을 살펴보고 있던 거스 남작이 우리 쪽으로 허둥지둥 달려왔다.

그는 다니엘의 소매를 잡고 있는 나를 보더니 다니엘에게 물었다.

"괜찮습니까? 의사를 불렀으니 치료받고 가시죠."

"아닙니다. 의사를 부를 정도로 대단한 일도 아니었고요."

"하지만 엘레나를 도와주신 은인을 그냥 보내드릴 수는 없으니까요. 들어가서 잠시 쉬었다가 가시죠."

다니엘의 얼굴에 다시 한 번 짜증이 떠올랐다.

이 남자, 이런 표정도 짓네. 대놓고 거스 남작이 귀찮다는 표정이었다. 하지만 그는 곧 표정을 풀고 말했다.

"아닙니다. 동행분들께서 놀라셨을 테니 돌아가겠습니다."

그제야 거스 남작의 눈에 나와 릴리가 들어온 모양이었다. 그는 우리를 어떻게 대해야 할지 몰라서 망설이는 것처럼 보였다.

생각해 보면 그의 입장에서 우리는 꽤 귀찮은 존재일 것이다. 다니엘을 사윗감으로 점찍어 놓고 갤러리에 초대했는데 그가 웬 혹을 두 개나 달고 온 거니까.

그러고 보니 갤러리의 미술품을 딱히 주제도 없이 닥치는 대로 모아 둔 이유가 과시하고 싶어서도 있지만 다니엘과 친해지려 한 걸 수도 있다는 생각이 들었다.

저런.

그렇게 생각하자 갑자기 거스 남작이 불쌍해졌다.

이렇게 노력해서 다니엘과 친해지려 하는데 그는 별 관심이 없고, 친하게 지내던 사람을 불렀더니 걔는 다니엘이 데려온 여자한테 말 걸려다가 조각을 죄 부숴놨고.

"그럼 의사를 지금 거처로 보내도록 하겠습니다. 그건 어떻습니까?"

거스 남작의 질문에 다니엘이 나를 쳐다봤다. 어디까지나 내 의견이 먼저라는 태도에 거스 남작은 어쩔 수 없이 내게 다시 묻는 수밖에 없었다.

"의사를 보내도 괜찮을까요, 부인?"

"오, 그럼요."

나는 흔쾌히 대답하며 다니엘을 쳐다봤다.

하지만 그의 표정은 여전히 그리 좋지가 않았다. 설마 거스 남작이 날 무시하는 것 때문에 기분이 나쁜 건가.

그렇게 생각하는 순간, 다니엘이 말했다.

"저는 괜찮으니 부인과 릴리를 위한 의사만 보내시면 됩니다."

거스 남작의 얼굴에 어리둥절한 표정이 떠올랐다. 다니엘은 이상하다는 듯 고개를 기울이며 다시 말했다.

"반스 부인께서 무너지는 조각상 앞에서 거스 양을 보호하려 뛰어드셨는데요. 설마 모르셨습니까?"

거스 남작의 얼굴이 벌겋게 달아올랐다.

몰랐던 모양이다. 혹은 애써 모른 척하고 있었는데 다니엘이 지적했거나. 거스 남작은 나를 향해 억지로 고개를 돌리더니 입을 열었다.

"그, 그랬군요. 정말 감사합니다, 부인."

"아니에요."

나는 별것 아니라는 듯 말했다. 어린애가 위험에 처했는데 그냥 넘어갈 수 있을 리가 없다.

하지만 거스 남작의 태도는 좀 기분이 나빴다.

"다치진 않았어요. 윌포드 남작님이 막아 주셔서. 그러니 저도 의사는 필요 없어요."

내 말에 거스 남작의 얼굴에 낭패가 떠올랐다. 그의 시선이 나와 다니엘을 번갈아 쳐다보다가 릴리를 발견하고 반짝 빛났다.

거스 남작은 릴리를 가리키며 내게 물었다.

"그럼 부인의 따님께 의사를 보내드리도록 하겠습니다."

"저도 괜찮아요."

눈치가 빠른 건지 아니면 느린 건지, 릴리가 재빨리 말했다. 어쩐지 그녀의 대답을 들은 다니엘의 얼굴에 미소가 떠올랐다.

그는 내 등 뒤로 팔을 뻗어 내 반대쪽 팔꿈치를 가볍게 잡더니 말했다.

"두 분께서도 괜찮다고 하시는군요. 그럼 이만."

거스 남작이 뭐라 하기도 전에 다니엘은 나와 릴리를 데리고 갤러리를 빠져나갔다. 나는 바닥에 떨어진 조각의 잔해를 밟지 않으려 조심하며 뒤를 돌아보았다.

거스 남작이 궁금해서 쳐다본 게 아니다. 바톤 경이 뭘 하는지 궁금했다.

그는 완전히 절망한 표정으로 바닥에 주저앉아 있었다.

쓰러진 조각이 한두 점이 아니다. 저걸 거스 남작이 다 보상하라고 할지 궁금해졌다.

"아, 물론 거스 남작은 바톤 경에게 청구할 겁니다."

돌아오는 마차 안에서 거스 남작이 피해 청구를 바톤 경에게 할지를 다니엘에게 묻자 그는 꽤 깔끔하게 대답했다.

그러더니 즐겁다는 듯 씩 웃으며 덧붙였다.

"당연히 바톤 경은 파산할 테고요."

어째 바톤 경이 파산한다니까 기뻐 보인다. 나는 릴리를 한 번 쳐다보고 다니엘에게 몸을 내밀며 작은 목소리로 물었다.

"바톤 경을 별로 안 좋아하나 봐요?"

"네. 안 좋아합니다."

"바톤 경과 전에 안 좋은 일이라도 있었어요?"

다니엘은 잠시 나를 지그시 쳐다보더니 떨떠름하게 말했다.

"네. 아주 나쁜 일이 있었죠."

저런. 그놈, 아주 나쁜 놈이었구만. 나뿐 아니라 다니엘에게도 안 좋은 일이 있었다니.

나는 더 이상 다니엘과 바톤 경에 대해 이야기하지 않기 위해 주제를 바꿨다.

"릴리, 갤러리를 본 기분이 어때?"

"음, 조각이 너무 아까워요."

아니, 그게 아니라.

내 옆에 앉아서 창밖을 쳐다보던 릴리는 진심으로 조각이 아까운 모양이었다. 나는 피식 웃고 다시 물었다.

"갤러리에 처음 가 본 거잖아. 갤러리를 본 기분은 어때?"

릴리의 시선이 뭔가를 생각하는 것처럼 허공을 헤매더니 곧 다니엘을 향했다. 그녀는 조심스럽게 물었다.

"남작님의 그림도 누군가의 갤러리에 걸린 적 있어요?"

"아니."

다니엘의 대답은 간결했다. 나는 릴리가 약간 시무룩해진 것을 보고 그에게 물었다.

"갤러리에 걸린다는 건 누군가 경의 그림을 샀다는 거죠?"

"그럴 수도 있고요. 간혹 조상이 어릴 때 그린 그림을 갤러리에 거는 경우도 있죠."

"그럼 경의 후손들이 자신의 갤러리에 경의 그림을 걸 수도 있는 거네요?"

내 질문에 다니엘이 내가 왜 이런 질문을 하는지 알겠다는 듯 씩 웃었다. 그는 고개를 기울이며 말했다.

"네. 그림이 남아 있다면요."

후손들이 갤러리를 만든다면, 이 아니라? 그때 릴리가 물었다.

"앗! 그래서 그림을 안 보여 주신 거예요? 그리신 걸 전부 버려서요?"

다니엘의 얼굴에 곤란한 미소가 떠올랐다. 나는 그를 향해 몸을 내밀며 물었다.

"왜 버렸어요?"

"버리지 않았습니다."

"그럼요?"

내가 재차 추궁하자 다니엘은 어쩔 수 없다는 듯 한숨을 내쉬었다. 그리고 릴리를 한 번 쳐다보더니 내게 말했다.

"태웠습니다."

"아까워!"

내가 뭐라고 하기 전에 릴리가 소리쳤다.

어허, 소리치면 안 되지. 나는 그녀를 한 번 흘겨보고 다시 다니엘에게 물었다.

"왜요?"

설마 자신의 재능이 천재적이 아니라서 그런 건 아니겠지.

나는 그가 무슨 말을 하더라도 말도 안 되는 소리라고 할 생각이었다. 하지만 다니엘의 입에서 나온 말은 완전 뜻밖이었다.

"위험해서요."

"뭐가요?"

"그림이요."

이게 무슨 소리야.

나는 이게 그림 그리는 사람들 사이에 통하는 어떤 은어 같은 건가, 하고 릴리를 쳐다봤다. 얘라면 이해하려나?

하지만 릴리도 이해가 안 되는 모양이었다. 그녀는 눈을 동그랗게 뜨고 '허?' 하는 표정으로 다니엘을 쳐다보고 있었다.

"무슨 반사회적인 그림이라도 그렸어요?"

막 국왕의 목을 매단 그림을 그렸다거나. 내 질문에 다니엘은 피식 웃었다.

그는 정말로 재미있다는 표정으로 대답했다.

"비슷하죠."

흠. 알고 보니 다니엘이 반사회적인 반동분자였단 말이야? 내가 미심쩍다는 표정으로 그를 쳐다보자 릴리가 물었다.

"그럼 남작님이 그리신 그림은 못 보는 거예요?"

그러게. 그런 반사회적인 그림만 아니면 괜찮지 않나? 나 역시 궁금하다는 표정을 짓자 다니엘은 나를 쳐다보고 릴리에게 말했다.

"언젠가 보여 줄 기회가 있을 수도 있겠지."

난 이 남자가 이렇게 애매모호하게 말할 때가 제일 싫더라. 그때 다니엘이 릴리에게 물었다.

"넌 어때? 네 그림이 갤러리에 걸렸으면 좋겠어?"

그의 질문을 듣자 왠지 내가 긴장이 됐다. 릴리가 자신의 그림에 대해 어떻게 생각하는지 알 수 있는 기회였다.

나는 바짝 긴장한 얼굴이 들킬까 봐 릴리에게 고개도 돌리지 않고 귀만 기울였다.

"어, 음, 걸리면 좋죠."

릴리는 망설이다가 대답했다. 그래? 나는 저도 모르게 다니엘을 쳐다봤다.

당연히 릴리를 쳐다보고 있을 줄 알았던 그의 시선이 내 시선과 부딪쳤다.

다니엘은 다시 릴리를 쳐다보며 물었다.

"원한다면 아는 사람의 갤러리에 걸어 달라고 부탁해 줄까?"

저도 모르게 시선이 릴리를 향했다. 그 정도로 다니엘의 말투는 다정했고 유혹적으로 들렸다.

나는 릴리가 고민하는 것을 발견하고 다시 다니엘을 쳐다봤다. 그리고 이번에도 그와 시선이 부딪쳤다.

"음, 아뇨. 말씀은 정말 감사하지만 전 제 실력으로 갤러리에 걸고 싶어요."

'하.' 하고 저도 모르게 숨이 흘러나왔다. 나는 그녀가 내 숨소리를 인식하지 못하도록 재빨리 손을 뻗어 릴리의 뺨을 가볍게 쓸었다.

한 가지는 확실해졌다.

릴리는 자신의 그림이 팔렸으면 하고 바란다. 누군가의 호의로 갤러리에 공개되는 그런 정도로 만족하지 않고.

*　　*　　*

"엘레나!"

마리안은 아버지의 집인 거스 남작가의 저택에 도착하자마자 엘레나를 찾았다. 그녀의 방은 마리안이 결혼하기 전부터 지금까지 쭈욱 이 층 가장 끝이었다.

똑똑똑 하고 노크를 하자 안에서 엘레나가 문을 열었다. 마리안은 들어오라는 말도 기다리지 않고 안으로 불쑥 들어가며 물었다.

"너 괜찮아? 다친 덴 없어? 의사는?"

"난 괜찮아."

엘레나는 기운 없는 목소리로 대답하고 곧바로 돌아서서 휘청휘청 소파로 향했다. 그리고 그대로 긴 소파에 풀썩 엎어졌다.

"다친 거 아냐?"

거스 남작의 갤러리에서 조각이 무너져 내리면서 난리가 났다는 소식은 빠르게 퍼졌다. 마리안은 남편에게 그 소식을 듣자마자 바로 달려온 차다.

다행히 다친 사람은 없었지만 경제적 피해는 어마어마하다.

거스 남작은 미술에 크게 관심이 있거나 조예가 있는 자가 아니다. 그가 갤러리는 만든 이유는 단 하나.

어떻게든 월포드 남작과 친해지기 위해서였다.

다니엘 월포드 남작. 잘생기고 부유하며 왕족과 친분을 가진, 딸을 가진 귀족가라면 누구라도 탐을 낼 만한 최고의 신랑감.

특히나 거스 남작처럼 딸만 둘인 집은 더욱 그랬다.

거스 남작이 죽으면 거스 남작이라는 작위와 땅은 거스 남작의 조카에게로 돌아간다. 남작은 그 전에 딸 둘을 좋은 귀족가에 시집을 보내고 싶어 했다.

마리안은 성공했으니 이제 엘레나의 차례였다.

"다치진 않았어."

엘레나는 소파에 길게 누운 채 힘없이 대답했다. 머릿속에 사랑하는 여자라던 월포드 남작의 목소리가 아직도 생생하게 떠올랐다.

저도 모르게 엘레나의 눈에 눈물이 고였다. 조각이 무너져 죽을 뻔했다는 공포보다 월포드 남작에게 사랑하는 여자가 있다는 게 더 충격적이었다.

"그럼 왜 그래? 식사도 안 한다면서?"

마리안은 엘레나의 다리 옆에 앉으며 조심스럽게 물었다. 여동생이 큰 충격을 받았는지 방에서 나오지 않는다는 말은 들었다. 심지어 그녀가 그렇게 흠모하던 월포드 남작이 지켜 줬는데도.

"그냥 먹기 싫어서."

엘레나의 말에 마리안의 미간에 주름이 생겼다. 처음엔 월포드 남작이 지켜 줬다는 기쁨에 도취돼서 이러는 줄 알았다.

의사도 필요 없다고 했다길래 이 미친 것이 월포드 남작이 지켜 준 상황에서 다친 상처를 간직하고 싶어서 그러는 건가 하고 생각했다.

하지만 엘레나의 상황은 영 좋지가 않아 보였다. 기쁨은커녕 크게 좌절하고 절망에 빠진 것처럼 보였다.

대체 무슨 일일까. 마리안은 눈물까지 글썽이는 엘레나를 보고 월포드 남작을 떠올랐다. 깜짝 놀랄 정도로 잘생긴 그의 얼굴이 그녀의 머릿속에 금세 떠올랐다.

사실 마리안은 다니엘을 실제로 만날 때마다 자신의 기억이 퇴색됐다는 사실을 깨닫곤 했다. 그는 늘, 기억보다 훨씬 잘생겼고 멋있었으니까.

한때 그녀도 월포드 남작을 마음에 담았었다. 그가 그녀에게 관심이 없다는 것을 알고 마음을 접었지만.

월포드 남작은 어떤 여자에게도 관심이 없어 보였다. 그게 마리안의 자존심이 상하지 않은 유일한 이유기도 했다.

"윌포드 남작님과 무슨 일 있었어?"

마리안의 단도직입적인 질문에 엘레나는 깜짝 놀라서 벌떡 일어났다. 그녀의 머릿속에 자연스럽게 밀드레드가 떠올랐다.

밀드레드에게 대해서 엘레나가 아는 건 단 하나. 그녀 또래의 딸이 있는 부인이라는 것뿐이다.

그게 엘레나의 자존심을 짓밟았다. 그러면서 동시에 밀드레드가 얼마나 예뻤는지가 떠올라 가슴이 무너져 내렸다.

"그 여자가 나쁜 여자였다면 좋았을 텐데."

엘레나는 상체를 일으켜 마리안의 손을 잡고 울었다. 차라리 밀드레드가 아주 나쁜, 남자를 유혹하고 순진한 아가씨를 비웃는 이야기 속의 악녀였다면 나았을 것 같았다.

그랬다면 윌포드 남작이 속고 있다고, 나쁜 건 모두 저 여자일 뿐이라고 자신을 위로할 수 있었을 테니까.

"무슨 일이야?"

마리안은 동생이 자신을 붙잡고 울기 시작하자 당황해서 물었다. 그녀는 동생이 자신보다 훨씬 더 윌포드 남작에게 푹 빠져 있다는 것을 잘 알고 있었다.

어쩌다 파티에서 윌포드 남작과 인사라도 나누게 되면 그것만으로 들떠서 잠을 못 이룬 적도 있었다. 그가 다른 여자를 한 번 힐끔 보는 것만으로 속상해서 밤새 그녀에게 투덜거린 적도 있었다.

하지만 이렇게 절망해서 우는 건 처음 봤다.

"모, 모르겠어."

엘레나는 마리안의 어깨에 기대 훌쩍이며 말했다. 어떻게 해야 할지 모르겠다.

월포드 남작과 그 예쁜 부인이 함께 있는 것을 떠올릴 때마다 가슴이 무너져 내렸다.

그녀는 아주 오랜 시간 동안 월포드 남작을 짝사랑해 왔다. 그가 아무리 그녀에게 관심이 없다고 해도 괜찮았다. 월포드 남작은 아무에게도 관심이 없었으니까.

하지만 상황이 달라져 버렸다. 그리고 그건 그녀의 잘못도, 그 예쁜 부인의 잘못도, 월포드 남작의 잘못도 아니었다.

"남작님이 좋아하는 사람이 있대."

결국 엘레나는 마리안에게 솔직하게 말했다. 하지만 차마 그게 그녀 또래의 딸을 둔 부인이라고 말할 수가 없어서 쉰 목소리로 덧붙였다.

"오늘 함께 왔어."

20

적의 적은 친구

무사히 카일라의 그림이 팔리고 나자 다니엘은 케이시 경이 서명한 수표를 가지고 둥근 지붕 저택으로 돌아갔다.

그리고 밀드레드를 데리고 함께 은행에 가서 수표를 돈으로 바꿔 그녀의 계좌에 잘 넣어 놓았다.

"꽤 괜찮네요."

계좌에 들어간 돈의 총액을 확인한 밀드레드는 내친김에 직원에게 예금 이자율까지 묻더니 꽤 만족스럽다는 표정으로 그렇게 말했다.

정말? 다니엘은 의외라는 생각에 저도 모르게 그녀에게 물었다.

"오늘 아침 신문에 이보다 이자율이 낮을 때가 없었다고 기사가 떴던데요."

그러자 밀드레드의 얼굴에 가벼운 당황이 스쳐 지나갔다. 이 나라의 이자율은 한때 최고로 올라갔다가 서서히 내려가고 있었다.

간혹 경제적인 부분에 대해 완전히 무지한 사람이 있긴 하다. 하지만 다니엘이 아는 밀드레드는 그런 사람이 아니었다.

그의 눈앞에서 밀드레드의 눈동자가 뭔가를 생각하는 것처럼 아래쪽을 향하더니 곧 다시 그를 향했다.

"바로 지난달까지만 해도 제 계좌에는 들어오는 금액보다 나가는 금액이 더 컸으니까요."

지난달까지만 해도 예금할 만한 상황이 아니었다는 말이다. 다니엘은 그런 뜻이 아니지 않았냐고 캐묻지 않았다. 그는 그저 씩 웃었다.

"가요. 덕분에 돈을 벌었으니 차 한잔 살게요."

다니엘은 이번에도 말없이 그녀에게 팔을 내밀었다.

오늘 밀드레드의 계좌에 들어온 돈은 계속 그녀의 계좌에 남아 있을지 다시 나갈지 모르는 돈이다.

이건 전부 앞으로 케이시 경이 어떻게 나올지, 밀드레드의 계획이 통할지에 달려 있다.

하지만 그는 입을 다물어야 할 때가 언제인지 알았고 그럴 때 입 다물 줄 아는 판단력을 가지고 있었다.

며칠 뒤, 카일이라는 화가가 사실은 여자일지도 모른다는 소문이 퍼졌다. 물론 사교계에서는 그런 일이 있다는 말 한마디로 가볍게 지나갈 만한 소문이었다.

하지만 미술계는 아니었다. 카일은 일부 마이너한 수집가들에게 상당한 인기를 끌고 있었고, 그의 그림을 사기 위해 몇몇 열성적인 수집가들은 어마어마한 돈을 쏟아붓고 있었다.

그리고 필립 케이시는 그중 가장 많은 돈을 쏟아부은 사람이었다.

"반스 부인 댁인가?"

짐은 쾅쾅쾅 하고 부술 것처럼 두드려대는 소리에 문을 열었다가 말 그대로 화난 귀족을 맞닥뜨렸다. 그는 잠시 당황했지만 곧 침착하게 물었다.

"누구십니까?"

"필립 케이시일세! 케이시 후작님의 동생이지! 밴스 부인을 만나러 왔네!"

후작이라는 단어에 짐의 허리가 숙여졌다. 그는 가까스로 허리를 세우며 물었다.

"마님과 약속을 하셨습니까?"

했다면 짐이 몰랐을 리 없다. 그러니 이건 약속 없이 찾아오지 않았냐고 둥글게 돌려 묻는 것이었다. 하지만 분노한 필립의 머릿속에 약속 같은 게 들어 있을 리 없었다.

그는 노쇠한 짐을 밀고 안으로 들어서며 말했다.

"부인을 만나야겠네! 꼭!"

이쯤 되면 짐도 할 만큼 했다. 그는 속으로 한숨을 내쉬고 고개를 꾸벅한 뒤 필립 케이시를 응접실로 안내했다.

크기는 하지만 오래된 집과 낡은 가구. 필립은 집 안을 둘러보고 밀드레드 밴스라는 여자가 자신을 속인 것이 분명하다고 생각했다.

그가 어마어마한 돈을 불러 카일의 그림을 사들인 지 며칠 지나지 않아 카일이 사실은 여자라는 소문이 났다.

처음엔 그가 소유한 그림의 값을 떨어트리기 위한 부이의 치졸한 수법이라고 생각했지만, 카일이 여자라는 증거가 하나둘 나타나자 어디까지나 부이의 수법이라고만 생각할 수는 없었다.

누굴 바보로 아는 건가!

화가 난 필립은 바로 그에게 그림 판매를 알선한 화방으로 달려가 판매한 사람의 이름과 사는 곳을 알아내 찾아왔다.

"케이시 후작님이시라고요?"

곧 하인과 함께 내려온 밀드레드 반스는 상당한 미인이었다. 필립은 벌떡 일어나며 자신은 후작이 아니라 그 동생이라고 반박하려다가 밀드레드의 얼굴을 보고 멈췄다.

새까만 머리카락과 초록색의 눈동자.

밀드레드 반스는 한마디로 고전적인 미인이었다. 그 말은 우아하고 고혹적이라는 말이다.

아니, 이게 아니지. 그는 잠시 밀드레드의 외모에 팔렸던 정신을 차리고 헛기침을 하며 말했다.

"후작님은 제 형님입니다. 전 케이시 경이죠."

"그러시군요. 제가 밀드레드 반스입니다."

밀드레드는 필립에게 자리에 앉으라고 권하며 그의 맞은편에 앉았다. 곧 하인이 두 사람에게 차를 내왔다.

분기탱천해서 달려왔던 필립은 약간 차가워진 머리로 밀드레드를 살피고 있었다.

미인이긴 하지만 집의 상태를 보니 경제적으로 여유가 있어 보이지는 않는다. 그는 찻잔을 들어 올리며 말했다.

"갑자기 찾아와서 바깥 분께서 기분 상하시지는 않았는지 모르겠군요."

"괜찮습니다. 남편은 행방불명되었거든요. 그의 시체라도 찾는 게 제 소박한 바람이죠."

밀드레드의 대답에 필립은 순간 말을 잃었다.

그녀의 말대로라면 밀드레드는 현재 과부나 다름이 없다. 그는 재빨리 찻잔을 내려놓으며 사과했다.

"죄송합니다. 제가 실언을 했군요."

"아닙니다. 케이시 후작님의 동생분이라면 아주 바쁜 분이시겠죠. 모든 사람의 사정을 꿰고 있을 시간이 어디 있겠어요?"

밀드레드의 대답에 필립의 죄책감이 덜어졌다. 동시에 그는 그녀에게 가벼운 호감이 생기기 시작했다.

남편이 행방불명된 가난한 과부. 그녀가 자신을 일부러 웃음거리로 만들 이유가 없다는 상당히 논리적인 생각도 그제야 떠올랐다.

그렇다면 그림을 환불만 받는 것으로 끝내야겠군. 필립은 관대하게 생각했다.

원래대로라면 감히 후작의 동생을 농락하고도 무사할 줄 알았냐고 크게 혼을 낼 생각이었다.

그는 다시 찻잔을 들어 올리며 입을 열었다.

"부인께 제가 그림 한 점을 샀는데, 알고 계시겠지요?"

"카일의 그림 말이군요."

밀드레드는 알고 있다는 듯 고개를 끄덕였다. 침착한 태도에 필립은 잠시 그녀가 카일이 카일라라는 소문을 모르는 게 아닌가 하는 의문이 떠올랐다.

하지만 곧 그는 밀드레드 반스라는 여자가 그림에 대해 전혀 모른다는 것도 떠올렸다. 그에게 소개해 준 화방의 말로는 그림의 주인이 아주 오래 그림을 소유하고 있었고 그 그림의 진가를 몰랐다고 했다.

그러다가 우연한 기회에 그 그림이 카일의 것이라는 것을 알고 비싸게 사는 사람이 있다는 말에 팔았다고.

그렇다면 밀드레드 반스는 이쪽에서 화가가 여자라는 게 어떤 반향을 불러일으키는지 전혀 모르는 모양이었다.

그렇군. 필립의 마음은 점점 더 관대해졌다. 그는 차를 한 모금 마시고 찻잔을 내려놓으며 말했다.

"그 그림에 문제가 생겨서 말입니다."

"문제요? 설마 가짜인가요? 카일의 그림이 맞다고 인증을 받았는데요?"

가짜가 아니라 위작이라고 하는 거다. 필립은 그런 사소한 데서 밀드레드가 그림에 대해 전혀 모른다는 것을 확신했다.

그는 그림의 값어치가 떨어졌다고 말하지 않기 위해 빙 둘러 말했다.

"그건 아닙니다. 카일의 그림은 맞는데 제가 카일이라는 화가에 약간 관심이 식었다고나 할까요. 그래서 말인데요."

환불해 달라. 오기 전에는 화가 머리끝까지 나서 당장 내 돈 내놓으라고 할 생각이었는데, 아무것도 모르는 부인을 앞에 두고 환불해 달라고 말하려니 어쩐지 필립은 입이 떨어지지 않았다.

그때 밀드레드의 얼굴이 환해졌다. 그녀는 반가운 기색으로 물었다.

"환불하시겠어요?"

"네?"

필립은 어리둥절해서 밀드레드를 쳐다봤다. 그가 환불해 달라고 해도 반스 부인이 고집을 피울 줄 알았다.

이미 산 걸 후작의 동생씩이나 되는 사람이 물러 달라고 하냐고 비난할 것도 각오했다.

그런데 반스 부인이 먼저 환불해 주면 되냐고 묻는 거다. 그것도 저렇게 환한 얼굴로.

저도 모르게 그렇다고 대답하려던 필립의 입이 다물어졌다. 그는 필사적으로 표정 관리를 하며 머리를 굴리기 시작했다.

밀드레드 반스 부인은 그림에 대해 아는 게 전혀 없어 보인다. 그리고 그녀의 집은 그리 상황이 좋지 않다. 이 상황에서 그 큰 금액을 바로 돌려주겠다고?

그가 망설이자 밀드레드가 다시 말했다.

"은행에 넣어놨거든요. 원하시면 이자까지 같이 드릴게요."

"뭐라고요?"

필립은 너무나 당황해서 저도 모르게 그렇게 반문했다. 그는 환불하는 대신 모든 금액을 전부 받지 않고 약간은 떼어 줄 생각도 했다.

그런데 반스 부인이 먼저 이자까지 전부 주겠다고 하는 거다.

이거 설마 그림을 꼭 환불받아야 하는 이유라도 있나?

필립의 머릿속에 갖가지 생각이 떠올랐다. 지금 밀드레드 반스는 마치 자신이 환불을 요청하길 바라는 것처럼 보인다. 하지만 그녀는 환불을 바라지 않는다면 모를까, 환불해 줄 만한 상황이 아니다.

그때 그의 머릿속에 부이가 떠올랐다. 최근 카일의 그림을 수집하기 시작한 졸부.

카일의 그림 한 점을 경매에서 부이에게 빼앗겨서 분노했던 게 바로 지지난달의 일이다.

"반스 부인, 설마 부이라는 자와 만난 적이 있습니까?"

급한 나머지 필립은 저도 모르게 그렇게 물었다. 이번 카일의 그림을 사고 부이를 이겼다는 기쁨에 밤새 축배를 기울였다.

그런 그가 카일이 여자라는 소문에 자신이 환불할 거라고 생각해서 반스 부인에게 연락했을지도 모른다는 생각이 들었다.

하지만 어째서? 잠시 멈칫하는 필립의 앞에서 밀드레드의 얼굴에 아주 잠깐 미소가 떠올랐지만 그는 알아차리지 못했다.

"으음. 어쨌든 케이시 경계서는 그림을 환불받고 싶으신 거죠?"

눈앞에서 밀드레드 반스가 대답을 피하는 것을 본 필립은 확신했다. 부이가 연락했구나!

그의 머릿속에 다시 음모론이 떠올랐다.

부이는 최근 떠오르는 신흥 부자다. 그가 미술이라는 고상한 취미에 발을 붙이려 한다는 것은 이미 알고 있다.

사람이란 재물을 손에 쥐면 명예를 갖고 싶어 하는 법이다.

부이가 대체 어떻게 할 생각이지? 필립은 재빨리 머리를 굴렸다. 만약 그가 값이 바닥까지 떨어진 카일의 그림을 사서 다시 그림값을 올린다면?

그럴 수 있을까?

필립은 말없이 앉아서 차를 홀짝이는 밀드레드 앞에서 그녀가 그런다는 것도 모르고 자신의 생각에 열중했다.

"아, 이런. 죄송합니다."

한참을 궁리한 끝에 결국 필립은 자신이 찾아와서 주인을 나 몰라라 하고 생각에 잠겨 있었다는 것을 깨달았다.

그림의 값어치를 다시 올려야 한다. 그런다면 그의 경제적 손실이 사라지는 것은 물론이고 사교계에서의 그의 위치도 그대로 공고할 것이다.

뿐만 아니라 어쩌면 새로운 장르를 개척한 개척자로 존경을 받을지도 모른다.

그런 생각에 필립의 얼굴이 밝아졌다. 밀드레드는 모르는 척 다시 물었다.

"환불하실 거죠? 수표를 써 드릴까요? 아니면 지금 같이 은행에 가시겠어요?"

"아닙니다."

필립은 재빨리 거절했다. 밀드레드 반스 부인의 뒤에 그 음험하고 비열한 부이가 있는 게 분명했다.

만일 그가 지금 필립이 가지고 있는 그림을 되산다면 분명 필립을 바보로 만들 것이다.

"전 절대 환불할 생각이 없습니다."

"하지만 아까 카일의 그림에 관심이 식었다고 하셨잖아요?"

어리둥절해하는 밀드레드의 앞에서 필립은 잠시 당황하다가 임기응변을 발휘해서 말했다.

"네. 제가 최근 카일의 그림에 관심이 식었었는데 부인께 그림을 산 뒤로 그 열정이 다시 차오르는 것을 느껴서 말입니다. 꼭 감사를 드리고 싶어서 찾아왔습니다."

"어, 어머…… 그래요?"

밀드레드는 필립의 말에 당황한 표정이었다. 동시에 약간 실망한 표정이기도 했다.

그것을 본 필립은 자신의 임기응변에 뿌듯함을 느꼈다. 그리고 쐐기를 박기 위해 다시 입을 열었다.

"감사의 표시로 조만간 지인들을 초대해 제 소장품을 선보일 생각인데 그때 꼭 찾아와 주셨으면 좋겠습니다. 당연히 가장 좋은 벽에 부인께서 팔아 주신 그림을 걸 예정이고요."

"그렇군요. 다행이네요. 전 경께서 환불하려고 하시는 줄 알았거든요."

"아닙니다. 절대 환불할 생각이 없습니다. 그 그림은 제 겁니다!"

필립은 그렇게 말하고 자리에서 일어났다. 당장 집으로 돌아가 카일의 그림을 자랑할 방법을 세워야 한다.

부이에게 누가 더 수준이 높은지, 그가 감히 누구에게 덤비는 건지 똑똑히 보여 줄 생각이었다.

"손님께서 돌아가신다네요."

밀드레드의 말에 하인이 다가와서 현관으로 안내했다. 필립은 그의 안내를 받아 나가다가 잠시 홀에 멈춰 둘러보았다.

홀은 컸지만 낡았고, 별것 아닌 그림과 태피스트리가 걸려 있었다.

확실히 반스 부인은 그림에 아무 관심이 없군. 기분이 좋아진 필립은 벽에 걸린 그림이 딱히 대단한 작품이 아닌 것을 확인하고 고개를 끄덕였다.

그런 그의 눈에 딱 한 점. 그림 하나가 들어왔다.

연필로 이 저택의 정원을 그린 스케치였다. 어딘가 어설픈 게 아마추어가 그린 게 분명했다.

하지만 사람의 눈을 끄는 매력이 있었다.

이건 누가 그린 거지? 그가 하인에게 화가의 이름을 물어보려 했을 때였다.

방금 그가 나온 응접실에서 밀드레드가 나오며 말했다.

"짐, 부이 씨에게 편지 좀 전달해 줘요."

부이 씨. 그가 아는 사람의 이름에 필립의 눈이 커졌다. 그는 반스 부인이 자신이 아직 안 갔다는 것을 알아차리기 전에 재빨리 몸을 돌렸다.

역시 부이가 그가 환불받은 그림을 되사려고 했던 거다. 필립은 둥근 지붕 저택을 떠나며 부이를 향한 경쟁심을 다짐고 갔다.

"어떻게 됐습니까?"

이 층 자신의 방에서 필립이 떠나는 것을 본 다니엘이 일 층으로 내려와 물었다. 밀드레드는 응접실에 돌아와 다 식은 차를 홀짝이고 있었다.

그가 들어오자 하인이 다시 찻잔을 하나 꺼내와 두 사람의 잔에 차를 채웠다. 밀드레드는 어깨를 으쓱하고 말했다.

"일단은 해결됐어요."

"일단은요? 케이시 경이 생각을 해보겠답니까?"

"아뇨. 절대 그림을 환불받을 생각이 없다고 했어요."

"그렇다면 문제는 해결된 게 아닙니까?"

이제 밀드레드는 그녀의 계좌에 들어 있는 어마어마한 돈을 마음대로 써도 된다. 하지만 그녀는 고개를 저으며 말했다.

"돈을 버는 게 목적이 아니니까요. 앞으로의 일은 케이시 경이 어떻게 행동하느냐에 달렸죠."

다니엘은 찻잔을 들어 올리며 밀드레드의 목표를 떠올렸다.

그녀는 단지 돈을 벌기 위해 그림을 판 게 아니다. 돈을 벌기 위해 팔 았다면 카일이 여자라는 것을 밝히지 않았겠지.

그는 테이블 위에 펜과 편지지가 흩어져 있는 것을 보고 물었다.

"편지를 쓰려고 하셨습니까?"

"이미 써서 보냈어요."

밀드레드는 흩어진 빈 편지지를 재빨리 갈무리하며 대꾸했다. 이미 하인이 그녀의 편지를 전달하러 집을 나섰다.

"부이에게요?"

다니엘이 놀란 표정으로 물었다. 그는 밀드레드에게 케이시 경이 떠 날 때 부이에게 편지를 보내는 척하겠다는 계획을 이미 들어 알고 있었 다.

그렇게 하면 케이시 경이 더 확실하게 그의 그림을 부이가 노린다고 착각할 것이기 때문이다.

하지만 그건 어디까지나 시늉이었지 실제로 편지를 쓰겠다는 말은 없 었다.

"네. 가지고 있는 카일의 그림을 팔라고요."

밀드레드의 말에 눈을 가늘게 뜨고 그녀를 쳐다보던 다니엘은 곧 씩 웃으며 소파에 몸을 기댔다. 그는 쿡쿡 하고 웃다가 말했다.

"이 상황에서 카일의 그림을 사겠다고 한다면 부이는 당연히 부인을 의심하겠군요."

"케이시 경이 제게 그림을 사고, 그걸 환불받지 않았다는 것을 알면 이상하다고 생각하겠죠."

밀드레드는 찻잔을 들어 올리며 침착하게 말했다.

카일이 카일라라는 사실로 카일의 그림값은 바닥으로 떨어졌다. 지금 이 시점에서 카일의 그림을 사려는 사람은 없다.

하지만 밀드레드가 사겠다고 나섰으니 부이도 처음엔 그림을 팔아치우려 할 것이다. 그리고 이상하다고 생각하겠지.

밀드레드는 케이시 경에게 카일의 그림을 판 사람이다. 그리고 굳이 카일의 그림값이 떨어진 지금 카일의 그림을 사겠다고 한다는 건 누가 봐도 이상한 짓이다.

"부이는 케이시 경이 어떻게 나올지 지켜보겠군요."

케이시 경은 이미 그림의 가치를 올릴 계획을 세우고 있다. 카일라의 그림이 값어치가 올라가면 부이는 이렇게 생각할 것이다.

"뭔가 음모가 있다고 생각하거나, 카일라의 그림이 그 정도로 가치가 있다고 생각하겠죠."

어느 쪽이어도 상관없다. 어쨌든 부이는 그림을 팔지 않고 지켜보는 쪽을 택할 거고, 그가 자신이 가지고 있는 카일라의 그림을 팔지 않는 것만으로 충분하다.

"케이시 경도 부이가 카일라의 그림을 여전히 탐낸다고 생각하겠군요."

다니엘은 어이가 없어서 웃었다. 카일라의 그림을 애지중지하는 사람이 케이시 경 한 명뿐이라면 밀드레드의 계획은 실패할 가능성이 생긴다. 하지만 그게 둘이라면 그녀의 계획은 성공할 것이다.

이튿날, 밀드레드의 생각대로 부이는 생각해 보겠다는 답변을 보냈다. 바로 팔겠다고 하지 않았다는 점에서 그녀의 계획이 반은 먹혀들어 갔다는 뜻이었다.

그리고 같은 날, 케이시 경의 갤러리 초대장도 도착했다.

밀드레드는 초대장을 들고 다니엘의 방문을 두드렸다.

"들어와."

다니엘은 당연히 하인일 거라 생각하고 대답한 뒤 그대로 앉아 있었다. 외출했다 돌아온 지 몇십 분이 지났지만 옷을 벗다 말아서 셔츠의 단추가 몇 개나 풀어져 있었다.

그대로 자신에게 온 초대장을 살피고 있던 다니엘은 문을 열고 누군가 들어오는 소리가 기대하던 하인의 발소리가 아니자 고개를 들었다가 당황해서 벌떡 일어났다.

"부인."

"월포드 경, 초대장이 왔는데요."

"잠깐, 잠깐만요."

다니엘은 재빨리 뒤돌아서 셔츠의 단추를 잠그고 손가락으로 머리카락을 빗었다. 단정하지 않은 모습을 밀드레드에게 보여 주고 싶지 않았다.

그가 가까스로 다시 밀드레드를 향해 몸을 돌린 것은 그의 기준으로 그럭저럭 봐줄 만한 상태가 됐을 때였다.

하지만 밀드레드는 뭐가 달라졌는지도 눈치채지 못하고 다니엘에게 다가가며 다시 말했다.

"케이시 경에게 초대장이 왔거든요. 갤러리요."

다니엘은 자신의 흐트러진 모습에 밀드레드가 눈썹 하나 까딱하지 않았다는 것을 깨닫고 쓰게 웃었다. 그리고 그녀가 내민 초대장을 쳐다보며 말했다.

"갤러리에 부인을 초대했군요."

"네. 저와 같이 갈래요?"

초대장에는 동행 한두 명까지는 더 데려와도 좋다고 나와 있었다.

다니엘은 손을 뻗어 초대장을 든 밀드레드의 손을 잡았다. 그리고 자연스럽게 그녀의 손을 들어 올려 초대장을 읽으며 말했다.

"다음 주군요. 스케줄을 조정해 보겠습니다."

선약이 있지만 밀드레드와 함께 가기 위해 바꾸겠다는 말이다. 밀드레드는 고개를 저으며 말했다.

"괜찮아요. 바쁘면 같이 안 가도 돼요."

"아닙니다."

다니엘은 초대장 너머로 밀드레드를 바라보며 빙그레 웃었다. 밀드레드에 비하면 다른 약속은 그다지 중요한 것도 아니다.

"부인께서 처음으로 권해 주신 건데요. 당연히 가야죠."

그의 말에 밀드레드는 약간 죄책감을 느꼈다.

그녀가 다니엘에게 공식적인 자리에 함께 가자고 한 게 처음이긴 하다. 하지만 다니엘에게만 권한 건 아니었다.

밀드레드는 그의 시선을 피하며 말했다.

"미안하지만 릴리도 함께 가기로 했어요."

다행히 다니엘은 실망하지 않았다. 그는 그럴 줄 알았다는 듯 고개를 끄덕이며 말했다.

"당연히 릴리도 함께 가겠죠. 그러실 거라 생각했습니다."

다니엘이 그렇게 말하자 밀드레드는 어쩐지 그에게 다시 미안해졌다.

그녀에게는 아이들이 우선이다. 하지만 그렇다고 해서 다니엘을 대기하게 하는 건 옳지 못하다.

"릴리와 이야기를 좀 해야겠어요."

밀드레드의 말에 다니엘은 이미 함께 케이시 경의 갤러리에 가기로
한 거 아니냐고 물으려다 말았다. 그녀가 말하는 이야기가 그 이야기가
아니라는 것을 깨달았기 때문이다.

다니엘과 밀드레드의 관계에 대해 릴리에게 이야기하려는 거다.

그는 릴리가 기뻐할 거라 생각했지만 굳이 그걸 입 밖에 내지는 않았
다. 그저 밀드레드의 손을 놓으며 이렇게 말했다.

"그렇군요."

릴리는 온실에 앉아 책을 읽고 있었다. 오전 내내 손가락이 아플 정도
로 그림을 그린 덕에 그녀의 마음은 약간 만족한 상태였다.

이만큼 그렸다면 어머니의 말대로 책을 좀 읽어 볼까. 그런 생각에 서
재에서 책을 가져다가 온실의 긴 의자에 누워 책을 읽는데 밀드레드가
그녀를 찾아왔다.

"릴리, 잠깐 이야기 좀 하자."

잠깐 이야기 좀 하자. 그 말만큼 아이들을 겁먹게 만드는 말은 없다.

덕분에 릴리는 바짝 긴장해서 벌떡 일어났다. 그리고 최근에 자신이
뭔가 실수한 게 있는지 열심히 떠올리기 시작했다.

얼마 전에 애슐리와 몰래 쿠키 구워 먹었는데 들켰나? 아니면 아이리
스 방에 있던 꽃을 한 송이 훔쳐서 압화로 만들었는데 들켰나?

복잡한 생각에 릴리의 눈동자가 흔들렸다. 하지만 밀드레드도 긴장해
서 릴리가 어떤 상태인지 제대로 눈치채지 못하고 있었다.

그녀는 릴리에게 앉으라고 한 뒤 자신도 맞은편의 의자에 앉아 숨을
크게 내쉰 다음 입을 열었다.

"릴리, 네가 월포드 경을 얼마나 좋아하는지는 모르겠어."

내가? 릴리는 잠깐 당황하다가 밀드레드가 말하려는 게 그녀가 벌인
사건에 대한 게 아니라는 것을 깨닫고 침착해졌다.

물론 릴리는 다니엘을 좋아한다. 그는 잘생겼고 부유하고 그림에 대한 지식이 엄청나니까.

"월포드 경은 멋있는 사람이지. 잘생겼고, 다정하고."

다정하고? 릴리는 약간 당황해서 입을 벌렸다가 어머니의 표정을 보고 다시 입을 다물었다.

아무래도 어머니께서 뭔가 크게 착각하고 있다는 생각이 들었다.

월포드 경은 부유하고 잘생겼지만 다정하지는 않다.

처음엔 그녀도 그가 상당히 다정하다고 생각했다. 하지만 곧 그의 다정함이 어떤 조건하에서만 일어나는 일종의 특혜 같은 거라는 것을 깨달았다.

"다정하다기보다는 절제된 매력이 있는 분이죠."

릴리는 재빨리 밀드레드의 말을 고쳤다. 그래? 밀드레드는 그녀의 말에 이상하다는 듯 고개를 기울이더니 곧 다시 입을 열었다.

"그래, 그렇다고 하자. 어쨌거나 아주 멋진 분이긴 하지. 많은 사람들이 호감을 가지고 있고."

많은 여자들이 말이지. 릴리는 파티에서 월포드 경을 쳐다보던 여자들의 시선을 떠올리며 생각했다.

결혼하지 않은 미혼의 여자들뿐 아니라 때로는 결혼한 여자들도 월포드 경에게서 시선을 떼지 못했다. 거기에 월포드 경이 다정하기까지 했다면 지금까지 파티에서 그에게 말을 건 여자가 전부 노부인일 리가 없다.

하지만 그녀의 어머니는 전혀 모르는 모양이라, 릴리는 일단 입을 다물었다.

어쩐지 그녀의 어머니가 이렇게 빙빙 돌리면서 이야기를 하는 이유가 뭔지 알 것 같아서 릴리의 입가에 미소가 떠올랐다.

"그래서 말인데. 네게 묻고 싶은 게 있거든."

왔다. 릴리는 바짝 긴장해서 고개를 끄덕였다. 밀드레드는 곤란해하면서 말했다.

"네가 월포드 경이 좋은 남편이 될 거라고 했잖아."

"좋은 분이니까요."

부유하고 그림에 대해 아는 게 많다. 그것만으로 릴리에게 다니엘은 좋은 사람이 될 조건을 차고 넘쳤다.

하지만 반대로 밀드레드의 얼굴이 어두워졌다. 그녀는 한참을 뭐라고 말해야 할지 몰라 입을 다물었다.

"어머니?"

결국 참다못한 릴리가 밀드레드를 향해 몸을 내밀며 물었다. 밀드레드는 그런 릴리를 물끄러미 보다가 가까스로 입을 열었다.

"그러니까, 나와 월포드 경이 말이야."

어머니와 월포드 경. 거기까지 들은 릴리의 눈이 반짝이기 시작했다. 그녀는 밀드레드가 다시 머뭇거리자 결국 참지 못하고 속삭였다.

"임신했어요?"

그 순간, 밀드레드의 움직임이 딱 멈췄다. 그녀는 숨 쉬는 것도 잊고 릴리를 멍하니 쳐다보다가 벌떡 일어났다.

"릴리 반스!"

"아니에요?"

릴리는 깜짝 놀라서 눈을 동그랗게 떴다. 밀드레드는 그런 그녀를 내려다보며 입을 뻐끔거리다가 마치 비명처럼 소리쳤다.

"어, 어떻게, 어떻게 그런 말을!"

아니야? 릴리는 어리둥절해서 일어났다.

당연히 어머니가 월포드 경의 아이를 임신했다는 건 줄 알았다. 그게 아니라면 굳이 그녀만 불러서 이야기할 이유가 없다.

단순히 두 사람의 교제를 말하려는 거라면 아이리스와 애슐리도 불렀을 것이다.

하지만 임신이라면 고지식한 아이리스는 너무 놀랄 테고 애슐리는 엉뚱한 소리를 할지도 모른다.

자신이 다른 두 자매와 달리 개방적인 성격을 가졌다고 생각하는 릴리는 어머니가 자신만 불러서 먼저 조심스럽게 하려는 이야기라면 당연히 임신이라고 생각했다.

"맙소사, 릴리, 너……."

어찌나 황당했던지 밀드레드는 급기야 숨을 헐떡이기 시작했다. 그녀의 안색이 하얗게 변했다가 이제는 파래지는 것을 본 릴리는 깜짝 놀라서 사람을 불렀다.

"아이리스! 애슐리! 누가 좀 와 봐!"

"부, 부르지……."

거기까지 말한 밀드레드는 결국 소파에 주저앉았다. 과호흡으로 머리가 어지러웠기 때문이다.

릴리는 그런 밀드레드의 곁에 앉아 팔을 주무른다, 목의 단추를 푼다, 난리였다.

그 사이 애슐리와 아이리스가 무슨 일인가 하고 달려왔다.

"무슨 일이야? 어머니?"

딱 봐도 밀드레드의 상태가 좋지 않자 아이리스가 당황해서 물었다. 숨을 헐떡이는 밀드레드를 대신해서 릴리가 대답했다.

"임신하셨나 봐!"

"아니거든!"

숨을 헐떡이는 와중에도 밀드레드는 필사적으로 그렇게 소리치고 쓰러졌다. 그대로 쓰러졌다간 이상한 소문이 퍼지게 생겼다.

그녀의 명예뿐 아니라 애슐리와 다니엘을 위해서라도 밀드레드는 정정할 필요가 있었다.

하지만 아이리스는 아니었다. 그녀의 눈이 동그래졌다. 임신이라고?

그 사이 애슐리가 재빨리 주방으로 달려가서 종이봉투를 가지고 돌아왔다. 그리고 그것을 밀드레드의 입과 코에 씌우며 말했다.

"천천히 숨 쉬세요, 어머니."

그런 걸로 될 리가! 아이리스와 릴리가 말도 안 된다고 생각하는 동안 놀랍게도 밀드레드의 안색이 돌아오기 시작했다.

그녀는 종이봉투 안에 숨을 내쉬었다 들이마시며 릴리를 노려봤다.

"마님."

소란스러움에 고개를 내밀었던 짐이 재빨리 밀드레드를 위해 차를 가져다주었다. 가까스로 안정을 차린 밀드레드는 찻잔을 들어 올리며 짐에게 감사를 표했다.

"임신이라고요?"

곁에서 아이리스가 조심스럽게 물었다.

누구와? 거기까지 의문을 떠올린 그녀는 곧 고개를 저었다. 누구긴 누구겠어? 그녀의 어머니와 뭔가가 있는 남자를 고르라면 단 한 명, 다니엘 월포드 남작밖에 없다.

"아니야!"

차를 한 모금 마신 뒤, 밀드레드는 손을 들어 올리며 상황을 정리했다. 어째서, 왜, 그런 말도 안 되는 생각을 했는지 모르겠다. 그녀는 릴리를 바라보며 다시 말했다.

"절대 아니야. 왜 그런 생각을 했는지 모르겠지만, 월포드 경과 나는 아무 관계도 아니야."

"하지만 남작님이 좋은 남편이 될 것 같냐고 하셨잖아요?"

좋은 남편? 아이리스와 애슐리의 시선이 다시 밀드레드를 향했다. 그녀는 새빨갛게 달아오른 얼굴로 릴리를 향해 말했다.

"네 남편으로 말이야, 릴리."

이번에는 아이리스와 애슐리의 시선이 릴리를 향했다. 릴리의 얼굴 위로 어리둥절한 표정이 스쳤다가 경악이 떠올랐다.

"저, 저요?"

"너 월포드 경을 좋아하는 거 아니었어?"

"좋아하죠! 스승으로서요!"

어라. 밀드레드는 마치 뒤통수를 한 대 맞은 표정을 짓고 있었다. 아이리스와 애슐리는 릴리를 쳐다봤다가 이번에는 밀드레드를 쳐다보기 시작했다.

하지만 곧 릴리가 입을 열자 두 사람의 고개가 릴리를 향해 돌아갔다.

"맙소사! 어머니, 무슨 생각을 하신 거예요? 남작님은 그냥 좋은 선생님일 뿐이라고요!"

"하지만 그 사람과 결혼할 여자는 행복할 거라며?"

"그 여자가 어머니일 줄 알았죠!"

밀드레드의 얼굴이 확 하고 붉어졌다. 동시에 아이리스와 애슐리의 고개도 그녀를 향했다.

"맙소사."

밀드레드는 두 손으로 얼굴을 감싸며 한숨을 내쉬었다.

그녀의 머릿속에 다니엘의 자신만만하던 말이 떠올랐다. 그는 누가 자신을 좋아하는지 안다고 했다. 그리고 릴리는 그를 좋아하는 게 아니라고도 했지.

"어머니, 릴리가 월포드 남작님을 좋아하는 줄 아셨어요?"

두 사람의 설전을 지켜보던 아이리스가 조심스럽게 물었다. 당황하는 밀드레드와 달리 아이리스와 애슐리는 그녀가 그렇게 생각했다는 것을 오히려 놀라고 있었다.

어딜 어떻게 봐도 릴리와 월포드 남작의 사이는 가르치고 배우는 스승과 제자, 그 이상도 이하도 아니었다.

사실 아이리스는 릴리의 어머니가 밀드레드가 아니었다면 과연 월포드 남작이 릴리에게 관심을 두기라도 했을지 의심스러웠다.

"끄응."

밀드레드의 얼굴을 가린 그녀의 손가락 사이로 대답인지 신음인지 모를 웅얼거림이 흘러나왔다.

아이리스는 어이가 없어서 입을 딱 벌렸고 릴리는 배를 잡고 웃기 시작했다.

"맙소사, 어머니!"

결국 릴리는 배를 잡고 소파에 쓰러지면서 신음을 내뱉었다. 말도 안 된다.

물론 월포드 남작은 아주 잘생겼고 아주 부유하고 회화에 대한 지식이 대단하긴 하지만 릴리의 이상형은 아니었다.

"월포드 남작님은 저보다 열 살은 많다고요!"

"정확히 열네 살이지."

헐떡이는 릴리의 말에 아이리스의 냉정한 지적이 뒤따랐다. 밀드레드는 다시 한 번 신음을 내뱉은 뒤 고개를 들고 말했다.

"사랑에 나이 차는 그리 크게 중요하지 않잖아."

"하지만 열네 살 차이라고요!"

말도 안 돼! 릴리는 어이가 없어서 웃음을 멈췄다. 그리고 너무하다는 듯 말을 이었다.

"전 올해 열여덟 살이란 말이에요!"

"알아. 나도 그래서 말도 안 된다고 했어."

밀드레드는 다시 두 손에 얼굴을 묻으며 중얼거렸다. 창피해 죽겠다.

당연히 릴리가 그를 좋아하는 줄 알았다. 왜냐고? 밀드레드의 눈에도 콩깍지가 꼈으니까.

새삼 그 사실을 깨닫자 밀드레드는 정신이 번쩍 들었다. 바보 같은 짓을 했다. 그때 애슐리가 물었다.

"그럼, 임신은 아닌 거죠?"

"아니야."

"아니야."

밀드레드와 아이리스가 동시에 대답했다. 밀드레드는 아이리스를 한 번 쳐다보고 다시 애슐리에게 고개를 돌리며 말을 이었다.

"나와 월포드 남작님 사이는 아무것도 아니야."

"하지만……."

"월포드 남작님은 어머니를 좋아하시죠."

이번에 끼어든 건 릴리였다. 맙소사. 밀드레드는 다시 두 손에 얼굴을 묻었고 아이리스는 어이없다는 듯 밀드레드에게 물었다.

"설마 저희가 모르는 줄 아셨어요?"

"끄응."

이번에도 밀드레드의 입에서 대답인지 신음인지 모를 소리가 흘러나왔다. 릴리는 어머니도 월포드 남작님을 좋아하지 않느냐고 말하려다가 참았다.

모를 수가 없다. 물론 집 밖에서 월포드 남작은 놀랄 정도로 자신의 감정을 숨기는 데 능숙해 보였다. 하지만 이 집에서라면 문제가 달라진다.

아이리스와 릴리는 그가 어머니의 곁에 서 있을 때면 분위기가, 표정이, 눈빛이 어떻게 변하는지 떠올리고 눈알을 굴렸다.

"어머니."

그때 애슐리가 조용히 입을 열었다. 부끄러움에 몸부림치던 밀드레드는 가까스로 고개를 들고 애슐리를 쳐다봤다.

"두 분이 만나시는 거죠?"

애슐리의 질문에 순식간에 분위기가 가라앉았다. 아이리스와 릴리가 대답을 기다리는 동안 밀드레드는 굳은 표정으로 아이들을 둘러보았다.

"아니야. 다시 말하지만, 우린 아무 사이도 아니야."

"하지만……."

릴리가 그럴 리 없다고 반박하려 했지만 그보다 먼저 밀드레드가 손을 들어 올려서 그녀의 말을 막았다. 그리고 애슐리를 쳐다보며 말했다.

"적어도 네 아버지의 장례식을 치르기 전까지 나는 월포드 경은 물론, 그 어떤 남자와도 뭔가를 할 생각은 없어."

그게 옳다. 밀드레드의 말에 아이들은 고개를 끄덕이며 자리에서 일어났다.

"의사를 부를까요?"

밖에서 상황을 살피던 짐이 아이들이 일어나자 슬쩍 고개를 내밀며 물었다. 하지만 그럴 필요는 없었다. 밀드레드는 괜찮다고 고개를 젓고 애슐리의 머리를 쓰다듬으며 물었다.

"어떻게 종이봉투를 가져올 생각을 했니?"

애슐리의 눈동자가 빛나기 시작했다. 그녀는 뿌듯한 표정으로 말했다.

"어제 읽은 책에서 봤어요."

21

관계의 변화

"반스 양께서는 악기를 다룰 줄 아시나요?"

데이비드가 아이리스에게 물었다. 예전에 아이리스와 춤을 춘 적이 있는 남자다.

우리와 만나면 인사를 나누더니 최근에는 아이리스와 대화를 나누는 단계까지 발전했다.

나는 아이리스가 피아노라고 대답하는 것을 확인하고 고개를 돌려 무대를 쳐다봤다.

마치 짠 것처럼 사교계의 흐름은 무도회에서 음악회로 넘어갔다. 무도회나 음악회나 귀족과 부자들이 자기 집에 손님을 초대하는 거라 사실 별 차이는 없다.

군이 따지자면 춤을 추지 않으니 신발을 좀 더 불편한 걸 신어도 된다는 정도겠지.

나는 제임스가 릴리를 향해 고개를 기울이는 것을 보고 애슐리를 쳐다봤다. 그녀는 사람들이 말을 거는 것을 거부하는 것처럼 나와 다니엘 사이에 앉아 있었다.

"누가 물어보면 너도 피아노라고 하면 돼."

나는 애슐리를 향해 속삭였다. 그녀가 왜 사람들과의 대화를 거부하는지 알 것 같았기 때문이다.

아이리스와 릴리는 피아노를 배웠다. 하지만 애슐리는 배운 게 없어서 누군가 어떤 악기를 연주할 줄 아냐고 물어보면 답이 궁색해진다.

돌아가자마자 애슐리에게 피아노 치는 법을 가르쳐 줘야겠다.

계이름만 읽을 줄 알면 된다. 어차피 우리 집은 모건 백작 부인처럼 저택에서 음악회를 열 것도 아니고.

"하지만, 거짓말이잖아요."

내 생각이 맞았는지 애슐리는 진지한 표정으로 물었다. 나는 다니엘을 한 번 쳐다보고 애슐리에게 다시 속삭였다.

"오늘 집에 가자마자 가르쳐 줄 테니까 거짓말은 아니지."

다니엘의 한쪽 눈썹이 올라갔다. 하지만 그보다 애슐리의 표정이 환해진 게 더 기분이 좋아서 나는 그녀의 손을 잡고 빙그레 웃었다.

"피아노가 있습니까?"

다니엘이 애슐리의 몸 뒤로 몸을 기울여 내게 속삭였다. 나는 기억을 뒤집어 피아노의 존재를 확인하고 속삭였다.

"네. 창고에 넣어 놨어요."

관리하기가 어려워서 창고에 넣어 놨던 것 같다. 아이리스와 릴리는 확실히 피아노를 배웠으니 분명 집 안 어딘가에 피아노가 있을 것이다.

아니, 설마. 팔았나?

"없을지도 모르겠네요."

생각해 보니 자신이 없다. 다니엘은 피식 웃더니 다시 속삭였다.

"제 창고도 확인해 보죠."

그래 주면 고맙지. 나는 다니엘을 향해서도 한 번 웃어 보이고 다시 고개를 돌려 무대를 쳐다봤다.

모건 백작 부인의 손주들은 악기 연주에 괜찮은 실력을 가지고 있었다. 그 말은 최소한 들을 수는 있다는 뜻이다.

바로 어제 갔던 음악회는 정말 끔찍했다. 어느 정도였냐면 어젯밤 그 음악회에서 평생 음악을 듣는 악몽을 꿨을 정도니까.

그걸로 나는 귀족 사회에서 예술이라는 게 어떤 건지 확실히 깨달았다. 악기를 다루는 게 귀족 사회의 기본적인 소양이긴 하지만 어디까지나 그 기준은 현저하게 낮았다.

악기로 소리를 낼 수 있는가.

수준급으로 연주할 수 있는 사람도 있기는 했지만 꽤 드물었다. 그리고 그걸 그리 자랑스럽게 생각하지도 않았다.

그러니까 릴리의 그림 실력 같은 거지.

나는 아이리스의 옆에 앉아 제임스와 대화를 하는 릴리를 힐끔 쳐다봤다. 카일이 카일라라는 것이 밝혀지고 떨어졌던 그림값은 다시 천천히 오르고 있었다.

솔직히 말하면 이게 릴리가 화가가 되는 데 도움이 되는지는 모르겠지만.

"괜찮으시다면 언제 저와 함께 음악회를 가 보지 않으시겠습니까?"

데이비드가 아이리스에게 데이트를 권하는 소리가 들렸다. 그녀가 고개를 돌리는 순간 나는 재빨리 정면을 쳐다봤다.

내 눈치를 볼 필요는 없다. 데이비드는 괜찮은 집안의 청년이고 음악회 정도는 가고 싶다면 함께 가도 된다.

물론 나나 릴리가 따라가야겠지만.

"좋은 생각이네요. 권해 주셔서 감사해요."

아이리스의 긍정적인 대답에 나는 혼자 빙그레 웃었다. 아이리스가 데이비드가 마음에 든다면 데이비드도 나쁘지 않지.

문득 머릿속에 리안이 떠올랐다. 아이리스와 사이가 좋은 것 같았는데. 리안이 아이리스를 좋아한다고 생각했다.

나는 다니엘을 향해 고개를 돌렸다. 그는 리안을 돌보고 있는 입장이니 지금 아이리스가 리안이 아닌 다른 남자와 친하게 지내는 걸 불편하게 생각하지는 않을까.

"리안은 어떻게 지내요?"

내 질문에 다니엘이 천천히 나를 돌아보았다.

"그럭저럭이요."

"별로 잘 지낸다는 말로는 안 들리는데요."

"그 나이대의 청년들은 이런저런 일로 괴로워하기 마련이죠."

다니엘은 그렇게 말하며 아이리스를 힐끔 쳐다봤다.

아니, 이게 무슨 일이야? 나는 깜짝 놀라서 아이리스를 쳐다보다가 다시 다니엘을 향해 고개를 돌렸다. 지금 다니엘의 말은 마치 아이리스가 리안을 거절했다는 것처럼 들린다.

대체 어떻게 된 거냐고 물어보려는 찰나 사람들이 자리에서 일어나며 박수를 치기 시작했다.

연주가 끝난 모양이다. 나는 허둥지둥 자리에서 일어나 무대를 향해 박수를 치기 시작했다. 어느새 애슐리는 나보다 먼저 일어나서 박수를 치고 있었다.

"부족한 실력을 감상해 주셔서 감사합니다."

우리를 초대한 모건 백작 부인이 무대로 나와 사람들에게 인사를 건넸다.

그녀의 옆으로 악기를 연주하던 모건 백작가의 영식들이 뿌듯한 표정 반 쑥스러운 표정 반으로 서 있는 게 보였다.

다시 한 번 아이들이 자신의 이름과 함께 인사를 했다.

"응접실에 간단한 다과를 준비했으니 다과가 필요한 분들은 그쪽을 이용해 주세요."

인사 끝에 모건 백작 부인이 그렇게 말하고 무대에서 내려왔다. 다과라. 저녁 식사 시간 이후라 가벼운 차나 주스 정도일 것이다.

"목이 마르지는 않으신가요?"

제임스가 릴리에게 묻는 게 들렸다. 밤이라 약간 선선해서 따뜻한 차를 좀 마시는 게 아이들의 목에 도움이 될 것 같다.

우리도 응접실로 이동하자고 말하려는데 모건 백작 부인이 다가왔다.

"어떻던가요?"

모건 가의 아이들 연주 실력이 어떠냐는 질문이다. 다니엘은 내 쪽으로 손을 뻗으며 대답했다.

"훌륭한 솜씨였습니다."

자연스럽게 내가 그와 함께 왔다는 것을 떠올린 모건 백작 부인이 나와 아이들을 돌아보았다.

"반스 부인."

"좋은 연주를 들려주셔서 감사합니다, 백작 부인."

"그냥 기본 소양이죠."

모건 백작 부인은 그렇게 말하며 호호호 하고 웃었다.

나는 재빨리 애슐리의 손을 잡았다. 음악 연주가 기본 소양이라는 말에 그녀의 낯빛이 어두워졌기 때문이다. 배우면 돼. 나는 애슐리의 손을 한 번 꽉 잡았다가 놓으며 모건 백작 부인에게 말했다.

"어머, 그렇지 않아요. 아주 훌륭한 솜씨였는걸요. 저희 아이들도 배우긴 했는데 그렇게 잘하지는 못한답니다."

"그래요?"

모건 백작 부인의 시선이 아이리스와 릴리, 애슐리를 향했다. 그녀는 아이들을 천천히 살피더니 애슐리에게 물었다.

"아가씨는 어떤 악기를 다룰 줄 알지?"

"그, 그게……."

애슐리의 어깨가 움츠러들었다.

그러면 안 되지. 나는 슬그머니 그녀의 어깨를 감싸 안으며 말했다.

"피아노를 좀 칠 줄 알아요. 하지만 정말 기본적인 수준이라서 이렇게 부끄러워한답니다."

"뭐 어때요. 악보만 읽을 줄 알면 됐죠."

모건 백작 부인은 그렇게 말하며 자신이 재미있는 농담을 했다는 듯 웃었다.

사실 그렇긴 하지. 귀족들의 악기 다루는 수준은 악보를 읽을 수 있는 정도면 충분하다. 그것조차 못해서 간단한 곡을 외워서 연주하는 사람도 있으니까.

"그리고 보니 윌포드 남작."

다행히 모건 백작 부인의 관심이 다니엘을 향하자 애슐리의 어깨가 늘어졌다. 나는 다시 그녀의 어깨를 잡아 자세를 바로 하도록 한 뒤 아이리스를 돌아보며 말했다.

"목마르지 않니?"

아이들은 응접실로 가도 좋다는 말에 아이리스가 재빨리 고개를 끄덕였다.

나는 데이비드와 제임스의 에스코트를 받아 응접실로 향하는 아이리스와 릴리에게 애슐리를 부탁한 뒤 다니엘의 곁에 남았다.

"재미있는 이야기를 들었어요."

대체 모건 백작 부인이 어떤 재미있는 이야기를 들었는지 궁금해진다. 그녀는 반짝반짝 빛나는 눈으로 나를 한 번 쳐다보더니 다시 다니엘을 쳐다보며 말했다.

"성에서 왕자비 후보를 뽑는다고 하더군요."

"뭐라고요?"

나는 깜짝 놀라서 저도 모르게 다니엘 옆으로 바짝 붙으며 물었다. 왕자비 후보를 뽑는다고? 왕자비는 애슐리 아니었어?

하지만 곧 깜짝 놀라는 모건 백작 부인의 표정을 보고 재빨리 자세를 바로 하며 사과했다.

"어머, 죄송해요. 너무 놀라운 소식이라."

머릿속이 차분해지자 여러 가지 생각이 떠올랐다.

이 나라에도 간택이라는 게 있나? 간택이라는 건 결국 귀족가에서 결혼 적령기의 소녀를 데려다가 시험을 보겠다는 거잖아.

기본적으로 이 나라에서 귀족가의 결혼이라는 건 친하게 지내는 비슷한 가문의 아이들끼리 어릴 때 미리 약혼을 한다.

어릴 때 친하게 지내는 비슷한 가문이 없을 경우 지금 내 딸들처럼 데뷔탕트를 통해 배우자를 물색하게 된다.

그리고 그건 왕족도 비슷했다.

지금처럼 왕자가 어릴 때 결정된 약혼자가 없을 경우, 사교계의 아가씨들 사이에서 상대자를 물색하게 된다.

그중에 왕자가 유독 마음에 들어 하는 사람이 있다면, 가문이나 다른 문제가 없는지 살피고 왕자비가 되는 거다.

왕자가 끝까지 마음을 정하지 못할 경우, 뛰어난 조건의 아가씨들을 몇 명 골라서 시험을 치른다고 알고 있다.

간택은 아니지만 비슷한 거긴 하네.

"전하께서 마음에 드는 분을 찾지 못하신 모양이에요."

모건 백작 부인은 그렇게 말하며 안됐다는 듯 웃어 보였다.

그녀는 꽤 안타까울 것이다. 그녀의 손녀는 모두 사교계에 데뷔하기엔 어리거나 이미 약혼을 한 상태라고 들었다.

"글쎄요."

다니엘은 알 듯 모를 듯한 미소를 지으며 대답하더니 곧바로 다시 말을 이었다.

"아직 확실히 정해진 건 아닙니다. 하지만 한다면 추천으로 후보가 정해지겠죠."

추천이라. 나는 이 나라의 대부분이 추천으로 이뤄진다는 것을 떠올렸다. 그리고 그 추천은 당연하게도 결정권자의 가장 가까운 사람들에게서 나온다.

왕비나 왕을 곁에서 모시는 시녀와 시종이 명예로운 이유가 바로 그거다. 왕족의 상대를 할 수 있을 만큼 집안도, 지식수준도 괜찮다는 뜻일 뿐 아니라 왕족이 결정을 할 때 의견을 표할 수 있기 때문이다.

"남작도 추천을 할 생각인가요?"

모건 백작 부인의 질문에 나는 저도 모르게 다니엘을 쳐다봤다.

그러고 보니 다니엘도 당연히 추천을 할 수 있네! 그는 왕자의 스승이니까!

어쩌면 더 유리한 고지에 있는지도 모른다. 내가 너무 반짝반짝 빛나는 눈으로 쳐다봐서인지 다니엘은 나를 한 번 쳐다보더니 쓰게 웃으며 모건 백작 부인에게 말했다.

"아직 결정된 건 없습니다. 그러니 제가 말씀드릴 수 있는 것도 없군요."

"저런."

모건 백작 부인은 다니엘의 대답에 안타깝다는 표정을 짓더니 곧 다른 사람들과 인사를 하기 위해 물러났다.

나는 그녀가 떠나자마자 재빨리 다니엘의 팔뚝을 움켜쥐며 속삭였다.

"왕자비 후보라고요?"

"왜요? 관심이 있으십니까?"

"당연하죠!"

그걸 말이라고 하니? 내가 어이없다는 듯 대답하자 다니엘의 표정이 이상해졌다.

"전에는 왕자에게 이성적인 관심이 없다고 하셨던 걸로 기억하는데요."

어딘지 모르게 불쾌한 표정으로 다니엘이 말했다. 응? 뭐라고? 나는 그의 팔뚝을 움켜쥔 채 그를 쳐다보다가 인상을 썼다.

왕자한테 내가 이성적인 관심이 없는 거랑 간택이랑 무슨 상관인데?

"그런데요?"

"왕자비가 되고 싶으신 겁니까?"

아니, 뭐라는 거야? 나는 누군가 내 뒤통수를 때린 기분이 들어서 다니엘을 멍하니 쳐다보고 있었다.

그러다가 그때까지도 그의 팔뚝을 움켜쥐고 있었다는 것을 깨닫고 재빨리 놓고 물러나며 물었다.

"농담하는 거죠?"

"왜 농담한다고 생각하시죠?"

"어, 일단 왕자비는 미혼이어야 하지 않나요?"

"부인의 남편은……."

어허. 나는 재빨리 손을 뻗어 그의 입을 막았다. 그리고 다른 사람들이 눈치채기 전에 재빨리 손을 떼며 그를 향해 눈을 부라렸다.

아, 알겠다고. 내 남편 죽은 걸 네가 안다는 거.

근데 왕자비는 그런 문제가 아니지 않니? 왕자비가 되려면 아예 결혼 경력 자체가 없어야 한다.

나는 목소리를 낮춰서 윽박질렀다.

"자꾸 헛소리하면 버리고 갈 줄 알아요."

놀랍게도 다니엘은 못마땅하다는 표정을 짓더니 곧 자세를 바로 했다. 그리고 여전히 못마땅하다는 표정으로 얌전하게 말했다.

"알겠습니다, 부인."

"그래서 왕자비 후보를 뽑는 것에 대해 또 아는 게 뭐가 있어요?"

"부인을 추천해 달라는 거라면 절대 안 할 겁니다."

아, 헛소리하지 말라니까. 나는 그가 내민 팔 안쪽에 손을 얹으며 그의 옆구리를 콱 찔렀다.

"진심으로 하는 말은 아니죠?"

"왜 진심으로 하는 말이 아니라고 생각하시는 거죠?"

"상식적으로 생각해도 말이 안 되잖아요. 난 유부녀에 딸도 있고 나이도 많아요."

"그게 부인이 매력적이지 않다는 말은 아니죠."

허. 나는 어이가 없어서 픽 웃었다. 솔직히 말하면 매력적이라는 말이 좀 기분 좋기도 했다.

하지만 그렇다고 해서 그게 내가 왕자비 후보가 될 수 있다는 말은 아니다.

"하지만 어쨌든 제가 왕자비 후보가 된다는 건 말도 안 되는 소리죠."

내 말에 다니엘이 빙그레 웃었다. 그는 나를 향해 몸을 기울이더니 다시 나직하게 말했다.

"그게 제 가장 큰 행운이죠."

마치, 내가 유부녀도 아니고 딸도 없고 나이도 어렸다면 분명 왕자비 후보가 됐을 거라는 듯한 말에 나는 어이가 없어서 입을 딱 벌렸다.

지금까지 농담한 게 아니었어?

다니엘이 그 정도로 나를 높게 치고 있다는 게 기분 좋으면서 동시에 약간 부담스럽게 느껴졌다.

나는 그 정도로 대단한 사람이 아니다. 그냥 하루하루 사는 게 바쁜 평범한 사람일 뿐이다.

"이십 년 전으로 돌아간다고 해도 제가 왕자비 후보가 됐을 것 같지는 않은데요."

나는 그렇게 말하며 걸음을 옮기기 시작했다. 다니엘은 순순히 나를 에스코트하며 말했다.

"안 됩니다. 돌아갈 거면 한 십 년 전으로 하죠."

"무슨 차이가 있는데요?"

"이십 년 전은 제가 사교계 데뷔를 안 했거든요."

새삼스럽게 그와 나의 나이 차가 느껴졌다. 그러게. 다니엘이 나보다 다섯 살 어리지.

이 나라는 여자는 열일곱, 남자는 열아홉에 사교계 데뷔를 하니까 십 년 전이면 몰라도 이십 년 전이면 다니엘은 사교계 데뷔는커녕…….

"그만."

이십 년 전에 다니엘이 몇 살이었는지 생각하는데 그가 갑자기 내게 몸을 기울이며 단호하게 말했다.

뭘? 내가 어리둥절한 표정을 짓자 다니엘이 여전히 못마땅한 표정으로 말했다.

"제 나이는 그만 생각하시죠."

"젊은 건 좋은 거죠."

"부인도 젊습니다."

뭐, 그렇긴 하지. 나는 말 없이 어깨를 으쓱해 보였다. 애들 셋이 다 결혼 적령기인데 고작 서른일곱이면 엄청나게 젊은 거긴 하다.

나는 다니엘과 함께 응접실로 향하다가 다시 물었다.

"그래서 왕자비 후보를 뽑는 것에 대해 또 뭘 알고 있죠?"

"정해진 건 없습니다. 세 명에서 다섯 명 정도를 추천으로 정할 모양이더군요."

다니엘은 나와 속도를 맞춰 천천히 걸으며 그가 아는 것에 대해 이야기해 주었다. 많으면 다섯 명까지도 정할 수 있다는데 성에서 생각하는 최대 인원은 세 명까지인 모양이었다.

당연히 추천을 받을 거고, 추천하는 사람이나 집안, 지식수준을 보고 골라 왕자와 시간을 보내게 하면서 그 틈틈이 시험도 본다고 했다.

"가장 중요한 건 왕자님의 마음이지만 왕자님이 마지막까지 정하지 못한다면 시험 성적으로 결정되겠죠."

"그럼 떨어진 두 명은요? 어떻게 되죠?"

내가 살던 곳에서도 간택 최종 심사에 세 명이 올라가지만, 한 명만 선택되는 게 아니었다. 남은 두 명도 왕의 빈으로 들어갔다.

하지만 이 나라는 일부일처고 첩을 두는 건 아예 법으로 금지돼 있다. 그건 왕도 마찬가지라 나는 시험에서 떨어질 남은 두 명이 걱정됐다.

"시험에 참가해 준 것에 대한 감사의 표시로 선물을 주고 돌려보냅니다."

"그게 끝이에요?"

"네. 끝입니다."

어, 그럼 나쁘지 않네? 붙으면 왕자비가 되는 거고 떨어지면 선물을 받는 거잖아? 이건 무조건 후보가 되는 게 이득인 상황이다.

나는 다니엘에게 다시 물었다.

"경도 누군가를 추천할 수 있죠?"

"부인은 안 해 드린다고……."

"아, 자꾸 헛소리할 거예요?"

나는 손을 얹은 다니엘의 팔뚝을 꼬집으며 가볍게 타박했다. 그리고 다시 말했다.

"경의 추천서를 받으면 확실할 것 같은데요."

그렇지 않을까? 그는 왕자의 스승이고 왕대비와도 친한 사이잖아.

하지만 다니엘은 그렇게 생각하지 않는 모양이었다. 그는 못마땅한 표정으로 나를 바라보며 말했다.

"그걸 아이리스가 원할 거라고 생각하십니까?"

당연히 원하겠지! 걘 신데렐라잖아.

아니, 잠깐. 반사적으로 애슐리를 떠올리며 생각하던 나는 그제야 다니엘이 입에 올린 이름이 애슐리가 아니라 아이리스라는 것을 깨닫고 걸음을 멈췄다.

아이리스라고? 애슐리가 아니라?

"부인?"

다니엘이 멍하니 그를 쳐다보는 나를 불렀다.

상식적으로 생각하면 애슐리보다는 아이리스를 추천해 달라고 하는 게 맞긴 하다. 아이리스가 첫째고 교육도 훨씬 잘 받았으니까.

하지만 신데렐라는 애슐리잖아.

나는 이걸 어떻게 말해야 할지 고민하다가 또 다른 이상한 점을 깨달았다. 아이리스가 그걸 원할 거라고 생각하냐고?

"왜 아이리스가 왕자비가 되는 걸 원치 않는다고 생각하는데요?"

놀랍게도 다니엘의 얼굴에 못마땅한 표정 외의 다른 표정이 떠올랐다. 그는 상당히 곤란한 표정을 짓더니 주변을 둘러보고 자기 팔에 얹은 내 손에 반대편 손을 올렸다.

그리고 우리가 향하던 응접실의 반대쪽으로 고갯짓하며 말했다.

"잠시 저쪽에서 이야기할까요?"

저쪽? 나는 다니엘이 이끄는 대로 걸어가며 무슨 일인가 하고 그를 쳐다봤다. 그는 꽤 능숙하게 나를 사람들과 다른 응접실로 안내했다.

크기를 보아하니 다과를 준비한 응접실보다 훨씬 작은 규모인 모양이었다.

조용히 쉬고 싶은 사람을 위해 준비했는지 응접실은 개방돼 있었고 물도 준비돼 있었다.

"아이리스가 청혼을 받았다는 걸 알고 계십니까?"

응접실에 들어오자 다니엘은 문을 닫으며 내게 물었다. 닫으면 안 될 텐데.

나는 그를 향해 돌아서며 문을 닫지 말라고 하려다가 말았다.

이성과 단둘이 닫힌 방 안에 있으면 안 되는 건 결혼하지 않은 사람에게나 해당되는 일이다. 나는 이미 결혼했으니 별 상관이 없겠지.

그리고 다니엘의 명예는, 음. 그가 알아서 하지 않을까.

"웹스터 경이 한 걸 청혼이라고 하는 건 아니겠죠."

내 대답에 다니엘이 픽 웃었다. 그는 가슴 앞으로 팔짱을 끼며 말했다.

"아니요. 그건 협박이라고 하죠."

덕분에 그의 옷에 주름이 팽팽하게 지면서 다니엘의 팔 근육이 드러났다. 아까워라. 셔츠만 입었다면 더 보기 좋았을 텐데.

나는 그가 재킷을 입은 것을 안타까워하며 입을 열었다.

"그럼 무슨 청혼이요?"

"음, 그게……."

다니엘은 입술을 깨물더니 내 시선을 슬쩍 피했다. 그리고 한숨을 내쉬더니 내게 바짝 붙어서 낮은 목소리로 속삭였다.

"리안입니다."

"리안이요? 리안이 아이리스에게 청혼을 했다고요?"

진짜? 나는 깜짝 놀라서 다니엘을 쳐다봤다. 그는 곤란한 표정을 짓고 있었다. 아니, 죄책감인가?

나는 다니엘의 얼굴에서 죄책감을 읽어 내고 눈살을 찌푸렸다. 리안이 아이리스에게 청혼한 게 왜 다니엘이 죄책감을 가질 일이지?

"아이리스가 거절했군요?"

"네."

"그게 경이 죄책감을 가질 일은 아닌 것 같은데요."

"그렇죠."

작게 한숨을 내쉰 다니엘이 다시 내게 다가왔다.

아니, 왜 이래? 나는 그가 너무 다가온 것 같아서 슬쩍 뒤로 물러났다. 그러다가 소파와 다니엘 사이에 갇힌 것을 깨닫고 인상을 썼다.

"뭐 하는 거예요?"

"진실을 고백하면 화나서 떠나실 것 같거든요."

"허. 그래서 퇴로를 차단하는 거예요?"

"말이 끝나기 전까지만요."

대체 무슨 진실이길래 내가 도망칠 걸 걱정하는 거지? 몇 가지 안 좋은 상상이 떠올랐다. 설마 다니엘이 프레드를 죽였다거나.

이건 말도 안 되는 상상이다. 프레드는 행방불명됐다가 죽어서 발견됐고 그건 이 나라에서 배로 몇 달은 걸리는 거리였다.

다니엘이 마법이라도 써서 대륙을 뿅 하고 이동하는 게 아니라면 불가능한 일이다.

"경이 이야기를 끝내기 전까지 떠나지 않도록 조심하죠."

"앉으시는 게 좋겠습니다."

그렇지 않아도 종아리에 소파가 닿아서 불편하던 차다. 나는 앉으라는 말에 냉큼 소파에 앉았다.

다니엘은 맞은편 티 테이블 끝에 걸터앉더니 내 표정을 살피며 조심스럽게 입을 열었다.

"제가 왕자 전하의 스승이라는 것도 알고 계시죠?"

"그걸 모르는 사람도 있나요?"

"왕자 전하의 성함도 알고 계십니까?"

안다. 쥬세페. 좀 촌스러운 이름이긴 하지만 원래 왕족의 이름은 좋게 말해서 고상하고 나쁘게 말하면 촌스러운 법이다.

"쥬세페 전하잖아요?"

다니엘의 한쪽 눈썹이 올라갔다. 그는 낮은 목소리로 부드럽게 말했다.

"풀네임은요?"

애 지금 날 시험하나? 나는 반쯤은 어디까지 하는지 지켜보자는 심정으로 입을 열었다.

"쥬세페 아드리안 챠클레요."

다니엘은 아무 말도 하지 않았다. 그는 그저 제자가 스스로 정답을 발견하길 기다리는 스승처럼 나를 물끄러미 쳐다볼 뿐이었다.

"뭔데요?"

결국 나는 참지 못하고 물었다. 왕자의 이름은 쥬세페 아드리안 챠클레어. 쥬세페 왕자이자 캠프의 공작.

어라.

거기까지 생각하자 이상한 생각이 떠올랐다.

리안 캠프. 갈색 머리에 푸른 눈의 청년. 하지만 왕자는 금발이라고 했다.

"부인."

다니엘은 내 얼굴을 물끄러미 쳐다보다가 부드럽게 나를 불렀다. 내가 금세라도 머리를 잡고 쓰러질까 봐 걱정하는 모습이었다.

"설마."

나는 다니엘을 노려보며 벌떡 일어났다. 나를 따라 다니엘의 몸도 천천히 펴졌다.

생각해 보니 나는 한 번도 왕자의 얼굴을 본 적이 없다.

그래서 처음 리안을 만났을 때는 그가 왕자일지도 모른다는 생각을 하기도 했지만 진짜 왕자는 금발이라는 말에 아니라고 생각했지.

하지만 이 나라에도 가발이라는 게 있다. 그리고 다니엘은 머리 색을 바꿀 수 있다.

그가 가면무도회에서 머리 색과 눈 색을 바꿨던 게 떠올랐다.

"날 속였어?"

리안 캠프라는 청년은 사실은 쥬세페 아드리안 챠클레어 왕자였던 거다. 분노한 내 앞에서 다니엘이 죄책감 어린 표정으로 입을 열었다.

"네."

이 자식이! 저도 모르게 팔이 먼저 움직였다. 하지만 내 손바닥이 그의 뺨에 닿기 전에 먼저 다니엘의 손이 내 손목을 잡았다.

"안 됩니다."

나를, 우릴 속인 주제에 맞는 건 싫어? 발칵 화를 내려는 순간 다니엘이 다시 속삭였다.

"뺨은 사람들 눈에 보입니다. 하실 거면 목 아래를 하세요."

그렇게 말하면 못 할 거 같니? 나는 있는 힘껏 그의 정강이를 걷어찼다.

퍽 하는 소리와 함께 구두 끝에 그의 정강이가 부딪쳤다.

놀라울 정도로 다니엘은 미동도 없이 서 있었다. 그는 여전히 내 오른 손목을 잡고 나를 물끄러미 쳐다보고 있었다.

네가 어디까지 반응이 없나 보자. 나는 다시 발을 들어 그의 발을 꽉 밟았다.

내 손목을 잡은 그의 손에 잠깐 힘이 들어가긴 했다. 하지만 이번에도 다니엘은 묵묵히 당하고만 있었다.

이래서야 화가 풀리지 않는다. 차라리 그가 아프다고 고래고래 소리를 지르면서 바닥을 굴렀으면 고소했을 것 같다.

나는 숨을 헐떡이며 그에게서 물러났다. 아니, 물러나려 했다. 하지만 여전히 내 뒤는 소파로 가로막혀 있었기 때문에 다시 소파에 주저앉는 수밖에 없었다.

"이걸로 충분할까요?"

다니엘은 여전히 내 손목을 잡은 채 작은 목소리로 물었다.

내가 아주 힘이 세고 키가 큰 남자였으면 좋겠다. 마치 내가 때린 건 별것도 아니라는 듯한 저 태도를 한 방에 눌러 버릴 수 있도록.

"당신이 작았다면 걷어찼을 거야."

"그렇지 않을걸요."

그는 나를 따라 다시 테이블 위에 걸터앉으며 힘없이 웃었다. 그리고 내 손을 놓으며 다시 말했다.

"부인은 자기보다 작은 생명체를 걷어차는 사람이 아니잖습니까."

"내가 당신이 커서 때렸다는 것처럼 들리네요."

"표적이 클수록 맞추기 편하잖습니까."

무슨 소리야. 나는 인상을 쓰며 말했다.

"경은 날 속여서 맞은 거지 커서 맞은 게 아니에요."

"죄송합니다."

다시 다니엘은 말 잘 듣는 커다란 개처럼 보였다. 나는 그런 그를 못마땅하게 쳐다보다가 리안이 왕자라는 사실보다 더 충격적인 사실을 깨달았다.

"그래서, 리안이, 아니, 왕자님께서 우리 아이리스에게 청혼을 하셨다고요?"

"전하 말로는 그렇다더군요."

"근데 아이리스가 거절했고요?"

다니엘은 어두운 표정으로 고개를 끄덕였다.

아이리스가 리안의 청혼을 거절했다고? 어쩐지 그건 이해가 됐다.

그냥 몰락 귀족인 리안의 청혼이면 몰라도 왕자인 리안의 청혼은 엄청나게 부담스러웠을 테니까.

"잠깐, 그럼 뜬금없이 왕자비 후보를 뽑는다는 건……?"

다니엘의 얼굴에 허탈한 미소가 떠올랐다.

"실연의 슬픔을 달래 주려는 거죠."

그러니까 아이리스에게 구혼을 거절당한 왕자가 상심한 나머지 아무와도 결혼하고 싶지 않고 이대로 혼자 살다 죽겠다고 한 모양이다.

그걸 들은 왕과 왕비는 기겁해서 억지로라도 왕자에게 왕자비를 찾아 줘야겠다고 생각한 모양이고.

허. 나는 어이가 없어서 다니엘을 멍하니 쳐다봤다. 새로운 사람으로 사랑의 슬픔을 달래는 것도 한 방법이긴 하다.

문제는 거절당한 사랑이 아이리스고 새로운 사랑이 애슐리가 되기 직전이라는 점이지만.

"이상하네."

나는 고개를 갸웃하며 저도 모르게 말했다. 애슐리가 신데렐라인 거 아닌가? 왕자의 첫사랑은 애슐리여야 하는 거 아니냐고.

그런데 지금 상황으로는 아이리스가 왕자의 첫사랑이 되게 생겼다. 내가 살던 곳은 첫사랑은 이뤄지지 않는다는 말이 있었다. 설마 이 나라도 그런 말이 있나?

"리안은, 아니, 왕자님은 어때요?"

"실연한 사람이 어떤지 모르십니까?"

"설마 침대에 들어가서 하루 종일 슬픈 음악을 들으며 훌쩍이나요?"

놀랍게도 다니엘의 얼굴에 웃음이 떠올랐다. 그는 쿡쿡거리며 말했다.

"그렇지는 않죠. 좀 의욕이 없다고나 할까요."

그래서 그동안 리안을 못 본 거군. 나는 아이리스에게 차여 우울해져 있을 리안을 생각하며 좀 안됐다고 생각하며 말했다.

"왕자님의 첫사랑도 이뤄지지 않나 보죠?"

다니엘의 표정이 이상해졌다. 그는 고개를 기울이며 말했다.

"무슨 말씀이신지 모르겠습니다."

"첫사랑은 이뤄지지 않는다잖아요."

"누가 그런 소릴 합니까?"

복잡해졌던 그의 표정에 이제는 명백하게 불쾌함과 짜증이 떠올라 있었다.

왜 네가 화를 내는 거니? 나는 이 나라에는 그런 말이 없던가, 하고 잠시 기억을 뒤집었다.

비슷한 말이 있긴 했다. 첫사랑은 요정의 선물이라는. 흠. 나는 무릎에 팔꿈치를 대고 그를 향해 몸을 숙이며 말했다.

"왕자님이 현재 자기 상태를 선물이라고 생각할 것 같지는 않은데요."

집에 가면 아이리스에게 물어봐야겠다. 왜 왕자님의 청혼을 거절했는지. 분명 부담스러워서일 것 같지만 아깝잖아.

하지만 역시 이상한 일이다. 리안이 아이리스를 좋아했다면, 애슐리는 어떻게 되는 거지?

생각해 보니 리안은 애슐리도 알고 있지만 사랑에 빠진 건 아이리스였다.

이게 신데렐라가 아닌 건가? 나는 자리에서 일어나며 다니엘에게 물었다.

"요정 만난 적 있어요?"

다니엘의 표정이 다시 이상해졌다. 그는 나를 물끄러미 보더니 물었다.

"부인께서는 본 적이 없으십니까?"

"네."

이 나라의 요정은 호랑이 같은 거다. 옛날엔 자주 나와 사람을 도와줬고 지금도 건너 건너 누군가 요정의 도움을 받았다는 말을 들을 수 있다.

하지만 나는 요정을 본 적이 없다.

슬퍼하는 사람 앞에 나타나서 소원을 들어준다는 말도 있고 자신의 기분을 불쾌하게 한 자에게 복수를 한다는 말도 있다.

이렇게 생각하니 손바닥만 한 작은 요정이 생각나지만 기본적으로 이 세계의 요정은 인간과 비슷하다고 한다.

영웅을 도운 요정 벨라만 해도 아주 아름다운 아가씨였다고 하니까.

"요정은 슬픔에 빠진 사람 앞에 나타나서 소원을 들어준다고 하잖아요."

나는 자리에서 일어나며 내가 알고 있는 요정에 대한 지식을 합쳐 가설을 입에 올렸다.

"만약 요정이 실연의 슬픔에 빠진 왕자님 앞에 나타난다면 어떻게 되죠? 왕자님이 아이리스의 마음을 얻고 싶다고 한다면요?"

"그렇게 되는 일이 아닙니다."

"아니라고요?"

다니엘 역시 나를 따라 일어나고 있었다. 그는 나를 향해 손을 내밀며 입을 열었다.

"요정이, 정확히 말해서 요정이 소원을 들어주는 데는 몇 가지 조건이 있습니다."

"뭔데요?"

"절망이요. 모든 의욕을 잃을 정도로 강력한 절망이 요정을 부르는 수단입니다."

"그거……."

나는 다니엘의 도움을 받아 소파와 테이블 사이를 빠져나간 뒤 다니엘을 쳐다봤다. 화가 가라앉자 그의 잘생긴 얼굴이 다시 내 눈에 들어오기 시작했다.

"요정이 아니라 꼭 악마 같네요."

"그렇습니까?"

그렇게 말하며 다니엘은 고개를 살짝 기울이고 미소 지었다.

심장이 철렁할 정도로 잘생긴 얼굴이 마치 악마처럼 보였다. 괜히 악마 운운했나.

나는 어쩐지 그의 얼굴을 빤히 쳐다보는 게 부끄러워져서 고개를 돌렸다.

그사이 다니엘이 문을 열었다. 그와 동시에 누군가 우리가 있는 응접실로 들어오려다가 우리를 발견하고 우뚝 멈췄다.

"마슨 남작. 남작 부인."

다니엘은 우리와 맞닥트린 부부에게 가볍게 인사를 건넸다. 우리 또래로 보이는 남작 부부는 응접실 안에 나와 다니엘이 있다는 사실에 당황하더니 물었다.

"단둘이 계셨던 건가요?"

"네. 하지만 문은 열어 뒀습니다."

다니엘의 물 흐르는 듯한 거짓말에 시선이 저도 모르게 그를 향했다. 하지만 나는 재빨리 남작 부인에게 시선을 돌리며 말했다.

"잠깐 쉬시려고요?"

"아, 네. 목이 좀 아파서요."

남작 부부는 다니엘의 거짓말에 응접실 문이 열려 있었는지 닫혀 있었는지 혼란스러워하는 눈치였다. 두 사람의 시선이 우리를 살폈지만 나는 모른 척 몸을 틀며 말했다.

"들어가세요."

다니엘 역시 두 사람을 위해 문을 활짝 열어 주었다. 남작 부부는 응접실 안쪽을 들여다보더니 곧 안도한 표정을 지으며 안으로 들어갔다.

"제 명예를 지켜 주셔서 감사합니다."

다니엘이 작은 응접실에서 큰 응접실로 걸음을 옮기며 불쑥 말했다.

보통 그건 미혼의 아가씨가 하는 말 아니니? 나는 어이가 없어서 킬킬거리며 속삭였다

"경의 명예를 더럽히면 경의 형제들과 결투를 하거나 경과 결혼해야 하잖아요. 당연히 지켜 줘야죠."

"전 괜찮은데요."

어느 쪽이? 결투와 결혼 중 어느 쪽이 괜찮은 거냐고 물어보려는 순간 애슐리가 나를 향해 다가왔다.

나를 찾았던지 그녀는 내 얼굴을 보자 안도한 표정으로 입을 열었다.

"어머니, 거기 계셨군요."

"왜? 무슨 일 있어?"

"그냥요."

넌 또 왜? 나는 왜 그러냐고 물어보려다 애슐리의 뒤에서 힐끔거리는 남자들을 발견하고 그녀가 왜 그러는지 알아차렸다.

아이리스와 릴리는 각각 대화 상대가 있으니 남자들이 애슐리에게 말을 걸었던 거다.

그녀는 그게 불편했던 거고.

"아이고."

나는 신음을 내뱉으며 애슐리의 어깨를 한 팔로 끌어안았다. 그리고 그녀에게 속삭였다.

"남자들이 불편하니?"

애슐리는 마치 내 눈치를 살피는 것처럼 나를 한 번 쳐다보더니 시선을 내리깔았다. 긍정이나 마찬가지인 태도에 나는 속으로 혀를 찼다.

리안도 정작 애슐리에게는 관심이 없었지. 오히려 그 녀석이 청혼한 건 아이리스였고.

대체 뭘까. 점점 이 세계에 혼란이 오기 시작했다. 신데렐라가 아니었나? 그럼 요정의 존재는 뭐지? 나는 왜 여기에 있는 거지?

"아야."

갑자기 머리가 지끈지끈 아프기 시작했다. 뭔가가 뇌를 쿡쿡 쑤시는 느낌에 나는 깜짝 놀라서 머리를 짚었다.

"어머니?"

"부인."

애슐리와 다니엘이 깜짝 놀라서 내 손을 잡았다. 하지만 그것보다 머리가 너무 아파서 아무 생각도 할 수가 없었다.

*　　*　　*

정신을 차리자 나는 내 집의 내 침대에 누워 있었다. 세상에. 나는 주변을 둘러보고 아이리스가 침대 옆에 놓인 의자에 앉아 있는 것을 발견했다.

"어머니? 기분이 어떠세요?"

"나쁘진 않아."

솔직히 좋은지 나쁜지 모르겠다. 아프지 않으니까 일단 나쁘지는 않은 걸로 해두자.

아이리스는 걱정스러운 눈으로 나를 쳐다보고 있었다. 그러더니 테이블에서 컵을 들어 내게 내밀었다.

"드세요."

"물이야?"

그렇지 않아도 목이 마르던 차다. 별생각 없이 컵을 받아 든 나는 엄청나게 고약한 냄새를 맡고 인상을 썼다. 으엑, 이게 뭐야?

"약이에요. 의사가 어머니께서 정신을 차리시면 드리라고 했어요."

"무슨 약인데?"

끔찍한 건 냄새뿐이 아니었다. 색도 끔찍했다. 이게 뭐야? 흙탕물처럼 보인다.

"긴장을 해소시켜 주는 거라고 했어요."

이게? 내가 살던 곳도 스트레스는 약이 없었는데? 나는 안 먹겠다고 하려다가 아이리스의 간절한 표정을 보고 하는 수 없이 컵을 입에 댔다.

웩, 냄새 한번 끝내준다.

"더 드세요."

아이리스는 한 모금 마시는 걸로는 절대 넘어가 주지 않았다.

그녀는 내가 맛만 보고 컵을 내려놓으려 하자 더 마셔야 한다고 우겼고 결국 반을 먹고 나서야 컵을 받아 주었다.

"릴리와 애슐리는 자니?"

"아까까지 있다가 제가 방으로 돌려보냈어요."

아이리스는 어른스럽게 말하더니 자기 옆을 돌아보며 말했다.

"애슐리가 너무 울어서 달래느라 혼났어요."

"그래?"

그러고 보니 머리가 깨질 것처럼 아플 때 누가 우는 소리를 들었던 것도 같다. 난 그게 환청인 줄 알았지.

아이리스는 그사이에 훨씬 어른스러워진 표정이었다. 나는 아이리스가 계속 쳐다보는 곳이 애슐리가 있었던 곳이 아닐까 하고 생각하며 물었다.

"왜?"

"그냥, 애슐리가요……."

아이리스는 나를 쳐다보더니 한숨을 내쉬었다. 그리고 어렵게 다시 입을 열었다.

"어머니께서 쓰러지신 게 굉장히 충격이었나 봐요. 그걸 보니까 좀……."

"안됐어?"

내 질문에 아이리스는 말없이 고개를 끄덕였다. 나는 팔을 뻗어 아이리스를 끌어안았다.

애슐리를 낳아 준 친엄마는 전염병으로 죽었다고 들었다. 그 애에게는 어머니가 눈앞에서 쓰러지는 게 트라우마일지도 모른다.

"괜찮으니까 너도 가서 자."

나는 자리에서 일어나 가운을 집으며 말했다. 아이리스가 깜짝 놀라서 나를 따라오며 물었다.

"어머니는요?"

"애슐리랑 릴리 좀 들여다보고 다시 잘 거야."

아이리스가 알겠다는 듯 고개를 끄덕였다. 나는 그녀와 함께 내 방문을 열다가 문득 떠오르는 의문에 다시 입을 열었다.

"와, 리안이 청혼했다면서?"

"누가 그래요?"

"월포드 경이."

아이리스의 얼굴이 달아올랐다. 부끄러워서는 아니었다. 화가 난 것처럼 보였다. 화가 났다고? 왜? 내가 어리둥절해서 쳐다보자 그녀가 우물우물 말했다.

"못 들은 걸로 하겠다고 했어요."

"왜? 부담스러워서?"

"그런 거 아니에요."

"그럼 뭔데?"

아이리스는 나를 한 번 쳐다보더니 나 대신 문손잡이를 잡았다. 그리고 문을 열면서 재빨리 말했다.

"이야기하고 싶지 않아요."

진짜 부담스러웠나. 내가 뭐라고 하려 했지만 아이리스는 후다닥 자신의 방으로 돌아가 버렸다. 그녀가 걸어가는 소리를 들은 릴리의 방문이 열렸다.

"안 자고 뭐 해?"

나는 무슨 일인가 하고 고개를 내미는 릴리에게 다가가며 말했다. 그녀의 얼굴이 활짝 밝아지더니 릴리가 복도로 나오며 물었다.

"괜찮으세요?"

"응. 그냥 좀 지쳤었나 봐."

"약은요?"

아이리스 같은 짓을 하네. 나는 꼼꼼하게 약을 마셨는지 묻는 릴리를 보고 피식 웃었다.

먹었다. 맛도 엄청나게 나빴지만 효과가 있었는지 기분이 좀 나아졌다.

"이제 들어가서 자. 난 애슐리 좀 보고 잘 테니까."

나는 릴리를 끌어안고 말했다. 릴리의 머리카락은 그동안 내가 가르쳐준 대로 잘 관리했는지 좋은 냄새가 나고 부드러웠다.

나를 마주 끌어안고 있던 릴리가 고개를 끄덕이며 말했다.

"그래요. 걔, 진짜 엄청 울었거든요."

대체 어느 정도였길래 만나는 사람마다 애슐리가 엄청 울었다고 하는 거지?

나는 릴리가 자신의 방으로 들어가는 것을 확인하고 애슐리의 방문을 노크했다. 하지만 안에서는 아무 소리도 들리지 않았다.

설마 자나?

슬쩍 문을 열자 방 안은 환했다. 나는 안으로 들어가면서 애슐리를 불렀다.

"애슐리, 자니?"

그러자 이불 안쪽에서 뭔가가 퐁 하고 튀어나왔다. 그리고 나를 바라보더니 벌떡 일어나서 내게 달려왔다.

"어, 어머니!"

애슐리는 침대에서 뛰어내리더니 곧바로 내게 달려와서 나를 끌어안았다. 아이고. 어째 달려오는 게 꼭 강아지 같다.

하지만 끌어안은 다음에는 절대 강아지 같지 않았다. 애슐리는 내 허리를 끌어안더니 다시 엉엉 울기 시작했다.

"도, 돌아가시면 아, 안 돼요. 나, 남작님이랑 결혼, 결혼하셔도 좋으니까……."

이건 또 무슨 소리야. 애슐리의 머리카락을 쓸던 나는 그녀의 엉뚱한 소리에 당황해서 멈췄다.

애슐리는 내 어깨에 얼굴을 묻고 흐느껴 울고 있었다.

"애슐리, 나 안 죽었어."

멀쩡히 잘 살아 있다. 물론 어깨가 좀 축축해지긴 했지만.

내 말에 애슐리의 울음소리가 더욱 커졌다. 어지간히 놀랐던 모양이다. 나는 그녀를 끌어안고 주춤주춤 애슐리의 침대로 걸어갔다.

그리고 애슐리와 함께 침대 끝에 앉아 그녀의 뺨을 감쌌다.

"애슐리, 날 봐. 나 안 죽었어. 그냥 머리가 좀 아팠던 것뿐이야."

"하, 하지만, 쓰, 쓰러지셨잖아요."

"머리가 아파서 움직이기 힘들었던 거지 정신까지 잃었던 건 아니었어. 네가 우는 것도 들었고. 지금도 봐 봐. 멀쩡하잖아."

내가 두 손을 들어 올리자 애슐리는 눈물이 그렁그렁한 눈으로 나를 쳐다봤다.

"도, 돌아가시는 줄 알았어요."

"안 죽는다니까."

"돌아가시면 안 돼요."

애슐리는 그렇게 말하더니 이번에는 내 무릎에 엎어져 훌쩍이기 시작했다.

불쌍한 것. 나는 그녀의 부드러운 금발을 천천히 쓰다듬었다. 엄마를 두 번이나 잃을까 봐 두려워하는 모양이라 가슴이 아팠다.

"안 죽어. 괜찮아."

"나, 남작님하고 결혼해서도 돼요."

그렇지 않아도 이상하게 생각하던 차였다. 나는 애슐리의 머리를 쓰다듬으며 물었다.

"남작님하고 결혼해도 된다니, 그게 무슨 소리야? 월포드 남작을 말하는 거니?"

훌쩍이던 애슐리의 울음소리가 멈췄다. 그녀는 고개를 들어 나를 쳐다보더니 고개를 끄덕였다.

아이구. 나는 손을 뻗어 애슐리의 눈물을 닦아 주었다. 얼마나 울었는지 눈이 통통 부었다.

내일 아침에 고생 좀 할 것 같다.

"설마 월포드 남작이 너한테 뭐라고 했니?"

그랬을 것 같진 않지만 어째 애슐리의 태도가 심상치 않았다. 뜬금없이 다니엘과 결혼해도 된다니, 이게 무슨 소리인 걸까.

애슐리는 내 질문에 다시 울 것 같은 표정을 지었다. 아이고, 애야. 내가 재빨리 그녀의 뺨을 감싸고 어르자 애슐리는 코를 훌쩍이며 속삭였다.

"그게 아니라 어, 어머니께서 월포드 남작님과 결혼하시면 저랑 아무 상관이 없어지잖아요."

"뭐?"

"저, 저도 어머니와 남작님이 잘됐으면 좋겠어요. 하지만, 하지만 어머니께서 남작님과 결혼하면 저랑은 완전 남인 거잖아요. 그건 싫어요!"

이건 대체 무슨 소리야. 나는 다시 엉엉 울기 시작하는 애슐리를 멍하니 쳐다봤다.

그러니까 얘는 내가 다니엘과 결혼하면 자기와 내가 남남이 될 거라고 생각하는 모양이다.

"맙소사."

나는 애슐리의 어깨를 잡은 채 한숨을 내쉬었다. 확실히 내가 그녀의 엄마가 된 건 애슐리의 아버지와 결혼했기 때문이긴 하다.

그러니 애슐리의 아버지인 프레드가 죽은 지금, 내가 다른 남자와 결혼한다면 자신이 어떻게 될지 걱정하는 것도 이해가 된다.

"그렇게 싫은데 왜 결혼해도 된다는 거니?"

내 질문에 애슐리가 다시 고개를 들었다. 그녀는 마치 해서는 안 될 말을 하는 것처럼 내게 바짝 붙더니 속삭였다.

"왜냐면, 왜냐면 남작님은 부자니까요. 어머니께서 아파도 의사를 불러올 수 있잖아요. 그리고 어머니를 아주 많이 좋아하시고요."

그래? 나는 다니엘이 부자라는 것보다 그가 나를 아주 많이 좋아한다는 사실을 애슐리가 안다는 것에 놀라서 눈을 크게 떴다.

하지만 곧 애슐리가 고개를 떨구며 흐느끼기 시작했다.

"어머니와 헤어지는 건 싫지만, 어머니가 아프신 건 더 싫어요."

아니, 나 안 아프다니까. 나는 뭐라 말해야 할지 몰라 잠시 애슐리를 쳐다봤다.

문득 전에 프레드의 장례를 치르기 전까지는 다니엘은커녕 그 어떤 남자와도 아무 일도 없을 거라고 말했던 게 떠올랐다.

나는 그게 애슐리를 위한 최소한의 배려라고 생각했다. 어쨌거나 나는 그녀의 아버지와 결혼을 했으니까.

새어머니가 아버지의 장례식을 치르기도 전에 다른 남자와 연애를 하면 누구라도 기분이 안 좋을 테니까.

하지만 애슐리는 그걸 다르게 받아들인 모양이었다. 프레드의 장례만 치르면 다른 남자와 만날 거라고.

"애슐리, 들어 봐."

나는 애슐리의 등을 쓰다듬으며 부드럽게 말을 이었다.

"내가 세 번째로 결혼을 하고 말고와 상관없이, 너는 내 딸이야. 나는 너와 헤어질 생각이 조금도 없어."

애슐리의 고개가 번쩍 들렸다. 그녀는 믿을 수 없다는 표정으로 속삭였다.

"하지만 만약, 만약 남작님이 저를 원하지 않으시면요? 저를 두고 오라고 하면요?"

"그럼 남작이 아니라 남작 할아버지가 와도 끝이지."

나는 어깨를 으쓱해 보였다. 진짜로. 다니엘이 아니라 다니엘 할애비가 와도 끝이다.

나한테는 아이리스, 릴리, 애슐리가 먼저다. 이 애들이 잘사는 걸 먼저 봐야 한다.

놀랍게도 기뻐할 줄 알았던 애슐리의 얼굴에 죄책감이 떠올랐다. 그녀는 다시 내 무릎에 엎드리더니 훌쩍이며 말했다.

"죄송해요. 어머니의 발목을 잡고 싶진 않아요. 하지만 그래도 어머니랑 헤어지긴 싫어요."

"애슐리, 너는 내 딸이고 내 책임이야. 아이리스와 릴리처럼. 절대 발목을 잡는 게 아냐."

그렇게 말했지만 애슐리의 기분은 그리 나아지지 않는 모양이었다.

나는 애슐리의 머리를 쓰다듬으며 다시 말했다.

"나는 네가 좋아. 그러니 네가 싫다는 남자는 나도 싫어."

솔직히 내 인생 목표에 더 이상 남자가 필요 없기도 했고.

나는 애슐리의 머리를 쓰다듬으며 그녀를 다독였다. 현재 내 인생에 있는 남자라고는 다니엘뿐인데 벌써 결혼 운운하는 건 너무 빠르지 않을까.

나는 진정이 된 애슐리를 한 팔로 끌어안고 천천히 말했다.

"그리고 꼭 세 번째 결혼을 해야 한다면 이 남자, 저 남자 만나 보고 하고 싶거든. 윌포드 남작 한 명만 만나고 결혼하는 건 좀 억울하지 않니?"

고개를 돌려보니 애슐리의 눈이 동그래져 있었다. 이 남자, 저 남자 만나 보고 결혼한다는 게 그녀에게는 꽤 충격적인 말이었던 모양이라 나는 씩 웃었다.

"남작님이 화내시지 않을까요?"

"그 사람이 나한테 뭔데?"

다니엘은 내 남편도 아니고 약혼자도 아니다. 우리는 아무 사이도 아니다.

내가 다른 남자를 만난다고 그가 화를 낼 자격은 없다.

내 설명에 애슐리는 혼란스러운 눈치였다. 나는 어쩐지 기분이 좀 붕 떠서 웃으면서 말했다.

"윌포드 경과 난 아무 사이도 아니잖아? 지가 뭐라고 날 침 발라 놓은 것처럼 굴겠어? 안 그래?"

"하지만……."

"너도 마찬가지야, 애슐리. 결혼을 해야겠다면 남자를 많이 만나 보고 그중에서 골라야 하는 거야. 알겠어?"

애슐리의 눈동자가 데굴 굴렀다. 너무 쓸데없는 이야기를 했나? 나는 가까스로 그녀가 왕자와 결혼해야 하는 신데렐라라는 것을 떠올렸다.

"물론 왕자님을 만난다면 또 모르겠지만."

그렇게 말한 뒤 나는 애슐리의 머리카락을 한번 쓸어 주었다. 릴리처럼 그녀도 내가 시키는 대로 열심히 감고 빗질했는지 금발은 반짝반짝 빛이 났고 부드러웠다.

시간이 너무 많이 흘렀다. 음악회에 참석했던 게 이른 저녁을 먹고 나서였기 때문에 시간은 이미 꽤 늦은 밤일 게 분명했다.

시계를 안 봐서 지금이 몇 신지는 모르겠네.

나는 애슐리에게 이제 그만 자라고 말한 뒤 그녀의 방을 빠져나왔다. 이상하게 기분이 붕 뜬 느낌이 들었다. 너무 잠을 많이 자서 몸이 가뿐해졌나?

그때 복도 저편의 다니엘의 방문이 내 눈에 들어왔다. 그에게 처음 내주었던 작업용 방에서 가까운 곳을 주느라 다니엘의 방은 복도 끝에 위치해 있었다.

나는 가벼운 생각으로 걸어가서 그의 방문을 두드렸다.

똑똑똑. 작고 경쾌한 노크 소리가 어둠 속에서 조용하게 울려 퍼졌다. 자나? 다니엘은 약간의 간격을 둔 뒤 대답도 없이 문을 벌컥 열었다.

그의 얼굴에 이상한 표정이 떠올랐다. 마치 눈앞에 있는 걸 믿을 수 없다는 듯한 표정에 나는 내 모습을 내려다보았다.

슬리퍼를 신고 있고 위에 가운도 걸쳤다.

"설마 당신도 내가 죽었다고 생각하는 거 아니죠?"

애슐리처럼 죽으면 안 된다고 엉엉 울면 곤란한데. 다니엘이 나를 붙잡고 우는 걸 생각하니 좀 웃겨서 나는 킬킬대고 웃었다.

그러자 그의 얼굴이 더더욱 이상해졌다.

"취했습니까?"

"아뇨, 술은 안 마셨는데요."

나는 그렇게 말하고 그의 어깨너머로 방 안을 살폈다.

그래도 잠옷으로 갈아입은 아이들과 달리 다니엘은 나와 음악회를 갔던 그 차림 그대로였다. 다른 점이라면 재킷과 타이가 사라졌다는 것뿐이다.

"들어가도 돼요?"

그는 문 앞에서 꿈쩍도 하지 않을 것 같았기 때문에 결국 내가 먼저 물었다. 다니엘이 한쪽 눈썹을 들어 올리더니 믿을 수 없다는 듯 물었다.

"들어오실 겁니까?"

"들어갈 거니까 물어봤죠?"

이상하다는 듯 눈썹을 좁힌 다니엘이 결국 뒤로 물러났다. 나는 그의 방으로 들어가며 가볍게 안을 둘러보았다.

방은 내가 그에게 내줄 때와 거의 비슷했다. 침대도 원래 있던 침대였고 소파도 원래 있던 소파였다. 달라진 거라면 침대 커버나 커튼 정도였다.

나는 소파에 앉으며 입을 열었다.

"사과하러 왔어요. 나 때문에 놀랐겠어요. 미안해요."

거기까지 말하고 보니 다니엘은 어쩐지 저 멀리 서 있었다. 나는 내 맞은편의 소파를 쳐다보고 그가 서 있는 반대편 벽을 쳐다봤다.

다니엘이 왜 이러는지 알 것 같다. 나는 한숨을 내쉬고 자리에서 일어났다.

"너무 늦은 시간에 찾아왔네요. 불편하게 해서 미안해요."

"아니, 아닙니다."

내 사과에 다니엘은 재빨리 내게 다가오며 말했다. 분명 저 멀리 있었는데 고작 몇 발자국 만에 그는 내 앞에 다가와 있었다.

"괜찮아요, 경. 너무 늦은 시간에 찾아온 내가 잘못한 거죠."

"아닙니다. 진짜로. 그러니 부디 머물러 주세요."

나는 다니엘이 미는 대로 소파에 다시 앉으며 그를 쳐다봤다.

지금 몇 시지? 아이리스가 릴리와 애슐리를 방으로 돌려보냈을 정도니 분명 늦은 시간일 것이다.

하지만 다니엘은 여전히 나와 음악회를 참석했던 그 차림이었다. 나는 미간에 주름을 만들며 물었다.

"약속 있어요?"

다니엘의 얼굴에 그게 무슨 소리냐는 표정이 떠올랐다. 그는 내가 자신의 옷차림을 보는 것을 알아차리고 한숨을 내쉬더니 내 맞은편 소파에 앉았다.

깊게 앉지 않은 탓에 그의 다리가 쑥 튀어나왔다.

길기도 하다. 나는 그의 다리를 힐끔 쳐다보고 시선을 올려 다니엘의 얼굴을 쳐다봤다.

그러고 보니 그의 얼굴이 약간 흐트러진 것 같기도 했다. 분명 나와 함께 음악회에 참석할 때는 머리카락이 단정했는데 지금은 약간 헝클어져 있었다.

"약속은 없습니다."

"그럼 왜 옷도 안 갈아입고 그러고 있어요? 안 불편해요?"

조끼까지 다 입고 있어서 꽤 불편할 것 같다. 다니엘의 조끼는 그의 몸에 딱 맞게 재단돼 있어서 그의 몸이 얼마나 좋은지 고스란히 드러나곤 했다.

그게 보기 좋긴 하지만 혼자 쉴 때는 거추장스러울 것 같은데.

"생각 좀 하느라요."

"무슨 생각을 하느라 옷도 안 갈아입고 있었어요?"

어딘지 모르게 다니엘은 약간 정신이 없어 보였다. 까칠해 보이는 얼굴이나 헝클어진 머리카락뿐 아니라 표정 같은 게 그랬다.

평소라면 좀 얄밉다 싶을 정도로 여유 있었던 그의 태도가 지금은 전혀 여유가 없어 보였다.

왜 이러는 거지? 나는 고개를 기울이며 물었다.

"윌포드 경?"

다니엘의 시선이 나를 향했다. 이상한 표정이었다. 나는 그의 얼굴에 뒤섞인 표정을 읽어내려 했지만 쉽지 않았다. 가까스로 읽어 낸 건 죄책감 정도.

"왜 그래요?"

내가 인상을 쓰며 묻자 다니엘이 못마땅한 표정을 지었다. 그리고 내게 몸을 내밀며 말했다.

"아까, 쓰러지셨을 때 말입니다. 머리가 아프다고 하셨는데요."

"네. 갑자기 두통이 너무 심해서 깜짝 놀랐어요. 경도 나 때문에 많이 놀랐겠네요."

"아닙니다. 그것보다……."

거기까지 말한 다니엘의 말이 멈췄다.

왜? 그것보다 뭐? 내가 눈을 동그랗게 뜨고 그를 쳐다보고 있자니 다니엘의 얼굴에 망설이는 표정이 떠올랐다.

"왜 그러는데요?"

"머리가 아팠을 때, 환청 같은 건 듣지 못했습니까?"

"환청이요?"

못 들었는데. 머리가 아파서 환청이고 뭐고 하나도 못 들었다. 애슐리가 울면서 뭐라고 하는 소리 빼곤.

나는 고개를 저었다. 그러자 다니엘의 표정이 더욱 이상해졌다. 그는 혼란스러워하는 표정이었다.

"아뇨. 왜요?"

나는 그를 향해 몸을 내밀며 물었다. 덕분에 내 쪽으로 몸을 내밀고 있던 다니엘과 내 얼굴이 꽤 가까워졌다.

다니엘은 나를 물끄러미 쳐다보더니 갑자기 벌떡 일어나면서 말했다.

"그만 방으로 돌아가시는 게 좋겠습니다."

"뭔데요?"

왜? 뭐 때문인데? 다니엘은 어리둥절해하는 나를 잡아 일으키더니 나를 문 쪽으로 가볍게 밀었다.

그게 그가 내게 한 행동 중 가장 강압적인 태도라 나는 가볍게 충격을 받았다.

"내가 뭐 잘못한 게 있어요?"

"아니, 아닙니다. 부인께서는 전혀 잘못하시지 않았습니다."

"그럼 왜 이러는 건데요?"

"제가 부인과 함께 있으면 제대로 생각을 할 수가 없습니다."

뭐라고? 나는 어이가 없어서 입을 딱 벌렸다. 이게 지금 무슨 소리야? 내가 여기서 탭댄스라도 췄니?

"아까는 있으랬다가, 지금은 나가랬다가. 환대에 몸 둘 바를 모르겠네요."

나는 조금 짜증이 나서 그렇게 쏘아붙이고 몸을 돌렸다. 그렇게 내가 간다고 했을 때 순순히 보내 줬으면 됐잖아? 내가 있겠다고 매달린 것도 아니고!

"부인."

다니엘은 단숨에 나를 따라잡았다. 그리고 내 팔을 잡았다가 내가 그를 돌아보자 재빨리 놓았다.

"그런 뜻이 아니었습니다."

"간다고 했을 때 순순히 가라고 하지 그랬어요. 그랬다면 서로 얼굴 붉힐 일은 없었을 텐데요."

"밀드레드."

다니엘은 다시 내 손을 잡으며 나를 불렀다.

어디서 이름을 불러? 내가 눈을 부라렸지만 그는 아랑곳하지 않고 내게 바짝 붙으며 말했다.

"내가 그만 돌아가시는 게 좋겠다고 한 건, 당신이 귀찮거나 거추장스러워서가 아닙니다."

그가 내게 너무 바짝 붙는 바람에 나는 고개를 들어 다니엘의 얼굴을 올려다보는 수밖에 없었다. 다니엘은 나를 위해 몸을 살짝 숙이며 말을 이었다.

"내가 옷을 입고 있었던 건 당신이 보고 싶었기 때문입니다. 당신이 오기 전까지 당신의 방으로 갈지 말지 고민하고 있었거든요."

그제야 나는 다니엘이 나를 더 이상 부인이라고 부르지 않는다는 것을 깨달았다.

이름을 부르지 않는 건 다행이지만 부인이 아니라 당신이라고 부르는 건 어쩐지 기분이 이상했다.

게다가 그는 여전히 내 손을 잡고 있었다. 언제라도 내가 뿌리치면 놓아줄 정도로 힘이 들어가 있지는 않았지만 그것조차 내 기분을 이상하게 만들었다.

다니엘의 헝클어진 머리카락이, 그의 약간 흐트러진 옷차림이 점점 더 강렬하게 다가오기 시작했다.

내가 살짝 뒤로 물러나자 다니엘은 절대로 나를 놔주지 않겠다는 듯
바로 바짝 붙어오며 속삭였다.

"전에 말했잖습니까. 나는 당신을 원한다고요."

"조, 좋아한다면서요?"

당황한 내 물음에 다니엘이 씩 웃었다. 그는 정말로 재미있다는 표정
이었다.

"좋아한다는 건 좀 가벼운 감정이죠."

"어, 그럼……."

"걱정 마세요. 당신이 아이들에게 말할 때까지 기다릴 테니까요."

다니엘이 아주 위험하게 느껴졌다. 그는 마치 풀숲에 누워 나를 잡아
먹을 기회를 살피는 짐승처럼 굴고 있었다.

어딘지 모르게 겁이 났다. 다니엘이 무서운 건 아니었다. 하지만 내가
감당할 수 없는 감정이 무섭게 느껴졌다.

"내가 당신을 좋아한다고 어떻게 확신해요?"

그 순간, 다니엘의 얼굴에 다시 자신만만한 미소가 떠올랐다. 아, 그
래. 나는 어쩐지 어이가 없어서 다시 말했다.

"누가 당신을 좋아하면 안다고 했죠."

"그런 의미로 릴리는 절 좋아하는 게 아니라고도 했고요."

"아, 맞아요. 릴리에게 물어보니 아니라고 하더군요."

"그렇습니까?"

다니엘의 얼굴이 미소가 짙어졌다. 윽. 나는 어깨를 움츠렸다가 될 대
로 되라는 기분으로 말했다.

"심지어 애슐리는 당신과 결혼을 허락하겠대요."

곤란해할 줄 알았는데 다니엘은 기분 좋아 보였다. 그는 애슐리에게
뭘 줘야겠다고 중얼거리더니 내게 말했다.

"당신을 얼른 보내야겠습니다."

"뭐라고요? 왜요?"

"키스하고 싶어서 견딜 수가 없거든요."

전혀 그렇게 안 보인다. 하지만 내가 내 손을 잡아당기자 그의 손도 딸려왔다.

"키스해도 될까요?"

다니엘이 물었다. 나는 반사적으로 그러라고 말하려다가 정신을 퍼뜩 차렸다. 그리고 지금까지 단 한 번도 묻지 않았지만 늘 궁금하던 것을 입에 올렸다.

"어디에요?"

입술에? 아니면 손등에?

다니엘의 눈이 휘어졌다. 그는 내게 고개를 숙이더니 말했다.

"오늘까지는 손등으로 하죠."

22
모두 나만 빼고
사랑에 빠져

이튿날. 결국 우리는 다니엘의 도움을 받아 애슐리를 왕자비 후보로 추천서를 넣기로 했다.

일단 릴리에게도 의사를 물어봤는데 왕자비 후보로 추천서를 넣어 보면 어떻겠냐는 말이 나오기가 무섭게 스케치북을 끌어안고 도망가 버렸다.

나는 애슐리가 다니엘과 함께 추천서를 쓰기 위해 서재로 들어가자 응접실에 앉아 신문을 펼쳤다. 아이리스는 내 맞은편에 앉아 손수건에 수를 놓고 있었다.

진짜로 괜찮은 건가.

아이리스에게도 한 번 더 물어봤다. 그 결과가 저거다. 관심 없다는 표정으로 손수건에 수를 놓는 거.

나는 신문 너머로 아이리스를 쳐다보고 도망친 릴리가 향했을 온실 쪽을 쳐다본 뒤, 다니엘과 애슐리가 간 서재 쪽을 차례대로 쳐다봤다. 그리고 신문을 넘기며 말했다.

"집이 많이 조용해졌어."

손수건에 수를 놓는 걸로 세계를 제패할 기세로 수를 놓던 아이리스가 고개를 들었다. 나는 모르는 척 신문의 다음 장으로 시선을 던지며 말했다.

"월포드 경이 오기 전까지는 아침마다 너희들, 난리였잖아."

다니엘이 하인을 데리고 오기 전까지는 아침에 식사를 만들고 물을 데우는 게 전부 우리의 일이었다.

그렇기 때문에 아침마다 아이들은 누가 뜨거운 물을 다 썼는지, 어제 빵 반죽을 대체 누가 한 건지 투덜거리곤 했다.

그때는 그게 좀 짜증이었는데 다니엘이 하인들을 데려와 그런 싸움이 사라지고 나자 이제는 그립게 느껴졌다.

언젠가 아이들이 다 결혼해서 떠나면 이 집은 완전히 고요해지겠지.

기분이 좀 이상했다. 내 목표는 아이리스와 릴리, 애슐리를 최대한 좋은 집에 시집보내고 나 혼자 작은 집으로 옮겨서 느긋하고 조용하게 사는 거였다.

하지만 인간은 적응의 동물이라고 여자 넷이 복닥복닥하게 사는 데 익숙해지니 혼자 조용하게 사는 게 영 상상이 안 된다.

"어머니."

아이리스는 수를 들고 일어나더니 내 옆에 바짝 다가와 앉았다. 그리고 내 어깨에 기대면서 말했다

"전 결혼하면 어머니랑 같이 살 거예요. 릴리랑 애슐리도요."

거기에 애슐리가 꼈다는 점에서 안도해야 하나, 날 데려간다는 점에

서 기겁을 해야 하나. 나는 아이러니한 생각을 하며 쓰게 웃었다.

"무슨 소리야. 결혼했으면 둘이 살아야지. 신혼부부 사이에 끼기 싫다."

"아니에요. 전 결혼해도 어머니와 꼭 같이 살 거예요."

네 나이 때는 그렇게 말할 수도 있겠지. 나는 피식 웃으며 한 팔로 아이리스를 끌어안았다. 그때 추천서를 다 썼는지 애슐리와 다니엘이 응접실로 돌아왔다.

"다 썼어요?"

"네."

다니엘의 표정이 약간 이상했다. 그는 알쏭달쏭한 표정으로 나와 아이리스를 번갈아 쳐다보더니 애슐리를 돌아보며 물었다.

"이대로 제출해도 되겠어?"

"네."

애슐리는 굳은 표정이었다.

좋아. 나는 신문을 내려놓고 남은 한 팔로 내 옆자리를 탁탁 두드렸다. 애슐리는 약간 망설이면서 내게 다가오더니 내 옆에 앉았다.

"오늘 케이시 경의 갤러리에 갈래?"

내 질문에 아무도 대답하는 사람이 없었다.

아닛? 나는 어이가 없어서 아이리스와 애슐리를 돌아보았다. 두 사람은 내 시선을 피하더니 말했다.

"릴리랑 같이 가세요."

"그래요. 릴리는 좋아할 거예요."

맙소사. 나는 어이가 없어서 소파에 머리를 기댔다. 나도 예술에 관심이 없긴 하지만 아이들 셋 중에 두 명이 관심이 없을 줄은 몰랐다.

"안 돼. 너희도 가."

"그럼 왜 물어보신 거예요?"

"맞아요. 안 가도 되는 거 아니었어요?"

내 단호한 말에 아이리스와 애슐리가 억울하다는 듯 반박해 왔다. 다니엘이 뭐라고 끼어들려다가 내가 힐끔 쳐다보자 입을 다물고 물러났다.

나는 아이들을 꽉 끌어안으며 말했다.

"그림은 훌륭한 거야! 예술을 보는 건 영혼을 살찌우는 훌륭한 행위라고!"

그날 저녁. 나는 케이시 경의 갤러리에서 흐린 눈으로 그림을 멍하니 보고 있었다.

이 그림이 엄청난 가격으로 거래됐다는데 솔직히 왜 그렇게 비쌌는지 모르겠다.

"예술을 보는 건 영혼을 살찌우는 훌륭한 행위라면서요?"

다니엘이 나를 위해 주스를 가져다주며 속삭였다.

아, 그래. 바로 몇 시간 전에 내가 아이들에게 그렇게 말하긴 했지.

뒤돌아보니 릴리는 내게서 약간 떨어진 곳에 서서 카일의 그림을 황홀하다는 표정으로 쳐다보고 있었다.

그리고 아이리스와 애슐리는.

두 사람은 어디 갔나 모르겠다. 내가 두리번거리자 다니엘이 내 옆에 서며 말했다.

"아이리스와 애슐리는 응접실에서 잠깐 쉬겠다고 했습니다."

"도망친 게 아니고요?"

다니엘은 어깨를 으쓱하더니 내게 몸을 숙이며 속삭였다.

"감히 그렇게 말할 수는 없죠."

그게 올바른 신사의 자세긴 하지. 나는 그가 넘겨준 주스를 홀짝이며 물었다.

"카일라의 그림 가격은 어때요?"

"예전 가격으로 회복했습니다."

대단하네. 나는 약간 멀리 떨어진 필립 케이시 경을 쳐다봤다.

그는 자기 명예 때문이 아니라 정말 카일라의 그림을 좋아했었던 모양이다. 케이시 경에 대한 호감이 샘솟기 시작했다.

그때 케이시 경이 릴리를 향해 다가가더니 뭔가를 이야기하는 게 보였다. 잠깐 두 사람이 나를 돌아보았다. 내가 잔이 든 손을 들어 올려 보이자 필립과 릴리가 나를 향해 손을 흔들었다. 그리고 다시 둘이 대화를 나누기 시작했다.

"두 사람, 대화가 잘 통하나 보네요."

나는 다니엘의 팔에 손을 얹고 그와 함께 갤러리를 천천히 걸으며 말했다.

카일라의 그림을 자랑하기 위해 갤러리를 연다더니 정말 가장 좋은 벽에 걸린 건 전부 카일라의 그림이었다.

"공통점이 있으니까요."

다니엘은 그렇게 말하며 어느 조각 앞에 멈춰 섰다. 나는 그가 조각을 쳐다보는 것을 보고 물었다.

"이것도 카일라가 조각한 거예요?"

"아뇨. 이건 작자 미상입니다."

작자 미상이라고? 무표정인 여자 조각이었다. 평범하게 생겼네. 자화상인가? 나는 가볍게 생각하고 그녀의 발아래 깔린 아주 작은 남자들을 발견했다.

"시셀이군요."

다니엘의 얼굴에 미소가 떠올랐다. 신기하네. 시셀은 보통 화난 늙은 마녀의 모습이거나 미소를 짓는 미인의 모습이다. 이렇게 평범하게 생긴 무표정한 얼굴에 정자세로 서 있는 시셀은 처음 봤다.

"제가 사라고 권했습니다."

"이걸요? 케이시 경에게요?"

"네."

다니엘은 고개를 끄덕이고 다시 걸음을 옮기기 시작했다. 나는 조각을 한 번 돌아보고 그에게 속삭였다.

"왜요? 값어치가 올라갈 것 같아요?"

"아니요. 그건 아닙니다."

"그럼요?"

"여성일 것 같거든요."

다시 내 시선이 한참 뒤에 있는 조각상을 향했다.

"조각자가요?"

다니엘은 말없이 고개를 끄덕였다. 나는 다시 그를 쳐다보며 물었다.

"케이시 경도 알아요? 조각자가 여자일지 모른다는 거?"

"네."

흠. 나는 릴리와 이야기하는 필립을 힐끔 쳐다봤다. 키도 크고 풍채도 좋다. 하지만 아직 결혼은 안 했다고 들었다.

"왜 결혼을 안 했대요?"

다니엘의 시선도 필립을 향했다. 그는 다시 나를 돌아보며 말했다.

"케이시 후작가에는 이어져 내려오는 저주가 있거든요."

"저주요?"

릴리를 저 남자한테서 떼어놔야 하는 거 아냐? 그렇게 생각하는데 다니엘이 빙그레 웃으며 대답했다.

"그들에겐 저주지만 누군가에게는 축복이기도 하죠."

"무슨 소린지 모르겠어요."

"케이시가의 남자들은 요정의 선물을 받았습니다."

어디서 들은 것 같은데. 나는 미간을 찡그리며 물었다.

"그거 혹시 케이시 경, 그러니까 더글러스 케이시 경도 받았다는 요정의 선물을 말하는 거예요?"

다니엘의 표정이 부드러워졌다.

그는 '아시는군요?'라는 눈빛으로 나를 쳐다보더니 내가 필립에게 판 카일라의 그림 앞에 걸음을 멈췄다.

"사람들 말이 결혼과 관련돼 있다고 하더군요."

나는 다니엘이 알고 있는 게 뭔지 궁금해서 내가 아는 것을 이야기했다. 그리고 그 요정의 선물 때문에 더글러스 케이시 경이 약혼을 두 번이나 파혼했다고도.

근데 필립 케이시 경도 그랬다니, 어째 이상한 생각이 들기 시작했다.

설마 케이시가의 남자들은 이상한 성벽이 있다거나 그런 건 아니겠지? 그래서 여자들이 다 도망친 거 아냐?

"네. 케이시가의 남자들은 한 세대마다 한 명씩 요정의 선물을 받은 사람이 나타납니다."

"뭔가 더 알고 있군요?"

"다른 사람보다는 더 많이 알고 있죠."

"알고 있는 게 뭔데요?"

다니엘의 시선이 다시 필립을 향했다. 나는 필립과 릴리를 쳐다보다가 문을 통해 낯익은 남자가 들어오는 것을 보고 눈을 크게 떴다.

붉은 머리카락에 잘생긴 청년. 더글러스 케이시 경이었다.

그는 갤러리에 들어오자마자 필립을 발견하고 그에게 다가가더니 인사를 건넸다.

"진정한 사랑을 만나게 되죠."

더글러스 케이시가 필립 케이시에게 인사를 하는 것을 지켜보며 다니엘이 나직하게 말했다.

나는 필립이 더글러스에게 릴리를 소개하는 것까지 보고 다니엘에게 고개를 돌렸다.

"진정한 사랑이요? 그런데 왜 둘 다 아직도 결혼을 못 한 건데요?"

다니엘의 얼굴에 미소가 떠올랐다. 재미있다는, 장난스러운 그런 미소였다.

나는 다시 릴리에게 고개를 돌려 더글러스가 릴리에게 인사를 하고 그 애가 뻣뻣한 태도로 인사를 받는 것을 확인했다.

"주어가 케이시가의 남자가 아니거든요."

"무슨 말인지 모르겠어요."

케이시가의 남자가 진정한 사랑을 만나는 게 아니면 대체 뭔데? 내가 어리둥절한 표정을 짓자 다니엘은 릴리와 더글러스를 쳐다보며 나직하게 말했다.

"케이시가의 남자들은 한 세대에 한 명씩 요정의 선물을 받아서 태어납니다. 그들과 약혼한 여성은 진정한 사랑을 이루게 되죠."

그게 무슨 소리야. 나는 여전히 이해가 되지 않아서 미간을 찡그린 채 다니엘을 쳐다봤다. 그의 밤색 눈동자가 나를 향했다.

다니엘은 마치 악마처럼 미소 짓고 있었다. 그의 단정한 입술이 다시 열렸다.

"더글러스 케이시 경이 두 번이나 파혼한 이유는 필립 케이시 경이 결혼을 포기한 이유와 같습니다. 그와 약혼한 두 여성 모두 약혼 뒤 진정

한 사랑을 만났고, 진정한 사랑과 결혼하기 위해 파혼해 달라고 부탁했
거든요."

아. 케이시 경에게는 저주지만 다른 사람에게는 축복인 이유를 알겠
다.

나는 뭐라고 말해야 할지 모르겠어서 더글러스와 필립을 쳐다봤다. 그
러니까 두 남자와 약혼한 여자는 진정한 사랑을 찾을 수 있다는 말이다.

문제는 그게 케이시가의 남자라는 말은 안 했다는 거다.

자신과 약혼한 여자는 진정한 사랑을 만날 수 있는 저주이자 축복을
받은 필립은 더글러스가 인사를 건네자 뻣뻣하게 인사를 받는 릴리를
보고 눈을 가늘게 떴다.

그리고 자신과 같은 저주이자 축복을 받은 조카 더글러스가 어쩔 줄
몰라 하는 것까지 알아차리고 고개를 절레절레 흔들었다.

그는 어쩌면 릴리가 더글러스와 잘 어울릴지도 모른다고 생각하던 차
였다.

사실 잘 어울릴지도 모른다는 건 그의 바람이었다. 필립은 자신과 말
이 통하는 릴리가 케이시가에 들어오면 참 좋겠다고 생각하고 있었기 때
문이다.

필립의 아버지인 선대 케이시 후작도 검술에 조예가 있었고 그의 형
님인 현 케이시 후작도 검술에 조예가 있었다.

그리고 형님의 아들이자 그가 가장 아끼는 조카 더글러스도 검술에
조예가 있어 현재 왕자님의 검술 스승이다.

케이시가의 남자들은 다 그랬다. 혈관에 피가 아니라 검이 흐르는 것
처럼 다들 태어나서 걷기 시작할 때부터 검을 잡았고 뛰어난 기량을 보
였다.

단 한 명, 필립만 빼고.

그는 검보다 붓을 더 좋아했다. 어릴 때부터 검을 쥐는 것보다 그림을 그리고 보는 것을 더 좋아했다. 물론 후작의 둘째 아들이 화가가 된다는 건 생각조차 할 수 없는 일이라 입에 올린 적도 없지만.

그런 그의 취미는 사람들이 모르는 재능 있는 화가를 발견해 그림을 수집하는 거였다.

그런 점에서 그가 현재 가장 사랑하는 화가는 카일, 아니, 카일라였다.

"경도 카일라에 관심이 있나요?"

릴리의 질문에 더글러스가 당황해서 필립을 쳐다봤다.

그의 조카는 카일라가 뭔지도 모르는 게 분명했다. 덕분에 그 반응을 본 릴리의 얼굴에 한심하다는 표정이 떠올랐다.

물론 금세 사라졌지만.

처음으로 자기 집안사람을 한심해하는 다른 사람을 발견하자 필립의 입이 귀에 가서 걸렸다.

모든 사람들이 케이시가의 사람들을 대단하게 생각한다. 그 집안에서 유일하게 검술에 재능이 없는 필립은 집안에서 자신이 가장 한심하고 이상하다고 생각하며 한평생을 살아왔다.

하지만 릴리는 필립을 대단하게 생각하고 더글러스를 한심하게 생각하는 게 눈에 보였다.

"이 그림의 화가가 카일라야."

필립은 웃음을 억지로 참으며 조카를 도와주었다. 그가 가리킨 그림을 본 더글러스는 고개를 끄덕이며 말했다.

"좋은 그림이네요."

"그렇죠?"

릴리의 얼굴이 밝아졌다. 그것을 본 더글러스의 안색도 같이 밝아졌다.

그 모습을 본 필립이 '어라?' 하는 표정을 지었다. 그는 카일라의 그림에 대해 설명하는 릴리와 그런 릴리를 물끄러미 쳐다보는 더글러스를 번갈아 바라보다가 고개를 갸웃했다.

어째 그의 조카가 릴리 반스 양에게 관심이 있는 것 같다. 그때 더글러스가 물었다.

"이게 수채화인 거죠?"

필립과 릴리의 눈이 동그래졌다. 두 사람은 믿을 수 없다는 표정으로 더글러스를 쳐다봤다.

자신의 질문이 얼마나 바보 같은지 모르는 더글러스는 릴리가 눈을 휘둥그레 뜨고 자신을 쳐다보자 당황하기 시작했다.

"더글러스, 이건 유화야."

"어, 다른 건가요?"

믿을 수 없다. 릴리는 입을 딱 벌렸다. 이거 완전 바보 아냐? 그녀의 머릿속에 제일 먼저 떠오른 생각은 그거였다.

다행히 그녀는 그 생각을 입 밖에 내지 않을 정도의 예의를 가지고 있었고 그건 필립도 마찬가지였다.

그는 아무것도 모르는 아기를 보는 눈으로 자신보다 큰 조카를 쳐다보며 말했다.

"아주 다르지."

실수했다. 더글러스의 얼굴이 가볍게 달아올랐다. 그 사이 릴리는 필립에게 잠시 자매들을 봐야겠다며 떠나버렸다.

멍청한 놈. 필립은 망연한 더글러스의 얼굴을 혀를 차며 쳐다보다가 물었다.

"뭐 하는 거냐?"

"제, 제가 뭘 말입니까?"

"아, 그런 표정 지을 거면 가서 데이트 신청이라도 해."

필립의 말에 더글러스는 믿을 수 없다는 표정을 지었다. 그는 숙부를 멍하니 쳐다보다가 더듬거리며 물었다.

"데, 데이트 신청이요? 반스 양에게 말입니까?"

"그럼 결투 신청을 하라고 했을까."

"제가 왜 반스 양에게 데이트 신청을 합니까?"

이거 바보 아냐? 필립은 두 번째로 그렇게 생각했다. 그리고 이번에는 생각으로만 하는 예의를 보이지 않고 거침없이 말했다.

"멍청한 놈."

"숙부님?"

더글러스가 당황하거나 말거나 필립은 혀를 차며 다른 손님을 상대하기 위해 몸을 돌렸다. 때마침 거스 남작이 그의 딸들과 함께 도착해서 그림을 구경하고 있었다.

"저기 있다."

마리안은 엘레나의 옆구리를 쿡 찌르며 속삭였다. 다니엘이 밀드레드와 함께 조각을 구경하며 이야기를 나누는 게 보였다.

두 사람이 함께 있는 것을 본 엘레나의 표정이 어두워졌다. 동시에 두 사람 곁으로 아이리스와 애슐리가 다가갔다.

예쁘네. 마리안은 애슐리를 보며 생각했다. 예쁘게 생겼다. 금발에 푸른 눈을 가진 엄청난 미인이었다.

애슐리가 가만히 서 있으면 조각처럼 보일 정도다. 그녀는 이 갤러리의 모든 사람이 애슐리를 한 번씩 힐끔거린다는 것을 깨달았다.

게다가 어리다. 마리안은 애슐리가 올해 사교계에 데뷔해 순식간에 유명해진 소녀라는 것을 떠올렸다.

다들 어디에 이런 미인이 숨어 있었던 거냐고 놀라워했고 그녀의 아버지가 이 년째 행방불명이라는 사실을 안타까워했다.

"저 여자야? 너무 어린데?"

마리안은 애슐리를 쳐다보고 물었다.

아무리 애슐리가 예쁘다지만 다니엘의 상대가 되기엔 너무 어리다. 마리안의 말에 엘레나가 고개를 저으며 말했다.

"그쪽 아냐. 왼쪽에 있는 여자 말이야."

엘레나의 말에 마리안은 애슐리의 왼쪽에 있는 아이리스를 쳐다봤다. 다니엘의 왼쪽에 있는 밀드레드가 아니라.

마리안의 표정이 가볍게 굳었다가 재빨리 돌아왔다. 안 예쁘잖아? 엘레나가 훨씬 예쁘다.

하지만 그녀는 그 말을 입에 올리지 않았다. 대신 동생을 돌아보며 말했다.

"있어 봐."

"뭐? 뭘 어쩌려고?"

엘레나가 당황해서 물었지만 마리안은 그저 동생의 손을 잡고 토닥였다.

마리안이 그녀의 언니라서 하는 말이 아니다. 객관적으로 봐도 엘레나가 더 낫다.

아이리스에 비하면 훨씬 예쁘고 집안도 괜찮다. 저쪽은 아버지가 백작이었다고는 하지만 경제적으로 여유가 없다고 들었으니까.

그녀는 아이리스가 가족들에게서 떨어질 때까지 기다렸다가 엘레나를 아버지에게 부탁하고 움직였다.

사위로 월포드 남작을 탐내는 거스 남작은 마리안이 무슨 일을 하려는지 눈치채고 고개를 끄덕였다.

"안녕하세요. 마리안 스튜워드예요."

갤러리에 딸린 테라스에 나와 있던 아이리스는 처음 보는 여자가 인사를 건네자 얼떨떨한 표정으로 고개를 끄덕이며 인사를 받았다.

"안녕하세요. 아이리스 반스예요."

마리안은 재빨리 아이리스를 확인했다. 그리 예쁜 얼굴은 아니다.

흔한 갈색 머리카락과 갈색 눈동자에 코가 좀 컸다. 하지만 자세가 곧았고 머리카락이 부드럽고 윤기가 흘렀다.

경제적으로 부유하지 않다고 했는데? 마리안은 이상하다고 생각하며 아이리스의 옷차림을 훑었다.

그리 화려하진 않았지만 아이리스는 어딘지 모르게 귀부인 같은 분위기를 풍기고 있었다.

단순한 디자인이지만 자기 체형과 피부색에 어울리는 드레스와 부드럽고 윤기 흐르는 머리카락. 그리고 움츠러들지 않는 곧은 자세와 당당한 눈빛.

뭔가가 부족하거나 자신감이 없는 사람은 움츠러들기 마련이다. 그 태도는 그 사람이 가진 매력을 반감시키고 단점을 부각한다.

하지만 아이리스는 스스로에게 자신감을 가지고 있었다. 밀드레드는 아이리스를 자랑스러워했고 그녀가 결혼을 못 하는 게 아니라 원하는 사람이 없어서 결혼하지 않는다는 식으로 대했다.

그게 아이리스의 자신감을 채워 주었다.

"전 엘레나 거스의 언니예요. 얼마 전에 스튜워드 백작과 결혼해 스튜워드 백작 부인이 됐죠."

"그렇군요. 결혼 축하드려요."

마리안의 말에 아이리스는 그녀가 왜 이런 말을 하는지 모르겠다고

생각하며 고개를 끄덕였다. 마리안은 아이리스가 자신에게 적의적이지
않자 미소를 지으며 말했다.

"결혼은 비슷한 사람끼리 하는 거예요. 그렇게 생각하지 않나요?"

아이러니하게도 마리안의 그 말은 아이리스에게 리안을 떠오르게 했
다. 몰락한 집안인 리안과 홀어머니와 동생이 둘이나 딸린 아이리스.

리안의 청혼을 거절한 건 그런 이유였다. 그녀는 장녀로서 동생들과
어머니를 돌봐야 할 의무가 있다. 밀드레드는 그건 자신의 일이라고 말
했지만 아이리스의 생각은 달랐다.

그녀가 누구와 결혼하든지 아이리스는 동생들의 결혼과 어머니의 노
후를 도와줄 수 있는 사람과 결혼해야 한다고 생각했다.

그녀는 리안을 좋아하지만, 리안에게 그건 너무 부담스러운 일이다.

"반스 양?"

마리안은 아이리스가 아무 말도 하지 않자 다시 그녀를 불렀다. 아이
리스는 청혼을 거절당한 리안의 얼굴을 떠올리고 있었다.

가슴이 아파 왔다. 실망하고 상처받은 표정을 짓던 리안을 떠올리자
그가 보고 싶어졌다.

하지만 그럴 수 없다. 리안에게 같이 짊어지자고 하기엔 아이리스에
게는 여동생이 둘이나 있다. 그녀는 입술을 깨물고 말했다.

"글쎄요. 그건 모르는 거죠."

"어머, 그렇게 생각해요?"

마리안은 믿을 수 없다는 듯 물었다. 그리고 아이리스 앞으로 가까이
다가가서 고개를 갸웃하며 말했다.

"서로 수준 차이가 너무 많이 나면 힘들어요. 내 말을 믿어요."

"스튜워드 백작 부인이라고 하셨죠?"

아이리스의 질문에 마리안이 고개를 끄덕였다. 아이리스는 이상하다

는 듯 고개를 기울이며 물었다.

"오늘 처음 본 당신 말을 내가 왜 믿어야 하는지 모르겠는데요."

"난 이미 결혼했거든요. 결혼해 봐서 아는데 결혼은 비슷한 수준인 사람끼리 하는 게 가장 좋더라고요."

"어머, 그래요? 더 먼저 결혼한 저희 어머니 말씀으로는 전혀 아니라던데요?"

마리안의 표정이 멈칫했다. 그녀는 다니엘의 곁에 있던 아름다운 부인을 떠올렸다. 두 번이나 결혼했지만 남편을 둘 다 잃은 비운의 과부.

결혼 경험이라는 점에서 마리안은 절대 밀드레드를 이길 수 없다. 결국 그녀는 아이리스를 회유하려는 것을 포기하고 말했다.

"반스 양, 당신 곁에 있는 그분은 이미 아주 오래전부터 그분을 좋아하던 사람이 있었어요. 뒤늦게 나타나서 채가는 건 너무 무례하다는 생각이 들지 않나요?"

뭐라는 거야? 아이리스는 이해가 되지 않아서 눈을 동그랗게 떴다. 아까부터 비슷한 수준끼리 결혼해야 한다 운운하더니 이제는 리안에게 전부터 좋아하는 여자가 있었단다.

"잠깐, 설마 다른 사람이 있는데 저한테 청혼했다는 말이에요?"

이거 웃기는 놈이네? 리안을 보고 싶던 마음이 싹 사라졌다. 화내는 아이리스 앞에서 마리안은 청혼이라는 말에 깜짝 놀랐다.

"청혼이라고요? 그가 당신한테 청혼했어요?"

그녀는 저도 모르게 아이리스에게 바짝 다가가며 추궁하듯 물었다.

믿을 수 없다. 엘레나가 분명 월포드 남작이 같이 있던 여자를 사랑하는 여자라고 말했다고 하긴 했지만 설마 벌써 청혼했을 줄은 몰랐다.

아이리스는 자신을 추궁하는 마리안의 태도에 짜증이 나서 몸을 획 돌리며 말했다.

"걱정 마세요, 거절했으니까!"

대화가 하나도 이어지지 않았지만 마리안은 다니엘을, 아이리스는 리안을 떠올리며 대화하느라 이상한 점을 느끼지 못했다.

아이리스는 그대로 성큼성큼 갤러리 안으로 들어가 밀드레드 곁으로 다가갔다.

"거절했단 말이지?"

마리안의 눈이 반짝였다. 그녀는 이 기쁜 소식을 동생에게 전하기 위해 재빨리 아이리스의 뒤를 따라 갤러리 안으로 들어갔다.

그리고 필립 케이시 경이 아버지에게 갤러리에서 일어난 불행한 사건을 위로하는 사이 동생을 잡아당겨 조용한 곳으로 향했다.

"뭘 어쨌다고? 언니, 미쳤어?"

언니에게 아이리스 반스 양이 월포드 남작의 청혼을 거절했다는 말을 들은 엘레나는 깜짝 놀라서 소리쳤다.

다들 무슨 일인가 하고 쳐다보자 마리안은 재빨리 엘레나의 손을 잡으며 그녀를 얼렀다.

"기쁜 소식이잖아. 아이리스 반스 양이 월포드 남작님을 거절했대. 그러니 네게도 기회가 있는 거잖아."

엘레나는 눈을 반짝이는 언니의 말에 잠시 말을 잇지 못했다.

세상에. 마리안이 월포드 남작의 연인을 아이리스 반스 양으로 착각했다는 것보다 반스 양에게 찾아가 헤어지라고 말했다는 게 더 충격적이었다.

결국 엘레나는 한숨을 내쉬었다. 그녀의 잘못이다. 처음부터 밀드레드 반스 부인이라고 말했어야 했다.

"마리안, 아이리스 반스 양이 아냐."

"뭐? 반스 양은 자기가 청혼을 거절했다고 했는데?"

"반스 양이 누구에게 청혼받았는지 모르겠지만 윌포드 남작님의 연인은 밀드레드 반스 부인이야."

마리안의 시선이 다니엘 곁에 있는 검은 머리카락의 미인을 향했다.

초록색 눈을 가진, 미인이라는 점은 애슐리와 비슷했지만 밀드레드의 곧은 자세와 자신만만한 태도는 아이리스와 똑같았다.

생각도 못 했다. 마리안은 어느 부자가 밀드레드에게 다가가 인사를 하는 것을 물끄러미 쳐다봤다.

"말도 안 돼."

"말이 돼."

"하지만 저 여자, 두 번이나 결혼했잖아. 애도 셋이나 있고."

그래서 말을 못 했다. 마리안은 엘레나의 표정에 비참함이 떠오른 것을 발견하고 입을 다물었다.

"그림을 주시다니, 아주 관대하시군요."

거스 남작은 그의 갤러리에서 일어난 불행한 사건을 위로하기 위해 자신의 갤러리에서 마음에 드는 그림을 한 점 주겠다는 필립의 말에 감사를 표했다.

필립은 껄껄 웃으며 덧붙였다.

"물론 카일라의 그림은 안 됩니다. 그건 제가 아주 아끼는 그림이거든요."

어차피 거스 남작은 카일라의 그림은커녕 그림 자체에 별 관심이 없다. 그가 그림과 조각을 모으는 건 어디까지나 윌포드 남작과 친분을 만들기 위해서였다.

그래도 필립의 제안이 고마운 건 사실이라 거스 남작은 다시 한 번 고맙다고 인사했다. 그때, 필립의 눈에 밀드레드에게 접근하는 어느 부자가 들어왔다.

필립보다 키가 작고 콧수염을 기른 남자였다. 란돌프 부이.

물론 필립이 초대했다. 그렇지 않고서야 감히 부이가 필립의 갤러리에 들어올 수 있을 리가 없으니까.

사실 필립이 부이를 초대한 건 어디까지나 자랑하기 위해서였다. 쉽게 말해서 '이것 봐라~ 넌 이거 없지?'를 하기 위해서 불렀다.

하지만 부이가 밀드레드에게 인사를 하자 필립은 조바심이 나기 시작했다.

그가 최근에 산 카일라의 그림은 반스 부인에게서 산 거다. 그녀의 집에 카일라의 그림이 또 있다면 그건 반드시 필립이 사야 한다.

"더글러스."

필립은 재빨리 카일라의 그림 앞에 서서 흐린 눈을 하고 멍하니 그림을 보고 있던 더글러스를 불렀다. 그리고 조카를 잡아끌며 반스 부인 앞으로 다가갔다.

"반스 부인, 제 조카인 더글러스 케이시 경은 알고 계시겠지요?"

알고 있다. 밀드레드가 고개를 끄덕이고 더글러스에게 인사를 건네는 사이 더글러스의 시선은 릴리를 향하고 있었다.

그걸 본 필립의 얼굴에 미소가 떠올랐다. 그는 재빨리 더글러스에게 속삭였다.

"빨리 데이트 신청해."

"네?"

더글러스는 깜짝 놀라서 숙부를 쳐다봤다. 필립은 릴리를 쳐다본 뒤 밀드레드에게 말했다.

"제 조카가 따님들과 또래인데 함께 어울리면 어떨까요? 릴리 반스 양, 혹시 경마에 관심 있나?"

경마라고? 릴리는 곤란해하는 더글러스를 보고 어머니와 필립을 번갈아 쳐다봤다. 그녀는 왜 하필 필립이 자신을 콕 집어서 이야기하는지 몰라 당황해하고 있었다.

"말은 좋아해요."

"잘됐군. 더글러스와 경마장에 가 보면 어떨까?"

필립의 말에 더글러스가 재빨리 고개를 끄덕이며 말했다.

"저희 집안 관람석이 있습니다."

"케이시 경도 가시는 거죠?"

"그럼. 가족들 모두 초대하겠습니다. 어떻습니까, 반스 부인."

필립은 만족한 표정을 짓고 있었다. 이걸로 그는 반스가와 친분을 쌓을 수 있게 되었고 부이를 견제했으며 릴리와 더글러스의 사이를 이어 줄 수 있게 되었다.

하지만 정작 릴리는 떨떠름한 표정이었다.

밀드레드는 눈썹을 들어 올리고 필립과 릴리, 더글러스의 대화를 보다가 다니엘을 향해 속삭였다.

"지금 케이시 경이 자기 조카를 우리 릴리와 이어 주려는 건가요?"

"글쎄요."

다니엘은 굳은 표정으로 말했다. 긍정적으로 생각하면 필립이 릴리를 더글러스와 이어 주려는 걸 수도 있다.

하지만 그게 아니라면 그가 밀드레드에게 관심을 가진 걸 수도 있다.

전자라면 다니엘과 아무 상관없는 일이지만 후자라면 절대 용납할 생각이 없었다. 그는 저도 모르게 밀드레드의 허리에 팔을 둘렀다가 재빨리 떼어 냈다.

"초대해 주셔서 감사합니다."

밀드레드는 필립과 더글러스를 번갈아 보며 인사했다.

필립은 뿌듯한 표정으로 부이를 돌아보았다. 밀드레드와 인사를 하고 있던 부이는 필립의 견제에 못마땅한 표정을 짓고 있었다.

"이게 누군가."

그제야 필립은 부이를 보며 아는 척했다. 그가 부이에게 자신이 수집한 카일라의 그림을 자랑하는 사이 더글러스는 릴리에게 말을 걸었다.

"언제 괜찮으실까요?"

"경마가 매일 있는 건가요?"

"경기는 매주 있습니다."

일주일에 두 번 경기를 치른다는 말에 릴리는 고개를 끄덕이다가 멈칫했다. 그리고 얼굴을 붉혔다.

왜 그러는 거지? 더글러스는 릴리가 왜 얼굴을 붉히는지 몰라서 고개를 기울였다.

아까 릴리도 그랬다. 수채화와 유화의 차이를 모르는 더글러스를 속으로 바보라고 생각했다. 그런데 지금, 그녀도 경기가 매일 있는지 매주 있는지 몰랐다는 것을 깨달은 것이다.

사람은 누구나 자신이 좋아하고 관심 있는 분야에 대해서는 잘 알지만 관심 없는 분야는 모를 수밖에 없다.

상대방이 자신이 잘 아는 분야를 모른다고 해서 바보라고 생각해서는 안 된다. 그런 생각에 릴리는 더글러스를 향한 미안함과 창피함에 몸 둘 바를 몰랐다.

"경께서는 언제가 괜찮으세요?"

미안한 마음에 릴리의 말투와 표정이 부드러워졌다.

더글러스는 약간 뻣뻣하던 그녀의 태도가 부드러워지자 어리둥절하면서도 한편으로는 기분이 좋아져서 미소를 지으며 말했다.

"저는 아무 때나 괜찮습니다. 반스 양께서 괜찮은 시간대라면 언제라도요. 빨리 보고 싶으시다면 내일도 괜찮습니다."

더글러스의 말에 릴리는 밀드레드를 돌아보았다. '내일 어때요?'라는 표정에 밀드레드는 고개를 끄덕였다. 내일 반스가는 딱히 약속이 없다.

"그래요, 그럼 내일."

릴리의 대답에 더글러스의 표정이 환해졌다. 그 얼굴을 본 애슐리는 이상한 기분에 고개를 갸웃했다.

그녀는 며칠 전부터 어쩐지 멍한 상태의 아이리스를 돌아보고 이번에는 밀드레드와 다니엘을 돌아보았다.

"이게 다 무슨 일이래."

애슐리가 중얼거렸다. 그녀만 빼고 가족들에게 뭔가가 일어나고 있는 것처럼 느껴졌다.

하지만 예전과 달리 그다지 소외감 같은 건 느껴지지 않았다.

그건 물론 작년과 달리 밀드레드가 어딜 가든 그녀를 꼭 데리고 다니기 때문이기도 했다. 예전이었으면 지금처럼 누군가 반스가를 초대했을 때 애슐리가 빠지는 건 당연한 일이었다.

하지만 지금 애슐리는 밀드레드가 자신을 반드시 데리고 간다는 것을 알았다. 그녀가 원하지 않을 때만 빼고.

한 번도 가지 못한 경마장에 대한 기대가 애슐리의 눈 속에서 반짝이기 시작했다.

*　　*　　*

"애슐리, 말 타 본 적 없지?"

이튿날, 경마장에 도착해서 엄청난 인파에 눈을 휘둥그레 뜬 애슐리에게 릴리가 물었다.

두 사람 다 커다란 모자를 쓰고 있어서 약간 떨어져서 대화를 나눠야
했다.

"응."

애슐리는 커다란 모자를 좀 더 눌러 쓰며 대답했다. 모자 때문에 그녀
의 얼굴이 가려지는 게 마음에 들었다. 자신이 지나갈 때면 사람들이 힐
끔거리는 게 싫었기 때문이다.

정확히 말하면 그녀의 얼굴을 보고 아이리스와 릴리의 얼굴을 본 뒤
수군거리는 게 싫었다.

그런 모습을 볼 때면 애슐리는 자신이 잘못한 것처럼 느껴져서 어깨
가 움츠러들곤 했다.

"저쪽에 가면 말을 타 볼 수 있대."

릴리가 방금 그들이 지나간 길을 가리키며 말했다. 그래? 애슐리는 말
을 타 볼 수 있다는 것보다 자신을 위해 그런 걸 신경 써 줬다는 게 기분
좋아서 눈을 반짝였다.

케이시 후작의 관람석은 삼 층이었다.

마주(馬主)에게 주어지는 특권 중 하나다. 케이시 후작가는 유서 깊은
목장을 소유하고 있었고 가장 유명한 마주 중 하나였다.

"오늘은 좀 덥네요."

아이리스는 손부채질을 하며 말했다. 그녀의 시선이 건물 밖을 돌아
다니며 차가운 주스와 차를 파는 상인을 향했다.

날이 좀 더워진 덕에 상인은 상당한 매출을 올리고 있었다. 밀드레드는
아무 말도 하지 않았지만 그녀도 삼 층까지 올라오느라 좀 힘들긴 했다.

케이시가의 관람실은 이미 손님을 맞이할 준비가 되어 있었다.

경기장이 내려다보이는 창문 앞에 테이블 두 개가 놓여 있었고 음식
을 서빙하기 전에 놓아둘 테이블 위에도 식탁보가 씌워져 있었다.

"마실 것을 가져왔습니다."

더글러스가 말하자 케이시 후작가에서 나온 하인들이 피크닉 바구니를 내려놓았다.

두 번의 파혼 후 더글러스는 여성들에게 더 이상 관심을 두지 않고 있었다. 그러던 아들이 네 명의 여자와 함께 경마장을 간다고 하자 후작가에서 들뜬 것은 당연한 일일 것이다.

"어머."

밀드레드는 피크닉 바구니에서 끊임없이 흘러나오는 음식을 보고 저도 모르게 신음을 내뱉었다. 경마를 보면서 먹을 수 있도록 간단한 음식을 준비한다더니 절대 간단한 음식이 아니었다.

안에 오렌지를 넣어 구운 꿩고기와 졸인 사과소스를 얹은 돼지갈비, 버터를 듬뿍 넣어 구운 부드러운 롤빵과 커스터드푸딩, 사과와 크랜베리를 넣은 바삭한 파이와 호두를 넣은 파운드케이크.

마실 것은 오렌지와 사과 두 가지 과일 주스와 달콤한 와인이 나왔고 하인은 어디선가 뜨거운 물을 가져와 차를 내리기 시작했다.

"부족한 게 있다면 얼마든지 말씀하세요. 바로 준비하겠습니다."

음식이 나오는 것을 보고 감탄하는 밀드레드에게 필립이 말했다.

부족한 게 있을 리가 없다. 밀드레드는 하인에게 찻잔을 받아 들며 고개를 저었다.

여기에 다니엘도 함께 왔다면 좋았을 텐데. 그녀의 머릿속에 함께 오지 못한 다니엘이 떠올랐다.

그는 어제 필립의 갤러리에서 돌아오자마자 할 일이 있다며 나가서 오늘 아침까지 돌아오지 않았다.

그러면서 반스가의 여자들이 사용할 수 있도록 마차와 마부는 놓고 갔다는 게 다정하다고 밀드레드는 생각했다.

물론 그에게 반스 부인을 위해 대기하라는 명령을 들은 마부는 입을 딱 벌렸다. 그는 살면서 단 한 번도 월포드 남작이 누군가를 위해 자신의 마차를 빌려주는 걸 본 적이 없었다.

눈이 펑펑 내리던 날 어느 극장에서 마차가 오는 게 늦어져서 어떤 일가족이 달달 떠는 걸 봤을 때조차도 다니엘은 무시하고 가 버렸었다.

"잠깐 밖을 둘러보고 와도 될까요?"

하인에게 찻잔을 받아 든 애슐리가 물었다. 경마장은 처음이라 애슐리의 눈이 기대감으로 반짝이고 있었다. 게다가 아까 릴리에게 말을 타볼 수 있는 곳이 있다고 들은 터라 흥분해 있었다.

밀드레드는 처음으로 뭔가를 요청하는 애슐리의 모습에 놀라 눈을 크게 떴다. 애슐리가 말을 좋아하는 줄은 몰랐다.

그녀는 자신도 결혼하기 전 경마장에 왔을 때 얼마나 흥분했는지를 떠올리며 아이리스와 릴리를 돌아보았다.

"제가 같이 갈게요."

애슐리를 혼자 다니게 할 수는 없다. 재빨리 아이리스가 자리에서 일어나면서 말하자 애슐리의 눈이 릴리를 향했다. 아이리스와 애슐리의 사이가 좋아지긴 했지만 단둘이 걸어 다닐 정도로 사이가 좋은 건 아니다.

애슐리의 시선을 받은 릴리가 눈치 빠르게도 끼어들었다.

"나도 같이 가."

아이리스에 릴리까지 나간다면 더글러스가 가만히 있을 수가 없다. 그는 재빨리 일어나면서 자원했다.

"그렇다면 제가 안내해 드리죠."

릴리의 얼굴 위로 싫다는 표정이 떠올랐다가 재빨리 가라앉았다. 눈치도 없다. 자매끼리 오붓하게 산책하려고 했는데.

하지만 경마장 주변을 돌아다니려면 남자 한 명쯤은 있는 게 좋다.

"그래 주면 고맙겠어요."

밀드레드의 허락이 떨어지기가 무섭게 더글러스는 릴리 곁으로 다가 갔다. 하지만 그보다 먼저 릴리가 애슐리의 팔을 끌어안더니 말했다.

"애슐리, 우리 손 잡고 가자."

그러더니 애슐리와 함께 재빨리 복도로 나가 버렸다. 필립은 어쩔 줄 몰라 하던 더글러스가 아이리스를 따라 복도로 나가자 밀드레드를 바라 보며 말했다.

"젊은 사람들은 젊은 사람들끼리 어울려야죠."

"맞아요."

밀드레드는 빙그레 웃으며 차를 홀짝였다. 필립이 더글러스를 릴리와 이어 주고 싶은 거라면 그녀가 반대할 이유가 전혀 없다.

물론 릴리도 더글러스를 좋아해야 하지만.

"릴리예요, 애슐리예요?"

졸지에 더글러스와 나란히 걸어가게 된 아이리스가 더글러스를 쳐다 보며 물었다.

애슐리와 손을 잡고 걸어가는 릴리의 뒷모습을 쳐다보던 더글러스는 깜짝 놀라 아이리스를 쳐다봤다.

갈색 눈에 갈색 머리카락. 그리 예쁜 얼굴은 아니다.

아이리스를 향한 더글러스의 인상은 딱 그 정도였다. 그렇기 때문에 그는 왕자님이 그녀를 좋아한다는 사실을 아직도 믿기 힘들어하고 있었 다.

"뭐가 말입니까?"

아이리스는 붉은 머리카락을 가진 잘생긴 기사의 말에 빙그레 웃었 다.

딴청 부리는 것 같아도 알 수 있다. 원래 사람들은 자기 연애 문제는 긴가민가해도 남의 연애 문제는 잘 알아채는 법이다.

"함께 산책하고 싶었던 사람 말이에요."

아이리스의 말에 더글러스는 가만히 그녀의 얼굴을 들여다보았다.

갈색 눈이네. 그는 반사적으로 릴리의 초록색 눈을 떠올렸다. 그녀의 초록색 눈동자는 호기심으로 늘 반짝반짝 빛이 났다.

심지어 그를 향해 경멸하는 표정을 지을 때조차도.

"동생분은 초록색 눈이던데 아이리스 양은 갈색 눈이군요."

더글러스의 말에 아이리스의 미소가 짙어졌다.

그녀와 릴리에게 접근하는 남자들의 반은 애슐리에게 잘 보이려는 사람들이었다. 그들은 대부분 아이리스와 릴리를 구분하지 못했다.

인상이 비슷하기 때문일 거라고, 아이리스는 생각했다.

그런 점 때문에 애슐리가 미워졌다가도, 애슐리를 향한 남자들의 관심이 때로는 깜짝 놀랄 정도로 천박할 때가 있어서 불쌍해지곤 했다.

그런데 눈앞의 이 남자는 그녀의 얼굴을 보자마자 릴리의 눈동자를 떠올렸다.

아이리스는 그 순간 더글러스가 마음에 들었다.

"릴리군요."

아이리스의 단호한 말에 더글러스의 눈이 커졌다. 그는 지레 찔려서 재빨리 릴리를 쳐다봤다가 다시 아이리스에게 말했다.

"무슨 말씀을 하시는지 모르겠습니다."

아닌 척해도 소용없다. 아이리스는 더글러스와 나란히 걸으며 말했다.

"릴리는 그렇게 빙 둘러 말하는 거 싫어해요."

아이리스는 예쁘지 않다. 집안이 부유한 것도 아니다. 사교계에서 알아주는 가문인 것도 아니다. 무엇 하나 대단할 게 없는 아가씨.

왕자비로는 좀 부족하다는 게 지금까지 더글러스의 평가였다.

하지만 지금 이 대화로 그는 아이리스를 다시 보게 되었다. 어쩐지 왕자님이 아이리스에게 반한 이유를 알 것도 같아서 그는 아이리스를 멍하니 쳐다봤다.

왜 거절했을까. 이윽고 더글러스의 머릿속에 아이리스가 왕자님의 청혼을 거절했다는 사실이 떠올랐다. 왕자님이 청혼한 사람이 아이리스라는 것을 아는 사람은 성에서 더글러스뿐이다.

그때는 단순히 주제 파악을 잘한 모양이라고 생각했다. 하지만 아이리스와 대화를 하고 나니 어쩐지 더글러스는 아이리스가 왕자님의 청혼을 거절한 게 안타깝게 느껴졌다.

"어르신."

관람실에 단둘이 남자 딱히 할 말이 없어 창밖을 쳐다보고 있던 필립과 밀드레드의 뒤로 하인이 다가왔다.

그는 곤란한 표정으로 밀드레드를 한 번 쳐다보더니 필립에게 작은 목소리로 말했다.

"가벼운 문제가 생겼습니다."

밀드레드는 경기장을 쳐다보고 있었다. 경기를 시작하기 위해 말을 탄 기수들이 자기 번호가 붙은 자리로 들어가 있었다.

하지만 딱 하나, 3번 자리만은 텅 비어 있어 이상하다고 생각하던 차였다.

"문제?"

필립은 미간에 주름을 만들며 자리에서 일어났다. 그리고 밀드레드를 한 번 돌아본 뒤 하인에게 다가가 무슨 일인지 물었다.

말이 움직이지 않으려 한다. 하인이 전달한 이야기의 요지는 그거였다. 그래서 이번 경기는 빠져야 할 것 같다는 말이었다.

"어디 다친 건 아니고?"

말은 비싸다. 필립은 자기 말은 아니지만 이 자리에 없는 더글러스를 대신해서 말의 상태를 걱정했다.

"다친 곳은 없다고 합니다."

하인의 말에 필립의 표정이 어두워졌다. 무슨 일일까. 다친 것도 아니라면 왜 움직이지 않으려는 걸까.

그때 밀드레드가 자리에서 일어나며 물었다.

"가 보셔야 하는 거 아닌가요?"

그 순간 말이 달려나가는 소리가 들렸다. 경기가 시작됐다. 그렇다면 케이시가의 말이 이번 경기에 참가하기는 다 틀렸다.

필립은 잠시 망설이다가 밀드레드에게 물었다.

"함께 가시겠습니까? 이왕 오셨으니 말과 기수를 소개해 드리죠."

그의 제안에 밀드레드는 잠시 망설였다. 그녀가 결혼 전에 경마장을 왔을 때 맡았던 말똥 냄새가 생각났기 때문이다.

하지만 주인도 없는 관람실에 혼자 남는 것도 별로인 것 같아서 그녀는 곧 고개를 끄덕였다.

"이쪽으로 오시죠."

하인의 안내를 따라 밀드레드는 필립과 함께 복도로 향했다. 경마장의 건물은 총 삼 층으로, 일 층은 좌석을 산 사람이면 누구나 들어올 수 있고 이 층은 식당이다.

그리고 삼 층은 마주들을 위한 관람실로 이루어져 있었다.

이곳은 마주와 그 관계자만 들어올 수 있는 곳이다. 밀드레드는 극장의 박스석을 떠올렸다.

박스석과 똑같다. 케이시 가문의 관람실 옆은 다른 가문이 소유한 관람실일 것이다.

"관람실은 마주에게만 주어진 거죠?"

밀드레드는 복도 저편으로 지나가는 익숙한 남자를 발견하고 필립에게 물었다.

더글러스만큼은 아니지만 케이시가의 남자들은 다 키가 커서 밀드레드는 필립의 얼굴을 보기 위해 고개를 들어야 했다.

다행인 것은 그녀가 다니엘의 큰 키 덕에 고개를 들고 상대방의 얼굴을 보는 것에 익숙하다는 점이었다.

"네. 목장을 소유하고, 그 목장에서 경주마를 길러서 경마장에 등록할 수 있는 사람에게만 주어집니다."

"그렇다면 월포드 경은 관람실이 없겠군요."

"다니엘 월포드 남작 말입니까?"

필립의 시선이 밀드레드의 얼굴을 살폈다. 그러고 보니 월포드 남작이 밀드레드에게 관심이 많다는 사실이 그의 머릿속에 떠올랐다.

아니, 그걸 관심이라고 하면 안 되지. 필립은 그렇게 생각하며 웃었다.

지금 사람들의 눈에 보이는 반스 부인을 향한 월포드 남작의 마음이 고작 관심이라면 그가 사랑을 표현할 때 그녀는 겁에 질릴 것이다.

"네. 월포드 남작님은 말에는 별로 관심이 없어 보였거든요."

그랬던 것 같다. 필립은 고개를 끄덕이며 맞장구쳤다.

"남작은 그림에 관심이 많죠."

"아름다운 것을 좋아한다고 하더군요."

"그래서인지 안목이 아주 탁월합니다."

필립의 머릿속에 다니엘이 권해서 구입했던 그림이 몇 점 떠올랐다. 전부 가격이 몇 배로 뛰어올랐다. 하지만 다시 팔 생각은 없다.

밀드레드는 다니엘이 카일라의 그림을 발견했던 것을 떠올리며 고개를 끄덕였다. 덕분에 그녀는 방금 복도 저편으로 사라진 익숙한 남자를 잊어버렸다.

"오셨습니까."

마구간으로 들어서자 대기하고 있던 하인과 마부가 필립과 밀드레드에게 고개를 숙였다.

말은 가만히 서 있었다. 전혀 아파 보이지 않는다.

말 옆에는 수의사와 기수가 곤란한 표정으로 서 있었다. 빠른 속력을 내야 하기 때문에 작고 마른 체형의 기수는 수의사보다 작아서 마주복을 입고 있지 않았다면 기수가 아니라 어린 하인으로 보였을 것이다.

"무슨 일인가?"

필립의 질문에 사람들이 어쩔 줄 몰라 하기 시작했다. 그들도 이유를 모르겠다.

말은 겉에 난 상처가 전혀 없었다. 혹시 몰라서 네 다리와 네 발 모두 다섯 번이나 확인했다.

아주 작은 상처조차 없었다.

"움직이려 하질 않습니다."

"다친 건 아니고요?"

밀드레드의 질문에 수의사가 고개를 저었다. 차라리 다쳤다면 더 나았을 것이다.

하지만 외상은 전혀 보이지 않으니 이 모든 사람들이 다 미치려고 하는 거다.

"정신적인 문제인 건 아닐까요?"

"정신적인 문제요?"

필립은 밀드레드의 말에 그게 무슨 소리냐는 표정을 지었다. 말한테도 정신이 있어? 그런 표정에 밀드레드는 침착하게 말했다.

"말은 굉장히 예민한 동물이라고 들었거든요. 소리나 빛에도 반응한 다고요. 경주에 긴장한 건 아닐까요?"

"하지만 이 말은 몇십 번이나 경주에 나갔던 말입니다. 인제 와서 긴 장할 리가요."

기수의 말에 주변에 서 있던 사람들 모두 고개를 끄덕였다.

그럼 대체 이유가 뭐지? 밀드레드는 몸을 내밀어 말을 쳐다봤다.

그런 그녀를 필립이 막으려 하다가 멈췄다.

말이 흥분한 것 같지는 않다. 겉으로 보기엔 오히려 상당히 침착해 보 였다. 이렇게 침착해 보이는데 움직이지 않으려 한다니, 그게 믿기지 않 을 정도다.

"아예 안 움직이려고 하나?"

필립의 질문에 기수가 말을 쓰다듬으며 말했다.

"아예 움직이려 하지 않는 건 아닙니다. 여길 나가는 것까지는 합니 다."

"그럼 경기장으로 안 가려는 건가?"

"네."

필립의 시선이 마구간 입구 쪽으로 향했다. 거기서 경기장으로 바로 나가는 길이 있다. 그는 기수를 향해 물었다.

"경기장이 처음이라 겁을 먹은 건 아니고?"

"그럴 리가요. 바로 지난달에도 같은 경기장에서 경기를 치렀습니다."

그럼 경기장도 문제가 아니다. 그때 팔을 뻗어 말을 쓰다듬던 밀드레 드가 물었다.

"얘, 여자예요?"

"네? 암말이냐는 질문이시라면, 네. 암말입니다."

"그럼 임신한 거 아니에요?"

잠시 정적이 흘렀다. 말을 쓰다듬던 기수의 손이 멈췄고 밀드레드를 바라보던 수의사의 시선이 말을 향했다.

필립은 눈을 크게 뜨고 생각하지도 못한 부분을 말한 밀드레드를 쳐다보고 있었다.

아무도 말을 하지 않자 밀드레드가 다시 입을 열었다.

"암말이라면서요? 그럼 임신했을 수도 있는 거 아닌가요?"

"그렇, 그렇긴 한데. 임신했다고 안 뛰려 한다고요?"

"그런 이야기를 들은 적이 있거든요."

밀드레드는 말을 쓰다듬으며 말을 이었다.

"예전에 유산한 적 있는 암말이 달리지 않으려 해서 알아보니 임신했더래요. 또 새끼를 잃을까 봐 달리지 않으려 했다는 거죠."

"그, 그럴 수도 있나?"

필립의 시선이 수의사를 향했다. 그럴 수도 있나? 수의사는 눈동자를 굴리다가 말했다.

"가능한 이야기긴 합니다. 말은 굉장히 예민한 동물이니까요."

"말은 인간처럼 사회적인 동물이라고도 들었어요. 자기 동료가 죽으면 무덤에 인사도 하러 간다더군요."

다시 밀드레드가 말하자 사람들의 얼굴에 놀랍다는 표정이 떠올랐다. 목장에서 나고 자란 사람이면 모를까 이런 수도에서만 산 귀족 부인이 알 만한 정보는 아니다.

필립은 다시 밀드레드와 함께 마구간을 나가면서 놀랍다는 듯 물었다.

"굉장히 많은 것을 알고 계시군요."

"어쩌다 보니 그렇게 됐네요."

밀드레드는 그렇게 말하며 웃었다. 그녀가 알고 있는 정보는 이쪽에서 안 정보가 아니다. 그렇기 때문에 어떻게 그런 것을 다 알고 있냐는 질문을 받으면 곤란해진다.

다행히 필립은 밀드레드가 특이한 것을 많이 알고 있다고 생각했을 뿐 어떻게 알게 됐는지는 묻지 않았다.

두 사람은 천천히 경마장 주변을 산책하다가 아이들을 만나 같이 관람실로 돌아왔다.

"재미있었니?"

밀드레드의 질문에 애슐리가 눈을 반짝이며 고개를 끄덕였다.

태어나서 처음으로 말을 탔다. 비록 어린아이들용 체험이긴 했지만. 아이리스와 릴리는 빙그레 웃으며 고개를 끄덕였다. 경마장에 여러 사람들이 있어서 재미있었다.

"차가운 음료도 팔더라고요."

릴리는 그렇게 말하며 더글러스를 쳐다봤다. 그가 사줬다. 릴리는 돈을 하나도 가지고 있지 않았기 때문이다.

그 사실을 깨달은 밀드레드가 미안한 표정으로 말했다.

"어머, 미안해요."

"아닙니다. 숙부께서 초대하셨으면 제 손님이시니까요. 당연히 제가 대접해야죠."

이럴 줄 알았다면 아이들에게 약간의 돈을 줄 걸 그랬다. 밀드레드는 아이들에게 용돈을 주고 돈 관리하는 법도 알려 줘야겠다고 생각하며 자리에서 일어났다.

"어디 가시게요?"

아이리스가 재빨리 물었다. 밀드레드는 그녀에게만 잠깐 화장실에 다녀올 테니 따라올 필요는 없다고 속삭이고 케이시가의 관람실에서 빠져나왔다.

화장실은 복도 끝에 위치해 있었다. 밀드레드는 화장실을 갔다가 돌아오는 길에 반대편 복도에서 익숙한 남자를 본 것을 떠올렸다.

"그러고 보니 그 자식이 여길 왜 왔지?"

밀드레드의 머릿속에 다니엘이 데리고 온 요리사, 거쉰이 떠올랐다.

그녀가 기선 제압을 한 덕분에 거쉰은 밀드레드의 지시에 순순히 따르고 있긴 하지만 못마땅한지 늘 부루퉁한 표정을 짓고 있었다.

여긴 마주와 그 관계자만 들어올 수 있는 삼 층이니 거쉰은 함부로 올라올 수가 없다.

설마 다니엘이 데려왔나? 그렇게 생각하며 밀드레드는 거쉰을 발견한 복도로 조심히 다가갔다.

"윌포드 경은 목장은 없다고 했는데."

밀드레드가 그렇게 말하며 어느 관람실을 지나갈 때였다. 누군가의 손이 불쑥 튀어나와 그녀의 팔을 잡았다.

"있습니다."

"깜짝이야!"

다니엘이었다. 그는 밀드레드가 깜짝 놀라자 재빨리 그녀의 팔을 놓고 사과했다.

"놀라게 했다면 죄송합니다."

"놀라게 했어요. 여긴 무슨 일이에요?"

"제 관람실을 보러 왔죠."

무슨 소리야? 밀드레드의 얼굴에 말도 안 된다는 표정이 떠올랐다. 그녀는 눈을 가늘게 뜨며 물었다.

"목장을 가지고 있었어요?"

다니엘은 뒷걸음질로 밀드레드를 자신의 관람실 안으로 안내했다.

밀드레드의 눈에 깨끗하게 꾸며진 공간이 들어왔다. 연한 하늘색 식탁보를 씌운 테이블과 푹신한 일인용 소파가 여러 개 놓여 있었다.

"네."

없다고 들었는데. 밀드레드는 한쪽에 차려진 음식을 보고 눈썹을 들어 올렸다. 아까 그녀가 봤던 거쉰이 귀신은 아니었던 모양이다.

그가 부랴부랴 만들어왔을 게 뻔한 음식은 케이시가에서 준비한 음식에 비해 훌륭하면 훌륭했지 못하지는 않았다.

한번 튀겼다가 구워 겉껍질이 바삭하고 속은 촉촉한 거위고기와 통후추를 박아 낮은 불에 오래 구운 소고기가 메인이었다.

그 옆에 크랜베리를 넣어 구운 스콘과 두껍게 자른 빵이 곁들어져 있었는데 식빵에 발라먹을 수 있도록 버터와 오렌지 마멀레이드, 딸기 잼이 놓여 있었다.

게다가 밀드레드를 위해 양파와 아스파라거스를 굽고 신선한 야채도 같이 곁들어져 있었다.

그녀는 맛있는 냄새에 고개를 돌렸다가 주전자 표면에 물방울이 맺힌 것을 보고 다니엘이 차가운 음료까지 준비했다는 것을 깨달았다.

"누구 초대했어요?"

다니엘은 빙그레 웃으며 차가운 음료를 컵에 따라 밀드레드의 손에 쥐어 주었다. 그리고 그녀를 똑바로 쳐다보며 말했다.

"네. 부인을 초대했죠."

"나를? 지금?"

그럴 거면 예전에 초대했으면 됐다. 군이 필립 케이시가 그녀를 초대한 오늘이 아니라.

밀드레드의 머릿속에 믿을 수 없는 생각이 떠올랐다.

그녀는 차가운 찻잔을 꽉 쥐며 믿을 수 없다는 듯 속삭였다.

"설마 목장을 샀어요? 오늘?"

"정확히 말하면 어제 샀습니다."

그게 큰 차이라도 된다는 말투에 밀드레드는 입을 딱 벌렸다. 그녀는 멍하니 다니엘을 쳐다보다가 손에 들린 찻잔을 떠올리고 홀짝 마셔 버렸다.

차가운 음료가 목을 타고 넘어가자 조금 침착해졌다. 그녀는 찻잔을 다니엘에게 내밀며 물었다.

"말을 좋아해요?"

밀드레드의 질문에 다니엘은 찻잔을 받아 들며 고개를 기울였다. 그리고 이해가 안 된다는 듯 말했다.

"아뇨. 당신이 좋아하실 것 같아서요."

"나, 나 때문에? 고작 나 때문에 목장을 샀다고요? 하루 만에?"

"안 됩니까?"

말도 안 된다. 밀드레드는 비명을 지르고 싶은 충동에 다니엘의 팔을 붙잡았다. 얼마나 부자인 거야?

문득 그가 원한다면 이 나라도 주겠다고 했던 게 떠올랐다.

그게 그냥 하는 말이 아니었던 건가? 별을 따다 준다는 말처럼 로맨틱한 구애의 말인 줄만 알았다.

"사치잖아요!"

다니엘의 한쪽 눈썹이 올라갔다. 그는 대단히 이상한 소리를 들었다는 표정을 짓고 있었다. 실제로 그가 들은 말 중 가장 괴상한 소리기도 했다.

"사치라고요?"

이해할 수 없다는 듯한 다니엘의 태도에 밀드레드는 그가 이걸 사치라고 생각하지 않는 건지, 아니면 사치가 부끄러운 게 아닌 건지 혼란스러워졌다.

"그래요! 이런 쓸데없는 데 쓰지 말고 모아서 다른 더 좋은 데 쓸 수도 있잖아요."

"다른 더 좋은 데가 뭡니까?"

"모르죠. 경이 하고 싶은 게 있을 거 아니에요?"

밀드레드의 말에 다니엘의 얼굴에 미소가 떠올랐다. 그는 그녀를 향해 고개를 숙이더니 나직하게 물었다.

"제가 지금 뭘 하고 있는 것 같습니까?"

밀드레드의 눈이 가늘어졌다. 다니엘이 하고 싶은 것. 그게 지금 밀드레드를 기쁘게 하기 위해 목장을 사는 거라는 말이다.

문득 그녀는 얼마 전에 게리에게 들었던 말을 떠올렸다.

월포드 남작이 케이시 후작가 다음으로 부유할 거라는 말. 가장 부유한 건 왕가라고 했던가.

그녀는 잠시 다니엘을 물끄러미 쳐다보다가 속삭였다.

"설마 진짜로 이 나라에서 세 번째로 부자예요?"

믿을 수 없다는 말투였다. 다니엘이 부유하다는 것은 알고 있다. 하지만 나라에서 세 번째로 부유하다는 건 스케일이 다른 문제였다.

"아닙니다."

월포드 남작은 다니엘이 2대째인 남작 가문이다.

귀족은 영지에서 나오는 세금과 약간의 사업 투자로 수익을 얻는다. 때문에 영지에서 걷는 세금이 수익의 대부분인 경우가 많았다.

그래. 아무리 부유하다고 해도 나라에서 세 번째로 부유하다는 건 솔직히 말도 안 되지. 밀드레드는 그렇게 생각하며 한숨을 내쉬었다.

다니엘은 그런 그녀를 보며 빙그레 웃었다. 그리고 밀드레드의 손을 잡아 손등에 입을 맞추며 물었다.

"마음에 드세요?"

마음에 드냐고? 밀드레드는 그의 질문에 고개를 들었다가 어이가 없어서 눈썹을 들어 올렸다.

지금 그런 걸 물어볼 때가 아닌 것 같은데.

"그걸 묻는 거예요? 진짜?"

"마음에 안 들어요?"

"들고 말고의 문제가 아니라……."

미친 것 같다. 목장이 얼마지? 밀드레드는 거기까지 생각하다가 생각하기를 멈췄다.

목장 가격이 얼만지는 모르겠지만 모르는 게 마음이 편할 것 같았기 때문이다.

"아이들을 불러올게요."

결국 밀드레드는 답하기를 포기하고 몸을 돌렸다. 하지만 여전히 다니엘은 그녀의 손을 잡고 있었다.

"아이들을요? 왜요?"

"왜라뇨? 아이들도 보여 줘야……."

거기까지 말하던 밀드레드의 입이 멈췄다. 그녀는 믿을 수 없다는 표정으로 다니엘을 쳐다봤다.

진짜 순수하게 오직 밀드레드만 보고 기뻐하면 됐던 거다, 이 남자는.

"미쳤군요."

밀드레드는 다니엘을 향해 돌아서서 나직하게 속삭였다.

그런가? 그는 재미있다는 듯 웃었다. 그리고 밀드레드의 뺨을 감싸며 물었다.

"안 됩니까?"

23

새로운 소식

드디어 성에서 왕자비 후보를 추천받겠다는 공문이 내려왔다.

"후보 자격을 가진 영애의 이름은 아이리스 반스, 릴리 반스, 애슐리 반스. 이상 세 명입니다."

공문을 펼쳐 또랑또랑하게 읽은 하인이 그렇게 말하더니 다시 두루마리를 둘둘 말았다. 목소리가 카랑카랑한 사람을 보내느라 그랬는지 하인은 꽤 어렸다.

그의 뒤에 똑같은 제복을 입은 좀 더 나이 든 하인 둘이 더 있는 걸 보면, 이 하인은 공문을 읽으라고 일부러 뽑아 보낸 게 분명했다.

공문을 읽는 게 끝나자마자 뒤에 있던 또 다른 성의 하인들이 두루마리 두 개를 뽑아 쟁반에 담아 내밀었다.

"마님."

눈치 빠르게도 짐이 재빨리 그것을 받아 들어 내게 내밀었다. 나는 하인을 한 번 쳐다보고 공문을 받아 들었다.

공문이라 그런지 파티의 초대장과는 달랐다. 그때는 그냥 하인이 와서 초대장만 건네주고 갔던 것 같은데.

나는 두루마리를 열어 안의 내용이 하인이 읽은 것과 같은지 한번 확인하고 고개를 끄덕였다.

그러자 다니엘이 데려온 하인 루인이 성에서 나온 하인에게 재빨리 다가가더니 작은 주머니를 슬쩍 건네며 말했다.

"감사합니다."

그렇군. 나는 루인에게 고맙다는 의미로 눈짓해 보였다.

다른 데도 아니고 성에서 하인이 와서 직접 두루마리를 펼쳐 공문을 읽었다. 수고했다는 의미로 약간의 수고비를 주는 게 맞다.

그걸 생각하지 못한 나와 짐 대신 루인이 수고비를 건넨 거다. 다니엘이 잘 가르쳤네. 나는 가볍게 감탄하며 하인에게 고맙다고 하고 안으로 들어왔다.

확실히 다니엘이 데려온 하인들은 다들 빠릿하고 일을 잘했다. 거슨은 태도가 조금 애매했지만 요리 실력 하나는 쓸 만하고.

슬쩍 물어보니 다니엘 밑에서 다들 최소 몇 년 이상은 일한 자들이라 했다.

신기한 건 하녀가 한 명도 없다는 점이었고.

원래 사용인이란 하녀보다 하인의 급료가 더 비싼 법이다. 하지만 다니엘은 요리사를 포함한 세 명의 사용인을 전부 남자로 두고 있었다.

"왜 두 개예요?"

응접실로 들어오자 릴리가 내 옆에 바짝 붙어 앉으며 물었다. 성에서 나온 하인이 읽은 건 하나뿐인데 우리에게 준 건 두 개니까 묻는 거다.

나는 아까 내용을 확인했던 금박을 입힌 두루마리를 릴리에게 내밀었다. 그리고 은박을 입힌 두 번째 두루마리를 펼쳤다.

"조건과 준비해야 할 걸 적어 놨네."

내 말에 아이리스와 애슐리도 궁금했는지 내 곁으로 다가왔다. 아이리스가 소파 뒤로 와서 내 어깨너머로 두루마리를 쳐다보자 애슐리는 재빨리 내 옆에 앉았다.

순식간에 소파가 아이들로 가득 찼다. 나는 아이리스와 애슐리의 머리를 한 번씩 쓰다듬은 뒤 아이들이 보기 쉽도록 두루마리를 넓게 펼쳐 들었다.

"준비해야 할 게 많아요?"

릴리가 애슐리를 힐끔 쳐다보더니 걱정된다는 듯 물었다. 그녀의 걱정도 이해가 된다. 왕자비 후보가 된다는 건 쉬운 일이 아니다.

"준비할 수 있는 집에만 공문을 보냈을 테니까 할 수 있을 거야."

나는 그렇게 말하며 두루마리를 차근차근 읽기 시작했다. 왕자비 후보라고 해도 영광스러운 자리다. 성에 들어가서 왕과 왕비와 만나볼 수 있으니까.

그러니 성에서 일차적으로 후보가 될 수 있는 집안을 걸러냈을 것이다. 가문을 봤겠지.

거기까지 생각이 미치자 나는 성에서 나온 하인이 애슐리의 이름을 불렀는지 다시 떠올렸다. 확실히 불렀다. 그 말은 애슐리도 후보가 될 수 있다는 말이다.

몇 년 전에 있었던 전염병 때문에 사람 수가 확 줄면서 조건을 꽤 완화한 모양이다. 그냥 데뷔탕트 조건만 완화한 게 아니었군.

나는 첫 번째 조건을 천천히 읽었다.

"나이는 열일곱에서 스물 사이."

그리고 결혼 혹은 약혼 경력이 없어야 한다.

집안 역시 최소한 할아버지 대는 귀족이어야 한다. 이건 파격적인 조건이나 다름이 없다. 내가 기억하기로 현 왕비는 아버지가 귀족이었으니까.

그리고 애슐리가 아슬아슬하게 왕자비 후보가 될 수 있는 조건이기도 했다. 나는 애슐리를 한 번 쳐다보고 그녀의 어깨를 끌어안았다가 놓았다.

애슐리의 외할아버지가 귀족이다. 그 작위는 사촌 쪽으로 가 버린 데다가 몰락한 거나 다름이 없어서 애슐리와는 연이 없지만.

"드레스는 걱정 안 해도 되겠어."

나는 복장까지 읽은 뒤 한숨을 내쉬며 말했다. 후보로 선정될 때 입을 복장은 데뷔탕트 때 입었던 정도의 복장이면 된다고 나와 있었다.

그리고 출생신고서랑 부모의 혼인신고서 사본을 제출해야 한단다. 이건 어렵지 않지. 나는 두루마리를 아이리스에게 넘기고 소파에 머리를 기댔다.

애슐리가 왕자비가 되는 데는 아무 문제가 없을 것 같다. 하지만 정말 그래도 되는 걸까.

나는 반대편 소파로 가서 내가 넘긴 두루마리를 차근차근 읽고 있는 아이리스를 쳐다봤다. 그 옆에 어느새 릴리가 달라붙어 신기하다는 듯 같이 읽고 있었다.

애슐리는 어디 있냐 하면, 여전히 내 옆에 앉아 있었다. 그녀가 마치 자신과 상관없다는 듯 내 어깨에 머리를 대고 있는 것을 보고 나는 당황해서 물었다.

"애슐리, 넌 안 봐도 되겠어?"

"제, 제가요?"

"왕자비 후보로 추천서를 받은 건 너잖아."

"어, 언니들이 다 본 다음에 볼게요."

그래도 상관은 없지만 어째 너무 남의 일처럼 군다. 나는 이상하다는 표정으로 애슐리를 쳐다보다가 다시 아이리스에게로 시선을 돌렸다.

정말 이래도 되나? 그런 의문이 들었다. 신데렐라가 애슐리라고 해도 어쨌든 왕자가 좋아하는 건 아이리스다. 아이리스도 리안에게 마음이 있는 눈치던데.

설마 이게 동화라서, 애슐리와 왕자를 이어주기 위해 아이리스가 억지로 리안의 청혼을 거절한 건 아닐까.

머릿속에 몇 가지 그럴듯한 가설이 떠올랐다. 만약 그렇다면 좀 가슴이 아프다. 그리고 불합리하게 여겨졌다.

"그런데 무슨 시험을 봐요?"

그때 애슐리가 물었다. 그녀는 여전히 내 옆에 앉아 릴리가 놓고 간 금박 두루마리를 살피고 있었다. 거기에 적힌, 왕자비 후보는 몇 번의 시험을 거친다는 부분이 궁금했던 모양이다.

"글쎄. 가장 왕자비에 걸맞은 사람을 뽑기 위해 시험을 보는 거겠지?"

"그게 어떤 시험일까요?"

그건 모르겠다. 나는 애슐리 쪽으로 고개를 기울여 두루마리를 살폈다. 하지만 하인이 한 번 읽고 내가 한 번 더 읽었을 때도 무슨 시험인지는 나와 있지 않았다.

"남작님은 아시지 않을까요?"

그러려나? 내가 심드렁한 표정을 짓자 아이리스가 다시 말했다.

"남작님은 왕자님의 스승님이잖아요. 뭔가 들으신 게 있으실 거 아니에요?"

그럴지도 모른다. 오늘도 그는 왕자님 교육이 있다며 나갔으니까. 하지만 우리에게 알려줄까? 나는 잠시 망설이다가 한숨을 내쉬었다.

모르겠다. 나는 그가 단순히 날 기쁘게 하기 위해 목장을 샀던 것을 떠올렸다. 다니엘이 날 얼마나 좋아하는지는 알겠다.

하지만 그렇다고 성에서 왕자비 후보에게 어떤 시험을 할지를 알려 줄 정도일까?

"알고 싶으시면 알려드리겠습니다."

그날 저녁, 성에서 돌아온 다니엘은 내가 왕자비 후보가 받을 시험이 뭔지 아냐고 묻자 가볍게 대답했다. 뭐라곳? 나는 어이가 없어서 그를 가만히 쳐다봤다.

"알고 싶어서 물어보신 거 아니었습니까?"

간단하게 식사를 하고 왔다고 해서 나는 그를 위해 차와 오이 샌드위치를 가져왔다.

최근 사교계에서 인기를 끌기 시작한 티푸드라는데, 솔직히 말하면 난 오이 샌드위치의 어떤 점이 그렇게 맛있는지 모르겠다.

그리고 아이리스도 오이 샌드위치라면 질색을 하며 싫어했다. 갠 샐러드를 먹을 때도 오이가 들어가면 질색을 했으니까 그냥 오이를 싫어하는 게 아닐까.

"그렇게 쉽게 알려 줘도 되는 거예요?"

내 질문에 다니엘은 마지막 샌드위치를 입에 넣더니 피식 웃었다. 그리고 찻잔을 들어 올리며 말했다.

"마음 같아서는 시험 없이 부인의 아이들 중 하나를 왕자비로 만들어드리고 싶지만요."

또 그런다. 나는 그의 농담에 픽 웃었다. 가끔 이렇게 실없는 농담을 할 때가 있다니까. 나는 내 찻잔을 들어 올리며 말했다.

"마음만으로 감사해할게요."

"그래서, 어떤 게 궁금하신 겁니까?"

"왕자비 후보는 어떻게 결정이 되는 거예요?"

"여러 가지를 봅니다. 집안, 외모, 인맥, 지식수준, 몸가짐."

다니엘은 거기까지 말하더니 생각났다는 듯 재빨리 덧붙였다.

"소문도 보죠."

"소문이라는 건?"

"말 그대로 소문입니다. 다각도로 확인을 합니다. 그 집안에서 일했던 하인들에게 접근해서 물어볼 수도 있고요."

그 정도로 빡빡하게 한단 말이야? 내가 눈을 크게 뜨자 다니엘은 찻잔을 내려놓으며 빙그레 웃었다.

"하지만 가장 점수가 큰 건 인맥이죠."

"추천서가 가장 강력하다는 말이군요."

다니엘의 눈이 부드럽게 휘었다. 저녁 식사 시간을 훌쩍 넘긴 시간이라 주변은 조용했다. 문득 그의 방으로 가지 않고 이 층 서재로 와서 다행이라는 생각이 들었다.

사실 일부러 그의 방이 아니라 서재로 왔다. 지난번에 그의 방으로 들어갔던 게 생각나서.

나는 내 대담한 행동이 떠오르는 바람에 붉어지는 얼굴을 가리기 위해 재빨리 고개를 숙였다. 뭐에 썬 것처럼 들어갔었지. 기분이 좀 붕 떴었던 것 같다.

약 때문일까. 나는 슬쩍 다니엘의 눈치를 살폈다. 하지만 그는 그때 이후로 한 번도 그날 일을 입에 올린 적이 없었다.

신사답기도 하지. 모른 척해 주는 게 고마워서 나는 한숨을 내쉬며 말했다.

"그럼 애슐리는 후보가 될 가능성이 크겠네요."

내 말에 다니엘은 말없이 빙그레 웃었다. 겸손을 보이는 건지, 자신이 없다는 건지 모르겠다. 하지만 왕자님의 스승님이잖아.

다니엘의 추천서가 효과가 없다면 어떤 사람의 추천서가 효과가 있겠어?

나는 잠시 애슐리가 왕자비 후보가 될 경우를 떠올렸다. 어쩐지 상상이 가질 않는다. 왕자가 리안이라는 것을 몰랐을 때는 그럭저럭 상상이 되긴 했다.

믿음직스러운 왕자와 순진한 애슐리. 왕자가 애슐리에게 한눈에 반하고 그녀를 지극히 사랑해 주는 걸, 애슐리가 원한다면 하늘의 별도 따다 주겠노라 말하는 걸 상상했었다.

"난 애슐리와 왕자가 한눈에 사랑에 빠질 줄 알았어요."

내 말에 다니엘의 한쪽 눈썹이 올라갔다. 그는 차를 홀짝이며 이상하다는 듯 중얼거렸다.

"그렇습니까?"

"왕자가 리안인 줄 몰랐거든요. 좀 믿음직스러운 그런 남자일 줄 알았어요."

다정하고 배려심 넘치는 그런 남자일 줄 알았다. 마치 다니엘처럼.

물끄러미 다니엘을 쳐다보고 있자니 그와 눈이 마주쳤다. 갑자기 속마음을 들킨 것같이 부끄러워져서 나는 벌떡 일어나며 물었다.

"후보가 되면 무슨 시험을 봐요?"

"먼저 후보의 임신 가능 여부를 확인합니다."

처녀인지가 아니라 임신 가능 여부를 확인한다고? 내가 눈을 가늘게 뜨자 다니엘은 다시 차를 홀짝였다. 나는 결국 참지 못하고 물었다.

"어떻게요?"

"왕자의 피가 떨어진 그릇에 후보의 피를 한 방울 떨어트려 섞이는지 봅니다."

"섞이면 임신이 가능하다고 보는 거예요?"

"그렇죠."

"와, 그거……."

엄청 멍청한 소리네. 그렇게 말하려던 나는 다니엘이 나를 힐끔 쳐다보자 입을 다물었다. 내가 들은 이야기 중 가장 멍청한 이야기 같다.

옛날에 앵무새 피로 처녀를 감별한다는 말을 들었던 것 같은데.

그것도 실제로 그게 감별된다고 믿었다기보다는 그 방법에 긴장한 사람을 걸러내는 거라고 들었다. 하지만 피가 섞이는 걸로 무슨 확인을 한담?

"안 섞이는 사람이 있었어요?"

내 질문에 다니엘이 찻잔을 들고 일어났다.

"네."

"어, 정말요? 어떻게?"

"마법을 걸거든요."

아, 그렇군. 그제야 머릿속에 그와 디저트 관련으로 계약했던 게 떠올랐다. 그때도 마법사가 동석해서 계약서를 작성했지.

피로 서명하거나 하는 그런 거창한 게 아니어서 바로 떠올리지 못했다. 그냥 마법사가 건넨 잉크에 펜을 찍어 사인을 하자 끝이었다.

"그렇게 해서 통과가 되면요? 그럼 무슨 시험을 봐요?"

그렇게 물었을 때 다니엘은 어느새 내 앞까지 다가와 있었다. 그는 내 질문을 들으며 차를 홀짝이더니 곧 책상 위에 찻잔을 내려놓았다.

달각하는, 찻잔이 책상 위에 놓이는 소리와 함께 나는 정신이 번쩍 들었다. 이래도 되는 건가? 꼭 학업 비리를 저지르는 느낌이다.

어둠 속에서 먹을 걸로 사람을 꼬셔서 비밀을 캐낸다는 점에서 보면 딱히 틀리지도 않네.

"글쎄요. 아직 거기까지는 안 정해져서 모르겠습니다."

"무슨 시험을 볼지 안 정해졌다고요?"

아니, 무슨 일이 이렇게 정해진 게 없어? 내가 어이없다는 표정을 짓자 다니엘은 쓰게 웃으며 가슴 앞으로 팔짱을 꼈다.

"시험이라고 해도 그리 대단한 건 아니거든요. 어차피 이쪽의 결혼이란 집안의 결합이 더 중요하니까요."

"하지만 왕대비 전하께서는 운명적인 사랑을 믿으신다면서요? 그래서 리안, 아니, 왕자님도 직접 운명적인 사랑을 만나기 위해 파티를 열었던 거 아니에요?"

"그렇긴 한데 그 운명적인 사랑이 왕자를 거절했으니까요."

아, 그렇게 말하면 할 말이 없지. 나는 가슴 앞으로 팔짱을 낀 채 끙하고 신음을 내뱉었다.

아이리스는 그렇게 리안이 부담스러웠던 걸까. 그 후로 기회를 봐서 한 번 더 아이리스와 얘기를 해보려고 했지만, 마찬가지로 얘기하고 싶지 않다며 자리를 피했다.

신데렐라 스토리라면 애슐리가 왕자와 결혼해야 하니 아이리스가 리안을 거절하는 게 말이 된다. 하지만 아이리스에게 차이고 애슐리와 결혼했는데 그 애가 왕자의 운명적인 사랑이 될 수 있는 걸까.

"그럴 수도 있겠지."

나는 한숨을 내쉬며 중얼거렸다. 귀족의 결혼은 그런 일도 많다. 일단 집안끼리 맞춰서 결혼했는데 살다 보니 맞아지는 거다.

리안도 애슐리와 결혼해서 살다 보면 애슐리가 운명적인 사랑이 될 수도 있겠지.

하지만 어쩐지 찝찝했다.

게다가 지금 문제는 그게 아니다. 리안이 애슐리에게 한눈에 반했을 때라면 애슐리의 조건을 전혀 걱정하지 않았겠지만 상황이 완전히 달라져 버렸다. 나는 다니엘을 쳐다보며 물었다.

"애슐리가 왕자비가 될 가능성이 있다고 생각해요?"

슬슬 걱정이 되기 시작했다. 애슐리는 요정 대모를 만나지 못했고, 왕자와 한눈에 사랑에 빠지지도 못했다. 만약 이대로 왕자와 결혼하지 못하면 어떻게 되는 거지?

신데렐라가 왕자와 결혼하지 못하면 동화가 어떻게 될까. 나는 진지하게 고민하기 시작했다. 솔직히 말하면 나와 아이리스, 릴리는 아무 문제가 없을 것 같다.

하지만 애슐리는 어쩌고? 그 애는 오직 왕자와의 결혼을 위해 그 모든 고난을 견뎌 온 거 아니었어?

신데렐라의 고생이 왕자를 얻기 위한 시련이라는 건 너무 불공평하다고 생각했는데, 정작 그녀가 왕자를 얻지 못할지도 모른다고 생각하니 더 불공평하게 여겨졌다.

"애슐리 말입니까?"

다니엘은 내 질문에 이상한 표정을 짓더니 고개를 한쪽으로 기울였다. 그리고 왼쪽으로 시선을 던지며 말했다.

"부인의 딸은 마음만 먹는다면 왕자비가 될 수 있을 겁니다."

그럴까. 나는 복잡한 마음에 한숨을 내쉬었다. 애슐리가 왕자비가 되어야 한다. 하지만 아이리스를 생각하면, 그리고 애슐리를 생각하면 과연 꼭 그래야 하냐는 생각이 들었다.

"아이리스 때문에 그러시는 거죠?"

다니엘은 늘 그렇듯 기가 막히게 내 생각을 읽어냈다. 나는 책상에 기대며 말했다.

"좀 복잡하지만, 네. 리안이 아이리스에게 청혼할 정도로 좋아했었잖아요. 아이리스도 영 마음이 없는 건 아닌 눈치였고요."

"하지만 거절했잖습니까."

"부담스러워서가 아닐까요."

"허."

응? 나는 깜짝 놀라서 고개를 들었다. 방금 이 남자, 혀를 찼어?

"실례."

다니엘은 자신이 혀를 찼다는 사실을 숨기려 하지도 않았다. 그는 미안하다는 듯 그렇게 한마디 툭 내뱉더니 다시 입을 열었다.

"왕자라서요?"

"그렇겠죠."

"이해가 안 되는데요. 아이리스는 교육을 잘 받은 귀족 영애고 왕자는 그녀에게 푹 빠져 있거든요."

지금 그런 말을 하면 안 되지. 나는 인상을 쓰며 다니엘을 쳐다봤다. 그는 내 얼굴을 보더니 한쪽 눈썹을 들어 올리며 물었다.

"제가 뭔가 잘못 말했습니까?"

"네. 지금 그 왕자와 결혼할 후보는 아이리스가 아니라 애슐리니까요."

"아."

다니엘은 깨달았다는 듯 신음을 내뱉었다. 그러더니 허리를 세워 나를 내려다보기 시작했다. 뭔가 골똘히 생각하는 표정에 나는 멍하니 그의 얼굴을 쳐다봤다.

이 와중에도 참 끝내주게 잘생겼다.

생각에 잠긴 다니엘의 얼굴은 어슴푸레한 서재의 조명 탓에 마치 진짜 조각 같았다. 숨 쉬느라 그의 어깨가 천천히 움직이는 걸 보지 못했다면 저도 모르게 만졌을 것 같다.

"부인께서는 어떻게 하길 원하십니까?"

결국 그의 입에서 나온 말은 내가 뭘 원하는지 묻는 질문이었다. 하지만 여기서 내가 뭘 원하는지가 무슨 의미가 있어? 나는 한숨을 내쉬며 말했다.

"나와 상관없죠. 이건 아이리스와 애슐리의 문제니까요."

"그리고 리안의 문제기도 하고요."

뭐, 그것도 그렇지. 솔직히 말하면 난 리안은 알 바 아니다. 내 자식들은 아이리스와 애슐리거든. 리안 때문에 아이리스와 애슐리가 운다면 맹세컨대 그 자식을 대머리로 만들어 버릴 거야.

내가 솔직하게 그렇게 말하자 다니엘은 쿡쿡거리며 웃기 시작했다. 리안을 대머리로 만들겠다는 말이 꽤나 재미있었던 모양이다.

"원하신다면 제가 리안을 대머리로 만들어 드리죠."

결국 배를 잡고 웃던 다니엘은 눈을 빛내며 말했다. 어쩐 말 속에 진심이 보인다. 나는 좀 어이가 없어서 물었다.

"당신은 그의 스승이잖아요. 그런 약속을 해도 되는 거예요?"

"제겐 리안보다 밀드레드, 당신이 먼저거든요."

아, 그래. 나는 허 하고 한숨을 내쉬었다. 날 기쁘게 하려고 하루 만에 목장을 샀지. 다시 생각해 보니 그건 꽤 기분이 좋았다.

그렇다고 어이없지 않거나 부담스럽지 않다는 건 또 아니고. 내가 미인계로 그를 이용하는 나쁜 여자가 된 기분이다.

아니지. 그게 왜 나빠? 나는 고개를 절레절레 흔들었다. 그리고 다니엘을 쳐다보며 말했다.

"지금 아이리스의 심정이 좀 이해가 됐어요."

"어떻게요?"

"당신이 엄청 부담스러웠거든요."

다니엘의 눈이 가늘어졌다. 그는 고개를 기울이더니 믿을 수 없다는 듯 말했다.

"이제 와서 말입니까?"

뭐라는 거야. 내 미간에 주름이 생겼다. 그러자 다니엘은 곧바로 허리를 세우더니 얌전하게 두 손을 모으고 말했다.

"부인께서 그러신 거라면 그런 거겠죠."

어휴. 나는 책상에서 몸을 떼며 그의 가슴을 밀었다. 가끔 이렇게 얄밉게 굴 때가 있다니까. 다행히 다니엘은 순순히 밀려나 주었다.

"이만 자러 가죠. 그릇은 내일 치우라고 할게요."

나는 그렇게 말하며 돌아섰다. 하지만 그가 내 팔을 잡더니 부드럽게 돌려세웠다. 왜? 내가 무슨 할 말이라도 있냐는 표정을 짓자 다니엘이 내게 고개를 숙이며 물었다.

"아이들이 알더군요."

"뭘요?"

"제가 당신을 원한다는 걸요."

또 이러네. 나는 철렁한 심장을 붙잡기 위해 가슴에 손을 댔다. 이 남자는 나를 좋아하는 게 아니라 원한다고 말하기 시작했다.

그게 무슨 차이인지 모르겠지만.

"릴리가 그래요?"

내 질문에 다니엘은 빙그레 웃었다. 그건 긍정이나 다름이 없다. 하긴, 다니엘은 리안의 스승이기도 하지만 릴리의 스승이기도 하다.

릴리에게 너무 사적인 이야기를 하지 말라고 한마디 해야겠다. 그 상대가 다니엘이라면 더더욱.

"릴리 말로는 이미 그 애들도 알고 있었다더군요. 그래서……."

다니엘이 말을 멈췄다. 왜? 나는 그가 무슨 말을 하려는지 몰라 눈을 동그랗게 떴다가 무슨 사건이 일어났었는지 떠올렸다.

릴리는 내가 다니엘의 아이를 임신했다고 생각했다.

"맙소사."

얼굴이 확 달아오르는 게 느껴질 정도였다. 나는 두 손으로 얼굴을 가리며 신음했다. 진짜로 릴리에게 미주알고주알 말하지 말라고 혼을 내야겠다.

"그건 오해였어요."

"전 아무 말도 안 했습니다."

사려 깊게도 다니엘은 모르는 척해 주었다. 그래. 고맙다. 만약 그가 '내 아이를 임신했다는 오해를 받았다면서요?'라고 묻는다면 난 창피해서 지금 당장 저 창문으로 뛰어내릴지도 모른다.

물론 다니엘이 그런 걸 물어볼 정도로 무례한 사람도 아니지만. 나는 고개를 들고 단호하게 말했다.

"아이들에게 우리는 아무 관계도 아니고 그런 일은 절대 없다고 말했어요. 그러니 걱정 말아요."

내 말에 다니엘의 미소가 짙어졌다. 그는 한숨을 내쉬더니 나직하게 말했다.

"밀드레드, 아이들이 우리를 어떻게 생각하는지 전 별로 중요하지 않아요."

그게 어떻게 안 중요해? 나는 그렇게 말하려 했다. 하지만 그보다 먼저 다니엘이 다시 입을 열었다.

"중요한 건, 당신이 아이들에게 이야기를 했다는 거죠. 저는 아이들에게 이야기할 때까지만 기다리겠다고 했고요."

혹 하고 다니엘의 향수가 짙게 느껴졌다. 아니, 향수가 아닌가? 나는 멍하니 그의 얼굴을 쳐다보고 있었다.

마치 조각처럼 아름다운 그의 얼굴이 나를 향해 기울어졌다. 그러더니 나를 유혹하듯 물었다.

"키스해도 될까요?"

나는 아무 말도 하지 못하고 그대로 서 있었다. 허락도 부정도 할 수가 없었다. 지난번에 그가 키스하는 걸 물어봤을 때 '오늘까지는 손등'에 하겠다고 말했던 기억이 떠올랐다.

그거 진짜였나? 약에 취해서 내가 망상한 건 아니겠지? 나는 눈을 가늘게 뜨고 다니엘을 쳐다봤다.

그러라고 한다면 생각도 못 한 길을 걷게 될 거라는 생각이 들었다.

하지만 그래서? 그러면 좀 어때?

이렇게 잘생기고 부유한 남자가 내가 좋아서 어쩔 줄 모른다잖아.

나는 다니엘의 팔을 잡았다. 그리고 조심스럽게 입을 열었다.

"좋······."

그 순간, 다니엘이 나를 덮쳐 왔다.

키스는 정신을 차릴 새도 없이 몰아치는 바람처럼 시작됐다. 다니엘은 내 뺨을 감싸더니 사막을 헤매다 간신히 샘을 찾은 사람처럼 정신없이 내 입술을 빨았다.

나는 몇 번 다니엘을 따라가려 노력하다 포기했다. 그는 내 입술을 가볍게 깨물었다가 핥았다. 그리고 입 안을 헤집어 놓았다.

나는 그의 팔을 움켜쥔 채 그가 내게 하는 모든 것을 그저 받아들이는 수밖에 없었다.

"밀."

머릿속이 하얗게 날아갔다가 다시 천천히 현실이 스며들기 시작했다.

나는 숨을 헐떡이며 그의 어깨를 끌어안고 있었다.

내가 언제 책상 위로 올라왔지? 다니엘이 올렸나? 나는 그의 손이 여전히 내 뺨에 닿아 있는 것을 보고 눈을 가늘게 떴다.

"왜요?"

내 표정을 본 다니엘이 물었다. 어쩐지 걱정스러운 표정이었다. 나는 빙그레 웃으며 말했다.

"손이 빠르네요."

힘도 좋고. 정신없는 새에 사람을 책상 위에 올리다니 기술 한번 훌륭하다. 하지만 다니엘은 내가 무슨 말을 하는지 못 알아차리는 모양이었다.

그는 눈을 가늘게 뜨고 나를 물끄러미 쳐다보더니 재빨리 손을 떼고 물러나려 했다.

아니, 그런 의미로 말한 건 아니었는데.

나는 재빨리 다니엘의 목에 팔을 둘렀다. 다행히 내가 그의 목에 팔을 두르자 다니엘의 몸이 멈췄다. 그는 양손을 책상 위에 짚고 나를 팔 안에 가뒀다.

다니엘의 눈동자가 어둡고 위험하게 빛났다.

"후회하시는 거라면……."

"아니거든요."

그건 전혀 아니다. 다니엘은 내가 그와의 키스를 후회해서 그런 말을 한 줄 알았지만 잘못 짚은 거다.

솔직히 말하면 난 이렇게 좋을 줄 알았다면 좀 더 빨리할걸, 하는 후회가 들 정도였다.

다리가 후들후들 떨렸고 심장이 빠르게 뛰는 게 약간 두려우면서도 기분이 좋았다.

책상에 앉아 있어서 다행이다. 나는 다니엘의 목을 끌어안은 팔에 힘을 주며 생각했다. 그렇지 않았다면 지금쯤 꼴사납게 그에게 매달려 있어야 했을 것이다.

"키스 잘하네요."

다니엘의 얼굴에 다시 미소가 떠올랐다.

"칭찬 감사합니다."

다시 우리 입술이 부딪쳤다. 물론 이번에는 내가 먼저 키스했다. 나는 다니엘의 모양 좋은 입술에 내 입술을 문지르고 가볍게 그의 입술을 깨물었다.

낮은 웃음소리가 다니엘의 목에서 흘러나오는 게 듣기 좋았다.

하지만 다시 그가 나를 밀어붙이기 시작했다. 분명 내가 가볍게 시작한 장난 같은 키스가 다니엘이 내 입술을 빨기 시작하자 급속도로 숨이 가쁘게 진행됐다.

나는 그의 목을 끌어안은 채 숨을 헐떡였다.

"밀. 밀드레드."

다니엘은 간신히 내 입술에서 자기 입술을 떼더니 내 이마에 자기 이마를 대고 한숨을 내쉬었다. 덕분에 그의 속눈썹이 닿아서 간지러웠다.

"물어볼 게 있어요."

지금? 나는 킥킥대고 웃으며 말했다.

"키스해도 되냐고 묻는 거라면 물어보지 않아도 돼요."

"아뇨. 그건 물어보는 게 좋을 것 같습니다."

"왜요?"

"그 정도 제한은 필요할 것 같거든요."

제한이라고? 나는 대체 그가 무슨 소리를 하는지 몰라서 미간에 주름을 만들었다. 농담인 줄 알았는데 고개를 든 다니엘은 어쩐지 어두운 표정을 짓고 있었다.

그는 내 시선을 피한 채 뭔가를 말하려는 것처럼 입을 열더니 다시 다물었다. 그리고 나를 쳐다보며 입을 열었다가 우뚝 멈췄다.

"뭔데요?"

내가 그렇게 묻는 순간, 다니엘은 획하고 내게서 떨어져 그가 원래 앉아 있던 소파에 앉았다. 응? 내가 어리둥절한 표정을 짓자마자 누군가 서재 문을 두드렸다.

"마님?"

짐이었다. 문단속을 하다가 여기에 불이 켜져 있는 것을 발견한 모양이다. 나는 부랴부랴 머리카락이 헝클어지지 않았는지 만지며 말했다.

"네. 여기 있어요."

그러자 짐이 문을 열고 안을 들여다보았다. 그는 나를 보고 걱정스러운 표정을 짓더니 물었다.

"아직 안 주무셨습니까?"

"월포드 남작님과 의논할 게 있어서요."

내 대답에 짐이 놀라는 표정을 지었다. 그는 고개를 돌려 소파에 앉은 다니엘을 보고 그제야 발견했다는 표정을 지어 보였다.

"실례했습니다."

"아니, 이야기 끝났으니 괜찮습니다."

다니엘은 어느새 내 찻잔을 들고 있었다. 나는 고개를 돌려 책상 위에 놓인 다니엘의 찻잔을 찾았다. 그 덕분에 마치 처음부터 우리가 일부러 거리를 두고 대화하고 있었던 것처럼 보였다.

"부인을 방까지 안내해 드리세요."

다니엘은 마치 자신이 마신 찻잔인 것처럼 내 찻잔을 짐에게 넘겼다. 그리고 나를 돌아보며 저녁 인사를 건넸다.

"그럼, 좋은 밤 되시길."

"좋은 밤 되세요."

우리는 마치 아무 일도 없었다는 듯 저녁 인사를 건네고 각자의 방으로 돌아왔다. 괜히 기분 묘하네. 나는 방문을 닫자마자 깊은숨을 내쉬었다.

비밀 연애라도 하는 느낌이다. 다른 사람에게 들키지 않는.

잠깐, 다니엘도 나랑 같은 생각 하는 거 맞지? 나는 간단하게 몸을 씻고 침대로 들어가며 한 가지 의문을 떠올렸다.

짐에게는 시치미를 뗐지만 과연 내일 아침에도 다니엘이 시치미를 뗄까.

"좋은 아침입니다."

이튿날, 아침. 다니엘은 식탁 앞에 앉아서 신문을 읽다가 내게 인사를 건넸다. 나는 슬쩍 그의 눈치를 살피고 식탁에 앉아 있는 아이들을 쳐다봤다.

아이들은 자기들끼리 뭔가를 이야기하고 있었다. 내가 들어가자마자 일제히 내 얼굴을 본다거나 하는 일은 없었다.

"좋은 아침이에요."

나는 그렇게 말하며 다니엘의 손에 들린 신문을 빼앗으려 했다. 하지만 그보다 먼저 그가 신문을 착착 접더니 식탁 위에 놓으며 말했다.

"간밤에 잘 주무셨습니까?"

다니엘의 질문에 저도 모르게 눈이 아이들을 향했다. 나는 재빨리 다시 그를 쳐다보며 말했다.

"네. 잘 잤어요."

생각보다 꽤 잘 잤다. 피곤했는지 침대에 눕자마자 잠들었으니까. 나는 루인이 빵을 가져오는 것을 보고 냅킨을 들어 무릎 위에 펼쳤다. 곧이어 짐이 내 잔에 진한 홍차를 따르기 시작했다.

"오늘은 다비나가 오기로 했지?"

내 질문에 아이리스가 고개를 끄덕였다. 아이들에게 드레스를 한 벌씩 더 해 주기로 했다.

애슐리가 왕자비 후보가 되면 새로운 드레스가 필요할 테고, 아이리스와 릴리에게도 새로운 드레스가 필요했다.

하지만 릴리는 불만인 모양이었다. 그녀는 빵을 뜯으며 볼멘소리로 물었다.

"전 빠지면 안 돼요?"

"너도 새 옷이 필요해."

"저도 파티에 참석하는 거예요? 아이리스랑 애슐리만 가는 게 아니라?"

당연하다. 나는 그렇게 말하려다 릴리를 달래기 위해 말을 바꿨다.

"앞으로는 파티가 아니라 음악회나 살롱 초대가 더 늘어날 거야. 어쩌면 갤러리에 초대하는 사람도 있겠지."

"갤러리요?"

릴리의 눈동자가 반짝반짝 빛나기 시작했다. 그래. 네가 그걸로 만족한다면 됐다. 나는 재빨리 초대장 중에 갤러리 초대장이 있었는지 떠올렸다. 하지만 갤러리라는 건 원래 아는 사람들에게나 공개하는 거다.

당연하잖아. 거기 있는 건 일종의 자기 취향을 모은 거다. 그걸 알아볼지 아닐지도 모르는 사람을 아무나 초대할 리가 없다.

"몇 개 있지."

그때 다니엘이 빵을 뜯으며 말했다. 릴리의 얼굴이 환해졌다. 그리고 내 얼굴도.

하긴. 나한테는 갤러리 초대가 없을지 몰라도 다니엘은 엄청나게 받을 거다. 그는 아무렇지 않은 표정으로 고개를 끄덕이더니 차를 한 모금 마시고 입을 열었다.

"그리고 내 갤러리에도 초대할 거고."

"경의 갤러리요?"

나는 깜짝 놀라서 다니엘을 향해 몸을 기울였다. 다니엘의 갤러리가 있어? 아니, 있겠지. 근데 거기에 초대한다고? 이거 놀라야 하는 건가?

정신이 들자 이게 놀랄 일인지 아닌지도 헷갈리기 시작했다. 다니엘은 감정도 할 정도니까 당연히 안목이 높을 거다. 당연히 갤러리도 있지 않을까.

그렇게 생각하고 보니 내가 다니엘에 대해 아는 게 생각보다 적었다.

그가 월포드 남작이고 부유하며 회화에 관심이 많고 안목이 높다는 것을 알고 있지만 그의 부모나 집이나, 뭐 그런 건 전혀 몰랐다.

"초대해 주실 거예요?"

릴리가 잔뜩 기대하는 표정으로 물었다. 나는 아이리스와 애슐리가 관심 없다는 표정으로 루인이 가져온 계란을 먹는 것을 보고 다시 다니엘을 쳐다봤다. 그는 자기 몫으로 나온 계란 프라이를 칼로 자르며 말했다.

"초대해 줄 거냐니. 당연히 와야지."

"꺅!"

기쁜 나머지 릴리의 입에서 비명이 흘러나왔다. 계란을 먹던 아이리스와 애슐리가 흠칫 놀라자 릴리는 재빨리 자기 입을 가리며 속삭였다.

"죄송해요."

그 정도로 좋을까. 나는 릴리에게 다시는 그러지 말라는 경고의 의미로 한 번 흘겨보고 계란을 먹기 시작했다. 릴리는 어쩔 줄 몰라 하며 다니엘에게 물었다.

"언제 사람들을 초대하실 거예요?"

"글쎄. 다음 달쯤에 할까 생각 중인데."

"그럼 남작님의 작품도 공개하실 거예요?"

응? 나는 릴리와 다니엘의 대화에 고개를 들었다. 전에 다니엘이 내게 자기 그림을 전부 불태워 버렸다고 했는데.

그때 다니엘의 시선이 나를 향했다. 그는 나를 한 번 힐끔 쳐다보더니 다시 릴리를 돌아보며 나직하게 말했다.

"그때까지 완성이 되면."

아하. 예전에 그린 게 아니라 최근에 새로 그리기 시작한 모양이다. 그가 무슨 그림을 그리는지 나도 궁금해졌다. 전에 그렸던 건 위험해서 태웠다고 했다.

그렇다면 이번에 그리는 건 안 위험하다는 말일까.

"부인."

다니엘과 릴리의 대화가 끝나고 내가 다니엘에게 말을 걸려고 했을 때였다. 다니엘이 먼저 내게 몸을 기울이며 말을 걸었다.

언제 그에게 그리고 있는 그림에 대해 물어볼지 호시탐탐 노리고 있던 나는 빵을 들어 올린 채 재빨리 대답했다.

"네."

"식사가 끝난 뒤에 저와 잠깐 이야기를 할 수 있을까요?"

식사가 끝나고? 이야기를? 어젯밤 일이 떠올랐다. 나는 반사적으로 아이들의 눈치를 살피느라 향했던 시선을 억지로 다니엘에게 돌리며 말했다.

"그래요."

무슨 이야기를 하려는 걸까. 아침 식사가 끝나자마자 나는 냅킨으로 입가를 닦고 자리에서 일어났다.

그리고 아이들에게 다비나를 맞이할 준비를 하라고 이른 뒤 다니엘을 따라가자 그는 이 층 서재가 아닌 일 층 서재로 나를 안내했다.

서재라고? 반사적으로 어젯밤 일이 떠올랐다. 설마 어제 못 한 걸 계속하자고 이러는 건 아니겠지.

나는 말도 안 되는 생각을 하며 그를 따라 서재로 들어갔다가 다니엘이 문을 닫는 것을 보고 눈을 가늘게 떴다.

문까지?

아침에 하인들이 커튼을 걷어놔서 서재는 밝은 빛이 들어오고 있었다. 커튼을 다시 쳐야 하나. 그런 고민을 하는데 다니엘이 내게 몸을 돌렸다.

"오늘 신문을 아직 안 보신 것 같아서."

"신문이요?"

생각하지도 못한 거라 얼떨떨해졌다. 나는 그가 내미는 신문을 물끄러미 쳐다보다가 허둥지둥 받아 들었다.

"배가 도착했습니다."

다니엘은 그렇게 말하며 친절하게 내가 봐야 할 페이지를 펼쳐주었다. 배라고? 나는 그의 얼굴을 쳐다봤다가 그가 펼쳐준 페이지로 시선을 떨어트렸다.

"아."

무슨 말인지 알겠다. 배가 도착했다. 프레드의 시신을 실은 배가.

다니엘은 가만히 서서 나를 지켜보고 있었다. 내가 무슨 말을 할지 기다리는 모습이라 나는 그를 한 번 쳐다보고 다시 신문을 읽었다.

"그러네요. 갈매기호네요."

나는 익숙한 배 이름을 읽고 고개를 끄덕였다. 행방불명된 프레드의 시체를 찾았으니 보내겠다고 적힌 편지에 있던 이름이었다. 갈매기호.

놀랍게도 아무 느낌도 들지 않았다. 프레드의 시체가 도착하면 어떤 느낌이라도 있을 줄 알았는데.

드디어 공식적인 과부가 된다는 것에 대한 홀가분함이라거나, 씁쓸함 같은 거. 그런데 아무 느낌도 없었다. 내가 할 수 있는 말은 그저.

"배 이름에 새 이름을 쓰나 봐요."

같은 시답잖은 얘기였다.

"바다의 배는 하늘의 새와 같다고 하거든요."

"그렇군요."

나는 고개를 끄덕이고 신문을 접어 다니엘에게 내밀었다. 그는 내 얼굴을 유심히 들여다보더니 신문을 받아 들며 물었다.

"제가 같이 가도 괜찮을까요?"

"어딜요?"

다니엘의 얼굴 위에 걱정스러운 표정이 떠올랐다. 그는 손을 뻗더니 내 팔을 조심스럽게 감싸며 말했다.

"밀, 이 신문은 조간이에요. 배는 이미 어젯밤에 도착했을 겁니다."

그런데? 나는 멍하니 그의 얼굴을 쳐다봤다. 다니엘이 무슨 소리를 하는지 이해할 수가 없었다.

그러자 내 얼굴을 들여다보던 다니엘이 다시 조심스럽게 입을 열었다.

"어젯밤에 도착했다면, 시신은 이미 이 집에 도착했어야 합니다. 아직 오지 않았다는 건……."

내가 찾으러 가야 한다는 말이다. 그렇군. 나는 그제야 다니엘이 무슨 말을 하는지 이해했다. 이런 일은 처음이라 뭐가 이상한지 깨닫지 못하고 있었다.

"그렇군요."

나는 한숨을 내쉬며 다니엘의 팔에 손을 얹었다. 갑자기 피로감이 몰려왔다. 프레드의 시체를 또 찾으러 가야 하는구나.

"그래요. 같이 가 주면 정말 고맙겠어요, 월포드 경."

"다니엘."

다니엘은 내 손을 잡으며 자신의 이름을 말했다. 응? 내가 고개를 들자 그는 빙그레 웃으며 말했다.

"다니엘이라고 불러 주세요."

그러더니 내 표정을 보고 재빨리 덧붙였다.

"단둘이 있을 때만이라도."

그 정도쯤은 할 수 있지. 나는 손을 뻗어 다니엘의 뺨을 감쌌다. 그리고 그의 반대편 뺨에 입을 맞추고 말했다.

"그래요, 다니엘."

놀랍게도 다니엘의 눈이 커졌다. 그는 나를 물끄러미 쳐다보더니 재빨리 자기 뺨에 닿았던 내 손을 잡았다. 그리고 내 손바닥에 입술을 누르며 씩 웃었다.

*   *   *

"다녀오십시오."

짐의 인사를 뒤로하고 나는 다니엘과 함께 항구로 달려갔다. 다비나는 점심 식사 후에 오기로 했으니 그 전에 다녀와야 한다.

"프레드 반스 말입니까?"

다니엘의 말대로 갈매기호는 이미 모든 짐을 내린 뒤였고 남아 있는 건 그리 많지 않았다. 나는 듬성듬성 놓인, 아직 찾아가지 않은 짐 사이에서 선원을 찾아 프레드 반스의 시체를 물었다.

"시신을 실어다 주기로 했는데요."

내 말에 모자를 비뚜름하게 쓴 선원의 미간에 주름이 생겼다. 그는 볼을 긁적이며 나와 다니엘을 쳐다보더니 손에 들린 수첩을 살폈다.

"프레드 반스에요."

우리가 가지러 오는 거 아니었어? 나는 몇 개 남지 않은 짐을 힐끔거리며 다시 말했다. 프레드 반스. 철자라도 알려 주리?

선원은 수첩을 넘기면서 뭔가를 찾는 듯하더니 곧 고개를 저었다. 그리고 내가 아닌 다니엘을 향해 말했다.

"죄송하지만 남은 짐 중에 프레드 반스 님의 시신은 없습니다."

"뭐라고요? 하지만 저한테 이 배로 보낸다고 했다고요."

나는 가방에서 편지를 꺼내며 말했다. 프레드와 함께 배를 타고 떠났던 그의 친구가 보낸 편지였다. 거기엔 분명히 갈매기호라는 배편으로 프레드의 시신을 보내겠다고 적혀 있었다.

하지만 선원은 내 편지를 보고도 고개를 저으며 프레드 반스의 시신은 없다고 말할 뿐이었다. 이게 대체 무슨 일이야?

"한 번 더 확인해 보게."

다니엘이 내 뒤에서 말했다. 선원은 그를 보더니 할 수 없다는 듯 다시 수첩을 확인하기 시작했다. 없을 리가 없다. 시체에 발이 달려서 도망갔을 리도 없잖은가.

하지만 수첩을 전부 넘겨본 선원은 이번에도 고개를 저으며 말했다.

"없습니다. 남아 있는 짐 중에 시신은 없어요. 애초에 시신이나 귀한 물건은 저희가 배송을 해 드립니다."

배송을 해 준다고? 나는 반사적으로 다니엘을 돌아보았다. 그러고 보니 그가 오늘 아침에 배가 도착했다는 신문을 보여 줬을 때 이상하게 걱정스러운 표정이었다.

"그렇다면 한 가지만 더 확인해 주게."

다니엘은 그렇게 말하며 선원에게 동전을 튕겨 건네주었다. 마치 곡예를 부리듯 다니엘이 튕긴 동전을 받아 든 선원의 얼굴이 밝아지자 그는 무표정한 얼굴로 다시 말했다.

"남아 있는 짐이 아니라 이 배가 가져온 짐 중에 프레드 반스의 시신이 있는지 알고 싶어."

설마. 나는 선원이 안에 들어가서 확인해 봐야 한다며 배 안으로 뛰어들어가자 다니엘을 향해 몸을 돌렸다. 그리고 작은 목소리로 물었다.

"프레드의 시신이 이 배에 아예 없었을 거라고 생각하는 거예요?"

시신이나 귀한 건 배송을 해 준다고 했다. 그리고 다니엘이 그걸 몰랐을 리 없다는 생각이 들었다. 그러니 그는 처음부터 단순히 시신을 인계하러 온 게 아니었다는 말이다.

조간신문에 배가 도착했다는 기사가 실린 것을 보고 이상하다고 생각했겠지. 집에 프레드의 시신이 오지 않았으니까.

"글쎄요."

다니엘은 지나가는 사람들에게서 나를 보호하려는 것처럼 내 팔꿈치를 잡고 자기 쪽으로 끌어당겼다. 그리고 고개를 기울이며 말했다.

"뭔가 오해나 사고가 있을 거라고는 생각했습니다. 편지에 적힌 건 갈매기호가 맞나요?"

맞다. 나는 내 손에 들린 편지를 그에게 보여 주었다. 다니엘은 편지를 받아 들지 않고 고개를 숙여 편지를 읽었다.

설마 이걸 갈매기라고 안 읽고 다른 걸로 읽지는 않을 거 아냐? 나는 슬쩍 편지를 들어 다시 내용을 확인했다.

내가 기러기를 갈매기로 잘못 읽었을 것 같진 않다. 기러기호가 따로 있다면 말이지만.

다니엘 역시 그렇게 생각했는지 눈을 가늘게 뜨더니 말했다.

"같은 이름의 다른 배가 있는지도 확인해 보겠습니다."

그럴 수도 있나? 내가 고개를 끄덕이자 다니엘은 지나가는 다른 선원을 불러 갈매기호가 이 배 말고 또 있는지 확인했다.

곧이어 배 안으로 뛰어 들어갔던 선원이 나왔다. 우리는 또 다른 갈매기호도, 프레드 반스라는 시신도 없다는 말을 듣고 집으로 돌아오는 수밖에 없었다.

"이상하네요."

점심 식사 후, 다비나가 찾아왔다. 나는 이 층 응접실에 앉아 아이들이 다비나에게 치수를 재는 것을 기다리며 다니엘과 다시 이야기를 하고 있었다.

"분명 편지에는 갈매기호로 보낸다고 했거든요. 갈매기호는 그거 하나밖에 없는데 그 배로 프레드의 시신을 옮긴 게 아니라면, 시신은 어디로 갔을까요?"

"글쎄요."

다니엘은 내 맞은편에 앉아서 뭔가를 골똘히 생각하고 있었다. 그 역시 이번 일이 이상하다고 느끼는 모양이었다.

생각할수록 이상하네. 엄청 비싼 보석 같은 거면 또 몰라. 프레드 반스의 시신이 사라질 이유가 뭐가 있는데?

"배 이름을 잘못 썼을 수도 있겠죠?"

내 말에 다니엘이 고개를 들었다. 그는 못마땅한 표정으로 말했다.

"가장 이상적인 상황은 그거일 겁니다."

"이상적인 상황이요? 그럼 이상적이지 않은 상황은 뭔데요?"

"두 가지가 있죠. 저에게 이상적이지 않은 상황과 당신에게 이상적이지 않은 상황이요."

프레드의 시신이 없는 상황과 다니엘이 무슨 상관인지 모르겠다. 나는 그에게 계속 말하라고 턱짓했다. 다니엘은 한숨을 내쉬며 말했다.

"시신이 분실된 경우죠. 선원이 시신을 잃어버리고 모른 척을 하는 경우요."

허, 그럴 수도 있나? 내가 말도 안 된다는 표정을 짓자 다니엘은 씩 웃으며 말했다.

"바다에서는 상당히 놀라운 일이 일어난답니다."

"그게 누구에게 이상적이지 않은 상황인데요?"

"당연히 당신이죠, 밀드레드."

"그럼 다니엘, 당신에게 이상적이지 않은 상황은 뭔데요?"

내가 다니엘이라고 부르자 다니엘의 얼굴이 잠깐 밝아졌다가 다시 가라앉았다. 대체 무슨 상황을 생각하는 건지 모르겠다. 다니엘은 잠시 망설이다가 입을 열었다.

"그게 프레드 반스의 시신이 아닐 상황입니다."

"하지만 편지에는 죽어서 시체를 발견했다고 적혀 있었잖아요?"

"그게 프레드 반스의 시신이 아닐 수도 있는 거니까요."

"만약 아니라면, 정정하는 편지가 다시 오지 않았을까요?"

"보냈지만 아직 도착을 안 했을 수도 있죠."

흠. 행방불명된 지 몇 년이 지나야 죽은 사람으로 인정을 받더라? 그러다가 나는 다니엘의 말대로 시신이 진짜 프레드의 시신이 아니고 그가 죽었다는 증거가 없다면 사망신고를 할 수 없다는 것을 깨달았다.

행방불명된 자를 사망신고 할 수 없기 때문이 아니다. 행방불명 신고를 한 지 오 년이 지나면 사망신고를 할 수 있다.

그게 아니더라도 나는 이미 프레드의 시신을 발견했다는 편지를 가지고 있다. 이 편지를 증거로 가져가면 바로 프레드의 사망신고를 할 수 있을 것이다.

하지만 그렇게 하지 않았던 건 애슐리 때문이었다. 어머니까지 잃은 그녀에게 아버지의 시체도 없이 아버지의 사망신고를 하게 하고 싶지 않았다.

"밀."

그때 다니엘이 나를 불렀다. 왜? 내가 고개를 들자 그는 어두운 표정으로 다시 입을 열었다.

"제가 걱정하는 건 단순히 시체를 잘못 봤다는 게 아닙니다. 프레드 반스가 살아 있을 경우입니다."

그럴 수도 있나? 나는 생각하지도 못한 충격에 놀라 입을 딱 벌렸다. 프레드가 행방불명된 지 이 년이 지났다. 나는 당연히 그가 죽었다고 생각했다.

나뿐만이 아니다. 내 주변 사람들도 다 그랬다. 이 년이나 지났는데 돌아오기는커녕 연락도 없다. 그와 함께 배를 타고 떠났던 사람들 중에서도 프레드를 봤다는 사람이 없었다.

게다가 아무리 프레드가 사업병에 걸린 쓸모없는 자식이라고 해도 그에게는 딸이 있잖아. 애슐리 반스라는 아주 예쁜 딸이.

그 딸을 나한테 버려두고 안 돌아올 리가 없다. 그러니 다들 프레드가 죽었을 거라고 생각했고 나 역시 그랬다. 게다가 프레드의 시체를 발견했다는 편지까지 받았으니 그 점을 의심한 적은 없었다.

"그럴 리는 없다고 생각해요."

나는 허리를 세우며 말했다. 프레드가 살아 있다면 지금까지 안 돌아왔을 리가 없다. 하다못해 편지라도 썼겠지. 자기가 못 쓴다면 다른 사람에게 부탁해서라도 썼을 거다.

다니엘의 눈이 가늘어졌다. 그는 걱정 반, 불만 반의 표정을 짓고 있었다. 어딘지 모르게 불만스러운 소년 같은 표정이라 나는 자리에서 일어나 그에게 다가갔다.

"나는 그렇다 처도 애슐리는 딸이잖아요. 살아 있는데 설마 그 애에게도 연락을 하지 않았을까요?"

나는 그렇게 말하며 다니엘의 무릎에 앉았다. 그는 재빨리 내 허리를 받치더니 못마땅한 어조로 말했다.

"돈 때문에 자식을 버리는 부모도 있죠."

프레드가 가져간 돈을 전부 잃어 연락하지 않았을 수도 있다는 말이다. 그는 더 이상 이 가족을 건사할 능력이 없으니까.

하지만 그렇다 해도 나는 프레드가 살아 있다면 돌아왔을 거라고 생각했다.

"애슐리가 있잖아요. 그는 애슐리의 외모를 굉장히 자랑스러워했거든요."

똑똑히 기억한다. 그가 마지막으로 사업 자금을 위해 돈을 달라고 했을 때 만약 실패하면 어떻게 하냐고 묻자 뭐라고 대답했는지를.

― 애슐리가 있잖아. 이제 열다섯 살이니 이 년만 있다가 부자에게 시집보내면 돼.

프레드가 한 말을 떠올리고 보니 그가 죽는 게 애슐리를 위해 더 나았을 거라는 생각이 들기 시작했다. 만약 그가 살아 돌아온다면 애슐리를 웹스터 같은 작자에게 팔아치우려 할 게 분명할 테니까.

"걱정 말아요, 다니엘."

나는 다니엘의 뺨을 가볍게 쓸며 말했다.

"만약 프레드가 살아 있다면 그는 이미 지난주에 우리 집 앞에 서 있었을 거예요. 내가 그림을 팔아 상당한 돈을 벌었다는 소문을 들었을 테니까요."

마치 동의한다는 듯 다니엘의 입에서 한숨이 흘러나왔다. 그는 자기 뺨을 감싼 내 손 위로 자신의 손을 겹치더니 눈을 감으며 말했다.

"그가 이 집 문 앞에 나타났다면 차라리 좋겠습니다."

"쫓아내기라도 하게요?"

"그건 너무 위험하죠."

그런가? 나는 고개를 기울이다가 다비나와 아이들이 이쪽으로 오는 발걸음 소리를 듣고 일어났다. 다니엘은 마지막까지 내 손을 놓지 않고 내 손바닥에 자신의 입술을 누르고 있었다.

"별로 변한 게 없네요."

아이들과 함께 아이들의 치수를 재고 돌아온 다비나는 나를 향해 그렇게 말하고 빙그레 웃었다. 그러더니 애슐리를 한 번 쳐다보고 다시 말했다.

"애슐리 반스 양만 키가 아주 조금 컸어요."

"어머, 그래요? 좀 더 커도 괜찮을 것 같은데."

"그래요?"

갑자기 애슐리의 얼굴이 환해졌다. 왜? 나는 그녀가 왜 기뻐하는지 몰라 애슐리의 얼굴을 쳐다보다가 아이리스를 쳐다봤다.

"애슐리는 키가 너무 자랄까 봐 걱정하고 있었거든요."

다행히 아이리스가 재빨리 궁금증을 채워 주었다. 그래? 나는 애슐리에게 다가가 그녀의 어깨를 끌어안았다. 그러고 보니 나보다 약간 작았던 키가 지금은 나보다 약간 커졌다.

"지금보다 한 뼘쯤 더 커져도 괜찮아."

"그러면 너무 커지잖아요."

애슐리의 기운 빠진 목소리에 나는 다니엘을 한 번 쳐다봤다. 그는 한쪽 눈썹을 들어 올리더니 모르는 척 고개를 돌려주었다.

"무슨 소리야. 키가 큰 게 얼마나 멋진데. 시원시원해 보이고."

"하지만 어머니와 언니들보다 커지는 건 싫어요."

"그게 왜 싫어?"

"옷도 같이 못 입고, 서 있으면 저만 삐쭉 올라오잖아요."

그거 대단히 구체적인 이유구나. 나는 어이가 없어서 멍하니 애슐리를 쳐다봤다. 그때 다니엘이 나섰다.

"내가 끼어 있으면 내가 삐쭉 올라올 테니 걱정 말렴."

"그래. 그러면 되겠다."

"그리고 내가 좀 더 굽이 높은 구두를 신으면 되지. 안 그래?"

아이리스와 릴리도 있는 힘껏 애슐리를 달래 주기 시작했다. 솔직히 말하면 키가 크면 좋을 것 같은데 한창 예민한 나이에는 그것도 마음에 안 들 수 있겠지.

나는 다니엘을 향해 고맙다고 눈짓해 보이고 재빨리 주제를 바꿨다.

"디자인은 어떻게 하기로 했니?"

"다비나가 최신 유행 스타일을 알려 줬어요. 그대로 하려고요."

"그래?"

그게 뭔데? 내가 궁금해하는 표정을 짓자 다비나가 재빨리 다가와서 자신의 디자인 북을 펼쳐 보여 주었다. 몇 개의 디자인을 지나고 나자 어째 어디서 많이 본 드레스가 그려진 페이지가 눈앞에 나타났다.

"이게 최근에 가장 인기 있는 디자인이에요."

팔꿈치까지 딱 맞게 내려오다가 팔꿈치부터 넓게 부풀기 시작한 소매와 리본이 달린 치마. 나는 눈을 가늘게 뜨고 다비나의 디자인을 물끄러미 쳐다봤다.

진짜 어디서 많이 본 드레스인데 어디서 봤는지를 모르겠다.

"다비나가 디자인한 거예요?"

"아뇨, 이건 그러니까……."

내 질문에 다비나가 곤란한 표정을 지었다. 그녀의 표정을 본 다니엘은 무슨 일인가 하고 다가와서 고개를 숙여 내가 들고 있는 디자인 북을 쳐다봤다.

"요새 이런 디자인으로 의뢰가 많이 들어와서 가장 겹치는 요구만 합쳐서 조정한 거예요."

사람들이 많이 입는다는 말인가? 어디서 많이 본 디자인인데 대체 누가 입었었는지는 생각이 안 난다. 다니엘을 쳐다보자 그 역시 눈을 가늘게 뜨고 나를 쳐다보고 있었다.

"부인께서도 이 디자인으로 하시겠어요?"

그럴까. 나는 다비나의 질문에 별생각 없이 그러자고 대답하려 했다. 일단 유행하는 거라니까 따라가면 되지 않을까.

하지만 그보다 먼저 다니엘이 다비나의 디자인 북 위로 손을 펼치더니 말했다.

"아니, 부인께서는 다른 디자인이 좋겠습니다."

"그래요? 나한테는 안 어울려요?"

"그럴 리가요. 부인께서는 무엇을 입으셔도 가장 아름답게 어울리실 겁니다."

헉 하고 누군가 신음을 삼키는 소리가 들렸다. 나는 고개를 돌려 그게 다비나라는 것을 확인했다. 아이리스와 릴리는 다니엘이 무슨 말을 하든지 별 신경을 안 쓰고 있었기 때문이다.

애슐리는 다니엘의 입에서 나오는 말보다 자기 키가 더 커지는 게 더 중요해 보였고.

나는 다비나의 얼굴이 붉게 달아오른 것을 보고 속으로 혀를 차며 재빨리 상황을 정리했다.

"그래요, 그럼 저는 다른 디자인으로 할게요."

"그, 그러시겠어요? 거기, 어, 그러니까, 거기 있는 디자인 중에 마음에 드는 디자인이 있다면요……."

다비나는 다니엘의 립 서비스에 익숙하지 않은지 허둥지둥하며 이야기했다. 나는 다비나가 안 보는 사이에 재빨리 다니엘의 옆구리를 쿡 찔러 흘겨본 뒤 다비나와 함께 디자인 북을 넘기기 시작했다.

*　　*　　*

이튿날, 나는 다니엘과 함께 한 번 더 시신의 행방을 찾았지만 별다른 정보는 들어오지 않았다.

"해리스 씨요? 안 들어온 지 꽤 됐습니다."

혹시 몰라서 프레드의 시신을 보내 준다던 친구의 집도 찾아가 봤지만 그의 행방 역시 찾을 수가 없었다. 다니엘은 좁은 계단을 내려오기 쉽도록 내 손을 잡아주며 물었다.

"이자에 대해 얼마나 알고 계십니까?"

사실 프레드의 친구에 대해서는 아는 게 별로 없다. 이름은 로니 해리스. 프레드와 같은 아카데미를 나왔다는 것 정도다.

나는 내가 아는 것을 솔직하게 말하고 덧붙였다.

"프레드가 배를 탄 건 해리스 씨의 제안 때문이었어요. 그래서 프레드가 행방불명됐을 때 굉장히 미안해했죠."

그래서 로니는 나를 찾아와 프레드의 행방불명을 알리자마자 다시 친구를 찾겠다며 배를 타고 떠났다. 생각해 보니 그때 그에게도 약간의 돈을 줬었군.

"그 후로는 만난 적이 없고요?"

"네. 마지막으로 받은 연락이 그 편지예요."

로니는 프레드의 시신을 갈매기호를 통해 보내고 자신은 다음 배편으로 오겠다고 적었다. 그러니 그가 아직 도착하지 않았을 거라는 건 쉽게 예상할 수 있는 일이지만, 그래도 혹시 몰라서 찾아와 봤다.

나는 집으로 가기 위해 다니엘의 손을 잡고 그의 마차에 올랐다. 로니가 탄 배가 아직 도착하지 않았다면 그가 도착할 때까지 기다려야 한다는 말이 된다.

좀 기다려야 하지만 아주 나쁜 소식은 아니다.

"그래도 좀 기다리면 시신이 어디로 갔는지 답을 찾을 수 있겠네요."

나는 맞은편에 앉은 다니엘을 향해 쓰게 웃으며 말했다. 로니가 도착하면 프레드의 시신이 어떻게 됐는지 확인할 수 있겠지.

다니엘은 창문을 열고 거기에 팔을 얹은 채 물끄러미 밖을 쳐다보고 있었다. 대체 뭘 보는 거지? 나는 몸을 내밀어 그가 로니의 집을 보고 있는 것을 확인했다.

"왜요? 뭐 이상한 거라도 있었어요?"

내 질문에 다니엘이 그제야 내 쪽으로 고개를 움직였다. 로니의 집은 평범한 다가구 주택이었다. 쉽게 말하면 아파트 같은 거. 삼 층짜리 건물에 층마다 복도 양쪽으로 두 집씩 총 네 집이 있으니 이 건물 하나에 열두 가구가 살고 있을 것이다.

"아뇨. 그냥, 그리 여유 있는 사람은 아닌 것 같아서 말입니다."

"그래요?"

내가 어리둥절한 표정을 짓자 다니엘은 심각한 표정으로 대답했다.

"네. 보통 다가구 주택에 살아도 여유가 있다면 플랫에 살거든요. 여긴 공용주택이고요."

무슨 차이인지 모르겠다. 내가 계속 똑같은 표정을 짓고 있자 다니엘은 쓰게 웃으며 좀 더 설명했다.

"플랫은 보통 한 층에 한 가구가 살아요. 더 크고, 방이 여러 개라 사용인을 둘 수 있죠. 주방과 욕실이 딸려 있는 경우가 많고요."

무슨 소린지 알겠다. 그러니까 독신자라 해도 여유가 있다면 플랫에 산다는 거다.

어쩌면 그게 나을지도 모른다. 저택 하나를 소유하거나 임대하면 저택 앞의 땅까지 전부 내가 관리해야 한다.

하지만 플랫은 관리하는 사람이 따로 있어서 손이 덜 간다.

나는 아이들이 전부 결혼하고 나면 저 크기만 한 집을 팔아치우거나 임대해 버리고 플랫으로 이사 가야겠다고 생각하며 물었다.

"해리스 씨가 플랫이 아니라 공용주택에 사는 게 이상한가요?"

"이상한 건 아니죠. 다만."

다만?

내가 눈을 가늘게 뜨자 다니엘은 차가운 표정으로 시선을 창밖으로 돌리며 말을 이었다.

"프레드 반스와 어울리기엔 경제 사정이 너무 다른 것 같아서 말입니다."

"다니엘!"

나는 깜짝 놀라서 그를 힐난했다.

"친구 사이가 되는 데 경제 사정은 아무 상관없어요!"

"지당하신 말씀입니다."

다니엘은 재빨리 얌전한 표정을 지었다. 그리고 재빨리 변명했다.

"저는 그저, 두 사람이 어디서 어떻게 만났는지 궁금했을 뿐입니다."

"같은 아카데미 출신이라고 들었어요."

"그렇군요."

다니엘의 얼굴에 궁금증을 해결했다는 홀가분한 표정이 떠올랐다.

24

살을 주고 뼈를 취한다

사교계의 흐름은 동적인 파티에서 정적인 음악회로 완전히 이동했다. 그동안은 모여서 이야기하고 춤을 췄다면, 지금은 마치 짠 것처럼 하나같이 음악회를 열거나 자신의 갤러리를 공개하기 시작했다.

"원래 이래요?"

"응. 이런 식으로 친분을 쌓아 나가면서 점점 규모를 축소하거든."

밀드레드는 더 이상 춤을 추지 않냐는 애슐리의 질문에 차근차근 설명했다.

사교계의 목표는 결국 많은 사람을 만나 친분을 쌓고 사업 파트너나 배우자를 찾는 거다. 그래서 성에서 먼저 얼굴을 익힐 수 있도록 대규모 인원을 위한 파티를, 이를테면 춤을 추는 파티를 열어 둔다.

그러니 사교 시즌 초반에 성에서 연 가면무도회를 사람들이 뜬금없다고 여기는 건 당연한 일이었다.

물론 모든 행사가 성에서만 이뤄지는 건 아니다.

성이 사교 시즌의 시작을 알리면 그 흐름을 이어받아 부유한 가문에서도 파티를 연다. 그러다가 지금처럼 날이 더워지면 점차 정적인 행사를 개최하는 것이다.

악단을 고용해서 음악회를 열거나, 극단을 고용해서 연극을 보여 주기도 하고, 연회를 열기도 한다.

그런 식으로 친분이 깊어진 사람들은 점차 소규모로 친분을 쌓아 나간다. 함께 소풍을 가기도 하고 자신들이 직접 연극을 하거나 말을 타기도 한다.

그러다 사교 시즌 끝물에는 거의 대부분의 초대가 티타임이 된다. 그리고 가을에 접어들면 성에서 시즌을 끝내는 파티를 한 번 더 열고 끝난다.

"좋네요."

애슐리는 안도하는 표정으로 고개를 끄덕였다. 더 이상 춤을 추지 않는다니, 마음이 편해졌다.

춤을 추는 건 싫다. 몸을 움직이는 것 자체는 좋지만 그녀는 여전히 잘 모르는 남자와 단둘이 붙어서 춤을 춘다는 게 불편했다.

"왕립 극장의 오케스트라라면서요?"

"전부는 아니고 일부만이라더군요."

귀족이나 부자들이 자신의 집에서 음악회를 열었을 때 오케스트라 단원을 데려오는 일은 흔한 일이다. 하지만 일반 극장이 아니라 왕립 극장의 오케스트라 단원을 데려왔다는 점에서 사람들은 흥미를 드러냈다.

"왕립 극장의 오케스트라는 고용하기 힘들어요?"

애슐리의 질문에 다니엘은 어깨를 으쓱해 보였다. 그리고 자연스럽게 밀드레드의 허리를 잡아당기며 애슐리에게 대답했다.

"그렇진 않아. 그들도 돈을 받고 연주를 하는 사람들이니까. 하지만 이만한 수의 단원을 데려올 수 있다는 건 연줄이 있다는 뜻이긴 하지."

백 명의 단원 중 현재 케이시 후작의 저택에서 연주를 하는 건 오십여 명 정도. 오십여 명의 연주자를 공연에 부르려면 그 정도 연줄도, 돈도 있어야 한다. 케이시 후작은 그럴 힘이 있다는 말이다.

애슐리는 다니엘은 몇 명이나 부를 수 있는지 물어보려다 멈췄다. 어쩐지 그런 질문을 하는 건 예의가 없게 느껴졌다.

"경."

밀드레드는 다니엘이 자세를 바로 하자 재빨리 그의 팔을 툭 쳤다. 자신의 허리를 끌어안은 그의 팔을 떼어 내라는 뜻이다. 애슐리는 그것까지 모른 척하기로 하고 고개를 돌렸다.

처음으로 초대받은 케이시 후작의 저택은 확실히 거대하고 화려했다. 밀드레드와 아이들이 사는 둥근 지붕 저택과 규모는 거의 비슷했는데 사용인도 많고 관리도 잘되어 있어서 모든 게 반짝반짝 빛이 났다.

아이리스와 릴리는 음악단 주변을 밝히는 촛대가 굉장히 고풍스러운 조각이라는 것을 깨닫고 입을 벌렸다.

저거 전부 금인가? 아이리스의 시선이 릴리를 향했다. 하지만 릴리는 다른 생각을 하고 있었다.

저거 설마 라돈의 조각인가?

릴리는 자신의 의문을 해결하기 위해 뒤를 돌아보았다. 다니엘은 밀드레드의 곁에 서서 가슴 앞으로 팔짱을 낀 채 음악에 귀를 기울이고 있었다. 하지만 그의 시선은 밀드레드를 향해 있었다.

어머니를 향한 스승의 시선을 보자 릴리는 어쩐지 기분이 이상해져서 다시 정면을 쳐다봤다. 가슴이 간질간질해졌다.

"왜 그래?"

릴리의 이변을 깨달은 아이리스가 물었다. 릴리는 정면을 쳐다보며 고개만 살짝 기울여서 아이리스에게 속삭였다.

"그냥, 기분이 좀 이상해서."

"기분이? 왜?"

"어머니와 윌포드 남작님 말이야."

아이리스의 시선이 뒤를 향했다가 다시 돌아왔다. 동생이 무슨 소리를 하는지 알겠다. 때때로 밀드레드를 쳐다보는 윌포드 남작의 시선을 볼 때면 아이리스도 기분이 이상해질 때가 있다.

"부럽다?"

"비슷해."

릴리는 작게 키득거렸다. 부럽다. 그리고 잘됐다. 그런 기분이 들었다.

항상 그녀와 자매들을 돌봐주는 어머니에게 저런 괜찮은 사람이 생겼다는 게, 저런 눈으로 그녀를 봐준다는 게 기뻤고 약간 부럽기도 했다.

"왕, 리안도 비슷했는데."

릴리는 왕자라고 말하려다 재빨리 말을 고쳤다. 이런 곳에서 왕자님이 아이리스를 좋아했다고 말하는 건 위험하다. 아이리스는 릴리의 말에 깜짝 놀라서 그녀를 쳐다봤다.

"몰랐어?"

응. 그렇게 대답하려던 아이리스의 입이 멈췄다. 몰랐냐고? 사실은 알고 있었던 것 같다. 아니, 몰랐다. 어쩌면 알았을지도.

모르겠다. 아이리스는 입을 다물고 더 이상 대화하고 싶지 않다는 듯 고개를 정면으로 돌렸다.

리안이 보고 싶어졌다. 그녀가 구혼을 거절한 그 이후로 리안을 한 번도 본 적이 없었다. 그래 놓고 보고 싶다는 것도 우스운 일이긴 하지만.

"왜 그랬을까."

아이리스는 인상을 쓰며 그렇게 중얼거렸다. 왜 결혼하자고 했던 걸까. 리안도 이제 겨우 일을 배우는 입장이고 그리 여유 있는 집안은 아니었다.

그가 그렇게 말하지는 않았지만 아이리스는 몰락한 가문이라는 말에 그럴 거라고 생각하고 있었다.

한순간 리안이 미웠다가 다시 보고 싶어졌다. 왜 구혼을 했을까. 그러지 않았다면 그냥 예전처럼 지낼 수 있었을 텐데.

리안과 그녀의 현실을 모르는 척, 그렇게 달콤함에 젖을 수 있었을 텐데.

"아이리스, 미안해."

릴리는 아이리스의 표정이 심각해지자 재빨리 그녀의 손을 잡으며 말했다. 그녀는 아이리스가 왜 리안을 거절했는지 궁금해하고 있었다.

리안은 아이리스를 좋아한다. 그리고 왕자라면, 그것만큼 완벽한 사람이 어디 있겠어?

하지만 지금 아이리스의 괴로워하는 표정을 보니 그녀가 리안을 거절한 데는 어떤 이유가 있을 거라는 생각이 들었다.

"괜찮아."

아이리스는 릴리의 손을 마주 잡으며 쓰게 웃었다. 그 얼굴을 본 릴리는 이해가 되지 않아서 인상을 쓰며 속삭였다.

"그런데 난 이해가 안 돼. 왜 거절한 거야?"

동생의 질문에 아이리스는 물끄러미 릴리를 쳐다봤다.

그동안 릴리가 몇 번이나 똑같은 질문을 했지만 아이리스는 그때마다 아무 말도 하지 않았다. 그녀가 어머니와 자매들을 건사해야 하는데 그 부담을 리안에게 함께 지게 하고 싶지 않아서 거절했다고는 차마 말할 수 없었다.

"아이리스, 리안을 좋아한 거 아니었어?"

"좋아해."

아이리스는 참지 못하고 한숨을 쉬듯 말했다. 좋아했어가 아니라 좋아해. 그래서 리안을 거절했다.

그녀의 표정을 본 릴리는 아이리스의 손을 잡고 사람들 사이에서 빠져나왔다. 밀드레드가 무슨 일이냐는 듯 쳐다봤다.

"목이 말라서요."

가장 그럴듯하면서 동시에 흔한 핑계기도 했다. 릴리는 아이리스만 데리고 나가려다가 애슐리를 보더니 따라오라고 고갯짓했다.

"가 봐."

밀드레드의 허락이 떨어지자 애슐리가 재빨리 릴리에게 뛰어갔다. 맙소사. 밀드레드는 애슐리가 사람들 사이에서 뛰는 것을 보고 한숨을 내쉬었다. 그렇다고 음악이 연주되는데 뛰지 말라고 소리칠 수도 없다.

"사이가 좋군요."

다니엘은 밀드레드가 한숨 쉬는 것을 보고 나직하게 웃으며 말했다. 그는 형제가 없어서 형제간의 관계라는 게 신기하게 느껴졌다.

"좋았다 나빴다 하죠."

밀드레드는 그렇게 말하며 다니엘을 보고 웃었다. 다니엘 역시 빙그레 웃으며 말했다.

"그게 자매 아닌가요?"

그렇지. 밀드레드는 어깨를 으쓱해 보이고 다시 시선을 정면으로 돌렸다. 막 두 번째 음악이 끝나가고 있었다.

"애슐리까지 부를 필요는 없었어."

아이리스는 릴리에게 끌려가며 볼멘소리로 말했다. 그리고 애슐리를 돌아보며 재빨리 덧붙였다.

"진짜 별거 아닌 이야기야."

그 진짜 별거 아닌 이야기를 함께하고 싶다. 애슐리는 눈을 빛내며 릴리의 뒤를 쫓았다.

"좋아. 이제 이야기해 봐."

사람들이 적은 곳을 찾아 서재로 오자 릴리가 아이리스와 애슐리의 손을 놓으며 말했다. 케이시 후작 부인은 일 층 응접실과 서재를 손님들이 휴게실로 이용할 수 있도록 개방해 놓았는데, 서재에서는 음악이 들리지 않아서 조용했다.

덕분에 서재에는 아이리스와 릴리, 애슐리 셋뿐이었다. 그러니까 책장들 안쪽의 소파에 누워 필립에게 빌린 화첩을 노려보는 더글러스를 제외한다면 말이다.

그는 서재에 누군가 들어오는 소리를 들었지만 신경 쓰지 않고 있었다.

원래 이런 곳에 초대된 사람들은 휴게실에 모여 이런저런 이야기를 하기 마련이다. 그는 들어온 사람들이 여자라는 것을 깨닫고 관심을 꺼 버렸다.

"무슨 이야기?"

애슐리는 릴리가 무슨 말을 하는지 몰라 물었다. 그러다가 아이리스가 아무 말도 하지 않는다는 것을 알아차리고 그녀를 쳐다보았다.

"다 지나간 일이야."

"리안을 좋아한다며."

애슐리의 눈이 커졌다. 그리고 동시에 안쪽에 누워 있던 더글러스도 깜짝 놀라 상체를 일으켰다. 방금 그건 릴리의 목소리였다. 밝고 가벼운, 약간 시니컬한 듯한 말투.

저도 모르게 책장 바깥쪽으로 나가려던 더글러스는 릴리이 입에 올라간 남자의 이름에 멈칫했다. 리안이라고? 그게 누구지?

"아, 진짜……."

아이리스는 릴리의 말에 한숨을 내쉬며 머리를 감싸 안았다. 역시 아무 말도 하지 말았어야 했다. 이제 와서 뭘 어쩌라는 건지 모르겠다.

잠시 침묵이 흘렀다. 더글러스는 계속 모르는 척해야 할지, 지금이라도 자신이 있다는 것을 알려야 할지 망설이고 있었다. 그때 릴리가 다시 입을 열었다.

"왜 거절했어?"

"왜라니."

아이리스의 목소리에 힘이 하나도 없었다. 그녀는 두 손에 얼굴을 묻은 채 웅얼거리듯 말했다.

"걔까지 고생시킬 순 없잖아."

"고생?"

릴리와 애슐리의 얼굴에 이해할 수 없다는 표정이 떠올랐다. 아이리스는 고개를 들며 될 대로 되라는 기분으로 외쳤다.

"리안과 결혼하면? 걔도 자기 집안 일으키느라 힘들 텐데, 나까지 같이 짐이 되라고?"

웅? 애슐리는 아이리스가 무슨 소리를 하는지 몰라 멍하니 그녀를 쳐다봤다. 하지만 릴리는 알았다. 아이리스가 무슨 소리를 하는지. 그녀는 입을 딱 벌리고 자신의 언니를 쳐다봤다.

"아이리스, 혹시……."

리안이 왕자인 거 몰라? 그렇게 물어보려 했을 때였다. 안쪽에서 뭔가가 툭 하고 떨어지는 소리가 들려왔다.

"누구 있어요?"

제일 먼저 정신을 차린 건 아이리스였다. 그녀는 동생들을 자신의 몸 뒤로 밀며 물었다.

케이시 후작 부인의 음악회다. 위험한 사람일 것 같진 않지만 혹시 모를 위험에 대비해서 동생들을 지킬 필요가 있었다.

릴리 역시 인상을 쓰며 안쪽을 쳐다보고 있었다.

"죄송합니다."

그 안에서 나타난 건 이 집 주인의 아들이자 왕자의 또 다른 스승인 더글러스 케이시였다. 그는 새빨갛게 달아오른 얼굴로 자신이 무해하다는 의미로 두 손을 들어 올렸다.

그의 얼굴을 알아본 릴리의 인상이 일그러졌고 애슐리는 깜짝 놀랐으며 아이리스는 한숨을 내쉬었다.

"굉장히 예의가 바르시네요, 케이시 경."

"릴리."

릴리가 더글러스를 향해 빈정거리자 아이리스는 재빨리 그녀를 만류하며 말했다.

"여긴 케이시 경의 집이야. 케이시 경이 서재에 있는 걸 확인하지 않은 우리 잘못도 있어."

"누군가 들어와서 사적인 대화를 한다면 자신이 있다는 신호를 보내는 것도 예의지."

애슐리는 아이리스와 릴리가 다투기 시작하자 누구 편을 들어야 할지 모르겠다는 듯 눈알을 굴렸다. 더글러스는 세 자매를 향해 다가가며 재빨리 말했다.

"릴리 양 말이 맞습니다. 제가 무례했어요. 안에서 다른 생각 중이라 누가 들어오는 걸 몰랐거든요."

댁이 릴리 편을 들면 안 되지. 아이리스는 어이없다는 표정으로 더글러스를 쳐다봤다. 그리고 한숨을 내쉬며 물었다.

"여기서 혼자 뭐하세요?"

동시에 애슐리와 릴리의 시선이 더글러스가 들고 있는 책을 향했다. 여긴 서재니까 책을 읽고 있다는 건 그리 이상한 일이 아니다. 하지만 굳이 지금?

"아, 잠깐 생각을 좀 하느라⋯⋯."

더글러스는 손에 들린 화첩을 뒤로 감추며 궁색하게 말했다.

궁색하게 말하긴 했지만 거짓말은 아니다. 진짜로 그는 어떻게 하면 릴리와 다시 이야기를 할 수 있을지 생각하고 있었다.

그가 보고 있던 화첩도 그런 일환 중 하나였다. 더글러스는 릴리와 대화할 수 있도록 그녀가 관심 있는 것을 공부하고 있었다.

"무슨 책을 보고 있었어요?"

하지만 릴리가 아닌 애슐리가 더글러스의 손에 들린 화첩에 관심을 보이며 물었다. 더글러스는 릴리의 눈치를 살피며 화첩을 내밀었다.

"복제품입니다."

"이게 뭔데요?"

애슐리는 더글러스가 내민 화첩을 들여다보며 그게 뭔지 몰라 어리둥절한 표정을 지었다. 두꺼운 표지를 가지고 있었지만 표지에 적혀 있는 건 사람 이름뿐이라 그게 무슨 책인지 알아보기 힘들었다.

그때 릴리가 입을 열었다.

"루푸스 라슨. 화가이자 조각가야."

그래? 애슐리는 처음 알았다는 표정으로 릴리를 돌아봤고, 아이리스는 그런 사람의 책을 더글러스가 보고 있다는 사실에 놀라 그를 쳐다봤다.

그리고 그 순간, 더글러스의 얼굴이 환해졌다가 다시 재빨리 원래대로 돌아가는 것을 목격했다.

"아시는군요."

릴리가 대화에 참여했다. 더글러스는 화첩을 빌려준 삼촌을 향해 마음속으로 깊은 감사를 건네며 침착하게 말했다.

사실 그림에 대해 공부를 할 거면 이걸 보라며 필립이 라슨의 화첩을 빌려줄 때만 해도, 그리고 지금까지도 그는 짜증을 내고 있었다.

이걸로 무슨 공부를 하란 말인가. 그는 수채화와 유화의 차이도 몰랐단 말이다.

그에게 필요한 건 릴리와 대화할 수 있는 단기 속성 교육이지 이런 책 따위가 아니었다.

"네. 다양한 화풍을 시도한 화가라 그림에 관심이 있다면 한 번씩은 다 보는 화첩이죠."

그렇게 말한 릴리가 마치 '그림에 관심이 있나 봐요?'라고 묻는 표정으로 더글러스를 쳐다봤다. 더글러스의 눈동자가 흔들렸다.

그는 유화와 수채화의 차이도 이 화첩을 필립에게 빌리면서 배웠다. 차마 거짓말을 할 수 없었던 더글러스의 입에서 애매모호한 말이 흘러나왔다.

"네, 비슷하죠."

비슷? 릴리의 뒤에서 릴리와 더글러스의 대화를 지켜보고 있던 아이리스의 눈이 가늘어졌다. 그녀는 재빨리 더글러스를 향해 고개를 저어 보였다.

그렇게 말하면 안 된다니까. 릴리는 빙 둘러 이야기하는 걸 별로 안 좋아한다. 그럴 바엔 차라리 릴리와 이야기하고 싶어서 화첩을 보고 있었다고 하는 게 그녀의 호의를 사기 쉬울 것이다.

"어, 아니 그러니까……."

아이리스의 행동을 본 더글러스가 당황해서 다시 입을 열었을 때였다. 누군가 탕! 하고 서재 문을 열고 들어왔다.

서재에 있던 모든 사람의 시선이 문을 향했다.

갑자기 들어온 건 여자였다. 그녀는 마치 쫓기는 것처럼 서둘러 문을 닫았다. 그리고 문을 막고 싶은 것처럼 문에 등을 기대더니 숨을 헐떡였다.

"마샤?"

먼저 여자를 알아본 릴리가 조심스럽게 그녀의 이름을 불렀다. 숨을 헐떡이며 허공을 쳐다보던 마샤의 몸이 움찔하더니 릴리를 쳐다봤다. 그리고 악몽에서 깨어난 것처럼 깜짝 놀란 표정을 지었다.

"릴리?"

마샤의 눈에 그제야 서재 안에 있는 사람들이 들어왔다. 반스가의 여자들이었다. 아이리스, 릴리, 애슐리. 그리고 가장 안쪽에 키가 크고 잘생긴 남자가 어리둥절한 표정으로 서 있었다.

익숙한 얼굴임에도 마샤는 금세 남자를 알아보지 못했다. 붉은 머리카락과 건장한 체격. 음악회를 위해 차려입었음에도 셔츠 위로 남자의 근육이 두드러졌다.

"무슨 일 있습니까?"

더글러스는 겁에 질린 듯한 여자의 표정에 놀라 다가가며 물었다. 하지만 그녀가 움찔하고 놀라자 재빨리 걸음을 멈추고 도움을 요청하듯 릴리를 쳐다봤다.

"왜 그래? 무슨 일 있어?"

릴리는 마샤에게 다가가며 조심스럽게 물었다. 그런 그녀의 질문에 서재 안을 둘러보던 마샤의 눈에 다시 빛이 돌아왔다. 마샤는 정신을 차리고 고개를 저었다.

"아, 아냐. 괜찮아. 그냥……."

릴리의 눈이 가늘어졌다. 그녀는 또 프리스톤 때문이라는 것을 알았지만, 마샤가 그걸 숨기고 싶어 하는 것을 느끼고 아무 말도 하지 않았다.

하지만 아이리스와 애슐리는 어리둥절한 표정으로 마샤를 쳐다보고 있었다.

"머리가 엉망이에요."

그때 애슐리가 말했다. 그녀의 말에 릴리와 아이리스가 마샤의 머리카락을 쳐다보니 정말로 핀을 억지로 뺀 것처럼 머리카락이 엉망이 되어 있었다.

"빗 찾아올게."

재빨리 아이리스가 말했다. 분명 휴게실에 빗이 있을 것이다.

애슐리는 멍하니 서재를 나가는 아이리스를 보다가 퍼뜩 정신을 차렸다. 그녀도 해야 할 일이 있다. 머리를 다시 빗으려면 밝아야 한다.

더글러스는 서재를 돌아다니며 램프의 불을 켜는 애슐리에게로 고개를 돌렸다가 다시 릴리를 쳐다봤다.

대단하다. 그는 이렇게 일사불란하게 움직이는 사람들을 기사단에서밖에 본 적이 없었다.

마치 미리 연습이라도 한 것처럼 반스가의 자매들은 필요한 것을 찾아 척척 해내고 있었다.

"이리 와."

릴리는 아직도 멍한 상태의 마샤를 잡아당겨 의자에 앉혔다. 애슐리가 책상 위에 올려져 있던 램프를 가져오자 마샤의 얼굴에 밝은 빛이 비쳤다.

"케이시 경."

그때 릴리가 더글러스를 불렀다. 뭘 해야 하지? 여자들이 머리를 빗을 때 뭐가 필요하더라? 뒤늦게나마 자신이 뭘 해야 하는지 떠올리던 더글러스는 릴리의 부름에 재빨리 그녀를 쳐다봤다.

그녀가 시키는 거라면 뭐든 할 생각이었다.

"미안하지만 나가 줄래요?"

마치 커다란 종이 그의 귀 옆에서 울리는 것 같은 충격에 더글러스는 멍한 표정을 지었다. 나가 달라고? 그는 살면서 한 번도 이렇게 쓸모없는 사람 취급을 받아 본 적이 없었다.

"어, 뭔가 필요한 건 없습니까?"

뭐든 할 수 있다. 머리 빗는 것도 어쩌면 할 수 있을 것이다. 남자의 머리카락과 여자의 머리카락은 길이부터 차이가 있지만.

"글쎄요."

릴리는 정말로 더글러스가 불필요하다는 듯 쳐다보고 있었다. 그러다가 생각났다는 듯 말했다.

"아, 그릇이요. 빗에 물을 묻혀야 하거든요."

머리카락을 다시 빗으려면 빗을 물에 적셔서 마샤의 머리카락을 다듬어야 한다. 서재 안에도 물이 있긴 했지만 예쁜 유리 물병과 잔뿐이었다. 빗을 담글 수 있는 크기는 아니다.

더글러스가 알겠다고 고개를 끄덕이며 나가자 서재 안에는 이제 마샤와 릴리, 애슐리만 남았다. 릴리는 마샤의 옆에 앉아 작은 목소리로 물었다.

"이번에도 프리스톤이야?"

마샤의 눈동자가 흔들렸다. 그녀는 릴리의 손을 잡고 눈을 꼭 감았다. 그리고 한숨을 내쉬었다.

프리스톤이 원한 건 단둘이 밖으로 나가자는 거였다. 처음엔 부드러웠다. 정원에 나가서 바람을 쐬자고 했다.

"백작 부인께도 여쭤봐야겠다고 했어."

단둘이 나갈 수는 없다. 미샤는 미혼이고 이성과 어두운 정원으로 나가려면 반드시 샤프롱이 있어야 했다.

"단둘이 나가자고 우겼구나?"

릴리의 질문에 마샤는 고개를 끄덕였다. 프리스톤은 방해자 없이 단둘이 나가고 싶다고 어린애처럼 떼를 썼다. 답답해서 숨이 막힌다고도 했고 멍청한 음악 소리 때문에 머리가 아프다고도 했다.

마샤가 이런저런 핑계를 대자 그녀 때문에 자신이 아프기라도 하면 어쩔 거냐고 추궁하기도 했다. 하지만 마지막까지 마샤가 그럴 수 없다고 거절하자 그녀의 머리카락에 달린 핀을 잡아 뜯듯 빼앗으며 말했다.

—우리 집 덕분에 이런 곳에 초대받았으면 고마운 줄 알아야지. 주제도 모르는 것.

그리고 혼자 정원으로 나가 버렸다.

마샤는 다시 눈물이 나올 것 같아서 두 손에 얼굴을 묻었다. 점점 자신이 없어졌다. 그녀는 가라앉은 목소리로 릴리에게 물었다.

"진짜 그런 걸까? 내가 주제도 모르고 프리스톤에게 건방지게 구는 걸까?"

"그럴 리가 없잖아!"

릴리는 깜짝 놀라서 소리쳤다. 가만히 서서 릴리와 마샤의 대화를 듣고 있던 애슐리도 깜짝 놀라서 눈을 크게 떴다.

하지만 마샤는 울적한 표정으로 고개를 들고 릴리를 쳐다봤다.

프리스톤의 말이 맞다는 생각이 들었다. 그녀는 고작해야 몰락한 집안이고, 그레고리 백작 부인의 호의로 그 집에 머무르는 거다.

지금 그녀가 입고 있는 옷은 패트리샤에게 빌린 거고 머리핀은 백작 부인이 빌려준 거다.

이 정도로 도움을 받았다면 주제를 알고 프리스톤이 하자는 대로 해야 하는 거 아닐까.

"백작 부인도 그러서?"

릴리의 질문에 마샤는 멍하니 그레고리 백작 부인을 떠올렸다. 모르겠다. 하지만 프리스톤은 그녀의 아들이니까 프리스톤 편을 들 거라는 생각이 들었다.

"모, 모르겠어. 하지만 솔직히 내 주제에 프리스톤이 과분한 건 사실이니까……."

"마샤."

그때 아이리스가 마샤를 불렀다. 릴리는 깜짝 놀라서 문을 돌아봤다. 어느새 서재 안으로 들어온 아이리스는 빗을 꽉 쥔 채 창백한 얼굴로 마샤를 쳐다보고 있었다.

"프리스톤이라는 남자가 범죄자여도 그런 생각을 할 거야?"

아이리스는 마샤에게 다가가 그녀의 앞에 무릎을 꿇고 앉으며 물었다. 아이리스의 질문에 마샤가 깜짝 놀라 눈을 크게 떴다.

"아, 아니…… 하지만 프리스톤은 범죄자가 아니니까……."

"범죄자만 아니면 돼? 작위를 가진 돈 많은 남자면 돼?"

그때 더글러스도 넓적한 그릇을 들고 서재 안으로 들어왔다가 아이리스의 말을 듣고 우뚝 멈췄다. 그는 릴리의 안색을 살피고 살그머니 문을 닫았다.

마샤는 멍하니 아이리스를 쳐다보고 있었다.

"난 싫어. 난 내가 결혼할 사람이 날 사랑해 줬으면 좋겠어. 내가 사랑하는 사람이었으면 좋겠어."

아이리스의 말에 더글러스는 저도 모르게 릴리를 쳐다봤다. 그녀는 입술을 깨문 채 마샤를 물끄러미 쳐다보고 있었다.

"어머니께서 말이야, 그러니까 우리 어머니 말이야."

아이리스가 다시 입을 열었다.

마샤는 반사적으로 밀드레드 반스 부인을 떠올렸다. 아름다운, 마법 같은 솜씨로 그녀를 구해 준 부인.

"나도 너랑 똑같았거든. 나이가 많지만 돈은 많은 남자가 결혼하자고 했을 때, 나도 그 남자 정도면 나한테 과분하다고 생각했어. 그 남자도 그랬어. 나한테 자기가 과분하다고 말했어."

마샤의 머릿속에 얼마 전에 사교계를 뒤흔들었던 스캔들이 떠올랐다. 반스 부인이 딸에게 구애를 하던 남자를 협박해서 쫓아냈다는 소식이었다.

그리고 그 소식으로 생긴 여론은 바로 이튿날, 남자가 반스가의 여성들에게 어떤 짓을 했는지 낱낱이 밝혀지면서 반전되었다.

"그런데 어머니는 그 남자를 쫓아냈어. 진짜 펄펄 뛰면서. 거의 멱살을 잡고 끌어냈지."

아이리스는 그렇게 말하며 쓰게 웃었다. 릴리도 애슐리도 그때를 떠올리며 작게 웃었다. 웹스터 경이 집에서 쫓겨나던 순간이 떠올랐다. 문을 열지 못해서 끙끙거리던 표정까지.

"그때 내가 가장 놀랐던 게 뭔지 알아? 우리 어머니는 입버릇처럼 말씀하셨단 말이야. 돈 많은 남자와 결혼해야 한다고."

맞아. 릴리는 맞장구치며 웃었다. 꽃 한 송이도 사주지 못하는 남자는 상대할 가치가 없다고 딱 잘라 말하기까지 했다. 그런 어머니가 웹스터 경을 집에서 쫓아내고, 파티장에서 깨진 유리잔으로 위협하기까지 했다.

"그런데 어머니는 그 남자가 날 존중하지 않으니까 쫓아냈어. 우리에게서 떨어지라고 흉기로 협박까지 하셨지."

그 이후로 아이리스는 자기 자신에게 조금 더 자신이 생겼다. 누가 애슐리와 그녀의 외모를 비교해도, 어머니를 닮지 않아서 안됐다고 말할 때조차도, 조금 덜 상처받을 수 있었다.

"너는 훨씬 나은 대접을 받을 자격이 있어."

아이리스의 말에 마샤는 울컥하더니 울기 시작했다. 릴리가 그런 마샤를 끌어안았다. 그 위로 애슐리가 릴리와 마샤를 끌어안았다.

더글러스는 그릇을 내려놓고 살그머니 서재 밖으로 빠져나갔다. 머리가 복잡했다.

그는 성큼성큼 걸어 음악이 연주되고 있는 홀을 찾았다. 남들보다 머리 하나 큰 월포드 남작의 얼굴이 제일 먼저 눈에 들어왔다. 그리고 그 옆에 쏙 들어간 밀드레드 반스 부인의 얼굴도.

그도 그 스캔들을 들었다. 반스 부인이 자기 딸에게 구애하던 남자를 거칠게 쫓아냈다는 이야기. 그 남자가 무슨 짓을 했는지 나중에 듣긴 했지만, 그것과 상관없이 그는 반스 부인이 남자를 협박했다는 것을 믿지 않았다.

저렇게 작은 여자가 흉기를 들고 남자를 협박했다고? 말도 안 된다. 그런 건 미친 여자나 하는 짓이다. 더글러스는 그렇게 생각했다.

게다가 밀드레드 반스는 상당한 미인이고 우아해 보였다. 사실 그 소문을 들은 대부분의 사람은 소문이 과장됐다고 생각하고 있었다.

하지만 아이리스가 그렇게 말하지 않았는가. 흉기로 협박을 했다고.
더글러스는 밀드레드를 물끄러미 쳐다보며 릴리를 떠올렸다.

그날, 왕립극장에서 릴리는 프리스톤을 상대로 조금도 물러서지 않았다. 맞으면 어쩔 뻔했느냐는 질문에 릴리는 그게 큰 대수냐는 듯 굴었다.

"저 집안 특징인가."

더글러스는 한 손으로 얼굴을 문지르며 한숨을 내쉬었다. 그러고 보니 왕자님도 아이리스 양 때문에 시무룩해서 두문불출해 있긴 하다.

"뭐예요?"

세 번째 음악이 끝나갈 즈음에 다니엘이 갑자기 밀드레드의 허리를 끌어안았다. 밀드레드는 깜짝 놀라서 그의 얼굴을 쳐다보며 물었다.

"아무것도 아닙니다."

잠시 더글러스를 쳐다보던 다니엘은 밀드레드를 향해 빙그레 미소 지으며 말하더니 곧이어 물었다.

"오래 서 계셔서 발이 아프실 것 같은데요. 어디 앉아서 쉬실 만한 자리를 찾을까요?"

밀드레드는 주위를 둘러보고 고개를 끄덕였다. 그의 말대로 세 곡째 서서 들었더니 슬슬 다리가 아파 오기 시작했기 때문이다.

다니엘은 밀드레드의 등에 손바닥을 펼쳐 대고 그녀를 복도로 안내했다.

두 사람이 지나가면서 더글러스와 다니엘의 시선이 부딪쳤다. 쳐다보지 마. 다니엘은 경고의 눈빛을 던졌지만 더글러스는 그가 왜 그렇게 자신을 쳐다보는지 이해하지 못했다.

"릴리, 다른 애들은 어디 있니?"

응접실로 자리를 옮겨 앉아 있던 밀드레드는 응접실 문밖에서 안을 들여다보는 릴리를 발견하고 물었다. 그녀는 어머니를 보고 잠깐 놀랐다가 슬금슬금 들어와 밀드레드의 앞에 섰다.

"다른 휴게실에 앉아서 이야기하고 있어요. 친구를 만났거든요."

"친구? 누구?"

릴리는 재빨리 응접실 안을 살펴 여기 그레고리가의 사람들이 있는지 확인했다.

다행히 프리스톤은 물론 그의 부모도 없었다. 마샤 말로는 그레고리 백작 부인과 프리스톤이 함께 왔다고 했다.

"마샤요. 머리카락이 헝클어져서 아이리스가 다시 묶어 주고 있어요."

다행히 아이리스와 릴리는 하녀 없이 몸치장을 하는 데 익숙했다. 아이리스의 손재주가 좋은 것도 한몫했고.

릴리의 말에 밀드레드는 눈을 가늘게 뜨고 그녀를 쳐다보다가 낮은 목소리로 물었다.

"마샤의 머리카락은 왜 헝클어졌는데?"

"머리핀이 걸려서요. 머리카락이 같이 빠졌대요."

입에 침도 안 바르고 거짓말 한번 잘한다. 릴리는 그렇게 생각하며 씩 웃었다. 그런 그녀에게 밀드레드가 다시 물었다.

"넌 뭘 찾는데?"

"어머니를 찾고 있었죠. 저희가 어디 있는지 찾으실 것 같아서 알려드리려고요."

아, 그래? 밀드레드의 얼굴에 떠올랐던 경계가 무너져 내렸다. 그렇다면 이해가 된다. 밀드레드는 릴리의 손을 잡고 빙그레 웃었다.

어쨌든 아이들이 사교계에서 친구를 사귀었다는 말이다. 그건 좋은 일이다. 게다가 마샤라면 그녀도 알고 있는 아이니 더더욱 문제될 일이 없다.

"그런데 남작님은 어디 가셨어요?"

"음료를 가지러."

그때 다니엘이 릴리의 뒤에서 조용히 말했다. 엄마야! 깜짝 놀란 릴리가 펄쩍 뛰며 물러나자 밀드레드가 눈을 가늘게 뜨며 다니엘을 핀잔했다.

"그렇게 소리 없이 돌아다니지 말아요."

"죄송합니다. 릴리가 아는 줄 알았죠."

다니엘은 그렇게 말하며 밀드레드에게 잔을 내밀었다. 과연 케이시 후작가에서 열린 음악회라 그런지 차가운 음료가 있었다.

밀드레드는 다니엘의 손에서 서늘한 유리잔을 받아 들며 한숨을 내쉬었다.

"어머니."

두 사람을 번갈아 쳐다보던 릴리가 다니엘의 눈치를 살피며 밀드레드를 불렀다. 밀드레드는 차가운 음료를 릴리에게 내밀며 물었다.

"마실래?"

"아뇨, 괜찮아요. 그보다 여쭤보고 싶은 게 있는데요."

뭔데? 밀드레드는 다니엘이 가져다준 차가운 음료를 홀짝이며 옆 좌석을 가볍게 두드렸다. 앉으라는 표시에 릴리는 다니엘을 한 번 쳐다보고 재빨리 앉았다. 그리고 작은 목소리로 물었다.

"자기보다 훨씬 큰 사람과 싸워서 이기려면 어떻게 해야 할까요?"

"뭐?"

뜻밖의 질문에 밀드레드는 물론 다니엘도 한쪽 눈썹을 들어 올렸다. 그는 뻬딱하게 서서 릴리가 대체 무슨 말을 하는 건지 물끄러미 쳐다보기 시작했다.

릴리는 주변을 한 번 둘러보고 응접실에 있는 다른 사람들이 그녀의 말을 듣지 못한 것을 확인하고 다시 말했다.

"예를 들면 제가 꼴 보기 싫은 사람이 하나 있거든요."

"누군데?"

"예를 들어서요."

진짜 그런 사람이 있는 건 아니라는 말이다. 릴리의 말에 밀드레드는 다니엘을 한 번 쳐다봤다.

대체 릴리가 무슨 말을 하는 걸까. 그녀는 릴리가 싫어할 만한 사람이 있는지 기억을 더듬었지만 생각나는 사람은 없었다.

"그 남자가 다시는 제게 접근하지 못하게 하려면요, 그러려면 어떻게 해야 할까요?"

릴리의 질문에 밀드레드는 다시 다니엘을 쳐다봤다. 대체 그녀가 무슨 말을 하는 건지 알 수가 없었다. 그때 다니엘이 몸을 숙이며 나직하게 말했다.

"누군지 말하면 내가 처리해 주마."

"윌포드 경."

밀드레드는 말도 안 되는 소리 하지 말라는 표정을 지으며 다니엘을 막았다. 릴리 역시 고개를 저으며 말했다.

"제가 해야 해요. 그러니까 제가 할 수 있는 방법을 알려 주세요."

"네 일이야?"

밀드레드의 질문에 릴리는 잠시 머뭇거리다가 말했다.

"아뇨, 친구요."

밀드레드의 눈이 가늘어졌다. 릴리의 일이라고 하면 다니엘이 나설 필요도 없다. 그녀가 나설 생각이었다. 하지만 릴리의 친구라니까 마음이 좀 가라앉았다.

"싫다는데 구혼하는 남자야?"

"비슷해요."

"그 애는 그 남자가 싫대?"

"싫은 정도가 아니에요."

그럼? 다니엘이 궁금하다는 표정을 지었다. 릴리는 그를 한 번 쳐다보고 밀드레드에게 다시 속삭였다.

"친구를 자기 마음대로 휘두르려 해요."

"집착해?"

"네."

"때리진 않고?"

그렇지는 않다. 마샤도 맞은 적은 없다고 했으니까.

릴리는 아주 잠깐 왕립 극장에서 프리스톤에게 맞을 뻔했던 것을 떠올렸다. 그리고 곧 더글러스가 난입하자 도망치던 것도.

"때리지는 못할 인간이에요."

"그럼 똑같이 해 줘."

"똑같이요?"

"똑같이 집착해 줘 봐. 그 남자가 하는 대로. 안 보이면 뭐 하느라 안 보였냐고 난리 치고, 돈 빌려 달라고 하고, 친구들이랑 대화하는 것도 하나하나 다 끼어들어 봐."

밀드레드의 조언에 릴리의 입이 딱 벌어졌다. 다니엘 역시 한쪽 눈썹을 들어 올렸다.

물론 여기엔 몇 가지 문제점이 있다. 밀드레드는 재빨리 덧붙였다.

"근데 시간이 좀 걸려. 그리고 주변 사람들이 두 사람이 사귄다고 생각할 수 있겠지."

그러니 조심해야 한다. 단둘이 밀폐되거나 어두운 곳에 있지 않아야 할 것이다. 밀드레드는 그렇게 말하고 어깨를 으쓱해 보였다.

"그걸로 될까요?"

"글쎄. 아님 그 남자를 한 대 때리는 것도 도움이 되겠지. 그런데 그걸 네 친구가 할 수 있을까?"

밀드레드의 질문에 릴리는 마샤를 떠올렸다. 그녀는 프리스톤에게 집 착하는 척하는 것도 못 할 것 같다.

"모르겠어요."

"그게 문제야. 언제나 나쁜 놈은 자기 나쁜 짓이 먹힐 사람에게만 나 쁜 짓을 하거든. 네 친구가 어떤 사람인지는 모르겠지만 가장 좋은 건 부모님들에게 알리는 거야."

그럴 수는 없다. 릴리는 아무 말도 하지 않았다. 마샤의 어머니는 시 골에 있고 프리스톤의 부모는 자기 아들이 마샤를 괴롭힌다고 생각하지 않을 것이다.

"일단 친구와 함께 있어 줄게요."

"그래."

밀드레드는 일어나는 릴리의 손을 잡고 그녀의 머리카락을 쓸어 넘겨 주었다. 친구를 도와주려는 딸의 마음 씀씀이가 예뻐서 웃음이 흘러나 왔다.

"그런 방법은 어떻게 알았습니까?"

다니엘은 릴리가 나가자마자 밀드레드의 곁에 앉으며 물었다. 집착하 는 남자에게 역으로 집착하라니, 생각도 못 한 방법이다.

밀드레드는 음료를 홀짝이며 눈동자를 굴렸다.

"음, 어디서 봤어요."

"어디서요?"

인터넷에서 봤다고 하면 인터넷이 뭐냐고 묻겠지. 밀드레드는 더듬더 듬 말했다.

"시, 신문에서요."

다니엘은 이상하다는 듯 밀드레드를 쳐다봤지만 더 묻지는 않았다.

한편, 밀드레드의 곁을 떠난 릴리는 다른 응접실을 들여다보았다. 프리스톤은 거기에도 없었다. 그녀는 그레고리 백작 부인이 사람들과 대화하는 것을 보고 몸을 돌렸다.

아직도 밖에 있나? 마샤가 마지막으로 프리스톤을 본 게 정원으로 나가는 모습이라고 했으니 아직도 정원에 있을지도 모른다.

"찾으시는 거라도?"

그때 더글러스가 릴리의 곁으로 다가오며 물었다. 엄마야. 그녀는 더글러스가 곁으로 다가올 때까지 몰랐다가 깜짝 놀라서 돌아섰다.

"소리 없이 다가오지 마세요."

릴리의 날 선 대답에 더글러스는 그렇지 않다고 한마디 하려다 입을 다물었다. 그는 릴리가 응접실 안을 살피느라 주변을 확인하지 않은 거라 생각했지만, 그걸로 말다툼하는 건 그다지 현명하지 않다는 생각이 들었다.

"도와드릴까요? 뭔가 찾으시는 거라도 있습니까?"

릴리는 더글러스를 한 번 쳐다보고 다시 정원으로 나가는 테라스 쪽을 쳐다봤다.

솔직히 말하면 이 남자가 곁에 없는 게 도와주는 거다. 그가 프리스톤을 때려 준다고 해서 프리스톤이 마샤에게서 물러나는 것도 아니니까.

더글러스에게 맞으면 창피해서 한동안 두문불출할 수는 있겠지. 거기까지 생각한 릴리는 혼자 킥킥거리다가 좋은 생각을 떠올렸다.

"밴스 양?"

더글러스는 릴리가 갑자기 혼자 킥킥대고 웃자 걱정스러운 표정으로 그녀를 불렀다. 릴리는 더글러스를 향해 휙 돌아섰다.

그는 쓸모가 없다. 특히나 지금은 더더욱.

그녀가 무슨 짓을 하려는지 안다면 더글러스는 기를 쓰고 그녀를 말리려 할 것이 분명했다. 지난번처럼 프리스톤과 그녀 사이를 막고 릴리를 보호하려 할 수도 있다.

그건 전혀 좋지 않았다. 릴리는 더글러스의 보호가 필요 없었고 그건 특히 지금 더 불필요했다.

"사람이 원하는 것을 얻기 위해서 때때로 보호를 포기해야 할 때도 있다는 거 알아요?"

릴리의 느닷없는 질문에 더글러스의 눈이 좁아졌다. 그는 물끄러미 그녀를 내려다보며 이 여자가 대체 무슨 생각을 하는지 가늠하려 했다.

마음 같아서는 릴리의 어깨를 잡고 대체 무슨 꿍꿍이냐고 따지고 싶었지만 그는 자신의 반밖에 되지 않는 이 아가씨의 고집이 엄청나다는 것을 알고 있었다.

"살을 주고 뼈를 취하는 것 말입니까?"

그런 말이 있어? 릴리는 잠시 놀란 표정을 지었다가 씩 웃었다. 그녀의 계획에 딱 맞는 말이기도 했다. 살을 주고 뼈를 취한다.

"부탁이 있어요."

릴리의 말에 더글러스의 얼굴에 미심쩍다는 표정이 떠올랐다. 그녀가 자신에게 도움을 요청하는 건 기쁘지만 지금 상황에서는 그리 즐거운 일이 아닐 것 같았다.

"가서 마샤와 언니들 곁에 있어 줄래요?"

더글러스의 얼굴 위로 상처받은 표정이 떠올랐다. 지금 그가 귀찮다는 건가?

릴리는 그런 더글러스에게 손을 내밀며 재빨리 덧붙였다.

"프리스톤이 어디 있는지 보고 와야겠어요."

"그것뿐입니까?"

그럴 리가 없다. 프리스톤을 쫓아낼 방법을 찾으러 가는 거다. 하지만 솔직하게 말할 수는 없지.

릴리는 그렇게 생각하며 입 안의 살을 가볍게 깨물었다. 그리고 더글러스에게 말했다.

"그냥 어디 있는지만 보고 올 거예요. 그 사이에 프리스톤이 마샤에게 접근할 수도 있으니 마샤 곁에 있어 주세요."

싫다. 더글러스는 인상을 찡그렸다. 다니엘이었다면, 그리고 릴리가 밀드레드였다면 단칼에 거절했을 것이다.

하지만 더글러스는 기사도를 중요하게 여기는 케이시가의 사람이었고 위험에 처한 친구를 보호해 달라는 릴리의 부탁을 거절할 수가 없었다.

"정말 어디 있는지 확인만 하고 올 겁니까?"

더글러스의 질문에 릴리는 이번에는 입 안의 반대쪽 살을 깨물었다. 이래서야 입 안이 남아나질 않겠네. 그녀는 속으로 투덜거리며 말했다.

"그럼요."

프리스톤은 마샤가 마지막으로 봤던 대로 정원에 있었다. 릴리는 더글러스를 서재로 밀어 넣어 버린 뒤 정원에 서서 담배를 피우는 프리스톤을 확인했다.

이제 어떻게 해야 할까. 담배를 다 피웠는지 프리스톤이 꽁초를 정원에 그대로 던지더니 몸을 돌리는 게 보였다.

뭐 저런 놈이 다 있어? 릴리는 속으로 혀를 차면서 숨을 크게 들이마셨다가 내쉬었다.

괜찮아. 별로 안 무서워. 그녀는 스스로를 달래며 앞으로 나갔다. 그리고 안으로 들어와 응접실로 향하는 프리스톤과 일부러 부딪쳤다.

"실례."

프리스톤은 어떤 여자가 자신과 부딪치자 반사적으로 말했다가 여자의 얼굴을 보고 눈을 가늘게 떴다. 누군지 알겠다. 지난번에 그를 짜증나게 만들었던 그 못생긴 여자였다.

"뭐야."

프리스톤의 불만스러운 목소리에 릴리는 잠시 얼어붙었다. 뭔가 그의 기분을 상하게 할 만한 말을 해야 하는데 무슨 말을 해야 할지 생각나지 않았다.

그녀가 아무 말도 하지 않자 프리스톤은 기분 나쁘다는 표정을 지으며 지나갔다. 하지만 금세 고개를 돌리더니 다시 릴리에게 다가와서 말했다.

"마샤한테 바람 불어넣지 마시죠."

그래도 케이시 후작 부인의 음악회에 참석해서인지 프리스톤은 존대를 하고 있었다.

거기서 릴리의 정신이 번쩍 들었다. 그녀는 모르겠다는 표정을 지으며 물었다.

"뭘요?"

"걔한테 바람 불어넣지 말란 말입니다."

그렇게 말한 프리스톤은 곧 고개를 숙여 릴리를 향해 나직하게 윽박질렀다.

"걔 주제에 나 정도 되는 사람을 만날 수 있을 것 같아? 네가 괜찮은 남자 못 잡을 거 같으니까 걜 질투하나 본데, 작작해라."

뭐라는 거야? 릴리는 어이가 없어서 입을 딱 벌렸다. 그녀는 저도 모르게 물었다.

"당신이 질투할 만큼 대단한 남자라고 생각하는 거야?"

진짜로? 릴리의 시선이 프리스톤의 위아래를 훑었다.

그녀의 기준에 프리스톤은 절대 갖고 싶어서 싸움이 날 만한 남자가 아니었다. 그레고리 백작가의 장자라는 점은 훌륭하긴 하지만 딱 그뿐이었다.

게다가 애초에 릴리는 결혼이나 남자에 별 관심이 없었다.

릴리의 반응에 프리스톤의 기분이 상했다. 그는 울컥해서 인상을 쓰며 말했다.

"나 정도면 부족한 게 없지. 마샤니까 상대해 주는 거야. 당신 같은 여자는 줘도 안 가져."

"그레고리 씨. 설마 댁은 누가 댁을 주면 감사하다고 받을 거라고 생각하는 건 아니죠?"

릴리는 다시 프리스톤의 위아래를 훑어보며 어이없다는 듯 피식 웃었다. 아까 전의 행동이 저도 모르게 한 행동이라면 지금의 행동은 지극히 의도적인 행동이었다.

그녀는 프리스톤의 얼굴을 보고 다시 말했다.

"세상에, 자의식이 비대하다 못해 삐져나오려고 하네."

프리스톤의 얼굴이 확하고 붉어졌다. 부끄러운 줄은 아는 모양이네. 릴리는 어이가 없어서 입을 딱 벌렸다. 그리고 일부러 놀란 척 물었다.

"어머, 몰랐어요? 세상에."

"입 닥쳐."

"조금만 더 하면 때리겠네."

"못 때릴 줄 알아? 못생긴 게 불쌍해서 봐줬더니 기어오르려고 하네."

릴리는 슬쩍 뒤로 물러나며 억지로 피식 웃었다. 그녀의 입꼬리가 파르르 떨렸다. 하지만 아무렇지 않은 척 말했다.

"말은 똑바로 해야지. 봐주긴 내가 봐준 거지. 나도 당신처럼 못생긴 남자는 싫거든?"

"입 닥쳐. 거짓말하다 맞는 수가 있어."

"하긴 그러니까 마샤한테 집착하는 거겠지. 마샤 외엔 아무도 상대 안 해 주니까."

못생긴 게. 릴리가 그렇게 말하려 했을 때였다.

그 순간 프리스톤의 눈이 휙 뒤집어졌다. 그리고 동시에 철썩하고 프리스톤이 릴리의 뺨을 때렸다.

"꺅!"

철썩하는 소리에 주변에 있던 사람들이 작게 비명을 질렀다. 사람들의 시선에 릴리가 프리스톤에게 맞아 비틀거리며 쓰러지는 것까지 들어왔다.

그 순간 더글러스가 프리스톤을 향해 달려나갔다.

퍽 하는 소리가 울려 퍼졌다. 사람들의 눈에 프리스톤이 뒤로 벌렁 넘어지는 게 보였지만 더글러스의 움직임이 너무 빨라서 그가 때리는 건 보이지 않았다.

"누가 와 봐요!"

"말려 봐!"

순식간에 복도가 소란스러워졌다. 더글러스는 비명과 고함 속에서 프리스톤을 올라타고 그를 때리고 있었다.

퍽, 퍽 하는 소리와 함께 프리스톤의 신음이 작게 이어졌다. 갑자기 일어난 소란에 사람들이 복도로 몰려들었다.

그중에는 밀드레드와 다니엘뿐 아니라 케이시 후작 부부도 있었다.

"더글러스!"

케이시 후작 부인은 자신의 아들이 누군가를 때리고 있는 것을 보고 기겁을 하고 소리쳤다. 밀드레드는 사람들의 부축을 받는 여자가 릴리라는 것을 깨닫고 그녀에게 달려갔다.

"릴리!"

이게 대체 무슨 일이람. 케이시 후작은 딱딱하게 군은 채 다니엘이 더글러스를 프리스톤에게서 떼어 내는 것을, 아들의 얼굴이 피투성이가 된 것을 보고 그레고리 백작 부인이 기절하는 것을 지켜봤다.

즐거운 날이 되어야 했던 케이시 후작 부인의 음악회가 완전히 망가져 버렸다. 하지만 사건은 그것만으로 끝이 아니었다. 정원 쪽에 있던 사람들이 비명을 지르며 안으로 달려왔다.

"불이야!"

다시 소란이 이어졌다. 케이시 후작가의 하인들과 손님들은 저마다 물을 들고 정원의 불을 끄기 위해 달려들었고 프리스톤과 릴리, 더글러스는 각자 손님방에 안내되었다.

물론 기절한 그레고리 백작 부인 역시 창백한 표정의 마샤와 함께 손님방에 옮겨졌다.

"죄송해요."

릴리는 얼음주머니를 뺨에 댄 채 솔직하게 사과했다. 밀드레드의 표정이 무시무시했기 때문에 사과가 저절로 흘러나왔다.

"뭐가 미안한데?"

"프리스톤과 싸운 거요?"

"싸운 거니?"

밀드레드의 질문에 릴리는 고개를 들어 그녀를 쳐다봤다. 이건 싸운 게 맞다. 릴리는 고개를 끄덕이며 말했다.

"네."

"일방적으로 맞은 거겠지!"

그때 아이리스가 끼어들었다. 그녀는 화가 나서 새빨개진 얼굴로 방 안을 서성이며 다시 소리쳤다.

"미친 자식 아냐? 사람을 패? 그게 깡패지, 사람이야?"

"릴리."

릴리는 자신의 손을 잡은 애슐리가 눈물을 글썽이는 것을 보고 한숨을 내쉬었다. 애슐리의 눈에서 결국 눈물이 굴러떨어졌다.

그녀는 숨을 헐떡이며 물었다.

"안 아파? 아프지? 어떻게 해⋯⋯."

괜찮다. 릴리는 정말로 괜찮았다. 이걸로 그녀의 계획대로만 된다면 이 정도 고통은 몇 번이나 더 견딜 수 있었다. 그녀의 계획대로 된다면 말이지만.

"괜찮습니까?"

다니엘은 밀드레드의 굳은 표정을 보고 물었다. 그녀는 릴리가 아니라 자신에게 묻는 것에 미간을 찡그리며 대답했다.

"다친 건 내가 아니라 릴리니까요."

"하지만 릴리는 괜찮아 보이거든요."

다니엘은 어이없다는 듯 웃으며 릴리를 돌아봤다. 뺨이 부은 것만 빼면 릴리는 멀쩡해 보였다.

오히려 괜찮지 않은 건 밀드레드와 다른 아이들이다. 밀드레드는 굳은 표정으로 릴리를 물끄러미 쳐다보고 있었고 아이리스는 주먹을 쥔 채 프리스톤을 향해 화를 내며 돌아다니고 있었다.

그리고 애슐리는 훌쩍이며 릴리의 어깨를 끌어안고 있었다.

"의사가 도착했습니다."

그때 케이시 후작가의 하인이 문을 두드리고 들어와 의사를 안내했다.

생각보다 빨리 왔다. 그들을 방에 안내하자마자 의사를 부르러 갔던 모양이다.

나이가 지긋한 의사가 릴리의 **뺨**을 살피는 것을 보며 다니엘은 프리스톤에게도 의사가 갔을 것이라고 생각했다. 의사가 한 명만 왔다면 더 상태가 안 좋아 보이는 프리스톤을 먼저 진찰하게 했을 테니까.

밀드레드는 입술을 깨문 채 의사의 진찰을 받는 릴리를 지켜보고 있었다. 그녀는 너무 화가 나서 무슨 말을 먼저 해야 할지도 몰랐다.

릴리를 혼내야 할지, 프리스톤을 찾아가 역시 죽여야 할지 고민하며 그녀는 릴리를 지켜보고 있었다.

"시력이나 청력에 문제는 없어 보입니다."

다행히 릴리의 상태는 단순한 타박상이었다. 물론 이튿날 엄청난 멍이 질 테지만. 의사는 얼음찜질을 잘해 주라는 말을 남기고 일어났다.

"릴리."

밀드레드는 릴리에게 무슨 상황인지 듣기 위해 돌아섰다. 의사가 시간을 끌어 준 덕분에 그녀는 약간 진정한 상태였다.

덕분에 릴리에게 이성적으로 자초지종을 물어볼 여유가 생겼다. 그리고 프리스톤을 사람들의 눈을 피해 죽여야겠다는 생각을 할 정도의 여유도.

"반스 양!"

그때, 의사가 나가는 것과 엇갈리듯이 더글러스가 들어왔다. 그는 침대에 앉아 있는 릴리만 보고 안으로 성큼성큼 들어왔다가 뒤늦게 다른 사람들을 발견하고 멈췄다.

그리고 밀드레드를 향해 말했다.

"릴리 양과 이야기를 하고 싶습니다."

밀드레드의 눈이 가늘어졌다. 그리고 릴리의 눈도.

그녀는 여전히 **뺨**에 얼음주머니를 대고 있었다. 밀드레드는 허락의 의미로 고개를 끄덕였다.

"괜찮습니까?"

제일 먼저 릴리를 향해 돌아선 더글러스의 입에서 나온 말은 걱정이었다. 그는 릴리 앞에 무릎을 꿇고 앉아서 그녀를 쳐다봤다.

침대에 앉아 얼음주머니를 뺨에 댄 릴리의 모습은 평소보다 훨씬 약하고 작아 보였다.

"괜찮아요."

릴리는 허리를 세우고 턱을 들어 올리며 말했다. 뺨이 욱신거리긴 하지만 얼음주머니를 댄 덕에 고통은 거의 느껴지지 않았다.

더글러스의 시선이 릴리의 얼음주머니를 댄 뺨을 향했다가 다시 그녀의 눈으로 옮겨갔다.

"이야기만 한다고 했잖습니까."

더글러스의 비난을 닮은 말에 릴리의 눈동자가 데굴 굴렀다. 그녀는 그의 시선을 한 번 피했다가 다시 더글러스를 쳐다봤다.

그리고 또렷하게 말했다.

"거짓말이었어요."

더글러스의 눈이 가늘어졌다. 릴리는 거짓말한 것에 대한 죄책감이나 부끄러움조차 보이지 않았다. 그게 더 그에게 좌절로 다가왔다.

"일부러 맞은 겁니까?"

더글러스의 질문에 밀드레드의 표정이 일그러졌다.

"릴리."

그녀가 릴리에게 이게 무슨 소리냐고 물어보려는 순간 다니엘이 그녀의 손을 잡았다. 밀드레드의 시선이 다니엘을 향했다. 그는 잠시 기다리라는 의미로 고개를 작게 저었다.

"네."

릴리의 대답에 애슐리가 헉하고 신음을 내뱉었다. 그건 밀드레드도 마찬가지였다. 그녀가 릴리에게 다가가려는 것을 다니엘이 잡았다.

더글러스는 주먹을 꽉 쥐었다. 주변 사람들의 경악에도 불구하고 릴리는 떳떳했다. 그는 주먹을 꽉 쥔 채 릴리를 노려보다가 물었다.

"왭니까?"

"프리스톤을 쫓아내려고요. 케이시 경, 당신이 그랬잖아요. 살을 주고 뼈를 취하라고요."

다니엘은 재미있다는 듯 웃었고 밀드레드는 두 손에 얼굴을 묻었다.

"미쳤구나?"

아이리스의 신음과 동시에 더글러스는 눈을 꽉 감았다가 떴다. 그리고 벌떡 일어나며 말했다.

"제정신입니까? 그랬다가 다쳤으면 어쩌려고요?"

"살을 내준 거죠."

"고작 그 자식을 쫓아내려고 다친다고요? 미쳤군요!"

미쳤어. 다니엘은 밀드레드가 중얼거리는 것을 들었다. 그녀는 두 손에 얼굴을 묻은 채 릴리가 미쳤다고 중얼거리고 있었다.

하지만 릴리는 멀쩡했다. 그녀는 더글러스를 올려다보며 말했다.

"난 프리스톤과 싸웠고 이겼어요. 이 상처는 무훈이죠."

"내게 말했다면……."

"당신한테? 왜요?"

"왜냐뇨?"

릴리의 질문에 더글러스의 말문이 막혔다. 그는 도와 달라는 듯 아이리스를 돌아봤지만 릴리가 허락하지 않았다. 그녀는 침대에서 벌떡 일어나며 말했다.

"케이시 경, 프리스톤과 당신이 싸웠다면 그 녀석이 사교계에서 도망칠까요?"

그녀의 말에 더글러스는 입을 딱 벌렸다. 그건 밀드레드와 아이리스도 마찬가지였다.

프리스톤과 싸우는 건 릴리여야 했다. 프리스톤이 더글러스와 말다툼하다 싸운 거라면 그건 좀 부끄럽긴 하지만 사교계에서 도망칠 정도로 수치스러운 일은 아니다.

하지만 릴리와 말다툼하다가 그녀에게 손을 올렸다면 그건 사교계의 모든 사람에게 손가락질받을 정도로 수치스러운 일이다.

"맙소사."

더글러스는 한 손을 얼굴에 대고 한숨을 내쉬었다. 이제 알겠다. 릴리가 왜 그랬는지.

하지만 그렇다고 해서 릴리의 행동이 미친 짓이 아니라는 말은 아니다. 그는 저도 모르게 물었다.

"꼭 그렇게 해야만 했습니까? 그렇게까지 그 여자분을 도와줘야 했습니까? 당신이 다치면서까지?"

"바보 같은 소리를 하시네요, 케이시 경. 경은 경의 친구가 위험에 처했을 때 안 도와줄 건가요?"

도와주겠지. 더글러스는 입술을 깨물며 자신의 질문을 후회했다. 그도 똑같이 굴었을 것이다.

자신의 친구가 누군가에게 위협을 받고 있다면 상대방을 어떻게 해서든 사교계에서 쫓아내려 했을 것이다. 그 과정에서 자신이 조금 위험해진다 해도 감수할 수 있다.

릴리는 더글러스와 똑같이 행동했을 뿐이다.

"다시는……"

더글러스는 얼굴에서 손을 떼고 릴리를 바라보며 입을 열었다.

"다시는 그러지 마세요."

릴리의 눈이 가늘어졌다. 그녀는 다시 얼음주머니를 뺨에 대고 침대에 앉으며 말했다.

"싫어요. 난 내가 원하는 대로 행동할 거예요. 그게 경에게 피해가 되지 않는 한 당신은 내게 요구할 권리가 없어요."

말도 안 되는 소리다. 더글러스는 도움을 요청하기 위해 밀드레드를 쳐다봤다. 하지만 밀드레드 역시 릴리의 말이 맞다고 생각하고 있었다.

그렇다고 릴리의 말대로 지금처럼 그녀가 위험에 뛰어들게 둘 수는 없다. 밀드레드는 한숨을 내쉬고 더글러스에게 말했다.

"걱정해 줘서 고마워요, 케이시 경. 그리고 릴리, 넌 집에 가서 보자."

더글러스의 눈에 자신에게는 늘 당당하던 릴리가 반스 부인의 한마디에 놀랍게도 기가 죽는 게 보였다. 그렇군. 그는 릴리를 조절할 수 있는 사람이 그녀의 어머니라는 것을 깨달았다.

"케이시 경. 나는 이 일이 너무 커지지 않기를 바라요."

집사의 안내를 받아 저택의 현관을 향해 걸어가던 밀드레드가 말했다. 반스가의 사람들 뒤를 따라가던 더글러스는 그녀의 말에 우뚝 멈췄다.

그도 밀드레드의 말에 동의했다. 이 일이 너무 크게 번지는 건 좋지 않다. 더글러스는 침울한 얼굴로 고개를 끄덕였다.

"하지만 그 녀석이 다시는 내 눈앞에 보이지 않게 해 달라고 항의할 거예요."

무슨 말인지 알겠냐는 듯 밀드레드가 고개를 기울였다. 침울해졌던 더글러스의 얼굴에 순식간에 생기가 차올랐다.

밀드레드가 원하는 건 그녀가 그레고리가에 항의할 때 케이시가도 함께 항의해 달라는 거였다. 하지만 더글러스는 그럴 생각이 없었다. 그는 인상을 썼다가 곧 잔인하게 웃었다.

"항의를 하시려면 그레고리가의 별장으로 보내셔야 할 겁니다."

반스가에서 나설 필요도 없다. 이미 그는 프리스톤이 초대를 받아 참석한 영애의 뺨을 때렸다는 증인을 확보했다.

게다가 저택의 정원에서 일어난 화재의 범인도 프리스톤이라는 증언을 받아 냈다. 그레고리 백작가는 케이시 후작가에게 용서를 빌기 위해 프리스톤을 아주 오랫동안 후작가의 사람들 눈에 보이지 않도록 치워 둬야 할 것이다.

구석에 있는 별장 정도가 알맞겠지.

"좋아요."

밀드레드는 침착하게 말하고 잠시 더글러스의 옷소매를 쳐다보다가 고개를 돌렸다. 그녀는 더글러스의 소매에 묻은 프리스톤의 피가 신경 쓰였지만 아무 말도 하지 않았다.

25

더글러스 케이시

릴리의 뺨에 난 멍은 이튿날이 되자 더 엄청나졌다. 아침 식사를 하러 내려온 릴리를 본 아이리스는 비명을 질렀고 애슐리는 얼어붙었다.

"내일까지 좀 더 심해질 거다."

다니엘은 릴리의 얼굴을 들여다보며 안됐다는 듯 말했다. 의사도 비슷한 말을 했었다. 이삼 일간은 점점 더 나빠지다가 가라앉을 거라고.

그래도 그 덕분에 각오해서인지 릴리의 얼굴은 내 생각만큼 끔찍하진 않았다.

다니엘과 의사의 말대로 릴리의 얼굴에 난 멍은 그 이튿날까지 이거 정말 괜찮은 거야? 싶을 정도로 번졌다가 천천히 빠지기 시작했다.

마샤가 찾아온 것은 릴리의 얼굴에 난 멍이 조금씩 빠지기 시작했을 때였다.

우리가 볼 때는 좀 나아진 수준이었지만, 음악회 이후로 처음 본 마샤는 아니었는지 깜짝 놀라서 한동안 입을 열지 못했다.

"보기만 이렇지 별거 아냐."

우리 앞에서는 당당하던 릴리도 마샤 앞에서는 좀 민망했던지 손을 뺨에 대며 그렇게 말했다. 눈물을 참는 것처럼 입술을 깨무는 마샤를 보고 나는 그녀와 함께 온 로완 후작 부인에게 말했다.

"아이들끼리 이야기하게 둘까요?"

그레고리 백작 부인의 언니라는 로완 후작 부인은 이미 안면이 있다. 그녀의 파티에 참석한 적이 있는데, 로완 후작이 게리의 아카데미 선배였다는 이야기를 한 뒤로 소소하게 로완 후작 부인이 여는 파티의 초대장이 날아오곤 했다.

"셜리가 꼭 사과를 전해 달라고 하더군요."

이사벨 로완 후작 부인은 응접실의 소파에 앉자마자 그렇게 운을 뗐다. 나는 루인이 차를 따라 주고 떠날 때까지 기다렸다가 입을 열었다.

"아이들이 벌인 사건을 수습하는 건 쉽지 않은 일이죠."

이사벨의 얼굴에 쓴웃음이 떠올랐다. 그녀는 찻잔을 들어 올리며 말했다.

"셜리는 그런 쪽으로 고생을 많이 했어요."

그럴 만도 하지. 프리스톤이 원래 사건을 잘 일으키는 문제아였던 모양이다.

릴리가 그에게 맞았다는 소문이 퍼지자 사람들은 내게 편지를 보내거나 찾아와서 프리스톤이 얼마나 망나니인지 이야기했다.

십 대 때는 다른 아이들을 때리고 다녔고 그래서 아카데미에서도 쫓겨났던 모양이다. 그러던 녀석이 몇 년 전부터 사고를 덜 치기 시작했다고.

심지어 작년부터는 조용해져서 철이 든 줄 알았다는 사람도 많았다. 그 못된 성격이 어디로 가겠냐며 사람들은 릴리의 불운을 위로했다.

"백작 부인만요?"

나는 조금 못된 심보로 물었다. 사람들의 이야기 속에서 그레고리 백작은 프리스톤의 사고를 돈으로 무마했을 뿐 딱히 다른 행동을 하지 않았다. 아들의 못된 성미를 고치려 했던 건 백작 부인뿐이었다.

뭐, 백작 부인도 딱히 그걸 잘하는 것 같지는 않았지만.

이사벨은 그런 내 생각을 읽었는지 나를 보며 힘없이 웃었다. 그녀는 잠시 생각을 하더니 애매하게 말했다.

"설리가 따라가기로 했어요. 도저히 수도에 못 있겠다고 해서."

이번에도 그레고리 백작은 아들을 교육하기보다는 멀리 치워 버리는 것으로 해결할 모양이었다. 아카데미에서 쫓겨났을 때도 시골로 곧장 보냈다고 들었다.

"그걸로 해결이 될까요?"

나는 좀 더 예민하게 물었다. 프리스톤은 누군가 크게 혼을 내야 한다. 그따위로 살면 안 된다고 엄하게 가르쳐야 한다.

하지만 그레고리 백작은 자식 교육에는 별 관심이 없는 모양이다.

"케이시 경에게 호되게 혼났으니 정신을 차리겠죠."

이사벨의 말에 나는 더글러스를 떠올렸다.

케이시 후작가는 프리스톤이 일으킨 화재에 대한 보상은 요구하지 않겠다고 했다. 대신 더글러스가 프리스톤을 때린 것 역시 사과하지 않겠다고.

하지만 그레고리 백작가에서는 케이시 후작가에 사과 편지를 보냈다. 그리고 우리 집에도.

"그러길 바라요. 모든 사람을 위해서."

내 말에 이사벨은 다시 기운 없이 웃었다. 그녀는 찻잔을 감싸 쥐더니 잠시 시선을 떨어트렸다. 그리고 단어를 고르듯 천천히 말했다.

"패트리샤와 마샤는 수도에 남기로 했어요. 그레고리 백작과 함께요."

고개를 든 이사벨의 얼굴에 가벼운 죄책감이 떠올라 있었다. 나는 그녀의 죄책감에 놀라 잠시 말을 잃었다.

아무리 내가 그레고리 백작가의 모든 사람이 다 마음에 안 든다고 해도 백작까지 시골로 썩 꺼지라고 말할 수는 없다.

어쨌든 그는 여기서 해야 할 일이 있을 테니까. 그건 패트리샤와 마샤도 마찬가지다.

하지만 이사벨은 그레고리 백작가의 모든 사람이 수도에서 떠나지 않은 것을 미안해하고 있었다. 그것만으로 나는 이사벨을 향한 화가 수그러들었다.

"다른 사람들은 죄가 없죠."

릴리가 프리스톤의 심기를 긁어 맞은 건 프리스톤을 마샤에게서 떼어 놓기 위해서였다. 기껏 그 애가 고생해서 얻어낸 것을 물거품으로 만들 생각은 없다.

나는 차를 홀짝인 뒤 다시 말했다.

"특히 패트리샤와 마샤는 이 문제에서 아무 죄가 없죠. 릴리와 친하기도 하고요. 그 애들까지 멀어진다면 그거야말로 릴리에게 더한 상처가 될 거예요."

내 말에 이사벨은 좀 감동한 표정이었다. 아무래도 날 굉장히 마음이 넓다고 생각하는 모양이다.

"배려해 줘서 고마워요. 패트리샤와 마샤는 수도에 남아 있을 거예요. 백작가에서 지내면서 제가 돌봐주기로 했어요."

잘됐네요. 나는 고개를 끄덕였다. 이사벨이 이어서 말했다.

"사실 패트리샤도 같이 가자고 했는데 도저히 미안해서 못 오겠다고 하더라고요."

마샤와 달리 패트리샤는 프리스톤의 친동생이니까. 나는 이번에는 아무 말 없이 고개를 끄덕였다. 어쨌든 릴리가 바라던 대로 일이 해결된 모양이었다.

내가 바라던 대로는 아니지만.

나는 떠나는 마샤와 이사벨을 배웅하며 더글러스가 프리스톤을 반쯤 죽여 놓은 게 과연 좋은 일일지 생각했다. 그가 그러지 않았다면 프리스톤을 내 손으로 죽여 버릴 수 있었을 텐데.

그렇다면 지금 이사벨은 마샤를 데리고 우리 집에 사과하러 오는 게 아니라 셜리를 위로하며 프리스톤의 장례식을 돕고 있었을 것이다.

"잠깐 이야기 좀 하자."

나는 이사벨과 마샤가 탄 마차가 멀어지는 것을 본 뒤 내 뒤에 서 있는 아이들에게 돌아서며 말했다.

릴리의 치료비는 그레고리 백작가에서 내겠다고 했다. 그리고 사과의 표시로 다른 뭔가를 해 주고 싶다고 했지만 나는 치료비까지만 허락했다.

"프리스톤 그레고리 경은 시골로 내려가기로 했대."

나는 가장 안쪽에 있는 일인용 소파에 앉아 입을 열었다. 아이리스와 릴리, 애슐리는 내 앞에 나란히 앉아서 나를 쳐다보고 있었다.

애슐리의 얼굴에 잘됐다는 표정이 떠올랐다. 아이리스 역시 한순간 잘됐다는 표정을 지었지만 곧 불만스러운 표정을 지었다.

그것만으로는 부족하다고 생각한 모양이다.

나는 마지막으로 릴리의 무표정한 얼굴까지 보고 물었다.

"이게 네가 바라는 거니?"

"네."

릴리는 마치 기다렸다는 듯 대답했다. 프리스톤이 시골로 쫓겨나는 것. 그래서 마샤에게서 멀어지는 것. 릴리는 딱 그 두 가지만을 원했고 자신이 원하는 것을 쟁취했다.

다른 사람이었다면 칭찬했을 것이다. 하지만 나는 그럴 수가 없었다.

"정말로?"

내 질문에 릴리가 이해할 수 없다는 표정을 지었다. 그녀는 미간에 주름을 만들며 고개를 갸웃했고 나는 다시 말했다.

"프리스톤 그레고리 경이 그의 어머니와 함께 시골로 쫓겨날 걸 예상했다는 거니?"

"네."

"그래서 죄 없는 패트리샤가 결혼이 미뤄지고 어머니와 떨어지는 것도?"

당연하게도 내 질문에 릴리의 얼굴이 굳었다. 아이리스와 애슐리 역시 입을 딱 벌리는 게 보였다.

그래, 그럴 줄 알았다. 나는 약간 실망스러워서 한숨을 내쉬었다가 릴리가 고작 열여덟 살이라는 것을 떠올렸다.

"릴리, 네가 친구를 돕기 위해 그런 짓을 했다는 건 알겠어. 하지만 네 친구는 마샤뿐이니? 패트리샤는?"

릴리는 굳은 채 아무 말도 하지 않았다. 나는 다시 입을 열었다.

"그나마 이게 가장 좋은 결과라는 건 알고 있니? 만약 일이 그렇게 흘러가지 않았다면 어떻게 하려고 했어?"

"이것보다 나빠질 리가 없어요."

가까스로 대답하는 릴리의 목소리는 작았다. 그만큼 자신의 생각이 짧았다는 사실을 깨닫고 놀란 모양이었다. 하지만 그걸로는 부족하다.

나는 애슐리를 쳐다보고 물었다.

"애슐리, 릴리가 그레고리 경에게 잘못 맞았으면 어떻게 됐을 것 같니?"

"어, 어…… 릴리의 귀나 눈이 다쳤을 수도 있지 않을까요?"

그래. 나는 이번에는 아이리스를 향해 물었다.

"만약 운이 나빠서 그레고리 백작가가 모두 시골로 내려간다면 마샤는 어떻게 될까?"

"……자기 집으로 돌려보내지겠죠."

그건 그래도 괜찮은 결과다. 나는 마지막으로 릴리를 쳐다보며 말했다.

"너는 패트리샤의 결혼이 미뤄지기만 한 걸 다행으로 여겨야 할 거야. 상대 집안에서 그레고리 경의 행동을 이유로 파혼을 요구할 수도 있었어."

이번에는 릴리의 얼굴이 아예 새하얗게 변했다. 최악의 경우에 릴리는 프리스톤에게 맞아 눈이나 귀를 크게 다치고, 그레고리 백작가는 모두 시골로 도망칠 수도 있었다.

그 과정에서 패트리샤는 파혼당할 수도 있었고, 마샤 역시 게른 남작가로 돌려보내졌을 것이다.

열린 응접실 문으로 다니엘이 이쪽을 슬쩍 보더니 지나가는 게 보였다. 그가 집에 도착한 모양이다. 하지만 눈치 빠르게도 내가 아이들을 혼내는 것을 보고 모른 척하고 있었다.

"정말 최악의 상황에, 프리스톤이 이번 일로 배우자를 구하기 어렵다는 판단을 그레고리 백작이 하게 되면 어떻게 될 것 같니?"

"저랑 결혼시키지는 않겠죠."

놀랍게도 혼나는 와중에도 릴리의 냉소적인 농담은 죽지 않는 모양이었다. 나는 픽 웃고 말했다.

"그래. 너와는 결혼시키지 않겠지. 하지만 마샤라면 가능하지."

프리스톤은 한동안은 사교계는커녕 수도에도 접근할 수 없을 것이다. 하지만 그는 백작가의 후계자고, 백작 부부는 장남을 반드시 결혼시키고 싶어 하겠지.

그렇다면 가장 가까이에 있는 마샤와 결혼을 추진할 가능성도 있었다.

"마샤가 과연 거부할 수 있을까?"

내 질문에 릴리는 물론 아이리스와 애슐리의 얼굴도 하얗게 질렸다. 마샤는 거부하기 어려울 것이다. 그러니 이번에도 릴리가 나섰겠지.

나는 굳은 아이들을 하나하나 살펴보고 다시 한숨을 내쉬었다.

거기까지 생각하지 못했다고 릴리를 비난할 생각은 없었다. 열여덟 살짜리가 거기까지 생각하기는 어렵겠지.

그녀가 생각한 건 마샤를 도와야 한다! 프리스톤을 사교계에서 쫓아내야 한다! 이 두 가지뿐이었을 테니까.

"릴리, 네 생각이 얼마나 짧았는지 알겠니?"

내 질문에 릴리는 뭔가 더 말하고 싶은 표정이었지만 곧 말없이 고개를 끄덕였다.

일이 잘 해결돼서 다행이다. 최악의 상황으로 흘러갔다면 그걸 과연 릴리가 감당할 수 있었을지 모르니까.

"사람의 일은 그렇게 네 생각대로 흘러가지 않아."

사람은 유기적으로 얽혀 있다. 당장 나만 해도 프리스톤이 미워서 죽이고 싶지만 죽이지 못하는 건 그럴 실력이 없거나 프리스톤을 죽이면 안 될 이유가 있어서가 아니다.

내가 살인을 저지를 경우 아이들에게 미칠 여파 때문이다.

나는 차를 한 모금 마시고 아이들을 향해 말했다.

"모든 일에 예상하지 못한 피해가 있을 거라고 생각하라는 거야. 패트리샤나 마샤가 아니더라도 릴리, 네가 크게 다칠 수도 있었어."

문득 웹스터 경이 떠올랐다. 아직 사교계에 데뷔하지 않은 그의 아이들도. 얼굴도, 이름도 모르지만 가끔씩 그 아이들이 어떻게 됐을지 궁금했다.

내가 웹스터 경을 그렇게 쫓아 버렸을 때, 나는 그의 아이들도 사교계에 데뷔하기 어려울 거라는 걸 알았다.

그럼에도 웹스터 경을 쫓아낸 건 내게는 그의 아이들보다 내 아이들이 더 중요하기 때문이었다.

"그리고 지금 이 상황에서 너희가 패트리샤와 친하게 지낸다면 어머니와 멀어져서 슬퍼하는 친구도 계속 봐야 한다는 거고."

그걸 감수할 각오를 했느냐 안 했느냐는 차이가 있다. 물론 모든 원흉은 프리스톤이지만.

제대로 된 사람이라면 자기 기분을 좀 상하게 한다고 손을 올리지는 않았겠지. 자기보다 어리고 약한 애가 기분 좀 상할 소릴 했다고 손을 올렸다는 점에서 프리스톤은 제대로 된 인간이 아니다.

솔직히 말하면 난 릴리가 아니었어도 언젠가 프리스톤이 자기 무덤을 팠을 거라고 생각한다.

하지만 그 무덤에 프리스톤이 들어가기 전까지 피해자는 계속 생겼을 거다. 그중에 마샤가 포함될 가능성은 높았고.

어쨌든 친구를 도와주려는 릴리의 행동 자체는 칭찬하고 싶었다. 나는 자리에서 일어나며 말했다.

"친구를 도와주려고 한 건 잘했어. 네가 다치지 않았다면 더 좋았겠지만."

어두웠던 릴리의 얼굴이 밝아졌다. 사람의 성격은 그렇게 쉽게 바뀌지 않는다. 릴리는 다른 아이들보다 좀 더 열정적인 성격이고 그걸 누르는 건 오히려 좋지 않다.

이미 릴리는 그림 쪽으로 자기 열정을 쏟고 있으니 좀 더 다각도로 세상을 볼 수 있도록 도와주는 게 그녀를 위해서도, 나를 위해서도 좋을 것이다.

"그만 가서 할 일 하렴."

나는 응접실을 빠져나가며 말했다. 혼낼 거 다 혼냈으니 이제 풀어줄 시간이다. 너희에게 자유를 허하노라.

"어머니."

응접실을 막 빠져나가는데 릴리가 나를 따라왔다. 응접실보다 복도가 좀 더 어두운 덕에 릴리의 뺨에 난 멍이 조금 가라앉아 보였다.

"왜?"

나는 몸을 돌려 릴리를 쳐다보며 물었다. 그리고 손을 뻗어 릴리의 멍이 든 뺨을 조심스럽게 감쌌다. 반사적으로 아프냐는 질문이 흘러나올 뻔했지만 다행히 입 밖으로 내기 전에 멈출 수 있었다.

물어봐서 뭐할까. 아프겠지.

"로완 후작님의 갤러리에 초대받았는데요. 참석해도 될까요?"

"로완 후작?"

나는 의외의 인물에 놀라 물었다. 릴리는 부끄러워하며 말했다.

"마샤가 로완 후작님의 갤러리에 초대받았는데 자기랑 패트리샤는 안 갈 거래요. 하지만 혹시 제가 보고 싶다면 후작님께 말씀드려 보겠다고 해서 해 달라고 했거든요."

"언젠데?"

"이번 주요."

너무 빠른데? 나는 릴리의 뺨에 난 멍을 다시 쳐다봤다. 그리고 그녀에게 물었다.

"그때까지 멍이 가라앉지 않을 것 같은데?"

지금보다 딱히 더 가라앉을 것 같지는 않다. 화장으로 가려질 수준까지 가려면 최소한 다음 주까지는 기다려야 할 거다. 하지만 릴리는 상관없는 모양이었다. 그녀는 불안한 표정으로 물었다.

"멍이 가라앉을 때까지 아무 데도 못 나가요?"

"그건 아닌데, 사람들이 수군거릴 텐데 괜찮겠어?"

분명 사교계에 릴리가 프리스톤에게 맞았다는 소문이 다 퍼졌을 것이다. 이미 내게 그 음악회 이튿날부터 편지가 엄청나게 오기 시작했거든.

그러니 릴리가 멍을 가리지 않고 나타나면 사람들이 엄청나게 수군거릴 게 뻔했다. 어느 나이나 마찬가지지만 십 대 때는 특히 다른 사람의 시선이 신경 쓰일 때잖아.

"괜찮아요."

릴리는 턱을 들어 올리며 말했다. 그녀는 자신만만하게 말을 이었다.

"떠들 거면 떠들라고 하세요. 이건 프리스톤을 쫓아낸 훈장이니까요."

나는 릴리의 말에 잠시 말을 잃고 그녀를 쳐다봤다. 그러게. 확실히 릴리의 멍은 프리스톤이 쫓겨났다는 증거긴 했다.

그리고 사람들은 그녀의 멍을 볼 때마다 프리스톤이 무슨 짓을 했고 어떻게 됐는지 이야기하겠지.

하지만 필연적으로 사람들은 릴리가 뭐라고 했길래 맞기까지 했는지 떠들어댈 거고 사람들 앞에서 남자에게 맞은 여자로 이미지를 굳혀 버릴 거다.

그건 릴리에게 전혀 좋지 않았다.

내가 릴리의 친구였다면 그녀의 용기에 박수를 쳐 줬겠지. 하지만 엄마인 나는 그럴 수 없다. 나는 이 이야기를 릴리에게 어떻게 말해야 할지 잠시 고민하다가 말했다.

"사람들은 널 맞은 여자로 기억할지도 몰라."

릴리 반스? 그레고리 경한테 맞은 여자 말이야? 이런 식으로 이야기할 수도 있다. 내 말에 릴리의 표정이 굳었다. 그녀도 그건 생각한 모양이다.

하지만 곧 릴리는 고개를 저으며 말했다.

"상관없어요. 그렇게 생각할 사람은 제가 돌아다니지 않아도 그렇게 생각하겠죠."

그럴지도 모르겠다. 어쩌면 릴리가 보이지 않으면 자기도 부끄러워서 집에만 있는 거 아니냐고 말하는 사람도 나올지 모른다. 하지만 나는 그래도 걱정이 됐다.

눈에 보이는 건 누군가의 이미지에 크게 영향을 끼친다. 사람들의 눈에 릴리가 불쌍한 사람이 되는 것만은 싫었다. 사람은 차라리 좀 못된 게 낫다. 불쌍한 사람은 별로 좋지 않다.

나는 결국 한숨을 내쉬었다. 딸이 얼굴에 시퍼런 멍을 달고 돌아다니는 걸 누가 좋아하겠어?

하지만 릴리가 그걸 자랑스럽게 생각한다는 게 대단하게 느껴졌다. 그리고 굳이 그녀의 기분을 꺾고 싶지도 않았다.

"하나만 약속하면 가도 좋아."

릴리의 얼굴이 밝아졌다. 그녀는 뭐든 하겠다는 표정으로 나를 쳐다봤다. 내가 뭘 시킬 줄 알고 그러니? 나는 쓰게 웃으며 말했다.

"위험한 곳에 접근하지 않기로 약속해. 누군가에게 일부러 맞는 일은 물론이고, 누가 너한테 위협을 하면 재빨리 달아나는 거야. 알겠어?"

"당연하죠! 다시는 안 그럴게요!"

다시는 그럴 생각이 없다는 게 놀랍다. 나는 가슴 앞으로 팔짱을 낀 채 픽 웃었다. 릴리라면 위험에 달려들 수도 있다고 우길 줄 알았는데.

로완 후작의 갤러리에 어지간히 가고 싶었던 모양이다. 나는 릴리에게 가도 좋다고 말하고 몸을 돌렸다. 다니엘이 어디 있지? 그에게 릴리와 로완 후작의 갤러리에 가 줄 수 있는지 물어봐야겠다.

"마님."

그때 짐이 내게 다가왔다. 그는 나를 향해 몸을 숙이며 나직하게 말했다.

"남작님께서 손님과 함께 계십니다."

"손님이라고요?"

나는 깜짝 놀라서 짐을 쳐다봤다. 우리 집에 올 손님이 있었나? 다니엘의 손님이라면 그건 그것대로 놀라운 일이다. 그는 우리 집에 단 한 번도 손님을 부른 적이 없으니까.

"더글러스 케이시 경입니다. 마님을 뵙고 싶다고 하셨는데……."

내가 아이들을 혼내는 중이라 다니엘이 상대하고 있다는 뜻이다. 나는 짐의 안내를 받아 일 층 서재로 향했다. 다니엘과 더글러스가 마주 앉아 있는 게 보였다.

"미안해요, 케이시 경. 절 찾아……."

응? 나는 더글러스에게 사과하며 서재로 들어가다 말고 멈칫했다. 뭐지? 서재 안의 공기가 이상하게 춥고 무겁게 느껴졌다. 오늘 비도 안 왔는데 왜 여기만 이래?

"짐, 여기 난로에 불 좀 피워 줄래요?"

내 부탁에 짐이 알겠다고 대답하고 물러났다. 나는 다니엘 옆으로 다가가 앉으며 말했다.

"이상하네요. 응접실은 따듯했는데. 서늘해서 케이시 경이 감기에 걸리는 건 아닌지 모르겠어요."

"괜찮습니다."

"그는 괜찮을 겁니다. 몸 하나만은 튼튼하거든요."

다니엘이 그렇게 말한 순간, 확신하건대 서재의 온도가 최소한 일 도는 내려갔다. 나는 가만히 앉아서 곁눈질로 다니엘을 한 번 쳐다보고 더글러스에게로 시선을 돌렸다.

이 녀석들 설마 싸우고 있었던 거야? 하하, 귀엽기도 하지.

나는 나이 서른은 된 남자 둘이 서재에서 투닥거리는 장면을 떠올리고 씩 웃었다. 아니, 잠깐. 그러고 보니 더글러스는 몇 살이지? 액면가는 다니엘과 비슷하지만 그보다 더 어릴 수도 있지.

아니면 더 많거나.

머릿속에 그가 두 번이나 약혼했지만 전부 파혼했다는 이야기가 떠올랐다. 다니엘 말로는 요정의 축복을 받았기 때문이라고 했지. 내가 보기엔 저주 같지만, 뭐.

"그런데, 무슨 일로 오셨나요?"

짐이 난로의 불을 지피고 가자 나는 따듯한 차를 홀짝이며 물었다. 다니엘을 노려보고 있던 더글러스는 내 질문에 자세를 바로 하더니 잠시 멈칫했다.

왜? 내가 어리둥절한 표정을 짓자 그는 입을 한 번 열었다가 그대로 멈췄다. 그리고 입을 다물었다가 굳은 결심을 하는 표정을 짓더니 다시 입을 열었다.

"따님과 결혼하고 싶습니다."

뭐?

하마터면 찻잔을 떨어트릴 뻔했다. 아니, 떨어트렸나? 나는 내 손에서 미끄러진 찻잔을 다니엘이 잡아 준 것을 보고 고개를 끄덕했다.

따님이라고? 그야 따님이겠지. 애가 나한테 청혼하겠어? 머릿속이 복잡해졌다. 하지만 놀랍게도 그 복잡한 생각 중에 아이들 중 누구에게 청혼하는지에 대한 의문은 없었다.

"케이시 경, 실례지만 올해 몇 살이죠?"

내 질문에 더글러스의 얼굴에 당황하는 표정이 떠올랐다. 그는 괜찮은 신랑감이긴 하다.

후작가의 장자고, 왕자님의 검술 스승이기도 하지. 케이시 후작이 사망하면 더글러스가 다음 케이시 후작이 될 테니 그와 결혼하는 여자도 케이시 후작 부인이 된다.

게다가 잘생겼어. 나는 더글러스의 붉은 머리카락 아래 남성적인 얼굴을 바라보며 눈을 가늘게 떴다. 잘생겼고 키도 크다.

하지만 문제가 하나 있다. 다니엘과 나이대가 비슷해 보인다는 것. 다니엘이 서른둘이라는 걸 생각하면 더글러스는 릴리에게 너무 나이가 많았다.

"스물 여, 다섯입니다."

"어, 어머."

반사적으로 흘러나온 말에 더글러스의 몸이 굳었다. 내가 믿을 수 없다는 듯 다니엘을 쳐다보자 그는 이미 두 손에 얼굴을 묻고 상체를 숙이고 있었다.

액면가만 보면 다니엘과 비슷한 나이로 보인다. 이렇게 보니 다니엘이 꽤 젊어 보이는 게 확실한 모양이다. 나이를 듣고 나자 더글러스는 그 나이대로 보인다. 스물여섯의 청년.

"제가 몇 살인 줄 아셨습니까?"

내가 놀란 티를 채 감추지 못한 탓에 더글러스는 약간 기분이 상한 표정이었다. 이건 좀 미안하다. 더글러스는 아무 문제도 없다. 문제가 있다면 다니엘이다.

나는 미안한 표정으로 말했다.

"아니에요. 그냥 월포드 남작과 친구인 줄 알았거든요. 나이 차가 꽤 나서 놀란 것뿐이에요."

"친구 아닙니다."

놀랍게도 더글러스는 다니엘과 나이 차가 난다는 것보다 그와 친한 줄 알았다는 말이 더 기분 나쁜 모양이었다.

이유가 뭐지? 설마 왕자를 두고 서로 더 훌륭한 스승이 되려고 다투는 건가?

나는 고개를 갸웃하며 말했다.

"릴리와 결혼하고 싶다는 거죠?"

내 질문에 더글러스의 자세가 바뀌었다. 그는 바른 자세로 진지한 표정을 짓더니 침착하게 말했다.

"네. 릴리 반스 양과 결혼을 허락해 주십시오."

허. 나는 다시 다니엘을 쳐다보고 그가 여전히 쿡쿡거리고 있다는 것을 깨달았다. 재미있니? 나는 팔꿈치로 그의 옆구리를 세게 찌른 다음 더글러스를 향해 말했다.

"안 돼요."

더글러스는 충격받은 표정이었다. 그는 입과 눈을 동시에 크게 벌린 채 나를 쳐다보고 있었다. 나는 다니엘을 돌아보고 그는 놀라지 않았다는 것을 확인했다.

다니엘은 놀라기보다는 재미있어하고 있었다. 그는 소파 팔걸이에 몸을 기댄 채 나를 쳐다보며 웃고 있었다.

"어, 어째서입니까? 제가 혹시 마음에 안 드신다면, 아니 혹시 제게 걸린 저주 때문입니까?"

"저주요? 아."

그, 더글러스와 약혼하면 진정한 사랑을 찾는다는 저주? 그 저주 자체는 나쁠 거 없지. 더글러스와 약혼한다면 진정한 사랑을 찾을 수 있다며.

나는 씩 웃으며 말했다.

"걱정 말아요. 저주 때문은 아니니까. 사실 저주를 생각하면 오히려 내가 케이시 경과 약혼하고 싶……."

"그만."

갑자기 다니엘이 내 앞으로 팔을 뻗으며 끼어들었다. 아, 왜? 나는 그를 쳐다보고 다니엘의 얼굴에 떠오른 표정을 알아차렸다.

거참, 농담도 못 하게 하네.

더글러스는 눈을 부릅뜨고 나와 다니엘을 쳐다보고 있었다. 그러더니 어라? 하는 표정을 지었다.

"어쨌든, 당신의 그 축복인지 저주인지 하는 거와는 상관없어요."

"그럼 무엇 때문입니까?"

나와 다니엘을 번갈아 쳐다보던 더글러스가 정신을 차린 것처럼 상체를 내밀며 말했다. 내 반대편으로 기울어 있던 다니엘의 몸은 내 쪽으로 향해 있었다.

그는 소파 등받이에 몸을 기대더니 내 쪽으로 팔을 뻗어 등받이에 걸쳤다. 이게 무슨 짓이야? 내가 팔꿈치로 다니엘의 옆구리를 꾹꾹 눌렀지만 그는 꿈쩍도 하지 않았다.

"릴리는 올해 열여덟 살이거든요."

더글러스의 눈이 가늘어졌다. 그는 진지하게 말했다.

"압니다."

"경은 스물여섯이랬고요."

"다섯입니다."

아니, 그렇게 필사적으로 나이를 깎으려고 해도 스물다섯이나 여섯이나 그게 그거잖니? 하지만 나는 한숨을 내쉬며 수정했다.

"그래요. 스물다섯. 그럼 릴리와 몇 살 차이죠?"

"일곱 살 차이죠."

얄밉게도 다니엘이 툭 끼어들었다. 그러니까 내가 아니라 더글러스에게 얄밉다는 말이다. 더글러스는 다니엘을 바라보며 한 대 때리고 싶다는 표정을 지었고 다니엘은 히쭉 웃었다.

"일곱 살은 나이 차가 좀 나요. 릴리가 이제 스물인데 당신은 곧 서른이라고요."

"하지만 케이시 경이 아흔이면 릴리도 여든이죠."

이번에도 다니엘이 끼어들었다. 너 지금 누구 편이니? 나는 어이가 없어서 다니엘을 휙 쳐다봤다.

그는 내가 자신을 쳐다보자마자 재빨리 양손을 들어 올렸다. 그리고 더 이상 끼지 않겠다는 듯 슬쩍 물러났다.

"월포드 남작님 말이 맞습니다. 나이 차는 그리 대단하지 않습니다."

정말? 나는 더글러스의 말에 눈썹을 찡그리며 그를 쳐다봤다. 진짜 그렇게 생각해? 내 표정에 더글러스가 시선을 피했다.

"사랑 앞에 나이 차는, 그래요. 별로 중요한 게 아니죠. 하지만 첫 번째로 두 사람은 사랑하는 사이가 아니잖아요. 그렇죠?"

릴리가 더글러스와 사랑하는 사이라면 더글러스 혼자 날 찾아와서 결혼하게 해 달라고 할 리가 없다. 지금 더글러스가 이러고 있다는 걸 릴리가 모른다는 데 내 전 재산을 걸 수도 있다.

하지만 혹시라도 릴리가 알 경우도 있으니까 전 재산을 거네 어쩌고 하는 건 입 밖에 내지 말아야지.

나는 찻잔을 들어 올리며 더글러스의 반응을 지켜봤다. 내 예상대로 그가 날 찾아온 건 릴리와 의논한 게 아닌 모양이었다.

"그, 그렇긴 합니다만……."

보이지 않지만 더글러스의 등에 식은땀이 흐르고 있다는 것을 느낄 수가 있었다. 나는 차를 홀짝이며 씩 웃었다. 더글러스 케이시가 릴리를 좋아한단 말이지.

신기한 기분이 들었다. 정작 애슐리는 구혼은커녕 썸도 없는 것 같은데 아이리스와 릴리가 연달아 구혼을 받고 있네.

"케이시 경도 그렇겠지만 난 릴리가 행복했으면 좋겠어요. 그러니 릴리도 경과 결혼하고 싶은지 물어보고 알려 줄게요."

나는 찻잔을 내려놓으며 그렇게 말했다. 더글러스 케이시가 탐나지 않는 건 아니다. 케이시 후작가는 다니엘보다 더 부자라며. 당연히 탐이 난다.

하지만 아이리스나 애슐리라면 모를까, 릴리는 원하지도 않는데 부자라고 해서 결혼한다면 행복하기 어려울 것 같았다.

"저, 그럼 만약에 릴리 양이 저와 결혼하고 싶지 않다고 하면 어떻게 되는 겁니까?"

"못 하는 거죠."

당연한 걸 묻고 있네. 내 대답에 더글러스는 충격받은 표정을 지었다.

그의 입장도 이해가 안 되는 건 아니다. 더글러스는 케이시 후작의 하나뿐인 아들이고, 잘생겼으며, 왕자의 검술 스승이기까지 하니까.

릴리라면 몰라도 나는 자신을 거절하지 않을 거라 생각했겠지. 그러니 릴리가 아니라 내게 먼저 찾아왔을 테고.

이 나라의 남자들은 대부분 결혼하고 싶은 상대인 여자가 아니라 그녀의 아버지에게 결혼 의사를 밝힌다. 아버지가 없다면 아버지의 형제에게. 혹은 여자의 남자 형제나 어머니에게 밝힌다.

그러면 여자의 아버지는 구혼자의 스펙을 보고 딸과 구혼자를 결혼시킬지 말지 결정을 한다. 여기서 결혼하는 딸의 의사는 별로 상관이 없다.

"제 나이가 그 정도로 마음에 안 드시는 겁니까?"

더글러스는 충격받은 표정으로 물었다. 마음에 안 드는 건 아니다. 더글러스는 굳이 점수를 매기자면 백 점 만점에 팔십 점쯤 된다.

게다가 그는 게리가 아니라 내게 먼저 찾아왔다. 이것도 점수에 추가를 할까? 아냐, 그럴 필요는 없지. 어쨌든 릴리는 내가 키웠고 다른 녀석들은 말 없은 거 말고는 한 게 없으니까.

"경의 나이도 좀 걸리긴 하는데 그것 때문만은 아니에요."

나의 첫 결혼 때, 내 아버지는 내 의사와 상관없이 어거스트와의 결혼을 추진했다. 물론 그렇다고 해서 아버지가 내 불행을 바라고 그런 건 절대 아니었다.

아버지 나름대로 날 위해 선택한 남자가 어거스트 리베라였던 거다. 그리고 그 선택은 나쁘지 않았다. 그가 죽기 전까지.

어거스트가 죽은 뒤 내가 생각한 건 불합리하다는 거였다. 그는 내가 선택한 남자가 아니었다. 그렇다고 딱히 결혼하고 싶은 남자가 있는 건 아니었지만 그래서 더 후회가 남았다.

내가 다른 남자와 결혼하고 싶다고 했다면, 좀 더 건강한 남자와 결혼하고 싶다고 했다면.

그랬다고 해서 달라졌을 것 같지는 않다. 하지만 그게 후회로 남았다. 그리고 그 후회는 프레드와 결혼하는 것으로 이어졌다.

"나는 릴리에게 자기 인생을 선택할 기회를 주고 싶어요."

귀족 여성이 스스로 돈을 벌지도, 작위를 얻지도 못하는 이 나라에서는 남편이 부인보다 상대방의 인생에 더 영향력 있는 사람이지 않을까.

더글러스는 멍한 표정으로 나를 쳐다보고 있었다. 그는 천천히 고개를 떨어트려 다 식은 자신의 차를 내려다봤다. 그리고 찻잔을 들어 홀짝 마시더니 한숨을 내쉬었다.

"그렇다면 저는 릴리 양이 저를 선택해 주기를 기도해야겠군요."

정답이다. 나는 빙그레 웃으며 말했다.

"이해해 줘서 고마워요."

더글러스는 알겠다며 군말 없이 일어나서 떠났다. 나는 짐에게 더글러스를 배웅해 달라고 부탁하고 자리에서 일어났다.

어휴, 아무래도 이번 달은 릴리의 달인 모양이다. 어째 릴리 주변에 사건이 끊이질 않네.

"릴리에게 물어보실 겁니까?"

다니엘이 나를 따라 일어나며 물었다. 그러고 보니 그는 나와 더글러스가 이야기할 때 함께 있을 필요가 없었다. 나는 그를 돌아보며 감사를 표했다.

"함께 있어 줘서 고마워요, 다니엘. 그리고 네. 릴리에게 물어봐야죠."

다니엘은 그가 내 곁에 있는 게 당연했다는 듯 어깨를 으쓱해 보이더니 다시 물었다.

"그리고 릴리가 싫다고 하면 케이시 경의 구혼을 거절하실 겁니까?"

"릴리에게 들어온 구혼이니까요. 릴리가 싫다고 하면 할 수 없죠."

"케이시 후작가를 말입니까?"

후작가가 아니라 왕족이 와도 릴리가 싫다면 소용없다. 나는 허리에 손을 얹으며 말했다.

"결혼하는 건 내가 아니라 릴리니까요."

다니엘의 눈이 가늘어졌다. 그는 믿기 어렵다는 표정을 짓고 있었다. 그 표정이 마음에 안 들어서 나는 몸을 돌리며 말했다.

"뭐, 케이시 경이 나한테 구혼한 거라면 바로 받아들이겠지만요."

"밀드레드."

다니엘은 순식간에 내 앞으로 돌아 나왔다. 그리고 화난 표정으로 말했다.

"농담이라면 그만두세요."

"하지만 케이시 경과 약혼하면 진정한 사랑을 만날 수 있다면서요? 또 알아요? 나도 진정한 사랑을 만날지."

그의 눈이 다시 가늘어졌다. 이번에는 못마땅하다는 표정이었지만 나는 신경 쓰지 않았다. 네가 못마땅하면 어쩔 건데?

여긴 내 집이고 내 서재다.

"밀드레드, 당신은 케이시 경과 약혼해도 진정한 사랑 따위는 만날 수 없을 겁니다."

결국 다니엘은 한숨을 내쉬며 그렇게 말했다. 왜? 나는 어리둥절해서 허리에 올렸던 손을 내리며 물었다.

"왜요? 그 축복은 미혼 한정이에요?"

"그건 아니고요."

다니엘의 얼굴에 미소가 떠올랐다. 그는 내게 성큼 다가오더니 내 손을 잡고 손등에 가볍게 입을 맞췄다.

"내가 당신의 진정한 사랑이거든요."

어머. 저도 모르게 웃음이 흘러나왔다. 나는 손을 들어 다니엘의 잘생긴 얼굴을 가볍게 쓸었다. 귀여운 말을 다 하네.

"못 믿겠는데요."

내 장난스러운 말에 다니엘의 손이 내 뺨을 감쌌다. 그는 내 얼굴 위로 고개를 숙이며 나직하게 말했다.

"키스를 허락해 주시면 증거를 보여드리죠."

"좋아요."

입술 위로 다니엘의 입술이 부드럽게 내려앉는 게 느껴졌다. 그는 나비가 날갯짓하듯 천천히 부드럽게 쓸었다가 살짝 떼어 내고 빙그레 웃었다.

이게 증거야?

나는 불만을 표하려 했다. 이게 증거면 내 진정한 사람은 세상 모든 남자야! 하지만 그 순간 다시 다니엘의 입술이 부딪쳐왔다.

그는 내가 정신을 차릴 새도 없이 내 입술을 빨고 입 안을 헤집었다. 머릿속이 새하얗게 날아갔다가 천천히 색채를 찾아가기 시작했다.

"와."

제일 먼저 탄성일지 신음일지 모를 소리가 흘러나왔다. 기분이 얼떨떨했다. 마치 구름 위를 걷는 것 같으면서 기분이 좋아졌다. 나는 화려하게 빛나는 다니엘의 호박색 눈동자를 바라보고 빙그레 웃으며 말했다.

"키스 잘하네요."

"제가 진짜 잘하나 보군요."

"왜요?"

"그 말씀, 두 번째거든요."

아, 그래? 나는 다니엘에게 매달린 채 내가 또 그에게 키스 잘한다고 칭찬한 적이 있는지 떠올렸다. 하지만 생각나지 않았다. 아마도 지난번이겠지만.

다니엘과의 키스는 이번이 두 번째지만 솔직히 말하면 지난번 키스도 끝내주게 좋았다는 것 말고는 기억나는 게 별로 없었다.

운명의 상대라면 이 정도쯤은 돼야겠지. 키스 한 번에 정신이 혼미해지는 정도. 나는 빙그레 웃으며 다니엘을 쳐다봤다.

그의 한쪽 팔이 내 허리를 단단하게 끌어안고 있었다. 나는 놔 달라고 하려다 말았다. 놓으라고 하면 그는 바로 놓을 것 같지만 그러면 그대로 쓰러질 것 같다.

대신 나는 다시 그의 뺨을 잡고 가볍게 입을 맞추며 말했다.

"이게 증거라면 좀 자주 요구해야겠어요."

"결혼이요?"

이튿날, 나는 서재에 릴리만 불러 더글러스 케이시 경과의 결혼을 어떻게 생각하는지 물었다. 좋지도 나쁘지도 않다고 말할 줄 알았는데 릴리의 반응은 생각 외로 나빴다.

"응. 더글러스 케이시 경과."

릴리의 눈썹 사이에 주름이 생겼다. 어허. 나는 손을 뻗어 그녀의 미간을 누르며 말했다.

"인상 쓰지 마. 주름 생겨."

릴리는 손을 들어 내가 누른 자신의 미간을 문질렀다. 그리고 믿을 수 없다는 듯 물었다.

"케이시 후작가에서 제게 구혼을 했다고요?"

더글러스가 구혼을 했으니까 그게 그거지. 나는 그렇게 말하려다가 내가 생각하지 못한 부분을 떠올렸다. 이거 케이시 후작가에서도 허락한 건가?

"음. 케이시 경이 와서 이야기했으니 그런 거겠지?"

다시 릴리의 미간에 주름이 생겼다. 어허. 그녀는 내가 손가락을 들어 올리자 재빨리 자기 미간을 누르며 말했다.

"아직 후작가에서 아들의 성급한 행동에 심심한 사과를 어쩌고 하는 편지는 안 왔고요?"

맙소사. 나는 릴리의 말에 웃지 않으려 애썼다. 그러게. 딱 그렇게 올 것 같다.

그 편지는 분명 지난번 아들의 성급한 행동에 심심한 사과의 말씀을 드립니다. 더글러스의 구혼은 가문의 의견은 조금도 들어가지 않은 그의 개인적인 행동으로, 뭐 이런 식으로 시작되겠지.

하지만 아직 편지는커녕 아무 연락도 없었다. 나는 입술을 깨물며 고개를 저었다.

"어머니께서는 뭐라고 하셨는데요?"

"네게 물어본다고 했지."

"긍정적으로 생각해 본다거나 이런 말도 안 하셨고요?"

"내가 긍정적일 이유가 없지. 결혼은 네가 하는 거니까."

릴리의 입이 가볍게 벌어졌다. 그녀는 믿을 수 없다는 듯 나를 쳐다보더니 속삭이듯 물었다.

"저한테 케이시 경과 결혼하라고 말씀하시는 거 아니에요?"

"결혼하고 싶니?"

"……아뇨."

으음. 그럴지도 모른다고 생각했다. 나는 한숨을 내쉬며 말했다.

"네가 싫으면 어쩔 수 없지."

"하지만 케이시 후작가는 부유하고 명망 있는 집안이잖아요? 그걸로 끝이에요?"

"내가 널 설득했으면 좋겠니?"

"그건…… 모르겠어요."

릴리는 혼란스러운 표정이었다. 나는 그녀의 얼굴을 물끄러미 보다가 물었다.

"더글러스 케이시 경에게 호감이 있니?"

"아뇨."

대답은 꽤 빨리 나왔다. 나는 이어서 물었다.

"그럼 케이시 후작가가 아까워?"

"으음…… 네……."

릴리의 얼굴에 부끄러워하는 표정이 떠올랐다. 그렇군. 나는 그녀가 이해돼서 고개를 끄덕였다.

더글러스에게는 별 관심이 없지만 케이시 후작가는 아까울 수도 있지. 아이리스도 웹스터 경과의 결혼을 진지하게 생각했으니까.

누구나 그렇다. 특히 아이리스와 릴리는 내가 프레드를 만나 고생하는 걸 지켜봤으니 더 그럴지도 모른다는 생각이 들었다.

"역시 아니에요. 안 할래요."

잠시 생각하던 릴리는 곧 고개를 저으며 말했다. 그래? 좀 아쉽긴 하지만 결혼하는 건 내가 아니라 릴리니까. 이 애가 싫다면 할 수 없는 거다.

"약혼만 해 보면 어때? 케이시 경과 약혼하면 진정한 사랑을 만날 수 있다던데."

나는 소파 등받이에 몸을 기대며 농담을 던졌다. 하지만 말하고 나니 농담으로 하면 안 될 것 같다는 생각이 들었다.

더글러스와 약혼하면 잘되면 케이시 후작 부인이 되는 거고 안 되면 진정한 사랑을 만나는 거잖아. 약혼한 사람 입장에서는 아쉬울 게 없는 거지만 더글러스는 운이 나쁘면 이용당하는 거나 마찬가지다.

갑자기 더글러스가 안됐다는 생각이 들었다. 물론 그와 파혼한 앞의 두 여자들 모두 그를 이용하려 한 건 아니겠지만.

"아니에요. 전 진정한 사랑 같은 거 필요 없어요."

"그래?"

나는 릴리의 뜻밖의 말에 눈을 크게 떴다. 진정한 사랑 같은 거 안 믿는다고 말할 수도 있다고 생각했지, 필요 없다고 말할 줄은 몰랐다.

릴리는 시선을 떨어뜨린 채 자기 손을 만지작거리다가 불쑥 말했다.

"전 결혼 안 하고 싶거든요."

뭐? 나는 깜짝 놀라서 릴리를 쳐다보다가 재빨리 표정을 바로 했다. 그리고 그녀를 향해 몸을 내밀며 물었다.

"왜?"

"별로 좋아 보이지 않아요. 딱히 해야 할 필요성도 못 느끼겠고요."

좋아 보이지 않는다는 건 이해하는데 필요성도 못 느낀다고? 나는 멍하니 릴리를 쳐다봤다. 릴리가 새롭게 느껴졌다.

이 나라에서 귀족 여성에게 결혼은 선택의 문제가 아니었다. 귀족 여성은 결혼 전에는 아버지의 보호에서, 결혼 후에는 남편의 보호로 들어간다.

그걸 릴리가 필요하다 안 하다로 생각할 수 있을 줄은 몰랐다. 결혼하고 싶지 않다는 릴리의 생각이 나쁘다는 게 아니다. 나는 침착하게 물었다.

"필요하지 않으면?"

"꼭 해야 하는 건 아니잖아요? 전 남자가 아니니까 가문을 이어야 하는 것도 아니고요."

"결혼을 아이를 낳아 가문을 잇는다는 관점에서 보면 그렇지."

그렇게 말했지만 나는 릴리의 말에 놀라고 있었다. 그녀가 결혼을 그런 쪽으로도 생각할 수 있을 줄 몰랐다.

틀린 말은 아니지. 나는 그렇게 생각하며 고개를 끄덕였다. 이어서 릴리가 다시 말했다.

"좋아하는 사람과 부부가 되는 거라면, 전 그림을 그리는 것보다 더 좋아하는 사람이 생길 것 같지 않아요."

"그건 모르는 거지. 넌 이제 겨우 열여덟이야. 살다 보면 그림 그리는 것보다 더 좋아하는 사람이 생길 수도 있는 거잖아."

"그렇다면 더 결혼하고 싶지 않아요. 전 그림 그리는 게 좋아요. 혹시라도 그림을 그리는 것보다 누군가의 부인이 되는 걸 더 행복하게 생각할 날이 올까 봐 무서워요."

무슨 말을 하는 건지 알겠다. 릴리는 자기의 일보다 남편이 먼저가 되는 게 싫은 거다. 그녀만 가지는 고민이 아니기도 하지.

나는 말없이 물끄러미 릴리를 쳐다봤다. 그녀가 결혼하고 싶지 않다면 그건 괜찮다. 평생 그림만 그리면서 살고 싶다면 그것도 괜찮다.

하지만 미혼과 기혼의 관심도나 생활은 다르다. 지금은 매일 볼 수 있는 자매와 친구들에게서 혼자 외따로 떨어져 나갈 수 있다는 말이다.

"그러면 넌 뭘 하고 싶니?"

나는 릴리를 물끄러미 쳐다보며 물었다. 릴리는 고개를 들어 나를 쳐다보더니 망설이다가 말했다.

"그림을 그리고 싶어요."

전에도 그렇게 말했지. 나는 한숨을 내쉬고 말했다.

"릴리, 평생 나와 함께 살고 싶다면 그건 괜찮아. 하지만 아무것도 안 하고 집에서 그림만 그리겠다면 그건 안 돼. 전에도 말했지? 사람을 만나야 한다고."

사람을 만나고 친구를 사귀어야 한다. 많은 경험을 하고 더 멀리 봐야 한다. 내 말에 릴리는 다시 고개를 숙였다.

신기하네. 릴리는 성격도 나쁘지 않고 결단력도 있는 편이다. 약간 도전적이긴 하지만 그것도 위험한 행동을 할 정도는 아니다.

아니, 잠깐. 이건 좀 다시 생각을 해보자. 나는 친구를 돕기 위해 그녀가 프리스톤 그레고리에게 맞은 것을 떠올리고 마지막 생각을 유보했다.

"어머니는 제가 꼭 결혼을 하길 바라세요?"

"그건 아닌데."

솔직히 결혼을 꼭 해야 하는 건 아니지. 릴리가 가문을 이어야 하는 것도 아니고. 사람이 살면서 반드시 자식을 낳아야 하는 건 아니니까.

하지만 그녀가 모든 가능성을 닫아두고 한 가지 길만 고집한다는 건 걱정이 됐다. 나는 천천히 말을 이었다.

"어떻게 먹고살 거니?"

"네?"

"너 혼자 말이야. 어떻게 먹고살 거냐고. 지금 당장이야 내가 있지만 내가 언제까지 살 거라는 보장은 없잖아."

내 말에 릴리의 눈이 커졌다. 막말로 내가 사고로 죽을 수도 있고 아파서 자리보전하고 누울 수도 있다. 그럴 때는 어떻게 할 건데?

나는 너무 위협적으로 들리지 않도록 조심하며 최악의 상황을 이야기했다.

"아이리스와 애슐리가 널 도와주면 좋겠지만, 그러지 못하면 말이야. 너 혼자 먹고살아야 한다면 어떻게 할 거니? 최악의 경우에 네가 우리 가족을 모두 먹여 살려야 한다면?"

그럴 일은 없을 거다. 내가 그렇게 되지 않도록 할 거니까. 하지만 나는 문득 여기서 아이리스와 릴리의 차이를 깨달았다.

아이리스가 릴리보다 좀 덜 도전적인 성격이지만, 그녀는 자신이 나와 동생들을 책임져야 한다고 생각했고 책임질 방법을 강구했다.

하지만 릴리는 그런 생각은 하지 않은 모양이었다.

그게 장녀와 차녀라는 차이를 드러내서 꽤 재미있게 느껴졌다.

"화가가 될 거예요."

잠시 망설이던 릴리는 고개를 들며 말했다. 그렇게 말하는 릴리의 눈동자가 반짝이고 있었다. 표정 역시 단호했다. 나는 화가가 못 되면 어떻게 할 거냐고 물어보려다가 멈췄다.

군이 그렇게까지 몰아세울 필요는 없지.

"어떻게? 지금 네 그림을 산다는 사람이 있어?"

하지만 다른 쪽으로는 몰아세울 수 있다. 내 질문에 릴리는 당황하더니 눈동자를 굴렸다. 나는 그녀가 말하기 전에 재빨리 먼저 말했다.

"윌포드 남작한테 사 달라고 하는 건 안 돼."

"그럴 생각도 없어요."

그건 다행이네. 나는 피식 웃으며 다시 소파 등받이에 몸을 기댔다. 다니엘이라면 릴리가 자기 그림을 사 달라고 하면 사 줄 게 분명하다.

그는 부유하고 좋은 사람이라 자기 제자가 먹고살아야 한다고 하면 아주 비싸게 사 줄 것 같다.

"릴리, 네 그림을 누군가 살 거라고 생각하니?"

나는 솔직하게 물었다. 릴리의 그림이 팔릴 리가 없다는 의도로 묻는 게 아니었다. 순수하게 정말로 궁금했다.

릴리의 그림 실력이 어느 정도인지 나는 잘 모른다. 솔직히 말하면 잘 그리는 것 같기는 하다. 하지만 그게 어느 정도 수준으로 잘 그리는 건지 모르겠다는 말이다.

그럭저럭 팔릴 정도인지, 아니면 누구나 탐낼 정도인지 그런 거.

다니엘에게 물어보면 알려 주려나. 나는 잠시 다니엘을 떠올렸다. 하지만 그라면 내가 이렇게 말하는 순간 릴리의 그림을 사 줄 것 같다.

"네. 남작님이 팔릴 거라고 하셨어요."

당연하게도 릴리도 이미 다니엘에게 물어본 모양이었다. 나는 한숨을 내쉬며 릴리를 쳐다봤다.

세상을 사는 길 중에 더 쉬운 길과 더 어려운 길은 없다. 모두 똑같이 어렵다.

하지만 남들과 똑같은 길은 좀 더 쉽게 느껴진다. 비슷한 고민과 갈등을 겪고 비슷한 행복과 기쁨을 얻기 때문이다.

내가 겪는 고민과 갈등을 이해해 줄 사람이 없다는 외로움만큼 괴로운 것도 없다.

나는 릴리를 물끄러미 쳐다보다가 입을 열었다. 그녀가 화가가 되는 건 내가 허락하고 말고의 문제가 아니다. 릴리가 결혼을 하고 말고처럼.

"테스트를 하자."

테스트라는 말에 릴리의 얼굴에 긴장이 떠올랐다. 그녀는 자세를 바로 하고 나를 쳐다봤다.

"네 그림을 한 장 파는 거야. 월포드 남작의 입김이 닿지 않는 곳에. 알겠니?"

그래야 공평할 테니까. 릴리는 잠시 망설이는 표정을 짓다가 물었다.

"그림을 팔면 결혼을 안 해도 되나요?"

"결혼하고 말고는 네 마음이지. 이건 내게 네가 혼자서도 충분히 살 수 있다는 걸 보여 주는 것뿐이야."

그러니 실패한다고 해도 아무 문제가 없다. 다만 성공한다면 내 마음이 좀 편해지겠지.

릴리는 내 설명에 약간 풀어진 표정으로 고개를 끄덕였다. 나는 고개를 돌려 달력을 확인하고 다시 릴리를 쳐다보며 말했다.

"기한은 한 달로 하자. 한 달 안에 파는 거야. 최소 금액도 정해야지."

안 그러면 우유 한 병 가격에 팔아 버릴 수도 있으니까.

나는 잠시 생각하다가 요정의 샘에서 한 끼 식사를 해결할 수 있는 금액을 말했다. 그림 한 점에 식사 한 끼 정도는 해결할 수 있어야 하지 않겠어?

내 제안에 릴리는 조심스럽게 고개를 끄덕였다.

어째 릴리의 결혼 문제가 미래 문제로 변했네. 둘 차이가 별로 없긴 하지만. 나는 릴리에게 나가도 좋다고 말하고 소파에 기대 한숨을 내쉬었다.

어쩌면 릴리는 더 나은 건지도 모른다. 스무 살 전에 자기 미래를 저렇게 확고하게 정할 수 있는 사람이 얼마나 있겠어?

심지어 귀족 여성은 결혼하는 한 가지 방법밖에 없는 이 나라에서 저 정도로 확고하게 자기 미래를 꿈꾸기란 쉽지 않다.

문득 카일라가 떠올랐다. 릴리와 비슷한 나이에 화가가 되고 싶다고 집을 뛰쳐나갔던 아가씨.

"기분이 안 좋아 보이네요."

다니엘이 서재 문을 열고 들어오며 말했다. 나는 그를 보며 말없이 웃었다. 내 앞으로 다가온 다니엘이 얌전히 무릎을 꿇고 앉더니 내 손을 잡았다. 그리고 손등에 입을 맞추며 물었다.

"릴리가 결혼하기 싫다고 하던가요?"

"네."

"케이시 후작가는 놓치기엔 좀 아깝긴 하죠."

"케이시 경이 릴리의 진정한 사랑이라면 말이에요."

다니엘은 말없이 씩 웃었다. 그도 그 부분을 생각한 모양이다. 나는 한 가지 의문이 들어서 다시 입을 열었다.

"케이시 경은 왜 릴리에게 구혼한 걸까요?"

"릴리에게 반해서겠죠."

"하지만 그는 자신과 약혼한 여성이 진정한 사랑을 찾는 저, 아니 축복을 받았잖아요? 릴리가 자신과 약혼해서 다른 남자를 만나면 어쩌려고요."

다니엘의 얼굴에 떠올라 있던 미소가 천천히 가라앉았다. 그는 내 무릎에 손을 얹더니 내 얼굴을 올려다보며 말했다.

"그냥 두고 보다가 릴리가 다른 남자와 결혼하는 걸 보는 것보다 그게 더 낫다고 생각한 모양이죠."

"진정한 사랑을 만나는 거요?"

"적어도 그땐 자신이 릴리의 진정한 사랑이 아니었다고 위안할 수라도 있으니까요."

가만히 앉아서 릴리가 다른 남자와 결혼하는 것을 볼 것이냐, 아니면 약혼해서 50%의 확률에 맡길 것이냐로군.

나는 한숨을 내쉬며 말했다.

"케이시 경은 용감한 사람이군요."

"용감하긴 하죠."

다니엘의 얼굴에 다시 미소가 떠올랐다. 이렇게 보면 사이가 나쁜 게 아닌 것 같기도 하고. 나는 다니엘을 물끄러미 내려다봤다. 어제 더글러스가 다니엘과 단둘이 있었을 때 분위기가 별로 좋지 않았던 게 생각났다.

"케이시 경과 무슨 일 있었어요?"

"무슨 일 말입니까?"

"어제 둘이 있었을 때 말이에요."

이런 거 물어봐도 되나? 뒤늦게 그런 의문이 떠올랐지만 이미 늦었다. 내 질문은 이미 내 입을 떠난 뒤였다. 다니엘은 자리에서 일어나더니 내 손을 잡고 나를 일으켜 세웠다.

왜 이래? 나는 어리둥절해서 그가 시키는 대로 일어났다. 그러자 그는 내가 앉아 있던 일인용 소파에 앉더니 나를 자기 무릎에 앉혔다.

"뭐 하는 거예요?"

"기분이 안 좋아 보이셔서 위로를 좀 해 드릴까 하고요."

"당신이 날 끌어안는 게?"

반대 아닐까? 하지만 다니엘은 나직하게 웃으며 말했다.

"포옹이 몸과 마음에 좋다면서요?"

그렇긴 하지. 나는 그의 가슴에 몸을 기대고 그의 어깨에 머리를 댔다. 그리고 조심스럽게 말했다.

"너무 개인적인 일이면 말 안 해도 돼요."

"당신에게 너무 개인적인 일이란 없어요."

다니엘은 내 머리에 자기 머리를 대더니 느긋하게 말했다.

"해묵은 원한 같은 거죠. 제 선조가 그의 선조에게 별로 안 좋은 일을 했거든요."

"그걸로 아직도 그러는 거예요?"

"그 피해가 아직도 이어지고 있다면 그럴 수 있죠."

"아, 그럼 어쩔 수 없죠."

대체 무슨 일을 했길래 그게 아직도 이어지는 걸까. 땅이라도 뺏었나? 나는 잠시 그것도 물어볼까 하다가 말았다. 그보다 더 궁금한 게 떠올랐다.

"카일라 말이에요."

"네."

다니엘이 내 손에 깍지를 끼었다. 나는 그의 커다란 손가락 사이로 빠져나온 내 손가락을 보고 작게 웃었다. 이렇게 보니 손이 엄청 크네.

"그 집안에서는 연락이 없죠?"

카일라가 어느 집안이었는지 알아낸 뒤, 나는 다니엘에게 그 집안에 연락을 넣어 달라고 부탁했다.

딱히 뭘 어쩌려는 건 아니었다. 그림은 우리 집에서 발견됐고 카일라네 집안인 쇼 남작가에서는 그녀가 죽었다고 해 버렸다.

사실상 절연이었고 카일라의 그림은 이 나라 법상 발견한 사람의 것이 된다. 즉, 내 것이라는 말이다.

하지만 쇼 남작가에 연락을 한 건 그래도 그녀가 그 집안의 사람이었기 때문이었다. 적어도 카일라 쇼라는 사람이 카일이라는 화가가 되었고 꽤 유명하다는 것을 알려 주고 싶었다.

"네."

무거운 침묵 끝에 다니엘이 말했다. 그의 말대로 쇼 남작가에서는 카일라가 카일이라는 화가였다는 내용을 담은 편지에 딱 잘라서 답장을 해 왔다.

　　—그럴 리 없습니다. 카일라 쇼라는 이름의 고모님이 계시긴 하지만 그분은 젊었을 때 병으로 사망했으며 말씀하신 카일이라 는 화가와 우리 집안은 아무 관계도 아닙니다.

이해가 안 되는 것도 아니다. 어쨌든 귀족 가문에서 남자도 아닌 여자가 화가가 됐다는 건 그때 기준이 아니라 지금 기준으로 봐도 귀족가로서는 약간 부끄러운 일이니까.

나는 다시 한숨을 내쉬었다. 머릿속에 화가가 되겠다던 릴리가 떠올랐다.

"릴리가 화가가 되고 싶다고 하더군요."

"그렇습니까."

다니엘은 여전히 내 머리에 자기 머리를 댄 채 여상하게 대답했다. 마치 오늘 날씨가 좋다고 말했다는 듯이. 나는 고개를 떼고 그를 쳐다보며 물었다.

"당신은 괜찮아요? 릴리가 화가가 돼도."

"릴리가 화가가 되는 게 저랑 무슨 상관입니까?"

"릴리는 제 딸이니까요."

만약 그와 내가 사교계에서 공식적으로 연인이 된다면 우리를 향한 시선이 어마어마할 거다. 일단 내가 결혼을 두 번이나 했고 아이가 셋이나 있다는 것 때문에.

그건 상관없다. 다니엘도 그걸 다 각오하고 날 좋다고 한 걸 테니까. 하지만 릴리가 화가가 된다면 그건 또 다른 문제가 얹혀지는 게 된다.

내 말에 다니엘은 나를 물끄러미 쳐다보다가 불쑥 물었다.

"릴리를 이유로 두 번이나 절 거절하는 겁니까?"

"아니, 그건 아니에요. 그냥 괜찮냐고 묻는 거예요."

"밀드레드. 제가 지금 제일 불만인 게 뭔지 압니까?"

"뭔데요?"

"누군가 오면 당신이 일어날 거라는 거요."

무슨 소린지 모르겠다. 나는 눈을 가늘게 뜨고 그를 쳐다봤다. 이 순간이 영원했으면 좋겠다는 로맨틱한 말이라도 하려는 건가?

내가 이해하지 못하는 표정을 짓자 다니엘이 한숨을 내쉬고 다시 말했다.

"내가 당신의 남편이 되면 누구의 눈에도 상관없이 있을 수 있겠죠."

"지금 설마 청혼하는 거예요?"

"아니요. 청혼은 프레드 반스의 시신을 찾아서 장례식을 치른 다음에 할 겁니다. 이건 그냥 제 소망이에요."

아, 그래? 나는 이게 청혼이 아니라는 말에 놀라야 할지, 프레드의 장례식 후에 청혼할 거라는 말에 놀라야 할지 잠시 망설였다. 그사이 다니엘은 내 어깨에 얼굴을 묻으며 말했다.

"내가 지금 무슨 생각을 하는지 알면 당신은 분명 날 경멸할 겁니다."

그래? 나는 다니엘의 격한 단어 선정에 놀라 인상을 찡그렸다. 그리고 조심스럽게 물었다.

"왜요? 날 감금하는 상상이라도 해요?"

서재 안에 굉장히 이상한 기류가 흐르기 시작했다. 진짜로? 나는 깜짝 놀라서 눈을 깜빡였다. 그러자 어색하게도 다니엘이 헛기침을 했다.

"밥은 주는 거죠?"

내 질문에 다니엘이 한쪽 눈썹을 들어 올렸다. 그는 어이가 없다는 듯 말했다.

"그쪽으로는 생각 안 해 봤습니다."

"어머, 그래요? 난 해 봤는데."

다시 이상한 분위기가 흐르기 시작했다. 농담이다. 나는 웃으면서 다니엘의 뺨을 감쌌다. 때때로 나도 나만 다니엘을 보고 싶다는 생각을 하곤 했다. 그의 넓은 가슴이나 단단한 팔뚝 같은 거.

나는 다니엘의 턱에 가볍게 입을 맞추고 다시 그의 어깨에 머리를 기댔다. 긴장했는지 뻣뻣해졌던 다니엘의 몸이 다시 부드럽게 풀리는 게 느껴졌다.

"카일라의 부모는 딸이 어떻게 됐는지 정말 걱정되지도 않았던 걸까요?"

나는 그의 턱과 목을 따라 손가락으로 쓸어내리며 물었다. 나라면 걱정됐을 것 같다. 릴리가 화가가 되겠다고 집을 뛰쳐나가면 걱정돼서 미칠지도 모른다.

카일라는 결국 병원에서 죽었다. 가난한 사람들을 위한 병원이라고 들었다. 아무도 그녀를 돌봐주지 않았다는 말이다.

"글쎄요."

다니엘은 자신의 가슴까지 내려온 내 손을 잡더니 손가락 마디마디마다 가볍게 입술을 맞췄다. 그리고 나를 향해 고개를 기울이며 말했다.

"하지만 카일라 역시 집안에 연락을 취하지 않았던 모양입니다."

어째서 그랬을까. 그녀는 죽어 가는 그 순간까지 가족이나 친구에게 도움을 요청하지 않았던 모양이다. 카일라의 시체는 신원불명인 자들을 묻는 무덤에 함께 묻혔다는 기록을 발견했으니까.

아무도 그녀를 도와주지 않았다는 게 가슴이 아팠다. 릴리가 떠올라서 더 그랬다. 나는 다니엘의 어깨에 얼굴을 묻으며 투정처럼 말했다.

"요정은 왜 카일라를 도와주지 않았던 걸까요?"

다니엘의 몸이 뻣뻣해졌다. 나는 그가 왜 긴장하는지 몰라서 고개를 들었다.

"카일라가 절망하지 않았던 거겠죠."

다니엘은 한숨을 내쉬며 그렇게 말했다. 그랬지. 요정은 죽음을 방불할 정도로 절망한 사람 앞에 나타난다고 말했다.

이상한 기분이 들었다.

카일라는 집안에서 절연당하고 도와줄 친구도, 가족도 없는 상황에서 가난한 사람을 위한 병원에 입원한 상태였다.

"그 상황에서도 그녀는 절망하지 않았던 거군요."

나는 다시 다니엘의 어깨에 머리를 기대며 한숨처럼 말했다. 그녀의 강철 같은 의지가 어쩐지 서글퍼졌다.

26

거절의 이유

더글러스 케이시가 구혼한 날로부터 며칠 후, 반스가의 사람들은 로완 후작의 갤러리에 초대받아 참석했다. 후작 저택은 반스가의 사람들 외에도 초대받은 사람들 덕분에 북적이고 있었다.

변경의 군사를 관리하는 로완 후작의 초대다. 어지간한 일이 아니면 다들 참석할 수밖에 없다. 게다가 로완 후작 부인이 왕비의 몸종이니 더더욱 그랬다.

사람들의 시선이 릴리가 들어서는 순간 릴리를 향해 꽂혔다. 밀드레드는 릴리를 자신의 몸 뒤로 숨기고 싶은 욕망을 참으며 물었다.

"릴리, 괜찮니?"

릴리의 얼굴에 난 멍은 화장으로 많이 가리긴 했지만 그래도 가까이에서 보면 티가 났다. 멀리서 보면 적어도 그늘이라고 우길 수는 있는 수준이다.

"네."

릴리는 용감하게 대답했다. 그녀의 옆에 선 애슐리가 사람들의 시선을 분산하기 위해 최대한 꾸몄지만 그래도 사람들의 호기심을 이길 수는 없었던 모양이다.

애슐리는 언니들보다 눈에 띄는 걸 싫어했지만 오늘만은 있는 힘껏 꾸몄다. 사실 갤러리도 안 오려 했다. 하지만 그녀가 릴리 옆에 서 있어야 사람들의 시선이 분산된다는 아이리스와 릴리의 말에 기꺼이 참석했다.

"초대해 주셔서 감사합니다."

밀드레드는 로완 후작을 향해 다가가 인사를 건넸다. 갤러리에 오고 싶다는 릴리의 말을 들은 로완 후작은 곧바로 밀드레드에게 초대장을 보냈다.

로완 후작과 후작 부인에게도 나쁜 이야기는 아니었을 것이다. 릴리를 때린 프리스톤의 어머니는 로완 후작 부인의 동생이다.

사람들은 이번 일로 반스가와 그레고리가는 물론이고 로완가의 사이가 어떻게 될지 이목을 집중하고 있었다.

이런 상황에서 릴리가 로완 후작의 갤러리를 보고 싶어 한다는 이유로 로완 후작이 먼저 초대장을 보낸다는 건 반스가와 친분을 이어가고 싶다는 뜻이 된다.

"와 주셔서 감사합니다."

로완 후작은 아름다운 밀드레드의 얼굴을 쳐다보고 곧이어 그녀를 닮지 않은 아이리스와 릴리에게로 시선을 돌렸다. 릴리의 얼굴에 희미하게 멍이 남아 있는 게 보였다.

이 애가 릴리로군. 그는 그렇게 생각하며 릴리를 향해서도 손을 내밀었다. 로완 후작의 입장으로서는 릴리가 고마울 수밖에 없었다.

그녀 덕분에 껄끄러운 분위기 없이 반스가와 사이가 나쁘지 않다는 것을 사람들에게 보일 수 있으니까.

"미술을 좋아한다고?"

로완 후작의 질문에 릴리는 가볍게 고개를 끄덕이며 말했다.

"네. 윌포드 남작님께 가르침을 받고 있어요."

"윌포드 남작에게?"

로완 후작의 얼굴에 잠깐 놀라움이 스쳐 지나갔다. 하지만 그는 곧 표정을 관리하고 미소를 지었다. 그도 윌포드 남작이 반스가에 머물고 있다는 소문을 들었다.

표면적인 이유는 그의 집이 화재로 피해를 입었기 때문이다. 하지만 다들 윌포드 남작이 반스가의 여자들 중 한 명을 마음에 두고 있는 게 아니냐고 속삭이고 있었다.

당연히 더 많은 사람들이 가능성을 둔 것은 애슐리 쪽이었다. 하지만 방금 전의 가벼운 대화로 로완 후작은 윌포드 남작이 마음에 둔 것이 릴리라고 생각했다.

일이 재미있게 되어 가는데. 그는 프리스톤이 릴리를 때리자마자 더글러스가 화살처럼 뛰어나갔던 것을 알고 있었다.

"그는 미술 쪽으로 지식이 아주 많지."

로완 후작은 그렇게 말하며 릴리를 살폈다. 이 아가씨의 어떤 부분에 사교계의 가장 인기 있는 남자 둘이 반한 걸까.

겉보기에 릴리는 그리 미인은 아니다. 하지만 다니엘과 더글러스는 지금까지 사교계에서 예쁘다고 소문난 여자들에게 눈길 한 번 준 적이 없었다.

후작의 눈에 릴리의 뺨에 난 멍이 들어왔다. 프리스톤이 때렸다고 들었다. 문제는 프리스톤이 왜 릴리를 때렸냐 하는 것이다.

프리스톤은 어릴 때도 함부로 손을 올리는 망나니기는 했다. 하지만 그렇다고 음악회에서 여자의 뺨을 때릴 정도로 막 나가는 인간 말종은 아니다.

대체 무슨 일일까. 로완 후작은 유심히 릴리를 바라보다가 그녀의 양 옆에 선 아이리스와 애슐리에게도 인사를 건넸다.

"악단도 불렀네요."

애슐리가 신기하다는 듯 속삭였다. 로완 후작의 저택은 연회용 홀에 그가 모은 미술품을 진열하고 현관에 인접한 홀에는 악단을 배치했다. 덕분에 들어오는 사람들은 제일 먼저 부드럽게 흘러나오는 음악의 마중을 받을 수 있었다.

이런 것도 괜찮네. 밀드레드는 그렇게 생각하며 말했다.

"음악회와 갤러리를 결합했네. 괜찮은 방법이야."

언젠가 그녀도 저택에 이런 행사를 열어야 할 날이 있을지도 모른다. 그리고 아이리스와 릴리, 애슐리도.

밀드레드는 로완 후작과 후작 부인의 갤러리와 음악회가 아이들에게 도움이 되길 바라며 주위를 둘러보았다. 로완 후작 부인이 손님을 응대하는 게 보였다. 그녀에게도 초대해 줘서 고맙다고 인사를 해야 한다.

그리고 멋진 음악회라는 칭찬도.

"어머니."

릴리는 로완 후작의 수집품을 보고 싶어서 애가 탈 지경이었다. 그녀는 발을 동동 구르지 않도록 노력하며 밀드레드에게 물었다.

"먼저 가서 갤러리를 봐도 될까요?"

그건 상관없지만 릴리 혼자 보낼 수는 없다. 밀드레드가 아이리스와 애슐리를 향해 고개를 돌렸을 때 다른 손님과 인사를 나눈 로완 후작이 다가와서 말했다.

"괜찮다면 내가 안내해도 괜찮을까?"

릴리의 얼굴이 환해졌다. 수집품을 수집한 주인에게 설명을 듣는 것보다 더 멋진 일은 없다. 밀드레드가 고개를 끄덕이자 릴리는 로완 후작과 함께 재빨리 갤러리로 가버렸다.

아이리스와 애슐리는 음악을 듣고 싶었기 때문에 악단 쪽으로 다가갔다. 밀드레드만 로완 후작 부인에게 인사를 하기 위해 잠시 남아 있었다.

"초대해 주셔서 감사합니다."

다행히 로완 후작 부인에게 접근할 기회를 얻을 수가 있었다. 밀드레드의 인사에 이사벨은 놀랐다는 듯 눈을 크게 떴다가 곧 빙그레 웃었다.

처음엔 반스 부인이 초대받고 싶어 한다는 말을 듣고 농담하는 줄 알았다. 하지만 지금 그녀의 표정을 보니 정말로 초대받고 싶었던 모양이다.

"저야말로 와 줘서 고마워요."

이사벨은 그렇게 말하고 고개를 기울이며 속삭였다.

"릴리 반스 양은 어때요?"

그녀의 뺨에 난 멍을 묻는 거다. 밀드레드는 쓰게 웃었다. 다들 릴리의 얼굴을 보며 수군거리는 게 보였지만 직접적으로 물어보는 사람은 없었다.

밀드레드는 역시 고개를 기울이며 속삭였다.

"많이 가라앉았어요. 지금 후작님께서 수집품을 안내해 주고 계시답니다."

"오, 저런. 그 사람의 수집품은 젊은 사람들은 별로 재미가 없을 텐데요. 릴리 양은 상냥하군요."

"아니에요. 릴리는 미술품을 좋아하거든요. 오늘 이 초대를 받아서 그 애가 얼마나 기뻐했는지 몰라요."

밀드레드의 말에 이사벨의 눈이 커졌다. 그래? 그녀는 남편의 취미가 고미술품 수집이라는 것을 알지만 크게 관심은 없었다.

그게 아름답다는 것은 알지만 남편처럼 오래 지켜볼 정도는 아니었다. 이사벨은 그보다 음악에 더 관심이 많았다.

그렇기 때문에 자신과 같은 사람을 위해 악단도 고용을 한 것이다.

밀드레드는 놀라는 이사벨을 보고 빙그레 웃으며 덧붙였다.

"우리 집에서 릴리만 그래요. 아이리스와 애슐리는 음악을 듣고 싶다며 악단 쪽으로 갔거든요."

그렇군. 이사벨은 밀드레드를 바라보며 빙그레 웃었다. 어쩌면 한 배에서 나온 아이들이 그렇게 좋아하는 것이 다른지.

그녀는 밀드레드의 손을 잡으며 부드럽게 말했다.

"미술품 수집은 남편의 결과물이에요. 그이와 달리 전 미술품 수집에는 그다지 취미가 없거든요. 그보다 전 음악이나 연극 관람이 더 좋더라고요."

"저도요. 전 연극 관람이 좋아요. 책을 읽는 것도 좋고요."

"책이라."

이사벨의 눈이 장난스럽게 가늘어졌다. 그녀는 밀드레드와 함께 걸으며 속삭였다.

"우리 둘 다 아이를 둘이나 낳았으니 옛말이 다 틀렸네요."

옛말에 책을 너무 많이 읽은 여인은 아이를 낳기 어렵다는 말이 있는 것을 비꼬는 것이다. 밀드레드는 얼굴을 일그러뜨렸다가 웃으며 말했다.

"앞으로는 좀 더 나아졌으면 좋겠어요."

"나아지겠죠."

이사벨은 밀드레드의 손등을 다독거리며 말했다. 남편을 두 번이나 잃었다고 했던가. 그럼에도 밀드레드 반스 부인은 너무 젊었다. 누가 그녀를 결혼적령기의 딸을 셋이나 둔 부인으로 볼까.

"케이시 경도 오늘 참석한다고 하더군요."

밀드레드의 손을 잡고 천천히 걸어가면서 이사벨은 불쑥 더글러스에 대한 이야기를 꺼냈다. 그래? 밀드레드는 약간 놀랍다는 표정을 지어 보였다.

더글러스는 불편해서 로완 후작이 초대했어도 거절할 거라 생각했다. 이사벨 역시 그녀와 같은 생각을 하고 있었기 때문에 쓰게 웃으며 말을 이었다.

"그의 의지로 오는 게 아니에요. 왕자 전하께서 잠깐 들르겠다고 하셨거든요. 아시는지 모르겠지만 그분이 최근 기분이 좀 안 좋으셨어요."

왕자 전하라는 말에 밀드레드의 얼굴이 잠깐 굳었다가 원래대로 돌아왔다. 이사벨은 그 사실을 눈치채지 못하고 계속해서 말했다.

"한동안 방에서 나오질 않으셔서 왕비 전하께서도 걱정이 이만저만이 아니셨답니다. 그래도 오늘 초대에 잠깐 들르겠다고 하셔서 얼마나 다행인지 몰라요."

"케이시 경은 왕자님을 수행하는 거군요."

"그렇죠."

그러니 더글러스의 의지로 오는 게 아니라는 말이다. 흠. 밀드레드는 잠시 지금 이곳에서 더글러스와 리안을 릴리와 아이리스가 맞닥트리면 어떻게 될지 생각했다.

그녀의 두 딸에게 구혼한 두 남자. 그리고 그 구혼을 단칼에 거절해 버린 아이리스와 릴리.

엄청나게 어색할 것 같다.

하지만 그런 밀드레드의 생각을 전혀 모르는 이사벨은 다른 생각을 하고 있었다. 그녀의 시선이 리안과 더글러스가 이 저택으로 오고 있다는 것을 아이들에게 알려야 할지 고민하는 밀드레드의 얼굴을 향했다.

젊고 아름답다. 소문에 왕대비 전하께도 굽히지 않고 자신의 주장을 관철했다고 들었다. 게다가 이사벨의 귀에는 그것 외에도 밀드레드 반스 부인에 대해 몇 가지 소문이 더 들어왔다.

다니엘 월포드 남작이 그녀에게 관심이 있는 것 같다는 소문은 그리 놀랍지 않다. 오히려 이사벨을 놀랍게 한 건 최근 사교계에서 유행하는 드레스가 모두 밀드레드에게서 나왔다는 사실이었다.

치맛자락에 꽃이나 리본 장식을 다는 것부터 시작해서 팔꿈치까지 딱 맞게 조이다가 확 퍼지는 소매가 그랬다.

허리 라인을 너무 조이지 않는 것도 밀드레드의 옷차림 때문에 시작한 유행이었다.

"내가 최근에 할머니가 된 거, 알아요?"

이사벨의 말에 밀드레드는 고개를 끄덕이며 축하를 건넸다.

"네. 작년에 태어났다죠? 참 귀여울 때죠."

"그리고 둘째는 아직 약혼 중이에요. 곧 결혼을 해야 하고요."

"결혼하는군요. 축하드려요."

"그래서 잠시 왕비님의 곁에서 물러나 있을까 해요."

아들의 결혼 준비와 새로 태어난 손자를 보기 위해 이사벨은 몇 달간 왕비의 시녀 자리에서 물러날 계획이었다.

어쩌면 그 계획이 더 길어질지도 모른다. 그녀의 남편인 로완 후작은 거의 평생을 변경 지역을 감시하며 지냈다. 이제는 남편과 함께 오붓하고 느긋하게 지내야 할 때인지도 모른다.

이사벨은 자신의 빈자리를 채울 센스 있고 눈치 빠르며 단정한 귀족 부인이 필요했다.

그리고 최근 사교계 유행의 시작점에 닿아 있는 밀드레드 반스가 적임자라고 생각했다.

"나는 부인을 상당히 높게 평가하고 있답니다."

이사벨의 말에 밀드레드는 무슨 소린가 하고 눈을 크게 떴다. 뭔가가 밀드레드의 머릿속을 스쳐 지나갔지만 너무 빨리 지나가서 그녀는 그게 뭔지 깨닫지 못했다.

이사벨 로완은 놀란 밀드레드 반스를 바라보며 빙그레 웃었다.

남편을 둘이나 잃었지만 혼자 힘으로 세 딸을 훌륭하게 키웠다. 망해 가는 반스가의 경제를 윌포드 남작의 사업에 조언을 함으로써 일으켜 세웠다 들었다.

게다가 그녀가 밀드레드를 가장 높게 판단한 건 사교계에 열풍을 불러일으킨 드레스의 꽃장식을 욕심내지 않고 왕대비 전하와 왕비 전하께 제일 먼저 바쳤다는 점이다.

"왕비 전하께 부인을 추천할까 해요."

추천이라고? 밀드레드가 깜짝 놀라서 입을 벌렸을 때였다. 주변이 소란스러워지기 시작했다.

이사벨의 고개 역시 사람들이 서둘러 다가가는 입구 쪽을 향했다. 그녀의 얼굴에 놀라움과 동시에 반가움이 떠올랐다.

"전하!"

로완 후작 부인은 밀드레드에게 따라오라고 손짓하고 재빨리 현관 쪽으로 다가갔다. 방금 도착과 왕자님과 케이시 경이 사람들에게 둘러싸여 있었다.

"이런."

밀드레드는 이사벨의 뒤를 따라가며 신음을 내뱉었다. 그녀는 자신의 아이들이 리안과 더글러스를 보면 어떤 반응을 보일지 알 수가 없었다.

그리고 자신의 아이들을 본 리안과 더글러스가 어떤 반응을 보일지
도.

"초대해 주셔서 감사합니다."

리안은 자신에게 다가오는 로완 후작 부인에게 정중하게 인사를 건넸
다. 사실 그는 음악회도 갤러리도 별 관심이 없었지만 어디까지나 로완
후작 부부와 어머니의 체면 때문에 참석했다.

어머니인 왕비가 참석하는 게 어떻겠느냐고 몇 번이나 권했기 때문이
다.

하지만 리안의 표정은 굳어 있었다. 이런 곳에 오면 필연적으로 아이
리스가 생각날 수밖에 없다. 그는 로완 후작 부인의 뒤에 선 낯익은 부인
을 보고 아이리스를 떠올렸다.

지금 뭘 하고 있을까. 다른 음악회에 참석했을 수도 있고 집에서 책을
읽고 있을 수도 있겠지. 그나마 사교계의 흐름이 파티에서 음악회로 바
뀐 게 그로서는 위안이었다.

적어도 아이리스가 누군가와 춤을 출 리는 없을 테니까.

"전하, 이쪽은 밀드레드 반스 부인이에요. 반스 부인, 왕자 전하를 뵙
는 건 처음이죠?"

이사벨의 소개에 밀드레드는 빙그레 웃었다. 그리고 치맛자락을 잡고
살짝 허리를 숙이며 말했다.

"오랜만에 뵙네요, 전하."

오랜만에? 초면이 아니라는 말에 로완 후작 부인의 얼굴에 당황이 떠
올랐다. 밀드레드는 재빨리 그녀에게 속삭였다.

"윌포드 남작님 덕분에 뵌 적이 있어요."

아, 그렇군. 그제야 이사벨은 윌포드 남작이 반스 부인에게 호감이 있
는 것을 기억해 냈다. 그리고 그가 현재 반스가에 머물고 있다는 것도.

사적인 만남이 한두 번쯤은 있을 수도 있겠다. 어쩌면 그 과정에서 케이시 경과 릴리 반스 양이 만났을 수도 있다는 생각에 이사벨은 고개를 끄덕였다.

케이시 경과 반스 양의 연결고리를 찾았다.

"오, 오랜만입니다."

리안은 그제야 로완 후작 부인의 뒤에 선 여자가 밀드레드 반스라는 것을 깨달았다. 지금까지 그는 어떤 여자를 봐도 아이리스를 떠올리느라 정작 자신의 눈앞에 있는 여자는 제대로 알아보지 못하곤 했다.

"오시는 걸 알았다면 좋았을 텐데요."

밀드레드의 말에 리안의 얼굴이 가볍게 달아올랐다. 아이리스에게 청혼을 거절당한 이후 그는 단 한 번도 반스가의 사람들과 만난 적이 없었다.

다니엘에게는 몇 번 투정을 부렸었다. 하지만 그는 리안의 투정을 받아 주지 않는 몇 안 되는 사람 중 하나다. 리안은 차마 다니엘에게 아이리스는 어떻게 지내냐고 물어보지도 못했다.

"그동안 잘 지내셨습니까?"

리안의 정중한 질문에 밀드레드는 빙그레 웃었다.

이 녀석이 왕자였단 말이지? 그녀는 그와 다니엘이 자신을 감쪽같이 속인 것에 아직도 약간 화가 나 있었다. 하지만 여기서 그걸 표현할 정도로 바보는 아니었다.

"덕분에 잘 지냈답니다. 아이들도 전하를 무척 보고 싶어 하고요."

아이들. 자연스럽게 리안의 머릿속에 아이리스가 떠올랐다. 그의 얼굴이 확 군자 로완 후작 부인은 깜짝 놀라서 눈을 크게 떴다.

왕자인 쥬세페 아드리안은 약간 철이 없다는 평가를 받고 있다. 약간 기분 나쁜 말을 들으면 얼굴을 굳히는 정도.

하지만 방금 반스 부인의 말은 전혀 기분 나쁜 말이 아니었다. 게다가 최근 들어 왕자가 약간 성숙해졌다는 평가가 나오는 실정이다.

뭔가 있군. 이사벨은 반스 부인의 아이들과 왕자 사이에 어떤 문제가 있었음을 직감했다. 문제는 그게 좋은 문제인지 나쁜 문제인지다.

"반스가의 아가씨들뿐만이 아니죠. 제 남편도 전하를 무척 보고 싶어 한답니다."

이사벨은 능숙하게 밀드레드와 리안 사이를 끼어들어 주제를 바꿨다. 그리고 남편이 있는 갤러리 쪽으로 몸을 틀며 다시 입을 열었다.

"남편을 불러올게요. 잠시만 기다려 주시겠어요?"

"아니."

리안은 애써 밀드레드에게서 눈을 떼며 이사벨을 쳐다봤다. 하지만 머릿속은 여전히 아이리스로 가득했다. 그를 보고 싶어 했다고? 정말?

부질없는 희망과 그럴 리 없다는 이성 사이에서 리안의 가슴이 거세게 뛰기 시작했다. 그는 억지로 심장이 뛰는 것을 무시하며 말했다.

"같이 갈까요? 후작님의 갤러리에 대한 소문을 들었거든요."

그럴까요? 이사벨은 빙그레 웃으며 리안이 내민 팔에 손을 얹었다. 이렇게 되면 더글러스가 밀드레드를 에스코트하는 수밖에 없다. 더글러스는 애써 미소를 지으며 밀드레드를 향해 팔을 내밀었다.

"잘 지냈어요, 케이시 경?"

밀드레드는 리안과 이사벨의 뒤를 따라 갤러리로 걸어가며 더글러스를 향해 속삭였다. 더글러스는 애써 평온한 표정을 짓고 있었지만 그의 심장 역시 리안과 별다를 바가 없었다.

"네, 크흠."

어찌나 긴장했던지 더글러스의 목소리가 갈라져 나왔다. 그는 재빨리 헛기침을 하고 밀드레드에게 사과를 한 뒤 다시 입을 열었다.

"잘 지내셨습니까?"

"네, 덕분에요."

잠시 두 사람 사이에 침묵이 흘렀다. 밀드레드는 더글러스가 릴리가 어떻게 지내는지 묻고 싶어 할 거라 예상했고 그녀의 예상은 틀리지 않았다.

"이런 걸 여쭤보는 게 무례하다는 걸 압니다만……."

"릴리요?"

더글러스는 한숨을 내쉬었다. 그는 처음으로 밀드레드가 눈치가 빨라서 다행이라고 생각하고 있었다.

"네. 그, 다친 곳은 괜찮습니까?"

"많이 나아졌어요. 화장을 하면 멀리서 볼 땐 티가 안 날 정도로요."

"그거 다행이군요."

다행이다. 더글러스는 진심으로 그렇게 생각했다. 릴리의 얼굴에 멍이 들었다는 말은 다니엘에게 들었다. 걱정돼서 미칠 것만 같았다.

대체 멍이 어떻게 든 건지, 어떤 색인 건지, 그녀의 얼굴이 부어오르지는 않았는지, 아파하지는 않을지, 궁금해서 하루에도 몇 번씩 그는 자리에서 벌떡벌떡 일어나곤 했다.

하지만 그럼에도 릴리의 얼굴을 보지 않은 건 참을 자신이 없었기 때문이다. 더글러스가 릴리의 얼굴에 든 멍을 본다면, 그는 프리스톤의 얼굴에 평생 지워지지 않을 상처를 만들기 위해 달려갔을 게 분명했다.

"물론 가까이에서 보면 살짝 티가 나요. 그러니 놀라지는 마세요."

"네?"

느닷없는 밀드레드의 말에 더글러스가 당황하는 것과 동시에 로완 후작 부인이 남편을 향해 말했다.

"여보, 전하께서 오셨어요."

로완 후작은 릴리에게 자신이 수집한 수집품에 대한 자랑을 신나게 늘어놓고 있던 차였다. 두 사람의 앞에는 로완 후작이 몬스터를 몰아내기 위한 수색에서 발견한 조각이 놓여 있었다.

"오셨습니까."

로완 후작은 부인의 안내에 감사하며 재빨리 왕자를 향해 다가갔다. 그리고 왕자의 얼굴이 얼어붙은 것을 발견하고 놀라서 눈을 깜빡였다.

무슨 일이지? 후작은 리안이 쳐다보는 것을 따라 고개를 돌렸다. 그리고 릴리가 방금 후작이 자랑한 조각을 아쉽다는 표정으로 쳐다보며 서 있는 것을 발견했다.

"릴리 반스 양과는 아는 사이입니까?"

리안은 로완 후작의 말에 그제야 그를 쳐다봤다. 릴리가 있다. 그리고 반스 부인이 있다. 그 말은 아이리스도 이곳에 있을 가능성이 높다는 뜻이다.

"네, 조금."

리안은 간신히 그렇게 말하고 밀드레드를 쳐다봤다.

마음 같아서는 아이리스도 같이 왔는지 묻고 싶었다. 하지만 그보다 먼저 릴리가 다가와 치맛자락을 들어 올리며 인사를 건넸다.

"오랜만에 뵙습니다, 전하."

그리고 더글러스를 쳐다보며 이번에는 치맛자락을 들어 올리지 않고 인사했다.

"그리고 케이시 경."

로완 후작 부부는 왕자에 이어 케이시 경의 얼굴도 딱딱하게 굳는 것을 발견했다.

두 사람의 시선이 부딪쳤다. 릴리를 향한 왕자와 케이시 경의 반응이 심상치 않았다.

대체 무슨 일이지? 궁금해서 죽겠다. 두 사람의 시선이 밀드레드를 향했다. 하지만 밀드레드는 표정 변화 없이 가만히 서 있을 뿐이었다.

사실 밀드레드도 표정을 유지한다는 게 그리 쉽지는 않았다. 그녀는 더글러스가 릴리를 보고 어떤 반응을 보일지 걱정이 됐다.

하지만 그것보다 먼저 리안이 릴리를 보고 당황하자, 이번에는 그가 아이리스를 봤을 때 어떤 반응을 보일지 걱정하기 시작했다.

우는 건 아니겠지. 부디 아니었으면 좋겠다.

"오, 오랜만입니다."

정적을 깬 것은 더글러스였다. 그는 뒷짐을 지며 릴리에게 인사를 건넸고 이어서 로완 후작이 팔을 펼치며 말했다.

"전하께서는 그림보다는 음악을 좀 더 좋아하시지요? 제 부인이 실력이 괜찮은 악단을 고용했답니다."

음악을 들으러 다른 홀로 가자는 말에 밀드레드는 재빨리 릴리에게 손짓했다. 그리고 그녀가 다가오자 목소리를 낮춰 물었다.

"아이리스가 리안과 최근에 만난 적이 있니?"

없다. 릴리가 고개를 흔들자 밀드레드는 리안과 더글러스를 쳐다봤다. 더글러스가 릴리를 쳐다보는 게 보였다.

"가서 알려 줘. 네 언니가 당황하지 않게."

좋은 생각이다. 릴리는 리안과 더글러스를 본 순간 자신이 당황했던 것을 떠올리고 고개를 끄덕였다.

그리고 슬그머니 물러나 아이리스와 애슐리가 있는 홀로 향했다.

그사이 로완 후작 부부는 밀드레드와 리안을 데리고 천천히 악단이 음악을 연주하는 홀로 향했다.

그들 사이에서 더글러스가 어느새 사라졌다는 것을 알아차린 사람은 아무도 없었다.

"반스 양."

릴리는 뛰지 않기 위해 노력하며 아이리스에게 가다가 자신을 부르는 목소리에 놀라 멈췄다. 더글러스는 거기 있었다. 그녀의 곁에.

"케이시 경."

이미 그녀는 더글러스의 구혼을 거절했다. 릴리는 그가 왜 거절했냐고 묻는 거라면 내 마음이라고 말할 생각이었다. 하지만 더글러스는 전혀 다른 것을 말했다.

"같이 가죠."

"내 마, 네? 뭐라고요?"

"같이 가자고요."

이 남자가 무슨 말을 하는지 모르겠다. 하지만 릴리는 더글러스가 내민 팔에 손을 얹었다.

더글러스가 의도한 건 아니지만 덕분에 릴리의 속도가 늦춰졌다. 릴리는 아이리스에게 다가가 리안이 왔다고 말하려 했다.

하지만 그녀가 아이리스 곁에 다가가는 순간 홀 입구에 리안이 로완 후작 부부와 함께 도착했다.

"왕자님께서 오셨어!"

왕자님의 얼굴을 알아본 사람들이 수군거렸다. 동시에 아이리스도 홀 입구에 도착한 리안을 발견했다.

왕자님이라고? 아이리스는 반사적으로 사람들을 따라 허리를 숙였다. 하지만 머릿속이 혼란스러웠다. 대체 왕자가 어디 있다는 거지?

설마 하는 마음이 들긴 했다. 분명 리안과 로완 후작이 함께 들어올 때 누군가 왕자님이라고 소리쳤으니까. 하지만 그의 뒤에 그녀의 어머니도 있었다.

그러니 아닐 것이다. 아이리스는 그렇게 생각하며 고개를 들었다.

"계속 연주하게."

리안이 악단을 향해 말하자 잠시 끊겼던 음악이 다시 연주되기 시작했다. 그것을 보는 순간 아이리스의 얼굴이 굳었다.

"아이리스."

릴리는 아이리스의 손을 잡으며 조심스럽게 그녀를 불렀다. 마찬가지로 아이리스의 옆에 서 있던 애슐리도 걱정스러운 표정으로 그녀를 쳐다봤다.

그럴 리 없다. 아이리스는 믿을 수 없다는 표정으로 리안을 쳐다보고 있었다. 리안 역시 아이리스의 시선을 깨달았다.

아이리스는 멀쩡해 보였다. 그는 그날 이후로 잠도 제대로 못 잤는데 그녀는 여전히 당당하고 우아하게 서 있었다.

리안은 아이리스가 허리를 곧게 세운 채 서 있는 것을 멍하니 쳐다보다가 누군가의 인사를 받고 깜짝 놀라 고개를 돌렸다.

"집에 갈까?"

릴리는 아이리스의 얼굴이 굳은 것을 보고 조심스럽게 물었다. 지금이라도 가려면 갈 수 있다. 그녀는 더글러스에게 지금 몇 시냐고 묻고 다시 말했다.

"한 시간 지났어. 가도 괜찮아."

초대받은 것에 대한 예의를 지키려면 얼굴을 비추고 최소한 삼십 분은 머물러 있어야 한다. 릴리는 한 시간이 지났으니 지금 집으로 돌아가도 무례하지 않다고 말하고 있었다.

그럴까. 아이리스는 잠시 이대로 집에 가 버리면 어떨지 생각했다. 어차피 리안과 이야기할 것도 없다.

생각해 보면 그녀는 이미 리안의 청혼을 거절했다. 물론 그가 몰락 귀족이라 생각해서 거절한 거지만.

"생각하니까 열 받네."

아이리스의 얼굴에 분노가 떠올랐다.

그는 그녀가 자신을 몰락 귀족으로 믿도록 내버려 뒀다. 두 사람이 어울리는 그 몇 달 동안. 그리고 청혼하는 순간까지 자신이 왕자라고 말하지 않았다.

그때 리안이 로완 후작 부부와 함께 아이리스 곁에 다가왔다. 밀드레드는 아이리스의 표정을 보고 일이 뭔가 잘못됐다는 것을 깨달았다.

아이리스는 당황하거나 민망한 표정이 아니었다. 명백하게 화가 난 표정이었다.

"안녕, 하세요."

리안은 반사적으로 안녕하고 인사를 하려다가 사람들의 시선을 깨닫고 말을 고쳤다.

그의 눈앞에서 아이리스가 화가 나서 굳은 표정을 짓고 있는 게 보였다. 왜 화를 내는 거지? 그는 이해할 수가 없어서 눈을 깜빡였다.

"안녕하세요, 전하."

그때 애슐리가 재빨리 인사를 건넸다. 아이리스 역시 이를 악물고 인사를 건넸다.

"처음 뵙겠습니다, 전하."

애슐리와 릴리는 이게 무슨 소린가 하고 아이리스를 쳐다봤다. 더글러스는 눈을 가늘게 떴고 밀드레드는 눈썹을 들어 올렸지만 곧 표정을 가다듬었다.

거기서 이상한 점을 깨달은 건 리안을 포함한 다섯 명뿐이었다. 리안은 아이리스에게 그게 무슨 소리냐고 물어보려 했지만 그보다 먼저 누군가 인사를 건넸다.

"전하, 오랜만에 뵙습니다."

"훌륭한 장소에 훌륭한 분들이 모이셨군요."

누군가의 농담 같은 찬사에 분위기가 좋아졌다. 하지만 아이리스는 아니었다. 그녀는 릴리에게 고개를 돌려 속삭였다.

"집에 갈래."

그 말에 아이리스를 사이에 낀 릴리와 애슐리가 재빨리 뒷걸음질 쳤다. 세 사람은 리안 주위에 몰려든 사람들 사이를 빠져나와 복도로 향했다.

그사이 밀드레드를 쳐다보며 복도 쪽으로 손가락질한 것은 말할 것도 없다.

더글러스는 어째야 할지 잠시 망설였다. 원래대로라면 이런 건 망설일 필요도 없는 일이다. 그는 리안과 함께 왔고 당연히 리안의 곁으로 가야 한다.

하지만 릴리와 조금이라도 더 이야기를 하고 싶었다. 어째야 할지 고민하던 그는 슬쩍 리안에게 다가가 속삭였다.

"반스 영애들이 떠날 모양입니다."

리안의 시선이 아이리스를 찾았다. 그는 아이리스가 자매들과 함께 복도로 향하는 것을 확인했다. 인사할 때 없었던 할 말이 이제 와서 생길 리가 없다. 하지만 그는 저도 모르게 말했다.

"잡아 주세요."

아이리스와 좀 더 이야기를 하고 싶었다. 그녀가 왜 그에게 처음 본다고 한 건지 그것도 궁금했다.

더글러스는 리안의 부탁을 듣자마자 재빨리 릴리를 향해 다가갔다. 세 사람은 이미 복도로 나가 밀드레드가 나오길 기다리고 있었다.

"잠깐만요."

더글러스가 따라 나온 것을 본 릴리의 눈이 흉악해졌다. 문득 더글러스는 자신의 꼴이 꽤 우습다는 것을 깨달았다.

몇 년 전 어느 파티에서 가장 인기 있는 아가씨와 대화 한번 하려고 주변을 기웃거리던 녀석들이 떠올랐다.

그때는 멍청한 놈들이라고 혀를 찼는데 지금은 알겠다. 그들도 지금의 그와 별로 다르지 않았던 거다.

흉악한 릴리의 시선을 받으면서도 더글러스는 그녀의 얼굴을 한 번이라도 더 본다는 게 기뻤다.

"하나만 여쭤봐도 될까요?"

더글러스의 질문에 릴리는 아이리스와 애슐리를 돌아보았다. 두 사람은 고개를 끄덕이고 자리를 피해 주었다.

"하세요."

릴리가 허락하자 더글러스는 조심스럽게 말을 골랐다.

"혹시 마음에 둔 사람이 있습니까?"

"없어요."

"그럼 저라서 거절하신 겁니까?"

"그건……."

맞다. 하지만 아니기도 했다. 릴리는 입을 다물고 더글러스를 쳐다봤다. 문득 그녀는 그가 자신에게 청혼을 했다는 게 놀랍다고 생각했다.

릴리는 예쁘지 않다. 그렇다고 지참금을 어마어마하게 가져갈 수 있을 만큼 부유한 것도 아니다. 모든 사람이 입에 침이 마르도록 칭찬할 정도로 선량한 것도 아니다.

객관적으로 봤을 때 그녀는 더글러스가 자신에게 아깝다는 것을 인정했다. 그는 외모도 집안도 능력도 어느 하나 빠지는 곳이 없다.

"경은 제게 왜 구혼하셨는데요?"

더글러스는 뭐라고 말해야 할지 몰라 멍하니 릴리를 쳐다봤다. 그러게. 왜 구혼했지? 그는 릴리의 초록색 눈동자를 멍하니 쳐다보다가 그녀의 눈동자가 익숙하다는 것을 깨달았다.

늘 보고 기억에 떠올리던 릴리의 눈동자가 아니라 누군가의, 어렴풋한 기억 속의 눈동자가 떠올랐다.

"좋으니까요."

"뭐가요?"

모르겠다. 더글러스는 입을 다물었다. 그도 왜 릴리에게 반했는지 알 수가 없었다. 그는 잠시 릴리의 얼굴을 물끄러미 쳐다봤다.

하얀 얼굴에 초록색 눈동자가 떠올라 있는 게 마치 보석처럼 보였다.

어쩌면 이렇게 예쁠까. 그는 멍하니 릴리를 쳐다보다가 아이리스의 조언을 떠올렸다.

— 릴리는 그렇게 빙 둘러 말하는 거 싫어해요.

"다요. 다 좋아요. 말하는 거, 행동하는 거, 얼굴. 다 좋습니다."

놀랍게도 릴리의 얼굴이 확 하고 달아올랐다. 그녀는 더글러스가 이렇게 직접적으로 말할 줄은 몰랐다.

깜짝 놀라서 자기 뺨을 감싼 릴리는 억지로 아무렇지 않은 표정을 지었다.

제일 먼저 생각난 건 그가 거짓말을 한다는 거였다. 하지만 더글러스의 표정은 한없이 진지했고 그의 시선은 진실해 보였다.

"경이라서 거절한 거 아니에요."

릴리는 한숨을 내쉬며 말했다. 더글러스가 그녀에게 거짓말해서 얻을 게 뭐가 있을까. 누군가 그녀를 좋아해 준다는 게 익숙하지 않았다. 하지만 동시에 기쁘기도 했다.

"물론 당신과 결혼하고 싶을 정도로 좋아하는 게 아니라는 이유도 있지만요."

릴리는 재빨리 그렇게 덧붙이고 입을 다물었다. 잠깐 밝아졌던 더글러스의 얼굴이 다시 어두워졌다. 그것을 본 그녀는 머뭇거리며 다시 입을 열었다.

"나는 결혼할 생각이 없어요."

"어째서요?"

"그림을 그리고 싶거든요."

"저와 결혼해서 그리면 됩니다."

"경, 나는 그냥 그림을 그리고 싶은 게 아니에요. 화가가 되고 싶은 거지."

릴리의 말에 더글러스의 움직임이 굳었다. 화가가 되고 싶다고? 귀족 영애가? 직업을 가지고 싶다고?

그는 이해할 수가 없어서 멍하니 릴리를 쳐다봤다. 귀족은 일을 하지 않는다. 돈을 받고 일을 하지 않는다.

"하지만, 하지만 반스가는 그 정도로 여유가 없지는 않을 텐데요?"

더글러스의 말에 릴리의 얼굴에 다시 경멸하는 표정이 떠올랐다. 그녀는 그를 비웃으며 말했다.

"오, 케이시 경. 경은 케이시가가 가난해서 전하의 스승으로 일하고 계신 거군요?"

"그게 아니라……."

더글러스는 릴리가 왜 화를 내는지 이해하지 못했다. 그는 대체 왜 그녀가 화가가 되고 싶은 건지 이해하지 못하고 있었다.

그림은 그냥 그리면 되지 않나? 굳이 그걸 팔아야 하나? 그냥 취미로 혼자 조용히 그리면 되잖아?

혼란스러워하는 그를 향해 릴리가 다시 말했다.

"경은 죽을 때까지 검을 들지 않을 수 있나요? 누군가와 결혼하려면 검을 포기해야 한다면, 그래도 할 건가요?"

더글러스는 아무 말도 하지 못했다. 그는 태어나면서 검과 함께했다. 더글러스가 태어나는 날 그의 아버지가 그의 침대 옆에 검을 놓았다고 들었다.

그에게 차기 케이시 후작이라는 직함은 주어진 것이고 어쩔 수 없는 의무였다면, 검에 재능이 있는 더글러스 케이시는 그의 인생이었다.

"그것 봐요."

릴리는 그렇게 말하며 삐뚤어지게 웃었다. 더글러스는 자신에게 검이 릴리에게는 그림이라는 의미를 깨달았다.

"아이리스, 아이리스."

릴리가 케이시 경과 이야기를 할 수 있도록 애슐리와 현관으로 나갔던 아이리스는 자신을 부르는 소리에 고개를 돌렸다가 리안을 발견했다.

그녀의 얼굴이 험악해졌다. 아이리스는 다시 모른 척 고개를 돌렸다. 나무 뒤에서 리안이 다시 애타게 아이리스를 부르기 시작했다.

"아이리스, 이야기 좀 해."

"내가 왜?"

애슐리는 리안이 나무 뒤에서 아이리스를 부르는 것을 발견하고 아이리스를 쳐다봤다. 그리고 갈등하기 시작했다. 자리를 비켜 줘야 하나? 그냥 있어야 하나?

"애슐리, 미안한데 자리 좀 비켜 줄래?"

결국 리안이 애슐리에게 부탁했다. 아이리스는 그런 그에게 발칵 화를 냈다.

"애슐리보고 대체 어디로 가 있으라고? 애슐리, 가지 마."

애슐리 혼자 어두운 곳에 서 있게 할 수는 없다. 아이리스의 지적에 리안은 민망한 표정을 지으며 그녀에게 다가갔다. 그리고 목소리를 낮춰서 말했다.

"왜 화가 난 거야?"

"내가 왜 화를 안 낼 거라고 생각해?"

모르겠다. 리안은 애슐리의 눈치를 살피는 것도 잊고 아이리스를 쳐다봤다. 구혼을 거절한 건 아이리스다. 왜 그녀가 화를 내는 거지?

그의 혼란스러운 표정에 아이리스는 이를 악물었다. 그리고 나직하게 윽박질렀다.

"날 속였잖아."

"내가? 언제?"

"네 이름이 리안 캠프라며."

그 순간 리안의 얼굴에 깜짝 놀란 표정이 떠올랐다. 그는 자신이 아이리스에게 구혼하던 순간을 떠올렸다.

"내가 말 안 했어?"

'내가 말 안 했어?'라고? 아이리스의 눈이 흉악해졌다. 그녀는 허리에 손을 얹고 고개를 기울였다. 리안은 바짝 긴장해서 자세를 바로 했다. 그리고 아이리스를 향해 고개를 숙이며 간청했다.

"미안해. 일부러 속인 건 아니었어. 월포드 남작이 성 밖을 돌아다닐 땐 내가 왕족이라는 말을 안 하는 게 좋다고 해서. 그래서 그런 것뿐이야."

"그럼 왜 청혼할 때도 말 안 했어?"

날 시험한 거 아냐? 아이리스는 그렇게 생각했지만 입 밖에 내지 않았다. 그가 왕자라는 것을 안 순간부터 머릿속에 빙글빙글 도는 그 생각 때문에 불쾌했다.

리안은 자신이 왕자라고 밝히지 않았다. 그는 구혼하는 순간까지 몰락 귀족인 리안 캠프로서 구혼했다.

그건 아이리스에게 그녀를 시험한 것처럼 느껴졌다. 왕자가 아니라 가난한 몰락 귀족과도 결혼해 줄 수 있냐는 시험.

아이리스는 리안이 가난한 건 상관없었다. 그녀가 그를 거절한 건 온전히 자신의 입장 때문이었다. 가난한 집안. 두 번이나 남편을 잃은 어머니. 그녀와 같이 결혼 적령기인 두 동생들.

이 모든 것을 리안에게 같이 감당하자고 할 수가 없었다.

"그날 너한테 말하려고 했어."

"그런데?"

"이, 잊어버렸어."

너 지금 장난하니? 아이리스의 눈초리는 날카로워졌고 애슐리는 어이가 없어서 입을 딱 벌렸다. 리안은 식은땀을 뻘뻘 흘리기 시작했다.

"진짜로. 너한테 말하려고 했는데 네가 그, 이상한 남자랑 결혼한다고 해서……."

"홧김에 청혼했지."

리안의 표정이 굳었다. 그는 아이리스의 팔을 잡으며 나직하게 말했다.

"홧김이었지만 진심이었어."

아이리스의 시선이 리안이 잡은 자신의 팔을 향했다. 그 시선을 따라 시선을 떨어트린 리안은 재빨리 그녀의 팔을 놓으며 물러났다.

"미안."

알면 됐다. 아이리스는 리안이 잡았던 팔을 문질렀다. 천 너머로 리안의 뜨거운 체온이 남아 있는 것처럼 느껴졌다.

"그럼 내가 누군지 알았으면 승낙했을 거였어?"

리안은 팔을 문지르는 아이리스의 눈치를 살피며 조심스럽게 물었다. 그는 아직도 아이리스가 왜 거절했는지 모르고 있었다.

아이리스는 리안의 질문에 한숨을 내쉬었다. 아마 그랬을 것이다. 그녀의 문제가 가난한 리안에게는 큰 부담이지만 부유한 왕자인 리안에게는 아니었을 테니까.

"모르겠어."

진짜로 모르겠다. 어쩌면 그때는 승낙했을 것이다. 그리고 돌아와서 고민했겠지. 왕비 자리라는 건 사랑만으로 앉을 수 있는 게 아니다.

이 나라의 왕족은 요정의 축복을 받았다. 그리고 운명적인 사랑을 믿는 왕대비 전하 덕분에 아이리스가 리안과 결혼해서 왕비가 될 수도 있을 것이다.

하지만 아이리스는 그녀가 왕비가 된 다음의 일을 생각하지 않을 수가 없었다.

혼기가 찬 두 명의 동생. 여유롭지 못한 친정.

그녀는 오로지 리안과의 사랑만으로 그 자리에서 버텨내야 한다. 그럴 수 있을까.

"아이리스."

아이리스의 표정이 복잡해지자 리안은 재빨리 그녀의 팔을 다시 잡았다. 그리고 아이리스의 눈을 들여다보며 물었다.

"내가 누군지 알았다면, 그럼 승낙했을 거야?"

아이리스의 표정이 일그러졌다. 그녀는 마치 토해내듯 말했다.

"어쩌면."

일단은 승낙했을 것이다. 그리고 고민했겠지.

아이리스의 대답에 리안은 입을 벌렸다가 다물었다. 그리고 어두운 표정으로 다시 물었다.

"리안 캠프는 왜 거절했는데?"

"말했잖아. 내겐 릴리와 애슐리가 있어. 난 동생들을 책임져야 해."

아이리스의 뒤에 서 있던 애슐리의 표정이 확 굳었다. 아이리스가 그녀 때문에 리안의 구혼을 거절한 줄은 몰랐다.

나 때문에. 어쩐지 그게 애슐리에게 죄책감인 한편 아주 약간은 기쁘게 다가왔다. 아이리스가 그녀 때문에 좋아하는 리안과 헤어진 건 분명 죄책감이 되었다.

하지만 혈연관계가 아닌 그녀를 책임져야 한다고 생각해 준다는 게, 진짜 동생처럼 여겨주는 것 같아서 아주 조금은 기뻤다.

"내가 너와 동생들을 책임지지 못할 거라 생각했어?"

"할 수 있어? 리안 캠프는 사람 네 명을 책임질 수 있어?"

아이리스의 질문에 리안의 표정이 굳었다. 모르겠다. 그는 리안 캠프에 대해 깊이 생각해 본 적이 없었다. 그건 그냥 성 밖을 자유롭게 돌아다니기 위한 가명이었으니까.

"하지만 아니었잖아."

리안의 말에 아이리스는 씁쓸하게 웃었다. 그래. 아니었다. 그는 그녀가 아는 리안 캠프가 아니었다.

지금 아는 것을 그때 알았다면 달라졌을까.

"그럼, 그러면 말이야……."

다시 구혼하면 받아 줄래? 리안이 그렇게 물어보려 했을 때였다. 릴리와 밀드레드가 복도를 통해 현관으로 나왔다. 두 사람의 발걸음 소리에 아이리스는 재빨리 리안에게서 물러났다.

"아이리스, 어디 안 좋니?"

밀드레드는 집에 가고 싶다는 아이리스의 태도에 걱정스럽게 물었다. 로완 후작 저택에 온 지 이제 한 시간이 좀 넘었을 뿐이다.

누군가의 파티에서 이렇게 빨리 간 건 반스가의 사람들 중 한 명이 몸이 안 좋았을 때뿐이었다.

"기분이 안 좋아요."

아이리스는 더 이상 리안을 쳐다보지 않고 말했다. 밀드레드의 시선이 리안을 향했지만 그녀도 그에게 말을 걸지는 않았다.

리안과 아이리스의 일이다. 밀드레드가 끼어들 수는 없다.

"그럼 가자."

밀드레드가 나오면서 하인에게 마차를 불러 달라 부탁한 덕에 반스가의 사람들이 타고 온 마차는 금세 도착했다.

아이리스가 마차에 타는 동안 리안은 그녀를 계속해서 쳐다봤다. 하지만 아이리스는 그를 돌아보지 않았다. 마차가 떠날 때까지.

*　　*　　*

이튿날, 저녁. 왕자의 교육을 위해 입궁한 다니엘은 리안이 또 침실에 틀어박혀 있다는 말을 들었다. 이번엔 또 뭔데? 그는 아이리스에게 구혼을 거절당한 이후 리안이 지금처럼 틀어박혀 있던 것을 떠올리며 리안의 침실에 들어갔다.

"뭡니까?"

침실에 들이닥친 다니엘은 인사도 없이 물었다. 리안은 옷도 갈아입지 않고 침대 위에 늘어져 있었다. 그는 다니엘의 등장에 놀라 고개를 들었다가 다시 고개를 떨어트렸다.

"어젯밤에 로완 저택에 갔다 온다고 하셨잖습니까."

다니엘은 그렇게 말하며 리안의 침대로 다가갔다. 무슨 일이 있다면 거기서 있었을 것이다. 하지만 다니엘의 짐작과 달리 리안은 로완이라는 이름에 반응하지 않았다.

그렇다면. 다니엘은 마지막으로 한 번 더 말했다.

"반스 영애라도 만났습니까?"

드디어 리안의 몸이 움찔했다. 다니엘은 한숨을 내쉬며 침대 옆 의자에 앉았다. 그사이 리안이 상체를 일으켜 세워 다니엘을 쳐다보고 있었다.

"또 뭡니까? 청혼을 한 번 더 하기라도 한 겁니까?"

비슷하다. 리안의 얼굴이 달아올랐다. 다니엘은 어이가 없어서 혀를 찼다. 그가 왕자의 교육 담당직을 받아들였을 때 생각한 건 간단한 상점 사용법 같은 거였다.

하지만 이제는 프러포즈 방법도 알려 주게 생겼다.

"홧김에 청혼하는 건 그리 훌륭한 방법이 아니라고 말씀드렸을 텐데요."

다니엘의 지적에 리안의 울컥해서 말했다.

"그것 때문이 아니에요."

"그럼 뭡니까?"

"아이리스가……."

아이리스가? 다니엘은 말하다 말고 멈칫하는 리안의 태도에 고개를 기울였다. 그의 인내심이 점점 바닥을 드러내고 있었다. 다니엘은 징징거리는 애를 다독일 수 있을 만큼 친절한 성격이 아니었다.

"뭡니까?"

결국 다니엘의 독촉을 받고 나서야 리안은 우물우물 입을 열었다.

"제 청혼을 거절한 이유가 제가 가난해서라더군요."

"가난해서라고요?"

다니엘의 눈이 가늘어졌다. 리안은 한숨을 내쉬며 말했다.

"제가, 그러니까…… 제 정체를 밝히지 않고 구혼을 했던 모양입니다."

뭐라고? 다니엘은 어이가 없어서 한쪽 눈썹을 들어 올렸다. 그러니까 리안은 지금 리안 캠프라는 몰락 귀족으로 아이리스에게 청혼했다는 말이다.

그는 턱을 쓰다듬으며 말했다.

"아이리스가 거절한 게 당연하군요."

"당연한 겁니까?"

리안은 믿을 수 없다는 듯 물었다. 아이리스가 가난한 남자의 구혼을 거절할 정도로 속물적인 여자였어?

하지만 다니엘은 당연하다고 생각했다. 그는 뻐딱하게 다리를 꼰 뒤 의자 등받이에 몸을 기댔다. 그리고 가슴 앞으로 팔짱을 끼며 말했다.

"아이리스는 혼기가 찬 동생이 둘이나 있는 장녀입니다. 당연한 거죠."

"하지만, 하지만 가난하기 때문에 구혼을 거절한다고요?"

뭐지, 이 바보는? 다니엘은 명백한 경멸의 표정을 감출 노력도 하지 않고 리안을 쳐다봤다. 그는 그동안 리안의 현실감 없는 부분을 없애기 위해 교육을 해 왔다.

일부러 가난한 동네를 끌고 돌아다니기도 했고 고급 식당부터 이동 점포까지 데리고 다니며 음식을 사서 먹도록 했었다.

그런데 아직도 이런 허무맹랑한 소리를 하고 있다고? 그것도 차기 왕위 계승자가?

"아이리스가 현명한 겁니다. 리안 캠프는 그녀와 그녀의 가족들을 건사할 능력이 없으니까요."

"하지만 결혼하면 또 모르는 거잖습니까?"

"멍청한 소리 마시죠, 전하. 리안 캠프 혼자서 부인과 처가 식구들에 자식까지 어떻게 먹여 살릴 수 있습니까."

"하지만 살다 보면……."

도저히 못 들어 주겠다. 다니엘은 자리에서 벌떡 일어났다. 그는 이런 멍청한 소리를 들어줄 시간도, 귀도 없다.

"그럼 어디 한번 직접 경험해 봐야죠."

다니엘은 그렇게 말하며 리안의 침실을 나갔다. 리안에게는 한 단계 더 높은 교육이 필요했다. 그리고 그런 교육을 하기 위해서라면 국왕 부부의 허가가 필요하다.

27

프레드 반스

"새 하인이라고요?"

나는 뜬금없이 다니엘이 데려온 청년을 쳐다보며 물었다.

비쩍 말라서 그런지 청년은 꼬챙이처럼 보였다. 다니엘은 청년을 힐끔 쳐다보더니 다시 나를 향해 입을 열었다.

"아는 사람의 아는 사람의 친척입니다. 일자리를 구하고 있다고 해서 제가 데리고 있으면서 일을 좀 알려 줄까 해서요."

"제가 원한 건 하인이 아니라 하녀였는데요."

다니엘에게 지난번에 새 하녀를 구해야겠다고 말한 적이 있다. 그때 그가 알아보겠다고 했고.

수입이 안정적으로 들어오자 제일 먼저 필요해진 건 아이들의 수발을 들어 줄 하녀였다. 고기도 먹어 본 사람이 먹는다고, 하녀도 부려 본 애들이 부릴 수 있다.

"물론 하녀도 구하고 있습니다. 이 녀석은 그러니까……."

다니엘은 그렇게 말하고 비쩍 마른 청년을 돌아보았다. 아는 사람의 아는 사람의 친척이라고? 그럼 그냥 남이잖아?

나는 팔짱을 낀 채 청년을 쳐다봤다.

지푸라기처럼 뻣뻣한 머리카락이 덥수룩해서 그의 눈이 제대로 보이지 않았다. 게다가 삐쩍 마른 게 어디서 굶다 오기라도 한 모양이다.

"또 어느 나라 왕자를 속여서 데려온 건 아니겠죠?"

내 빈정거림에 청년이 움찔 놀라는 게 보였다.

놀랍니? 나도 놀랍다, 얘야. 네 친척의 아는 사람의 아는 사람인 다니엘은 왕자를 몰락 귀족이라고 속여서 우리에게 데려왔거든.

하지만 처음 보는 녀석에게 이런 말을 할 수는 없는 법이다. 다니엘을 향해 고개를 돌리자 그는 곤란한 표정을 짓고 있었다.

"사실은 다른 집으로 데려가려고 생각도 했습니다."

그런데? 나는 계속 이야기하라고 눈짓했다. 다니엘은 어쩐지 죄책감 어린 표정을 하고 있었다. 그 표정을 보자 마음이 좀 누그러졌다. 고작 하인 하나 데려오는 걸로 이렇게 미안해할 필요는 없는데.

물론 그 하인이 대체 어디서 뭘 하다 왔는지 모르는 녀석이라는 게 문제지만.

"하지만 제 시야에 둬야 해서 부득이하게 이곳으로 데려왔습니다."

왜 시야에 둬야 하는 건데? 나는 못마땅한 표정으로 청년을 쳐다봤다. 저 나이쯤 되면 다들 직업을 찾기 마련이다.

나는 한숨을 내쉬며 말했다.

"경, 우리 집엔 십 대 후반의 여자아이가 셋이나 있어요. 이 시점에 모르는 남자를 또 집에 들이는 건 그리 현명하지 않은 것 같은데요."

다니엘을 믿지 않는 건 아니지만 나는 그가 데려온 하인들을 눈에 불을 켜고 지켜보고 있었다.

"길어도 한 달입니다. 여기서 일하는 것만 가르쳐서 내보내겠습니다."

일하는 걸 가르친다니 그럼 저 청년은 하인 일을 모른다는 말이다.

어디나 경력자를 우대하긴 하지. 마음이 안 좋아졌다. 모든 사람이 경력자를 우대하면 신입은 어디서 경력을 쌓겠냐고.

하지만 더 이상 내가 필요하지 않은 하인이 들어와서는 안 된다. 나는 그 사실을 확실히 하기 위해 단호하게 말했다.

"이 사람까지만이에요. 추가로 들어올 사용인은 반드시 내가 원한 하녀여야 해요. 알겠어요?"

내 말에 다니엘이 열정적으로 고개를 끄덕였다.

어휴. 나는 한숨을 내쉬며 내 이마를 감쌌다.

내 집에 내 사람이 아닌 사람들이 늘어나는 건 별로 좋지 않다.

게다가 슬슬 다니엘도 이 집에서 나가야 하지 않을까?

애초에 그가 우리 집에 들어온 건 이 집에서 카일라의 그림이 발견됐기 때문이다. 그 그림을 노리는 사람들로부터 날 지켜 주고 싶다는 게 그이유였었지.

그것 자체는 괜찮았다. 물론 이 집을 침입하려는 시도가 한 번도 없었다는 걸 제외한다면.

"그리고 경의 집수리도 끝나지 않았던가요?"

이제 슬슬 너희 집으로 돌아가면 어떨까? 완곡한 표현에 놀랍게도 다니엘이 눈동자를 굴렸다. 어허. 내가 눈을 가늘게 뜨자 다니엘은 자세를 바로 하며 말했다.

"아직 다 끝난 건 아닙니다. 망가진 가구를 보충하느라 시간이 좀 걸리고 있거든요."

무슨 가구를 보충하길래 시간이 걸리는 건지 무척 궁금하다. 나는 다시 청년에게로 고개를 돌리며 다니엘에게 물었다.

"이름은요?"

"윌리엄 스미스입니다."

"한 달이라고요?"

"길어야 한 달입니다."

"내가 말한 하녀는요?"

"말해 놨으니 곧 연락이 올 겁니다."

흠. 나는 그때까지도 윌리엄을 빤히 쳐다보고 있었다. 그는 죄를 지은 사람처럼 나를 힐끔거리다가 바닥을 쳐다보기를 반복하고 있었다.

"몇 살이니?"

이번에는 윌리엄에게 직접 물어본 건데 그는 아무 말도 하지 않았다. 대신 다니엘이 재빨리 대답했다.

"스무 살입니다."

뭐야? 나는 다니엘에게 고개를 돌렸다. 그리고 조심스럽게 물었다.

"말을 못 하나요?"

"네. 하지만 듣는 건 무리가 없으니 걱정 마세요."

"저런."

갑자기 윌리엄이 안됐다는 생각이 들었다. 그러니 취직이 잘 안 됐던 거군. 다니엘이 굳이 데려와서 취직시켜 주겠다고 하는 이유를 알겠다.

이 집에서 기본적인 걸 먼저 가르치려는 모양이다. 나는 한숨을 내쉬고 말했다.

"그렇군요. 저도 최대한 협조할게요. 그 전에 우선 그 머리부터 어떻게 해야겠다."

마지막 말은 윌리엄을 향한 말이었다. 그는 덥수룩한 머리카락을 만지더니 고개를 끄덕였다.

"루인이 이발을 할 줄 알 겁니다."

다니엘이 그렇게 말하고 자리에서 일어났다. 잠깐. 나는 윌리엄을 쳐다보며 말했다.

"먼저 나가 있을래? 경, 나랑 이야기 좀 해요."

다니엘의 얼굴에 어리둥절한 표정이 떠올랐다. 나는 그가 자리에 앉자마자 재빨리 말했다.

"저 애의 상황이 안된 건 알겠어요. 하지만 저 애가 우리 애들에게 해를 끼치지 못하게 하세요."

"그건 걱정 마세요."

나도 그러길 빈다. 사람을 고용할 때는 반드시 추천을 받아야 한다. 전 사장이나 주인이 그가 도둑질 같은 범죄를 저지른 적 없고 일을 잘 해낸다고 보증을 해 주는 거다.

하지만 윌리엄은 추천서가 없고 믿을 수 있는 건 다니엘뿐이다. 지금도 다니엘이 아니었다면 절대 받아 주지 않았을 것이다.

"그리고 당신 집 말인데요."

나는 소파 등받이에 몸을 기대며 입을 열었다. 다니엘이 모르겠다는 표정을 짓는 게 보였다. 귀여운 짓을 하네.

다니엘은 잘생겼고 귀엽지만 그렇다고 나랑 이 집에서 계속 살 수는 없다. 적어도 내가 프레드의 장례식을 치르기 전까지는 나가야 한다.

"가구를 보충하는 데 얼마나 걸리는데요?"

잠시 생각을 하는 것처럼 다니엘의 고개가 살짝 올라갔다. 그는 입술을 양옆으로 늘리더니 곧바로 나를 쳐다보며 말했다.

"한 달 정도요."

"어머, 나무를 기르나 봐요?"

내 빈정거림에 다니엘이 재미있다는 듯 웃었다. 그는 두 손을 펼쳐 보이며 말했다.

"그 정도는 아닙니다. 다만 국외에서 수입해 와야 해서요."

"한 달이면 되는 거예요, 정말?"

"네. 한 달이면 됩니다."

그렇다면 좋다. 나는 한숨을 내쉬었다. 갑자기 내가 무척 야박한 사람처럼 느껴졌다.

돈이 들어서 이러는 게 아니다. 그와 그의 식솔들이 먹어치우는 식량이 우리의 두 배쯤 되긴 하지만 그 비용은 다니엘이 다 내고 있으니까.

오히려 다니엘의 하인들이 우리 집에 온 덕에 보수가 필요했던 곳들을 보수할 수 있었다.

나는 미안한 마음에 웃으며 말했다.

"다니엘, 당신은 언제든지 환영이에요. 하지만 당신이 너무 오래 이 집에 있는 건 별로 안 좋은 일인 것 같거든요."

"무엇을 걱정하시는지 압니다."

"이해해 줘서 고마워요. 작업실은 비워 둘 테니 언제든지 와서 사용해도 돼요."

내 말에 다니엘의 얼굴에 미소가 떠올랐다. 그는 자리에서 일어나며 말했다.

"침실은 안 비우시고요?"

하하하. 나는 일어나서 두 손으로 다니엘의 뺨을 잡았다. 그리고 쪽 소리가 나도록 그의 입술에 입을 맞춘 뒤 속삭였다.

"내 침실을 쓰면 되죠."

다니엘의 표정이 심각해졌다. 그는 고개를 기울이더니 내 허리를 끌어안으며 물었다.

"초대하시는 겁니까?"

"아침엔 나간다고 약속하면요."

다니엘의 눈이 가늘어졌다. 그는 뭐라고 투덜거리더니 나를 끌어안았다. 생각해 보니 이 녀석, 키스는 허락받고 한다더니 포옹은 허락받는다는 말을 안 했네.

나는 다니엘의 등을 한 번 끌어안은 뒤 손바닥으로 천천히 쓸었다. 탄탄한 등과 그 사이 오목한 부분이 꽤 마음에 든다.

"결혼하면 안 나가도 됩니까?"

다니엘의 물음에 나는 하마터면 웃음을 터트릴 뻔했다. 왜 너만 안 나가고 싶어 한다고 생각해? 나는 그의 팔뚝을 잡고 몸을 떨어트리며 말했다.

"내가 안 내보내려 할 수도 있죠."

다니엘의 눈이 좁아졌다. 그는 뚫어져라 날 쳐다보더니 곧 한숨을 내쉬며 말했다.

"빨리 프레드 반스의 시신을 찾아야겠군요."

내가 바라는 것도 그거다. 나는 한 번 더 다니엘의 뺨에 키스를 하고 몸을 떨어트렸다. 내 허리를 끌어안았던 그의 팔은 쉽게 나를 놓아주었다.

그때 누군가 서재 문을 두드렸다.

"마님, 잠깐 나와 보셔야겠습니다."

짐이다. 나와 다니엘의 눈이 마주쳤다. 우리는 잠시 짐이 왜 저렇게 말하는지 시선을 교환했다. 짐은 어지간하면 이유를 명확하게 밝힌다. 손님이 왔다거나, 주방에 문제가 생겼다거나.

지금 저건 명확하지 않은 문제거나 말하기 어려운 일이라는 뜻이다.

"무슨 일인데요?"

문 옆에는 짐과 윌리엄이 서 있었다. 나는 다니엘이 윌리엄을 보고 따라오라는 고갯짓을 하는 것을 보고 짐에게 물었다.

"직접 보시는 게 가장 좋을 것 같습니다."

"직접 보라고요? 뭘요?"

"손님이, 그러니까……."

짐은 어쩔 줄 모르겠다는 표정을 짓더니 다니엘을 쳐다봤다. 대체 뭐야? 윌리엄을 데리고 가려던 다니엘도 짐의 표정을 보더니 우뚝 멈춰 섰다.

"뭔데요?"

나는 허리에 손을 얹으며 물었다. 어지간히 안 좋은 일인가 본데 직접 보기 전에 무슨 일인지 듣는 게 좋지 않을까. 마음의 준비도 좀 하고.

"그, 그게……."

여전히 짐은 다니엘의 눈치를 살피고 있었다. 다니엘이 듣기에는 좀 곤란한 이야기인가 보다. 나는 그를 한 번 쳐다보고 다시 짐에게 말했다.

"괜찮아요. 윌포드 경은 들어도 돼요."

내 생각이 맞았는지 짐은 약간 안심한 표정을 지었다. 그리고 낮은 목소리로 말했다.

"마님의 남편분이라는 자가 찾아왔습니다."

"뭐라고?"

이건 내가 말한 게 아니다. 다니엘이 말한 거다. 나는 짐의 멱살을 잡을 것처럼 그에게 몸을 기울인 다니엘을 보고 손을 내밀었다.

그리고 깜짝 놀란 표정의 윌리엄을 보고 짐에게 말했다.

"어디 있어요?"

"바깥쪽 응접실입니다."

"잘했어요. 이 애 좀 데려가서 먹이고 씻기고 봐줄 만하게 만들어 줘요."

"밀드레드."

다니엘이 내게 다가오며 애원하듯 불렀다. 그가 무슨 말을 하려는지 안다. 사기꾼이라는 거겠지. 나도 그렇게 생각한다.

"알아요. 그러니 경은 나와 함께 가요."

다니엘의 얼굴이 밝아졌다. 그리고 놀랍게도 짐의 얼굴도.

나는 짐이 윌리엄을 데리고 안쪽으로 들어가는 것을 보고 다니엘과 함께 바깥쪽 응접실로 향했다.

바깥 응접실에 초대했다는 것만으로 이미 짐이 찾아온 남자를 이상하게 생각한다는 뜻이다. 거기로 안내된 손님은 올해 들어 딱 둘밖에 없거든.

첫 번째는 웹스터 경이었고.

나는 긴장한 게 역력한 다니엘을 쳐다봤다. 그는 나와 보폭을 맞추는 게 힘든 모양이었다. 정 그러면 먼저 가도 괜찮은데 굳이 나와 함께 걷는 게 귀여웠다.

"다니엘."

내 부름에 다니엘이 걸음을 멈췄다. 그리고 긴장한 표정으로 나를 쳐다봤다. 내 남편인데 왜 네가 긴장하니.

아니지. 생각해 보니 다니엘이 긴장하는 게 당연하구나. 나는 손을 뻗어 그의 뺨을 가볍게 쓸었다. 그리고 웃으며 말했다.

"할 말이 많긴 한데 일단 어떻게 된 건지 확인해 보고 이야기해요."

내 말에 다니엘이 한숨을 내쉬었다. 그는 자기 뺨에 닿은 내 손을 감싸더니 눈을 감았다. 그리고 내 손바닥에 입을 맞추고 말했다.

"그가 진짜 프레드 반스가 아니길 바라고 있습니다."

나는 나도 그렇다고 말하려다 멈췄다. 나만 생각하면 나도 저 응접실에 있는 남자가 프레드 반스가 아니길 바란다. 하지만 애슐리를 생각하면 프레드 반스인 게 낫지 않을까.

뭐라고 말하기도 어려워서 나는 다니엘을 향해 쓰게 웃어 보이고 몸을 돌렸다. 그리고 응접실의 문을 가볍게 두드렸다.

"들어갈게요."

내가 그렇게 말하자마자 다니엘이 문손잡이를 잡아당겼다. 열린 문 사이로 낡은 옷을 입은 남자가 서 있는 게 보였다.

남자는 아무 말도 하지 않았다. 그는 우리를 등지고 서 있다가 천천히 몸을 돌렸다. 기억 속의 프레드가 워낙 오래전이라 그런지 눈앞의 남자와 잘 매치가 되지 않았다.

"반, 밀드레드."

프레드는 내 쪽으로 완전히 몸을 돌리고 나를 불렀다. 그리고 다니엘을 쳐다봤다.

나는 아무 말도 하지 못하고 굳은 채 프레드를 쳐다봤다. 그건 다니엘도 마찬가지인 모양이었다. 그의 숨소리가 들리지 않았으니까.

"프레드?"

간신히 입을 떼서 불러 보자 남자가 나를 향해 고개를 돌렸다. 그리고 다니엘을 가리키며 말했다.

"이 남자는 누구?"

남자는, 아니, 프레드는 온몸에 붕대를 칭칭 감고 있었다. 진짜 말 그대로. 얼굴은 눈과 코, 입을 빼고 전부 붕대를 감고 있어서 마치 미라를 연상케 했다.

이래서야 이 남자가 진짜 프레드인지 아닌지도 확인할 수가 없게 됐다. 나는 멍하니 남자를 쳐다보다가 물었다.

"프레드? 진짜 프레드가 맞아요?"

내 질문에 프레드는 당황한 듯 움찔했다. 표정은 모르겠다. 얼굴을 붕대로 칭칭 감아놔서.

하지만 그는 곧 내게 두 팔을 벌리며 말했다.

"나야, 프레드 반스. 당신 남편."

나는 아무 말도 하지 않았다. 내 반응에 프레드가 다시 입을 열었다.

"우리가 처음 만난 날 기억나? 그때 당신은 당신 눈과 똑같은 에메랄드 반지를 끼고 있었지. 그게 어머니께 선물 받은 거라고 말했어."

사실이다. 그리고 그걸 프레드가 사업한다며 받아갔지.

나는 힐끔 다니엘을 올려다봤다. 그는 굳은 표정으로 나를 쳐다보고 있었다. 내 반응이 어떤지 확인하는 모양새라 나는 그를 향해 피식 웃어 보였다.

그리고 프레드를 향해 걱정스러운 표정으로 물었다.

"프레드, 당신이 돌아와서 기뻐요. 하지만 당신 얼굴은 어떻게 된 거예요?"

"아, 이건……."

프레드는 마치 자신이 붕대를 감고 있는 것을 잊고 있었다는 듯이 손을 들어 자신의 얼굴을 만졌다. 그게 너무 어설픈 연기라 티가 났다.

다니엘을 쳐다보자 그도 나와 비슷한 생각을 했는지 눈을 가늘게 뜨고 프레드를 쳐다보고 있었다.

"사고를 당했어."

"어머."

나는 과장스럽게 놀란 표정을 지으며 두 손을 들어 입에 댔다. 누군지 몰라도 프레드가 아닌 게 확실한 프레드는 내가 속았다고 생각했는지 연기를 계속 이어갔다.

"배에서 떨어졌지. 하필 바위가 많은 지역이라…… 얼굴이 망가져서 붕대를 감을 수밖에 없었어."

"저런."

나는 프레드를 향해 다가가며 안타깝다는 듯 말했다.

"지금은 괜찮아요? 보여 줘요."

"아니, 안 돼."

프레드는 과장스럽게 몸을 돌리며 말했다. 가지가지 한다. 나는 속으로 헛웃음을 지으며 다니엘을 돌아봤다.

다니엘 역시 프레드의 연기를 알아차렸는지 가슴 앞으로 팔짱을 낀채 무표정하게 우리를 쳐다보고 있었다. 그러다가 나와 눈이 마주치자 눈만으로 사르르 웃었다.

"보면, 당신은 분명 기절할 거야. 너무 끔찍해져서 도저히 보여 줄 수가 없어."

아, 그래? 괜찮은 핑계네. 내게 얼굴을 보여 주지 않기 위한. 나는 너무 쌀쌀맞지 않게 노력하며 말했다.

"난 괜찮아요. 그러니 보여 줘요."

이 남자가 진짜 프레드일 리가 없다. 그리고 왜 프레드인 척하는지 모르겠지만, 프레드인 척하기 위해 자기 얼굴을 망가트렸을 리도 없다.

나는 프레드에게 얼굴을 보여 달라고 우겼다. 붕대 안이 대체 어떤 얼굴인지, 그게 내가 아는 얼굴일지 궁금했다.

"안 돼, 당신은 충격받을 거야. 세상 사람 모두에게 보여 줘도 당신에게만은 보여 주고 싶지 않아."

프레드는 절대로 보여 줄 수 없다고 우겼다. 거봐. 역시 붕대 안의 얼굴은 멀쩡한 얼굴일 게 분명하다. 내가 그렇게 생각했을 때였다.

다니엘이 내 앞으로 나서며 말했다.

"그럼 제가 보죠."

절대 보여 줄 수 없다고 우기던 프레드의 움직임이 멈췄다. 그는 다니엘을 향해 고개를 돌리더니 곧이어 다시 나를 쳐다보며 물었다.

"이자는 누구지?"

"아, 이분은 다니엘 윌포드 남작님이에요. 그동안 저희 집을 많이 도와주셨답니다."

"그래?"

프레드의 눈이 가늘어졌다. 나는 남자의 눈동자 색이 기억 속의 프레드의 눈 색과 비슷하다는 것을 확인했다.

흠. 키는 어떻지? 잘 모르겠다. 프레드보다 약간 작은 것 같기도 하고. 체구는 프레드보다 훨씬 말랐다. 하지만 그건 그동안 고생해서라고 하면 할 말이 없다.

목소리는……. 프레드의 목소리가 이랬던가? 붕대 때문에 우물거리는 것처럼 들려서 잘 구분이 가지 않았다.

"그동안 내 부인과 딸을 돌봐줬다니 고맙군."

프레드는 그렇게 말하며 다니엘에게 손을 내밀었다. 오른손잡이군. 이것도 프레드와 같다. 얼굴을 보는 게 가장 확실할 텐데 얼굴을 볼 수 있는 방법이 없을까.

"아닙니다. 신사로서 당연한 도리죠."

다니엘은 그렇게 말하며 프레드의 손을 잡았다. 그 순간 프레드가 움찔하는 게 보였다. 뭐지? 다니엘을 쳐다봤지만 그는 아무렇지도 않은 표정이었다.

곧이어 두 사람의 손이 떨어졌다. 다니엘은 씩 웃으며 한 걸음 뒤로 물러났고 프레드는 굳은 표정으로 그대로 서 있었다.

방금 무슨 일이 일어났는데 그게 무슨 일인지 나만 모르는 모양이었다. 나는 못마땅한 표정으로 다니엘을 쳐다봤다. 하지만 그는 나를 보고 그저 씩 웃을 뿐이었다.

나는 들뜬 게 티 나지 않도록 노력하며 입을 열었다.

"그래요. 그럼 윌포드 남작님께서 나 대신 확인해 주면 되겠네요."

"밀드레드, 그렇게 나를 못 믿겠어?"

프레드가 오른손을 자기 바지에 문지르며 물었다. 그러고 보니 그의 손이 새빨갛게 변해 있었다.

못 믿겠냐고? 당연하다. 마음 같아서는 '당연하지, 이 샤발아!'라고 소리치고 싶은 심정이다.

하지만 나는 최대한 죄책감을 담은 표정을 만들어 냈다. 그리고 프레드를 향해 말했다.

"미안하지만 프레드. 우리는 당신이 죽은 줄 알았어요. 당신은 얼굴도 보여 주지 않았고요. 내가 믿을 수 있도록 증거를 보여 줘야 하지 않겠어요?"

"그래. 당신 말이 맞아."

프레드는 그렇게 말하더니 잠시 입을 다물었다. 그리고 나를 향해 다시 말했다.

"우리가 결혼할 때 말이야. 당신에게 준 선물, 기억나?"

기억난다. 나는 고개를 끄덕였다. 두꺼운 팔찌였다. 그리고 그것 역시 프레드가 사업 비용으로 쓴다며 가져갔다.

"거기 안쪽에 사랑하는 밀에게, 라고 쓰여 있었지."

그랬다. 프레드가 나를 위해 세공을 부탁했다고 말했었지. 약간 감동했던 기억도 난다. 내가 고개를 끄덕이자 프레드가 이어서 말했다.

"내가 팔찌를 사서 세공을 부탁했다고 했는데 사실 거짓말이었어. 원래 세공돼 있던 걸 산 거야."

"허."

나는 어이가 없어서 콧방귀를 뀌었다가 방금 난 소리가 내가 낸 소리가 아니라는 것을 깨달았다. 프레드의 시선이 다니엘을 향하는 걸 보니 다니엘이 낸 소리인 모양이다.

다행이군. 나는 마음속의 콧방귀가 입 밖으로 나오지 않은 것을 다행으로 생각하며 다니엘을 쳐다봤다. 그는 오싹할 정도로 차가운 눈동자로 프레드를 쳐다보고 있었다.

"미안해."

프레드가 사과하는 것과 동시에 다니엘의 시선이 나를 향했다. 그리고 우리의 시선이 부딪치는 순간 다니엘의 차가운 표정이 마치 버튼을 누른 것처럼 부드럽게 변했다.

"팔찌의 진위 여부는 나중에 확인해 보겠습니다. 그 전에 붕대를 풀어주시죠."

뭐라고 말해야 할지 망설이는 나를 대신해서 다니엘이 말했다. 다행이다. 나는 한숨을 내쉬며 뒤로 물러났다.

설마 팔찌 이야기를 자신이 진짜 프레드라는 증거로 한 건가? 너무 어이없는 이야기라 뒤로 물러나면서 머릿속이 제대로 돌아가기 시작했다.

별 샤발 같은 소리를 다 듣네. 확실히 그런 이야기는 프레드 본인이 아니면 알기 어려운 이야기이기는 하다. 운 좋게 똑같은 이름이 새겨진 팔찌를 가지고 있어서 내 이름인 척 속였다니.

"당신이 날 정 못 믿겠다면 어쩔 수 없지."

프레드는 순교자 같은 목소리로 말했다. 그리고 다니엘과 함께 응접실 한쪽으로 걸어가더니 붕대를 풀기 시작했다.

"잠깐만요."

프레드가 붕대를 다 풀기도 전에 다니엘이 그의 행동을 멈췄다. 왜? 나와 프레드의 시선이 다니엘을 향했다. 그는 나를 돌아보더니 프레드에게 손가락질을 하며 말했다.

"돌아서시죠."

그렇군. 나는 다니엘이 왜 프레드의 행동을 멈췄는지 깨달았다. 내게 보여 줄 수 없다고 말한 주제에 프레드는 나를 정면으로 보고 서 있었다. 그가 뒤돌아서고 다니엘이 그의 맞은편으로 돌아가자 이번에는 내 눈에 프레드의 뒤통수와 다니엘의 얼굴이 들어왔다.

"놀라지 마시죠."

마지막 한 바퀴를 남기고 프레드가 말했다. 하지만 다니엘은 가슴 앞에 팔짱을 낀 채 아무 말도 하지 않았다. 그 행동에 더 이상 미룰 방법이 없다는 것을 깨달았는지 프레드가 붕대를 완전히 풀어 버렸다.

어떨까. 나는 궁금한 마음에 다니엘의 얼굴을 뚫어져라 쳐다봤다. 하지만 다니엘은 이번에도 표정 변화가 없었다. 그는 아까 전과 똑같은 표정으로 프레드의 얼굴을 쳐다보고 있을 뿐이었다.

"이제 됐습니까?"

붕대를 풀기 전보다는 좀 더 또렷한 발음으로 프레드가 말했다.

나는 이번에도 프레드의 목소리가 맞는지 귀를 기울였다. 기억 속의 프레드 목소리와 비슷했다. 약간 더 낮은 것 같기도 하고.

다니엘은 여전히 그를 물끄러미 쳐다보다가 물었다.

"의사에게는 가 봤습니까?"

"가 봤는데 너무 늦었다더군요."

"제가 실력이 출중한 의사를 하나 압니다만."

프레드는 다시 붕대를 감기 시작했다. 그는 자기 얼굴을 붕대로 둘둘 감으며 말했다.

"말씀은 감사하지만 친구가 괜찮은 의사를 소개해 주기로 했습니다."

얼굴을 진짜로 다친 모양이다. 나는 나를 쳐다보는 다니엘의 눈빛을 보고 입술을 깨물었다. 진짜 프레드일 리가 없다. 없나?

진짜 프레드가 아니라면 자기 얼굴을 일부러 망가트리면서까지 프레드인 척할 이유가 뭐가 있을까.

가장 먼저 떠오른 건 돈이었다. 하지만 우리 집에 있는 돈이 얼굴을 망가트릴 가치가 있을 정도로 많은 건 절대 아니다.

"지금은 괜찮아요?"

나는 프레드가 붕대를 전부 감고 내게 돌아서자 조용히 물었다. 머릿속에 별의별 생각이 다 떠올랐다. 이 남자가 프레드일 가능성이 있나? 하지만 없다면 자기 얼굴을 망치면서까지 프레드인 척하는 이유가 뭐지?

"응. 괜찮아. 당신은 어때? 잘 지냈어?"

잘 지냈냐고? 나는 프레드의 질문에 할 말을 잃고 멍하니 그를 쳐다봤다. 이자가 진짜 프레드라면 절대 그런 말은 하지 못할 거다. 내 돈을 가져가 놓고 이 년이나 행방불명됐다가 돌아와서 하는 말이 잘 지냈냐고?

남편이 아니라 친구가 그랬다고 해도 멱살을 잡을 일이다.

그렇게 생각하니 정말로 화가 났다. 나는 그가 진짜 프레드가 아니라는 것도 잊고 말했다.

"잘 지냈냐고요? 진심으로 하는 말이에요? 이 년 동안 연락도 없었잖아요? 그동안 우리가 어떻게 살았다고 생각해요?"

프레드는 아무 말도 하지 않았다. 그의 얼굴이 내 쪽을 향하고 있으니 나를 쳐다보는 모양이지만 목소리는 들리지 않았다.

설마 내가 '어머, 여보! 어서 와요! 당신이 와서 기뻐요! 돈이 다 무슨 소용이에요. 우리가 다 굶어 죽어도 당신과 같이 죽으면 행복하죠!'라고 말할 줄 알았니?

"어, 그, 그렇지. 미안해."

"미안하다고 하면 다예요? 당신이 죽었다고 해서 우린 장례까지 치르려고 시신을 기다리고 있었다고요!"

다시 프레드의 말이 없어졌다. 그야 그렇겠지. 네가 진짜 프레드든 가짜 프레드든 여기서 무슨 할 말이 있겠어.

어디 한번 뭐라고 말해 보시지?

그때 가만히 우리를 지켜보고 있던 다니엘이 끼어들었다.

"그동안 어떻게 지내셨는지 여쭤봐도 됩니까?"

프레드의 고개가 다니엘을 향해 돌아갔다. 어째 반가워하는 눈치라 나는 속으로 콧방귀를 뀌었다.

"다쳐서 어느 병원에 신원 불명자로 입원해 있었, 있었습니다."

"어느 병원이죠?"

"국외 병원이라 말해도 모르실 겁니다."

그렇게 나오는 거군. 나는 재빨리 끼어들었다.

"그 병원에서 당신을 죽었다고 한 거잖아요? 어느 병원이에요? 따져야겠어요!"

프레드는 내가 그렇게 나올 줄 몰랐는지 입을 다물었다. 그리고 한참 있다가 가까스로 말했다.

"하지만 내가 돌아왔잖아."

그래서 뭐? 네가 돌아왔으니 이제 모든 게 다 해결되기라도 한다는 거니? 나는 어이가 없어서 인상을 썼다.

설령 이 남자가 진짜 프레드라고 해도 해결된 건 하나도 없다. 모습을 보아하니 사업은 날아간 모양이고, 내가 준 돈도 남김없이 써 버렸겠지.

오히려 입이 하나 더 늘었다. 내가 돈을 벌지 않았다면 우리는 더 가난해졌을 게 뻔하다. 아이들은 사교계에서 떠나 다음 사교 시즌을 기다려야 했을 것이고.

하지만 나는 아무 말도 하지 않았다. 이 남자가 진짜 프레드고 내가 그를 사랑했다면 살아 돌아왔다는 것만으로 행복했을 테니까.

"어떻게 돌아오셨습니까?"

다시 다니엘이 물었다. 프레드는 그를 쳐다보더니 한숨을 내쉬며 말했다.

"궁금한 게 많으시군요, 남작님."

"부인을 위해 저도 여기저기에 반스 씨를 찾아 달라고 연락을 넣어 놨거든요."

"그러셨군요."

프레드는 어쩔 수 없다는 듯 고맙다고 말하더니 나를 쳐다보며 이야기를 시작했다.

"친구가 나를 찾으러 다닌 모양이야. 하지만 내 얼굴이 이래서…… 게다가 배에서 떨어진 충격으로 기억도 잃었었지."

그런 설정이냐. 나는 콧방귀를 뀌지 않기 위해 입술을 깨물었다. 그게 프레드의 눈에는 충격받은 표정으로 보였던 모양이다.

프레드는 내게 몸을 기울이며 위로하듯 말했다.

"하지만 걱정 마. 기억이 돌아오고 있거든. 점차 좋아질 거야."

"그 친구분은 함께 안 오셨습니까?"

그때 다니엘이 다시 끼어들었다. 프레스의 고개가 그를 향해 휙 돌아갔다.

잘했어. 나는 다니엘을 칭찬해 주고 싶은 마음을 참으며 물었다.

"그러게요. 당신을 구해 준 그 친구분은 어디 있어요?"

"잠깐 만나야 할 사람이 있다고 날 여기에 데려다주고 떠났어."

"친구분이 누군데요? 당신을 찾아줬으니 고맙다고 인사를 해야죠."

"아냐, 그 녀석은 그런 거 부담스러워해."

"그래도 인사는 해야죠. 누군데요?"

계속되는 나와 다니엘의 독촉에 프레드는 망설이다가 대답했다.

"로니 해리스라고, 나와 아주 친한 녀석이야."

"아, 해리스 씨."

안다. 나는 손뼉을 치며 누군지 안다는 시늉을 했다. 프레드가 움찔하더니 물었다.

"알아?"

"그럼요. 당신이 죽었다고 편지를 보낸 사람이잖아요? 당신이 행방불명됐다고 알려 준 사람이기도 하고요."

"그, 그랬지."

"그 사람이 당신이 죽었다고 했는데……."

"뭐, 뭔가 오해가 있었던 모양이야."

오해는 무슨. 나는 이번에도 콧방귀를 참기 위해 입술을 깨물었다. 그때 다니엘이 물었다.

"그래서, 해리스 씨는 어디 있습니까?"

다니엘의 질문에 프레드가 멈칫하더니 대답했다.

"잠깐 친구를 만나러 갔다고 하지 않았습니까? 왜 자꾸 물어보는 거죠?"

"저도 그분을 찾고 있었거든요. 혹시 집에 돌아오시면 제게 연락 달라고 메모도 남겼고요. 그런데 아직 연락이 없기에 여쭤보는 겁니다."

침착한 다니엘의 태도에 발칵 짜증을 부리려던 프레드의 기세가 푸쉬식 꺾이는 게 보였다. 그는 입을 다물었다가 조심스럽게 물었다.

"그런데, 남작님은 제 친구를 왜 찾으시는 겁니까?"

"시신을 발견했다고 부인께 편지를 보냈으니까요. 어디에서 시신을 발견하신 건지 여쭤보려고 했습니다."

"아, 그럼 제가 돌아왔으니 이제 상관없는 일이로군요."

아니지, 이 녀석아. 나는 어이가 없어서 눈을 가늘게 떴다. 설령 이 남자가 진짜 프레드라고 해도 우리는 왜 이런 오해가 발생한 건지 알아야 한다. 그리고 지금 프레드랍시고 찾아온 자는 얼굴을 가리고 있고.

"하지만 친구분께 감사는 해야죠."

나는 재빨리 끼어들었다. 다니엘과 나의 합동 공격에 프레드는 정신을 차리지 못하는 모양이었다. 그는 무슨 말을 해야 할지 모르겠다는 것처럼 입을 뻐끔거리다가 결국 벌컥 짜증을 냈다.

"날 의심하는 건가? 그래서 자꾸 이렇게 추궁하는 거야?"

다니엘의 왼쪽 팔이 나를 잡더니 자기 뒤로 슬쩍 밀었다. 뭐 하는 거야? 내가 그를 쳐다보는 순간 다니엘이 입을 열었다.

"무슨 말씀을 하시는지 모르겠습니다. 다치셨다고 하시니 당연히 치료를 권한 거고, 친구분이 도와주셨다고 하시니 친구분께 감사를 하려는 거죠."

정론이다. 내가 프레드라고 해도 할 말이 없을 것 같다. 역시나 프레드도 할 말이 없는지 입을 다물었다. 그러더니 곧 나를 향해 고개를 돌리며 물었다.

"남작님과 아주 친한 모양이군그래?"

오늘 처음 본 너보다는 친하겠지. 나는 인상을 쓰며 그에게로 한 걸음 다가갔다. 그리고 검지를 들어 올리며 날카롭게 말했다.

"감히!"

네가 진짜 프레드라고 해도 감히 그딴 소린 해선 안 된다. 나는 프레드가 움찔하자마자 속사포처럼 쏘아붙였다.

"당신이 모든 돈을 가지고 떠나는 바람에 혼자서 아이 셋을 이 년 동안 돌봐야 했던 나한테 그렇게 말하는 건가요? 이 년 동안 살아 있으면서 얼굴 한 번 안 비친 당신이?"

"나, 난 기억을 잃어서⋯⋯."

"당신이 내 돈까지 전부 가져갔던 것까지 잊어버린 거예요? 그래서 지금 나한테 감히 그따위로 말하는 거예요?"

당황한 나머지 프레드의 시선이 흔들렸다. 그는 나와 다니엘을 번갈아 쳐다보다가 나를 향해 웅얼거리듯 사과했다.

"미, 미안해."

"미안하다는 말로 끝낼 생각 말아요. 난 이 년 동안 혼자서 아이들을 길러야 했어요. 애슐리가 궁금하지는 않아요? 질문은 우리가 아니라 당신이 했어야지!"

적어도 애슐리가 어떻게 지내는지는 물어봤어야 한다. 그가 진짜 프레드라면.

거기서 정신이 번쩍 들었다. 이 남자는 프레드가 아니다. 진짜 프레드라면 자기 딸을 잊었을 리 없다.

아니, 진짜 프레드라고 해도 애슐리에 대해 전혀 묻지 않는다면 아버지 자격이 없다. 당연하게도 가짜 프레드는 애슐리를 전혀 생각하지 못했던 모양이다. 그는 그제야 생각났다는 듯 물었다.

"그, 그렇지. 애슐리. 내 딸. 그 애는 어떻게 지내?"

이제 와서 퍽이나 잘도 생각이 났겠다. 나는 허리에 손을 얹은 채 프레드를 노려봤다. 대신 다니엘이 대답했다.

"잘 지내고 있습니다."

"그, 그래요?"

"이 년 만이죠? 떠나시기 전에 애슐리가 아주 어렸겠군요."

"어, 어렸죠."

프레드의 눈동자가 데굴 굴렀다. 그는 이번에는 내게 물었다.

"애슐리는 어떻게 지내? 내가 죽었다고 알고 있지?"

당연하다. 나는 여전히 그를 노려보며 고개를 끄덕였다. 프레드의 시신을 발견했다는 편지를 받은 날, 애슐리는 하루 종일 집 안 어느 곳에서도 보이지 않았다.

방 안에 혼자 누워 울고 있었겠지.

그래서 나는 이 남자를 애슐리에게 프레드라고 소개하고 싶지가 않았다. 애슐리에게 아버지를 두 번이나 잃는 슬픔을 겪게 하느니 지금 이 남자를 쫓아내는 게 낫다.

"아직 내가 왔다는 말은 하지 말아 줘."

그때 뜻밖에도 프레드가 그렇게 말했다. 자신이 왔다는 말은 하지 말라고? 나는 깜짝 놀라서 입을 딱 벌렸다. 진짜로?

"말을 하지 말라고요? 정말로?"

"어, 어차피 나도 익숙해질 시간이 필요해서…… 너무 빨리 내가 돌아왔다고 말할 필요는 없잖아."

"진심입니까?"

다니엘이 끼어들었다. 그 역시 믿을 수 없다는 표정으로 프레드를 쳐다보고 있었다.

프레드는 손을 들어 머리를 긁적이려다 자신이 모자를 쓰고 있다는 것을 깨닫고 멈칫했다. 그리고 손을 내리며 말했다.

"내 이 모습을 애슐리에게 보여 줄 마음의 시간도 필요하고 말입니다."

허, 나한테 보여 줄 마음의 시간은 있었나 봐? 나는 속으로 콧방귀를 뀌며 물었다.

"그럼 아이들에게 뭐라고 말해요?"

"말할 필요가 없지."

"무슨 말이에요?"

"잠깐 친구 집에서 신세를 질 거야. 치, 친구가 의사를 한 번 더 소개해 준다고 해서 말이야."

아까 말한 '괜찮은 의사' 말인가. 다니엘의 눈이 가늘어졌다. 그도 프레드에게 의사를 소개해 주겠다고 제안했었다. 그건 거절하더니 친구가 소개하는 의사는 만나겠다?

좀 웃긴 말이긴 하지만 사람 마음이니까 그럴 수도 있긴 하지. 나는 허리에 손을 얹은 채 물었다.

"해리스 씬가요?"

"그, 그래."

"만나 보고 싶어요. 당신을 치료할 의사도."

"나중에. 나중에 소개해 줄게."

과연 나중에 소개해 줄까. 나는 아무 말도 하지 않았다. 잠시 응접실에 침묵이 흘렀다. 프레드는 한동안 내 눈치를 보는가 싶더니 슬그머니 입을 열었다.

"그래서 말인데, 약간의 돈이 필요해."

한순간 진짜로 프레드인 줄 알았다. 프레드인 척하는 프레드의 말은 프레드와 똑같았다. 나는 어이가 없어서 눈을 크게 떴다.

"뭐라고요?"

"생활비도 필요하고. 의사를 만나려면 진찰비도 내야 하잖아."

너 미쳤니? 나는 발칵 화를 내려다 멈췄다. 잠깐. 오히려 프레드가 그렇게 말해 줘서 고마운 거 아닌가?

그가 쓸데없이 이 집에서 살겠다고 우기면 곤란하다. 아이들에게서 이 남자를 떼어놓기가 어려워지니까.

"얼마나요?"

"밀!"

내 대답에 다니엘이 깜짝 놀라서 나를 불렀다. 하지만 나는 눈썹 하나 까딱하지 않고 프레드를 쳐다봤다.

"조, 조금이면 돼."

프레드는 다니엘의 눈치를 살피며 액수를 불렀다. 내가 별 무리 없이 지불할 수 있는 금액이었다. 하지만 그렇게 쉽게 내줄 수는 없지.

"그 정도 돈은 없어요."

"에이, 무슨 소리야. 당신 그림을 비싸게 팔았다며."

프레드의 입에서 구슬리는 듯한 말투가 흘러나왔다. 이게 원래 말투가 아닐까. 나는 남자의 능숙한 말투에 가만히 그를 쳐다봤다.

사기꾼인 걸까. 사람을 구슬리는 말투가 꼭 사기꾼 같았다.

"그건 어떻게 알았어요?"

내 질문에 프레드가 당황한 모양이었다. 그는 가만히 있다가 말했다.

"들었어."

"누구요? 친구라는 해리스 씨?"

"뭐? 아냐. 그 친구는 최근에 돌아왔어. 나와 함께."

"그럼 누구한테 들었는데요?"

계속된 질문에 프레드는 잠시 말없이 나를 쳐다봤다. 그러더니 기분 나쁘다는 듯 몸을 돌리며 말했다.

"됐어! 날 그렇게 못 믿겠다면 그냥 떠나지! 맥기를 불러줘! 내 짐만 챙겨서 나갈 테니."

맥기? 다니엘이 그게 누구냐는 표정으로 나를 쳐다봤다. 허. 나는 가짜 프레드가 예전 집사의 이름을 안다는 사실에 놀라서 눈을 크게 떴다.

하지만 프레드가 고개를 돌리기 전에 재빨리 표정을 관리했다.

"맥기는 작년에 나갔어요."

"맥기가 나갔다고? 그럼 내 방은? 설마 이 남자에게 넘겼나?"

거기까지. 나는 손을 들어 올렸다. 그리고 눈을 가늘게 뜨며 말했다.

"어디서 감히."

어느 누구도 내게 감히 그따위 소리를 할 수 없다. 죽은 프레드가 살아 돌아온대도 그는 내게 아무 말도 할 수 없을 것이다.

내 단호한 태도에 프레드는 움찔한 모양이었다. 그는 가만히 서서 나를 쳐다봤다. 그러다가 다니엘을 향해 고개를 돌렸다.

"하! 간신히 살아 돌아온 남편을 이렇게 대우하는 건가?"

"남편도 없이 혼자서 남편 자식까지 키워 준 부인을 이렇게 대우하는 건 합당하고요?"

내 반박에 프레드의 입이 다시 닫혔다. 넌 입이 열 개래도 할 말이 없어야 하는 거 아니니?

내 생각대로 프레드는 할 말이 없는 모양이었다. 그는 몸을 휙 돌리며 말했다.

"나중에 다시 오지!"

오지 말고 시신을 가져와, 이 샤발 놈아. 나는 그렇게 말하는 대신 설렁줄을 당겨 짐을 불렀다. 그리고 그를 집 밖까지 확실하게 안내해 주라고 지시했다.

"괜찮겠습니까?"

창문 너머로 프레드가 타고 온 마차가 완전히 사라지자 다니엘이 물었다. 나는 가슴 앞으로 팔짱을 낀 채 창밖을 바라보며 되물었다.

"뭐가요?"

솔직히 말하면 차라리 돈을 줄 걸 그랬나 하고 생각하는 중이었다. 돈을 안 줬다고 앙심을 품고 아이들을 해치려는 건 아니겠지.

아이들에게 이상한 사람이 보이면 바로 집 안으로 뛰어 들어오라고 말해야겠다. 프레드가 요구한 정도의 금액은 아이들의 안전을 위해서라면 얼마든지 지불할 수 있다.

"그를 그냥 보내는 거 말입니다."

"집에 둘 수는 없잖아요."

나 혼자 사는 집이라면 이 집에 머물라고 권했을 것이다. 하지만 여기엔 아이들이 있다. 그리고 저자의 존재를 아이들이 모르는 게 더 좋다.

"집에 두고 제가 지켜보면⋯⋯."

"다니엘."

나는 다니엘의 팔을 잡으며 그의 말을 막았다. 다니엘을 믿는다. 나는 그가 얼마나 힘이 센지 안다. 경험해 봤으니까.

하지만 그래도 프레드를 이 집에 두는 건 너무 위험한 도박이다.

"아주 조금이라도 아이들에게 위험할 가능성이 있다면, 나는 그럴 수 없어요."

게다가 얼굴에 붕대를 감고 다니는 자의 존재감은 엄청나다. 당장은 손님으로 속일 수 있다 해도 아이들은 그가 누군지 궁금해할 것이다.

"게다가 저자가 애슐리에게 자신이 아빠라고 말하면 곤란하고요."

"그럼 처음부터 쫓아내면 안 됐던 겁니까?"

"만약 저자가 프레드의 행방을 알고 있다면요?"

다니엘의 눈이 가늘어졌다. 그는 믿을 수 없다는 듯 물었다.

"설마 프레드 반스가 살아 있다고 생각하시는 겁니까?"

최악의 경우에는 그럴 수도 있지. 하지만 나는 그럴 가능성이 거의 없다고 생각했다. 프레드가 살아 있다면 저자가 프레드로 신분을 속일 수 있을까?

게다가 저자는 내 집안일에 대해 꽤 잘 알고 있었다. 나는 가짜 프레드의 존재가 오히려 진짜 프레드가 죽었다는 증거일 수도 있다고 생각했다.

"정정하죠. 저자가 프레드의 시신을 가지고 있다면요?"

다니엘이 한숨을 내쉬었다. 그러더니 내게 몸을 기울이며 나직하게 말했다.

"프레드 반스의 시신을 숨기고 얼굴까지 망가트리면서 프레드 반스인 척하는 이유가 뭘까요?"

"얼굴이 진짜로 망가져 있던가요?"

다니엘의 움직임이 멈췄다. 그는 나를 물끄러미 쳐다보다가 말했다.

"진짜로 망가졌거나 상당한 고급 마법을 사용해서 얼굴을 변형시킨 모양입니다."

"고급 마법이라는 건 얼마나 비싼가요?"

"비싼 게 문제가 아닙니다."

마법사와 연이 있어야 한다는 말이다. 어마어마하게 비싼 건 덤이겠지. 나는 창틀에 몸을 기대며 말했다.

"마법에 돈까지 사용하면서 원하는 게 뭘까요?"

그것도 저런 어설픈 연기를 하면서 말이다.

다니엘은 가슴 앞으로 팔짱을 끼더니 벽에 몸을 기댔다. 그리고 매우 불손한 태도로 말했다.

"그림을 노린 자일 수도 있군요."

"로니 해리스일 가능성은 줄어들겠네요."

내 말에 다니엘이 고개를 끄덕였다. 로니가 프레드의 시신을 찾았다는 편지가 몇 달 전에 다른 대륙에서 왔다. 설령 편지를 보내고 바로 출발했다 해도 얼마 전에야 도착했을 것이다.

내가 그림을 비싸게 팔았다는 소문을 듣고 이런 일을 꾸밀 시간이 없었을 것이다. 그가 고급 마법을 사용할 수 있는 마법사를 알고 그를 고용할 돈이 있을 거라는 생각도 들지 않았다.

"거기에 전 집사의 이름이나 당신의 반지에 대해 안다는 건 프레드 반스와 꽤 친한 사람이라는 말이군요."

이제 내가 왜 저자를 모른 척 받아 줬는지 알겠니? 우리 집에 대해 알고 있는 자다. 무조건 의심하고 추궁하면 오히려 위험할 수도 있었다.

나는 다니엘의 얼굴을 가만히 보다가 불쑥 말했다.

"그 친구는 어때요? 알아봤어요?"

"로니 해리스 말입니까?"

나는 고개를 끄덕이며 로니 해리스가 어떻게 생겼는지 떠올리려 했다. 하지만 그리 잘 기억나지 않았다. 프레드가 행방불명됐다는 소식 때문에 제정신이 아니었기 때문이다.

그는 프레드의 시신을 먼저 보내고 다음 배로 오겠다고 했다.

둘 다 어디로 사라진 걸까.

"네. 프레드 반스와 같은 아카데미를 다녔더군요. 몇 번 사업을 한다고 했지만 다 잘되지는 않았던 모양입니다."

한마디로 프레드 과라는 말이다. 허허. 장사는 아무나 하는 게 아닌데.

나는 다시 팔짱을 끼며 창틀에 몸을 기댔다. 그런 나를 물끄러미 쳐다보던 다니엘이 불쑥 물었다.

"이 일에 해리스도 엮여 있다고 생각하십니까?"

그럴 수도 있지. 프레드가 로니에게 집사의 이름이나 내 반지에 대해 이야기했고, 그 정보를 로니가 다른 사람에게 알려 줬을 수도 있다.

하지만 나는 아무 말도 하지 않았다. 로니가 엮여 있다면 그는 어디로 간 걸까. 왜 아무 데서도 그의 흔적을 발견할 수가 없지?

"앞뒤가 맞지 않아요."

나는 한숨을 내쉬며 다니엘을 쳐다봤다. 방금 찾아온 남자는 프레드에 대해서 어느 정도 알고 있었다. 나와 프레드 사이에 있었던 이야기의 일부분도 알고 있었고.

그리고 내가 그림을 비싼 값에 팔았다는 것도 알고 있었다. 나와 다니엘이 친한 사이라는 것도 알고 있었다. 그 이야기는 최근에 수도에 있었고 사교계에 접해 있는 자라는 말이다.

로니가 사교계에 접해 있는 자일까?

"해리스 씨가 사교계에 아는 사람이 있나요?"

어쩌면 사교계의 아는 사람에게 나에 대해 이야기를 들었을 수도 있다. 하지만 그런 내 생각에 다니엘은 바로 아니라고 말했다.

"해리스와 친한 자들은 전부 찾아봤습니다. 최근 몇 달 동안 그를 본적이 없다더군요."

그럼 역시 로니는 아직 도착하지 않은 모양이다. 하지만 가짜 프레드는 로니가 프레드를 찾으러 갔다는 것까지 알고 있었다.

대체 뭘까.

"좀 더 알아보죠."

곰곰이 생각하는 내게 다니엘이 말했다. 로니의 행방은 알 수 없고 우리 앞에 나타난 신원 불명의 남자는 우리 집에 대해 알고 있다.

나는 내가 아는 사람들에게 편지를 보내 최근 우리 집에 대해 물어본 사람이 있는지 물어봐야겠다고 생각하며 다니엘을 쳐다봤다. 그의 잘생긴 얼굴이 햇빛을 받아 환했다. 나는 손을 뻗어 그의 앞머리를 쓸어 올리며 말했다.

"고마워요."

"뭐가 말입니까?"

손을 떼자 그의 머리카락이 이마 위로 후두둑 쏟아졌다.

"함께 고민해 줘서요."

"당신 고민이 내 고민이죠."

다정한 말에 나는 피식 웃었다. 그리고 다니엘의 가슴에 기대며 물었다.

"뭘 노리는 걸까요?"

"돈이겠죠."

다니엘은 곧바로 대답했다. 글쎄. 나는 고개를 저으며 말했다.

"정말 돈을 원했다면 당신과 내가 결혼한 뒤 찾아와서 소송을 거는 게 더 낫지 않았을까요?"

그렇잖아. 내 돈은 다니엘의 재산에 비하면 별것 아니다. 그림을 판 돈을 원한다고 해도 그 정도 돈으로 다니엘처럼 하루 만에 목장을 살 수 있는 건 아니다.

다니엘의 재력을 생각한다면, 그리고 나와 다니엘이 친하다는 것을 안다면 차라리 다니엘의 돈을 노리는 게 낫지 않았을까?

하지만 그는 그 생각은 하지 못한 모양이었다. 그는 놀랐다는 듯 눈을 가늘게 뜨더니 내 손을 잡고 빙그레 웃었다.

"그렇죠. 우리가 결혼했겠죠."

뭔가 우리 대화의 핀트가 안 맞는 것 같은데? 나는 눈을 가늘게 뜨고 다니엘을 쳐다봤다. 하지만 그는 말없이 내 손에 입을 맞출 뿐이었다.

좋아. 이제 이야기를 좀 바꿔 보자.

프레드라고 주장하는 신원 불명의 남자가 나타났으니 필요한 게 있다.

나는 다니엘의 손에 내 손을 그대로 둔 채 말했다.

"부탁하고 싶은 게 있어요."

"뭐든지요."

그렇게 말하면서 다니엘은 내 손가락 마디마다 천천히 입을 맞추고 있었다. 간지럽다. 하지만 나는 손을 빼지 않고 말했다.

"하녀를 최대한 빨리 구해 줘요."

무슨 생각을 한 건지 다니엘의 얼굴에 실망하는 표정이 떠올랐다. 왜? 내가 어리둥절해하자 그는 웃으며 말했다.

"당장 구하겠습니다."

가짜 프레드가 아이들에게 접근할 수도 있으니 언제든지 아이들과 함께 있어 줄 하녀가 필요하다. 나는 다니엘의 얼굴을 물끄러미 보다가 다시 입을 열었다.

"그리고 하나 더."

하나 더? 다니엘이 계속 말하라는 표정을 지었다. 나는 이런 걸 물어봐도 되나 몰라 잠시 망설이다가 물었다.

"무기를 얼마나 다룰 줄 알아요?"

다니엘의 미간에 주름이 생겼다.

그날 저녁, 다니엘은 아이들을 나란히 세워 놓고 연습용 목검을 하나씩 쥐여 주며 말했다.

"이건 완전히 어린아이들용이야. 열 살쯤 되면 날만 갈지 않은 검으로 연습하게 되지."

아이들의 표정이 묘했다. 애슐리는 신기하다는 듯 목검을 앞뒤로 흔들어 보고 있었고 아이리스는 이런 걸 배운다는 게 불편하다는 표정이었다.

그리고 릴리는 무슨 생각을 하는지 검을 물끄러미 보고 있었다.

"괜찮을까요?"

내 옆에서 걱정스러운 표정으로 그 모습을 지켜보던 짐이 물었다. 나는 가슴 앞으로 팔짱을 낀 채 아이들을 쳐다보며 물었다.

"아이들이 호신 방법을 배우는 게요?"

"저런 걸 휘두르다가 다치는 게 말입니다."

"많은 아이들이 어릴 때 검술을 배우죠."

귀족 자제들은 어린 시절에 많은 것을 배운다. 여자아이들은 수놓는 법을. 남자아이들은 검술을.

딱히 검을 들고 싸울 일이 있어서가 아니다. 일종의 훈련이나 소양을 위해서다.

짐은 뭔가 하고 싶은 말이 있는 것처럼 나를 물끄러미 쳐다보더니 곧 한숨을 내쉬었다. 그리고 작은 목소리로 물었다.

"오늘 낮에 찾아온 손님 때문입니까?"

눈치 빠르게도 그는 프레드를 프레드라 부르지 않고 손님이라고 지칭하고 있었다. 나는 웃으며 말했다.

"꼭 그런 것만은 아니에요. 아이들이 스스로 자기 몸을 보호할 수 있어야 한다고 생각했거든요."

전부터 생각한 거였다. 아무리 강하고 많은 사람이 지켜준다 해도 그들은 결국 타인이다. 자기 몸은 자기가 지켜야 한다.

나는 아이들이 공격자를 물리치지는 못하더라도 도움이 올 때까지 버틸 수는 있기를 바랐다.

"그럼 그 손님은 괜찮은 건가요?"

이어지는 짐의 질문에 나는 뭐라고 대답해야 할지 잠시 망설였다. 그에게 어디까지 말해도 되는 걸까.

"아뇨."

나는 다니엘이 시키는 대로 목검을 들어 올리는 아이들을 쳐다보며 말했다. 그리고 짐이 숨을 들이켜는 소리를 내자마자 말을 이었다.

"자신이 내 남편인 프레드 반스라고 주장하고 있어요."

"하지만 제가 듣기로 그분은……."

"죽었겠죠. 시체를 발견했다는 편지까지 받았으니까요."

"무슨 목적일까요?"

짐도 우리를 찾아온 프레드가 꿍꿍이가 있을 거라고 판단한 모양이었다. 나는 가슴 앞으로 팔짱을 끼며 웃었다.

"그러게요. 목적이 뭘까요."

나는 짐에게 그가 아무것도 바란 게 없다고 설명했다. 그가 요구한 돈은 우스울 수준이고 이 집의 권리를 요구하지도 않았다.

애슐리의 얼굴조차 보지 않고 갔다.

대체 뭘까.

내 설명에 곰곰이 생각하던 짐이 물었다.

"그분이 살아 돌아오시면 가장 이득을 보는 분은 누굴까요?"

글쎄. 있나? 제일 먼저 생각난 건 애슐리였다. 하지만 진짜 프레드가 아니잖아. 가짜 프레드는 애슐리에게 상처만 한 번 더 안겨 줄 뿐이다.

"글쎄요."

나는 그렇게 말하며 짐을 쳐다봤다. 그 역시 가짜 프레드의 꿍꿍이가 뭔지 고민하는지 심각한 표정이었다.

"짐, 부탁 좀 할게요."

곧바로 짐이 자세를 바로 하며 대답했다.

"네, 마님."

"혹시라도 아이들과 그 남자가 단둘이 있지 않도록 해 줘요."

"물론입니다, 마님."

짐은 결연한 표정으로 고개를 끄덕였다. 그리고 다니엘을 쳐다보더니 내게 물었다.

"남작님께서도 계속 머무시는 거죠?"

"네. 그도 머물 거예요."

"다행입니다."

짐의 얼굴에 안도의 표정이 떠올랐다. 그러더니 그는 허둥지둥 변명처럼 말했다.

"물론 저 혼자서도 장정 한둘쯤은 거뜬합니다. 하지만 믿을 수 있는 사람이 많을수록 좋으니까요."

하하. 나는 짐의 결연한 태도를 비웃는 것처럼 보이지 않기 위해 애를 썼다. 그는 나이가 들었고 본인의 힘이 장정에 비해 약하다는 것을 알 것이다.

하지만 날 걱정시키지 않기 위해 저렇게 말하는 거겠지.

고마운 마음에 나는 고개를 끄덕이며 진지하게 말했다.

"그럼요. 짐이 있어서 얼마나 안심이 되는지 몰라요."

그는 나와 아이들 단 넷만 있을 때부터 이 집에 와서 우리를 돌봐줬다. 잠을 자기 전에 온 집 안을 다 돌아다니며 문단속을 했고 새벽이면 제일 먼저 일어나 불을 확인했다. 이 정도면 훌륭하지.

나는 짐의 어깨를 한 번 잡았다가 놓고 다니엘과 아이들을 향해 다가갔다.

"이걸 왜 배워야 하는 거예요?"

내가 다가가자마자 아이리스가 궁금하다는 듯 물었다. 의외로 릴리는 열중하고 있었다. 그림 그리는 것 외에는 하기 싫다고 할 줄 알았는데?

나는 다니엘을 한 번 쳐다보고 아이들에게 말했다.

"운동은 건강에 좋거든."

아이리스의 표정이 이상해졌다. 그녀는 내가 거짓말을 한다는 듯 쳐다보고 있었다. 그때 애슐리가 끼어들었다.

"운동할 거면 그냥 론하키 하면 안 돼요?"

뭐라고? 나는 깜짝 놀라서 애슐리를 쳐다봤다. 너, 그거 재미있었니? 내 기억에 그날 론하키를 제일 못했던 건 애슐리였는데?

"음, 뭐. 내일은 론하키를 하자. 오늘은 우선 이걸 하고."

"어머니."

대충 넘어가려고 했는데 아이리스는 그렇게 호락호락하지 않았다. 그녀는 검을 들고 내게 다가오더니 작은 목소리로 물었다.

"진짜로, 이걸 왜 하는 거예요? 혹시……."

"혹시?"

뒤를 돌아본 아이리스가 다시 내게 속삭였다.

"전쟁 나는 거 아니죠?"

"오, 아니야. 아가."

아이리스가 왜 이렇게 궁금해했는지 알겠다. 나는 어이없어서 웃으며 그녀의 등을 쓸었다. 난데없이 다니엘이 검을 가르쳐 준다고 했으니 놀라기도 했겠지.

귀족 여성은 검을 들지 않는다. 자기 손으로 요리는커녕 과일도 깎지 않으니 뾰족한 날붙이를 무서워하는 사람도 많다.

하지만 나는 아이들이 그렇게 되기를 바라지 않았다. 꼭 프레드 때문만은 아니었다.

"전에 웹스터 경이 널 협박했을 때 말이야."

나는 아이리스의 눈을 들여다보았다. 그건 그녀의 잘못이 아니었다. 내가 아이리스를 비난하는 게 아니라는 것을 알려주고 싶었다.

"너희가 너희 스스로를 지킬 수 있는 방법이 있다면 좋겠다고 생각했거든."

사람들은 흔히 타인을 해치지 말라고 한다. 하지만 내 자식 일이 되니까 알겠다. 남에게 맞느니 차라리 때리고 오는 게 낫다.

"어머니는 제가 남자들과 싸우길 바라세요?"

아이리스의 질문에 릴리와 애슐리도 나를 돌아보았다. 나는 다니엘도 내 대답을 기다리는 것처럼 멈춰있는 것을 보고 입을 열었다.

"우발적인 범죄자들은 피해자가 반발하면 도망친다고 들었거든."

물론 힘의 차이가 크고 준비된 범죄자라면 차라리 하라는 대로 하고 목숨만 지키는 게 낫다. 나는 두 가지 경우 모두 반응할 수 있도록 아이들을 준비시키고 싶었다.

"상대가 남자든 여자든 상관없어. 싸워서 이길 수 있다면 싸울 수 있도록 가르쳐주고 싶을 뿐이야."

"저희가 남자와 싸워서 이길 수 있어요?"

애슐리가 물었다. 나는 고개를 끄덕이며 말했다.

"정상적인 결투라면 어려울 수도 있겠지. 하지만 너희는 결투를 하려는 게 아니라 자기 몸을 지키려는 거잖아. 상대가 방심했을 때."

나는 그렇게 말하며 애슐리의 검을 잡고 그녀의 배를 찌르는 시늉을 해 보였다. 애슐리의 눈이 커졌다. 그리고 아이리스와 릴리의 눈도.

"그리고 안전한 곳으로 달려가는 거야. 알겠니?"

"꼭 찔러야 하는 거예요?"

아이리스가 겁에 질린 표정으로 물었다. 꼭 찌를 필요는 없지. 나는 목검을 애슐리에게 돌려주며 말했다.

"위험하다는 생각이 드는 순간 도망치는 것도 좋아. 너희의 촉을 믿어."

설령 촉이 틀렸다고 해도 얻는 건 창피함뿐이다. 촉을 믿지 않았지만 촉이 맞을 경우 얻는 피해에 비하면 창피함은 훨씬 가벼운 피해일 뿐이다.

나는 아이들을 돌아보며 말을 이었다.

"촉을 무시하지 마. 그게 지금까지, 그리고 앞으로도 너희를 지켜 줄 가장 강력한 방패가 되어 줄 테니까 말이야."

28

각자의 사정

다니엘은 바빴다. 그는 멍청한 리안도 주시해야 했고 로니 해리스가 어디로 갔는지도 찾아야 했으며 틈틈이 요정의 샘과 그의 감정소가 운영되는 것도 확인해야 했다.

당연히 월포드 남작의 영지 롭티스에서 대리인이 보내는 운영 보고서도 검토해야 했다. 운영 보고서를 검토하는 건 영지뿐만이 아니었다. 그의 주 수입이 되는 사업 보고서 역시 확인한다.

매일 저녁이면 반스가의 아가씨들에게 호신술을 가르쳤으며 특히 일주일에 두 번 릴리의 그림 공부도 도와주었다.

그래서 그가 클럽에 방문한 것은 상당히 오랜만의 일이었다. 물론 바쁘지 않을 때도 그리 자주 방문하지는 않았지만.

"월포드 남작."

제일 먼저 다니엘을 반긴 것은 케이시 경이었다. 필립 케이시. 그는 의자에 앉아 신문을 읽고 있다가 다니엘을 발견하고 가볍게 손을 들었다.

"안녕하십니까."

"여기서 보는 건 오랜만이군."

평소에도 다니엘과 필립은 주기적으로 만나곤 했다. 하지만 클럽에서 만나는 건 확실히 오랜만이다. 다니엘은 필립과 클럽에서 마지막에 만난 게 언젠지 확인하다가 그게 그가 마지막으로 클럽을 왔던 날이라는 것을 떠올렸다.

"저도 그렇습니다."

"그건 자네가 클럽에 오지 않기 때문이지."

어마어마한 회비를 내고도 다니엘은 몇 달에 한 번 들르는 게 고작이었다. 사람들은 다니엘이 클럽에 방문하는 유일한 목적이 회비를 내기 위해서가 아니냐고 수군거렸다.

영 틀린 말은 아니다. 그는 사람들을 그리 좋아하지 않는다. 클럽에 가입한 것도 가입하지 않으면 이번에는 다른 쪽으로 떠들어 댈 것이 뻔했기 때문이다.

"시간 있나?"

필립은 신문을 접어 내려놓으며 물었다. 시간이 있으니 클럽에 온 것이다. 하지만 그렇게 묻는다는 건 잠깐 이야기 좀 하자는 뜻이라 다니엘은 고개를 끄덕였다.

"괜찮나?"

테라스로 나오자마자 필립이 슬쩍 물었다. 다니엘은 그가 뭘 묻는 건지 몰라 한쪽 눈썹을 들어 올렸다.

곧 하인이 두 사람이 주문한 음료를 가지고 왔다. 다니엘은 그가 떠나기를 기다렸다가 물었다.

"뭐가 말입니까?"

"프레드 반스 씨가 돌아왔다던데."

다니엘의 한쪽 눈썹이 올라갔다. 소문이 벌써 필립에게까지 퍼졌다는 말이다. 대체 어떻게 퍼진 걸까. 프레드는 얼굴을 붕대로 감고 있었다. 그러니 그의 얼굴을 본 누군가가 프레드 반스를 알아봤을 리 없다.

"누가 그러던가요?"

"루머인가? 그럴지도 모른다고 생각은 했지만……."

너무 확실한 이야기라 믿지 않을 수가 없었다. 애초에 그는 확실한 정보가 아니었다면 다니엘에게 묻지도 않았을 것이다.

그리고 그것을 다니엘도 알았다. 그는 필립이 카일라의 그림을 사고 난 뒤 자신에게 호감으로 돌아선 것을 알고 있었다. 이유는 모르겠지만.

"확인하는 중입니다."

다니엘의 대답에 필립은 무슨 소리냐는 표정을 지었다. 프레드 반스가 돌아온 거면 돌아온 거지 확인한다고?

"진짜 그인지 아닌지 모르거든요."

"진짜 그인지 아닌지 모른다고? 얼굴이라도 많이 다친 건가?"

"비슷하죠."

얼굴을 붕대로 감았으니까. 그리고 본인이 얼굴을 다쳤다고 주장하고 있다. 다니엘의 이야기를 들은 필립은 한숨을 내쉬며 소파 깊이 몸을 묻었다.

곤란하게 됐군. 그는 눈앞의 잘생긴 남작을 진심으로 안됐다고 생각했다. 사교계에서는 월포드 남작이 반스 부인에게 마음이 있는 거 아니냐는 소문이 돌고 있다.

물론 필립은 마음이 있는 것 이상이라고 생각하지만.

"이상한 일이군."

필립은 그렇게 중얼거리며 다니엘을 쳐다봤다. 이 시점에서 프레드 반스가 돌아왔다고? 죽었다고 그렇게 소문이 무성했는데?

세상엔 기적이 일어나기 마련이지만 이 타이밍은 아무래도 이상하다. 지금까지 단 한 번도 여자에게 관심이 없었던 윌포드 남작이 처음으로 마음을 둔 여자가 생겼다.

그런데 이미 죽었다는 소문이 무성한 남자가 갑자기 돌아왔다고?

"최근에 두 사람에게 무슨 일이 있었나?"

필립의 질문에 다니엘은 눈을 가늘게 좁혔다. 무슨 소리냐는 표정에 필립은 서둘러 덧붙였다.

"두 사람의 명예를 더럽히려는 게 아닐세. 내 말은, 그러니까 두 사람 중 한 명에게 불만을 품은 자가 있었냐는 거지."

다니엘의 딱딱하게 굳었던 턱이 풀렸다. 그의 눈동자가 기억을 되새기느라 잠시 흔들렸다.

하지만 없다. 그가 아는 한, 밀드레드는 누군가에게 미움을 받을 사람이 아니다. 어느 누가 그녀를 싫어할 수 있을까. 모든 남자들이 밀드레드를 경애하고 흠모한다.

그렇다면 문제는 다니엘이라는 말이 된다. 사실 이건 그도 생각한 점이긴 했다. 그가 곁에 있기 때문에 타깃이 밀드레드가 된 게 아닐까.

"글쎄요."

다니엘은 그에게 불만을 품었을 자들을 떠올리길 포기하고 말했다. 너무 많다. 그리고 대부분 감히 그에게 더 이상 덤비지 못할 자들이다.

그래서 밀드레드를 노린 걸 수도 있다. 사실 이 생각은 지난밤에도 떠올린 거긴 하다.

"하지만 그 방법엔 한 가지 문제점이 있습니다."

다니엘은 다리를 꼬며 말했다. 지금은 프레드 반스로 분장해 나타났다고 해도 평생 그렇게 프레드 반스인 척하고 살 수는 없다. 언젠가는 들킬 것이다.

다니엘의 지적에 필립은 턱을 쓰다듬으며 물었다.

"그 사이에 금전적인 요구를 할 수 있겠지."

그 말에 다니엘의 머릿속에 프레드가 금전을 요구하던 것이 떠올랐다. 밀드레드는 단칼에 거절했고, 몇 번 우겨 보려던 프레드는 포기하고 물러났다.

다니엘은 프레드가 돈을 요구한 것보다 그가 쉽게 포기하고 물러난 게 더 신기하게 느껴졌다. 금액이 얼마 안 됐긴 하지만 원래 그런 자들의 요구는 받아들일 만한 수준으로 시작해서 점점 커지기 마련이다.

그는 절대로 밀드레드가 프레드와 단둘이 만나도록 두지 말아야겠다고 생각했다. 다니엘이 곁에 있었기 때문에 프레드가 쉽게 포기했을 가능성이 크다. 프레드는 꽤나 다니엘을 의식했으니까.

"그 용기에 찬사를 돌리고 싶군요."

다니엘은 등받이에 몸을 기대며 웃었다. 섬뜩한 느낌이 드는 미소에 필립은 저도 모르게 시선을 돌렸다가 그동안 자신이 그를 불편해했던 이유를 새삼 깨달았다.

다니엘 월포드 남작은 늘 이런 느낌이었다. 무감각하고 사람을 밀어내는 느낌.

아니, 밀어낸다는 건 너무 우호적인 표현이다. 그의 출생에 대한 소문을 떠올리면 더더욱 그랬다.

"두 사람의 사이를 떨어트리려는 게 목적일 수도 있지."

뭐하러? 필립의 말에 다니엘은 미간에 주름을 만들었다. 하지만 생각해 보니 그의 말도 일리가 있다. 밀드레드는 이미 사교계에서 상당한 관심을 받고 있었다.

꽃장식이나 카일라의 그림뿐만이 아니다.

요정의 샘에서 최근에 팔기 시작한 디저트는 귀족가뿐 아니라 중산층에서까지 인기를 끌고 있었다. 한 번이라도 디저트를 먹어 보고 싶은 손님들 덕분에 식당은 문전성시를 이루고 있었다.

밀드레드가 입은 디자인의 드레스는 다음 주면 사교계를 도배했다가 다음 달에는 중산층까지 그 인기가 퍼졌다. 다니엘은 시내에 놀아다니는 아가씨들의 드레스에도 꽃장식이 달려 있던 것을 떠올렸다.

하얀 드레스는 유행하는 디자인이었지만 밀드레드가 입었었다는 이유만으로 손님이 소폭 늘었다.

"누구나 탐낼 사람이긴 하죠."

다니엘은 그렇게 말하며 빙그레 웃었다. 밀드레드의 이름은 점점 더 유명해지고 있다. 그녀의 이름을 모를지라도 그녀의 일화를 모르는 사람은 없었다.

어떤 사람의 기억 속에서는 꽃장식을 만든 부인이기도 했고 어떤 사람의 기억 속에서는 슈를 만든 사람이기도 했다.

"자네와 반스 부인의 사이가 요원해지기를 기대하는 사람이 많은 모양이군."

필립은 그렇게 말하며 쓰게 웃었다. 두 사람 다 다재다능하고 아름다운 사람들이다. 어울리는 커플이라고 생각하는 사람도 있지만 질투하는 사람도 분명 있다.

"아닌 것을 보여 줘야겠군요."

다니엘은 그렇게 말하며 자리에서 일어났다. 머릿속에 밀드레드에게도 무기 다루는 법을 알려 줘야겠다는 생각이 떠올랐다.

유리잔을 이용해서 상대를 위협하는 건 멋있었지만 조각에 그녀의 손이 다칠까 봐 걱정이 됐다. 그럴 거라면 좀 더 안전한 무기를 사용하는 게 낫지.

"아, 그러고 보니 또 재미있는 소문이 하나 있더군."

다니엘을 따라 자리에서 일어나며 필립이 다시 입을 열었다. 너무 말도 안 되는 소문이라 귓등으로 흘린 소문이다. 하지만 그의 말대로 재미있는 소문이었다.

"재미있는 소문이요?"

필립을 향해 돌아선 다니엘이 한쪽 눈썹을 들어 올렸다. 필립은 어깨를 으쓱해 보이며 말했다.

"반스 부인이 요정 대모라는 소문이 있다네."

그 순간 다니엘의 얼굴에 진심으로 놀랍다는 표정이 떠올랐다. 그런 소문이 있다고? 그 표정을 본 필립은 유쾌하다는 듯 웃었다.

다니엘 월포드 남작을 놀라게 하기란 쉽지 않다. 그런 일을 해낸 반스 부인이, 그리고 그 표정을 눈앞에서 목격한 자신이 뿌듯했다.

"아네. 말도 안 되는 거. 하지만."

재밌잖나. 필립은 그렇게 말하며 다시 어깨를 으쓱해 보였다. 그녀가 요정 대모라면 다니엘이 저런 표정을 지을 리가 없다.

그는 다시 한 번 그가 알던 소문 두 개가 모두 루머라는 것을 확인했다. 첫 번째는 누군가 일부러 흘린 소문이지만 두 번째는 몇 번의 우연 덕분에 생겨난 소문이었다.

"그렇게 생각하는 사람들이 있어."

"그렇게 생각하는 사람이 있다고요?"

믿을 수 없다는 다니엘의 말에 필립은 껄껄대고 웃었다. 그리고 다니엘의 어깨에 팔을 얹으며 말했다.

"전에 내가 반스 부인을 경마장에 초대한 적이 있잖나."

다니엘의 시선이 자신의 어깨에 올라간 필립의 손을 향했다. 그는 눈을 가늘게 떴다가 필립의 입에서 밀드레드의 이름이 나오자 다시 필립을 쳐다봤다.

"우리 형님의 말이 영 움직이질 않으려고 해서 말이야."

테라스에서 다시 안으로 들어가는 동안 필립은 밀드레드가 말이 움직이지 않으려 한 이유를 알아맞힌 이야기를 했다.

"실세로 그 말은 임신한 게 맞았다더군."

신기한 일이다. 단순한 우연이겠지만 그 자리에 있었던 사람들은 다 놀라워하며 밀드레드의 이야기를 했다. 그리고 그 소문은 퍼지고 퍼져서 밀드레드는 한눈에 동물의 임신 사실을 알아맞힌 부인이 되어 있었다.

"반쯤은 다들 장난삼아 한 말이지만 말일세."

필립은 사람들이 밀드레드가 요정 대모인 거 아니냐고 수군거린다는 이야기를 한 뒤 노파심에 덧붙였다. 혹시라도 다니엘이 기분이 상할까 봐 걱정이 됐던 것이다.

하지만 다니엘은 필립이 생각하는 것과는 다른 이유로 얼굴을 굳히고 있었다. 어쩐지 최근에 둥근 지붕 저택 근처를 얼쩡거리는 녀석들이 좀 늘어났다고 생각했다.

"재미있는 소문이군요."

다니엘은 그렇게 말하고 빙그레 웃었다. 그리고 필립의 손을 자신의 어깨에서 떼어 내며 말했다.

"재미있는 이야기를 해 주셨으니 감사의 표시로 케이시 경을 가장 먼저 초대하고 싶은데요."

무슨 초대? 필립은 다니엘의 얼굴을 보고 그가 웃고 있다는 것을 알아차렸다. 기분이 좋아진 모양이다.

그의 생각대로 다니엘은 방금 전에 생각난 기막힌 아이디어에 기분이 좋아져 있었다.

"갤러리를 오픈할까 합니다. 물론 제집은 현재 수리 중이라 다른 장소를 찾아야겠지만요."

"갤러리를?"

필립은 놀라운 소식에 놀라야 할지 기뻐해야 할지 망설였다. 월포드 남작은 한 번도 자신의 갤러리를 오픈한 적이 없었다. 하지만 필립은 그의 높은 안목을 봤을 때 분명 그가 훌륭한 작품을 소유하고 있을 거라 생각했다.

"반스 부인께 도움을 요청할 생각입니다. 조만간 초대장을 보낼 테니 꼭 참석해 주시길."

또 다른 놀라운 소식에 필립은 뭐라 할 말을 찾지 못하고 멈춰 섰다. 미혼인 남성 귀족이 파티를 열 때는 여성 형제나 어머니, 혹은 집사의 도움을 받는다. 필립 역시 그의 갤러리를 오픈할 때 집사의 도움을 받았으니까.

그리고 집사에게 도움받기도 여의치가 않다면 다른 친분 있는 여성 귀족에게 부탁하기도 한다.

하지만 그런 경우에는 상당한 친분을 자랑하는 관계여야 한다. 자주 왕래한 친척이거나, 어릴 적부터 친하게 지냈다거나.

약혼한 관계거나.

"그거, 매우 기대되는군."

결국 필립이 할 수 있는 말은 그것뿐이었다.

* * *

"갤러리라고요?"

다니엘의 부탁을 들은 릴리가 눈을 반짝이며 물었다. 물론 다니엘이 부탁한 건 그녀의 옆에 서 있는 밀드레드였지만. 밀드레드는 다니엘이 가져온 목검을 들어 보고 있었다.

"내 집은 수리 중이니 따로 공간을 구해야 할 테지만 네 어머니께서 해 주시면 어떨까 하는데."

다니엘의 말에 릴리는 기대감으로 반짝이는 눈으로 밀드레드를 돌아보았다. 월포드 남작님의 갤러리! 필립만큼이나 릴리도 기대하고 있었나.

하지만 밀드레드는 아니었다. 그녀는 목검을 이리저리 살피며 심드렁하게 말했다.

"저도 그런 걸 열어 본 지 너무 오래돼서요. 잘 모르겠네요."

밀드레드가 마지막으로 연회를 연 것은 전남편인 리베라 남작이 죽기 전이었다. 그러니 십 년도 전의 일이다. 어쩌면 십오 년쯤 됐을 수도 있고.

릴리의 시선이 다니엘을 향했다. 그녀는 이제 어떻게 할 거냐고 시선만으로 묻고 있었다. 다니엘은 릴리의 시선을 모른 척하고 밀드레드가 들고 있는 목검을 잡으며 말했다.

"호신용으로 부인께서도 배워 두시면 좋을 것 같아서 가져왔습니다."

그렇지 않아도 밀드레드는 검이 하나 더 늘어나서 이건 뭔가 하던 차다. 그녀는 다니엘을 쳐다보고 다시 목검으로 시선을 던졌다.

그의 말이 맞다. 자기 몸을 지킬 수 있는 수단이 필요한 건 아이들뿐만이 아니다. 그녀 역시 프레드의 등장으로 그 사실을 깨닫고 있었다.

"방어용이에요?"

검이? 밀드레드는 다니엘이 방패를 가져오지 않았다는 사실에 가볍게 물었다. 방어용으로는 방패가 더 낫지 않나? 하지만 다니엘은 그렇게 생각하지 않았다.

"가장 훌륭한 방어는 공격이거든요."

밀드레드도 그런 말을 들은 적이 있다. 그녀는 피식 웃으며 말했다.

"그럼 활을 가르쳐 주지 그래요? 그쪽이 더 확실하게 상대를……."

죽여 버릴 수 있을 텐데. 그렇게 말하려던 밀드레드는 곧 두 사람 사이에 눈을 반짝이며 서 있는 릴리를 발견하고 입을 다물었다. 아이리스라면 모를까 릴리가 듣는다면 진짜로 활을 가르쳐 달라고 할 것 같다.

잠깐, 활을 배우면 안 될 이유가 있나? 밀드레드는 잠시 릴리가 활을 배우면 안 될 이유를 떠올렸다. 그런 것 없다. 그때 다니엘이 말했다.

"활은 소지하기 번거롭거든요."

손바닥만 한 검이라면 드레스 밑에라도 숨길 수 있지만 활은 그게 어렵다는 말이다. 밀드레드는 손을 들어 다니엘의 뺨을 감쌌다. 그리고 씩 웃으며 말했다.

"어머, 다니엘. 당신은 드레스를 과소평가하는군요."

그 풍성한 드레스라면 활도 얼마든지 숨길 수 있다. 다니엘은 한쪽 눈썹을 들어 올렸다가 빙그레 웃으며 말했다.

"그리고 가지고 다닐 수 있는 화살의 수에도 한계가 있으니까요."

"그건 그러네요."

그렇다면 어쩔 수 없다. 그녀는 자신의 검을 두 손으로 쥐고 다니엘을 향해 돌아섰다.

"한 손으로."

다니엘은 부드럽게 밀드레드의 왼손을 검에서 떼어 내며 말했다. 두 손으로 쥐었다가 역으로 잡히면 곤란하다. 그는 그대로 밀드레드의 눈을 똑바로 쳐다보며 말했다.

"온몸으로 밀어 넣는다는 느낌으로 하셔야 합니다."

밀드레드는 그랬다가 상대가 크게 다치면 어떻게 하냐고 물어보려다 말았다. 어차피 검을 쥐었다는 건 자신의 목숨이 위험하다는 뜻이다. 자신을 위협하는 상대가 다치는 것을 걱정해 줄 필요는 없다.

"곧 왕자비 후보들을 선별해 시험을 볼 겁니다."

다니엘은 밀드레드의 손을 쥔 채 검이 자신의 옆구리로 비켜나가도록 하며 말했다. 검 끝이 다니엘을 찌를까 봐 눈을 크게 뜨고 쳐다보고 있던 밀드레드는 고개를 들어 그를 쳐다봤다.

왕자비 후보들을 선별해서 시험을 본다. 선별 작업이 끝나간다는 말처럼 들린다. 과연 애슐리가 후보에 들어갔을지 궁금했다.

"그리고 시험 중에는 그녀가 왕자비로 성의 행사를 이끌어 갈 수 있는지를 시험하는 내용이 반드시 들어갈 겁니다."

그래? 밀드레드는 검을 쥔 채 다니엘을 올려다보고 있었다. 다니엘 역시 밀드레드의 손을 자신의 옆구리에 딱 붙이고 그녀의 눈을 들여다보고 있었다.

어머. 릴리는 어머니와 남작님의 모습을 지켜보다가 슬금슬금 뒤로 물러나기 시작했다. 그녀가 여기 있으면 안 될 것 같은 느낌이 들었다.

"시험 연습으로 하시죠."

뭐가? 밀드레드는 눈을 가늘게 뜨고 쳐다보다가 곧 그가 무슨 소리를 하는지 깨달았다. 다니엘은 지금 곧 있을 애슐리의 시험에서 행사를 여는 연습을 그의 갤러리로 하라고 권하고 있는 것이다.

"하지만, 당신 갤러리잖아요?"

"그리고 부인께서는 연습이 필요하고요."

"제가 아니라 애슐리에게요."

밀드레드의 지적에 다니엘은 어깨를 으쓱해 보이며 간단하게 말했다.

"둘 다 필요하죠."

그건 그렇다. 밀드레드는 다니엘의 말이 타당하다는 것을 인정했다. 하지만 그래도 역시 꺼려진다. 그런 부탁을 받는 건 상대와 아주 친밀한 관계일 때나 가능한 일이다.

밀드레드와 다니엘은 혈연관계가 아니다. 군이 따지면 친구와 약혼자 사이 그 어드메쯤이겠지.

"그게 옳은 일인지 모르겠네요."

밀드레드는 한숨을 내쉬며 손에 힘줘서 목검을 빼냈다. 다니엘은 손쉽게 놓아주며 말했다.

"그래서 한 가지 부탁이 있습니다."

"부탁이요?"

밀드레드는 어리둥절해서 다니엘을 쳐다봤다. 그녀의 손에 들린 검이 꽤 무겁게 느껴졌다. 상대방을 이걸로 찌를 일이 없기를 바라지만, 바라는 것만으로 세상을 살 수는 없다.

"이 집에 있는 그림을 빌려주셨으면 합니다."

"카일라의 그림을 말이죠?"

"네. 한쪽을 카일라의 그림만으로 꾸밀까 합니다."

다니엘은 그렇게 말하며 밀드레드의 왼손을 들어 손등에 가볍게 입을 맞췄다. 그리고 빙그레 웃으며 말을 이었다.

"그리고 나머지는 밀드레드, 당신의 뜻대로 하세요."

그렇게까지 부탁하면 거절할 수가 없다. 밀드레드는 한숨을 내쉬었다.

"장소는 어디로 할 거예요? 당신 집은 안 된다면서요."

다니엘의 집은 현재 대외적으로 화재 때문에 수리 중인 것으로 되어 있다. 물론 화재가 난 건 그의 침실 일부일 뿐이고 수리는 다 끝났다는 건 비밀이다.

밀드레드의 질문에 다니엘은 후보로 세웠던 장소를 입에 올렸다.

"감정소와 요정의 샘을 생각 중입니다."

"그림을 두기엔 감정소가 더 낫겠네요."

요정의 샘을 갤러리로 바꾸려면 꽤 많은 시간이 필요할 테니까. 게다가 그날 저녁은 문을 닫아야 한다. 그건 그리 좋은 선택이 아니다.

다니엘은 진지하게 장소를 고민하는 밀드레드에게 마지막으로 장소 하나를 더 이야기했다.

"그리고 또 한 군데가 있습니다."

설마 이 집에서 하고 싶다는 말은 아니겠지? 밀드레드의 눈이 가늘어졌다. 그녀는 아직 이 집을 사람들에게 공개할 생각이 없다. 제대로 된 수리가 끝나고, 사람들을 응대할 수 있는 충분한 수의 사용인을 고용할 때까지는.

그때 미심쩍다는 표정을 지은 밀드레드에게 다니엘이 다시 말을 이었다.

"병원에서 할까 합니다."

"병원이요?"

귀족에게 병원은 그리 긍정적인 곳이 아니다. 귀족은 다치거나 병이 나면 집으로 의사를 불러 진료를 받고 치료했다.

병원이란 집에서 치료할 여유가 없는 사람들을 위한 곳이었고 더 나아가 가난한 사람들을 도와주는 곳이었다.

그런 곳에서 갤러리를 열겠다고 했으니 밀드레드가 어리둥절하는 것도 당연하다. 다니엘은 이해하지 못하는 그녀를 위해 조심스럽게 말했다.

"물론 건물 하나를 빌려서 할 겁니다. 당신 근처에 환자는 없을 거예요. 보수도 하고요. 사실……."

다니엘이 이야기하는 동안 밀드레드의 놀란 얼굴이 점점 더 감탄하는 표정으로 변했다. 그녀는 다니엘의 손을 잡으며 말했다.

"사람들을 병원으로 초대해 기부를 독려하려는 거군요!"

대부분의 병원은 귀족과 부자들의 기부금으로 운영이 된다. 당연히 기부금은 언제나 부족한 법이다. 밀드레드는 다니엘의 착한 생각에 감탄했다.

그녀와 애슐리의 시험 연습을 위해 자신의 갤러리를 열어 보라고 하고, 기부금을 받을 수 있도록 장소를 병원으로 정하다니.

밀드레드의 감탄에 다니엘의 얼굴이 아주 잠깐 당황했다가 재빨리 원래대로 돌아갔다. 그는 빙그레 웃으며 말했다.

"그게 제 마음대로 되는 건 아니지만 일단 제가 할 수 있는 건 해야죠."

"당신은 정말 좋은 사람이군요."

밀드레드는 감탄한 나머지 팔을 뻗어 다니엘을 끌어안았다. 자신의 갤러리를 그런 식으로 사용하다니. 갤러리를 오픈하는 건 결국 자신의 고상한 취향과 부를 자랑하는 한 방식에 불과하다.

하지만 다니엘은 거기에 남을 돕는 방법도 포함시킨 거다.

사실 그는 병원이 기부를 받을 수 있도록 도와주려는 생각은 조금도 없었지만 밀드레드의 오해를 굳이 풀어 주지 않았다.

어쨌든 그의 행동으로 병원이 기부를 받는다면 밀드레드의 오해는 오해가 아닐 테니까. 대신 그는 그녀의 몸을 마주 끌어안고 고개를 숙였다.

달콤하고 햇살을 닮은 밀드레드의 냄새가 났다.

다니엘은 밀드레드를 끌어안은 채 그녀의 어깨에 얼굴을 묻고 말했다.

"필요한 게 있으면 뭐든지 사용하세요."

"필요한 거요?"

"사람이나, 돈이나. 뭐든지. 당신이 바라는 거라면요."

병원을 수리하고 갤러리로 사용할 수 있도록 꾸미려면 사람과 돈이 아주 많이 필요할 것이다. 밀드레드는 고개를 들어 다니엘을 처다보며 말했다.

"일단 뭐가 필요한지 병원을 봐야겠는데요."

다니엘의 얼굴에 미소가 떠올랐다.

"그럼 같이 가 볼까요?"

병원의 일부를 빌려 달라는 월포드 남작의 요청에 병원 측은 두 팔을 벌려 환영했다. 기부금으로 운영되는 만큼 병원은 늘 재정난에 시달리기 마련이다. 그런데 월포드 남작이 스스로 사용하기 위해 빌리는 건물을 수리해 주고, 대여료까지 내겠다고 한 것이다.

게다가 갤러리로 사용한 뒤 마지막에 손님들에게 병원에 기부를 요청해 주겠다고까지 하니 병원은 거절할 이유가 없었다. 병원장은 직접 나와 다니엘과 밀드레드를 응대했다.

"원하시는 건물이 있습니까?"

한번 둘러봐야 알 것 같다. 밀드레드가 그렇게 말하려 했을 때였다. 다니엘이 불쑥 말했다.

"동쪽 건물은 어떨까요."

"동쪽 건물이요?"

병원장은 당황해서 다니엘을 처다봤다. 그리고 경고하듯 말했다.

"거길 수리해 주신다면 저희야 아주 감사합니다만, 수리비가 다른 데보다 훨씬 많이 들 겁니다."

"돈은 상관없습니다."

단호한 말에 병원장은 입을 다물었다. 다니엘 월포드 남작. 그가 뒷골목을 꽉 잡고 있다는 소문을 들었다. 그가 손을 뻗은 곳은 셀 수 없을 만큼 많은데, 가장 큰 건 유통과 금융 쪽이다. 그 말은 어마어마하게 부유하다는 말이 된다.

어마어마하게 부유한 사람이 병원 복지에 신경 쓰지 말라는 법은 없지만 병원장은 월포드 남작이 병원 복지에 신경 쓰는 사람이 아니라는 것을 알고 있었다. 월포드 남작은 기부를 부탁하는 편지에 차라리 수표를 써서 보내면 보냈지, 자신의 갤러리를 병원에 오픈하는 식으로 다른 사람들의 기부를 독려하는 행동은 하지 않는다.

"일단 보죠."

밀드레드가 말했다. 병원장의 시선이 그녀를 향했다. 그는 다니엘에게 다가가 작은 목소리로 말했다.

"귀부인께서 보시기엔 좀 충격적인 장면일 수 있습니다."

다니엘은 밀드레드를 한 번 쳐다보고 다시 병원장에게 고개를 돌렸다. 그리고 차가운 목소리로 말했다.

"그건 부인께서 스스로 결정할 일입니다."

자신이 무엇을 보고 무엇을 보지 않을지는 스스로가 결정해야 한다. 병원장은 다니엘의 말에 당황했다가 다시 밀드레드에게 물었다.

"귀부인께서 보시기엔 조금 충격적일 수 있습니다. 괜찮으시겠습니까?"

"충격적인지 아닌지 일단 보고 결정할게요."

놀라서 기절이라도 하면 곤란한데. 병원장은 탐탁지 않아 하며 직원에게 자신의 뒤를 따라오라고 지시했다. 반스 부인이 기절이라도 하면 누군가 그녀를 옮겨야 할 테니 사람이 필요하다.

동쪽 건물은 병원에서 가장 안쪽에 있는 건물이었다. 병원장의 말대로 수리에 가장 많은 돈이 필요한 곳이기도 했다. 이유는 간단했다. 병원을 세운 뒤 단 한 번도 보수한 적이 없기 때문이었다.

병원에서 사용할 수 있는 돈은 한정이 돼 있다. 똑같이 보수할 필요가 있다면 상대적으로 사람들이 많이 보고 출입하는, 병원 바깥쪽에 있는 건물을 수리하는 게 더 나았다.

그렇기 때문에 동쪽 건물은 초기 모습을 그대로 유지하고 있었다.

"이쪽입니다."

병원장은 밀드레드가 충격받아 기절할지 모른다는 생각에 그녀를 뒤돌아보며 말했다. 낡은 건물. 그리고 비쩍 마른 환자들이 병원 침대에 누워 있었다.

다행히 환자가 그리 많은 편은 아니라 바닥까지 환자가 누워 있는 끔찍한 상황은 피할 수 있었다. 병원장은 겪지 못했지만 전염병이 창궐하던 시기에는 한 침대에 두 명의 환자를 눕힌 적도 있다고 했다.

밀드레드는 코를 감싸 쥐지 않기 위해 노력하며 주변을 둘러보았다. 왜 수리비가 많이 들 것 같다고 한지 알겠다. 창문은 여전히 나무창이었고 제대로 열리지 않는지 닫아 두는 바람에 어두웠다.

깨진 바닥과 금이 간 벽. 이곳에 비하면 그녀의 둥근 지붕 저택은 호화찬란한 성에 가까울 것이다.

밀드레드는 환자의 수를 확인한 뒤 병원장에게 물었다.

"수리를 하는 동안 이 환자들은 어디에 있게 되나요?"

"병실을 하나 비우면 될 것 같습니다."

그럼 처음부터 그렇게 하면 되잖아? 밀드레드는 어이가 없다는 표정으로 병원장을 쳐다봤다. 굳이 이런 낡고 어두운 곳에 환자를 두는 이유가 뭐지?

밀드레드의 시선을 깨달은 병원장은 도와 달라는 표정으로 다니엘을 쳐다봤다. 하지만 그가 모른 척하자 병원장은 헛기침을 하고 작은 목소리로 속삭였다.

"여기 있는 환자들은 어떤 종류의 지원도 받지 못하는 자들입니다."

기부금으로 운영되는 이상 병원도 환자를 몇몇 그룹으로 나누어서 치료한다. 나라를 지키다 다친 병사거나 어린아이라면 성과 귀족들의 지원금을 사용할 수 있다.

가족이 있다면 가족이 진료비를 낸다.

그런 지원을 받지 못하는 자들은 이런 곳에 입원한다는 말이다. 하지만 그런 사람들 중에서도 상대적으로 건강한 환자는 연구를 위해 무상으로 진료해 주기도 한다. 병원은 환자를 치료할 뿐 아니라 다음 의사를 길러 내는 곳이기도 하기 때문이다.

"여기로 하죠."

밀드레드는 왜 다니엘이 동쪽 건물을 선택했는지 이해했다. 어떤 건물을 수리해야 할지 골라야 한다면 그녀도 반드시 이 건물을 선택했을 것이다.

"병실을 비우고 환자를 옮기게."

병원장의 말에 직원이 고개를 끄덕이고 물러났다. 밀드레드는 천천히 돌아다니며 수리할 곳을 살폈다. 우선 이 창문부터 어떻게 해야겠다. 그녀가 닫힌 창문을 열려 했을 때였다.

"무슨 일이죠?"

여자의 목소리가 울려 퍼졌다. 카랑카랑한 목소리에 밀드레드는 물론 다니엘과 병원장도 고개를 돌렸다. 그녀는 직원들이 하나둘 옮기는 환자들을 보며 병원장에게 물었다.

"어디로 옮기는 거예요?"

"엘리자베스."

병원장은 갑자기 나타난 딸에 깜짝 놀라 그녀에게 달려갔다. 그리고 딸의 팔을 잡으며 나직하게 윽박질렀다.

"손님과 이야기 중이다. 나가."

"하지만 환자들은요? 아버지, 환자들을 내쫓는 거예요?"

설마 그런 거 아니죠? 놀란 엘리자베스의 표정에 병원장은 밀드레드와 다니엘의 눈치를 살폈다. 창피해 죽겠다. 위로 있는 딸들은 얌전히 커서 잘만 시집갔는데 이 애만 번번이 문제를 일으키곤 했다.

그는 엘리자베스를 쫓아내기 위해 엄하게 말했다.

"네가 무슨 상관이야? 어서 나가지 못해?"

그때 밀드레드가 나섰다. 그녀는 엘리자베스를 향해 말했다.

"이곳을 수리하려고 하는 거야. 그래서 환자들을 잠시 다른 병실에 수용해 달라고 했어."

"수리한다고요?"

엘리자베스의 얼굴이 환하게 빛났다. 그녀가 몇 번이나 이 건물을 수리해야 한다고 아버지에게 말했지만 병원장은 귓등으로도 듣지 않았다.

"새로운 병실로 만드는 거군요!"

밀드레드는 엘리자베스의 기쁘다는 반응에 고개를 끄덕이며 손을 내밀었다. 그리고 말했다.

"밀드레드 반스야."

그제야 병원장도 자기 딸을 소개하지 않았다는 사실을 깨달았다. 그는 허둥지둥 밀드레드와 다니엘에게 엘리자베스를 소개했다.

"엘리자베스 로저스입니다. 제 딸이죠. 엘리자베스, 인사하거라. 밀드레드 반스 부인과 다니엘 월포드 남작님이시다."

"엘리자베스 로저스입니다."

엘리자베스는 밀드레드의 손을 잡고 흔들었다. 드디어 이 병실을 수리하는구나. 그녀는 기대감에 다니엘에게 말했다.

"남작님, 어떻게 수리하실 생각이세요? 전 여길 네 구역으로 나누면 어떨까 해요."

"엘리자베스!"

엘리자베스의 당돌한 제안에 병원장이 화가 나서 소리쳤다. 동쪽 건물을 수리하는 건 어디까지나 반스 부인과 윌포드 남작의 자비에 기댄 것이다. 건물을 어떻게 수리할지는 밀드레드와 다니엘, 병원장이 조용히 이야기할 문제다.

"죄송합니다. 제가 너무 오냐오냐 키웠더니."

병원장은 재빨리 엘리자베스를 잡아당기며 사과했다. 하지만 밀드레드는 신경 쓰지 않았다. 그녀는 재미있다는 듯 웃으며 말했다.

"괜찮아요. 큰 잘못도 아닌걸요."

병원장의 시선이 다니엘을 향했다. 그는 가슴 앞으로 팔짱을 낀 채 아무 말도 하지 않았다. 어디까지나 이곳의 수리는 밀드레드에게 맡겼기 때문이다.

"네 구역으로 나누는 것도 생각해 볼게. 우선 갤러리로 사용한 다음에."

밀드레드의 부드러운 말에 엘리자베스는 눈썹을 찡그렸다. 갤러리라고? 그녀도 그게 뭔지 안다. 그림이나 조각 같은 사치품을 모으는 귀족의 취미는 그 아래 지식인층까지 내려왔다.

그녀의 아버지도 서재에 귀한 그림이니 뭐니 하는 것을 하나둘 두기 시작하더니, 급기야는 집에 갤러리를 만들었다. 그러기 위해 시집간 언니의 방이 희생된 것은 말할 것도 없었다.

"갤러리라고요?"

엘리자베스는 어이가 없어서 소리쳤다. 그럼 그렇지. 병원을 수리해 주겠다기에 사람을 구하는 일에 관심이 있는 줄 알았는데 아니었다. 이 허영심에 찬 부인은 자기 부를 자랑하는 것에만 신경을 쓸 뿐이었다.

뻥 하고 나타난 요정 같던 반스 부인이, 엘리자베스의 눈에 순식간에 허영만으로 가득 찬 멍청한 여자로 보이기 시작했다.

실망이다. 엘리자베스는 그대로 몸을 돌려 달려나갔다.

"죄송합니다."

병원장은 당황해서 밀드레드와 다니엘에게 사과했다. 늘 저렇다. 그는 자신이 딸을 너무 오냐오냐 키웠다고 생각했다. 위의 언니들처럼 좀 엄하게 키워서 열일곱 살이 되자마자 시집을 보냈어야 했다.

밀드레드는 엘리자베스가 표정을 확 구기더니 그대로 달려 나가는 것을 보고 아이들을 떠올렸다. 아이리스와 릴리도 저랬다. 물론 무례하게 손님에게 인사도 없이 달려 나가지는 않았지만.

"괜찮아요. 제 아이들이 저 또래거든요."

"거참, 저 녀석 언니들처럼 빨리 시집이나 보낼 걸 그랬습니다. 좀 영리하다고 오냐오냐했더니……."

"영리한 것 같더군요."

"그래 봤자 계집애죠."

병원장의 말에 밀드레드의 표정이 굳었다. 그녀는 가만히 있다가 빙그레 웃으며 물었다.

"그런가요?"

아차. 그제야 병원장은 자신의 실수를 깨달았다. 그는 허둥지둥 변명했다.

"아직 어려서 말입니다. 하하. 좀 나이를 먹으면 나아지겠죠."

"그렇군요."

밀드레드는 병원장의 말에 고개를 끄덕이며 몸을 돌렸다. 휴. 무사히 수습했군. 그가 그렇게 생각하며 고개를 끄덕였을 때였다.

다니엘에게 다가가며 밀드레드가 덧붙였다.

"과연 기대되네요. 로저스 씨의 따님은 나이를 먹으면 남자가 되는지 말이에요."

병원장의 얼굴이 하얗게 질렸다. 실수했다. 그는 부디 이 한 쌍의 귀족이 기분이 상해서 지원을 취소하지 않기만을 기도했다. 윌포드 남작의 갤러리를 이 병원에서 연다면 많은 관심을 얻을 수 있을 것이다.

그리고 병원은 늘 사람들의 관심과 지원이 필요했다.

"이 천은 뭐죠?"

다행히 밀드레드는 다른 병원을 찾겠다는 말은 하지 않았다. 그녀는 다니엘과 함께 금이 간 벽을 가리기 위해 걸어 둔 천을 걷어 내기 시작했다.

낡은 태피스트리를 떼어 내자 가늘게 간 금이 나타났다. 밀드레드는 눈썹을 들어 올리며 중얼거렸다.

"다시 지어야 하는 게 아니면 좋겠는데 말이죠."

"부인."

그때 다니엘이 밀드레드를 불렀다. 그는 그녀에게 한쪽 벽을 고갯짓하며 말했다.

"사실 제가 여기를 선택한 또 다른 이유가 있습니다."

병원에 도움을 주기 위해서만이 아니었어? 밀드레드는 어리둥절해서 다니엘에게 다가갔다. 그는 태피스트리를 잡더니 병원장에게 물었다.

"이 건물을 저희가 마음대로 해도 되는 거겠죠?"

다른 병원을 찾겠다는 말을 하지 않는 게 어디냐. 병원장은 고개를 끄덕이며 말했다.

"물론입니다."

"보세요, 부인."

다니엘이 낡은 태피스트리를 걷어 내자 벽에 오래된 낙서가 드러났다. 병원장의 눈에는 낙서로 보였다. 하지만 밀드레드에게는 아니었다.

"그거 설마……."

금이 가고 낡은 벽에 밀드레드에게 아주 익숙한 저택이 그려져 있었다. 둥근 지붕 저택. 그녀는 천천히 다가가서 물끄러미 그림을 쳐다봤다.

차마 그림을 만져 볼 수가 없었다. 아주 옛날의 둥근 지붕 저택이었다. 나무가 무성하고 꽃이 핀.

"카일라군요."

"그녀가 마지막으로 있었던 곳입니다."

그제야 밀드레드는 다니엘이 왜 이곳을 선택했는지 확실하게 이해했다. 그리고 한쪽을 카일라의 그림으로 꾸미고 싶다던 말의 의미도.

"이 벽을 중심으로 카일라의 그림을 두면 될 것 같아요. 그리고 갤러리가 끝나면 벽을 떼어 내서 보관할 생각이고요."

좋은 생각이다. 하지만 밀드레드는 그렇게 쉽게 좋은 생각이라고 말할 수가 없었다. 그녀의 머릿속에 이런 낡고 어두운 병원에서 죽어 갔을 카일라가 떠올랐다.

"어째서……."

밀드레드는 다니엘의 손을 꽉 잡으며 속삭였다. 카일라가 절망하지 않았기 때문에 요정이 나타나지 않았다는 것은 알겠다. 그렇다면 어째서 가족에게도 연락하지 않은 걸까. 이해가 되지 않았다. 카일라 쇼는 그럭저럭 괜찮은 집안의 아가씨였다. 가출한 그녀를 돌봐주고 걱정해 준친구도 있었다.

하지만 마지막 순간은 이곳에서 죽었다.

"어째서 가족에게도 연락하지 않은 걸까요?"

카일라의 이름은 제대로 남지 못했다. 그녀는 지금 그녀에게 온당히 돌아가야 할 명예의 한 조각조차 맛보지 못했다.

그게 밀드레드는 가슴이 아팠다. 카일라가 아무에게도 도움을 요청하지 않았다는 게 이해가 되지 않았다.

"가족에게 연락을 하면 그림을 그리기 어려웠을 겁니다."

다니엘은 밀드레드의 손을 잡으며 말했다. 마지막 순간까지 그녀는 붓을 잡고 죽기를 원했다. 가문이나 친구에게 연락을 하면 좀 더 편안하게 죽음을 맞이했을 수도 있다.

하지만 카일라는 그것을 원하지 않았다.

쇼 남작가의 영애로 죽기보다 무명 화가 카일로 죽는 것을 선택했다.

*　　*　　*

"거쉰, 쿠키 먹고 싶은데⋯⋯."

이른 오후. 출출함을 느낀 아이리스는 주방에 들어서며 요리사에게 부탁을 하려다 멈췄다. 아무도 없었다. 요리사는 어디로 갔지?

그녀는 주변을 둘러보다가 주방 안쪽에 쪼그리고 앉아 감자 껍질을 벗기는 청년을 발견했다. 윌리엄이라고 했던가.

윌포드 남작님이 일자리를 구해 주기로 했다고 데려온 청년이다. 오후에만 잠깐 일하고 밤에는 자기 집에 가서 잠을 잔다고 들었다.

그래서 아이리스가 윌리엄의 얼굴을 제대로 본 것은 지금이 처음이었다. 그녀는 윌리엄을 보고 물었다.

"거쉰 어디 갔어?"

윌리엄은 아이리스를 보고 얼어붙어 있었다. 그는 그녀의 질문에 입을 뻐끔거리더니 곧 고개를 끄덕였다.

"잠깐 비웠나 보네."

아이리스는 윌리엄이 말을 하지 않는 것을 신경 쓰지 않았다. 그렇지 않아도 어머니께 이미 그가 말을 하지 못한다고 들었다. 알아들을 수는 있다고 했으니 의사소통에만 문제가 없으면 상관없다.

"혹시 밀가루 남아 있니?"

아이리스는 주방 안으로 성큼 들어오며 물었다. 거쉰이 없으면 그녀가 하면 된다. 빵을 반죽하는 법, 굽는 법은 물론 간단한 쿠키나 요리하는 법을 이미 어미니께 배웠다.

윌리엄은 아이리스의 질문에 굳어 있다가 허둥지둥 밀가루를 찾기 시작했다. 그사이 아이리스는 냉장 찬장을 열어 버터와 계란을 찾았다.

곧 윌리엄이 밀가루를 가져오자 아이리스는 능숙하게 볼에 계란과 버터를 넣고 섞기 시작했다. 설탕까지 들어가고 밀가루를 계량해서 넣는 모습을 윌리엄은 멍하니 쳐다봤다.

"쿠키 만드는 거 처음 봐?"

윌리엄이 너무 넋을 잃고 쳐다보는 바람에 아이리스는 그렇게 물어볼 수밖에 없었다. 그가 고개를 끄덕이자 아이리스는 안됐다고 생각했다.

설탕은 사치품이다. 가난한 집에서 쉽게 볼 수 있는 게 아니다. 이 집도 한동안 설탕 한 톨도 본 적이 없다. 이렇게 설탕을 쓰게 된 건 밀드레드가 돈을 벌기 시작하면서였고, 다니엘이 들어오면서 설탕이 풍족해졌다.

당연히 아이리스는 윌리엄이 쿠키도 못 먹어 봤을 거라고 생각했다. 그녀는 쿠키 반죽을 동그랗게 떼며 말했다.

"팬 위에 버터 좀 발라 줄래? 도와주면 좀 줄게."

팬 위에 버터를 바르라는 게 무슨 뜻인지 모르겠다. 윌리엄은 버터를 든 채 널찍한 오븐 팬을 쳐다봤다. 아이리스가 다시 말했다.

"팬에 버터를 문질러."

그럼 팬에 버터가 묻을 텐데? 의문을 품었지만 어쨌거나 윌리엄은 아이리스가 시키는 대로 했다. 그 위에 아이리스가 동그랗게 떼어 낸 쿠키 반죽을 올리기 시작했다.

오븐의 불씨를 살리고 팬을 넣자 금세 좋은 냄새가 나기 시작했다. 윌리엄은 눈을 동그랗게 뜨고 오븐을 뚫어져라 쳐다보고 있었다.

쿠키를 만들어 본 건 처음이다. 그사이 아이리스가 손을 닦았다. 그녀는 능숙하게 밀가루와 반죽으로 더러워진 조리대를 치우고 접시를 꺼내기 위해 찬장을 열었다.

아차. 찬장 문을 여는 소리에 고개를 돌렸던 윌리엄은 아이리스가 발뒤꿈치를 들고 접시를 꺼내려 한다는 사실을 깨달았다. 그는 재빨리 아이리스에게 다가가 그녀가 꺼내려 한 접시를 꺼내 주었다. 깜짝 놀란 아이리스는 뒤돌아보고 윌리엄을 향해 미소 지었다.

"고마워."

윌리엄의 눈동자가 흔들렸다.

아이리스에게 묻고 싶은 게 한가득이었다. 하지만 말을 할 수가 없으니 물어볼 수가 없었다.

다니엘을 향한 원망이 울컥 튀어 올랐다. 그를 이 집에 데려왔다면 말이라도 할 수 있게 하든가! 얼굴도 바꾸고 말도 못 하게 해놔서 리안이 할 수 있는 거라곤 윌리엄인 척하고 일을 하는 것뿐이었다.

아이리스를 봐도 말을 걸 수도 없었다. 사실 말을 걸어도 무슨 말을 해야 할지 모르겠지만.

어쩌면 다니엘은 그래서 그에게 이 모습으로 말을 못 하게 한 걸지도 모른다. 어차피 할 말도 없으니 곁에서 지켜보라는 형벌의 의미로.

"몇 살이니?"

쿠키를 굽는 동안 시간이 좀 남자 아이리스가 물었다. 삐쩍 마른 윌리엄은 이상하게 리안을 생각나게 했다. 키가 비슷해서 그런가. 그녀는 윌리엄이 삐쩍 말라서 더 크게 보일 뿐 가까이 서 보니 리안과 비슷하다는 것을 깨달았다.

망설이던 윌리엄이 두 손을 들더니 검지와 중지만 펼쳐 보였다. 스물
두 살이라는 말이다.

"리안이랑 동갑이네."

아이리스는 한숨을 내쉬며 조리대에 팔꿈치를 대고 기댔다. 그녀의
입에서 자신의 이름이 나올 줄은 몰랐던 윌리엄은 깜짝 놀라서 얼어붙었
다. 아이리스는 주방 입구로 시선을 던졌다.

아무도 없다. 거쉰도 자리를 비웠고 여기 있는 건 말 못 하는 윌리엄
과 그녀뿐이다.

아이리스는 얼어붙은 채 서 있는 윌리엄을 돌아보고 쓰게 웃었다. 리
안은 어떻게 됐을까. 잘살고 있겠지. 나쁜 자식. 왕자님이니 지금쯤 배
부르고 등 따시게 누워 있을 거다.

"아, 넌 리안이 누군가 하겠다."

아이리스의 말에 윌리엄은 고개를 끄덕이지도 젓지도 못하고 가만히
서 있었다. 발이 마치 바닥에 딱 붙은 것처럼 움직이지가 않았다.

그녀는 턱을 팔에 괴더니 창밖으로 시선을 던졌다. 이른 오후의 햇빛
이 주방으로 부서지듯 쏟아지고 있었다. 아이리스의 갈색 머리카락이
햇빛을 받아 빛났다.

"내가 알던 앤데, 내가 굉장히 많이 좋아했거든."

어딘지 모르게 서글픈 표정에 윌리엄은 못 박힌 듯 아이리스의 얼굴
을 뚫어져라 쳐다봤다. 그녀는 아무에게도 하지 못한 이야기를 윌리엄
에게 털어놓기 시작했다.

"사실은 엄청 잘사는 부잣집 도련님이었는데 나랑 처음 만났을 때 가
난한 집이라고 날 속였어. 정확하게는 걔 신분 때문에 남작님이 거짓말
한 거긴 한데……."

거기까지 말한 아이리스는 재빨리 윌리엄을 쳐다보며 덧붙였다.

"남작님 욕하는 거 아냐. 그분은 좋은 분이야. 남작님이 그때 그런 건 이해가 되거든."

게다가 내가 좋아하는 게 남작님은 아니니까. 아이리스는 그렇게 중 얼거리고 오븐 쪽으로 몸을 돌렸다. 고소하고 달콤한 쿠키 냄새가 주방 가득 퍼지기 시작했다.

"근데 걔는 나한테 사실대로 말할 기회가 몇 번이나 있었는데 한 번도 말을 안 했어. 그래서 난 걔가 가난한 집 애인 줄 알았거든."

그녀는 가끔씩 후회가 되곤 했다. 그때 리안이 결혼하자고 했을 때 자 존심 부리지 말고 그냥 그러자고 할 걸 그랬나 하고. 하지만 다시 돌아 간다고 해도 그녀는 자신이 거절할 거라는 걸 알았다.

"그래서 나한테 결혼하자고 했을 때 거절했어."

아이리스의 말에 윌리엄은 입을 벌렸다. 하지만 아무 말도 나오지 않 았다. 지금이라면 물어볼 수 있을 텐데. 리안의 모습이 아닌 윌리엄의 모 습이라면 리안을 못 믿은 거냐고 물어볼 수 있을지도 모른다.

두 사람이 서로의 사랑으로 가난이나 시련 같은 걸 이겨낼 수 있다고 믿지 못한 거냐, 그렇게 묻고 싶었다.

"그래서 헤어졌어. 음. 너한테 별소리를 다 한다."

아이리스는 그렇게 말하고 웃었다. 윌리엄이 말을 하지 못하기 때문 에 아무에게도 하지 못한 이야기를 털어놓을 수 있는 거긴 했다.

하지만 말을 못 한다고 해서 이런 무거운 이야기를 마음대로 쏟아내 는 건 옳지 않다. 그게 주인집 아가씨라면 더더욱 옳지 않다. 아이리스는 재빨리 자세를 바로 하고 윌리엄에게 사과했다.

"무거운 이야기 해서 미안. 잊어버려. 그냥 내 친구 이야기를 한 거 야."

그리고 오븐을 열어서 쿠키 상태를 확인했다. 노릇노릇하게 잘 구워진 쿠키는 먹음직스러워 보였다. 그녀는 꼬챙이로 오븐 안에 든 팬을 잡아당긴 다음 주방 장갑으로 팬을 꺼냈다. 그리고 팬을 도마 위에 올려놓고 빨리 식기를 바라며 손으로 부채질을 하기 시작했다.

맛있는 냄새에 윌리엄의 시선도 쿠키를 향했다. 하지만 지금 쿠키가 중요한 게 아니다. 그는 아이리스가 계속 이야기하기를 바랐다. 하지만 말을 하지 않고 어떻게 부탁해야 할지 알 수가 없었다.

"왜?"

아이리스는 윌리엄이 자신의 옷소매를 잡아당기자 그를 돌아보았다. 쿠키 때문에 그러나? 그녀는 쿠키를 가리키며 말했다.

"아직 뜨거워서 좀 기다려야 해."

그게 아니다. 윌리엄은 고개를 저었다. 그리고 어떻게 표현해야 할지 몰라 망설이다가 자신의 왼손 검지를 가리켰다. 그리고 두 손을 교차했다.

얘가 뭐라고 하는 거지? 윌리엄의 태도를 눈을 동그랗게 뜨고 지켜보던 아이리스는 망설이다가 물었다.

"음…… 반지? 왜 구혼을 거절했냐고?"

그거다. 윌리엄은 격하게 고개를 끄덕였다. 아이리스의 시선이 쿠키를 향했다. 쿠키가 식으려면 좀 기다려야 한다.

"으음. 아무한테도 말 안 한 건데……."

아이리스는 그렇게 말하고 주방 입구를 쳐다봤다. 누가 들어올 기미는 보이지 않는다. 그녀는 다시 조리대에 몸을 기대고 가슴 앞으로 팔짱을 꼈다. 그리고 윌리엄에게 말했다.

"아무에게도 말하면 안 돼?"

윌리엄은 고개를 끄덕였다. 아이리스가 리안을 거절한 이유는 이미 알고 있다. 그가 가난하기 때문이다. 하지만 정말로? 리안은 믿을 수가 없었다.

아이리스는 고작 돈 때문에 구혼을 거절할 속물적인 여자가 아니다. 그는 그렇게 생각하고 싶었다.

"나는 장녀고 동생이 둘이나 있잖아."

알지? 아이리스는 그렇게 물으며 윌리엄을 쳐다봤다. 이 이야기는 아무에게도 하지 않았다. 아무에게도 하지 못했다. 리안에게는 더더욱.

"나는 리안이 가난하다고 생각했는데, 우리가 결혼하면 걔가 나랑 우리 가족들을 다 책임져야 하잖아. 걔는 자기 몸 하나 건사하기 힘든데."

하지만. 윌리엄이 이상하다는 표정을 지었다. 그 표정을 본 아이리스는 손을 내저으며 덧붙였다.

"알아. 걔가 사실은 부자라고 했지. 근데 그때 나는 몰랐단 말이야."

그래, 그녀는 몰랐다. 아이리스는 침울한 표정을 지었다. 그리고 한숨을 쉬듯 말했다.

"나는 리안이 가난한 줄 알았어. 하지만 내 동생들도 결혼을 해야 하고, 나랑 결혼한 사람은 내 동생들의 결혼도 책임져 줘야 하잖아."

최소한 제대로 된 드레스와 지참금을 약간이라도 쥐여 줘야 한다. 그걸 가난한 리안이 할 수 있을까?

어려울 것이다. 아이리스는 가난한 리안과 결혼해서 행복했을 것이다. 둘이 열심히 일하면 언젠가 먹고살 만해질 거라는 꿈을 꿀 수도 있었겠지.

하지만 릴리와 애슐리는? 그녀는 릴리와 애슐리를 저버릴 수가 없었다. 그리고 릴리와 애슐리의 형제도 아닌 리안에게 그녀와 함께 고생하자고 할 수도 없었다.

"리안에게 부담을 주고 싶지 않았어. 걔한테 나랑 같이 고생해 달라고 말할 수는 없었어. 걔는 더 나은 대접을 받을 자격이 있다고 생각했어."

그 자격이 왕자일 줄은 생각도 못 했지만.

리안을 좋아했다. 정말로 많이. 그래서 그녀가 가지고 있는 부담을 함께 짊어져 달라고 할 수가 없었다. 사랑하는 사람에게 끝없이 무너져 내리는 게 뻔한 구덩이 속으로 자신과 함께 들어가자고 할 수는 없는 일이다.

그렇지 않다. 윌리엄은 반박하려 했지만 말이 나오지 않았다. 앞날이 어떻게 될지는 모르는 거잖아. 설령 가난하다고 해도, 계속 가난할지 어떻게 알아?

둘이 살면 어떻게든 될 수도 있잖아.

하지만 윌리엄은 말을 할 수 없었고 그사이 쿠키는 적당히 식어 있었다.

"도와줘서 고마워. 이야기 들어 준 것도. 이건 가져가서 먹어."

아이리스는 식은 쿠키의 반을 자신의 손수건에 싸서 윌리엄에게 내밀었다. 그리고 남은 반은 접시에 담아 차와 함께 가지고 나가 버렸다.

"오늘 아이리스랑 이야기를 했습니다."

그날 저녁, 성으로 돌아가는 길에 리안이 말했다. 아직 윌리엄의 모습이긴 했지만 말은 할 수 있었다.

이야기를 했다고? 다니엘은 한쪽 눈썹을 들어 올렸지만 아무 말도 하지 않았다. 한쪽이 일방적으로 말하고 다른 한쪽은 듣기만 하는 걸 과연 이야기를 했다고 할 수 있는 걸까.

어쩌면 그게 가장 이상적인 대화인지도 모른다. 리안은 듣기만 하고 아이리스는 말하는 것. 게다가 방법은 좀 달랐지만 다니엘은 두 사람이 이야기를 하기를 바랐다.

다니엘이 리안을 윌리엄으로 모습을 바꿔서 데려간 데에는 궁극적으로 한 가지 이유가 있었다. 세상 물정 모르는 이 철없는 왕자님이 정신 차리도록 교육하려는 것.

그는 리안이 아이리스를 이해하기를 바랐다. 가난해 보지 않은 자가 가난에 대해 말하는 것은 쉽다. 벌어도 벌어도 모이지 않는 저금 같은 걸 전혀 이해하지 못하니까.

자기 손으로 생필품조차 사 본 적 없는 도련님이 그게 얼마나 부담이 되는지 알 리가 없다. 물론 그런 경험을 하는 게 다른 집이었다면 더 좋았을 테지만.

아무리 다니엘을 신임하는 국왕 부부라 해도 리안의 외형을 바꿔 다른 집에서 일을 시키는 것을 용납할 리가 없었다. 다니엘은 백성들의 생활을 경험할 수 있도록 신분을 감추고 하인으로 일하게 해 보면 어떻겠느냐고 제안했고, 그의 시야에 두는 것을 조건으로 허락을 받았다.

어쩌면 윌리엄이 반스 저택에서 일하게 된 건 당연할 수밖에 없는 수순일지도 모른다.

이 사실은 밀드레드에게 죽을 때까지 비밀로 해야겠군. 다니엘은 그렇게 생각하며 이 답답한 왕자님을 어떻게 가르쳐야 할지 생각하고 있었다.

"아이리스는 내게 부담을 주기 싫어서 그랬다고 하더군요."

다니엘이 아무 말도 하지 않자 리안은 한숨을 내쉬며 말했다. 그녀가 단순히 가난한 리안이 싫어서 거절한 게 아니라는 건 알겠다. 하지만 그럼에도 리안의 생각은 여전했다.

"하지만 부담인지 아닌지는 모르는 거잖습니까."

"그렇습니까?"

가만히 리안의 하소연 아닌 하소연을 듣고 있던 다니엘은 결국 참지 못하고 물었다. 그래? 그렇게 생각해?

리안은 다니엘의 참을성이 서서히 바닥을 드러내는 것을 눈치채지 못하고 투정 아닌 투정을 부렸다.

"살다 보면 더 나아질 수도 있는 거니까요. 게다가 전 아이리스와 함께라면 가난해도 괜찮았다고요."

"그건 전하의 생각이죠."

다니엘의 냉정한 말이 날아왔다. 리안이 고개를 들자 다니엘은 말고삐를 쥔 채 말을 이었다.

"지금 윌리엄이 한 주 동안 일을 하고 받는 돈이 얼마인지 아십니까?"

안다. 리안은 고개를 끄덕였다.

"그럼 드레스 한 벌에 얼마인지 아십니까?"

그건 모르겠다. 리안이 고개를 젓자 다니엘은 그가 밀드레드에게 사 줬던 드레스 가격을 입에 올렸다. 그리고 말했다.

"계산해 보시죠."

윌리엄이 한 주 동안 받는 돈으로 밀드레드의 드레스를 사려면 최소한 백이십 주 동안 꼬박 돈을 모아야 한다. 백이십 주. 단순 계산으로 이삼 년은 꼬박 돈을 벌어야 밀드레드의 드레스를 살 수 있다는 말이다.

물론 밀드레드의 드레스가 그만큼 비싼 탓도 있었다. 다비나의 가게에서 주문한 아이들의 드레스는 그 반의반 값도 되지 않으니까.

그렇다 해도 반년이다. 반년 동안 윌리엄은 먹지도 마시지도 않고 돈을 모아야 한다.

리안의 눈이 커졌다. 그 모습을 다니엘은 냉정하게 쳐다보고 있었다.

"앞으로 나아진다고요? 전하. 어떻게 나아질 겁니까?"

"하지만 이건 가짜잖아요. 전 리안 캠프가 아니고요."

"멍청한 소리 마시죠. 아이리스에게는 진짜였잖습니까."

리안의 표정이 어두워졌다. 그게 문제였다. 그에게는 가짜였지만 아이리스에게는 진짜였다. 그녀는 진지하게 리안과 자신의 미래를 고민했다.

진지하지 않은 건 리안이었다.

"이제 그만 어른이 될 때도 되지 않았습니까?"

다니엘은 성에 리안을 내려놓고 차갑게 일침을 놓았다. 그가 다시 마차를 타고 떠났을 때 리안은 다시 원래의 모습으로 돌아와 있었다.

리안은 기운이 빠진 채로 터덜터덜 자신의 방으로 돌아갔다. 원래의 왕자인 자신의 모습으로 돌아왔음에도 자신이 어리석고 초라하게 느껴졌다.

"전하."

리안이 방으로 들어서자 기다리고 있던 더글러스가 벌떡 일어나서 그를 맞이했다. 아, 맞다. 검술 수업도 있지. 리안은 몸과 마음이 지쳐서 도저히 검술 수업을 받을 상황이 아니었다.

하루 종일 홀을 쓸고 감자를 깎았다. 그놈의 감자! 이젠 그의 식탁에 감자 요리가 나오는 것만으로도 지긋지긋할 정도다.

"케이시 경."

리안은 오늘 수업은 미루자고 말하려고 입을 열었다. 하지만 문득 아이리스가 떠올랐다.

그녀는 리안이 가난한 줄 알았을 때도 그가 더 나은 대접을 받을 자격이 있다고 생각했다고 했다.

케이시 경은 그를 가르쳐 주기 위해 성으로 와서 그가 오기를 기다렸다. 왕자를 가르치는 데는 돈을 받지 않는다. 성에서 일하는 대부분의 귀족이 마찬가지다.

그 행위 자체로 영예로운 일이니까.

그렇다면 리안은 그런 그들을 영예롭게 대접하고 있는 걸까.

아이리스는 자신의 집에 책임감을 가지고 있었다. 리안은 그가 다스릴 나라와 백성들에게 책임감을 가지고 있는 걸까. 그의 나라와 백성들은 받아 마땅한 대접을 받고 있는 걸까.

"오늘은 좀 살살해 주세요."

결국 리안은 그렇게 말하는 수밖에 없었다. 수업하기 싫다고 투덜거릴 줄 알았던 왕자가 순순히 나오자 더글러스의 얼굴이 환해졌다.

"물론이죠."

두 사람은 검을 들고 대련실로 향했다. 두 사람을 따라나선 하인이 묵직한 문을 열자 리안이 먼저 안으로 들어갔다.

환기를 잘한 덕에 상쾌하고 서늘한 공기가 두 사람을 반겼다. 리안은 더글러스가 시작하자고 하기도 전에 검을 내려놓고 벽에 가서 섰다.

이게 무슨 일이지? 평소와 전혀 다른 태도에 더글러스는 저도 모르게 한쪽 눈썹을 들어 올렸다. 하지만 곧 리안이 벽을 따라 달리기 시작하자 그의 뒤를 따르는 수밖에 없었다.

"오늘 무슨 일이라도 있었습니까?"

더글러스가 결국 참지 못하고 질문을 한 것은 대련실 벽을 따라 세 바퀴를 달리고 난 다음의 일이었다. 대기하고 있던 하인이 수건과 차가운 물을 가져오자 리안은 꿀꺽꿀꺽 마시고 더글러스를 쳐다봤다.

"그냥……."

스스로가 초라하게 느껴졌다. 하지만 더글러스에게 그렇게 말할 수 있을 리가 없다. 리안은 컵을 하인에게 건네고 물러가라고 눈짓한 뒤 대련실 한가운데로 걸어가며 물었다.

"케이시 경, 뭐 하나만 물어봐도 됩니까?"

"뭐든지요."

아니, 그렇게 말해도 엄청 실례되는 질문인데. 리안은 더글러스의 눈치를 살피며 내려놓은 검을 집어 들었다. 그리고 조심스럽게 물었다.

"파혼했을 때 말입니다."

다행히 더글러스의 표정은 아무 변화도 없었다. 오히려 그는 놀라울 정도로 아무런 감정 변화를 느끼지 못하고 있었다.

"네."

"그때 약혼자를 잡아야겠다는 생각은 안 들었습니까?"

이건 예상하지 못했다. 더글러스는 멈칫하고 리안을 쳐다봤다. 왕자님이 이러시는 이유가 뭘까? 자연스럽게 그의 머릿속에 아이리스가 떠올랐다. 그리고 아이리스가 떠오르자 당연히 릴리도 떠올랐다.

"처음에는요."

더글러스는 머릿속에 떠오른 릴리를 지우지 않고 말했다. 그의 머릿속에서 그녀는 자신을 향해 미소 짓고 있었다. 릴리가 그에게만은 보여 주지 않은 표정이다.

"그런데요?"

왜 파혼했냐는 질문이다. 더글러스는 검을 들지 않은 손을 들어 머리카락을 쓸어 넘겼다. 왜 파혼했냐고? 당연하다. 그게 요정의 축복이자 저주였으니까.

진정한 사랑의 축복. 그건 이뤄져야 한다.

"제가 어쩔 수 있는 게 아니잖습니까."

더글러스는 덤덤하게 대답했다. 이렇게 대답할 수 있게 된 건 릴리의 덕이 컸다. 비록 집안에서 정해 준 약혼이었지만 그에게도 두 번의 파혼은 엄청난 상처였으니까.

"잡으려고 노력한 적은 없습니까?"

한 번은. 처음엔 그도 약혼자의 마음을 돌리려 했었다. 진실한 사랑? 운명적인 사랑? 그게 무슨 소용이 있단 말인가.

첫 번째 약혼자도 두 번째 약혼자도 어느 모로 보나 더글러스보다 못한 자와 사랑에 빠졌었다. 케이시 후작가만큼 부유하고 높은 작위를 가진 집안이 얼마나 있겠느냐마는.

더글러스는 첫 번째 약혼자는 잡으려 했다고 말하려다 멈췄다. 그런데 이런 걸 왜 물어보는 거지?

"그런 걸 왜 물어보시는 겁니까?"

리안은 아무 말도 하지 않았다. 그리고 검을 가슴 앞으로 들어 올렸다가 더글러스를 향해 찔렀다.

자신이 멍청했다는 것을 알겠다. 생각이 짧았고 부족했다. 책임감도 없었고 현실 감각이 떨어졌다. 그게 화가 나서 견딜 수가 없었다.

"전하."

더글러스는 리안의 검을 막으며 그를 불렀다. 그는 리안이 화가 났다는 것을 알아차렸다. 누구에게 화가 난 건지는 모르겠지만.

"아이리스 반스 양 때문입니까?"

더글러스가 검을 휘두르며 물었다. 쳉! 하고 두 사람의 검이 부딪쳤다. 리안은 입술을 깨물고 달라붙은 두 개의 검에 시선을 고정했다.

뭔가 도움이 될 만한 말을 하고 싶지만 더글러스는 말주변이 없었다. 그는 지금 이 자리에 있는 게 그가 아니라 윌포드 남작이면 좋았을 거라고 생각했다.

그가 얄밉지만 이런 문제에서는 자신보다 윌포드 남작이 낫다는 것을 알고 있었다.

"잡으려고 했습니다."

더글러스는 리안의 검을 밀어내며 말했다. 검을 떼어 내며 물러났던 리안은 그의 말에 계속 이야기하라고 눈짓했다.

"그런데 그녀가 그러더군요."

이름이 뭐였더라. 지금은 무슨 남작 부인이 되어 있는 걸로 알고 있다. 더글러스는 이제는 이름은커녕 얼굴조차 제대로 기억나지 않는 전전 약혼자의 말을 떠올리려 애쓰며 눈을 가늘게 떴다.

— 당신은 좋은 사람이에요. 하지만 내게 특별하지는 않죠. 파혼해 주지 않는다면 후작 부인이 되기는 하겠지만 당신의 부인이 될 수 있을 지는 모르겠어요.

더글러스도 처음엔 그게 무슨 상관이냐고 생각했다. 그의 부인이 케이시 후작 부인이다. 하지만 그는 릴리를 만나서 그녀와 이야기를 한 뒤 그때 전전 약혼자가 무슨 말을 한 건지 어렴풋이 이해했다.

리안은 검을 든 채 가만히 서 있었다. 더글러스는 그를 쳐다보다가 다시 물었다.

"아이리스 반스 양 일입니까?"

"네."

결국 리안은 한숨을 내쉬며 고개를 끄덕였다. 더글러스는 한 손으로 머리카락을 쓸어 넘겼다. 그리고 조심스럽게 물었다.

"왜 거절한 건지 물어보셨습니까?"

그는 물어봤다. 릴리에게.

더글러스는 원래 그런 사람이었다. 그는 훈련을 할 때도 뭐가 문제인지 확인해서 고쳐 나가곤 했다. 이번에도 그럴 수 있을 거라 생각했다.

하지만 릴리의 문제만큼은 어떻게 고쳐야 할지 모르겠다는 게 문제다. 릴리는 화가가 되고 싶다고 했고 결혼할 생각이 없다고 했다.

결혼할 생각이 없는 사람을 어떻게 결혼하게 만든단 말인가.

"음, 그게 문젠데요."

리안은 그렇게 운을 떼며 다시 검을 들어 올렸다. 그가 깊게 베어 들어가자 더글러스는 슬쩍 몸을 비틀어 피했다가 리안의 허리 쪽으로 찔렀다.

"좀 오해가 있었거든요."

"무슨 오해요?"

다시 챙 하고 검이 부딪쳤다. 리안은 이번에는 더글러스의 얼굴을 보며 말했다.

"그녀는 제가 가난한 청년인 줄 알고 있더군요."

이게 무슨 소리야? 더글러스가 어리둥절한 표정을 짓자 리안이 힘껏 더글러스의 검을 뿌리치며 말했다.

"제가 처음에 가난한 청년이라고 소개했거든요. 그래서 거절했던 겁니다. 그녀는 장녀고 동생들을 책임질 의무가 있으니까요."

"어, 그럼 지금은 아닌 걸 아는 거죠?"

더글러스는 그대로 밀려나며 물었다. 거절할 때는 알았지만 지금은 왕자인 걸 아는 거지? 그런 질문에 리안은 고개를 끄덕였다.

"그럼 다시 청혼하시면 되잖습니까?"

문제 해결 아닌가? 더글러스는 여전히 어리둥절한 표정으로 물었다. 리안이 가난한 청년이라 거절했다면 부유한 왕자인 걸 아는 지금은 해결된 거 아닌가?

하지만 리안은 다시 고개를 저었다.

"제가 자기를 속였다고 생각합니다. 그래서 화가 많이 났어요. 게다가."

게다가?

더글러스의 검이 리안의 허리 쪽으로 날아들었다. 리안은 검으로 더글러스의 검을 쳐내며 말했다.

"왕자비 후보를 받고 있잖습니까."

더글러스의 미간에 주름이 생겼다.

그게 무슨 상관이야? 더글러스는 어이가 없어서 리안을 빤히 쳐다봤다. 그 순간 리안의 검이 더글러스의 목을 노리고 날아 들어왔다.

아무리 넋을 놓고 있었다고 해도 그렇게 쉽게 당할 더글러스가 아니다. 그는 리안의 검을 쳐서 날려 버렸다. 그리고 벌컥 화를 냈다.

"제정신입니까?"

"네?"

오늘 두 명의 스승에게 각각 한 번씩 혼난 리안은 어리둥절해서 더글러스를 쳐다봤다. 더글러스는 리안을 때릴 것처럼 바짝 다가가서 으르렁거리듯 말했다.

"전하께서 좋아하는 분 아닙니까? 그분도 전하를 좋아하고 있잖아요? 고작 오해 때문에 손을 놓겠다고요?"

그는 릴리가 그를 좋아한다면 무슨 짓이라도 할 수 있었다. 그녀가 자신과 결혼해 주겠다면 하늘의 별도 따다 줄 수 있었다.

하지만 리안과 아이리스는 서로 좋아하고 있는데 고작 오해 때문에 멀어지고, 그 오해로 왕자비 후보를 뽑아 시험을 보게 됐다. 그 왕자비 후보 시험 때문에 아무것도 못 하겠다고?

더글러스는 처음으로 리안에게 크게 실망한 표정을 지었다.

"잠깐, 잠깐만요, 경."

케이시 경이 그에게 이렇게까지 화를 내는 건 처음이다. 리안은 당황해서 두 손을 들어 보였다. 그리고 재빨리 말했다.

"당연히 부모님께 말씀드릴 겁니다."

더글러스의 행동이 뚝 멈췄다. 그는 가만히 리안을 쳐다보다가 벼락처럼 소리쳤다.

"뭐 하시는 겁니까? 빨리 가세요!"

"네? 그럼 수업은…….."

"수업이 중요합니까?"

리안의 얼굴에 미소가 떠올랐다. 그는 그대로 부모님이 생활하는 건물로 달려갔다. 그리고 왕자비 후보 건으로 알현을 요청했다.

마침 차를 마시고 있던 왕과 왕비는 바로 아들을 받아들였다.

하지만 리안의 요청을 들은 두 사람은 서로를 마주 보더니 곧 아들을 물끄러미 쳐다봤다. 그리고 왕비가 말했다.

"시험은 그대로 진행이 될 거야."

"어째서입니까?"

"쥬세페, 그 상대 아가씨는 한 번 네가 싫다고 했잖니. 우리가 시험을 중단한다고 그녀가 너와 결혼하겠다고 할까?"

아이리스는 리안이 가난한 청년인 줄 알아서 거절한 것뿐이다. 리안은 그렇게 말하려다 말았다. 그렇게 말하면 부모님은 더더욱 아이리스를 반대할 게 분명했다.

그때 왕이 입을 열었다.

"게다가 왕자비를 시험을 통해 뽑겠다고 이야기한 걸 너도 알고 있을 텐데? 후보자 추천까지 받았는데 이제 와서 시험을 없던 일로 하겠다고 하면 왕실의 명예와 신뢰는 어떻게 될 것 같으냐."

땅에 떨어지겠지. 리안은 입술을 깨물었다. 왕은 아들을 보며 다시 말했다.

"그래서 고심, 또 고심해서 행동을 무겁게 하라고 했을 텐데……."

"하지만……."

리안은 억울한 마음에 입을 열었다. 아이리스가 아니면 싫다. 역시 그는 그녀가 좋았다. 그녀가 아무리 그에게 실망했고 화를 낸다고 해도 그래도 아이리스가 좋았다.

"쥬세페."

못마땅한 표정의 아들을 본 왕비가 다시 입을 열었다. 그녀는 고개를 기울이며 말했다.

"그녀와 네가 정말 인연이라면 어떻게든 다시 만날 거다."

왕비의 말에 왕이 손을 뻗어 그녀의 손을 잡았다. 부모님이 다정하게 손을 잡는 것을 본 리안의 표정이 일그러졌다.

그는 입술을 깨물다가 말했다.

"그럼 부탁이 있습니다."

다시 왕과 왕비의 시선이 리안에게 향했다. 이대로 아이리스를 포기할 수는 없었다.

*　　*　　*

동쪽 건물의 공사가 시작됐다. 한창 환자를 옮긴다, 안에 있는 물건을 치운다 난리더니 곧 쾅쾅거리는 소리가 들리기 시작했다.

엘리자베스는 동쪽 건물 근처에는 얼씬도 하지 말라는 아버지의 엄명을 무시하고 건물로 향했다. 꼭 확인하고 싶은 일이 있었기 때문이다.

"그쪽 벽은 건들지 마세요. 나중에 떼어 낼 거예요."

있다. 엘리자베스는 인부들에게 지시를 하고 있는 귀부인을 발견하고 걸음을 멈췄다. 검은색 머리카락을 틀어 올린 아름다운 여자. 반스 부인이라고 했다.

밀드레드도 엘리자베스를 발견했다. 그녀는 십장에게 미리 이야기한 대로 창문을 좀 더 크게 뚫어 달라고 부탁한 뒤 엘리자베스에게 몸을 돌렸다. 그리고 그녀에게 다가가며 인사했다.

"안녕, 로저스."

"아, 안녕하세요."

전에 만났을 때는 어딘지 모르게 화가 난 얼굴로 달려나가더니 오늘은 먼저 다가왔다. 밀드레드는 그녀가 공사 현장이 궁금해서 왔을 거라 생각하고 말했다.

"구경하는 건 상관없는데 위험하니까 이 이상 다가가진 마."

엘리자베스는 밀드레드가 무슨 소리를 하는지 몰라서 멍하니 그녀를 쳐다보다가 곧 공사 현장에 다가가지 말라는 소리라는 것을 깨달았다. 물론 공사 현장도 궁금하긴 하지만 그것 때문에 온 건 아니다.

밀드레드와 다니엘이 동쪽 건물에 대한 계약을 하고 간 뒤, 엘리자베스는 친구에게 놀라운 이야기를 들었다.

그날 아버지와 이야기를 한 부인이 사실은 요정 대모일지도 모른다는 이야기였다.

― 예지력을 보여 줬대. 말이 임신한 걸 맞혔다고 하더라고. 게다가 최근에 유행한 게 전부 반스 부인이 만든 거래.

엘리자베스의 머릿속에 최근에 유행한 디저트가 떠올랐다. 커다란 슈 안에 크림을 채워 넣은 거였다. 그걸 먹기 위해 친구와 요정의 샘에서 두 시간이나 줄을 섰던 기억이 있다.

정말로 요정 대모인 걸까. 엘리자베스는 아무 말도 없이 자신을 빤히 쳐다보는 그녀의 태도에 고개를 갸웃하는 밀드레드를 쳐다봤다.

요정처럼 아름답긴 하다. 하지만 엘리자베스는 그녀를 그저 허영심만 가득한 부인이라고 생각했다. 그게 그녀의 착각이었던 걸까.

"뭐 하나만 여쭤봐도 될까요?"

"뭔데?"

엘리자베스의 질문에 밀드레드는 흔쾌히 대답했다. 엘리자베스는 로저스 병원장의 딸이다. 귀족은 아니지만 지식인층이라는 말이다. 무례한 질문을 하지 않을 거라는 믿음이 있었다.

"정말 요정 대모인가요?"

"뭐?"

하지만 그게 말도 안 되는 질문일 줄은 몰랐다. 밀드레드는 깜짝 놀라서 엘리자베스를 쳐다봤다. 그리고 어리둥절한 표정으로 물었다.

"요정 대모라고? 내가?"

"아닌가요?"

엘리자베스의 표정은 진지했다. 밀드레드는 그녀가 농담을 하는 게 아니라는 것을 깨달았다. 그렇다면 대체 왜 이런 생각을 하게 된 걸까?

"아니, 아닌데. 어째서 그런 생각을 했는지 물어봐도 될까?"

엘리자베스의 표정이 어두워졌다. 그녀는 부끄러움과 실망에 표정 관리도 하지 못하고 말했다.

"그게, 그런 소문을 들었어요."

"소문? 어떤 소문?"

"말이 임신한 걸 예언했다고 하던데요."

뭐? 밀드레드는 어이가 없어서 눈을 크게 떴다가 엘리자베스의 얼굴이 어두운 것을 보고 표정을 바로 했다. 그건 예언이 아니었다. 정확하게 말하면 찍은 거다.

하지만 소문은 어떻게든 부풀려지기 마련이다. 밀드레드는 공사 현장을 돌아보고 엘리자베스에게 말했다.

"그런 대단한 게 아니었어. 그냥 가설을 제시했을 뿐이지."

말이 움직이지 않는 이유를 들다 보니 그중 하나가 맞아떨어졌던 것뿐이다. 밀드레드는 엘리자베스에게 밖으로 나가자고 말하고 걷기 시작했다. 벽을 뚫느라 건물에 먼지가 엄청나게 피어올랐다.

"그렇군요. 실례했습니다."

곧 정신을 차린 엘리자베스가 표정 관리를 하고 사과했다. 밀드레드는 엘리자베스의 얼굴을 살펴보다가 물었다.

"예언을 받고 싶다면 예언자나 신전을 찾아가는 게 낫지 않을까?"

신전의 예언이 그렇게 쉽게 나오는 건 아니지만 자칭 예언자라는 사람들이 있다. 앞으로 어떻게 될지 궁금하거나 해결하고 싶은 고민이 있는 사람들이 찾아가서 상담을 받는다.

하지만 엘리자베스는 예언을 받고 싶은 게 아니었다. 그녀는 고개를 숙인 채 웅얼거리듯 말했다.

"예언을 받고 싶은 게 아니에요."

"그럼?"

"소원을 빌고 싶었어요."

밀드레드의 눈썹이 올라갔다. 그렇군. 그녀는 엘리자베스가 자신이 요정 대모라는 소문을 듣고 달려온 이유를 알았다.

요정 대모는 소원을 들어준다. 그런 이야기가 있다. 그녀는 한 번도 보지 못했지만.

"무슨 소원인지 물어봐도 돼?"

엘리자베스는 입을 열었다가 다시 닫았다. 어차피 밴스 부인이 요정 대모가 아니라면 소용없다. 그녀는 이해하지 못할 것이다.

그녀는 고개를 돌려 공사가 한창인 동쪽 건물을 쳐다봤다. 무력감이 몰려왔다.

"아니요."

엘리자베스는 고개를 저었다. 그리고 그만 가 봐야겠다는 말과 함께 밀드레드를 떠나 버렸다.

"무슨 일 있었습니까?"

밀드레드가 병원 밖으로 나오자 다니엘이 그녀를 기다리고 있었다. 밀드레드는 그의 등장에 깜짝 놀라서 물었다.

"어쩐 일이에요?"

오늘 다니엘은 좀 일찍 집을 나섰었다. 밀드레드의 머릿속에 그가 일이 많은 날이라고 했던 기억이 떠올랐다. 다니엘은 씩 웃으며 그녀를 위해 마차 문을 열어주었다.

"다시 들어가 봐야 합니다. 전에 꽃 구매처를 구한다는 말을 들어서 제가 아는 곳에 연락을 해 봤어요."

밀드레드는 갤러리 오픈 준비를 하면서 여기저기에 괜찮은 꽃 구매처가 있는지 물어봤었다. 산드라는 물론 로완 후작 부인에게도 추천을 받았다.

거기에 다니엘까지 신경 써 줄 줄은 몰랐다. 그녀는 다니엘의 말에 빙그레 웃으며 마차 안으로 들어서려다 멈칫했다. 마차 안이 꽃으로 가득차 있었다. 그녀는 깜짝 놀라서 그를 돌아봤다.

"당신을 화원에 데려가고 싶은데 바쁜 것 같길래 화원을 가져왔죠."

세상에. 밀드레드는 그녀와 다니엘이 앉을 자리만 빼고 빼곡하게 들어선 꽃을 보고 눈을 휘둥그레 떴다.

선명한 꽃은 모양과 색만큼이나 향기도 화려했다. 밀드레드가 조심스럽게 꽃 사이에 앉자 다니엘도 마차 안에 들어섰다. 그는 꽃에 파묻힌 것처럼 보이는 밀드레드를 보고 부드럽게 미소를 지었다.

새까만 머리카락과 초록색 눈동자 주변에 붉은색과 노란색, 분홍색의 꽃이 마치 밀드레드를 장식하는 것처럼 보였다.

"고마워요."

밀드레드는 곁에 있던 꽃을 잡아 향기를 맡고 감사 인사를 건넸다. 향기가 진해서 마치 창문을 열어봐야 할 정도다. 하지만 그 정도로 다니엘이 그녀를 생각했다는 게 기분이 좋았다.

생각해 보면 그는 늘 그녀에게 꽃을 가져와서 선물해 주곤 했다. 홀에 있는 꽃병의 꽃이 적어도 일주일에 한 번씩은 바뀔 정도로.

하지만 이 정도로 많은 꽃을 선물하는 건 처음이라 밀드레드는 궁금한 마음에 물었다.

"그런데 왜 이렇게 많이 주문했어요?"

"한두 송이로는 전체적인 모양을 그리기 어려울 테니까요."

각각의 꽃이 몇십 송이씩 모여 있을 때 어떻게 보이는지 봐야 한다는 말이다. 아무리 그래도 그렇지. 밀드레드는 한숨을 내쉬며 다시 꽃으로 시선을 돌렸다. 어이가 없기는 하지만 그래도 예쁘긴 하다.

29

애슐리의 속임수

"다녀오셨습니까."

짐이 문을 열고 나오며 인사를 건넸다. 다니엘은 잠깐 나왔다고 했지만 나와 함께 집 안으로 들어섰다. 옷을 갈아입고 나가려고 하나?

나는 그의 완벽한 차림을 보고 고개를 갸웃했다. 곧이어 다니엘의 하인들이 마차 안에 있는 꽃을 꺼내기 시작했다.

"꽃은 어떻게 할까요?"

순식간에 홀 안이 꽃으로 가득 차자 짐이 물었다. 방마다 한 다발씩 두면 되지 않을까? 그렇게 생각하는데 다니엘이 내게 다가와서 물었다.

"잠깐 이야기를 좀 하고 싶은데요."

다니엘의 표정이 진지했다. 뭐지? 나는 짐에게 꽃을 방에 장식하라고 지시한 뒤 다니엘에게 서재로 가자고 말했다. 진지한 거라면 좀 조용한 곳에서 이야기하는 게 좋겠지.

머릿속에 그가 내게 조용히 이야기할 만한 주제가 몇 개 떠올랐다. 대체 무슨 이야기인 걸까. 어리둥절해하는데 다니엘이 다시 말했다.

"그리고 애슐리도 함께 이야기를 했으면 좋겠습니다."

"애슐리도요?"

머릿속에 돌던 몇 가지 이야기 주제가 모두 사라지고 딱 하나만 남았다. 왕자비 후보. 애슐리는 다니엘의 추천을 받아 왕자비 후보에 입후보했다.

심장이 마구 뛰기 시작했다. 나는 응접실에 앉아서 책을 읽던 애슐리를 찾아 서재로 데려왔다.

뭔지 몰라도 두꺼운 책을 보고 있던 그녀는 어리둥절한 표정으로 나와 함께 서재로 향했다.

"애슐리, 왕자비 후보가 결정됐다."

애슐리를 본 다니엘이 말했다. 나는 두 손을 잡은 채 애슐리를 쳐다보고 있었다. 모두 세 명. 그중 한 명이 애슐리라는 말이리라.

"됐나요?"

애슐리의 질문에 다니엘은 고개를 끄덕였다. 그리고 나를 한 번 쳐다보더니 애슐리에게 말했다.

"이제 이야기해야 해."

뭘? 어리둥절해하는 내게 애슐리가 고개를 돌렸다. 그녀는 바짝 긴장하고 있었다.

기뻐하는 표정이 아니라? 나는 다니엘과 애슐리가 무슨 말을 하는지 몰라 눈을 깜빡였다.

"제가 왕자비 후보 신청서를 썼어요."

애슐리가 말했다. 그건 이미 알고 있잖아? 나는 고개를 끄덕이며 말했다.

"윌포드 남작님이 추천서를 써 줬고."

내 말에 애슐리도 고개를 끄덕였다. 그리고 다니엘을 한 번 쳐다보더니 나를 향해 말했다.

"아이리스 이름으로요."

응?

잠깐 그녀가 무슨 말을 하는지 이해가 되지 않았다.

나는 미간을 찡그린 채 애슐리를 쳐다보다가 다니엘을 향해 고개를 돌렸다. 그는 진지한 표정으로 소파에 앉아 있었다.

이게 농담이 아니라는 말이다.

"뭘 어쨌다고?"

"아이리스 이름으로 신청서를 썼어요."

다시 애슐리가 말했다. 너도 알고 있었어? 다니엘을 향해 고개를 돌리자 그가 바른 자세로 앉아 있는 게 눈에 들어왔다. 순간 뿅 하고 그가 가져온 엄청난 양의 꽃이 머릿속에 떠올랐다.

그게 혼나기 전에 가져온 뇌물이었구나!

"아이리스는? 이거 알아?"

나는 어이가 없어서 머리를 짚으며 물었다. 애슐리는 긴장했는지 입술을 깨물고 있었다. 그녀는 다니엘을 한 번 쳐다보더니 내게 말했다.

"아니요……."

"왜 그런 짓을 했니?"

"하지만 리안이 왕자라면서요. 아이리스는 리안을 좋아하잖아요……."

얘가 왜 그랬는지 이해가 됐다. 그래. 왕자는 리안이고 아이리스는 리안을 좋아하지. 하지만 아이리스는 이미 한 번 리안을 거절했고, 그녀의 자존심에 왕자비 후보로 신청할 수 있을 리가 없다.

하지만 그렇다고 해도 애슐리가 아이리스의 이름으로 신청해도 된다는 말은 아니다. 나는 그대로 다니엘을 노려봤다.

"당신도 알고 있었어요?"

"미리 말씀드리지 않아서 죄송합니다."

"애가 그랬으면 당신이라도 말렸어야죠!"

"제가 말하지 말아 달라고 부탁했어요."

다니엘에게 발칵 화를 내려는데 애슐리가 끼어들었다. 나는 그녀를 쳐다보고 소파에 몸을 묻었다. 맙소사. 이게 대체 무슨 일이람?

나는 두 손에 얼굴을 묻고 한숨을 내쉬었다.

그러니까 애슐리가 아이리스 이름으로 왕자비 후보 신청서를 썼단 말이지? 그리고 다니엘이 이제 와서 애슐리에게 내게 이야기해야 한다고 한다는 건…….

정신이 번쩍 들었다. 나는 고개를 들고 다니엘에게 물었다.

"설마 애슐리가 아이리스 이름으로 넣은 게 된 거예요?"

"네. 내일 아침에 발표가 날 겁니다."

그래서 부랴부랴 내게 온 거군. 발표 나기 전에 알려 주려고.

나는 어이가 없어서 입을 딱 벌렸다. 나는, 우리는 지금까지 후보가 돼도 애슐리일 거라고 생각했다. 그런데 지금 완전히 다른 상황에 빠졌다. 왕자비 후보가 아이리스가 된 거다.

설상가상으로 아이리스는 모른다고 했다. 그럼 한 번 더 난리가 나겠군. 나는 입술을 깨물었다. 그리고 애슐리에게 경고했다.

"아이리스가 화낼 거라는 걸 알고 있지?"

애슐리의 표정이 진지해졌다. 그녀는 각오했다는 듯 말했다.

"잃고 후회하는 걸 보는 것보다 기회를 주고 아이리스의 화를 받는 게 나아요. 게다가……."

거기까지 말한 애슐리가 잠시 머뭇거렸다. 그녀는 약간 자신이 없다는 듯 다시 말을 이었다.

"아이리스라면 끝까지 화를 내지는 않을 거라고 생각해요."

"아이리스가 원하지 않을 수도 있잖아."

애슐리의 표정이 어두워졌다. 아이리스가 더 이상 리안을 원하지 않을 수도 있다. 원했다면 그가 청혼을 했을 때 받아들였겠지.

"그건 아이리스에게 물어보죠."

그때 다니엘이 나섰다. 그럴 수밖에 없긴 하지. 나는 한숨을 내쉬며 자리에서 일어났다. 어쨌든 후보로 아이리스가 올라갔다. 그렇다면 아이리스에게 알려야 한다.

"뭘 어쨌다고요?"

당연히 애슐리가 자기 이름으로 신청서를 썼다는 말을 들은 아이리스는 거의 비명을 질렀다. 그녀는 응접실에서 책을 읽다 말고 벌떡 일어났다.

"애슐리! 미쳤니?"

"아이리스."

나는 애슐리에게 발칵 화를 내는 아이리스에게 주의를 줬다. 열린 문 사이로 하인들이 무슨 일인가 하고 힐끔거리는 게 보였다.

"하지만, 어머니! 애슐리가 제 이름으로 왕자비 후보 신청서를 썼다잖아요!"

"들었어."

나는 침착하게 말했다. 그리고 재빨리 덧붙였다.

"혹시나 해서 하는 말인데 그 건으로 서재에서 이미 애슐리를 혼냈어. 화내는 건 좋지만 말조심은 하라는 거야."

다행히 내 말을 들은 아이리스의 표정이 가라앉았다. 서로 싸우는 건 좋다. 원래 형제자매란 싸우면서 자라는 거니까. 하지만 말조심은 해야지.

"미안해, 언니."

애슐리가 먼저 입을 열었다. 그녀는 자기 손을 꽉 잡은 채 더듬거리며 말을 이었다.

"하, 하지만 언니는 리안을 조, 좋아하니까……."

"안 좋아하거든?"

아이리스가 발칵 화를 내며 말했다. 어허. 나는 손을 들어 올리며 그녀에게 주의를 줬다.

"아이리스."

리안을 안 좋아한다는 말은 거짓말이다. 내 지적에 아이리스의 얼굴이 달아올랐다. 그녀는 못마땅한 표정으로 말했다.

"청혼을 거절해 놓고 왕자비 후보에는 신청한다니, 날 뭐로 보겠어?"

"아, 그건 걱정하지 않아도 될 거다."

아이리스의 볼멘소리에 다니엘이 말했다. 그러더니 문 쪽은 쳐다보지도 않고 말했다.

"윌리엄, 문 닫아."

문 바깥쪽에 정말로 윌리엄이 서 있었다. 어떻게 안 거지? 내가 놀라는 것과 동시에 윌리엄이 안으로 들어와서 문을 닫았다.

덕분에 응접실에 있는 모든 사람이 잠시 말을 잃었다. 네가 왜 들어와?

"윌리엄, 나가 줄래?"

먼저 입을 연 것은 릴리였다. 아무 말도 없이 한쪽 구석에 앉아 있던 그녀의 말에 윌리엄의 얼굴이 붉어졌다. 자신도 나가야 한다는 걸 몰랐던 모양이다.

윌리엄이 나가서 문을 닫자 아이리스가 가슴 앞으로 팔짱을 낀 채 소파에 등을 기댔다. 릴리는 원래 자기 일이 아니라는 듯 소파에 깊숙이 몸을 기대고 있었기 때문에 자세가 똑바른 것은 이제 애슐리만 남았다.

"아이리스, 미안해."

짧은 침묵 끝에 애슐리가 입을 열었다. 아이리스는 여전히 팔짱을 낀 채 화난 표정을 짓고 있었다.

어째야 하나. 나는 찻잔을 들어 올리며 다니엘을 쳐다봤다. 그는 내 맞은편에 앉아 나를 쳐다보고 있었다.

아이리스가 화가 나는 건 당연하다. 자기 의지도 아닌데 왕자비 후보가 됐으니까. 리안을 거절해 놓고 왕자비 후보로 신청한 게 됐으니 자기 꼴이 우습게 됐다고 생각할 만하다.

하지만 애슐리의 생각도 일리는 있었다. 방법이 잘못되긴 했지만 아이리스에게 미리 말했다면 분명 절대 자기 이름을 못 쓰게 했을 거다.

"하지만 리안을 좋아하는 거 맞지?"

내가 어째야 하는지 고민하는 사이, 애슐리가 조심스럽게 물었다. 다니엘의 시선이 내게서 아이리스에게로 옮겨가는 게 보였다.

나는 소파 팔걸이에 팔꿈치를 댄 채 아이리스를 쳐다봤다. 그녀는 동생의 질문에 잠시 당황하는가 싶더니 싫다고 말할 것처럼 입을 열었다. 그래서 내가 먼저 말하는 수밖에 없었다.

"아이리스, 리안이 싫어졌니?"

"그, 그런 건 아니에요."

"그럼 좋아?"

아이리스의 얼굴이 달아올랐다. 아차. 나는 이런 분위기에서는 그녀가 말하기 어렵다는 것을 깨달았다. 온 가족이 다 함께 있는데 거기서 좋아하는 남자에 대해 이야기하기란 쉽지 않다.

"아이리스, 나랑 단둘이 이야기 좀 하자."

나는 그렇게 말하며 자리에서 일어났다. 아이리스와 애슐리가 안도하는 표정을 짓는 게 보였다. 그리고 릴리도.

릴리는 두 사람과 다른 의미로 안도하는 거겠지만. 아마 이 상황에서 벗어나 그림을 그릴 수 있어서 안도하는 거겠지.

"아이리스, 리안이 싫어졌니?"

다시 아이리스만 데리고 서재로 자리를 옮긴 뒤, 나는 그녀와 마주 앉아 조용히 물었다. 아이리스가 리안이 싫어졌다면 어쩔 수 없다. 싫다는데 억지로 시킬 수는 없지.

아이리스는 잠시 말이 없었다. 그녀는 고개를 숙이고 앉아 있다가 한숨을 내쉬며 말했다.

"그건 아니에요. 사실 아직도 만나면 걷어차고 싶긴 하지만요."

그때 윌리엄이 우리의 차를 가지고 들어왔다. 그는 아이리스의 말에 멈칫하더니 곧 찻잔을 테이블 위에 내려놓고 허둥지둥 나갔다.

"하지만 여전히 좋기도 해요."

윌리엄이 나가자마자 아이리스가 다시 말을 이었다. 그렇군. 어려운 일이다. 나는 찻잔을 들어 올리다가 찻잔이 비어 있는 것을 발견했다.

아무래도 윌리엄은 일을 좀 더 배워야 할 모양이다. 실수가 잦네.

"왕자비 후보가 되는 건 어때? 그것도 하기 싫어?"

내 질문에 찻잔을 쥐었던 아이리스도 찻잔이 빈 것을 발견했다. 그녀는 어이가 없다는 듯 피식 웃더니 아까보다는 좀 더 밝은 표정으로 말했다.

"잘 모르겠어요."

"생각은 해 봤어?"

나라면 해 봤을 것 같다. 내가 좋아하는 사람이, 내게 구혼한 사람이 왕자라면 왕자비가 되는 것에 대해 생각해 볼 수밖에 없다.

아이리스 역시 생각해 봤던 모양이다. 그녀의 얼굴이 다시 어두워지더니 기운 없는 목소리가 흘러나왔다.

"네. 그런데 역시 모르겠어요."

"어떤 면이?"

좋다 나쁘다가 있을 거 아냐. 어떤 건 좋을 거고 어떤 건 나쁘겠지. 아이리스가 어떤 부분을 좋다고 생각하고 어떤 부분을 나쁘다고 생각할지 궁금했다.

"제가 훌륭한 왕비가 될 수 있을지 모르겠어요. 왕자비가 되면 가족들하고 지금처럼 가까이 지내기도 어려울 테니까요."

"좋은 점은 뭔데?"

이어진 질문에 아이리스는 어리둥절한 표정을 지었다. 나는 어깨를 으쓱해 보이며 말했다.

"모르겠다며. 좋은 점과 싫은 점이 반반이라 모르겠다는 거 아니야?"

"어, 음. 왕자비가 되면 집에 도움이 되겠죠."

"그건 네가 생각할 필요가 없는 일이야."

"하지만 제가 장녀잖아요."

"아이리스, 우리 집 이제 그렇게 가난하지 않아. 수입이 제법 괜찮거든. 매달은 아니지만 너희들 드레스 정도는 무리 없이 사 줄 수 있어."

진짜로. 고작 우리 집에 도움이 되려는 이유로 목표로 하기엔 왕자비 자리는 별로 메리트가 없다. 차라리 아이리스가 왕비 자리를 탐낸다면 박수를 치면서 응원해 줄 수 있다.

내 단호한 말에 아이리스의 표정이 어두워졌다. 나는 소파에 몸을 기대며 다시 물었다.

"좋은 점은 그것뿐이야?"

고개를 숙인 아이리스가 두 손으로 얼굴을 가렸다.

"사실 좀 욕심나기도 해요."

"리안이? 아니면 왕비 자리가?"

"둘 다요."

아이리스의 손가락 사이로 보이는 그녀의 얼굴은 새빨갛게 물들어 있었다. 뭐가 창피한 건지 모르겠네. 나는 고개를 갸웃하며 물었다.

"그게 창피하니?"

"제가 너무 속물 같잖아요."

"그게 왜 속물이야?"

나는 이해할 수가 없어서 물었다. 아이리스 역시 내가 이해하지 못한다는 사실에 당황했는지 고개를 들었다. 그리고 새빨갛게 달아오른 얼굴로 말했다.

"왕비 자리를 탐낸다는 게 너무 속물스럽잖아요."

"그게 왜 속물스러운데?"

이해할 수가 없네. 이 나라 여성이 노릴 수 있는 가장 높은 자리다. 가장 높은 지위를 원한다면 탐낼 수밖에 없다. 게다가 귀족 여성이라면 누구나 한 번쯤은 왕비가 되는 상상을 하지 않나?

"왕자를 사랑해서 앉는 게 아니라 왕비 자리를 탐낸다는 게 너무 속물 같지 않아요?"

아이리스의 질문에 나는 단호한 표정을 지었다. 왕비 자리는 사랑 따위로 할 수 있는 게 아니다.

"아니. 전혀."

"하지만……."

아이리스는 반박하려는 듯 입을 열었다가 다물었다. 무슨 말을 하려고 했던 걸까. 나는 한숨을 내쉬고 그녀를 향해 몸을 내밀었다.

아이리스는 열아홉 살이다. 자기만의 비밀이 있을 수도 있고 또래에게만 이야기할 수 있는 게 있을 수 있다. 그게 부모라면 더더욱 말하기 힘든 것도 있겠지.

하지만 지금은 내게 이야기해 줘야 한다. 그녀의 미래가 달린 일이니까.

"아이리스, 뭐가 고민인지 말을 해 줘. 나는 네가 무슨 말을 해도 널 비난하거나 속물이라고 생각하지 않을 거야."

내 말에 아이리스가 입술을 깨무는 게 보였다. 사실 믿기 어려운 말이다. 나는 오른손을 왼쪽 가슴에 대며 말했다.

"맹세해."

"비웃지도 않으실 거죠?"

"당연하지."

아이리스의 얼굴에 그렇다면. 하고 결심하는 표정이 떠올랐다. 그녀는 두 손을 가지런히 모은 채 고개를 숙이고 작은 목소리로 말했다.

"제가 주제넘는 것 같아요. 솔직히 전 애슐리처럼 예쁜 것도 아니고 우리 집이 명망 있는 집안도 아니잖아요. 엄청나게 부자인 것도 아니고요. 아버지가……."

나는 소파에 몸을 기대고 아이리스를 물끄러미 쳐다보고 있었다. 아이리스는 머뭇머뭇하다가 말을 이었다.

"아버지가 살아 계신 것도 아니고요."

그렇긴 하지. 아이리스의 모든 결점들이 이해가 됐다. 그녀가 자신이 너무 주제넘다고 생각하는 것도 이해가 됐다. 하지만 한편으로 나는 화가 났다.

아이리스에게 화가 나는 게 아니다. 고작 열아홉 살짜리 여자애가 이런 식으로 나는 뭐가 부족하고 뭐가 부족하다고 굴레를 쓰게 하는 이 나라에 화가 났다.

"하나만 묻자."

나는 화를 참기 위해 주먹을 꽉 쥐고 침착하게 말했다. 손바닥 안으로 손톱이 파고드는 감각에 소리를 지르지 않을 수 있었다.

"네 꿈이 뭐니?"

내 질문에 아이리스가 어리둥절한 표정을 지었다. 나는 숨을 고른 뒤 천천히 말했다.

"릴리는 화가가 되고 싶대. 애슐리는, 걔는 모르겠다. 하지만 결혼 안 하고 우리랑 평생 살고 싶다고 하니까 그것도 꿈이라고 할 수 있겠지. 그렇다면 너는 어때? 너는 뭘 하고 싶어? 뭐가 되고 싶어?"

아이리스는 모르겠다는 표정을 지었다. 나는 다시 물었다.

"네가 하고 싶은 게 누군가의 부인은 아닐 거 아냐."

멋진 집을 꾸미고 싶다거나 훌륭한 음식을 가족에게 내놓는 게 꿈일 수는 있겠지. 하지만 누군가의 부인이라는 건 꿈이 될 수 없다. 그건 내가 선택할 수 있는 게 아니니까.

내 말에 아이리스의 얼굴에 천천히 충격이 번졌다. 나는 가슴 앞으로 팔짱을 끼며 물었다.

"왕비가 돼서 왕과 나라를 훌륭하게 이끄는 것도 꿈일 수 있지 않아?"

"하, 하지만……."

"왕비가 되는 데 뭐가 필요할까? 얼굴? 아버지? 명망 있는 집안?"

그게 왕비가 될 수 있도록 도와줄 수는 있다. 하지만 그게 없으면 왕비가 될 수 없는 걸까? 아버지가 없는 소녀가 왕비가 되면 안 되나? 좀 안 예쁜 애가 왕비가 되면 안 돼? 가난하고, 명망이 없는 집 딸이 왕비가 되면 안 돼?

"하나만 더 묻자. 네가 노릴 수 있는 가장 높은 자리가 뭐니?"

이어진 질문에 아이리스는 다시 어리둥절한 표정을 지었다. 나는 천천히 설명했다.

"아이리스, 너 일할 수 있니? 네가 할 수 있는 유일한 선택은 결혼을 하느냐와 하지 않느냐, 그뿐이야. 우리는 노동을 할 수 없으니까. 그렇지?"

아이리스의 고개가 천천히 위아래로 움직였다. 나는 화를 내지 않기 위해 애를 쓰며 말했다.

"그렇다면 네가 지금보다 더 높은 자리로 가고 싶다면 높은 작위의 남자와 결혼하는 수밖에 없어. 공작 부인이거나 후작 부인이거나. 그리고 가장 높은 자리는 왕비겠지. 그렇지?"

"그, 그렇죠."

"그렇다면 어째서 네가 현재보다 더 높은 자리로 가고 싶어 한다고 해서 속물이 되는 걸까?"

아이리스의 눈이 커졌다. 이상하지 않아? 우리는 작위도 받을 수 없다. 일도 할 수 없다. 주어진 계급 상승의 기회는 우리 집보다 더 나은 집의 주인과 결혼하는 것뿐이다.

그걸 왜 속물이라고 생각하지? 사람은 누구나 지금보다 더 잘 살고 싶어 하지 않나? 더 큰 집, 더 많은 권한, 더 많은 돈을 가지고 싶어 하지 않아?

그런데 왜 아버지도 없고 예쁘지도 않고 부유하지도 않은 소녀가 왕비가 되고 싶어 하는 걸 속물적이라고 생각하게 만드는 거야?

"어, 어머니는 제가 왕비가 돼도 괜찮다고 생각하시는 거예요?"

아이리스가 믿을 수 없다는 표정으로 속삭였다. 나는 고개를 갸웃하며 물었다.

"안 될 이유가 있니?"

"왕비라는 건 저보다 더 나은 사람이 되어야 하는 거 아닐까요?"

"왕비가 될 사람에게 반드시 있어야 할 게 뭔데?"

예쁜 얼굴? 명망 있는 집안? 아버지? 그런 건 전부 부차적인 것일 뿐이다. 그게 있다면 아이리스가 왕비가 되는 것을 도와줄 수는 있겠지.

아이리스는 곰곰이 생각하다가 대답했다.

"애국심과 현명한 머리요."

"그렇다면 아이리스, 솔직하게 말해 줘. 그 두 가지 부분에서 리안이 너보다 더 낫다고 생각하니?"

아이리스의 눈이 커졌다. 그녀는 멍하니 나를 쳐다보다가 다음 순간 웃음을 터트렸다.

나는 소파에 몸을 기댄 채 킬킬대고 웃었다. 리안보다 아이리스가 훨씬 똑똑하다. 그녀가 더 현명하고 책임감 있다. 어느 모로 보나 아이리스는 리안보다 더 나은 왕이 될 것이다. 부족한 게 있다면 그녀는 왕족이 아니고 여자라는 것뿐이겠지.

"아뇨. 애국심은 모르겠지만요."

아이리스는 눈물을 닦으며 말했다. 나는 그런 그녀를 빙그레 웃으며 쳐다보다가 물었다.

"아직도 네가 속물 같니?"

"조금은요. 하지만 나아졌어요."

나아졌으면 됐다. 나는 습관적으로 찻잔을 들어 올리려다 멈췄다. 이야기를 오래 했더니 목이 말랐다. 윌리엄, 이 녀석. 진짜로 교육을 다시 하라고 해야겠는걸.

나는 대신 빈 찻잔을 만지작거리며 아이리스를 쳐다봤다. 그녀의 얼굴은 아까 전보다 훨씬 더 밝아져 있었다.

누군가 왕비가 된다면 아이리스가 되어야 한다는 생각이 들었다. 내가 그녀의 엄마라서가 아니다. 애슐리를 생각해도 그랬다.

애슐리는 리안에게 관심도 없었고 왕자비 자리에도 별 관심이 없었다. 자기 신청서에 아이리스 이름을 써서 냈을 정도니 말 다 했지.

아이리스만큼 완벽한 사람은 없었다. 리안과 서로 좋아하고, 책임감도 강한 데다가 욕심이 있는 아이니까.

"할 거니?"

나는 조용히 물었다. 나와 마찬가지로 빈 찻잔을 만지작거리던 아이리스가 고개를 들더니 한숨을 내쉬었다. 그리고 나직하게 말했다.

"애슐리에게 고맙다고 말해야겠네요."

애슐리의 말이 맞았다. 아이리스는 분명 애슐리에게 화를 냈지만 그 화가 길게 가지는 않았다. 나는 자리에서 일어나 그녀를 끌어안았다.

"그런데 좀 놀랐어요."

다시 아이리스의 화가 풀렸다는 소식을 전하기 위해 응접실로 가는 길에 아이리스가 말했다. 나는 그녀의 어깨를 끌어안은 채로 고개를 돌렸다.

"뭘?"

아이리스는 내 허리를 끌어안고 있었다. 우리는 복도를 나란히 걸으며 작은 목소리로 소곤소곤 대화했다.

"제 꿈이요. 뭘 하고 싶다거나 뭐가 되고 싶다는 생각은 안 해 봤거든요. 누군가의 부인이 되어서 집안을 어떻게 꾸려야겠다는 생각은 해 봤지만요."

"집안을 어떻게 꾸려야겠다는 것도 꿈이 될 수 있지."

나는 아이리스의 어깨를 끌어안은 손에 힘을 주며 말했다. 집안을 꾸리는 것도 능력이 필요하다. 정해진 예산 내에서 어떻게 금액을 나눠서 쓸지도 계산해야 하고 효율적으로 세탁과 음식을 준비하기 위해 어떻게 해야 하는지 생각해야 한다.

한 번에 여러 가지 일을 다각도로 생각하고 계산해야 하는 일이다. 회사라면 비품 담당, 재정 담당이 따로 있는 일을 집안일은 한 명이 혼자서 다 해내야 하는 거니까 규모의 차이만 있을 뿐 대단한 일인 건 변함이 없다.

*   *   *

다니엘의 말대로 이튿날 성에서 사람이 와서 아이리스를 데려갔다. 추천서를 써 준 사람만 함께 갈 수 있다고 했기 때문에 나는 아이들과 함께 집에 남았다.

잘됐다. 그렇지 않아도 애슐리와 이야기할 게 있었다. 애슐리를 봤냐는 질문에 짐은 고개를 끄덕이며 말했다.

"애슐리 아가씨라면 온실에 계십니다."

당연히 서재에 있을 줄 알았는데? 짐의 말대로 애슐리는 릴리와 함께 온실에 있었다. 커다란 이젤 앞에 허리를 세우고 앉아 있는 릴리 옆에서 긴 소파에 누워 있는 애슐리가 보였다.

"애슐리, 뭐하니?"

그녀는 어제 읽고 있던 두꺼운 책을 읽고 있었다. 긴 소파에서 흐트러진 자세로 책을 읽고 있던 애슐리는 내 등장에 깜짝 놀라서 일어났다.

"어, 책 봐요."

"무슨 책이야?"

그녀가 책을 들어 올리며 말했다.

"그라함의 민담 모음집이요."

뭔지 안다. 나도 어릴 때 읽었던 기억이 난다. 다 읽었던 기억은 없는 걸로 보아 중간에 포기한 모양이지만.

무슨 내용이었더라. 그라함이라는 어느 학자가 대륙의 민담을 엮었다는 것만 기억난다. 아이들이 보기엔 좀 잔인한 내용도 있었던 것 같은데 놀랍게도 저거 아이들용이다.

"그거 아세요? 요정의 아이는 눈 색과 머리카락 색이 금색이래요."

애슐리가 벌떡 일어난 덕에 생긴 자리에 앉으려니 그녀가 신기하다는 듯 말해 왔다. 머리카락 색이 금색이라고? 나는 심드렁하게 대답했다.

"평범한 금발이잖아?"

"머리카락뿐만 아니라 눈 색도 금색이래요. 신기하죠?"

눈 색이 금색일 수도 있나? 그렇게 생각하는데 이젤 앞에 앉아 있던 릴리가 이쪽을 돌아보지도 않고 툭 말했다.

"색감이 안 맞아."

무슨 소릴 하는 건지 모르겠네. 나는 애슐리를 쳐다보고 눈알을 굴렸다. 금발에 금안이면 엄청 화려하긴 하겠다. 반짝반짝할 테니까.

"요정의 아이라는 건 그냥 요정을 말하는 거 아냐?"

나는 릴리의 색감과 애슐리의 신기함 사이에서 헤매다가 결국 가장 궁금했던 것을 물었다. 애슐리가 책 사이에 떨어진 나뭇잎을 끼워 넣고 덮더니 고개를 갸웃하며 말했다.

"그렇겠죠? 요정의 아이는 요정일 테니까요."

"요정을 본 적 있니?"

"없어요."

"있……."

애슐리가 없다고 말하는 것과 동시에 릴리도 입을 열었다. 응? 나와 애슐리가 릴리를 쳐다보자 그녀는 재빨리 캔버스 쪽으로 고개를 돌렸다.

"릴리, 요정을 본 적 있니?"

"으음. 확실한 건 아니에요."

봤다는 거야, 아니라는 거야? 보긴 했는데 그게 요정인지 아닌지 확신할 수 없다는 건가? 나는 고개를 갸웃하고 다시 애슐리를 쳐다봤다.

그녀 역시 눈을 동그랗게 뜨고 릴리를 쳐다보고 있었다. 하긴, 지금 릴리가 요정을 본 게 중요한 게 아니다. 나는 온실로 애슐리를 찾아온 목적을 떠올리고 물었다.

"애슐리, 혹시 최근에 어머니의 친구라거나, 네 먼 친척이라거나, 그런 사람이 네게 찾아오거나 연락한 적 없었니?"

이미 애슐리에게 요정 대모가 나타나지 않았다는 것은 알고 있다. 하지만 내가 모르는 사이에 그녀에게 찾아오지는 않았을까 하는 궁금증에 물어보는 거다.

"아니요."

애슐리는 내가 왜 그런 질문을 하는지 모르겠다는 표정으로 대답했다. 나는 한숨을 내쉬며 릴리를 쳐다봤다.

아이리스가 왕자비 후보로 성에 들어갔다. 그 말은 신데렐라가 될 가능성이 아이리스에게 가면 갔지, 애슐리는 아니라는 말이다.

여기가 동화 속이 아닌가? 애슐리가 신데렐라가 아닌 걸까?

나는 릴리와 애슐리를 번갈아 쳐다보며 곰곰이 생각하기 시작했다. 내가 왜 여기를 신데렐라 이야기 속이라고 생각했을까. 애슐리 때문에? 심술궂은 두 언니와 예쁘고 착한 신데렐라라서?

하지만 상식적으로 어느 날 처음 보는 곳에서 다른 사람으로 눈을 떴는데 내가 동화 속 악당이라고 생각할 수가 있나?

"왜 그러세요?"

멍하니 생각하는데 애슐리가 말을 걸었다. 나는 퍼뜩 고개를 돌려 그녀를 쳐다봤다. 내가 무슨 생각을 하고 있었지?

분명 아까까지 무슨 생각을 하고 있었는데 애슐리가 나를 부른 순간 머릿속이 텅 비어 버렸다. 예전에도 비슷한 일이 있지 않았나? 나는 기시감을 느끼고 눈을 크게 떴다.

그때 릴리도 내게 말을 걸었다.

"어머니?"

내가 애슐리의 질문에 아무 말도 하지 않자 릴리도 걱정이 됐던 모양이다. 그녀는 걱정스러운 표정으로 나를 쳐다보기 시작했다.

무슨 생각을 하고 있었지? 나는 머릿속을 열심히 뒤지다가 결국 포기하고 입을 열었다.

"그냥 생각 좀 하느라."

"무슨 생각이요?"

여전히 걱정스러운 표정으로 릴리가 물었다. 그러게. 내가 무슨 생각을 하고 있었지? 나는 한 번 더 머릿속을 뒤졌다. 그러자 뿅 하고 아이리스가 떠올랐다.

아이리스. 아이리스에 대해 생각하고 있었다. 마치 억지로 닫은 창고 문이 열린 것처럼 아이리스에 대한 생각이 와르르 쏟아지기 시작했다. 그녀는 다니엘과 함께 성으로 갔다.

긴장한 표정으로, 그래도 의연하게 마차에 타던 아이리스의 모습이 떠올랐다. 나는 긴 소파에 벌렁 누우며 말했다.

"아이리스가 지금 뭐 하고 있을까 같은 거?"

"리안과 만나고 있지 않을까요?"

릴리가 완전히 내 쪽으로 몸을 돌리며 말했다. 애슐리는 내 뒤쪽에 눕더니 나를 끌어안으며 끼어들었다.

"둘이 화해하겠죠?"

"그랬으면 좋겠니?"

"당연하죠. 아이리스랑 리안은 서로 좋아하잖아요."

애슐리의 말을 듣자니 얘는 정말로 리안에게 아무 생각이 없다는 확신이 들었다. 왕자가 하나 더 있는 게 아니라면 애슐리는 왕자와 결혼할 가능성이 영영 사라졌다.

그게 더 나을지도 모른다. 나는 그렇게 생각하며 고개를 돌려 애슐리의 뺨을 쓰다듬었다.

그리고 릴리를 쳐다보고 물었다.

"네 생각은 어때? 아이리스와 리안이 화해할 것 같니?"

"솔직히요?"

릴리는 회의적인 표정이었다. 그녀는 어깨를 으쓱해 보이더니 말했다.

"시간이 좀 필요할 거예요. 아이리스 자존심이 장난 아니거든요. 게다가 리안이 좀……."

좀? 나는 릴리가 무슨 소리를 하려는지 몰라 눈을 동그랗게 떴다. 그러자 내 뒤에서 애슐리가 작은 목소리로 말했다.

"눈치가 없다고?"

맙소사. 순식간에 우리는 웃음을 터트렸다. 애슐리까지 그렇게 말할 줄은 몰랐는데. 하지만 진짜로 리안은 눈치가 좀 없긴 하다.

"크흠."

그때 짐이 저 멀리서 우리에게 다가오며 헛기침을 했다. 나와 애슐리는 재빨리 일어나 바른 자세로 앉았다. 온실의 단점이다. 누가 들어오는지 잘 들리지 않는다는 것.

짐은 우리가 누군가의 방해를 받을 준비가 됐다고 생각할 만큼 천천히 걸어와서 말을 걸었다.

"마님, 손님이 왔습니다."

"손님이요? 누군데요?"

오늘 오기로 한 손님은 없다. 내 질문에 짐의 시선이 애슐리를 향했다. 설마?

짐은 그대로 다시 나를 바라보더니 말했다.

"전에 오셨던 분입니다."

프레드다. 아니, 프레드라고 주장하는 자다. 나는 벌떡 일어나서 물었다.

"어디로 안내했어요?"

"지난번과 같은 곳으로 안내했습니다."

"바로 갈게요."

이번엔 무슨 일로 온 걸까. 바깥 응접실로 향하면서 나는 프레드라고 주장하는 남자가 또 찾아온 이유를 떠올렸다. 사실 떠올릴 만큼 이유가 많을 것 같지도 않다. 돈을 달라는 거겠지.

"생활비가 필요해."

아니나 다를까, 프레드는 무슨 일이냐는 내 질문에 뻔뻔하게도 다시 생활비를 요구했다. 그럴 줄 알았다고 해야 하나.

나는 소파에 앉아 다리를 꼬고 붕대를 감은 프레드의 얼굴을 쳐다봤다. 붕대가 깨끗하다. 그 말은 붕대를 새것으로 바꿨다는 말이다.

본인이 갈았거나 의사가 갈았겠지.

"얼마나요?"

내 질문에 프레드는 당당하게 지난번의 두 배를 요구했다. 흠. 분명 전에 이야기했는데. 로니 해리스를 데려오거나 의사를 데려오기 전에는 한 푼도 줄 수 없다고.

"알겠어요."

나는 침착하게 말했다. 이번에 요구한 돈도 줄 수 있다. 두 배라고는 해도 그리 크게 무리가 되는 선은 아니다. 내 통장은 요정의 샘에서 팔린 음식 덕분에 차곡차곡 돈이 쌓여 가고 있으니까.

하지만 대가를 받으려면 그에 상응하는 걸 보여 줘야지. 나는 팔걸이에 달린 나무 장식을 손톱으로 톡톡 치며 말했다.

"그런데 의사는 어디 있죠?"

"의사?"

"의사나 해리스 씨를 데려오면 돈을 주겠다고 했잖아요."

잠시 긴장했던 프레드의 몸이 풀렸다. 그는 건성으로 고개를 끄덕이며 말했다.

"알았어. 다음에 데려올게."

"아뇨."

나는 단호하게 말을 이었다.

"지금 당장 데려와요. 둘 중 한 명을 데려오기 전까지는 한 푼도 못 줘요."

"밀드레드, 나 진짜로 생활비가 필요해. 내가 굶어 죽는 꼴을 보고 싶어?"

이번에는 동정심에 호소하려나 본데 그 동정심은 내 아이들에게 쓰기도 부족하다. 나는 안됐다는 표정으로 말했다.

"당신 친구는 당신이 굶어 죽는 한이 있어도 내게 올 수는 없나 봐요?"

"그게 아니라, 생각을 좀 해봐. 그 사람들도 자기 생활이 있다고. 어떻게 지금 당장 데려오란 말이야?"

"당신 생활비도 지금 당장 필요한 건 아니잖아요? 게다가 내가 둘 다 데려오라는 것도 아니고 한 명만 데려오라는 건데요?"

"아니, 한 명도 그렇지. 갑자기 데려오라고? 뭐라고 말해? 부인에게 생활비를 타 써야 하니까 가서 확인해 달라고?"

그거 맞잖아? 나는 가슴 앞으로 팔짱을 끼고 프레드를 쳐다봤다. 여기까지 와서 생활비 타 가는 건 안 부끄럽니?

"상식적으로 생각해 봐요, 프레드. 당신은 내 전 재산을 가지고 떠났어요. 내가 당신한테 내 재산 돌려 달라고 한 적 있어요? 애슐리 양육비를 달라고 했나요?"

솔직히 네가 진짜 프레드라면 내가 달라고 하기 전에 네 쪽에서 먼저 줘야 하는 거 아니니? 최소한의 양심이 있다면 말이야.

나는 허리에 손을 얹으며 소리쳤다.

"내가 많은 걸 바라나요? 단 하나. 당신이 어떻게 지냈는지 알려 줄 수 있는 주변 사람 한 명만 데려오라는데, 그게 어려워요?"

"내, 내가 어떻게 지냈는지는 내가 알려 줄 수 있잖아."

"기억을 잃었다면서요?"

내 지적에 프레드의 입이 닫혔다. 하하. 자기 핑계가 이렇게 자기 무덤을 팔 줄은 몰랐겠지.

"알았어."

약간의 시간이 흐른 뒤, 프레드가 어쩔 수 없다는 듯 말했다. 알았다고? 좀 더 억지를 부릴 줄 알았는데?

당황했지만 나는 아무렇지 않은 표정을 지었다. 당황한 티를 내면 안 된다. 프레드는 허리에 손을 얹으며 말했다.

"데려올게. 데려오면 주는 거지?"

"그럼요."

어디 데려와 봐라. 나는 빙그레 웃었다. 의사도 좋고 로니 해리스도 좋다. 사실 그가 로니를 데려온다면 더 좋다. 아직도 우리는 로니 해리스의 행방을 찾지 못하고 있었기 때문이다. 솔직히 말하면 나와 다니엘은 이자가 로니와 프레드의 시신을 어딘가에 숨겨 두고 있는 게 아니냐는 추측까지 하고 있었다.

프레드는 기분 나쁘다는 티를 풀풀 내면서 응접실을 나갔다. 언제 데려오나 보자. 나는 그를 배웅할 생각도 하지 않고 루인을 불렀다.

"네, 마님."

루인은 내 부름에 마치 기다리고 있었다는 듯 달려왔다. 창문 너머로 힐끔 쳐다보니 프레드가 타고 온 마차에 올라타는 게 보였다.

"날 위해 일 하나만 해 줘요."

"말씀하십시오."

"저 남자 뒤를 밟아 줘요. 들키지 않게."

내 부탁에 루인이 창문 밖을 내다보았다. 그는 이상한 표정으로 나를 향해 돌아서더니 작은 목소리로 물었다.

"주인 어르신께서 이미 사람을 붙이셨는데요. 한 명 더 붙이기를 원하시는 겁니까?"

"월포드 남작이 이미 사람을 붙였다고요?"

"네, 마님."

어, 그건 몰랐다. 하지만 생각해 보니 다니엘이 당연히 프레드의 뒤에 미행을 붙였을 거라는 생각이 들었다. 그렇군. 나는 고개를 끄덕이며 말했다.

"그렇군요. 몰랐어요. 그럼 없었던 일로 해요."

"미리 말씀드리지 않아서 죄송합니다."

"아니에요. 남작님이 당연히 미행을 붙였을 거라고 생각했어야 했는데 내 생각이 짧았어요. 가서 볼일 보세요."

루인은 고개를 꾸벅하더니 물러났다. 그렇군. 나는 다시 창가로 다가가서 프레드가 탄 마차가 떠나는 것을 확인했다. 저건 삯마차다. 단발성으로 빌렸다는 말이다.

마차를 가지고 있으려면 꽤 부유해야 한다. 마차에는 필연적으로 마부가 있어야 하니까. 그러니 평범한 사람들은 삯마차를 이용한다.

로니 해리스의 집에 묵고 있다고 했지. 나는 그리 부유하지 않던 로니의 집을 떠올렸다. 공용주택이라고 하던가.

그 집에는 여전히 아무도 없었다. 프레드가 찾아온 뒤 다니엘과 함께 확인차 다시 찾았었다. 하지만 여전히 로니는 돌아오지 않았다는 관리자의 이야기만 듣고 돌아와야 했다.

저자가 로니도 가두고 있다는 추측이 점점 확신을 더해 가고 있었다.

"남작님과 아가씨께서 오셨습니다."

아이리스가 돌아왔다. 나는 서둘러 그녀를 마중하기 위해 나섰다. 애슐리와 릴리에게도 알려 주려는지 짐이 온실로 향하는 게 보였다.

"다녀왔습니다."

아이리스는 출발할 때보다 좀 더 기가 죽은 표정을 하고 돌아왔다. 무슨 일이라도 있었나? 나는 다니엘의 얼굴을 힐끔거렸다. 하지만 그의 표정은 변함이 없었다.

"어땠어?"

나는 아이리스를 끌어안으며 물었다. 그녀는 나를 마주 끌어안더니 한숨을 내쉬었다. 몇 살은 더 나이를 먹은 듯한 한숨에 나는 다시 다니엘을 쳐다봤다.

"별일 없었습니다."

드디어 내 시선을 깨달은 다니엘이 대답했다. 그래? 나는 아이리스가 왜 이러는지 몰라 그녀를 쳐다봤다. 아니, 쳐다보려 했다. 하지만 아이리스는 나를 끌어안은 채 몸을 떼지 않았다.

애 왜 이래요? 나는 눈빛만으로 다니엘에게 물었다. 하지만 그는 알 듯 말 듯 한 미소만 지을 뿐이었다. 대체 뭔데?

그때 하인들이 마차 안에서 상자를 꺼내오며 물었다.

"이건 어디에 둘까요?"

이게 뭔데? 나는 아이리스를 끌어안은 채 다시 다니엘을 쳐다봤다. 그는 '아.' 하고 고개를 돌리더니 나를 향해 말했다.

"성에서 후보들에게 옷감과 보석을 선물했습니다."

"어? 정말요?"

이건 예상 못 했는데? 내가 놀라는 것과 동시에 릴리와 애슐리가 다가왔다.

"아이리스."

"잘 다녀왔어?"

아이리스는 내게서 몸을 떼더니 릴리와 애슐리에게 고개를 끄덕여 보였다. 그사이 나는 성에서 줬다는 선물을 확인할 수 있었다.

드레스 몇 벌을 만들 수 있는 옷감과 보석이었다. 보석은 목걸이를 화려하게 만들면 다 쓸 수 있을 것 같다. 아니면 좀 심플하게 해서 목걸이와 팔지를 한 쌍으로 만들거나.

문제는 옷감이었다. 나는 설마 하는 마음에 옷감을 들어 펼쳤다.

"완전 새까만 색이잖아?"

설마 전체가 다 까만 줄은 몰랐는데. 상자 안에 곱게 접혀 있을 때는 위에 있는 천만 검은색이고 밑은 밝을 줄 알았다. 그런데 아니었다.

몇 필은 될 법한 긴 천이 그대로 통으로 검은색이었다. 이게 대체 뭐람?

"설마 성에서 우아하게 돌려서 탈락을 말하는 건 아니죠?"

나는 천을 상자에 넣고 다니엘에게 다가가 속삭였다. 네 앞날이 이 검은색 천과 같구나 호호호 뭐 이따위 음습한 짓은 아니겠지.

다행히 그건 아니었던 모양이다. 다니엘은 한쪽 눈썹을 들어 올리고 나를 쳐다보더니 곧 피식 웃으며 말했다.

"아닙니다. 모든 후보에게 동일한 선물이 주어졌습니다."

"모두 같은 천과 보석이라는 말이에요?"

"네. 색은 물론 개수와 보석의 등급까지 모두 똑같은 것입니다."

"허. 그럼 이것도 시험이라는 말이군요."

"그렇게 생각하십니까?"

그렇잖아? 나는 허리에 손을 얹은 채 하인들이 내려놓은 천과 보석을 쳐다봤다. 세 명의 후보에게 모두 같은 것을 줬다면 그걸 어떻게 이용하는지를 보겠다는 말이나 다름이 없다.

"그런데 왜 하필 검은색이에요?"

나는 어이가 없어서 다니엘에게 물었다. 흰색도 아니고 분홍색도 아니고 노란색도 아니고. 하고많은 색 중에 하필이면 검은색인 이유는 뭐야?

"글쎄요."

다니엘은 나처럼 허리에 손을 얹으며 덤덤하게 말했다. 이 표정이 시험 문제를 알고 있는데 안 알려 주는 건지, 진짜 모르는 건지 모르겠네.

나는 다니엘의 얼굴을 물끄러미 쳐다봤다. 성에 가느라 오늘은 머리를 깔끔하게 뒤로 넘긴 덕에 그의 반듯한 이마며 오뚝한 코가 잘 보였다. 그리고 밤색의 눈동자도.

"누가 죽을 예정인 건 아니죠?"

"그럴 리가요."

내 질문에 다니엘이 피식 웃으며 말했다. 흠, 그럼 뭘까. 검은색 드레스라니 장례식에나 입는 옷이다. 나는 가슴 앞으로 팔짱을 끼며 물었다.

"그럼 이걸 무도회 드레스로 만들라는 건가요?"

"무도회 드레스까지는 아니고요."

"그럼요?"

"장례식용 드레스를 만들지 말라고 하더군요."

농담하나? 나는 어이가 없어서 아이리스를 쳐다봤다. 검은색 옷감을 줘 놓고 어떻게 장례식용 드레스를 만들지 말래? 검은색 천으로 아무리 예쁘게 만들어 봐야 결국 장례 드레스다.

나는 다니엘에게 물었다.

"그게 말이 된다고 생각해요?"

"솔직히 말하면, 부인."

다니엘이 나를 향해 몸을 숙였다. 귓속말을 하겠다는 태도에 나는 그에게 좀 더 다가갔다. 다니엘은 아이리스에게 어땠는지 물어보는 아이들을 힐끔 보더니 내게 속삭였다.

"그냥 성에서 검은색 옷감이 많이 남아서 처분하려는 게 아닌가 싶습니다."

"그럴 리가요."

"겸사겸사 후보들의 센스도 보겠다는 거 아닐까요?"

허. 그럴듯하다. 나는 어이가 없어서 다시 옷감으로 시선을 돌렸다.

장례식용 드레스를 만들지 말라고? 저걸로? 어떻게? 나는 성큼성큼 걸어가서 보석 상자를 살폈다. 드레스에 장식하기엔 터무니없이 부족하다.

"설마 더 부유한 집안을 고르겠다는 건 아니겠죠?"

나는 다시 다니엘에게 다가가 물었다. 어느새 가슴 앞으로 팔짱을 끼고 나를 쳐다보고 있던 그가 고개를 갸웃했다. 그러더니 나를 향해 몸을 숙이며 물었다.

"그게 문제가 됩니까?"

"문제가 되죠. 경제적으로만 줄 세우면 우리 집이 가장 부족할 거 아니에요?"

"네? 어째서요?"

어째서라니? 나는 다니엘의 반응이 이해가 안 돼서 그를 물끄러미 쳐다봤다. 그리고 홀을 가볍게 둘러본 뒤 말했다.

"진심으로 몰라서 묻는 거예요?"

"밀드레드. 필요한 게 있다면 말만 하세요."

아. 그제야 다니엘이 왜 저런 반응이었는지 알겠다. 나는 손으로 머리를 짚고 한숨을 내쉬었다.

"아이리스는 내 딸이잖아요. 내가 해결해야지."

"그리고 저도 당신 거죠."

나는 눈을 가늘게 뜨고 다니엘을 쳐다봤다. 어디서 이런 귀여운 말을 떠올리는 걸까. 결국 나는 피식 웃으며 손을 뻗어 다니엘의 뺨을 쓸었다.

고맙지만 내가 해결할 일이다. 장례식용 드레스를 만들지 말라는 말이지? 좋은 생각이 떠올랐다.

"편지를 써야겠어요."

"편지요? 누구에게 말입니까?"

다니엘이 어리둥절한 표정을 지었다. 그는 내가 돈으로 해결할 줄 알았던 모양이다. 물론 돈도 필요하다. 하지만 지금 나와 아이리스에게 필요한 건 솜씨 좋은 사람이다.

솜씨 좋은 사람에게 대가를 줘야 한다는 걸 생각하면 어쨌든 돈이 필요하긴 하군.

"좋아. 이제 이야기 좀 해 봐."

다비나와 산드라에게 편지를 쓴 뒤, 나는 응접실에 모여 앉은 아이들 사이에 끼어 앉았다. 이미 아이들을 위해 간단한 차를 내왔던 짐이 내 몫으로 찻잔을 하나 더 가져왔다.

"어땠어? 리안은 만났어?"

나는 찻잔을 받아 들며 아이리스에게 물었다. 그녀는 약간 진정된 표정으로 앉아 있었다.

"없었대요."

애슐리가 끼어들었다. 그래? 당연히 왕자도 거기 있는 줄 알았는데. 그럼 왕과 왕비만 있었던 거야? 왕자는 뭐하고?

내가 어리둥절한 표정으로 쳐다보자 아이리스가 천천히 이야기를 시작했다.

"음, 기다리고 있던 사람이 우리를 알현실로 데려갔어요. 의자가 세 개 있었고 거기에 앉았는데 아마 이름 순서대로였던 거 같아요."

후보는 모두 셋. 아이리스 반스, 프리실라 무어, 레나 크레이그라고 했다. 나는 후보의 이름을 듣고 가문을 떠올렸다. 무어 백작가와 크레이그 후작가의 영애들이다. 둘 다 상당한 재력을 자랑한다. 특히 크레이그 후작 부인은 왕비의 시녀로 일을 하고 있다.

그렇군. 나는 차를 홀짝이며 고개를 끄덕였다. 다들 쟁쟁한 집안이다. 객관적으로 보자면 거기에 아이리스가 끼어 있다는 게 신기할 정도였다.

물론 추천서도 어느 정도 영향이 있었겠지. 그렇다면 아이리스가 왕자비 후보가 된 건 다니엘 덕분이라는 말이다.

"그런데 모르겠어요, 어머니."

아이리스가 다시 어두운 표정으로 말했다. 뭘 몰라? 내가 찻잔을 내려놓으며 그녀를 쳐다보자 아이리스는 작은 목소리로 말했다.

"다들 그렇게 대단한 집안의 사람들인데 제가 여기에 참가하는 게 무슨 의미가 있을까요?"

무슨 의미가 있냐고? 나는 아이리스의 질문에 뭐라고 대답해야 할지 몰라 멍하니 그녀를 쳐다봤다. 무슨 말을 해야 할까.

너는 왕비가 될 수 있다고? 참가하는 데 의의가 있다고? 모르겠다. 그게 이 애에게 얼마나 도움이 될까. 자신감이 사라진 아이리스에게는 그 어느 말도 도움이 될 것 같지 않았다.

"뭐가 문제야?"

그때 다니엘이 나타났다. 옷을 갈아입고 왔는지 셔츠와 조끼 차림의 그가 응접실 문 앞에 서 있었다. 그는 아이들이 자신을 향해 몸을 돌리자 어슬렁어슬렁 안으로 들어와 맞은편 소파에 앉았다. 부랴부랴 하인이 그를 위해 찻잔을 가져왔다.

"보셨잖아요. 다른 후보들을."

아이리스의 말에도 다니엘은 여전히 그래서? 라는 표정을 짓고 있었다. 그녀는 한숨을 내쉬며 말했다.

"다 저보다 좋은 집안이고요……."

"어디가? 크레이그 후작가가?"

찻잔을 들어 올리며 다니엘이 콧방귀를 뀌었다.

네가 그렇게 말하면 안 될 것 같은데. 나는 윌포드 남작가는 이제 2대째라는 것을 떠올렸지만 아무 말도 하지 않았다. 다행히 다니엘도 자기 집과 비교한 게 아닌 모양이었다.

그는 나를 쳐다보더니 아이리스를 향해 고개를 돌리며 말했다.

"머피 백작가는 유서 깊은 집안이야. 네 아버지인 리베라 남작의 가문도 마찬가지고. 어디에 가서 이름을 대도 부끄럽지 않아."

"그렇긴 한데 크레이그 후작가와 무어 백작가가 우리 집보다 부자인 건 사실이잖아요."

"흠."

아이리스의 말에 다니엘은 소파에 몸을 기대더니 다리를 꼬았다. 그의 긴 다리가 쭉 뻗어서 테이블을 건드렸다. 나는 무심결에 그의 다리 라인을 쳐다보다가 재빨리 고개를 들었다.

"아이리스, 왕자비 후보의 조건이 재력뿐이라고 생각하는 건 아니겠지?"

다니엘의 말에 아이리스가 입술을 깨물었다. 그러게. 왕자비 후보의 조건이 뭐였을까. 나는 다니엘이 아이리스에게 훈계하는 것을 눈을 반짝이며 지켜보기로 결심했다.

"성에서 후보를 추릴 때 본 건 추천서와 집안뿐만이 아니야. 왕자비가 될 사람에 대해서도 철저하게 확인을 하거든."

다니엘의 말에 의하면 후보가 될 여자들의 아버지 쪽뿐 아니라 어머니 쪽의 집안까지 거슬러 올라가서 유전적인 문제가 없는지도 확인한다고 한다.

다른 것도 아니고 왕비가 될 사람인데 그건 당연하겠지. 나는 차를 홀짝이며 다니엘의 설명을 들었다. 그는 어딘지 못마땅하다는 표정으로 말을 하고 있었다.

그가 사업을 할 때 어떤 태도로 상대방을 대하는지 조금은 알 것 같아서 나는 다니엘의 말보다 그의 태도를 유심히 관찰하고 있었다. 뻐딱한 태도와 못마땅한 얼굴. 그리고 차가운 어조.

혹시라도 아이리스가 상처를 받을까 봐 그녀의 얼굴도 살폈지만 다행히 전혀 그런 기색은 보이지 않았다. 오히려 아이리스는 다니엘의 냉정한 태도에 안심한 모양이었다.

"게다가 해당 후보의 평판도 조사하지."

다니엘은 그렇게 말하며 씩 웃었다. 방금 전까지 싸늘한 표정이었던 것과 대조적으로 그가 미소를 짓는 순간 빛이 팍 하고 켜지는 느낌이 들었다.

허. 나는 저도 모르게 숨을 삼켰다. 다니엘이 영업을 하면 끝내주게 잘할 것 같다는 생각이 들었다. 아까 같은 싸늘한 표정으로 제품 설명을 하다가 지금처럼 씩 웃으면서 '계약하시죠?' 하면 홀린 듯이 계약서에 사인을 할 것 같다.

"평판이라고요?"

릴리가 어리둥절한 표정으로 물었다. 다니엘은 릴리를 한 번 쳐다보더니 나를 향해 말했다.

"평판이 안 좋은 사람이라면 집안이 아무리 좋아도 후보가 될 수 없죠."

그건 당연하다. 나는 고개를 끄덕이며 그의 말을 받았다.

"왕비가 될 사람이니까. 뒷말이 나온다면 곤란하지. 사람들도 따르지 않을 테고."

릴리는 나와 다니엘을 번갈아 쳐다보더니 아이리스를 돌아봤다. 그리고 다니엘에게 물었다.

"그럼 아이리스의 평판이 좋다는 말이네요?"

"릴리."

아이리스가 경고하듯 릴리를 불렀다. 하지만 다니엘은 씩 웃으며 말했다.

"세 후보 중에서 가장 좋지."

"들었어?"

릴리가 환호성을 지르며 아이리스를 끌어안았다. 애슐리 역시 박수를 치며 좋아했다. 나는 아이리스가 얼굴을 붉히는 것을 보고 다니엘을 쳐다봤다. 그는 나를 쳐다보고 있었다.

만족했냐고 묻는 표정이었다. 나는 피식 웃고 다시 아이리스를 쳐다봤다. 그녀의 얼굴이 밝아졌다. 그거면 충분하다.

모든 면에서 완벽한 사람은 없다. 사람은 누구나 약점이 있기 마련이고 그걸 남들이 약점이라고 생각하느냐 마느냐는 별로 상관이 없다.

"네가 후보 중에서 경제적으로 가장 떨어진다는 건 반대로 생각하면 네가 후보 중에서 가장 절약하는 방법을 경험해 볼 수 있었다는 뜻이기도 해."

반대로 가장 부유한 후보는 많은 돈을 유용하게 쓰는 방법을 배울 기회가 있었겠지. 사람은 모든 것을 잘 알 수는 없다. 자신이 경험하고 배운 한도 내에서 최선을 다해서 사는 수밖에 없다.

그리고 그걸 어떻게 다른 분야에서 적용하느냐에 따라 그 사람의 진가가 달라진다.

"너는 다른 후보들과 비교해서 절대 부족하지 않아. 네가 그 애들보다 부족한 게 있다면 반대로 더 나은 부분도 있거든."

나는 아이리스의 머리카락을 쓰다듬으며 말했다. 그녀는 처음에는 싫어하던 애슐리도 자신의 가족으로 받아들였다. 꽃장식으로 구멍을 가린 드레스도 용감하게 입고 데뷔탕트에 참석했다.

몰락 귀족인 줄 알았던 리안과도 아무 편견 없이 잘 지냈고 데이트를 하기도 했다.

그건 아이리스의 장점이다. 다른 후보들을 보지는 못했지만 그런 점에서는 그녀가 다른 후보들보다 월등하다고 자신할 수 있다.

"성에서도 그렇기 때문에 널 후보로 뽑은 거겠지. 부유함이 가장 중요하다면 제일 부잣집 딸만 세 명 뽑았을 거야. 안 그래?"

내 말에 아이리스가 고개를 끄덕였다. 이해했으면 됐다. 나는 릴리와 애슐리의 얼굴도 천천히 돌아보고 자리에서 일어났다. 다니엘에게 물어볼 게 있었다.

"가서 할 일들 해. 아이리스는 성에서 들은 이야기를 적어 놓고. 내일 다비나 씨에게 가서 드레스에 대해 상담하자."

성에서 준 옷감으로 만들 드레스 말고도 아이리스를 위해 드레스가 한두 벌 더 필요할 것이다. 나는 아이들이 자리에서 일어나는 것을 보고 다니엘에게 따라오라고 눈짓했다.

"무슨 일입니까?"

나를 따라 서재로 들어온 다니엘이 고개를 살짝 기울이며 물었다. 그는 등 뒤로 잡은 문손잡이를 슬쩍 밀어 소리 없이 서재 문을 닫았다.

"물어볼 게 있어서요."

"물어볼 거요?"

다니엘은 나를 향해 다가오다가 떨떠름한 표정을 지었다. 왜 그러지?

나는 어리둥절해서 그를 쳐다보다가 곧 그가 왜 그러는지 깨달았다.

방금 아이리스를 잘 위로해 준 걸로 칭찬받을 줄 알았던 모양이다. 아이고. 나는 어이가 없어서 피식피식 웃으며 그에게 다가갔다.

"그 전에 감사의 표시를 할게요."

다니엘의 한쪽 눈썹이 올라갔다. 나는 그의 어깨에 손을 얹고 까치발을 했다. 그리고 그의 입술에 쪽 하고 입을 맞춘 뒤 말했다.

"아이리스를 성에 데려갔다 돌아와 주고 훌륭하게 다독여줘서 고마워요."

굳어 있던 다니엘의 입매가 느슨하게 풀렸다. 그는 자연스럽게 내 허리를 잡더니 고개를 숙이며 물었다.

"마음의 준비를 못 했었는데, 한 번 더 해 주시면 안 됩니까?"

못 할 거 없지. 나는 다시 발돋움을 하고 다니엘의 입술에 입을 맞췄다. 그 순간 그가 나를 들어 올렸다.

헉, 하고 나는 깜짝 놀라서 다니엘의 목을 끌어안았다. 그는 한 팔로만 나를 안아 올린 채 다른 팔로 내 뒷목을 꽉 잡고 있었다. 그리고 각도를 바꿔서 몇 번이나 내 입술에 입을 맞춘 뒤 고개를 떼어 내며 씩 웃었다.

마음의 준비 두 번 했다간 내가 잡아먹히겠다. 나는 어이가 없어서 그를 빤히 쳐다보다가 다시 다니엘의 입술에 가볍게 입을 맞췄다.

그리고 못마땅한 목소리로 말했다.

"만족했으면 내려놔 줄래요?"

다니엘의 눈이 휘어졌다. 그는 내 어깨에 얼굴을 대더니 나른하게 속삭였다.

"그럼 영원히 내려오기 어려우실 텐데요."

"농담하지 말아요."

나는 그렇게 말하며 다니엘의 머리카락을 살짝 잡아당겼다. 그는 아쉽다는 듯이 한숨을 내쉬더니 나를 조심스럽게 내려놓았다.

좋아. 눈높이가 달라져서 잠깐 어지러웠지만 나는 곧 극복해내고 다니엘을 쳐다봤다. 그는 여전히 내 허리에 손을 대고 있었다.

"정말로 아이리스의 평판이 세 후보 중에 가장 좋아요?"

나는 내 허리에 닿은 그의 손을 떼어 내며 물었다. 그때까지도 다니엘은 허리를 숙여 내 어깨에 얼굴을 대고 있었다. 그는 내 뺨에 입을 댄 채 대답했다.

"네. 아이리스뿐만이 아니죠. 반스가는 현재 사교계에서 가장 인기 있는 집안이거든요."

"그래요?"

그건 몰랐다. 내 반응에 다니엘이 허리를 펴더니 한쪽 눈썹을 들어 올리며 물었다.

"모르셨습니까? 다들 당신과 당신의 아이들을 주시하고 있는데요."

"애슐리만이 아니라요?"

애슐리는 사교계에서 가장 미인이니까 그렇다 치지만 나랑 다른 애들도? 내 질문에 다니엘은 믿을 수 없다는 듯 고개를 기울였다.

그리고 조용히 말했다.

"솔직히 말하면 이 집에서 가장 인기 없는 게 애슐리입니다."

"뭐라고요? 어째서요?"

"물론 어디까지나 상대적인 이야기입니다. 아이리스와 릴리가 워낙 유명하거든요."

아이리스와 릴리가 유명하다고? 이건 정말 놀랍다. 나는 소파 팔걸이에 걸터앉으며 물었다.

"왜요?"

"아이리스는 높은 분이 좀 예쁘게 보고 계시거든요. 릴리는 한 번 사고가 있었잖습니까? 그게 몇몇 사람들에게 호평이었던 모양입니다."

높은 분? 아니, 그보다 사고라니? 설마 그거 그레고리 백작가와 얽힌 이야기를 하는 건가? 나는 통 따라갈 수 없는 이야기에 멍하니 다니엘을 쳐다봤다.

그는 내가 놀란 것을 보고 재미있다는 듯 웃었다. 그리고 내 앞에 무릎을 꿇으며 말했다.

"정말로 아이리스가 후보가 된 건 종합적으로 봤을 때 그 애가 상위에 들었기 때문입니다."

"당신 입김 때문만은 아니라는 말이죠?"

"원하신다면 아이리스를 왕자비로 만들어 드리겠습니다만."

농담인지 진담인지 모르겠다. 나는 미간을 찡그리고 다니엘을 쳐다보았다. 농담이겠지?

그는 가끔 이렇게 웃기 어려운 농담을 하곤 한다. 아이리스를 왕자비로 만들어 주겠다니. 그럴 능력이 있었다면 다니엘이 이미 이 나라의 왕이 되어 있었겠지.

나는 한숨을 내쉰 뒤 주제를 바꿔 물었다.

"가짜 프레드 말이에요. 사람을 붙였다면서요?"

"네."

순순히 대답한 다니엘은 쓰게 웃으며 덧붙였다.

"사는 곳을 알아내려고 붙인 거지만 소용이 없었습니다."

"소용이 없었다는 게 무슨 소리예요?"

"일정한 거주지가 없었거든요. 여관을 돌면서 머물고 있었습니다."

그럼 로니 해리스와도 아는 사이가 아닌 건가? 그럼 우리에 대해 어디서 들은 거지?

"한 가지 더."

곰곰이 생각에 잠겨 있는데 다니엘이 다시 입을 열었다. 한 가지 더? 내가 고개를 들자 그가 어두운 표정으로 말을 이었다.

"항간에 프레드 반스가 살아 돌아왔다는 소문을 퍼트리는 자가 있는 모양입니다."

"뭐 하러 그런 짓을 하죠?"

"당신의 돈을 노렸을 가능성이 높죠."

내가 카일라의 그림을 팔아서 많은 돈을 벌었다는 것은 이미 유명하다. 나는 오늘도 찾아와서 생활비를 요구하던 가짜 프레드를 떠올렸다.

물론 쫓아냈지만.

잠깐. 여긴 DNA 검사 같은 거 없나? 나는 내가 떠올린 생각에 놀라서 벌떡 일어났다. DNA 검사! 친자 확인을 할 수 있는 마법이 있다고 들었다. 하는 방법도, 비용도 모르지만.

나는 다니엘을 향해 물었다.

"혹시 아는 마법사 중에 친자 확인을 할 수 있는 마법사도 있어요?"

다니엘을 나를 따라 일어나며 물었다.

"프레드 반스와 애슐리의 친자 확인을 원하시는 겁니까?"

"비밀리에 구해 줘요. 그 가짜 프레드가 알고 피하는 방법을 찾아내지 못하도록."

다니엘의 한쪽 눈썹이 올라갔다. 그는 뭔가 깨달은 표정으로 말했다.

"저는 좀 저렴하게 해결할 생각이었는데, 그 방법도 나쁘지 않겠군요."

"저렴하게요? 어떻게요?"

내 질문에 다니엘은 말없이 웃었다. 이 남자, 혹시 가짜 프레드를 협박해서 쫓아낼 생각이었나?

나는 그의 손을 잡으며 경고했다.

"우리에겐 프레드의 시신이 필요해요. 그 남자가 진짜 프레드가 아니라는 증거도요."

그러니 쫓아내면 곤란하다. 지금 확실히 그가 프레드가 아니라는 증거를 찾아봐야 한다. 다니엘은 허리를 숙여 내 손등에 입을 맞추더니 씩 웃으며 말했다.

"어쨌든 시체만 있으면 되는 거 아닌가요?"

30

회심의 일격

밀드레드는 바빴다. 그녀는 다니엘의 갤러리 오픈을 위해 주기적으로 공사 현장을 찾아가 확인을 해야 했고 갤러리를 장식할 장식품을 사거나 찾아야 했다. 다니엘이 새로 데려온 하녀 둘을 교육시키고 아이들에게 하녀를 대하는 법을 알려줘야 했으며 다니엘과 새로운 디저트도 궁리해야 했다.

게다가 가장 중요한 아이리스의 드레스 문제도 남아 있었다.

"어때요?"

요정의 샘에서 밀드레드가 물었다. 그녀는 방금 새로운 디저트를 만들어 다니엘에게 보여 준 참이었다. 한동안 요정의 샘에서만 독점 판매하던 크림을 채운 슈를 다른 식당에서도 따라 만들기 시작하면서 새로운 디저트가 필요했기 때문이다.

"모양은 나쁘지 않네요."

다니엘은 작은 스푼으로 표면에 초콜릿 가루를 뿌린 티라미수를 깊게 찔러 넣었다. 그리고 바닥까지 듬뿍 떠서 입에 넣었다.

깜짝 놀랄 맛이 그의 입 안에서 사르르 녹았다. 제일 먼저 달콤한 초콜릿 향이 확 퍼졌다가 혀끝에 진한 크림이 느껴졌다. 그 밑으로 커피에 적신 쿠키가 부드럽게 뭉그러졌다.

달짝지근하면서 씁쓸한 게 마음에 들었다. 다니엘은 밀드레드를 쳐다보며 빙그레 웃었다.

"괜찮죠?"

밀드레드는 눈을 반짝이며 물었다. 그녀는 티라미수를 싫어하는 사람을 본 적이 없었다. 다니엘도 분명 좋아할 거라 생각했다.

그는 뿌듯한 표정의 밀드레드를 물끄러미 쳐다보다가 불쑥 물었다.

"키스해도 됩니까?"

밀드레드의 표정이 잠시 멈칫했다. 하지만 그녀는 곧 기분 좋다는 듯 웃으며 말했다.

"그 정도로 맛있다는 뜻으로 이해할게요."

아니, 티라미수의 맛과 별개로 밀드레드와 키스하고 싶었던 것뿐인데. 그녀가 뿌듯한 표정으로 웃는 것을 보니 키스를 하고 싶었다. 다니엘은 못마땅한 표정을 지었지만 곧 물러났다.

"괜찮네요."

다니엘은 그렇게 말하며 티라미수를 새 스푼으로 떠서 밀드레드에게 내밀었다. 커피콩을 구해 달라길래 왜 그러나 싶었는데 이렇게 사용할 수 있을 줄은 몰랐다.

그는 밀드레드가 티라미수를 받아먹자 자신의 스푼으로 다시 티라미수를 뜨며 말했다.

"커피를 향으로 쓰다니 좋은 발상이군요."

차만큼은 아니지만 커피도 나름대로 인기 있는 음료다. 물론 귀족들은 차를 더 선호했지만 밤새 춤을 춰야 한다거나 아침에 빨리 잠에서 깨야 한다면 각성 효과를 위해 음용하곤 했다.

오히려 커피가 인기 있는 건 귀족보다는 그 아래 지식인층에게였다. 다니엘 역시 커피를 마셔 보기는 했지만 그리 즐기는 편은 아니었다.

당연히 쿠키를 커피에 적신다는 건 상상도 못 했다.

밀드레드는 다니엘의 감탄에 아무 말도 하지 않았다. 이건 그녀의 발상이 아니다. 그녀가 살던 세계에서 먹었던 디저트를 재현해 낸 것뿐이다.

게다가 그 재료를 구해 준 다니엘의 도움이 있었기 때문에 가능한 일이다. 밀드레드는 차를 홀짝 마시고 말했다.

"당신 덕분이죠. 재료를 구해다 줬으니까요."

그녀는 커피콩을 어디서 구할 수 있는지도 몰랐다. 밀드레드의 말에 다니엘이 차를 홀짝이며 말했다.

"하지만 그 재료를 어떻게 조합하는지를 아는 건 부인이었잖습니까."

두 사람 모두의 공이라고 하자. 밀드레드는 그렇게 생각하며 다니엘을 물끄러미 쳐다봤다. 오늘도 잘생겼다. 다니엘은 단정하게 머리카락을 뒤로 넘기고 안경을 쓰고 있었다.

안경 때문에 평소보다 좀 더 딱딱해 보인다. 밀드레드는 그가 왜 그러냐는 듯 고개를 들자 몸을 내밀어 그의 입술에 입을 맞췄다.

엇 하고 다니엘의 얼굴에 잠깐 당황하는 표정이 떠올랐다. 하지만 그는 곧 눈을 가늘게 뜨며 말했다.

"알려 주셨으면 안경을 벗었을 텐데요."

"앞으론 물어보고 할까요?"

밀드레드의 질문에 다니엘이 빙그레 웃으며 대답했다.

"아뇨."

그럴 줄 알았다. 밀드레드는 자리에서 일어나며 핸드백을 챙겼다. 아이리스의 드레스를 위해 다비나와 만나기로 했다. 그녀가 일어나자 다니엘도 따라 일어나며 물었다.

"어디로 가십니까? 모셔다드리겠습니다."

"바쁘지 않아요?"

"괜찮습니다. 왕자 전하를 뵈러 가는 거라."

리안을 만나러 간다는 말에 밀드레드의 얼굴에 재미있다는 표정이 떠올랐다. 그녀는 손을 뻗어 다니엘의 뺨을 쓸고 물었다.

"왕자님은 어떻게 지내세요?"

다니엘은 밀드레드를 밖으로 안내하며 대답했다.

"그저 그렇죠. 최근에는 조금 어른스러워지셨더군요."

시키지 않으면 하지 않던 공부를 스스로 하고 있다. 경제나 외교 수업도 착실하게 앉아서 수업을 듣는다. 다니엘은 그게 아이리스의 영향일 거라고 생각했지만 밀드레드에게는 말하지 않았다.

"아이리스가 왕자비 후보인 건 알아요?"

밀드레드는 마차에 오르며 물었다. 방에서 나오면서 다니엘이 눈짓한 덕분에 요정의 샘 직원이 재빨리 불러온 다니엘의 마차였다.

다니엘은 문을 닫고 밀드레드의 맞은편에 앉으며 대답했다.

"네. 사실 후보를 뽑을 때 리안의 의견도 포함이 됐죠."

"설마 아이리스가 후보가 된 데에는 당신의 입김이 아니라 리안의 입김이 들어갔던 건가요?"

"그렇다 해도 아이리스가 자격이 없으면 소용이 없었을 겁니다."

집안, 예의와 지식 수준, 평판이 수준 이상이 아니면 후보가 되지 못했을 거라는 말이다. 다니엘의 말에 밀드레드는 씩 웃으며 말했다.

"리안의 입김이 들어갔다는 말이군요."

다니엘의 눈이 가늘어졌다. 그는 하는 수 없이 리안이 시험을 무효로 돌리고 싶어 했다는 이야기를 전했다. 하지만 이미 시작된 시험을 무효로 돌릴 수 없었다는 것까지.

그렇군. 밀드레드는 리안이 나름대로 힘냈다는 것을 깨달았다. 그래 봤자 아이리스가 들으면 콧방귀 뀔 수준의 힘이었지만.

"그런데 그 드레스는 어떻게 하실 겁니까?"

마차가 다비나의 가게가 있는 골목으로 접어들자 다니엘이 물었다. 그의 말에 밀드레드는 검은색 천을 떠올렸다. 그나마 여름용이라 천이 얇다는 게 다행이었다. 그것도 장점은 아니지만.

"수를 놓을 거예요."

"수요?"

"장례식용 드레스를 만들지 말라고 했다면서요. 수를 놔야죠."

다니엘의 한쪽 눈썹이 올라갔다. 과연, 밀드레드가 편지를 쓴 이유를 알았다. 자수 실력이 뛰어난 사람을 구하려 한 거다.

"걱정 말아요."

밀드레드는 마차가 멈추자 일어나며 말했다. 뭘? 다니엘이 어리둥절한 표정을 짓자 그녀는 손으로 그의 뺨을 잡고 쪽 소리가 나도록 입을 맞춘 뒤 장난스럽게 속삭였다.

"당신 갤러리를 여는 데는 지장이 없을 거예요."

다니엘의 얼굴에 미소가 떠올랐다. 그는 단 한 순간도 그녀가 자신의 갤러리를 여는 것을 걱정한 적이 없었다. 사실, 그는 밀드레드가 자신의 갤러리를 완전히 엉망으로 만들거나 심지어 열지 않는다고 해도 상관없었다.

"제가 한 번이라도 부인을 의심한 적이 있던가요?"

다니엘의 질문에 밀드레드는 빙그레 웃었다. 그녀는 그의 **뺨**을 가볍게 쓸며 고개를 저었다.

"아뇨, 그런 적 없었죠. 하지만 속으로는 걱정할 수 있으니까요."

"밀드레드, 저는 당신이 하는 모든 말과 행동을 믿습니다."

정확히 말하면 숭배한다에 가깝다. 다니엘은 밀드레드의 손을 잡아 손바닥에 입을 맞췄다. 그리고 맥박이 뛰는 손목 안쪽에 다시 입을 맞춘 뒤 그녀를 놓아주었다.

마차에서 내린 뒤, 밀드레드는 다니엘이 탄 마차가 떠나는 것을 보고 가게 안으로 들어섰다. 이미 아이리스는 새로 구한 하녀와 함께 도착해 있었다.

"어서 오세요, 반스 부인."

다비나는 아이리스와 함께 어떤 디자인으로 드레스를 만들지 의논을 하다가 밀드레드를 맞이했다. 아이리스와 하녀도 밀드레드가 들어오자 자리에서 벌떡 일어났다.

더 큰 가게로 옮긴 덕분에 다비나의 가게는 이제 네 명이 앉아도 넉넉한 방을 가지고 있었다. 게다가 일을 도와주는 직원도 한 명 고용했다.

다비나는 직원에게 가게를 맡긴 뒤 밀드레드를 아이리스와 의논하던 방으로 안내했다.

"드레스에 수를 놓으시겠다고요?"

이야기가 밖으로 새어 나가지 않도록 문을 닫고 나서 다비나가 물었다. 밀드레드는 아이리스와 다비나가 의논한 드레스 도안을 살펴보며 말했다.

"검은색 천이에요. 자수로 색을 바꿔 버리면 어떨까 해요."

밀드레드의 말에 아이리스가 깜짝 놀라서 그녀를 쳐다봤다. 색을 바꾼다고? 그래도 되는 건가? 그런 의문을 품은 것은 아이리스뿐만이 아니었다.

"그래도 되나요? 제가 듣기론 성에서 받은 천이라고……."

"전체에 다 자수를 놓지는 않을 거예요. 손이 너무 많이 가기도 하고요."

밀드레드는 자수로 그러데이션을 줄 생각이었다. 염색을 할 때 그러데이션으로 염색하는 건 고급 기술이다. 물론 자수로 무늬를 넣는 건 더더욱 고급이지만.

"윗부분에 자수를 넣으면 어떨까 해요."

밀드레드가 아이리스와 다비나가 의논한 디자인 위를 손가락으로 가리키며 설명했다. 그때 직원이 노크를 하고 들어왔다.

"차를 가져왔습니다."

들어와도 된다는 허락도 없었다. 다비나는 당황해서 밀드레드의 눈치를 살폈다. 귀족을 상대하는 의상실에서 이런 예의를 지키지 않는다는 건 치명적이다. 하지만 밀드레드는 직원에게 눈길 하나 주지 않고 침착하게 말했다.

"그리고 보석을 달려고 해요."

"보석이요?"

밀드레드가 신경 쓰지 않자 다비나는 안도의 한숨을 내쉬며 디자인에 시선을 돌렸다. 밀드레드는 디자인의 상의 부분을 손가락으로 가리키며 말했다.

"큼지막한 보석을 두세 개 정도 달면 어떨까 하는데요."

뭐라고? 다비나의 눈이 커졌다. 그런 촌스러운 짓을 뭐 하러? 하지만 그녀가 반대하려는 순간 밀드레드가 다시 말했다.

"마음 같아서는 열 개쯤 달고 싶은데, 그건 너무 부담스러울 것 같아요."

경제적으로? 아니면 입는 아이리스의 심정적으로? 다비나는 어떤 걸 먼저 말해야 할지 몰라 멍하니 밀드레드를 쳐다봤다.

그사이 직원이 찻잔을 내려놓고 차를 따른 뒤 나갔다. 밀드레드는 직원이 나가자마자 자세를 고치며 말했다.

"농담이에요. 보석을 달긴 할 건데 작은 거면 충분해요. 가짜나 유리도 상관없고요."

"농담이군요."

다행이다. 다비나는 그제야 안도의 한숨을 내쉬며 웃었다. 밀드레드는 그녀를 따라 웃으며 다시 자세하게 설명했다.

"네크라인부터 자수를 넣을까 해요. 위는 촘촘하게, 아래로 갈수록 성글게 넣어서 그러데이션을 만들 거고요."

무슨 말을 하는지 알겠다. 하지만 한 가지 문제점이 있었다. 다비나는 곤란한 표정으로 입을 열었다.

"좋은 생각이긴 한데요. 자수는 손이 많이 가서 시간이 걸려요."

다비나가 자수에만 매달려 있을 수는 없다는 말이다. 밀드레드는 아이리스를 한 번 쳐다보고 다비나에게 고개를 돌렸다.

그리고 걱정 말라는 듯 웃으며 말했다.

"괜찮아요. 자수는 다른 사람에게 맡길 거예요. 당신이 얼마나 바쁜지 잘 알고 있거든요. 내가 원하는 건 아이리스에게 어울리는 드레스를 디자인해 주는 것뿐이에요."

그런 거라면 얼마든지 할 수 있다. 다비나는 진지한 표정으로 고개를 끄덕였다.

* * *

이튿날, 밀드레드는 릴리와 함께 나와 필립 케이시 경의 갤러리에 그녀를 내려준 뒤 머피 백작가를 찾았다.

"실례하겠습니다."

밀드레드와 산드라를 위해 머피가의 하인이 차를 가지고 들어왔다. 밀드레드는 곁들이는 디저트로 크림을 채운 슈를 내온 것을 보고 눈을 크게 떴다.

이 정도로 인기가 있을 줄은 몰랐다. 사람들이 요정의 샘에 줄을 서서 사 갔다는 기사는 읽었다. 다른 가게에서도 너 나 할 것 없이 따라서 내놨다는 것도 알고 있다.

하지만 그렇게 인기 있다는 것을 아는 것과 가까운 혈연이 실제로 즐겨 먹는 것을 보는 것은 다른 문제다.

산드라는 밀드레드의 시선이 슈에 가 있는 것을 발견하고 킥킥대며 말했다.

"네가 조언을 했다면서? 안 그래도 게리가 좋아하던 거라 우리 주방장에게도 만들라고 했지."

"오라버니가 슈를 좋아했어요?"

"예전엔 크림이 손과 옷에 묻어서 못 먹게 했거든. 이건 깔끔하게 먹을 수 있으니까."

밀드레드는 게리가 슈를 좋아했다는 것도, 산드라가 손과 옷에 묻는다는 이유로 금지했다는 것도 몰랐다. 원래 슈는 텅 빈 과자를 반으로 잘라 크림과 잼을 발라 먹었다. 그 와중에 손에 크림이 묻는 일이 왕왕 일어났다.

그렇군. 밀드레드는 미안한 표정으로 말했다.

"알았다면 여기로 만들어서 보냈을 텐데요."

"됐어. 무슨 소리야. 우리야 사 먹으면 되지."

산드라는 손을 저으며 그렇게 말한 뒤 밀드레드의 찻잔에 차를 따라 주었다. 티라미수를 만들어서 보내 줘야겠네. 밀드레드는 찻잔을 받아 들며 생각했다.

그래도 그녀를 많이 생각해 주고 챙겨 준 가족이다. 아이들을 돌보느라 게리와 산드라에게 해 줄 수 있는 것을 하지 못했다는 게 미안했다.

"그보다."

밀드레드가 미안해하려는 게 보이자 산드라는 재빨리 주제를 바꿨다.

"프레드 반스라고 주장하는 사람이 있다던데. 알고 있어?"

밀드레드의 표정이 변했다. 그녀는 인상을 쓰며 찻잔을 내려놓았다.

"누가 그래요?"

"거짓말이지? 어디 할 소리가 없어서 그런 소리를 하고 다니나 몰라."

"그런 사람이 있긴 해요."

"있다고?"

찻잔을 들어 올리며 투덜거리던 산드라는 깜짝 놀라서 멈췄다. 그녀는 이미 프레드 반스가 돌아왔다던데 알고 있냐고 물어보던 친한 부인에게 말도 안 되는 소리라고 한마디 했었다.

밀드레드는 깜짝 놀란 산드라를 달래기 위해 재빨리 말했다.

"진짜 프레드가 아니에요. 돈을 노리고 프레드인 척하는 거겠죠."

"세상에…… 뭐 그런 천인공노할 사람이 다 있어? 쫓아냈지?"

쫓아냈다. 밀드레드는 쓰게 웃으며 고개를 끄덕였다. 하지만 쫓아내는 것만으로는 충분하지 않았던 모양이다.

"그자가 소문을 낸 모양이네요. 확실하게 아니라고 발표할 준비를 하고 있어요."

"윌포드 남작님은 어때?"

"남작님이 왜요?"

산드라는 시치미를 떼는 밀드레드를 보고 웃었다. 그녀는 윌포드 남작과 밀드레드의 사이가 심상치 않다는 것을 이미 알아차리고 있었다. 그리고 그걸 알아차린 사람은 그녀뿐만이 아니다.

사교계에서는 월포드 남작이 반스 부인에게 관심이 많다는 소문이 조금씩 퍼지고 있었다. 다른 사람이라면 이미 퍼지고도 남았을 것이다.

다른 사람에 비해 전파가 느린 이유는 오직 하나, 그가 다니엘 월포드 남작이기 때문이다. 여자는 물론이고 사람에게도 관심이 없는 다니엘 월포드 남작.

사람들은 다들 설마? 하는 시선으로 밀드레드와 다니엘을 주시하고 있었다.

"난 월포드 남작님이라면 가짜 반스를 쫓아내는 정도로 끝나지 않을 거라고 생각했거든."

산드라는 그렇게 말하며 찻잔을 들어 올렸다. 단것을 별로 좋아하지 않는 그녀는 가져온 슈에 손 하나 대지 않고 있었다. 어디까지나 이건 밀드레드를 위한 것이다.

그녀는 슈가 담긴 접시를 밀드레드 쪽으로 밀며 말을 이었다.

"남작님 소문이 좀…… 그런데 역시 소문은 믿을 게 못 되나 봐."

"소문이요? 소문이 어떤데요?"

밀드레드는 어리둥절해서 물었다. 그녀가 다니엘 월포드 남작에 대해 아는 소문이라고는 부유하다는 것뿐이다. 그리고 또 하나.

밀드레드는 예전에 게리와 산드라에게 들었던 소문을 떠올렸다. 월포드 남작과 문제가 있었던 사람은 어떤 식으로든 피해를 본다는 소문이었다. 그래서 게리와 산드라는 다니엘과 너무 친해지지 말라고 충고 아닌 충고를 하기도 했었다.

"뒷골목이 그의 손에 들어가 있다는 소문이 있었거든."

"뒷골목이요?"

밀드레드는 그게 자신이 생각하는 그런 의미인가 싶어서 고개를 기울였다. 뒷골목. 음지 쪽을 꽉 쥐고 있다는 말이다.

하지만 다니엘 윌포드가? 그녀는 가장 실력 있는 조각가가 일평생 혼을 다해 깎아 낸 듯한 외모의 다니엘을 떠올렸다.

"소문이야, 소문. 생각해 보니까 그렇게 나쁜 소문은 아니었던 것 같네. 뒷골목의 손버릇 안 좋은 사람들을 갱생시켜서 부린다는 소문이 있었거든."

몰랐다. 이상하게도 그 순간 밀드레드는 자신이 아주 좋은 사람이라던 다니엘의 말을 떠올렸다. 그게 이걸 의미하는 거였나?

그녀는 때때로 그가 이상한 소리를 하던 것도 생각났다. 농담이라고 생각했던 이야기들. 그는 마음에 안 드는 남자에 대한 릴리의 고민에 자신이 처리해 주겠다고 나섰었다.

"밀."

밀드레드가 심각한 얼굴로 골똘히 생각에 잠기자 산드라는 손을 뻗어 그녀의 손을 잡았다. 괜한 소리를 했다. 산드라는 밀드레드가 윌포드 남작과 잘되기를 바랐다.

그는 잘생겼고 부유할 뿐 아니라, 밀드레드를 아끼는 게 눈에 보였다. 모든 여자에게는 자신을 숭배해 줄 남자가 필요한 법이다.

"나도 주책이지. 쓸데없는 말을 했네."

"아니에요."

밀드레드는 고개를 젓고 미소를 지어 보였다. 그런 소문이 있었군. 문득 그녀는 다니엘의 반지를 떠올렸다. 돌려주려고 했는데 어영부영 여전히 그녀의 손에 남아 있다.

돌아가서 이야기를 좀 해 봐야 할 모양이다.

"그보다, 부탁한 건 어떻게 됐어요?"

산드라는 밀드레드의 질문에 미소를 지었다. 자신의 방정맞은 실수로 불러온 어두운 분위기를 환기시킬 수 있어서 다행이라는 생각이 들었기 때문이다. 게다가 밀드레드가 부탁한 걸 전부 해냈기 때문에 그녀는 자신만만했다.

"구했어. 내가 아는 한 가장 입이 무겁고 자수 실력이 좋은 사람들이야."

"한다고 하던가요?"

이게 가장 중요한 부분이다. 밀드레드는 아이리스의 드레스에 자수를 놓자고 생각한 순간부터 누구에게 자수를 맡길지 결정해놨었다.

귀족 영애에게 자수는 기본적인 소양이다. 어릴 때부터 귀족 가문에서 태어난 소녀들은 예쁜 필기체와 훌륭한 자수 실력을 갈고닦았다.

사실 그건 갈고닦으려고 갈고닦은 게 아니긴 했다. 정확히 말하면 할일이 없기 때문에 시간 때우기용으로 편지를 쓰고 자수를 놓다 보니 그렇게 된 것뿐이다.

하지만 귀족은 노동을 해서는 안 되고 귀족 여성의 훌륭한 자수 실력은 그녀의 손수건이나 집 안에 걸어 두는 태피스트리로 드러내는 수밖에 없었다.

"대부분."

산드라는 자신만만한 표정을 지으며 대답했다. 밀드레드가 요구한 조건은 세 가지였다. 가난한 귀족 여성일 것. 자수 실력이 훌륭할 것. 그리고 입이 무거울 것.

앞의 두 가지 조건만이라면 대상자는 아주 많았다. 하지만 산드라는 밀드레드의 부탁대로 입이 무거운 사람에게만 물어봤고 다섯 명 중 네 명이 하겠다고 나섰다.

다행이다. 밀드레드는 안도의 한숨을 내쉬었다. 한다고 나설 사람이 한 명도 없을까 봐 걱정했다. 그리고 아무도 안 한다고 해도 그녀는 이해했다.

"그리고……."

산드라는 품에서 봉투를 꺼내 테이블 위에 내려놓았다. 그리고 밀드레드 쪽으로 밀며 말했다.

"선물 목록이야. 한 명은 못 하겠대. 그래서 모두 네 명분."

밀드레드는 말없이 봉투를 집어 들어 안의 내용을 살폈다. 그녀는 무보수로 귀족 부인들의 도움을 받을 생각이 없었다.

당연히 천에 수를 놓아주는 대신 선물을 주기로 했다. 마음 같아서는 돈을 주고 싶지만 그랬다간 그들이 노동으로 받아들일 것 같아서 선물이라고 완곡하게 표현했다.

그럼에도 다섯 명 중의 한 명은 그것은 보수라며 거절했다. 일을 하고 보수를 받는다면 노동이 되어 버린다는 말이다.

"할 수 없죠."

밀드레드는 한숨을 내쉬며 목록을 다시 봉투에 집어넣었다. 선물 목록 때문이 아니었다. 거절한 한 명 때문이었다.

"대단한 사람이지."

산드라 역시 안타깝다는 듯 웃으며 말했다. 차라리 굶어 죽을지언정 노동은 할 수 없다는 그 부인의 심정을 밀드레드만큼이나 산드라도 이해했기 때문이다.

"선물은 바로 보낼게요. 천도 같이 보낼 테니 바로 해 달라고 전해 주세요."

선물이라는 말 때문이었는지 그들이 원한 것은 대부분 사치품이었다. 하지만 귀족들에게는 생필품인 것들이었다.

설탕, 차, 옷감. 이 세 가지가 없으면 귀족은 사회생활을 할 수 없다고 해도 무방하다. 밀드레드는 그녀의 부탁을 들어주기로 한 사람들에게 보낼 선물을 준비하기 위해 자리에서 일어났다.

"부탁을 들어줘서 고마워요, 샌."

"무슨 소리야. 내 조카가 왕자비 시험을 본다는데. 당연히 물심양면으로 도와야지."

머피 백작 저택을 나가면서 밀드레드는 산드라와 깊은 포옹을 하고 떨어졌다. 그녀가 살던 곳에서도 아주 옛날에는 양반은 일을 할 수 없었다. 하지만 어디나 계급과 상관없이 가난한 사람은 있기 마련이고, 가난한 양반가의 부인들은 집안을 먹여 살리기 위해 삯바느질을 했다.

"여기라고 못 할 것 없지."

밀드레드는 타고 온 마차에 올라타며 중얼거렸다. 중요한 건 그게 보수가 아니면 된다는 거다. 그녀가 네 명의 사람들에게 보내는 건 어디까지나 선물이다.

"남작님."

그 시각, 아이리스가 서재 문을 열며 다니엘을 불렀다. 그는 아이리스가 노크를 하고, 들어오라는 말을 듣고 문을 열 때까지도 서류를 읽고 있었다.

"바쁘세요?"

아이리스는 그녀가 책상 앞에 다가갈 때까지 서류에서 눈을 떼지 않는 다니엘에게 조심스럽게 물었다. 그녀는 지금 서재에 들어온 게 자신이 아니라 어머니였다면 윌포드 남작이 일어났을 뿐 아니라 직접 문을 열어 줬을 거라는 것을 알았다.

다니엘은 대답 대신 눈만 들어 아이리스를 쳐다봤다. 그녀는 재빨리 그를 찾아온 용건을 말했다.

"검술 훈련 좀 봐주실 수 있으세요?"

어렵지 않다. 하지만 지금? 다니엘은 불쑥 물었다.

"시킨 건 다 했고?"

아이리스는 얼마 전부터 왕자비 후보 시험을 대비해서 새로운 공부를 몇 가지 시작했다. 첫 번째는 현재 이 나라 사람들이 사용하는 대륙 공용어 외에 하만 대륙에서 쓰이는 공용어였고 두 번째는 수학과 경제였다.

셋 다 다니엘이 가르쳐 줄 수 있는 부분이다. 그는 아이리스에게 하만 대륙 공용어의 철자를 백 번씩 쓰는 것과 수학 문제를 냈다.

"네."

벌써? 다니엘은 시간을 확인하고 가볍게 감탄했다. 똑같은 분량을 리안에게도 시켰을 때 그는 아이리스의 딱 두 배만큼 시간이 걸렸다.

"내가 봐야 할 것 같은데."

다니엘은 그렇게 말하며 자리에서 일어났다. 어쩌면 다행일지도 모른다. 그가 나가기 전에 아이리스가 오늘치 분량을 다 해치웠다는 것을 알았으니까.

하지만 그가 검술 훈련을 봐주지 않는다는 사실에 아이리스의 얼굴이 어두워졌다.

"이렇게 하자."

다니엘은 아이리스와 함께 서재 밖으로 나가며 말을 이었다.

"나 대신 도움이 될 만한 사람을 붙여 주마."

"도움이 될 만한 사람이요?"

이 저택에 다니엘 외에 검을 다룰 줄 아는 사람이 있나? 아이리스의 얼굴에 어리둥절한 표정이 떠올랐다. 다니엘은 방금 떠오른 좋은 생각에 싱글벙글 웃었다.

재미있을 것 같다.

"윌리엄."

다니엘의 부름에 시트를 옮기고 있던 윌리엄이 멈칫했다. 어찌해야 할 바를 몰라 망설이는 윌리엄을 위해 지나가던 짐이 그의 손에 들린 짐을 대신 들어 주며 말했다.

"가 봐."

감사합니다. 윌리엄은 짐을 향해 감사의 표시로 고개를 꾸벅 숙이고 다니엘에게 다가갔다. 좀 나아졌군. 짐은 시트를 든 채 다니엘과 아이리스에게 고개를 가볍게 숙였다.

처음 이 집에 오고 일주일간 윌리엄은 누가 도와줘도 고맙다는 인사는커녕 쳐다보지도 않았다. 누군가에게 도움을 받았으면 당연히 고맙다고 인사를 해야 한다. 그걸 짐과 거쉰이 호되게 혼을 내서 가르쳤다.

과연 다른 집 하인으로 갈 수나 있는 걸까. 짐은 비쩍 마르고 키만 큰 윌리엄의 뒷모습을 바라보며 고개를 절레절레 흔들었다.

"윌리엄이 네 훈련을 도와줄 거다."

"윌리엄이요?"

다니엘의 말에 아이리스는 어리둥절한 표정을 지었다. 윌리엄이 검을 다룰 줄 아나? 어리둥절한 표정을 지은 건 윌리엄도 마찬가지였다. 그는 어리둥절하다기보다는 놀란 표정이었지만.

"꽤 하거든. 돌아와서 집에 데려다줄 테니 그때까지 아이리스 상대를 해 줘."

앞말은 아이리스에게, 뒷말은 윌리엄에게 한 말이다. 다니엘의 말에 아이리스와 윌리엄은 어색한 표정으로 서로를 쳐다봤다. 다니엘은 그대로 윌리엄의 어깨를 툭 친 뒤 자신의 방으로 올라가 버렸다.

아이리스는 망설이다가 윌리엄에게 입을 열었다. 남작님이 그가 꽤 한다고 했으니 믿을 수 있겠지.

"그런데 나 목검이야."

윌리엄은 아이리스의 말에 눈을 동그랗게 떴다가 재빨리 표정 관리를 했다. 목검이라고? 그는 다섯 살 이후로 목검을 잡아 본 적이 없다. 하지만 상대가 아이리스라면 그게 더 나을지도 모른다.

두 사람은 어색하게 이 층 썬룸으로 향했다. 때마침 옷을 갈아입고 자신의 방에서 나온 다니엘이 두 사람의 뒤통수에 대고 소리쳤다.

"윌리엄! 요령 부리지 마라!"

그렇지 않아도 윌리엄은 어이없어하고 있었다. 목검. 게다가 여자를 상대로 훈련이라니. 요령 부리지 말라는 말에 욱해서 뒤를 돌아본 그는 어느새 다니엘의 모습이 사라진 것을 깨닫고 아이리스를 쳐다봤다.

그녀는 조금 감탄하는 표정으로 윌리엄을 쳐다보고 있었다.

"실력이 좋나 봐?"

좋으냐고? 윌리엄은 눈동자를 굴렸다. 그는 그 더글러스 케이시 경에게 배웠다. 어디 가서 실력 없다는 소리는 들어 본 적이 없다. 물론 왕자님에게 감히 검술 실력이 미천하시네요, 하고 말할 간덩이가 부은 사람이 있을 리는 없지만.

"내 걸 써. 나는 애슐리 걸 쓸게."

아이리스는 그렇게 말하며 자신의 목검을 윌리엄에게 건넸다. 윌리엄은 벽에 기댄 목검 중에서 손잡이 부분에 색이 칠해진 것을 보고 눈을 가늘게 떴다.

"그건 릴리 거야."

그럴 줄 알았다. 놀라운 것은 릴리의 검이 가장 많이 닳아 있다는 점이다. 윌리엄은 릴리가 가장 많은 훈련을 한다고 생각하고 아이리스의 검을 잡았다.

물론 그건 속임수였다. 릴리는 정말 최소한의 연습을 제외하면 검을 휘두른 적이 없었다. 그녀는 검에 놀라울 정도로 관심이 없었기 때문이다.

그럼에도 그녀의 검이 가장 많이 닳아 있는 이유는 간단했다. 릴리는 그걸로 마당에 그림을 그렸다. 밀드레드가 발견하고 금지시키기 전까지.

"릴리 반스 양을 만나러 왔습니다."

시트를 내려다 놓고 돌아온 짐은 현관문을 두드리는 소리에 자세를 바로 하고 문을 열었다. 밖에는 더글러스가 긴장한 표정으로 서 있었다.

더글러스 케이시 경. 그가 온다는 말을 못 들었는데. 짐은 당황하지 않고 그를 일단 응접실로 안내했다. 그리고 온실에서 그림을 그리고 있는 릴리에게 물었다.

"케이시 경께서 오기로 하셨습니까?"

"어느 쪽이요?"

"더글러스 케이시 경 말입니다."

더글러스가? 릴리는 짐의 질문에 미간을 찡그리다가 깜짝 놀라서 일어났다. 그러고 보니 그가 방문을 하고 싶다고 편지를 보냈었던 게 기억났다.

그게 오늘이었어? 그녀는 어찌할 바를 몰라 하다가 곧 마음을 다잡았다. 그래서? 더글러스는 친구로 대화를 하고 싶다고 했다. 게다가 그녀는 그의 구혼을 거절했으니 옷을 갈아입기 위해 난리를 피울 이유가 없다.

"여기에서 만날게요."

"여기서 말입니까?"

짐은 거대한 이젤 앞에 앉아 있는 릴리와 그녀의 주변을 훑었다. 여기저기 완성된 그림이 놓여 있고 테이블 위에는 물감과 물이 흩어져 있다.

여기서 손님을 맞이하면 안 될 것 같은데. 그가 그렇게 생각한 순간 릴리가 말했다.

"구혼을 거절했거든요. 그러니까 이 정도가 좋아요."

그렇다 해도 짐은 릴리가 누구도 흠잡을 수 없게 완벽한 모습으로 상대를 맞이하길 바랐다. 하지만 그는 릴리의 고집을 알고 있었기에 고개를 끄덕인 뒤 물러났다.

"반스 양."

응접실에서 기다리던 더글러스는 집사의 안내를 받아 온실로 향했다. 그는 반스 양이 기다린다는 말에 온실로 성큼성큼 걸어가며 릴리를 불렀다.

릴리는 여전히 이젤 앞에 앉아 있었다. 그리던 그림을 마저 그리고 싶었기 때문이다. 아직 밝은 덕에 온실은 초록빛이 감돌고 있었다. 더글러스는 이젤 앞에서 미간을 찡그린 채 붓을 움직이는 릴리를 보고 멈췄다.

거추장스럽지 않게 위로 올려 묶은 머리카락이 몇 올 빠져나와서 그녀의 뺨과 귀 옆에 흔들리고 있었다. 연두색 드레스의 가슴과 허벅지 쪽에 물감이 약간 튀어 있었지만 더글러스의 눈에는 들어오지 않았다.

그는 릴리의 초록색 눈동자가 반짝이는 것을 멍하니 쳐다봤다. 이젤에 고정된 그녀의 눈동자는 열정적이었고 행복해 보였다. 화장기 없는 얼굴에 인상을 쓰고 있었지만 릴리의 얼굴은 그 어느 때보다 빛났고 아름다워 보였다.

무릎에 힘이 풀려서 더글러스는 곁에 있는 테이블을 짚었다. 그는 여자가 뭔가에 열중하는 걸 처음 봤다. 그가 여자들을 만난 건 모두 파티나 다과회에서였고, 파티나 다과회는 남의 시선을 신경 쓸 수밖에 없는 장소다.

릴리처럼 자유롭게 인상을 쓰며 좋아하는 일을 할 수 있는 장소가 아니었다.

"깜짝이야."

고개를 든 릴리는 테이블에 기댄 더글러스를 보고 화들짝 놀라서 비명처럼 말했다. 커다란 남자가 뻐딱하게 서 있으니 조각상처럼 보인다.

"바쁘신 것 같길래."

더글러스는 스스로도 궁색하다고 느끼며 말했다. 그는 릴리를 생각해서 말을 걸지 않은 게 아니다. 그녀를 넋을 잃고 쳐다보고 있었던 것뿐이다.

릴리는 애슐리가 그녀의 곁에 앉아서 책을 읽던 의자를 가리키며 말했다.

"미안해요. 앉으실래요?"

때마침 짐이 다과를 가지고 돌아왔다. 릴리는 부랴부랴 테이블 위의 물감과 도구를 한쪽으로 쓸어 버렸다. 짐은 한쪽 눈썹을 들어 올렸지만 아무 말도 하지 않았다.

아이리스였다면 애초에 이런 곳에서 손님을 맞이하지도 않았을 테지만, 이런 곳에서 맞이해야 했다 해도 미리 치워 놨을 것이다. 그리고 설령 미리 치워 놓을 상황이 아니었다 해도 지금 릴리처럼 저렇게 손으로 쓸어서 한쪽에 밀어 넣지도 않았을 것이다.

다행히 더글러스는 아무 신경도 안 쓰는 것처럼 보였다. 짐은 릴리에게 구혼했다가 거절당했다는 더글러스 케이시 경의 얼굴을 너무 무례하지 않을 정도로 쳐다본 뒤 물러났다.

"뭘 그리는 겁니까?"

애슐리가 앉았을 때는 아무 문제 없었던 의자가 더글러스가 앉자 괴로운 소리를 내기 시작했다. 릴리는 짐짓 모른 척하며 그를 향해 돌아앉았다. 그리고 이젤을 가리키며 말했다.

"여기요. 시간별로 빛과 색채의 차이가 어떤지 명확하게 그려 보고 싶거든요."

더글러스의 한쪽 눈썹이 올라갔다. 솔직히 말하면 지금 그는 릴리가 말한 한 문장에서 이해한 게 그린다는 것밖에 없었다. 시간별로 빛과 색채의 차이가 있다고? 그가 아는 그림에 대한 지식은 삐져나오지 않게 칠했느냐 아니냐 정도였다.

"차이가 큽니까?"

"그럼요. 이건 어젯밤에 그린 거예요."

더글러스의 질문에 릴리는 신이 나서 어머니 몰래 온실에 숨어들어와서 그렸던 그림을 꺼냈다. 똑같은 장소였는데 훨씬 어두웠고 사용한 색이 달랐다. 그는 가볍게 감탄하며 릴리가 어제 그린 그림과 지금 그리고 있는 그림을 번갈아 쳐다봤다.

"어느 쪽이 더 마음에 들어요?"

릴리의 질문에 더글러스는 그림 두 점을 번갈아 보다가 대답했다.

"음, 밝은 쪽이요."

"전 어두운 게 더 좋아요."

그런가? 더글러스는 어두운 쪽 그림으로 시선을 던졌다. 하지만 밝은 쪽이 훨씬 색채가 밝았고 다양했다. 보고 있으면 기분이 가벼워지는 것도 한몫했다.

"제목은 지었습니까?"

더글러스의 질문에 릴리는 잠시 고민했다. 몇 가지 생각하긴 했지만 딱 이거다 싶은 게 없었다.

"아직이요."

"화가가 되고 싶다고 했잖습니까."

이어진 더글러스의 질문에 릴리의 시선이 그를 향했다. 갑자기 그건 왜 묻지? 그녀는 어리둥절해서 물었다.

"그런데요?"

"그 말은, 당신의 그림을 누군가에게 돈을 받고 팔고 싶다는 말입니까?"

"간단하게 말하면 그렇죠."

물론 그것만을 원하는 건 아니다. 그녀는 자신의 그림을 사람들이 좋아해 주기를 원했다. 최근 초대받은 여러 갤러리에서 수집가가 자랑스러워하는 작품처럼, 오래도록 소중하고 자랑스러워하는 그런 그림을 그리고 싶었다.

하지만 릴리는 그 이야기는 하지 않았다. 그녀의 어머니와 자매들에게 이야기하지 않은 것처럼 더글러스 역시 이해하지 못할 거라고 생각했기 때문이다.

"그럼……."

더글러스는 머뭇거리며 입을 열었다. 릴리를 만나러 오기 전에 몇 번 생각해 본 거지만 생각하는 것만으로도 그에게는 거부감이 들었기 때문이다.

그는 조심스럽게 물었다.

"제가 당신의 그림을 산다면 어떨까요?"

릴리의 눈이 커졌다. 더글러스는 그런 그녀의 얼굴을 긴장한 채 쳐다보고 있었다. 이건 그에게도 엄청난 용기였다. 귀족에게 네가 만든 것을 돈을 줄 테니 팔라고 하는 건 모욕이나 다름이 없었다.

그는 릴리를 모욕하고 싶지 않았고 그녀를 화나게 만드는 일은 더더욱 하고 싶지 않았다. 하지만 그게 릴리가 원하는 일이라면 눈을 딱 감고 할 수 있을 정도로 릴리를 원했다.

말없이 그런 더글러스를 쳐다보던 릴리가 드디어 입을 열었다.

"케이시 경, 당신은 그림에 관심이 없잖아요."

"하지만 릴리, 당신이 원하는 건 그거잖습니까. 그림을 누군가 사는 거요."

이 남자는 전혀 이해하지 못하는구나. 릴리는 한숨을 내쉬었다. 그녀는 인정을 받고 싶은 거지 돈을 벌고 싶은 게 아니다.

아, 물론 돈도 벌고 싶지만.

릴리는 더글러스에게 무슨 말을 해야 할지 고민하며 고개를 떨궜다가 손끝에 묻은 물감을 발견했다. 그녀는 반대쪽 손으로 물감이 묻은 손끝을 문지르며 말했다.

"케이시 경. 만약 경이 왕자님의 스승이 아닐 때 말이에요."

더글러스는 릴리의 시선을 따라 그녀의 손을 쳐다봤다. 손도 예쁘다. 릴리의 손은 하얗고 가늘었다. 그녀의 손이 리드미컬하게 움직이는 것을 보자 더글러스는 이상한 생각에 자신의 어깨에 손을 댔다가 고개를 들며 말했다.

"더글러스라고 불러 주세요."

케이시 경이라는 호칭은 너무 거리감이 느껴진다. 다행히 릴리는 잠시 더글러스를 쳐다보다가 다시 고개를 떨어트리며 말했다.

"경의 아버지께서, 그러니까 후작님이 왕자님의 스승으로 경을 꽂아 준다고 하시면 뭐라고 하셨을까요?"

릴리가 무엇을 말하는지 알겠다. 그라면 자존심 상했을 것이다. 아버지가 그렇게 하지 않아도 자신의 실력으로 왕자의 스승이 될 수 있다고 생각했을 테니까.

그리고 실제로 그는 그렇게 됐다.

"제가 무지했고 무례했습니다."

더글러스는 침울한 표정으로 고개를 숙이며 말했다. 릴리의 도움이 되고 싶다. 그녀가 기뻐하는 것을 보고 싶었다. 원하는 것을 들어주고 싶었다.

그 모습을 보자 릴리의 기분이 이상해졌다. 더글러스는 노력하고 있었다. 그녀가 원하는 만큼은 아니었지만 그 나름대로.

릴리는 가만히 더글러스를 보며 한숨을 내쉬었다. 솔직히 그녀는 그가 자신을 왜 좋아하는지 아직도 이해를 못 하고 있었다.

다 좋다고 했다. 얼굴도, 행동도. 하지만 릴리는 자신의 얼굴이나 행동이 아무 이유 없이 좋아할 만큼 잘나지 않았다는 것을 잘 알았다.

아이리스와 마찬가지로 릴리는 자신이 그리 인기 있는 신붓감이 아니라는 것을 알았다. 게다가 집안을 꾸리고 자기 사람을 챙기는 데에 관심이 있는 아이리스와 달리 릴리는 그런 쪽으로는 별로 관심이 없었다.

"더글러스."

릴리는 조용히 그를 불렀다. 시무룩한 얼굴로 앉아 있던 더글러스는 자신의 이름을 부르는 그녀의 목소리에 깜짝 놀라서 고개를 들었다.

지금 내 이름을 부른 건가? 더글러스의 녹색 눈동자가 놀라움으로 커졌다.

"생각해 주신 건 고마워요. 기쁘기도 하고요. 그런데 정말로 저는 결혼 생각이 없어요. 그게 어울리지도 않고요."

"그거요? 결혼을 말하는 겁니까?"

결혼이라는 게 어울리고 말고가 있는 거였나? 더글러스는 어리둥절해서 멍하니 릴리를 쳐다봤다. 그의 기준으로 결혼은 당연히 하는 거였고 자신처럼 못 한다는 선택지는 있어도 안 한다는 선택지는 없었다.

"나는 집안일을 그리 좋아하지 않아요. 맛있는 음식을 준비해서 가족과 손님을 대접하거나 사시사철 집안을 꾸미는 데에도 별로 관심이 없어요."

하지만 아이리스는 좋아하지. 릴리는 가장 열심히 어머니의 교육을 습득하던 아이리스를 떠올렸다. 철마다 어울리는 천과 색. 사교계의 관습들. 가계부를 쓰고 집안을 보수하고 관리하는 방법.

아이리스는 그 모든 것들을 완벽하게 하려고 했고 실제로 꽤 완벽하게 해냈다.

하지만 릴리는 아니었다. 그녀는 자신도 노력하면 아이리스만큼은 아니어도 그녀와 비슷한 정도의 수준까지는 될 수 있다는 것을 알았지만, 애초에 관심이 없으니 열정도 생기지 않았다.

"아이도 별로 좋아하지 않아요. 파티를 열기는커녕 참석하는 것도 사실 별로 관심이 없어요."

더글러스는 릴리가 하는 말을 이해하려 노력하며 조용히 앉아 있었다. 모든 여자는 다 손님을 대접하고 사시사철 집안을 꾸미는 걸 좋아하는 게 아니었나?

아이를 좋아하고 파티를 열고 다른 파티에 초대받는 걸 기뻐하는 게 아니었나?

더글러스 안의 어떤 확고한 생각이 조금씩 금이 가기 시작했다. 그는 예쁘게 보이기 위해서가 아닌, 거추장스럽지 않기 위해 올려 묶은 릴리의 머리카락을 쳐다봤다.

그리고 소매가 부풀지 않은 그녀의 드레스와 손끝과 가슴팍에 묻은 물감도 쳐다봤다.

마지막으로 더글러스의 눈에 화장기 없는 릴리의 얼굴이 들어왔다.

"나는 결혼이 맞지 않아요. 아무도 나를 찾아오지 않으면 며칠이고 혼자 이 온실에 앉아서 그림을 그리는 게 편해요."

그림을 그리는 것을 제외한 모든 것이 릴리에게는 귀찮을 뿐이었다. 어떤 화려한 집도, 화려한 드레스와 그것을 입고 갈 파티도 그녀에게는 그림에 쏟을 열정을 빼앗아갈 방해물이었다.

그녀가 뒷바라지해야 할 남편은 그중에서 가장 큰 방해물이 당연했다.

릴리는 더글러스의 표정이 천천히 굳는 것을 가만히 지켜보고 있었다. 이건 그녀가 더글러스를 사랑하고 사랑하지 않고와는 상관없는 일이다.

그녀는 그 누구를 사랑해도 그림보다 더 사랑할 수는 없을 뿐이었다.

"나는 릴리, 당신이 좋습니다."

더글러스는 창백한 얼굴로 조용히 입을 열었다. 그녀를 위해서라면 뭐든지 할 수 있었다. 하늘의 별도 따다 줄 수 있다고 생각했다.

하지만 자신이 그녀를 위해 포기할 것만 생각했지, 그녀가 자신과 결혼하면 무엇을 포기해야 하는지는 생각하지 못했다.

"당신을 위해서라면 뭐든지 할 수 있어요."

그렇게 말한 더글러스는 괴로운 표정을 지었다. 릴리가 원하는 건 확고했다. 그림을 그리고 싶다는 것.

더글러스는 손을 뻗어 릴리의 손을 잡았다. 그는 자신의 손에 비해 훨씬 작고 가는 그녀의 손을 물끄러미 쳐다보다가 고개를 숙였다.

그리고 그녀의 손등에 입을 맞추며 말했다.

"하지만 당신을 사랑하지 않는 것만은 할 수 있을지 모르겠습니다."

절실한 말에 릴리는 저도 모르게 자리에서 일어났다. 더글러스의 붉은색 머리카락이 햇빛을 받아 화사하게 빛이 났다.

새삼 릴리는 더글러스가 참 잘생겼다는 것을 깨달았다. 하지만 그렇게 생각하는 것과 별개로 그녀의 몸이 제멋대로 움직이고 있었다.

더글러스는 릴리의 손등에서 입술을 떼고 고개를 들었다. 그제야 그는 자신의 행동에 릴리가 화를 낼지도 모른다는 생각이 들었다. 그때 릴리가 손을 뻗어 그의 뺨을 감쌌다.

아니, 잡았다.

"반스 양?"

더글러스가 릴리를 부른 순간 릴리는 그대로 고개를 숙여 그의 입술에 입을 맞췄다. 그 순간 더글러스의 움직임이 딱 멈췄다.

잠시 뒤, 헉 하고 정신을 차린 릴리가 깜짝 놀라 펄쩍 뛰다시피 뒤로 물러났다. 더글러스는 숨 쉬는 것도 잊은 채 눈을 크게 뜨고 앉아 있었다.

릴리 반스, 미쳤구나! 릴리는 놀란 더글러스의 얼굴을 보고 주춤주춤 물러났다. 미쳤어! 미쳤어, 릴리 반스!

그러다 그녀의 시선이 더글러스의 입술로 향했다. 놀란 나머지 그대로 굳은 더글러스의 입술은 살짝 벌려져 있었다. 그녀는 품에서 손수건을 꺼내 더글러스의 입술에 대고 문질렀다. 그리고 재빨리 뒤로 물러나며 소리쳤다.

"미안해요!"

더글러스가 숨을 쉬기 시작한 것은 릴리가 온실 밖으로 뛰어나간 뒤였다. 그는 삐걱삐걱대며 고개를 돌려 릴리가 사라진 온실 문을 쳐다봤다.

그리고 손을 들어 자신의 입술을 만졌다. 릴리가 어찌나 세게 문질렀던지 입술이 다 얼얼했다.

반스 양이 그를 싫어하지 않는다. 그런 생각이 그의 머릿속에 반짝 떠올랐다. 그러자 더글러스의 얼굴도 천천히 밝아지기 시작했다.

온실 바닥에 릴리가 달아나면서 놓친 손수건이 떨어져 있었다. 그는 조심스럽게 그것을 주워들어 입을 맞췄다.

딱! 하고 나무가 부딪치는 소리가 났다. 아이리스는 윌리엄의 검을 막고 밀어 떨어트리려 했다. 하지만 윌리엄은 그렇게 쉽게 물러나지 않았다.

진짜 잘하네? 아이리스는 놀라서 눈을 동그랗게 떴다. 윌포드 남작님이 윌리엄을 불러다 붙여 줬을 때만 해도 그가 얼마나 하겠냐고 생각했는데 아니었다. 그녀는 있는 힘껏 윌리엄을 밀어내고 뒤로 물러났다.

윌리엄은 무표정한 얼굴로 아이리스가 덤벼 오기를 기다리고 있었다. 그는 아이리스의 움직임만 보고도 그녀가 자신의 어디를 공격하려 하는지 알았다. 더글러스와 대련을 할 때마다 대체 어떻게 알고 자신의 공격을 막는지 궁금했는데 이제 알겠다.

아이리스의 눈이 먼저 윌리엄의 어깨를 향했다. 거기로군. 윌리엄은 아이리스가 검을 휘두르기도 전에 이미 자신의 검을 들어 아이리스의 검이 들어올 곳에 대고 있었다.

이건 완전 짜고 치는 거나 다름이 없다. 아이리스는 이제 겨우 검을 시작한 단계였고 윌리엄은 왕자로서 아주 어릴 때부터 기본 소양으로 검을 배웠으니까.

"엄청 잘하잖아?"

다시 탁! 하고 검이 부딪치자 아이리스가 놀랍다는 듯 소리쳤다. 그야 당연하지. 윌리엄은 뿌듯해하다가 뿌듯해할 상황이 아니라는 것을 깨달았다.

배운 시간으로만 따지면 아이리스의 열 배가 넘는다. 열 배가 다 뭐람. 그는 세 살부터 장난감 검을 가지고 놀았고 아이리스는 이제 겨우 몇 주째일 뿐이다.

다시 윌리엄의 검을 밀어낸 아이리스가 이번에는 그의 목을 노리고 찔러 들어왔다. 가볍게 막은 윌리엄의 검이 아이리스의 검과 부딪쳤다. 이번에는 윌리엄도 밀리지 않고 그대로 힘을 주고 섰다.

"윽."

아이리스가 있는 힘껏 밀기 위해 힘을 주는 게 느껴졌다. 윌리엄은 집중한 아이리스의 얼굴을 물끄러미 쳐다봤다.

그녀의 갈색 눈동자가 호전적으로 빛나고 있었다. 리안은 아이리스의 이런 점이 특히 더 좋았다. 그의 머릿속에 다 함께 소풍을 나가서 론하키를 치던 때가 떠올랐다.

그때도 아이리스는 최선을 다했다. 그녀는 요령을 알았지만 그렇다고 게으르게 굴지 않았다. 그러면서 동시에 따라오지 못하는 애슐리를 저버리지 않았다.

"에잇!"

아이리스가 있는 힘껏 윌리엄을 밀어냈다. 윌리엄은 살짝 밀려났다가 다시 검을 들었다. 그리고 아이리스를 쳐다봤다.

그녀는 숨을 헐떡이면서도 자세를 취하고 있었다. 그를 똑바로 응시하는 눈동자에 리안의 심장이 쿵 하고 울렸다. 선명한 갈색 눈동자가, 땀에 젖은 이마가 리안이 넋을 잃고 쳐다볼 정도로 예뻤다.

아니, 아니지. 윌리엄은 고개를 젓고 눈을 깜빡였다. 그는 아이리스가 예뻐서 좋은 게 아니다. 그녀가 말하는 것, 행동하는 것, 생각하는 게 좋은 거다.

하지만 예쁜 것도 사실이잖아? 윌리엄이 그렇게 생각한 순간 아이리스가 덤벼들었다. 앗 하고 그가 재빨리 검을 들었지만 이미 늦었다. 아이리스의 검이 그의 허리를 세게 때렸다.

"악!"

그대로 윌리엄은 비명을 지르며 쓰러졌다. 당연히 그가 막을 줄 알고 있는 힘껏 검을 휘둘렀던 아이리스는 깜짝 놀라서 검을 떨어트렸다.

"세상에! 윌리엄! 괜찮아?"

순간적으로 윌리엄의 숨이 막혔다. 그는 더 이상 비명도, 신음도 내지 못하고 바닥에 쓰러진 채 허리를 부여잡고 부들부들 떨었다.

"윌리엄, 괜찮아? 부러졌어? 어떡해! 미안해!"

괜찮지 않다. 아니, 괜찮다. 가까스로 정신을 차린 윌리엄은 손을 들었다. 말을 하고 싶지만 할 수가 없었다. 아이리스는 어쩔 줄 몰라 하다가 벌떡 일어났다.

의사를 불러와야 한다. 그녀는 그대로 문을 향해 달려갔다. 그러다가 윌리엄을 쳐다보며 소리쳤다.

"의사를 불러올게!"

의사라고? 윌리엄은 반사적으로 고개를 들었다가 고통에 다시 움츠렸다. 그사이 아이리스는 짐에게 의사를 불러와 달라고 부탁하기 위해 복도로 뛰어나갔다.

"응?"

문득 그녀는 자신이 돌아본 순간 윌리엄의 모습이 리안처럼 보였다는 것을 깨달았다. 그녀를 향해 고개를 들었다가 다시 움츠리던 그 순간에 윌리엄의 얼굴이 리안의 얼굴처럼 보였다.

그럴 리가 없다. 아이리스는 잠시 그녀가 나온 방문을 쳐다보다가 의사를 불러오는 게 먼저라는 것을 깨닫고 계단을 내려가기 시작했다. 그리고 그와 동시에 리안의 앞에 다니엘이 나타났다.

"괜찮습니까?"

다니엘이 리안의 팔을 잡아 일으켜 세우며 물었다. 그 순간 놀랍게도 리안의 고통이 사라졌다. 그는 다니엘을 쳐다보며 부루퉁하게 말했다.

"괜찮아 보입니까?"

31

엘리자베스

첫 번째 왕자비 시험 문제가 내려왔다. 아이리스는 침착하게 성에서 나온 시종에게 두루마리를 받아 들었고 시종이 떠나자마자 응접실로 달려갔다.

달리지 말라고 해야 하나. 나는 허탈하게 웃으며 아이들의 뒤를 따랐다. 다들 궁금해서 어쩔 줄 모르는 모양인지 아이리스 양옆에 애슐리와 릴리가 앉았다. 그리고 하녀들은 소파 뒤로, 하인들은 응접실 밖에서 서성거리기 시작했다.

"가서 일들 하게."

차를 가지고 돌아온 짐은 하인들을 쫓아내고 테이블 위에 찻잔을 내려놓았다. 나는 고맙다는 의미로 그에게 눈웃음을 지은 뒤 내 찻잔을 들어 올렸다. 다과로 티라미수가 한 조각 나온 게 눈에 띄었다. 얼마 전에 크게 한 판 만들어서 게리와 산드라에게도 보냈다.

이것도 요정의 샘에서 크게 인기를 얻었다고 기사가 떴다. 이번에는 슈보다 더 인기가 있었던 모양이다. 그리고 그 인기는 모두 내 통장에 차 곡차곡 쌓이고 있지.

"티 파티래요."

내가 애슐리와 릴리에게 티스푼을 건네주는 사이 아이리스가 재빨리 두루마리를 읽으며 말했다. 티 파티라고? 시험이? 그녀는 나를 한 번 쳐다보더니 다시 두루마리를 읽으며 말했다.

"정해진 예산으로 티 파티를 열래요. 참석 인원수도 정해 줬네요."

"흠."

나는 차를 홀짝이며 고개를 끄덕였다. 티 파티라. 나쁘지 않다. 갤러리나 음악회보다 훨씬 돈이 적게 든다. 게다가 소규모라 요즘 추세에 맞는 행사기도 했다.

"왜 하필 티 파티일까요?"

애슐리는 아이리스가 다 읽은 두루마리를 건네받으며 물었다. 나는 긴장한 아이리스의 얼굴을 쳐다보고 찻잔을 내려놓았다. 그사이 릴리가 말했다.

"요새 유행하는 거라 그런 건가?"

그것도 있긴 한데. 내가 그렇게 말하려는 순간 아이리스가 먼저 입을 열었다.

"그것도 있지만 손님 접대하는 걸 보려는 거겠지."

정답이다. 나는 아이리스를 쳐다보며 씩 웃었다. 그리고 릴리와 애슐리를 쳐다보며 덧붙였다.

"그리고 예산 안에서 어떻게 계획을 짜는지도. 거기 적혀 있었다며. 정해진 예산 안에서 티 파티를 열라고."

"이게 왕비가 할 일이에요? 이런 건 재상이나 뭐 그런 사람이 하는 거 아니에요?"

재상도 알아? 나는 애슐리가 재상을 안다는 사실에 놀라 그녀를 쳐다봤다. 세상에. 우리 애슐리 많이 컸네!

감동스럽다. 나는 손을 뻗어 애슐리의 머리를 쓰다듬고 말했다.

"그렇긴 한데 기본적으로는 왕비가 검토를 하니까. 당연히 할 줄 알아야지."

애슐리와 릴리의 얼굴에 깨달았다는 표정이 떠올랐다. 나는 다시 찻잔을 들어 올리며 말했다.

"어떤 사람에게 일을 시키려면 너도 그 일을 어떻게 하는지 대강이라도 알고 있어야 하지 않겠어? 그래야 일하는 사람이 일을 제대로 하는지 아닌지 알 수 있지."

그렇지? 나는 아이리스를 쳐다보며 웃었다. 쓸모없다고 생각한 요리나 청소, 바느질 같은 게 완전히 쓸모없는 건 아니라는 말이다.

요리를 할 줄 알아야 요리사가 재료를 제대로 쓰는지, 식품을 살 때 똑바로 샀는지 검토할 수 있다. 청소도 마찬가지.

우리가 가난해서 아이들이 해야 했던 일들이 전부 쓸모없는 일이 아니라는 말이다. 내 말에 아이리스가 고개를 끄덕였다.

다니엘의 갤러리 준비가 거의 끝나간다는 게 다행이었다. 두 개가 겹쳤으면 정신이 없었을 거다. 나는 서재로 가서 그동안 다니엘의 갤러리를 열기 위한 준비를 기록한 장부를 가지고 왔다.

"읽어 보고 네 티 파티를 어떻게 열지 구상해 봐."

내 말에 아이리스의 눈이 커졌다. 장부는 꽤 두꺼웠다. 그건 할 수 없다. 보통은 공간을 어떻게 꾸밀지부터 시작하는데 난 공간을 어떻게 만들지부터 시작했거든.

물론 병원 건물이라 기본적으로 병원에 맞게 수리할 수밖에 없었다. 그러기 위해 소개받은 사람과 면담을 했고 각각 예상 비용을 적어 났다.

뭐가 들어가는지, 어떤 일을 하는 사람이 몇 명이나 일하는지도 적었다.

"앞부분은 별로 쓸모가 없을 거야. 하지만 이걸 보면 대략 얼마 정도의 돈이 어디에 필요한지 가닥을 잡을 수 있겠지."

딱 그 정도용이다. 뭐든 계획을 세울 때 가장 막막한 건 어떤 걸 얼마에 주고 사야 하는지다. 그게 쓸모 있는 건지, 필요 없는 건지, 비싼지, 괜찮은지 아무것도 모르는 경우에 선행 자료가 있으면 도움이 된다.

"저도 봐도 돼요?"

그때 애슐리가 물었다. 상관없지. 나는 고개를 끄덕이며 말했다.

"아이리스가 먼저 본 다음에."

당장 급한 건 아이리스니까 그녀가 먼저 봐야 한다. 나는 아이리스 쪽으로 장부를 밀며 그녀에게 말했다.

"규모부터 생각해 보자. 그다음에 장소를 정하고."

그 전에 다른 사람들이 초대한 티 파티를 많이 참석해 봐야겠다. 다른 사람들은 어떻게 꾸미고 어떤 다과를 대접하는지 봐야겠어.

나는 부리나케 서재로 가서 우리 집으로 온 초대장을 쓸어 왔다. 오늘 오후쯤에 정리해서 답장을 보낼 생각이었는데 좀 빨리해야겠다.

"초대장도 보내야 하니?"

내가 초대장을 응접실 티 테이블 위에 쏟으며 묻자 아이리스가 다시 두루마리로 시선을 던졌다.

"네. 초대장도 규격이 정해져 있네요."

허허. 그럼 진짜 후보들을 이걸로 비교하려는 거다. 나는 초대장을 다 펼쳐 보고 그중에서 가장 잘 쓴 것을 몇 개 골라냈다.

"그럼 초대장 문구도 보겠다는 거네. 어떻게 쓸지 잘 생각해 봐. 필기체 연습도 하고."

아이리스의 얼굴이 긴장으로 딱딱해졌다. 하지만 그것도 잠시뿐. 그녀는 내가 골라낸 초대장을 하나하나 살피기 시작했다.

아이리스의 이런 점이 장점이다. 나는 초대장을 가져온 김에 참석할 초대와 거절할 초대를 분리하기 시작했다. 좋은 생각이 났다. 나는 애슐리와 릴리에게 말했다.

"아이리스가 하는 걸 너희도 해 보면 어떨까? 계획만 세워 보는 거야. 앞으로 너희가 이런 행사를 열게 될 때 도움이 되지 않을까?"

애슐리는 반색하는 얼굴로 고개를 끄덕였다. 계획뿐이라고 해도 아이리스가 실행해가는 걸 보면서 자기 계획은 어떻게 됐을지 비교할 수도 있으니 좋을 것 같다.

하지만 릴리는 아닌 모양이었다. 나는 관심 없다는 표정으로 소파 위에 늘어져 있는 릴리에게 말했다.

"릴리, 집중해."

"하지만 전 그런 걸 배울 필요가 없는걸요."

"어째서?"

"결혼 안 할 거니까요."

릴리의 말에 애슐리와 아이리스가 깜짝 놀라 그녀를 쳐다봤다.

"뭐?"

"진짜?"

릴리는 결혼에 관심이 없다고 말하긴 했다. 나는 한숨을 내쉬었다. 솔직히 말하면 릴리에게 결혼하라고 말하고 싶다.

이 나라에서 여자가 화가가 된다는 건 굳이 카일라를 보지 않았더라도 반대할 일이다. 게다가 결혼까지 안 한다고? 남편이 없는 여자가 어떻게 되는지는 나를 보면 된다.

하지만 나는 그녀가 정말 재능이 있다면, 그리고 나와의 약속대로 그림을 팔 수 있다면 허락할 생각이었다.

이유는 간단하다. 하고 싶은 일을 하면서 사는 게 그나마 후회가 덜하니까. 그리고 지금의 나는 릴리를 먹여 살릴 능력과 돈이 있으니까.

좀 더 솔직히 말해 볼까? 나는 무서웠다. 릴리가 화가가 되겠다며 카일라처럼 가출을 할까 봐. 그리고 내가 모르는 어딘가에서 혼자 쓸쓸하게 죽을까 봐.

"그건 모르는 거지."

나는 찻잔을 들어 올리며 말했다. 릴리에게 결혼하라고 강요할 생각은 없다. 이 세계가 이혼이 쉬운 것도 아니잖아.

"지금은 결혼할 생각이 없지만 앞날은 모르는 거잖아. 한 마흔 살쯤 됐을 때 결혼하고 싶을 수도 있지."

"하지만⋯⋯."

릴리가 그럴 리 없다는 듯 입술을 부루퉁하게 내밀며 말했다. 어허. 나는 그녀를 향해 찻잔을 내밀며 장난스럽게 말했다.

"혹시 또 모르지. 당장 내일이라도 네가 좋아하는 남자가 생길지 어떻게 알아?"

농담이었다. 진짜로. 아이리스와 애슐리도 웃었으니까 나쁘지 않은 농담이었을 것이다. 하지만 릴리의 얼굴이 새빨갛게 달아올랐다.

"릴리?"

깜짝 놀란 아이리스가 벌떡 일어나며 릴리에게 손을 내밀었다. 아니, 뭐야? 이게 화날 일인가? 나 역시 놀라서 벌떡 일어나며 말했다.

"릴리, 너보고 결혼하라는 거 아니야. 뭐든 알아 두면 나쁠 거 없다는 거야."

"아, 알아요."

릴리는 당황했는지 두 손으로 얼굴을 가리며 말했다. 화난 게 아니라 부끄러운 건가? 나는 아이리스를 쳐다보고 그녀 역시 당황한 표정으로 나를 쳐다보는 것을 발견했다.

이게 무슨 일이람?

어쨌든 릴리가 화를 내는 게 아니라면 됐다. 나는 주춤주춤 다시 자리에 앉으며 릴리에게 말했다.

"그리고 네가 화가가 돼서 네 갤러리를 연다면 그럴 때 도움이 될 수도 있겠지."

릴리는 뭐라고 말하려는 것처럼 입을 열었지만 곧 고개를 끄덕였다. 뭐든 배워 두면 쓸모가 있다. 설령 쓸모가 없다 해도 그러면 그냥 다행인 거고.

"갤러리 하니까 생각났는데 병원 좀 보고 와야겠어."

나는 그렇게 말하며 자리에서 일어났다. 병원 공사는 거의 끝났다. 어제 본 게 벽에 칠을 하는 거였으니까. 공사가 끝나면 바로 갤러리로 꾸밀 예정이다. 꾸미기 위한 조각이나 꽃도 전부 주문해 놨으니 필요한 건 초대 손님뿐이겠지.

그러고 보니 며칠 전에 다니엘이 초대장을 다 써 놨으니 원할 때 보내라는 말만 해 달라고 부탁한 게 기억이 났다. 초대장도 슬슬 보내야 한다. 너무 빨리 보내면 사람들이 잊어버릴 수 있고 너무 늦게 보내면 스케줄이 겹쳐서 손님이 적게 온다.

"루인, 남작님의 초대장 좀 보내 줄래요?"

필요한 게 없는지 살펴보러 왔던 루인이 내 부탁에 고개를 꾸벅하고 돌아갔다. 편지는 루인에게 맡겼고.

나는 옷을 갈아입기 위해 이 층으로 올라가려다가 아이리스를 발견하고 물었다.

"같이 갈래?"

그 한마디로 오랜만에 나는 아이들 모두와 함께 시내로 나왔다. 다니엘이 마차를 두고 가서 다행이었다. 우리 집도 사인용 마차를 한 대 새로 사야 하는데.

나는 마부 길버트에게 한 시간 정도 걸릴 거라고 말하고 마차에서 내렸다. 어쩐지 병원에 사람이 좀 늘어난 기분이 들었다.

설마 전염병 같은 거라도 유행하는 건 아니겠지. 날이 슬슬 더워지면서 식중독에 걸리는 사람이 늘어나는지도 모른다.

돌아가서 거쉰에게 물을 꼭 팔팔 끓이라고 말해야겠다고 생각하며 동쪽 건물로 향하는데 입구에 누군가 얼쩡거리는 게 보였다.

"로저스."

나는 엘리자베스에게 다가가며 그녀의 이름을 불렀다. 엘리자베스는 궁금하다는 듯이 동쪽 건물 입구 앞에서 안을 들여다보고 있었다.

그녀는 자신을 부르는 소리에 움찔 놀라더니 나를 발견하고 굳은 표정을 지었다. 나는 품에서 열쇠를 꺼내며 물었다.

"어떻게 됐는지 궁금해서 왔니?"

빈 건물을 열어 두면 부랑자들이 들어올 수 있어서 아무도 없을 때는 문을 잠가 두도록 했다. 어차피 갤러리 준비를 하면서 안에 비싼 그림이나 조각을 둬야 하기 때문에 열쇠는 필수였다.

하지만 엘리자베스는 그게 마음에 안 들었던 모양이다. 그녀는 열쇠로 문을 여는 나를 못마땅한 표정으로 쳐다봤다.

"여긴 병원이잖아요."

문을 열고 열쇠를 다시 품에 집어넣자 엘리자베스가 말했다. 그런데?

나는 어쩌라는 표정으로 그녀를 쳐다봤다.

"모두에게 공개가 되어야 한다고요."

"그러기 위해서 공사를 하는 거잖아."

애가 뭘 원하는 건지 모르겠다. 나는 문을 열어 안으로 들어갔다. 아직 창을 달지 않아 창문이 있던 자리를 나무판자로 막아 둔 바람에 안은 약간 어두웠다.

어딘가 램프가 있지 않을까. 나는 문 뒤에 걸린 램프를 찾아 불을 붙였다. 깨끗하게 정리된 내부가 나와 아이들 눈앞에 드러났다.

"깨끗해졌네."

"이게요?"

내 옆에서 애슐리가 당황한 표정으로 물었다. 그녀가 보기에는 전혀 깨끗하지 않게 느껴질 수도 있다. 아직 마무리를 안 해서 먼지와 나무 조각 같은 게 굴러다니고 있었으니까.

하지만 내가 처음 봤을 때와 비교하면 확실히 깨끗해졌다. 나는 엘리자베스의 얼굴을 보고 그녀 역시 나와 같은 생각을 한다는 것을 확인했다.

"여기에서 남작님의 갤러리를 여는 거예요?"

릴리가 주변을 둘러보며 물었다. 나는 성큼성큼 걸어가서 안쪽에 있는 방도 살폈다. 거기도 아직 문을 달지 않아서 그대로 뚫려 있었다. 문은 갤러리가 끝난 뒤 달아 달라고 해야겠다.

"응. 그림은 여기에 놓고 안쪽 방은 휴게실로 쓸까 해."

창고도 있어서 물건을 두기도 좋았다. 텅 비어 있는 홀에 그림과 조각을 놓고 안쪽 방에 간단한 다과를 둬도 괜찮을 것 같다. 다과는 그 방에서만 먹을 수 있도록 하면 그림과 조각을 보호할 수 있겠지.

나는 공사가 거의 끝난 공간을 한 바퀴 돌면서 살폈다. 우리는 일 층만 쓰면 되기 때문에 일 층만 수리했다. 그리고 이 층으로 올라가는 계단은 갤러리가 끝날 때까지 막는 것으로 타협했다.

"꼭 파티를 열어야 하나요?"

그때 엘리자베스가 내게 다가오며 물었다. 응? 나는 벽에 걸린 램프를 하나하나 확인하다가 그녀의 질문에 고개를 돌렸다.

파티라고?

"아니, 우리가 여는 건 갤러리인데."

엘리자베스의 표정에 불만이 떠올랐다. 내 대답이 시원찮았던 모양이다. 하지만 난 그렇게 말할 수밖에 없다. 파티를 열어야 하냐며? 하지만 내가 여는 건 파티가 아니라 갤러리다.

"바라는 게 뭐니?"

나는 엘리자베스를 쳐다보며 단도직입적으로 물었다. 이 애는 나와 다니엘이 갤러리 오픈 장소로 이 병원을 낙점 지었던 첫날부터 내 주위를 맴돌았다. 그리고 공사 중에도 주변을 기웃거렸고.

내게 요정 대모냐는 질문까지 했다. 지금까지 내 일이 아니라서 물어보지 않았지만 그녀가 뭔가 바라는 게 있다는 말이다.

엘리자베스는 내 질문에 잠깐 당황하는 듯하더니 입을 열었다. 그리고 겁먹은 표정으로 입을 다물었다.

"무슨 일이에요?"

나와 엘리자베스가 대치하고 서 있자니 아이리스가 다가왔다. 그녀는 왜 그러냐는 듯 엘리자베스를 쳐다봤고 아이리스를 본 엘리자베스가 어쩐지 못마땅하다는 표정을 지었다.

"병원은 환자를 위한 곳이에요. 굳이 파티를 이곳에서 해서 재력을 과시하셔야겠나요?"

드디어 엘리자베스가 입을 열었다. 과시라고? 나는 그녀가 그런 단어를 안다는 사실에 놀라야 할지, 내가 하는 걸 과시라고 말한 것에 놀라야 할지 잠시 망설였다.

하지만 아이리스는 망설이지 않았다. 그녀는 허리에 손을 얹으며 말했다.

"뭐라고 말했어요?"

아이리스의 공격적인 태도에 엘리자베스는 멈칫했지만 물러나지는 않았다. 그녀는 내가 아닌 아이리스를 쳐다보며 말했다.

"당신이 돈이 많다고 해서 해도 되는 게 있고 안 되는 게 있잖아요. 병원에는 치료비가 없어서 치료를 받지 못하는 사람도 있다고요. 굳이 여기서 보란 듯이 사치를 할 이유가 없잖아요."

"사치라고?"

아이리스는 어이가 없다는 표정으로 엘리자베스를 쳐다봤다. 곧 그녀의 얼굴이 일그러졌다.

"병원에서 갤러리를 열면 안 되는 이유가 뭐가 있는데요?"

"여긴 환자가 있어야 하는 곳이니까요."

엘리자베스의 주장은 간단했다. 병원은 환자의 것이다. 그곳을 우리 같은 사람들이 사치하는 용도로 써서는 안 된다는 것이다.

갤러리가 사치긴 하지. 자신의 부를 자랑하는 거니까. 나는 어쩔 줄 몰라 하는 애슐리와 팔짱을 낀 채 엘리자베스를 노려보는 릴리를 돌아보고 아이리스를 쳐다봤다.

"그럼 당신 말은 우리가 우리한테 아무 이득도 없이 건물을 수리해 주고 떠나라는 거예요?"

"고귀한 신분에는 그에 상응하는 책임도 있는 거잖아요?"

허. 노블레스 오블리주도 알아? 나는 약간 감탄해서 엘리자베스를 쳐다봤다. 그녀는 나와 아이들이라는 네 명의 적 앞에서도 할 말은 하고 있었다. 그 기개가 어쩐지 마음에 들었다.

게다가 딱 봐도 아이리스 또래잖아. 내가 가슴 앞으로 팔짱을 끼고 아이리스와 엘리자베스의 다툼 같은 토론을 구경하는 사이 애슐리가 다가와서 속삭였다.

"저 여자가 무슨 말을 하는 거예요?"

고귀한 신분에는 그에 상응하는 책임이 있다. 나는 애슐리를 쳐다보고 목소리를 낮춰 말했다.

"왕은 백성을 안전하게 보호하고 좀 더 나은 방향으로 다스릴 책임이 있지? 귀족도 마찬가지거든. 자기 영주민들을 다스릴 뿐 아니라 귀족으로서 사회에 이바지할 책임이 있다는 말이야."

그건 비단 귀족이나 왕에게만 해당되는 게 아니다. 의사, 학자, 어쩌면 마법사에게도. 사회에 이바지할 책임이 있다.

애슐리는 이해가 안 된다는 표정으로 다시 물었다.

"그런데 그걸 왜 우리한테 말하는 건데요?"

"우린 귀족이고 쟤는 우리가 부자라고 생각하거든."

정확하게는 다니엘이 부자인 거지만.

"그러니 우리가 이 병원을 갤러리로 이용하지 말고 대가 없이 보수해 줘야 한다는 말이겠지."

다시 애슐리의 얼굴에 이해가 안 된다는 표정이 떠올랐다. 그녀는 그래서 병원을 보수해 줬지 않냐는 아이리스와 보수한 걸로 끝내지 않고 이용한다는 점에서 책임을 지는 게 아니라 이용하는 것뿐이라는 엘리자베스를 돌아보았다.

그러더니 다시 물었다.

"저 여자의 말이 맞아요?"

"네 생각은 어떤 것 같은데?"

내 질문에 애슐리는 인상을 쓰며 입술을 깨물었다. 고민하는 모양이다. 나는 그녀가 고민하도록 내버려 두었다. 스스로 생각해 보고 결론을 내려서 다른 사람의 생각과 비교해 봐야 한다. 내 생각이 없이 남의 생각에 휘둘리기만 해서는 아무 소용이 없다.

그사이 나는 여전히 목소리를 높여 고귀한 신분의 책임과 개인의 재물 사용에 대해 이야기하는 두 여자아이 사이로 끼어들었다.

"애초에 우린 병원장과 이곳을 보수해 주고 갤러리로 쓰기로 계약이 끝났어요. 보수해 준다는 부분에서 이미 책임을 다하고 있을 텐데요?"

"여러분은 다른 곳에서 갤러리를 열어도 충분하잖아요. 하지만 여기 있는 환자들은 아니라고요."

"잠깐, 잠깐."

나는 꽤 격렬하게 다투는 두 사람 사이로 들어가서 손을 들어 올렸다. 엘리자베스와 아이리스는 얼굴을 붉힌 채 숨을 헐떡이며 나를 쳐다봤다.

"무슨 말인지 알겠어. 로저스 말은 우리는 돈이 많고 귀족이니 이 병원을 수리만 해 주란 말이잖아."

엘리자베스가 고개를 끄덕였다. 하지만 아이리스는 아니었다.

"말도 안 돼요! 우리가 왜 그런 자선 사업을 해야 하는데요?"

"잠깐, 잠깐. 아이리스. 로저스의 말도 틀린 건 아냐."

순식간에 상황이 엘리자베스를 향해 기울어졌다. 아이리스는 내 말에 믿을 수 없다는 듯 나를 쳐다봤고 엘리자베스는, 잠깐. 얘도 믿을 수 없다는 듯 나를 쳐다보고 있네?

나는 웃으며 말을 이었다.

"귀족으로서 우리는 가난한 사람들을 돌봐주고 이 나라에 봉사해야 할 의무가 있지. 로저스가 하는 말은 그거고. 맞지?"

"맞아요."

"하지만 우리가 아무 대가도 받지 않고 병원을 수리만 해 주고 떠나는 게 무슨 이득이 있을까?"

"이득이라뇨? 이건 책임이고……."

"알아. 고귀한 신분에는 그에 상응하는 책임이 있다고."

나는 그렇게 말하며 엘리자베스의 흥분을 막았다. 하지만 귀족도 사람이다. 그 말은 어떤 일을 했을 때 그게 물질적이든 비물질적이든 대가가 있어야 한다는 말이다.

예를 들면 보람이나 명예 같은 거.

"하지만 모든 사람이 그렇게 책임이나 의무만으로 살지는 않잖아. 너도 좋은 일을 할 때 대가가 있으니 좋은 일을 하는 걸 테고 말이야."

"좋은 일을 하는 데 대가를 원한다는 건 속물이에요."

"보람이나 뿌듯함 같은 감정적인 대가 말이야. 그런 걸 즐기는 사람도 있잖아."

엘리자베스는 놀란 표정으로 입을 딱 벌렸다. 그렇지 않나? 좋은 일을 해 봤자 아무 감정도 느껴지지 않거나 괴롭기만 하다면 누가 좋은 일을 하려고 하겠어. 안 그래?

나는 가슴 앞으로 팔짱을 꼈다. 그리고 엘리자베스에게 물었다.

"로저스, 너는 그런 감정조차 느끼지 말라는 건 아니겠지?"

그럴 리가 없다. 내 생각대로 엘리자베스는 고개를 저었다. 나는 아이리스를 한 번 쳐다보고 다시 엘리자베스에게 말했다.

"과시욕도 마찬가지야. 내가 누군가를 도와줬다는 걸 과시하고 싶어 하는 사람도 있어. 그리고 그게 남에게 피해를 끼치지 않는 이상 나쁘다고 할 수는 없지."

"하지만 그건 좋은 행동이 아니잖아요."

"그게 왜 좋은 행동이 아니야?"

나는 이해가 안 된다는 표정을 지어 보였다. 어쨌든 남을 도왔고 그걸 자랑했을 뿐이다. 약간 어린애 같은 행동이긴 하지만 그렇다고 그게 나뻔 짓이 되거나 남을 도운 행동 자체가 폄하되어서는 안 된다.

행동하지 않는 선보다 행동하는 위선이 훨씬 낫다.

"우리는 여기에 갤러리를 열 거야. 그리고 아주 돈이 많고 고귀한 분들을 초대해서 가지고 있는 그림과 조각을 자랑할 거야."

엘리자베스는 내 말에 어이가 없다는 표정을 지었다. 하지만 아직 내 말 안 끝났다. 나는 그녀에게 기다려 보라는 의미로 손을 들어 보이고 다시 말을 이었다.

"그리고 그 사람들한테 병원에 기부를 해 달라고 권유를 할 거야."

결국 나와 다니엘이 하려는 건 이런 거다. 돈 많은 귀족들을 모아서 그림을 보여 주고 슬쩍슬쩍 권하는 거다. 여기 병원 건물 봤어요? 낡았더군요. 누군가 병원을 도와줘야 하지 않을까요?

그러면 사람들은 돈을 내기 마련이다. 그게 자존심 때문일 수도 있고 부를 자랑하기 위해서일 수도 있다. 혹은 낡은 병원을 향한 동정심일 수도 있지. 중요한 건 병원을 위한 기금이 생긴다는 점이다.

"그러면 우리는 갤러리를 끝내기 전에 사람들 앞에서 기부해 준 후원자에게 감사를 할 거야. 그들은 돈을 내는 대신 감사와 뿌듯함, 짧은 명예를 얻겠지."

내가 무슨 말을 하는지 알겠니? 나는 엘리자베스를 쳐다본 뒤 아이리스에게 고개를 돌렸다. 그녀 역시 엘리자베스처럼 생각하지 못했다는 표정으로 나를 쳐다보고 있었다.

이거야말로 일석삼조 아닌가? 갤러리 하나로 사람들에게 부를 자랑하고 그들에게 기부를 장려한 뒤 기부한 사람들을 추켜세워 주는 거다.

"하지만…… 그걸 굳이 여기서 해야 할 필요는 없잖아요?"

엘리자베스는 여전히 꺼림칙한 표정을 짓고 있었다. 나는 팔짱을 풀고 웃으며 말했다.

"백 번 듣는 것보다 한 번 보는 게 낫다는 말이 있지."

백문불여일견이라고. 어딘가 화려한 저택에서 갤러리를 열고 사람을 초대해서 '저기 시내에 무너져 가는 병원이 있는데 후원 좀 해 주시겠어요?' 하고 묻는 것과 이 병원을 보여 주고 후원을 요구하는 건 다르다는 말이다.

내 말에 엘리자베스의 표정이 일그러졌다. 그녀는 여전히 마음에 들지는 않지만 이해했다는 표정으로 고개를 끄덕였다.

"그럼 이제 나도 물어보자."

나는 엘리자베스를 쳐다보며 고개를 기울였다. 이 애가 바라는 건 뭘까. 단순히 아버지가 병원장이라는 이유로 여기를 빙글빙글 돈다는 건 말이 안 된다. 모든 병원장의 자식이 공사 중인 병원 건물에 관심을 갖지는 않으니까.

"너는 왜 그렇게까지 병원과 환자들에게 관심을 갖는 거니?"

아이들이 무슨 소린지 모르겠다는 표정으로 나를 쳐다봤다. 나는 가만히 서서 엘리자베스의 대답을 기다렸다. 나를 바라보는 엘리자베스의 얼굴에 이상한 표정이 떠올랐다.

그녀는 내가 이상한 질문을 한다는 듯한 표정을 짓더니 곧 의심스럽다는 표정을 지었다. 그리고 그 위로 놀라움이 천천히 번져갔다.

대체 무슨 생각을 하는 걸까. 내가 고개를 기울이는 순간 엘리자베스가 말했다.

"의사가 되고 싶어요."

흠. 무슨 말인지 알겠다. 나는 엘리자베스가 왜 그랬는지 이해했다. 그리고 동시에 안됐다고 생각했다.

릴리와 마찬가지로 여자는 의사가 될 수 없다. 최소한 내 경험상 그랬다. 나는 한 번도 여자 의사를 본 적이 없었다.

"되면 되잖아요?"

그때 애슐리가 끼어들었다. 그녀는 당연한 것을 왜 모르냐는 표정을 짓고 있었다. 그러자 아이리스가 손을 뻗어 애슐리의 손을 잡으며 속삭였다.

"애슐리, 여자는 의사가 될 수 없어."

"뭐? 어째서?"

아이리스가 곤란하다는 표정으로 나를 쳐다봤다. 그러게. 어째서일까. 나는 가슴 앞으로 팔짱을 낀 채 엘리자베스를 쳐다보고 있었다.

그녀는 곧 자신의 말을 후회하는 표정을 지었다. 왜 저런 표정을 짓는지 알 것 같다. 그녀가 의사가 되고 싶다고 할 때마다 믿을 수 없다는 반응을 받았겠지.

나는 그녀가 이미 받았을 거라 예상되는 질문을 던졌다.

"간호사가 되는 건 생각해 봤어?"

"전 의사가 되고 싶은 거지 간호사가 되고 싶은 게 아니에요."

엘리자베스는 굳은 표정으로 대답했다. 하긴, 두 직업이 다른 거긴 하지. 이 나라의 간호사는 내가 원래 있던 곳과는 좀 다르다. 전문직이라고 생각하지 않는다는 말이다.

내가 있던 곳에서 간호사는 전문직이었다. 공부도 엄청나게 해야 했고 일의 강도도 상당하다. 하지만 이곳의 간호사는 수도원의 수도승들이거나 병원에서 고용한 직원으로, 전문직이 아니다.

"왜 못 해요?"

이번에는 릴리가 물었다. 나는 뭐라고 말해야 할지 몰라서 그녀를 쳐다봤다. 그러게. 이 나라는 여자에게 사회적인 지위를 주지 않으려 해서 그렇다고 해야 하나?

"가르쳐 주는 데가 없을걸?"

아이리스가 조용히 대답했다. 여자에게 의학을 가르쳐 주는 곳이 없다는 말에 릴리는 어이가 없다는 표정을 지어 보였다. 그러더니 엘리자베스에게 물었다.

"가정교사를 구할 수 없어? 널 가르쳐 주실 만한 의사라거나."

"릴리, 의사는 그렇게 되는 게 아냐."

나는 한숨을 내쉬며 릴리를 막았다. 의사가 되려면 의과대학에 들어가야 한다.

"화가와는 달라. 의사는 자격증을 받아야 하거든."

"화가도 사실 여자가 되기는 어렵지."

아이리스가 덧붙인 말에 릴리의 얼굴이 굳었다. 하지만 크게 충격받은 표정은 아니었다. 여자가 화가가 되기 어렵다는 것을 그녀도 알고 있었던 모양이다.

이걸 다행이라고 해야 할지. 나는 릴리에게 손을 뻗어 그녀를 끌어안았다. 릴리는 내 어깨에 얼굴을 묻었다가 떼더니 물었다.

"자격증을 받으려면 어떻게 해야 하는데요?"

"의과대학을 가야지."

내 대답에 릴리가 그럼 대학을 가면 되는 거 아니냐고 물어보려는 것처럼 입을 열었다. 하지만 그보다 먼저 엘리자베스가 말했다.

"그리고 대학은 남자만 갈 수 있고요."

"사실 아카데미도 그래."

나는 안됐다는 표정으로 덧붙였다. 게리는 아카데미를 갔지만 나는 못 갔다. 아카데미는 기본적으로 남자만 받기 때문이다. 내 말에 아이리스와 릴리가 충격받은 표정을 지었다.

그렇군. 나는 두 사람이 자기가 아카데미를 가지 못한 건 가난해서라고 생각했다는 것을 깨달았다. 하지만 방금 애들은 가난하지 않았어도 아카데미를 갈 수 없었다는 것을 깨달은 거다.

"갈 수 있어도 어차피 전 못 가요."

곧이어 엘리자베스가 체념한 것처럼 말했다. 그녀는 한숨을 내쉬며 말을 이었다.

"부모님께서 절대 허락 안 해 주실 거거든요."

그러자 릴리가 나를 쳐다봤다. 왜? 내가 쳐다보자 그녀는 갑자기 나를 꽉 끌어안았다. 아하. 그제야 나는 릴리가 왜 나를 쳐다봤는지 이해했다.

자기가 화가가 되는 걸 허락해 줘서 고마워하는 거다. 하지만 조건부란다. 나는 릴리를 끌어안고 그녀의 어깨를 문질렀다.

"로저스 양. 나는 아이리스 반스예요. 이쪽은 내 동생 릴리, 애슐리고요. 난 지금 왕자비 후보로 시험을 보고 있거든요."

그때 아이리스가 엘리자베스에게 말을 걸었다. 엘리자베스는 느닷없는 아이리스의 자기소개에 깜짝 놀라서 눈을 크게 떴다. 그녀는 왕자비 후보라는 말에 허둥지둥 허리를 숙였다.

"무, 무례를 용서해 주세요."

"아니, 그 정도로 대단한 건 아니에요."

아이리스는 허리를 숙이는 엘리자베스의 팔을 잡아 막으며 말했다. 그리고 나를 한 번 쳐다본 뒤 다시 엘리자베스에게 말했다.

"만약 내가 왕자비가 된다면요. 아직 될지 안 될지는 모르지만."

거기까지 말한 아이리스가 입술을 깨물었다. 그리고 결심한 표정으로 말했다.

"당신이 대학에 들어갈 수 있게 해 달라고 폐하께 부탁해 볼게요."

아마 그걸로는 어려울 것이다. 하지만 나는 아무 말도 하지 않았다. 아이리스는 열아홉 살이고 엘리자베스도 그 또래니 비슷하겠지. 십 대

소녀들의 결심을 벌써부터 무너트릴 필요는 없다.

그동안에 벌써 친해졌는지 아이리스는 엘리자베스의 손을 잡고 소곤 거리기 시작했다.

친구가 많은 건 좋은 거지. 나는 오른팔에 애슐리를, 왼팔에 릴리를 끌어안고 건물 안을 한 바퀴 돌았다. 마감은 꼼꼼하게 했는지, 빠트린 건 없는지 확인한 뒤 건물 밖으로 나오자 밝은 태양이 우리를 반겼다.

"자매끼리 사이가 좋아서 좋겠어요."

건물 밖으로 나오자 한풀 꺾인 것처럼 얌전해진 엘리자베스가 아이리 스에게 말했다. 아이리스는 몰랐다는 표정으로 릴리와 애슐리를 돌아봤 다. 그리고 엘리자베스에게 말했다.

"그런가? 평범한 거 같은데요."

애네 오늘 아침에도 자기 리본을 누가 가져갔냐고 싸웠다. 나는 못 들 은 척 애슐리와 릴리의 얼굴을 쳐다봤다. 두 사람도 자기들이 사이좋다 는 생각을 못 해 본 얼굴이었다.

"나도 언니가 둘 있거든요. 의사가 되고 싶다는 나를 제일 먼저 비웃 은 게 첫째 언니였죠."

그리고 보니 병원장은 위로 딸이 더 있지만 전부 결혼했다고 들었다. 나는 모르는 척 기다리고 있던 길버트에게 고개를 끄덕이며 마차 안으 로 들어갔다.

아이리스가 우리를 돌아보더니 엘리자베스를 끌어안았다. 그리고 마 차 안으로 들어왔다.

"나는 운이 좋은 거 같아."

마차가 산드라의 집을 향해 달리기 시작하자 입을 다물고 있던 릴리 가 불쑥 말했다.

"왜?"

창밖을 쳐다보고 있던 애슐리가 물었다. 릴리는 몸을 기울여 맞은편에 앉은 애슐리의 손을 잡았다. 그리고 나와 아이리스를 돌아보며 말했다.

"내가 화가가 되고 싶다고 했을 때 아무도 날 비웃지 않았으니까."

아이리스는 빙그레 웃으며 릴리의 손을 잡았다. 애슐리 역시 릴리를 쳐다보며 빙그레 웃었다.

나는 손을 뻗어 릴리의 어깨를 끌어안으며 웃었다.

그렇긴 하다. 사랑하는 사람이 뭔가를 하고 싶을 때 지지해 주는 게 보통이지. 하지만 이런 말을 프레드도 했다. 남편이 사업을 하고 싶으면 지지해 줘야 하는 거 아니냐고.

"그렇게 생각해 줘서 고맙긴 한데 그 말을 로저스 앞에서 하지는 말자."

남의 안 좋은 일을 가지고 나는 그러지 않아서 다행이라고 말하는 건 별로 좋은 태도가 아니다. 내 지적에 릴리가 굳은 표정으로 말했다.

"알아요."

그럼 됐다. 나는 잠시 릴리를 끌어안은 채 멍하니 앉아 있었다. 가족 관계는 다양하다. 당연히 이런저런 형제자매도 있기 마련이다.

우리 애들처럼 사이좋은 애들도 있지만 아닌 애들도 있겠지.

나는 어땠더라. 나는 덜컹거리는 마차 등받이에 몸을 기댄 채 내 원래 가족을 떠올렸다. 하지만 아무것도 생각나지 않았다. 내가 원래 살던 곳이 어떤 곳인지는 기억이 난다.

이런 승차감 구린 마차가 아니라 아스팔트가 깔린 도로에 고무로 만든 바퀴로 달리는 차가 있었다. 그리고 편지가 아니라 핸드폰으로 연락을 했고.

생각해 보니 내가 살던 곳은 여자 의사도 있었다.

하지만 내가 어떤 사람이었는지, 어떤 가정이었는지는 생각나지 않았다.

이상하다. 원래 이랬나? 나는 당황해서 허리를 세우고 앉았다. 그리고 내가 어떤 사람이었는지 머릿속을 뒤지기 시작했다. 원래 내가 몇 살이었지? 이름은? 직업은?

"어머니?"

갑자기 아이리스가 나를 불렀다. 응? 나는 그대로 멈춰 서 아이리스를 쳐다봤다.

"괜찮으세요? 어디 안 좋아요?"

"얼굴이 엄청나게 하얘요."

애슐리까지 나를 쳐다보며 걱정스럽게 말했다. 곧이어 내 옆에 앉아 있던 릴리가 내 이마에 손을 얹으며 말했다.

"열은 없는데. 몸이 안 좋으신 거 아니에요?"

"집으로 돌아갈까요?"

그러지 말라고 하기도 전에 아이리스가 길버트에게 소리쳤다.

"집으로 가 주세요!"

허. 나는 아이들이 날 이렇게 걱정해 준다는 사실에 기뻐해야 할지, 내가 그 정도로 안 좋아 보인다는 사실에 걱정해야 할지 망설이며 등받이에 몸을 기댔다.

"속은 괜찮아요?"

정말로 내 얼굴이 엄청나게 안 좋아 보였던 모양이다. 릴리가 내 얼굴을 쳐다보며 다시 물었다. 애슐리와 아이리스도 걱정스러운 표정으로 나를 들여다보고 있었다.

괜찮은데. 나는 괜찮다고 말하려다 눈을 감았다. 갑자기 윙 하는 이상한 소리가 귓가에 들려왔다.

피곤했나? 속은 괜찮았다. 머리가 아프지도 않았다. 어지럽거나 기분이 안 좋은 것도 아니었다. 그저 귓가에 위잉, 윙 하는 바람 소리 같은 게 들려왔다.

"일찍 오셨군요."

우리 마차가 집 앞에 도착하자 짐이 어두운 표정으로 우리를 맞이했다. 제일 먼저 내린 아이리스가 하인을 기다리지 않고 나를 위해 손을 내밀었다.

"애나! 어머니를 도와줘!"

뒤따라 내린 릴리가 하녀를 부르며 안으로 들어갔다. 짐은 걱정스러운 표정으로 나를 쳐다보며 물었다.

"어디 안 좋으십니까?"

"아니에요. 애들이 호들갑 떠는 거예요."

걸을 수도 있고 말할 수도 있다. 별거 아닌데 이러네. 내가 괜찮다고 손을 젓자 짐은 머뭇거리며 품에서 편지를 꺼냈다.

"아까 손님이 오셔서 편지를 남기고 가셨습니다."

"손님이요?"

내 질문에 짐이 애슐리의 눈치를 살피더니 편지를 내밀었다.

"바깥 응접실로 모셨던 그분입니다."

32

별은 머리 위에 빛나고

프레드의 편지였다. 왜 편지를 보낸 거지? 나는 아이들의 성화에 할 수 없이 옷을 갈아입고 침대에 누웠다. 그리고 다들 나간 뒤에 몰래 숨겨 뒀던 편지를 꺼내 읽었다.

내용은 간단했다. 의사와 로니 해리스를 만나게 해 줄 테니 시내의 식당으로 나오라는 내용이었다. 날짜는 내일.

"흠."

나는 편지를 한 번 더 읽고 팔을 내렸다. 의사와 로니 해리스를 만나게 해 준다고? 설마 함정 같은 건 아니겠지.

그렇게 생각하는데 누군가 문을 두드렸다.

"마님. 약을 가져왔습니다."

약이 우리 집에 있었나? 나는 고개를 갸웃하며 들어오라고 말했다. 하녀 애나가 쟁반에 컵을 하나 받치고 들어왔다. 설마.

애나가 가까워진 순간 불길한 기운이 엄습했다. 그녀는 일어나 앉은 내게 컵을 내밀며 말했다.

"아이리스 아가씨께서 전에 쓰러지셨을 때 의사가 주고 간 약이라고 하셨어요."

역시 그거였나. 나는 차마 받아 들지 못하고 끔찍하다는 표정으로 컵을 쳐다봤다. 애나가 그럴 줄 알았다는 듯 말했다.

"아가씨께서 꼭 드시는 걸 보고 나오라고 하셨어요."

아이리스. 나는 한숨을 내쉬며 컵을 받아 들었다. 진흙 같은 약은 여전히 고약한 냄새를 풍기고 있었다. 이 약이 남아 있었단 말이야?

이 약에는 아주 나쁜…… 생각해 보니 나쁜 건 아니군. 어떤 기억이 있다. 이거 먹고 기분이 붕 떠서 밤늦게 남자 방에 함부로 들어갔거든.

대체 뭘 넣었는지 모르겠지만 아이들에게도 이건 먹지 말라고 주의를 줘야겠다. 나는 애나를 쳐다보며 말했다.

"안 먹을 거야. 쓰러지지도 않았고."

"하지만……."

애나가 나를 설득하려 할 때였다. 그녀가 들어오면서 닫지 않아 살짝 열린 틈으로 다니엘이 보였다. 그는 어쩐지 걱정스러운 표정으로 안을 들여다보고 있었다.

무슨 일이지? 나는 약이 든 컵을 억지로 애나에게 건네며 다니엘을 불렀다.

"다니엘."

내 부름에 다니엘이 손등으로 문틈을 슬쩍 벌렸다. 그는 고개만 들이밀어 침대에 앉은 나를 쳐다보더니 조심스럽게 물었다.

"괜찮으십니까?"

"들어와요."

다니엘은 필요 이상으로 조심스럽게 내 방에 들어왔다. 그의 시선이 애나를 향했다. 그리고 그녀의 손에 들린 컵도.

다니엘을 쳐다보던 애나가 나를 향해 고개를 돌리더니 손에 든 컵을 엔드 테이블에 내려놓았다. 그리고 고개를 꾸벅하며 말했다.

"필요한 게 있으면 부르세요, 마님."

나는 애나가 나가면서 문을 한 뼘 정도 열어 두는 것을 확인하고 다니엘에게 시선을 던졌다. 그는 어느새 의자를 가져와 내 침대 옆에 두고 앉아 있었다.

"쓰러졌다고 들었습니다. 괜찮습니까?"

누가 그런 헛소문을 퍼트린 거야? 나는 어이가 없어서 다니엘을 쳐다봤다. 꽤 서둘러 왔는지 깨끗하게 뒤로 넘겼던 그의 머리카락이 약간 흐트러져 있었다.

"안 쓰러졌어요. 누가 그런 소릴 한 거예요?"

"얼굴색이 안 좋았다고 들었는데요."

"당신이 그렇게 놀라서 달려올 정도는 아니었어요."

다니엘의 얼굴에 이상한 표정이 떠올랐다. 못마땅한 표정과 죄책감. 그리고 당혹감. 나는 그를 보며 고개를 기울였다. 왜 저런 표정을 짓는 걸까.

오늘 아침에 일이 있다고 나간 남자다. 대체 누가 다니엘을 불러들인 거야? 나는 어이가 없어서 다시 물었다.

"누가 당신한테 연락을 한 건가요?"

머릿속에 용의자가 두어 명 떠올랐다. 릴리, 짐, 그리고 루인. 다니엘은 대답하지 않았다. 그러더니 애나가 두고 간 컵을 보며 물었다.

"저게 뭡니까?"

내 시선 높이로는 안에 든 게 보이지 않는데 그에게는 보이는 모양이었다. 그리고 스파이를 밝히고 싶지 않은 모양이다.

나는 살짝 일그러진 다니엘의 얼굴을 보고 어깨를 으쓱해 보이며 말했다.

"약이요. 전에 쓰러졌을 때 의사가 주고 간 거래요."

다니엘의 표정이 이상해졌다. 그는 내 얼굴을 힐끔 보더니 컵을 들어올렸다. 그리고 약 냄새를 맡더니 물었다.

"그때도 이걸 드신 겁니까?"

아, 그래. 나는 그가 그날 내 행동을 떠올리고 있다는 것을 알아차렸다. 그러고 보니 그가 내게 취했냐고 물었던 게 생각났다.

내가 원래 그런 사람은 아니거든? 다 약 때문이다. 변명할 수 있는 좋은 기회에 나는 열성적으로 고개를 끄덕이며 말했다.

"네. 맛도 끔찍해요. 술이 들어 있는 게 아닌가 싶어요."

다니엘의 한쪽 눈썹이 올라갔다. 그는 다시 한 번 약 냄새를 맡더니 벌떡 일어났다. 어디 가? 내가 어리둥절해하는 사이 그는 창밖으로 안에 있는 내용물을 휙 버려버렸다. 그리고 내게 돌아서며 말했다.

"신경 안정제가 좀 강하게 들어 있는 모양입니다. 이 약은 쓰지 말라고 말해 두겠습니다."

저런. 부디 창밖에 누군가 지나가고 있지 않았기를 빈다. 나는 다시 빈 컵을 테이블 위에 올려놓고 의자에 앉는 다니엘을 쳐다봤다.

그리고 놀랍다는 듯 물었다.

"어떻게 알았어요?"

신경 안정제는 생각도 못 했다. 고작해야 독한 술 같은 걸 생각했지. 다니엘은 잠시 나를 물끄러미 쳐다보더니 시선을 떨어트렸다. 그의 긴 속눈썹이 그림자를 만들었다.

"전에도 쓰러지셨잖습니까."

그런데? 나는 다니엘이 무슨 말을 하려는지 몰라서 멍하니 그를 쳐다보고 있었다. 다니엘은 고개를 들더니 내 쪽을 향해 몸을 기울였다.

그리고 조심스럽게 말했다.

"할 말이 있습니다."

"뭔데요?"

다니엘의 표정이 이상해졌다. 그는 한참을 나를 쳐다보고 있었다. 대체 뭔데?

그는 어쩔 줄 몰라 하는 것처럼 보였다. 이런 모습은 처음인데. 다니엘은 늘 여유 있어 보였기 때문에 무슨 말을 해야 할지 몰라 하는 건 처음이다.

나는 농담을 던지려다 그가 진지한 것을 보고 그만뒀다.

"화내실 거라고 생각합니다."

느닷없이? 나는 다니엘의 말에 눈을 가늘게 떴다. 나도 내 성격이 별로 안 좋다는 건 인정한다. 그를 때린 적도 있으니까.

웹스터는 가볍게 위협했고. 전에 어떤 남자는 발목을 살짝 금이 가게 한 적도 있다. 그리고 이왕 이렇게 된 거 솔직히 말하면 최근엔 프리스톤에게 암살자를 보내면 어떨까 하고 고민도 했지.

"화 안 낼게요."

하지만 다니엘이라면 참을 수 있다. 나는 손을 들어 보였다. 그가 무슨 말을 하든지 숨을 깊이 들이쉬고 참으면 되지 않을까.

"화내지 마시라고 하는 말이 아닙니다."

다니엘은 나를 향해 힘없이 웃어 보였다. 그러더니 곧 어두운 표정을 지으며 말했다.

"사실은, 저도 모르겠습니다."

뭐가? 나는 이렇게 안절부절못하는 다니엘의 모습에 그를 향해 몸을 기울였다. 무슨 일 있나? 전혀 짚이는 게 없었다.

내가 왜 그러냐고 물어보려 했을 때였다. 그를 향해 손을 내미는 순간 다니엘이 말했다.

"당신의 비밀을 압니다."

"무슨 비밀이요?"

어리둥절한 내 얼굴을 다니엘이 빤히 쳐다봤다. 얘가 무슨 말을 하는지 모르겠다. 그는 두 손을 얌전히 겹치더니 내 시선을 피하는 것처럼 고개를 숙였다. 그리고 천천히 이야기했다.

"몇 달 전에, 이 집에서 어떤 일이 일어났습니다."

어떤 일? 나는 그가 무슨 말을 하는지 몰라 멍하니 그를 쳐다보고 있었다.

"저는 그 시기가 프레드 반스의 시신을 발견했다는 편지가 도착했을 때쯤이라고 생각합니다. 그 소식으로 이 집 안에 있는 누군가가 절망했고요."

저도 모르게 내 입이 벌어졌다. 나는 입을 딱 벌린 채 다니엘을 쳐다보기 시작했다. 그가 무슨 말을 하는지 알 것 같았다.

프레드 반스의 시신을 발견했다는 편지가 도착하고 나는 밀드레드의 몸에서 깨어났다. 그가 말하는 어떤 일이란, 그 일을 말하는 거다.

"저는……."

거기서 다니엘의 말이 멈췄다. 그는 머뭇거리고 있었다.

나는 이불을 꽉 움켜쥐었다. 무슨 말을 해야 할까. 내가 진짜 밀드레드가 아니라고? 어느 날 눈 떠보니 밀드레드가 되어 있었다고?

하지만 지금 나는 내가 원래 어떤 사람이었는지 가물가물했다. 밀드레드보다 어렸던 것 같다. 더 나이를 먹어서 억울해한 건 기억나니까.

하지만 몇 살이었는지, 어떤 사람이었는지, 가족은 있었는지조차도 기억나지 않았다.

"밀드레드, 저는 그 어떤 일이 당신에게 일어난 일이라고 생각합니다."

머뭇거리던 다니엘이 말했다. 어느새 그의 시선이 나를 향하고 있었다. 나는 이불을 꽉 쥔 채 눈을 부릅뜨고 그를 쳐다봤다.

"아이리스에게 물어보니 당신은 지병 같은 게 없다고 하더군요. 갑자기 쓰러지거나 오늘처럼 몸 상태가 안 좋아지는 일은 올해 들어서 생긴 일이라고요."

다니엘은 그 말이 맞냐는 듯 나를 쳐다봤지만 나는 아무 말도 할 수가 없었다. 맞다. 나는, 그러니까 밀드레드는 지병 같은 게 없었다.

그리 건강하다고 말하기는 어려웠지만 지난번처럼 갑자기 쓰러진 적도 없었다.

"아이리스가 모를 수도 있죠."

내 입에서 쉰 목소리가 흘러나왔다. 나는 허리를 꼿꼿이 세운 채 다니엘을 쳐다보고 있었다. 내가 할 수 있는 건 목소리가 떨리지 않도록 노력하는 것뿐이었다.

하지만 아무 소용이 없었다. 다니엘은 나를 향해 몸을 기울이더니 나직한 목소리로 물었다.

"그렇습니까?"

나는 입술을 깨물었다. 어떻게 아는 걸까. 단순한 추측으로 거기까지 생각했다는 건 말이 안 된다.

문득 그가 내가 화를 낼 거라고 말한 게 생각났다. 나는 눈을 가늘게 뜨고 물었다.

"이게 내가 화낼 거라고 생각한 이야기예요?"

다니엘의 얼굴에 씁쓸한 미소가 떠올랐다.

"아닙니다."

"그럼 뭔데요?"

"당신에게 일어난 일에 제 책임도 일부 있다는 이야기입니다."

어떻게? 나는 가슴 앞으로 팔짱을 끼고 침대 헤드에 몸을 기댔다. 계속 이야기해 봐. 내 태도에 다니엘이 자기 손으로 시선을 떨어트렸다. 그리고 다시 고개를 들며 말했다.

"이 나라는 영웅 제다가 벨라의 도움을 받아 세웠지요."

알고 있는 이야기다. 설화나 신화에 가까운 이야기긴 하지만. 영웅 제다의 소원을 들은 요정 벨라가 그의 앞에 나타난다. 벨라는 사람들을 구하는 것을 도와 달라는 제다의 부탁을 들어주고, 두 사람은 나라를 세우기에 이른다.

그리고 시간이 흘러 나이를 먹은 제다는 벨라와 함께 요정의 나라로 떠났다고 한다.

떠나기 전 벨라는 이 나라에 요정의 가호를 내렸다고 한다. 절실하게 빌면 요정이 나타나서 소원을 이뤄 주겠다고. 그래서인지 역사적으로 위험한 순간에 요정이 나타나서 소원이 이뤄졌다는 일화도 꽤 있다.

"그 후 벨라가 가호를 내리고 요정의 나라로 떠났다는 것도 아실 겁니다."

안다. 나는 고개를 끄덕였다. 다니엘은 내가 안다는 표시를 하자 약간 안도한 표정으로 다시 입을 열었다.

"그 가호를 지키는 요정이 한 명씩 이 나라에 존재하게 됩니다."

"잠깐, 벨라는 요정의 나라로 떠났다면서요?"

"벨라가 요정의 나라로 떠날 때 대부분의 요정이 같이 떠났죠. 하지만 가호를 지키기 위해 요정 한 명이 남았습니다."

그러니까 이 나라에는 벨라 외에도 다른 요정들이 있었다는 말이 된다.

하긴, 그러니까 그 시기에 전해 내려오는 이야기 중에 요정에게 도움받은 이야기가 많이 섞여 있는 거겠지.

이미 죽은 연인의 시체 옆에서 쓰러져 울고 있는 여자에게 요정이 나타나 연인을 되살려 줬다는 이야기도 있다. 몬스터의 침략을 받아 치명상을 입은 상인을 요정이 치료해 줬다는 이야기도 있고.

전부 지역도 시기도 제멋대로였다.

그리고 최근으로 오면서 요정의 이야기가 확 줄어든 이유가 모든 요정이 벨라를 따라 요정의 나라로 떠나고 한 명만 남아서라고 한다면 이해가 된다.

나는 알겠다는 의미로 고개를 끄덕이며 물었다.

"그 요정이 아직 이 나라에 남아 있다는 거예요? 벨라의 가호를 지키기 위해?"

"아닙니다. 그녀는 이미 떠났죠."

그럼 뭐야? 그 요정이 떠났다면 벨라의 가호는 어떻게 된 거야? 나는 눈살을 찌푸리며 다니엘을 쳐다봤다. 문득 그가 이 이야기를 왜 하는지 궁금해졌다.

설마 내가 밀드레드의 몸에 들어온 게 요정의 힘 때문인가? 하지만 어째서? 내가 밀드레드가 돼서 변한 게 뭐가 있지?

제일 먼저 생각난 건 애슐리였다. 애슐리가 요정에게 밀드레드를 변하게 해 달라고 부탁한 걸까? 그래서 내가 밀드레드가 된 걸까.

그렇다면 진짜 밀드레드는 어떻게 된 거지?

복잡한 생각 때문인지 머리가 아프기 시작했다. 나는 이마를 짚으며 다니엘에게 물었다.

"요정이 떠났다면 지금 이 나라에는 요정이 없다는 거예요?"

"아닙니다. 그녀의 아이가 남았죠."

"요정의 아이를 말하는 거군요."

얼마 전에 애슐리도 이야기했다. 금발에 금안을 가지고 있다고. 나는 그게 그냥 요정인 거 아니냐고 말했었지.

문득 금발과 금안의 다니엘이 떠올랐다. 그러고 보니 그가 금발 금안의 모습을 한 것을 본 적이 있다. 몇 달 전 성에서 열린 가면무도회에서.

설마. 나는 머릿속에 떠오른 생각에 깜짝 놀라 다니엘을 돌아봤다. 그는 내 비밀을 알고 있다고 했다. 이 집에 어떤 일이 일어난 것도 알고 있었다. 그게 프레드의 시신을 발견했다는 편지가 도착한 뒤라는 것도 알고 있었다.

날 밀드레드로 바꾼 게 다니엘인가? 그가 그럴 수 있을까?

"설마."

네가 그랬냐고 다니엘에게 물어보려는 순간 윙 하는 환청이 귓가에 들리기 시작했다. 나는 두 손으로 머리를 짚고 눈을 감았다.

"밀드레드."

다니엘이 내게 다가오는 게 느껴졌다. 나는 끙 하고 신음을 내뱉었다. 귓가에 울리는 환청이 점점 더 심해졌다. 그는 내 손을 잡더니 절박하게 말했다.

"당신의 진짜 이름이 뭐죠?"

그 순간 내 손이 그의 손을 뿌리치려 했다. 내 의지가 아니었다. 하지만 다행히 다니엘은 내 손을 단단히 잡고 있었다. 윙 하는 환청이 마치 그의 목소리를 막으려는 것처럼 심해졌다.

"밀드레드, 제발요."

귓가에 울리는 소리 너머로 다니엘의 목소리가 드문드문 들려왔다.

머리를 뭔가가 쿡쿡 찌르는 듯한 고통도 더해졌다. 나는 이불 위에 엎드린 채 숨을 헐떡였다.

내 이름? 내 이름이 뭐였지? 기억이 나지 않았다. 나는 신음을 삼키며 다니엘의 손을 꽉 잡았다. 무슨 일이 일어난 거지? 덜컥 겁이 났다. 동시에 손에 쥔 다니엘의 손이 서늘하게 느껴졌다.

"밀드레드."

"나, 난 밀드레드가 아니에요."

숨을 몰아쉬며 그렇게 말한 순간 두통이 사라졌다. 나는 깜짝 놀라 다니엘을 쳐다봤다. 귓가에 울리는 윙 하는 소리는 여전했지만 찌르는 듯한 두통은 마치 없었던 것처럼 사라졌다.

"당신의 이름은요?"

다니엘은 빛나는 것처럼 보였다. 밝고 환한 게 아니라 뭔가 위험하게 빛났다는 게 문제지만.

어느새 그의 갈색 머리카락과 밤색 눈동자는 빛나는 금발과 금안으로 변해 있었다. 나는 그의 손을 잡은 채 다니엘을 물끄러미 쳐다봤다.

"이름이요. 이름을 말해 주세요."

다니엘이 그렇게 말한 순간 나는 내 이름을 떠올리려 애를 썼다. 하지만 기억나지 않았다. 내 이름이 뭐지? 내가 원래 어떤 사람이었지? 이름은 물론 생김새조차 기억나지 않았다.

분명 핸드폰 셀카 모드로 얼굴을 몇 번이나 봤던 게 생각났다. 하지만 거기서도 내 얼굴만 기억나지 않았다.

"모, 모르겠어요."

내가 그렇게 말한 순간 다니엘의 얼굴이 어두워졌다. 그는 한숨을 내쉬며 고개를 숙이더니 다시 나를 쳐다봤다. 그리고 죄책감이 어린 표정으로 말했다.

"미안해요."

"뭐가요?"

"내가 할 수 있는 건 이것뿐입니다."

무슨 소리를 하는지 모르겠다. 내가 눈살을 찌푸리자 다니엘은 다시 한숨을 내쉬더니 엔드 테이블 위에 둔 빈 컵을 집어 들었다. 그리고 컵을 내게 내밀며 말했다.

"마셔요."

이거 약이 들었던 거잖아. 게다가 네가 아까 창밖으로 비워 버렸고. 그렇게 생각한 순간 나는 컵 안에 맑은 물이 담겨 있는 것을 깨달았다.

이게 어떻게 된 일이지? 어리둥절해하면서 컵에 입을 대자 차가운 물이 입 안에 들어왔다.

"좀 더 빨리 알아차렸어야 했어요. 내 잘못이에요."

물을 마시고 나자 다니엘은 내게서 컵을 받아 들며 그렇게 말했다. 대체 그가 무슨 말을 하는지 모르겠다. 나는 눈을 가늘게 뜨며 물었다.

"뭘 말하는 거예요? 날 밀드레드로 만든 게 당신이 아니에요?"

"아닙니다."

어느새 귓가에 울리던 윙 하는 환청이 작아져 있었다. 조금 거슬리긴 했지만 다니엘의 목소리가 들리지 않는 정도는 아니었다.

그리고 다니엘의 머리 색과 눈 색도 원래대로 돌아왔다. 나는 그의 외모 변화에 놀라 입을 벌렸다. 그러고 보니 그는 가면무도회 때도 금발 금안이 진짜일 수도 있다고 말했다.

"당신이 요정이라는 거 아니에요?"

나는 약간 멍하니 물었다. 지금 이게 다 무슨 일이지. 현실감이 느껴지지 않았다. 환청이나 두통 때문이기도 했고 너무 말도 안 되는 이야기를 들어서이기도 했다.

다니엘이 요정의 아이라니. 제일 먼저 생각난 건 정말 안 어울린다는 거였다. 요정이라는 건 아름답고 가녀린 그런 거 아니었어? 물론 다니엘이 아름답긴 하지만.

"맞습니다. 정확히 말하면 제 어머니가 요정이죠."

요정의 아이면 요정이 아닌 건가? 내가 눈을 가늘게 뜨자 다니엘은 침대 옆에 걸터앉았다. 그의 무게 때문에 침대가 출렁하고 움직였다.

"요정은 벨라의 가호를 수호합니다. 벨라의 가호는 절망한 사람을 구하는 것. 가호를 수호하는 요정은 백 명의 사람을 절망에서 구해 주면 요정의 나라로 돌아갈 수 있습니다."

다니엘은 여전히 내 손을 꽉 잡은 채 이야기를 시작했다. 그의 어머니는 벨라의 가호를 위해 아흔아홉 명의 사람을 절망에서 구해 냈다.

그리고 백 번째 절망한 사람을 만났다. 그게 다니엘의 아버지였다. 초대 월포드 남작은 몬스터에게 가족뿐 아니라 마을 사람 모두를 잃은 남자였고 남작이 아니었다. 그는 자신을 아는 모든 사람이 죽었다는 사실에 절망했고 그 절망이 그를 죽음으로 밀어 넣기 직전에 요정이 나타났다.

"그가 원한 건 가족이었죠. 그리고 자신의 마을이었습니다."

다니엘은 마치 남 이야기를 하듯 담담하게 말했다. 그의 목소리만 들어서는 자신의 아버지 이야기가 아닌 것 같았다.

"요정은, 내 어머니는 그에게 가족을 주었습니다. 그리고 그가 영지를 얻을 수 있도록 도왔습니다."

절망했지만 꽤 실력이 있는 사람이었는지 초대 월포드 남작은 몬스터를 물리치고 마을을 구해 냈다. 성에서는 무훈을 칭찬하며 그에게 남작 작위를 내렸다. 그리고 다니엘이 태어났다.

거기까지 들었을 때 이상한 생각이 들었다. 나는 그에게 그의 부모님 이야기를 한 번도 들은 적이 없었다. 그리고 사교계에서도 요정이 어떤 남자와 결혼했다는 이야기는 들은 적이 없다.

사실 요정이라는 게 그렇게 가까운 존재가 아니긴 했지만.

"그리고 제가 열 살이 됐을 때 요정의 나라로 돌아갔죠."

어머니에 대해 물었을 때 그가 말을 돌렸던 게 생각났다. 그렇군. 나는 멍하니 그를 보다가 물었다.

"다른 사람들은 몰라요?"

"제 어머니가 요정이라는 걸요?"

"네."

"소수는 압니다. 왕대비 전하, 국왕 폐하와 왕비 전하, 그리고 리안까지는요."

흠. 엄청 소수만 아는 이야기긴 하네. 내 머릿속이 천천히 정리가 되기 시작했다. 그때 다니엘이 재빨리 덧붙였다.

"아, 케이시 경도 눈치챈 거 같더군요."

"더글러스 케이시경이요?"

"그리고 케이시 후작과 필립 케이시 경도요."

허. 그러고 보니 더글러스는 다니엘을 불편해했지. 그리고 케이시가는 요정의 축복인지 저주인지가 있다고 했고. 다니엘은 그의 선조와 케이시가의 선조 사이에 별로 안 좋은 일이 있었다고 했다.

"당신 선조와 케이시가의 선조 사이의 일이 그 저, 아니, 축복이군요?"

"정확히 말하면 선조는 아니지만 편의상 선조라고 말했죠."

그렇군. 더글러스 입장에서는 요정들은 다 나쁜 놈일 거 같다. 그리고 그 요정이 다니엘이지. 더글러스가 다니엘을 싫어하는 게 이해가 됐다. 그때 다니엘이 다시 말했다.

"아, 나이가 좀 있는 부인 몇 분도 아실 겁니다."

뭐라고? 나는 어이가 없어서 고개를 휙 들었다.

"당신이 요정이라는 거요?"

"정확히 말하면 제 어머니가 요정이라는 걸 아시죠."

허허. 그가 노부인들에게 친절했던 게 설마 그것 때문은 아니겠지. 나는 어이가 없어서 한숨을 내쉬었다. 그렇군. 다니엘이 머리 색과 눈 색을 바꾼 이유를 알겠다.

금발과 금안은 너무 눈에 띈다. 나는 내 손을 꽉 잡은 다니엘의 손을 내려다봤다. 그의 커다란 손안에 내 손이 쏙 들어간 것처럼 보였다.

"그럼 지금 당신이 벨라의 가호를 수호하고 있어요?"

내 질문에 다니엘의 표정이 변했다. 내 손을 잡은 그의 손에 힘이 빠져나갔다.

"그게 제 의무긴 합니다."

수호한다는 거야, 안 한다는 거야? 나는 어리둥절한 표정으로 다시 물었다.

"가호를 수호한다는 게 당신이 벨라의 유지를 이어받아서 사람들을 절망에서 구해 줘야 한다는 거죠?"

"네."

"그럼 날 여기로 데려온 게……."

"아닙니다."

다니엘은 날 밀드레드로 만든 게 너 아니냐는 질문이 끝나기도 전에 부인했다. 뭐야? 그럼 난 왜 여기 와 있는 거야? 그는 재빨리 부인하더니 내 눈치를 살폈다. 그리고 머뭇거리며 말했다.

"제가 사과할 지점이 여깁니다."

다니엘은 내 시선을 피하며 말했다. 사과할 지점이라고? 내가 멍하니 그를 쳐다보자 다니엘은 입술을 깨물었다. 그리고 다시 나를 쳐다보며 말했다.

"제 잘못입니다. 당신이 밀드레드가 된 건."

"왜요?"

"제가 제 의무를 제대로 수행하지 않았거든요."

무슨 소린지 모르겠다. 벨라의 가호를 수호하지 않았다는 건가? 수호를 하지 않았다는 건 절망한 사람을 구해 주지 않았다는 거고?

근데 그게 왜 내가 밀드레드가 된 걸로 이어져?

"좀 쉽게 설명해 봐요."

내 요청에 다니엘은 다시 입을 다물었다. 그리고 자기 손으로 시선을 떨어트렸다.

"제가 아무 행동도 하지 않았기 때문입니다. 어머니께서 요정의 나라로 돌아가시고 그 후로 저는 벨라의 가호를 수호한 적이 단 한 번도 없습니다."

그래도 되나? 나는 고개를 갸웃했다. 요정은 벨라의 가호를 수호해야 할 의무가 있다고 했다. 그렇다면 그 의무를 지지 않으면 어떻게 되는 거지?

"제가 태어나기 전에 이미 어머니는 자신의 임무를 마친 상태셨고 아무도 자신을 수호하지 않자 가호는 스스로 의지를 가진 모양입니다."

다니엘은 조용히 말을 이었다. 그는 천천히 고개를 들어 나를 쳐다봤다. 그가 무슨 말을 하는지 알 것 같다. 나는 굳은 표정으로 그를 쳐다보고 있었다.

"이 집에서 절망적인 사건이 일어났고 누군가 절망했습니다. 가호는 그 절망에 반응했고 당신을 불러왔습니다."

"누가 절망했는데요?"

"아마도, 밀드레드겠죠."

죽음에 가까운 절망만이 요정을 부른다고 했다. 그게 정확히 말해 벨라의 가호였다면, 밀드레드는 죽음에 가까운 절망을 느꼈던 모양이다.

나는 멍하니 다니엘의 얼굴을 쳐다보고 있었다. 그리고 속삭이듯 물었다.

"당신 말은, 진짜 밀드레드가 죽었다는 거예요?"

"아마도요."

"그리고 그녀의 소원이 내가 자신이 되는 거고요?"

"글쎄요."

다니엘의 표정이 어두워졌다. 그는 한숨을 내쉬며 말했다.

"사실, 그 부분은 당신에게 물어보려 했습니다. 당신이 분명 밀드레드가 되는 조건으로 가호와 어떤 계약을 맺었을 테니까요."

"계약을 맺어요?"

"가호가 아무리 강력하다고 해도 아무나 사람을 바꿔치기할 수는 없습니다. 당신에게 이런 일을 하는 것에 합당한 어떤 조건을 내세웠을 겁니다."

기억나지 않는다. 나는 가만히 머릿속을 뒤졌다. 하지만 아무것도 기억나지 않았다. 나에 대한 건 하나도.

나는 한숨을 내쉬며 말했다.

"모르겠어요. 하나도 기억 안 나요. 내 이름도, 내가 뭐 하는 사람이었는지, 몇 살이었는지. 전부 다요."

"그건 아마 제 잘못일 겁니다."

다니엘은 죄지은 아이처럼 고개를 푹 숙이고 말했다. 내 기억이 없는 게 왜 네 잘못인데? 내가 아무 말도 하지 않자 그가 계속해서 말했다.

"이 집에 어떤 일이 일어났다는 것을 깨닫자마자 저는 이 집에 대해 조사하기 시작했습니다. 누가 절망했는지, 누가 어떤 소원을 빌었는지요."

하지만 쉽지 않았던 모양이다. 나는 꽤 이 세계에 적응을 잘했고 진짜 밀드레드처럼 행동했으니까.

"그래서 나한테 접근했어요? 우리 집을 조사하려고?"

내 질문에 다니엘의 얼굴이 굳었다. 정곡을 찔렀던 모양이군. 어쩐지 나한테 너무 잘해 준다 싶었다.

"밀드레드."

다니엘이 내게 몸을 기울이며 나를 불렀다. 아니, 내가 아니지. 하지만 난 내 진짜 이름을 잊어버렸다. 나는 길을 잃어버린 기분으로 멍하니 앉아 있었다.

"밀드레드, 제발요. 그런 표정 짓지 마세요."

다니엘의 애원하는 듯한 목소리가 들려왔다. 왜 나였을까. 절망한 밀드레드의 소원을 벨라의 가호가 들어줬다는 건 알겠다.

"그렇다면 여긴 신데렐라 동화 속이 아니었군요."

나는 다니엘을 쳐다보며 속삭였다. 그 순간 확하고 머릿속에서 뭔가가 걷히는 느낌이 들었다. 희미하게 윙 하고 울려 퍼지던 환청이 완전히 사라졌다.

왜 신데렐라라고 생각했지? 이해가 안 된다. 왜 하필 신데렐라였지? 그때 다니엘이 물었다.

"신데렐라가 뭡니까?"

신데렐라가 뭐냐고? 그 순간 나는 신데렐라가 이름이라는 것을 깨달았다. 재투성이 신데렐라. 콩쥐 팥쥐처럼 그건 이름이었다.

그러니 여기가 신데렐라려면 애슐리의 이름이 엘라거나 하여튼 뭐 신데렐라와 비슷했어야 한다.

"제가 살던 곳에 있는 동화예요. 그러니까……"

나는 더듬더듬 신데렐라 이야기를 설명했다. 계모와 새언니들, 그리고 사망한 아버지. 예쁘고 마음씨 고운 신데렐라는 갖은 구박을 받다가 성에서 열리는 파티에 초대된다.

"흠."

이야기를 들은 다니엘의 미간에 주름이 생겼다. 그는 내게 몸을 숙인 채 말했다.

"그거 왕대비 전하의 이야기와 비슷하군요."

"애슐리가 아니라요?"

나는 깜짝 놀라서 물었다. 다니엘 역시 내 질문에 한쪽 눈썹을 들어 올리더니 작게 신음을 내뱉었다. 그리고 곧 피식 웃었다.

"그렇군요. 가호가 왜 하필 이 집의 절망에 반응했는지 알겠습니다."

"왜요?"

"이 집은 오래됐거든요."

그거 나도 알고 있는 이야기거든? 내가 인상을 쓰자 그는 다리를 꼬며 말했다.

"많은 절망이 고여 있다는 말이기도 하고요."

"절망에 반응했다는 거예요?"

"그리고 선행 학습을 기억한 거죠."

선행 학습? 무슨 선행 학습? 그러고 보니 이 집에 왕대비 전하가 머문 적 있다는 이야기가 기억난다. 나는 인상을 쓰며 물었다.

"왕대비 전하가 요정의 도움으로 왕자비가 됐어요?"

"그분이 지금 애슐리와 상황이 많이 비슷했다고 들었습니다. 물론 그분은 애슐리와 달리 아버지가 귀족이었고 새어머니는 평민 출신이었다죠."

나는 선의를 베풀라던 왕대비를 떠올렸다. 착하게 살면 언젠가 보답받는다고 했던가. 그래서였구나. 그녀는 보답받는 세상을 살았던 거다.

"왕대비 전하를 도와준 게 당신 어머니였겠군요."

다니엘은 장난스럽게 들켰다는 표정을 지어 보였다. 왕대비가 그의 대모가 되어 준 이유를 알겠다. 나는 한숨을 내쉬었다.

"요정 대모는 없었던 거군요."

다니엘이 요정이니까 굳이 따지면 요정 대부쯤 되겠지. 그러고 보니 그가 했던 여러 농담이 떠올랐다. 그게 그냥 농담이라고 생각했는데 아니었던 거다.

내가 원하면 아이리스를 왕비로 만들어 주겠다고 한 적도 있고 내가 싫어하는 놈을 저 멀리 쫓아내 준다고 한 적도 있다.

흠. 내가 원하면 이 나라를 주겠다고도 했지. 나는 고개를 기울이며 물었다.

"진짜로 내가 원하면 이 나라를 줄 거예요?"

다니엘은 잠깐 놀라더니 곧 빙그레 웃었다. 그리고 조심스럽게 내 손을 잡았다.

"네, 부인. 당신이 원하신다면 뭐든지요."

이제 그가 나를 부르는 호칭은 밀드레드가 아니라 부인이 되어 있었다. 나는 그게 나를 위해서라는 것을 깨닫고 한숨을 내쉬었다.

"어째서 나였을까요?"

"계약을 했을 겁니다."

"무슨 계약이요?"

내 질문에 다니엘은 잠시 입을 다물었다. 그리고 자신이 잡은 내 손을 내려다보며 말했다.

"원래 당신의 소원을 이뤄 주는 조건이었겠죠."

"원래 내가 어떤 사람이었는지 기억이 안 나는데요."

"그래서 당신의 기억을 지운 거겠죠."

무슨 소린지 모르겠다. 내가 어리둥절한 표정을 짓자 다니엘은 한숨을 내쉬었다. 내가 답답해서 한숨 쉬는 게 아니었다. 그는 다시 죄책감 어린 표정을 짓고 있었다.

"원래대로라면 제가 밀드레드 반스 부인의 소원을 들어줬어야 합니다. 하지만 저는 그러지 않았죠. 가호는 그녀의 절망에 이끌려 이곳으로 왔고 수많은 절망을 맞닥트렸을 겁니다."

나는 믿을 수 없다는 듯 물었다.

"이 집에 절망이 그렇게 많아요?"

다니엘이 고개를 기울이며 쓰게 웃었다. 그리고 내 손을 문지르며 말했다.

"당장 애슐리도 있었으니까요."

그렇군. 나는 프레드 반스의 시신을 발견했다는 편지에 절망한 게 밀드레드만이 아니라는 것을 떠올렸다. 밀드레드는 두 번째 남편이 죽은 거지만 애슐리는 마지막 남은 친부가 죽은 거다.

"어디까지나 제 추측입니다만, 아마 맞을 겁니다. 가호는 밀드레드 반스 부인뿐 아니라 애슐리의 절망도 발견했고 두 사람의 소원을 들어주기 위해 어디선가 당신을 불러온 겁니다."

애슐리의 소원이 뭔지는 알 것 같다. 어머니가, 그러니까 내가 자기를 버리지 말라는 거 아니었을까. 아니면 사랑해 준다거나. 하지만 밀드레드의 소원은 뭐였을까.

"그리고 아마……."

거기서 다니엘의 말이 멈췄다. 아마 뭐? 내가 눈을 동그랗게 뜨자 그는 내 시선을 피했다. 그리고 조심스럽게 말했다.

"가호는 절망에 반응합니다. 그것이 당신에게 갔다는 건……."

내가 절망했다는 뜻이다. 쿵 하고 심장이 튀어 올랐다. 나는 입을 딱 벌리고 다니엘을 물끄러미 쳐다봤다. 내가? 왜? 무슨 일로?

아무리 생각해도 기억나지 않았다.

"기, 기억 안 나요."

나는 숨을 헐떡이며 다니엘에게 속삭였다. 무슨 절망을 했지? 내가 왜 절망했지? 다니엘은 고개를 들어 나를 쳐다보더니 다시 시선을 내리깔았다. 그리고 작게 속삭였다.

"저 때문입니다. 최근 당신 상태가 별로 좋지 않던 건. 제가 당신과 가호의 계약을 인수하려 했거든요."

"그럼 어떻게 되는데요?"

"제가 당신을 돌려보낼 수 있게 되죠."

허. 나는 멍하니 다니엘의 긴 속눈썹을 쳐다봤다. 정신이 들었다. 난 처음부터 내 원래 세상으로 돌아갈 생각을 하지 않았다. 그게 이상하다는 생각조차 하지 않았다.

내 원래 상황이 절망적이었기 때문이었을 수도 있고 가호가 그렇게 생각하도록 만들었을 수도 있다.

"그래서 당신의 기억을 지운 걸 겁니다. 내가 당신을 돌려보낼 수 없도록. 당신이 이름을 기억하지 못하도록."

"그럼 원래 내가 절망했다는 거죠?"

"네."

생각할 시간이 필요했다. 나는 다니엘이 내 손을 잡은 손에 전혀 힘을 주고 있지 않다는 것을 깨달았다. 그는 언제든지 내가 손을 빼면 놓을 수 있도록 힘을 주지 않고 있었다.

"저쪽의 나는 죽었을 수도 있다는 거네요."

나는 다니엘의 손을 잡은 채 속삭였다. 죽음에 이르는 절망. 그것에 가호가 반응한다고 했다. 그렇다면 저쪽의 나는 죽었을 것이다.

울컥하고 뭔가가 흘러나왔다.

"밀드레드."

다니엘이 복잡한 표정을 지었다. 안타까움과 죄책감. 화가 났고 동시에 서글펐다.

그를 향한 화는 아니었다. 그냥 속상했다. 어쩐지 모든 게 너무 간단하게 느껴졌었다. 마치 꿈을 꾸는 것처럼.

"밀드레드, 밀드레드."

다니엘은 나를 달래려는 것처럼 내 뺨을 감쌌다. 그리고 속삭였다.

"미안해요. 내 잘못이에요."

맞다. 그의 잘못이다. 나는 있는 힘껏 다니엘의 뺨을 때리고 싶은 마음과 그의 면전에 욕을 내뱉고 싶은 마음 가운데서 멍하니 앉아 있었다.

마음은 울컥울컥 화가 났는데 머리는 너무 피곤했다. 끔찍한 피곤이 몰려왔다. 곧 손 하나 까딱하고 싶지 않은 무기력이 나를 잠식했다.

나는 멍하니 다니엘을 쳐다보다가 힘없이 말했다.

"생각할 시간이 필요해요."

다니엘의 얼굴에 고통스러운 표정이 떠올랐다. 나는 한숨을 내쉬고 그대로 누워버렸다. 생각할 시간이 필요하다. 너무 많은 정보가 몰려와서 그걸 정리할 시간이 필요했다. 그리고 이미 죽어 버렸을 저쪽의 나에게 조의를 표할 시간도.

조용히 다니엘이 일어나는 게 느껴졌다.

"조용히 쉴 시간을 갖게 해 드리게."

다니엘이 밖으로 나가면서 누군가에게 말했다. 상대가 누군지 궁금하지도 않았다. 나는 옆으로 누워서 생각을 정리했다. 여긴 신데렐라 속이 아니었다. 애슐리는 신데렐라가 아니었다.

그건 다행이네. 나는 한숨을 내쉬며 눈을 감았다. 적어도 애슐리가 신데렐라가 아니라면 내가 그녀의 정해진 인생을 망친 게 아니라는 뜻이니까.

나는 가호와 무슨 계약을 한 걸까. 내가 밀드레드가 되는 대신 얻은 게 뭐지? 머릿속에 제일 먼저 아이들이 떠올랐다. 아이리스, 릴리, 애슐리를 얻었지. 그리고 다니엘도.

그 와중에도 웃음이 피식 났다. 다니엘이 요정이래. 어이가 없어서 웃겼다. 요정은 예쁘고 반짝반짝한 여성이어야 하는 거 아냐? 다니엘은 어떻게 봐도 요정으로는 안 보인다.

아니, 아니지. 나는 내 안의 편견을 깨닫고 다시 한숨을 내쉬었다. 요정일 수도 있지. 나보다 최소한 머리 한 개는 크고 체격도 좋은 남자가 요정일 수도 있지.

아이리스가 왕자비가 되고 릴리가 화가가 될 수 있는 것처럼.

"그렇구나."

그 순간 나는 자리에서 벌떡 일어났다. 밀드레드가 뭘 원했는지 알 것 같다. 그녀는 두 번째 남편을 잃었고 동시에 재산도 거의 대부분을 잃었다. 셋이나 있는 딸을 제대로 키워서 시집보낼 방법이 사라졌다는 말이다.

밀드레드가 바란 건, 아이들이 행복해지는 거였을 거다. 정확히 말하면 셋 다 무사히 결혼하는 거였겠지. 물론 저 셋에 애슐리도 들어간다. 밀드레드는 애슐리를 좋아하지는 않았지만 어쨌든 그녀가 자신의 책임이라는 것을 인식하고 있었으니까.

그러니 하녀로 부려먹을지언정 쫓아내지는 않은 거겠지.

"저런, 어쩌나. 애슐리는 결혼 안 하고 평생 나랑 살고 싶다는데."

나는 다시 풀썩 누워서 가호를 향해 빈정거렸다. 하지만 바로 다음 순간 한숨을 내쉬었다. 이게 무슨 짓이람. 가호가 샤발 같은 건 샤발 같은 거고 난 내 아이들을 사랑한다. 그리고 다니엘도.

"다니엘."

이튿날 아침 일찍. 나는 다니엘의 방문을 두드렸다.

너무 이른 아침이라는 생각이 들지 않은 건 아니었다. 누군가의 방에 찾아가기엔 너무 이르다. 그게 외간 남자라면 더더욱 그렇지. 하지만 지금이어야 한다. 조금만 더 시간이 지나면 사용인들이 돌아다니기 시작할 테니까.

마치 기다리고 있었던 것처럼 다니엘이 문을 열었다. 그의 차림이 어제 나와 이야기하던 그대로라 나는 인상을 쓰며 물었다.

"잠 안 잤어요?"

"당신은요?"

좀 잤다. 그는 불안한 표정을 짓고 있었다. 나는 주위를 둘러보고 아무도 없다는 것을 확인했다. 그리고 그를 밀며 말했다.

"들어가요."

"네?"

다니엘은 당황하면서도 순순히 내 요청대로 뒷걸음질 쳐 주었다. 나는 그의 방으로 들어가서 문을 닫고 잠옷 위에 걸친 가운을 여몄다. 그리고 턱을 들어 올리고 말했다.

"애들한테 아무 말도 하지 말아요."

"뭘 말입니까?"

"내가 진짜 밀드레드가 아니라는 거 말이에요. 애들한테는 죽을 때까지 비밀이에요."

여기서 죽을 때까지는 내가 죽을 때가 아니라 다니엘이 죽을 때다. 다니엘이 죽는다면 말이지만. 요정도 죽나?

아이들은 각각 이미 한 번 이상씩 부모의 죽음을 겪었다. 애슐리는 두 번이나 겪었지. 그 애는 내가 쓰러졌을 때 엄청나게 충격을 받은 모습을 보였다.

밀드레드의 얼굴과 몸을 한 내가 밀드레드가 아니라는 것을 알려 줄 필요는 없다. 엄마가 지금 곁에 있다면 어땠을까 하는 고민을 평생 하게 만들고 싶지 않았다.

"알겠습니다."

다니엘은 순순히 말했다. 좋아. 나는 한숨을 내쉬었다. 이제 마음껏 다니엘의 다리를 걷어찰 수 있겠군.

"다른 건요?"

그때 다니엘이 물었다. 나는 고개를 들어 그의 얼굴을 보고 거기 떠오른 죄책감을 발견했다.

솔직히 말하면 아주 조금은 다니엘의 잘못이 아니라는 생각도 든다. 나를 여기로 데려온 건 그가 아니다. 그리고 다니엘은 내게 잘해 줬다.

그런 사람에게 미움을 갖기란 쉽지 않은 일이다. 나는 다니엘의 얼굴을 멍하니 보다가 가운을 움켜쥐었다.

그리고 가장 하기 힘들었던 질문을 던졌다.

"나한테 잘해 준 건, 죄책감 때문이에요?"

다니엘의 표정이 굳었다. 하지만 그는 곧 딱딱하게 대답했다.

"아니요."

"날 조, 좋아한다고 한 건요? 그건 죄책감 때문이에요?"

심장이 너무 빠르게 뛰어서 터질 것 같았다. 일순 다니엘이 화가 난 것처럼 보였다. 하지만 그는 곧 숨을 내쉬더니 말했다.

"아닙니다."

"지금도 날 좋아해요?"

내 질문에 다니엘이 한 걸음 물러났다. 그는 허리에 손을 얹더니 물었다.

"뭘 원해요?"

"뭘 원한다뇨?"

"원하는 거 말만 하세요. 뭐든 들어 드릴 테니."

그는 오른손을 들고 이어서 물었다.

"별을 따다 드릴까요?"

다니엘의 손안에서 빛나는 뭔가가 생겨났다. 나는 입을 딱 벌리고 그것을 쳐다보다가 그를 향해 고개를 돌리며 말했다.

"그게 아니라, 난 밀드레드가 아니잖아요. 그러니까 몸은 밀드레드지만 안은 그녀가 아니잖아요. 당신은 내가 밀드레드라고 생각해서 날 좋아한 거고요."

내 말에 다니엘의 한쪽 눈썹이 올라갔다. 그는 빛나는 것을 손안에 가두더니 내 앞으로 다시 다가왔다. 그리고 내 손을 왼손으로 잡고 그 위를 오른손으로 부드럽게 쓸며 말했다.

"제가 사랑하는 건, 밀드레드. 당신이에요. 지금 내 눈앞에 있는 사람."

그의 오른손이 떠나자 내 손등 위가 빛나기 시작했다. 나는 깜짝 놀라서 내 손을 쳐다봤다.

"내가 만났고 대화하고 알고 지낸 사람이요."

천천히 빛이 잦아들면서 나는 내 손가락에 반지가 끼워져 있다는 것을 알아차렸다. 투명한 보석이 내가 손을 움직이는 것을 따라 반짝였다.

다이아몬드인가? 나는 내 손을 물끄러미 쳐다보다가 다니엘을 향해 물었다.

"이거 진짜 별 아니죠?"

내 질문에 다니엘이 피식 웃었다. 그러더니 다시 오른손으로 내 손등을 쓸었다. 순식간에 보석이 확 부풀어 오르면서 열기를 내뿜는 게 느껴졌다.

"아, 알았어요."

나는 깜짝 놀라서 손을 내저었다. 동시에 부풀던 보석이 훅 하고 줄어들었다.

진짜 별인가? 이 미친 남자가 정말로 나한테 별을 준 거야? 그게 물리적으로 가능한가?

나는 어이가 없어서 다시 내 손을 쳐다봤다. 어제오늘 통 받아들이기 어려운 일만 일어난다.

"말만 하세요, 밀드레드."

다니엘은 그렇게 말하며 내 손등에 입을 맞췄다. 정말로 그는 내가 말만 하면 그게 뭐든 들어줄 거라는 생각이 들었다.

머릿속에 확하고 현실이 쏟아졌다. 그에게 묻고 싶은 수많은 질문이 떠올랐다. 왜 가호를 수호하지 않았어? 당신이 할 수 있는 게 이것뿐이라던 말은 무슨 의미였어?

하지만 지금은 그것보다 더 중요한 게 있었다. 나는 품에서 가지고 나온 편지를 꺼냈다. 그리고 다니엘을 향해 펼치며 말했다.

"나와 같이 가 줘요."

다니엘의 눈이 가늘어졌다. 그는 내가 이런 부탁을 할 줄 몰랐다는 표정을 짓더니 곧 편지로 시선을 던졌다. 그의 눈동자가 쉽게 편지 내용을 훑는 게 보였다.

"프레드 반스군요."

다니엘은 못마땅하다는 어조로 그렇게 말하더니 다시 내 손등에 입을 맞췄다.

"제가 당연히 같이 가야죠."

좋아. 나는 손을 내리며 한숨을 내쉬었다. 그가 나와 같이 가지 않겠다고 할까 봐 살짝 걱정했었다. 다니엘이 같이 안 간다고 하면 나도 갈 생각이 없었다.

지금 프레드에게 가장 거추장스러운 건 나일 거기 때문이다. 그가 이 집안 재산에 욕심을 낸다면 나를 죽이고 자신이 프레드 반스라고 주장하면 된다. 그게 먹힐지 안 먹힐지 모르겠지만 그가 내게 말했던 나와 프레드만 아는 이야기를 보면 먹힐 가능성이 높겠지.

꼭 가고 싶다면 짐과 함께 가는 방법이 있긴 한데 그럴 생각은 없다. 솔직히 짐이 다니엘보다 믿음직스럽지는 않잖아.

이건 짐에겐 절대 비밀로 해야겠지만.

"오늘 점심은 약속이 있어요."

아침 식사를 마치자마자 나는 프레드가 말한 장소로 가기 위해 준비를 했다. 내 지시에 짐은 걱정스러운 표정을 지었지만 곧 고개를 꾸벅하고 물러났다.

하지만 이어서 아이리스가 물었다.

"오늘 꼭 가셔야 하는 거예요?"

"몸 상태도 안 좋으신데 오늘까지는 그냥 쉬지 그러세요."

릴리까지 걱정하는 통에 나는 저도 모르게 애슐리를 쳐다봤다. 그녀 역시 걱정하는 표정으로 나를 쳐다보고 있었다.

가짜 프레드와 만나는 건 이번이 끝이다. 확실하게 그 녀석이 다시는 찾아오지 못하도록 할 생각이었다.

"오늘 꼭 만나야 할 사람이 있어서. 윌포드 남작님과 함께 다녀올 테니까 걱정하지 마."

"남작님은 아까 나가셨잖아요?"

릴리가 물었다. 그녀의 말대로 다니엘은 먼저 나갔다. 마법사를 불러오기 위해서다. 마법사와 함께 가짜 프레드가 있는 곳으로 오기로 했다.

나는 중간에 만나기로 했다고 설명하고 애슐리를 잡아당겨서 끌어안 았다. 그리고 그녀에게만 들리도록 속삭였다.

"오늘은 집 밖에 나가지 마."

"네? 왜요?"

뭐라고 해야 할까. 나도 왜 애슐리에게 그렇게 말했는지 모르겠다. 그 냥 그녀가 걱정됐다.

"그냥 기분이 별로 안 좋아. 네가 안 나갔으면 좋겠어."

애슐리는 어리둥절한 표정을 지었지만 순순히 고개를 끄덕여 주었다. 나는 그녀의 머리를 한 번 쓸어 주고 아이리스와 릴리도 한 번씩 끌어안 았다. 그리고 그 애들에게도 밖에 나가지 말라고 당부하고 집을 나섰다.

"안녕하십니까, 반스 부인."

프레드가 지정한 장소는 요정의 샘에서 그리 멀지 않은 한 식당이었 다. 나는 낯이 익은 남자가 마차 문 옆에 서 있다가 내게 인사를 하는 것 을 보고 멈췄다.

누구더라? 익숙하긴 한데 어디서 봤는지는 기억나지 않는다. 그는 내 가 자신을 알아보지 못하는 것을 깨닫고 재빨리 자기소개를 했다.

"기억하십니까? 윌슨입니다. 전에 지갑을 주워드렸던……."

아, 기억난다. 내가 고개를 끄덕이자 그가 내게 손을 내밀며 말했다.

"남작님께서 자리로 안내하라고 하셨습니다."

이 식당은 직원이 없나? 나는 그의 손을 잡지 않은 채 물었다.

"이 식당에서 일하시나요?"

"아니, 아닙니다. 남작님께서 잠깐 마법사님과 대화하는 사이 부인께 서 도착하시면 지켜 아니, 곁에 있으라고 하셨습니다."

아, 그렇군. 나는 윌슨의 손을 잡았다. 다니엘 역시 나와 같은 걱정을 한 모양이다.

가짜 프레드가 함정을 파놨을 가능성. 그가 나를 해치거나 협박할 수도 있다. 그래서 누군가를 내게 붙여 준 모양이다.

"반스 부인. 자리가 준비돼 있습니다."

가짜 프레드가 예약한 이름이 반스였던 모양이다. 내 이름을 대자 지배인은 고개를 끄덕이며 나를 윌슨과 함께 외진 자리로 안내했다.

재미있게도 윌슨은 파티션 안쪽으로 들어가자마자 허둥지둥 내 손을 놓더니 입구 옆에 가서 섰다.

"여기 앉는 게……."

"아니, 아닙니다. 남작님께서는 곧 오실 겁니다."

왜 저렇게까지 긴장하는 거지? 나는 주위를 둘러보고 여기에 나와 윌슨밖에 없다는 것을 확인했다. 설마 프레드가 공격할까 봐 저러나?

곧 다니엘이 도착했다. 그는 파티션 안쪽으로 들어와서 나를 보더니 빙그레 웃었다. 그리고 윌슨의 어깨를 툭 치며 말했다.

"고맙네. 말해 뒀으니 가기 전에 식사하고 가게."

"네."

윌슨은 바짝 긴장한 모습이었다. 그는 내 쪽은 쳐다보지도 않고 고개를 숙이는 둥 마는 둥 하더니 떠나 버렸다.

나는 내 옆에 앉은 다니엘에게 물었다.

"마법사는요?"

"다른 자리에 대기시켜 놨습니다."

혹시라도 사람이 늘어난 것을 본 프레드가 도망칠까 봐 바로 가까운 자리에 대기시켜 놨다고 했다. 그렇군. 나는 직원이 가져온 차를 홀짝이며 다니엘을 쳐다봤다.

산드라는 그가 뒷골목을 꽉 잡고 있다고 했다. 흠, 요정인데 뒷골목을 잡고 있다고?

"왜 그러십니까?"

내 시선을 느낀 다니엘이 찻잔을 들어 올리며 물었다. 나는 찻잔을 내려놓고 파티션 바깥쪽을 쳐다봤다. 나무를 조각해 만든 파티션은 주변을 적절하게 차단해 주었지만 누군가 이쪽으로 다가오는 것은 알아차릴 수 있는 수준이었다.

"어제 당신이 그랬잖아요. 날 되돌려 보내려고 했다고요."

다니엘의 표정이 굳었다. 그가 그랬다. 그가 나와 가호의 계약을 인수하려 했다고. 나는 파티션 밖으로 내 목소리가 들리지 않도록 조심하며 말을 이었다.

"하지만 가호가 나한테 반응했다는 건 원래 내가 죽었을 수도 있다는 거라고 했고요."

"네."

다니엘은 굳은 표정으로 나를 물끄러미 쳐다보고 있었다. 나는 가장 두려워하던 질문을 내뱉었다.

"당신이 날 돌려보내면 난 죽는 거죠?"

원래 내가 죽음 앞에 있기 때문에 가호가 날 선택한 거라며. 그럼 내가 원래대로 돌아가면 난 죽는 거 아닌가?

내 질문에 다니엘은 잠시 말이 없더니 대답했다.

"아마도요."

그렇군. 생각보다 충격은 적었다. 그다지 현실 감각이 없어서인지, 아니면 내 기억에 하나도 없어서인지 모르겠다. 어쩌면 둘 다인지도 모르지.

나는 이어서 물었다.

"그럼 왜 날 돌려보내려고 한 거예요?"

"돌려보내려고 한 건 아니었습니다."

다니엘은 테이블에 팔꿈치를 대고 나를 쳐다봤다. 그리고 파티션 바깥쪽을 힐끔 쳐다보더니 말을 이었다.

"계약을 제가 인수하면 당신이 원하는 대로 해 줄 생각이었습니다. 돌아가고 싶다면 돌려보내고, 아니라면 그대로 두는 거죠. 저는 그저."

거기까지 말한 다니엘이 한숨을 내쉬었다. 그는 내 손을 잡더니 조심스럽게 말했다.

"당신이 겪은 고통은, 가호와의 계약이 불안정하기 때문에 일어났을 가능성이 커요. 그것은 이곳의 힘이기 때문에 이곳 사람의 소원을 우선하거든요."

무슨 말인지 알겠다. 나는 내가 이 세계에 대해 의문을 품을 때마다 찾아온 두통을 떠올렸다. 그것 말고도 몇 번인가는 생각하던 것을 부자연스럽게 잊어버린 일도 있었던 것 같다.

"무슨 이야기인지 알겠어요."

나는 고개를 끄덕이며 두통이 찾아온 게 이 세계에 대해 의문을 품을 때였다는 것을 이야기했다. 그리고 피식 웃으며 덧붙였다.

"그 힘이 절 이곳이 동화 속이라고 생각하게 하려고 꽤 노력했나 봐요. 두통뿐만이 아니라 욕도 못 쓰게 했거든요."

"욕이요?"

"그러니까."

나는 주변을 둘러보고 다니엘을 향해 몸을 기울였다. 그리고 작게 말했다.

"샤발 같은 거 말이에요."

그 순간 놀랍게도 다니엘의 얼굴이 새빨갛게 달아올랐다. 아니? 무슨 일이야? 설마 샤발이 엄청 야한 욕이었어?

"왜, 왜 그래요?"

나는 깜짝 놀라서 그에게서 몸을 뗐다. 다니엘은 나를 향해 손을 들어 보이더니 고개를 반대편으로 돌렸다. 그리고 더듬거리며 말했다.

"죄, 죄송합니다."

"왜 그래요? 욕 때문에 그래요?"

다니엘이 욕 때문에 이렇게 당황할 줄은 몰랐는데? 어리둥절해하는 내 앞에서 그는 고개를 돌리고 잠시 시간을 갖더니 다시 나를 쳐다봤다.

"그건 저 때문입니다."

"뭐요? 욕이요?"

다시 다니엘의 얼굴이 달아올랐다. 뭔데? 내가 어이없어하자 그는 내 시선을 피한 채 입을 열었다.

"제가 다섯 살 때 일입니다."

그런데? 나는 계속하라는 의미로 아무 말도 하지 않았다. 다니엘은 나를 힐끗 쳐다보더니 다시 얼굴을 붉히며 고개를 숙였다. 그리고 기어들어 가는 목소리로 말했다.

"어머니 앞에서 제가, 그, 그 욕을 했거든요."

"혼났어요?"

"그뿐만이 아니죠. 제게 다시는 그 욕을 하지 않을 것을 맹세하라고 하셨습니다."

뭐, 내가 다섯 살짜리 아들을 둔 엄마라고 해도 그랬을지도 모른다. 나는 턱을 괸 채 그를 쳐다보고 있었다. 다니엘은 나를 다시 힐끔 쳐다보더니 매우 부끄럽다는 표정으로 말을 이었다.

"그리고, 저 혼자만 그 욕을 못 하는 게 억울했던 저는…… 다시 말하지만 전 그때 다섯 살이었습니다."

설마. 어째 말도 안 되는 상상이 머릿속에 떠올랐다. 나는 눈을 크게 뜨고 다니엘을 쳐다봤다. 그의 얼굴이 조금 더 붉어졌다.

"세상에서 그 욕을 없애기로 결심했습니다."

맙소사.

"그 결과예요? 이게? 그러니까, 샤발이?"

"제가 그때 다섯 살이었다는 것을 참작해 주시기 바랍니다."

큰 힘에는 큰 책임이 따른다는 말이 떠올랐다. 지금 상황이랑 맞는지
는 모르겠네. 나는 눈을 가늘게 뜨고 그를 쳐다봤다. 다니엘은 내 시선
에 어쩔 줄 몰라 하더니 다시 내 시선을 피했다.

그게 귀엽게 보였다. 나는 피식 웃으며 다니엘의 머리에 손을 댔다.
다섯 살 다니엘은 지금보다 더 귀여웠겠지. 지금도 귀엽긴 하지만.

나는 그의 머리카락이 흐트러지지 않도록 가볍게 쓸고 손을 내려 그
의 뺨을 감쌌다. 내가 그의 어머니였다면 아들의 귀여운 행동에 배를 잡
고 웃었을 거다. 나는 킬킬거리며 물었다.

"어머니께선 뭐라고 하시던가요?"

"아무 말씀도 안 하셨습니다."

그래? 애 교육을 위해 일부러 아무 말도 안 했나?

다니엘은 자기 뺨을 감싼 내 손 위로 자기 손을 얹더니 나직하게 말했
다.

"요정은 그다지 친밀한 존재가 아니거든요."

"그래요? 이야기 속에는 친밀하게 나오던데요."

그리고 너도. 나는 뒷말은 속으로 삼켰다. 다니엘은 내 말에 쓰게 웃
더니 그대로 내 손을 잡아 입술을 대며 말했다.

"각색된 거죠."

문득 예전에 떠올렸던 생각이 다시 떠올랐다. 사람의 절망에 반응한
다는 그 부분이 요정이라기보다는 악마처럼 느껴졌었다. 나는 가만히
다니엘의 얼굴을 쳐다봤다.

그도 그럴까. 사람의 절망에 반응할까.

어쩐지 그가 가호를 수호하지 않은 이유를 조금은 알 것 같았다. 절망에 반응한다는 건 인간의 가장 최악의 상황을 보게 된다는 것과 비슷하지 않을까.

다니엘에게 키스를 하고 싶었다. 하지만 동시에 망설여졌다. 내가 밀드레드가 된 것은 그가 해야 할 일을 하지 않았기 때문이다. 그리고 나는 원래 내가 어떤 사람인지도 잊어버렸고.

"밀드레드?"

내가 말없이 자신을 쳐다보고만 있자 다니엘이 나를 불렀다. 나는 한숨을 내쉬었다. 그리고 고민을 털어놓았다.

"내가 원래 어떤 사람인지 잊어버린 게 좋은 일인지 나쁜 일인지 모르겠어요."

동시에 다니엘의 얼굴이 굳었다. 그는 뭐라 말하고 싶은 것처럼 입을 열었다가 다물었다. 그리고 잠시 뒤에 다시 입을 열었다.

"지금의 당신에게는 더 나은 일이었을 겁니다."

"그래요?"

"그러니 가호가 당신의 기억을 지운 거겠죠."

그렇게 생각할 수도 있구나. 나는 다시 한숨을 내쉬었고 몸을 기울여 다니엘의 입술에 입을 맞췄다. 그렇다면 됐다. 어차피 내게 미래란 신데렐라 속 계모로서의 미래뿐이었다.

여기가 신데렐라가 아니라면, 그리고 내 미래가 정해진 게 아니라면 현재에 집중하는 게 가장 옳은 선택일 것이다.

"밀드레드."

다니엘이 신음처럼 내 이름을 불렀다. 그는 내 뺨을 감싸더니 내 입술을 조심스럽게 빨았다. 그리고 내 상태를 살피는 것처럼 내 눈동자를 들여다봤다.

괜찮다. 괜찮지 않지만 괜찮아질 것이다. 나한테는 아이들이 있다. 왕자비가 되고 싶어 하는 아이리스와 화가가 되고 싶어 하는 릴리. 그리고 나와 함께 오래 있고 싶어 하는 애슐리가 있다.

그리고 다니엘도 있지.

나는 한 번 더 그의 입술에 입을 맞추고 파티션 바깥쪽으로 시선을 던졌다. 약속 시간이 지나가는데 프레드가 아직도 안 왔다는 게 이상하게 느껴졌다.

"늦는데요."

다니엘 역시 파티션 바깥쪽을 쳐다보고 있었다. 나는 그를 한 번 쳐다보고 자리에서 일어났다. 그리고 혹시나 싶어서 입구로 고개를 내밀었다.

점심시간 전이라 손님이 하나둘 들어오고 있었다. 하지만 들어오는 사람 중에 프레드는 보이지 않았다.

붕대로 얼굴을 칭칭 감은 남자를 못 봤을 리가 없다.

"잠시만 기다려 주세요. 확인해 보고 오겠습니다."

다니엘이 그렇게 말하고 밖으로 나갔다. 그는 윌슨과 지배인에게 뭔가를 묻더니 다시 내게로 돌아왔다. 그리고 한쪽 눈썹을 들어 올리며 말했다.

"주변에 이상한 사람을 본 적 없는지 물어봤는데 아무도 못 봤다는군요."

"무슨 일이 일어난 걸까요?"

프레드는 편지에 분명 의사와 로니 해리스를 데리고 오겠다고 했다. 하지만 집이 아니라 시내의 식당에서 보자고 했지. 이유는 간단했다. 의사와 로니 둘 다 시간을 잠깐 빼는 거라 집까지 오는 건 시간이 너무 걸린다는 게 이유였다.

"글쎄요."

다니엘은 가슴 앞으로 팔짱을 끼더니 눈을 가늘게 떴다. 기분이 별로 좋지 않다. 나는 가져온 핸드백을 챙기며 말했다.

"집으로 가요."

33

누군가의 편

"애슐리, 뭐해?"

서재 앞에서 애슐리를 발견한 릴리가 물었다. 애슐리는 책을 들고 어디로 갈지 고민하고 있었다. 오늘 그녀가 해야 할 일은 반 정도밖에 하지 못했지만 그래도 어제 읽다 만 책의 다음 내용이 궁금해서 견딜 수가 없었기 때문이다.

그녀는 릴리를 보고 목소리를 낮춰 말했다.

"책 읽고 싶은데, 아이리스 몰래 읽으려고."

무슨 말인지 알겠다. 릴리의 얼굴에 미소가 떠올랐다. 그녀도 자신이 할 일을 하지 않고 놀면 아이리스가 얼마나 잔소리를 하는지 안다.

오히려 자기 할 일은 알아서 하라는 방임주의인 어머니보다 아이리스가 더 잔소리가 많을 정도다.

그녀는 써야 할 편지지를 들어 보이며 말했다.

"온실로 가. 거긴 아이리스도 잘 안 들어가니까."

온실은 릴리의 성역이나 다름이 없다. 아이리스도 어지간하면 온실은 건들지 않았다. 애슐리는 그녀의 비행을 눈감아 주는 릴리에게 고맙다고 말하고 온실로 향했다.

"릴리, 애슐리 봤어?"

몇 분 후, 서재에 들이닥친 아이리스가 릴리에게 물었다. 마샤에게 편지를 쓰고 있던 릴리는 고개를 들지도 않은 채 무심하게 대답했다.

"아니."

"얘 어디 갔지? 오늘까지 손수건에 수놓기로 했는데!"

"알아서 하겠지."

"알아서 한단 말에 믿었다가 일주일째야."

저렇게 보면 아이리스가 엄마 같다. 릴리는 피식 웃으며 고개를 절레절레 흔들었다. 아이리스는 서재를 돌아보더니 서재 문손잡이를 잡으며 말했다.

"온실에 있나?"

그 순간 릴리는 고개를 번쩍 들었다. 아이리스가 온실로 가면 안 된다. 그녀는 애슐리를 숨겨 주기 위해 재빨리 말했다.

"거기 없어. 내가 방금 거기서 나왔거든."

"그래?"

그럼 어디로 갔지? 아이리스는 릴리의 말을 의심하지 않고 인상을 썼다. 그리고 문을 열며 말했다.

"그럼 후원에 있나?"

최근에 정원을 다시 관리하려고 꽃을 심었다. 모종보다 씨가 더 싸기 때문에 모종 반, 씨 반으로. 아이리스는 애슐리가 꽃씨에서 싹이 나는 것을 신기해했던 것을 기억해냈다.

정신없이 꽃 구경하는 거 아냐? 아이리스가 그렇게 생각하며 밖으로 나가자 릴리는 한숨을 내쉬었다.

얼른 쓰고 온실로 가서 애슐리를 숨겨 줘야겠다. 릴리는 그렇게 생각하며 마샤에게 쓰는 편지를 마무리했다. 그리고 편지지를 집어 이번에는 패트리샤에게 편지를 쓰기 시작했다.

그러자 이번에는 루인이 서재 문을 노크하더니 슬쩍 고개를 내밀고 물었다.

"아가씨, 안에 애슐리 아가씨도 계십니까?"

오늘따라 애슐리를 찾는 사람이 많네? 릴리는 펜을 든 채 루인을 똑바로 쳐다보며 물었다.

"아뇨, 왜요?"

릴리의 질문에 루인은 잠시 입을 다물었다. 그가 애슐리를 찾는 이유는 다니엘이 아침에 집을 떠나면서 아이들을 주의 깊게 살피라고 지시했기 때문이다. 특히 애슐리를 지켜보라고 말했었다.

하지만 릴리는 그 사실을 모르는 눈치였고 루인의 경험상 상대가 모르는 것은 주인 허락 없이 말해서는 안 되는 사안이었다.

"아까 아이리스 아가씨께서 찾으시기에 저도 찾고 있습니다."

"온실엔 없을 거예요. 내가 아까 거기서 나왔거든요."

"알겠습니다."

이 층을 찾아봐야겠군. 루인은 릴리의 말에 고개를 끄덕이고 물러났다. 그의 등에 대고 릴리가 편지를 다 쓰면 자신도 찾아보겠다고 말하는 게 들렸다.

릴리가 애슐리를 찾는 것을 기다릴 수는 없다. 루인은 그대로 이 층으로 올라가 창문 밖으로 저택 밖을 살폈다. 다행히 저택 밖에 사람은 아무도 없었다.

적어도 애슐리 아가씨가 집 안에 있다는 말이군. 루인은 그렇게 생각하며 한숨을 내쉬었다.

애슐리는 온실에 앉아서 책을 읽고 있었다. 그라함의 민담집. 아직 다 못 읽었다. 그녀가 가장 좋아하는 이야기는 요정의 티타임이었다.

달이 환하게 뜬 이튿날, 풀밭에 하얀 돌이 동그랗게 원을 그린 것처럼 놓인 현상이 나타난다. 그라함은 그게 요정이 밤새 티타임을 즐긴 현장이라고 이야기하고 있었다.

하얀 돌 위에 요정들이 앉아서 가운데에 요정의 음식을 놓고 밤새 즐거운 시간을 보낸다는 것이다.

요정의 음식이 뭘까.

애슐리의 머릿속에 동그랗고 귀여운 슈와 부드럽고 쌉쌀한 티라미수가 떠올랐다. 요정들은 그런 달콤한 것들만 먹고사는지도 모른다.

"티라미수 먹고 싶다."

애슐리는 그렇게 중얼거리며 긴 의자에 벌렁 누웠다. 치맛자락이 무릎 위까지 올라왔지만 그녀는 신경 쓰지 않았다. 그대로 커다란 책에 코를 박고 책을 읽는 그녀의 뒤 유리창으로 남자가 다가왔다.

프레드는 둥근 지붕 저택 근처로 다가오긴 했다. 하지만 집사가 그를 들여보낼 리가 없다는 것을 잘 알았다. 그는 조심스럽게 바깥쪽에 돌출된 온실로 향했다.

온실은 정원과 통하는 문이 있기 마련이다. 프레드는 이 집이 온실을 거의 안 쓴다는 것도 알고 있었다. 온실을 통해 집 안으로 들어가면 된다. 그렇게 생각하고 돌을 주워든 그는 살짝 열린 창문을 발견했다.

저기로 들어갈 수 있을까? 프레드는 창문으로 다가갔다가 창문 바로 앞에 놓인 의자에 드러누운 여자를 발견했다.

반짝이는 금발이 햇빛을 받아 반짝였다. 책 아래 애슐리의 얼굴을 본 프레드의 움직임이 멈췄다. 누구지? 그는 애슐리의 미모에 눈을 떼지 못했다.

그 순간 애슐리도 프레드를 발견했다. 그녀가 깜짝 놀라 비명을 지르려는 찰나 프레드가 재빨리 소리쳤다.

"나다, 아빠."

애슐리는 멈칫하고 남자를 쳐다봤다. 얼굴을 붕대로 감은 남자는 손으로 자신의 가슴을 열심히 치고 있었다. 혹시라도 애슐리가 비명을 질러서 누군가 뛰어오면 곤란하다.

애슐리는 비명을 지르려고 입을 벌렸다가 멈췄다. 아빠라고? 그녀는 눈을 크게 뜨고 붕대로 얼굴을 감은 남자를 쳐다봤다. 그리고 조심스럽게 창문에 다가가 조금 더 틈을 벌렸다.

"아, 아빠?"

애슐리는 지금 이 상황을 믿을 수가 없었다. 이 남자가 아버지가 아닐 거라는 생각 때문이 아니었다. 그녀는 얼마 전까지만 해도 죽은 줄 알았던 아버지가 살아 돌아오는 꿈을 꿨으니까.

죽었다고 알려진 그녀의 아버지가 사실은 살아 있었고 아주 많은 돈을 벌어서 돌아오는 거다. 그리고 애슐리를 끌어안고 보고 싶었다고 말해 주는 꿈을 꿨다.

하지만 더 이상은 아니었다. 그녀는 어머니의 관심과 사랑을 얻고 있었고 아버지 대신이라고 하기는 우습지만 다니엘 월포드 남작도 있었다. 애슐리는 더 이상 아버지가 살아 돌아올 거라는 생각 자체를 안 하게 됐다.

그런데 자신을 아빠라고 주장하는 남자가 나타난 것이다.

"그래, 나다. 애, 애슐리."

프레드는 밀드레드에게 들었던 딸 이름을 떠올리고 반갑다는 듯 그녀를 불렀다. 그리고 재빨리 창문에 달라붙어서 말했다.

"보고 싶었다. 내가 얼마나 널 보고 싶어 했는지 아니?"

얼어붙었던 애슐리의 몸이 흔들렸다. 그녀의 꿈에서도 그랬었다. 죽은 줄 알았던 아버지는 만나자마자 그녀를 끌어안으며 얼마나 보고 싶어 했는지 아냐고 말해 주었다.

"아, 아빠."

애슐리는 창문에 달려가서 틈 사이로 손을 뻗었다. 다행이다. 그녀의 아버지가 돌아왔다. 애슐리의 눈에서 눈물이 흘러나오기 시작했다.

"아가씨, 혹시 온실에서 애슐리 아가씨 보셨어요?"

릴리가 패트리샤에게 보내는 편지까지 다 썼을 때 이번에는 애나가 들어와서 물었다. 오늘 무슨 날인가? 릴리는 편지 위의 잉크가 마르도록 손부채질을 하며 말했다.

"못 봤는데. 무슨 일 있어요?"

루인처럼 애나도 쉽게 대답하지 못했다. 그녀는 밀드레드에게 애슐리를 잘 봐 달라는 지시를 받았기 때문이다. 한 시간 전까지만 해도 자기 방에서 수를 놓고 있던 애슐리가 방금 가 보니 사라졌다.

"그냥, 방에 안 계셔서요."

애나의 말에 릴리는 잉크가 마른 편지를 착착 접어 봉투에 넣고 봉했다. 그리고 일어나며 말했다.

"집 안에 있겠지. 내가 찾아볼게요."

"온실에 계신 게 아닐까요?"

아닌 게 아니라 바로 그 온실에 있다. 지금까지 릴리는 사람들의 관심을 온실에서 치우기 위해 이런저런 거짓말을 해 왔다. 그녀는 모른 척 어깨를 으쓱해 보이며 말했다.

"아깐 없었는데. 지금 내가 가 볼게요."

"같이 가요."

애나가 따라붙었다. 할 수 없지. 릴리는 어깨를 으쓱하고 온실로 향했다. 그녀가 애슐리를 감싸 주는 것도 이게 최선이다.

게다가 지금쯤이면 애슐리도 만족할 만큼 책을 읽지 않았을까.

"네가 얼마나 보고 싶었는지……."

온실 안에 들어온 프레드가 애슐리의 손을 잡으며 말했다. 애슐리가 아니었다면 들어오지 못했을 것이다. 그는 온실 문을 찾지도 못했으니까.

하지만 애슐리는 죽은 줄 알았던 아버지가 살아 돌아왔다는 기쁨에 프레드가 온실 문을 찾지 못했다는 건 깨닫지도 못하고 있었다. 그녀는 프레드의 손을 잡고 눈물을 흘렸다.

"얼굴은 어떻게 되신 거예요?"

"배에서 떨어지면서 그만…… 하지만 괜찮아. 널 볼 수 있는 눈은 멀쩡하니 됐어."

"아빠……."

애슐리는 눈물을 흘리며 프레드를 끌어안았다. 프레드는 자신을 끌어안는 애슐리의 등을 쓰다듬으며 씩 웃었다. 역시 쉽다니까.

그 여자가 이상하게 어려웠던 거다. 그의 머릿속에 밀드레드 반스 부인이 떠올랐다. 보통은 죽은 줄 알았던 남편이 살아 돌아왔다고 하면 기뻐하며 의심도 못 하기 마련이다.

하지만 그녀는 아니었다. 죽은 남편이 살아 돌아온 것을 기뻐하지도 않았고 집요할 정도로 의사를 만나야겠다고 주장했다.

다른 남자가 생긴 거겠지. 그는 속으로 코웃음을 치며 밀드레드의 곁에 있던 남자를 떠올렸다. 아무래도 반스 부인은 얼굴을 꽤 보는 모양이다. 죽은 프레드도 상당한 미남이었지만 그녀의 곁에 있던 윌포드 남작은 잘생겼다는 말만으로는 부족했으니까.

"지금까지 어디서 어떻게 지내셨어요?"

애슐리는 눈물을 흘리며 물었다. 마지막으로 봤을 때보다 아버지가 말랐기 때문이었다. 그녀는 아버지가 고생한 게 분명하다고 생각했다.

그런 애슐리에게 프레드가 침통한 목소리로 말했다.

"국내에 들어온 지 좀 됐지. 널 만나고 싶어서 몇 번이나 찾아왔는데……."

찾아왔다고? 애슐리의 눈이 커졌다. 아버지가 이미 자신을 찾아온 줄은 몰랐다. 그것도 모르고 그녀는 편안하게 살고 있었다.

죄책감에 다시 애슐리의 얼굴이 눈물로 얼룩졌다. 프레드는 그녀가 눈물을 흘리는 것을 보고 일부러 뜸을 들이며 말했다.

"네 어머니가 널 만나는 것을 허락해 주지 않더구나."

일부러 애슐리가 밀드레드에게 적의를 갖도록 하기 위한 말이었다. 그래야 애슐리를 조종하기가 쉬워지니까.

그는 애슐리가 밀드레드를 잘 따르지 않는다는 것을, 그리고 밀드레드도 애슐리를 곤란해한다는 이야기를 들어 알고 있었다. 하지만 그사이에 두 사람의 사이가 좋아졌으리라고는 꿈에도 생각하지 못했다.

"어, 어머니께서요?"

생각도 못 한 말에 애슐리는 깜짝 놀라서 눈을 크게 떴다. 프레드는 그런 그녀를 다독이는 시늉을 하며 말했다.

"네 어머니도 외로웠겠지. 곁에 다른 남자가 있더구나."

애슐리의 표정이 굳었다. 그녀도 어머니와 윌포드 남작님이 보통 사이가 아니라는 것은 알았다. 하지만 그 말이 살아 돌아온 아버지 입에서 나올 줄은 몰랐다.

"애슐리."

프레드는 일부러 뜸을 들이며 입을 열었다. 여기서 애슐리와 밀드레드의 사이를 이간질해야 한다. 그래야 애슐리가 밀드레드가 숨겨 둔 돈을 그에게 줄 테니까.

그는 안됐다는 듯 말했다.

"네 어머니는 그리 좋은 사람이 아니었지. 그런 여자 밑에 너만 두고 가서 미안하다."

애슐리는 믿을 수 없다는 듯 프레드를 쳐다봤다. 방금 전까지만 해도 그녀를 위해 모진 고난을 헤치고 살아 돌아온 아버지가 아주 멀게 느껴졌다. 아니, 남처럼 느껴졌다.

어머니는 아버지 없이 그녀를 포함한 세 딸을 키웠다. 그런 어머니한테 어떻게 도착하자마자 좋은 사람이 아니라는 말을 할 수 있지? 프레드를 쳐다보는 애슐리의 시선에 의심이 담겼다.

다른 사람은 몰라도 프레드만은 밀드레드를 좋은 사람이 아니라고 말해서는 안 됐다. 애슐리의 머릿속이 차가워졌다.

그녀는 프레드에게서 물러나며 물었다.

"어머니께서 저와 아버지를 만나지 못하게 했다면 이유가 있었겠죠."

경황이 없을 때는 아빠라고 불렀던 호칭이 애슐리가 정신이 들자 아버지로 바뀌었다.

귀족은 어릴 때부터 부모를 아버지와 어머니로 부르도록 가르친다. 애슐리가 아빠라고 했던 것은 그녀가 귀족으로 자라지 않았기 때문이었다.

하지만 정신이 든 애슐리가 생각해 보니 진짜 그녀의 아버지는 아빠라 부르는 것을 좋아하지 않았다. 그가 밀드레드와 결혼하기 전에 귀족 출신 부인에게 부끄럽다는 이유로 아빠라고 부르면 호되게 혼냈던 기억이 났다.

이상한 느낌이 들었다. 애슐리는 눈앞의 남자를 이상한 사람 보듯 쳐다봤다. 그건 어떤 촉이었지만 애슐리는 그것을 쉽게 받아들이지 못했다.

혹시라도 진짜 살아 돌아온 아버지라면 미움받고 싶지가 않았다. 크게 다쳐서 얼굴에 붕대까지 감아야 하는 아버지에게 못되게 굴고 싶지도 않았다.

"아빠가 딸을 본다는데 방해할 이유가 뭐가 있겠니?"

프레드는 애슐리가 자신의 말을 믿지 않으려는 것 같자 좀 더 적극적으로 그녀와 밀드레드 사이를 이간질하기 시작했다. 그는 애슐리를 향해 팔을 벌리며 말했다.

"애슐리, 그 여자 옆에 남자가 있는 걸 봤잖니? 그 여자는 내가 널 위해 남긴 재산을 빼돌리려는 심산이라는 걸 모르겠니?"

아버지가 날 위해 재산을 남겼다고? 애슐리의 눈이 커졌다. 그랬으면 좋겠다. 돈 때문에가 아니라 아버지가 그만큼 자신을 생각했으면 좋겠다는 희망이 그녀의 마음속에 차올랐다.

"절 위해서 재산을 남겨 두셨어요?"

"그래! 내가 널 위해 보석과 돈을 남겨 뒀는데. 네 어머니라는 여자가 자신만 쓰고 네게 한 푼도 안 준 모양이구나. 고얀……."

다시 애슐리는 프레드의 말 속에서 이상함을 느꼈다. 그녀가 아는 한 그녀의 어머니는 자신만 뭔가를 산 적이 없었다. 작년에 아이리스와 릴리에게만 옷을 사 준 적이 있기는 했다.

하지만 올해 들어서는 셋 중 한 명에게 드레스를 사 줘야 한다면 다른 두 명에게도 꼭 같이 사 줬었다.

"어, 어디에요?"

"어디라니? 역시 네 어머니가 말 안 한 모양이구나."

프레드는 그렇게 말하며 속으로 웃었다. 어쩌면 그의 생각보다 훨씬 더 일이 쉽게 처리될지도 모른다는 생각이 들었다.

그는 짐짓 심각한 표정으로 말했다.

"네 어머니가 귀금속을 보관하는 장소가 어딘지 알고 있니?"

다시 애슐리의 촉이 일어났다. 그녀는 망설이다가 말했다.

"네."

"거기야! 거기 숨겨 둔 게 분명해!"

프레드는 반색하며 외쳤다. 하지만 그와 정반대로 애슐리의 표정이 가라앉았다. 그녀는 혼란스러운 눈으로 그를 쳐다보며 물었다.

"거긴 텅 비어 있어요. 당신, 정말 우리 아버지 맞아요?"

프레드의 움직임이 멈췄다. 그는 물끄러미 애슐리를 쳐다보더니 쉰 목소리로 말했다.

"나, 나다, 애슐리. 네 아빠."

애슐리는 프레드에게서 아주 조심스럽게 물러났다. 눈 색이 프레드와 비슷했다. 키도 목소리도 비슷했다. 하지만 그녀의 아버지가 아니었다.

"내 생일이 언젠지 알아요?"

애슐리는 다시 한 걸음 물러나며 물었다. 프레드는 눈을 가늘게 뜨고 그녀를 쳐다보더니 빙그레 웃었다.

내가 잘못 생각했나? 뒤로 물러나려던 애슐리는 프레드의 눈이 휘어지는 것을 보고 멈칫했다. 진짜 아버지인 걸까?

아직도 희망을 버리지 못하는 애슐리에게 다가간 프레드가 그녀에게 손을 뻗으며 말했다.

"여름이었나?"

아버지가 아니었다. 애슐리는 후다닥 뒤로 물러나려 했지만 그것보다 프레드가 더 빨랐다. 그는 도망치려는 애슐리의 팔을 움켜잡으며 쉰 목소리로 속삭였다.

"틀렸나 보군. 네 아버지가 한 번도 네 생일을 이야기한 적이 없어서 말이야."

애슐리의 심장이 툭 떨어졌다. 아버지가 아니었다. 설마설마했지만 정말로 아버지가 아니었다.

그녀의 눈에 눈물이 맺힌 순간 온실 문이 열렸다.

"애슐리! 있어?"

릴리는 애나와 함께 온실로 들어가며 자신이 간다는 것을 알리기 위해 큰소리로 외쳤다. 혹시라도 그녀가 긴 의자에 드러누워 있다면 자세를 고칠 시간을 주기 위해.

하지만 아무 소리도 들리지 않았다. 아니, 정확히 말하면 애슐리의 목소리는 들리지 않았다.

이상하다. 릴리는 부스럭거리는 소리에 고개를 갸웃하며 안으로 들어갔다. 설마 얘가 잠들었나?

"조용히 해."

프레드는 애슐리의 입을 막은 채 그녀를 끌고 온실 밖으로 나가려 하고 있었다. 원래 계획은 애슐리를 속여 집 안의 돈을 가져오게 하려는 거였다.

하지만 그녀에게 들켰다. 이대로 애슐리를 두고 간다면 그녀가 이 집 사람들에게 그가 진짜 프레드가 아니라고 떠들어댈 것이다.

그러면 곤란해진다. 그는 돈이 필요했다.

프레드는 애슐리를 끌고 가려다 릴리가 하녀를 데리고 들어오는 소리에 우뚝 멈췄다. 동시에 애슐리가 거세게 버둥거리기 시작했다.

"가만히 있어. 안 그러면 널 죽이고 저년도 죽여 버릴 테니까."

프레드가 협박하자마자 애슐리의 반항이 멈췄다. 그녀는 자신 때문에 릴리가 다치는 것만은 피하고 싶었다.

왜 그렇게 멍청했을까. 애슐리는 눈물을 흘리면서 후회했다. 아버지가 살아 있을 거라고, 언젠가 돌아올 거라고, 그녀를 생각하고 있을 거라고 믿었다니.

자신이 너무 멍청하게 느껴져서 견딜 수가 없었다.

애슐리도 사실은 그러지 않을까 하고 생각했었다. 어쩌면 그녀의 아버지는 그녀에게 관심이 없는 건지도 모른다고. 그렇지 않고서야 하나뿐인 딸을 남겨 두고 제대로 들여다보지도 않을 리가 없으니까.

하지만 애써 그렇게 생각하지 않으려 했다. 그렇게 생각해 버리면 너무 슬프다. 아무도 그녀를 사랑하지 않는다는 말이니까.

"애슐리!"

이상함을 느낀 릴리는 성큼성큼 안으로 들어왔다가 애슐리와 프레드를 발견했다. 그녀는 깜짝 놀라서 그 자리에서 멈춰 섰다. 그리고 프레드를 보고 말했다.

"다, 당신 누구야?"

릴리의 뒤에서 그녀를 따라왔던 애나가 악! 하고 소리를 지르는 게 들렸다. 프레드는 애나에게 시선을 던졌다가 릴리를 쳐다봤다.

그래 봤자 여자 둘. 애슐리까지 합해도 여자 셋일 뿐이다.

하지만 집 안에 있는 다른 남자들이 뛰어오면 곤란하다. 그는 품을 뒤져 주머니칼을 꺼냈다. 그리고 애슐리의 목에 대며 소리쳤다.

"너희도 조용히 해. 이 계집애가 오늘 저녁까지 살아 있는 꼴을 보고 싶으면 말이야."

힉 하고 애나가 신음을 내뱉었다. 릴리는 반사적으로 그녀를 쳐다봤다가 두 손을 들어 올리며 프레드에게로 다가갔다. 그사이 애나가 달려 나가서 사람을 불러오면 좋으련만.

하지만 겁에 질린 애나는 얼어붙은 듯 그 자리에 서 있었다.

"원하는 게 뭐야? 애슐리를 놔주면 들어줄게."

"아니, 아니지. 입만 산 아가씨. 네가 먼저 내가 원하는 걸 가져와야 이 계집애를 놔줄 거야."

이쯤 했을 때 애나가 슬쩍 나가서 사람을 불러 줬으면 좋겠는데. 릴리는 그렇게 생각했지만 여전히 애나는 얼어붙어 있었다.

프레드가 애슐리를 찌를까 봐 애나를 돌아볼 수도 없었다. 답답해 죽겠네. 릴리는 얼어붙어 있는 애나를 한심하게 생각했다.

하지만 애나는 너무 놀라서 아무 생각도 할 수가 없었다. 그녀는 눈을 크게 뜬 채 프레드를 뚫어져라 쳐다보고 있었다. 결국 릴리가 애나에게 손을 뻗으며 말했다.

"원하는 게 뭔데? 하녀보고 가져오라고 할 테니 말해."

그제야 애나가 정신을 차렸다. 그녀는 릴리를 쳐다보고 다시 프레드에게 고개를 돌렸다. 그리고 부들부들 떨면서도 고개를 끄덕였다.

여기서 나가야 한다. 나가서 사람을 불러와야 한다. 애나의 머릿속에 그런 생각이 떠올랐다.

프레드는 그런 애나와 릴리를 번갈아 쳐다보고 있었다. 어떻게 해야 할까. 그가 원하는 건 하나뿐이다. 돈.

죽은 프레드는 그에게 몇 번이나 자신의 부인이 얼마나 부자인지, 그리고 얼마나 좋은 집안 출신인지 자랑하곤 했다.

밀드레드 반스 부인. 그녀에게 돈이 있을 것이다. 그는 얼마 전 반스 부인이 우연히 집에서 발견한 그림을 팔아 큰돈을 벌었다는 소문도 떠올렸다. 사실 그것 말고도 반스 부인에 대한 소문을 이것저것 많이 들었다.

드레스를 고안해내서 인기를 끌었다는 소문도 있었고 환상적인 음식을 만들어 냈다는 소문도 들었다. 하지만 그는 밀드레드가 그걸로 돈을 벌었을 줄은 생각도 못 했기 때문에 무시했다.

"돈. 돈을 가져와."

프레드는 애슐리를 잡고 뒤로 물러나며 말했다. 돈을 가지고 이 집만 빠져나가면 된다. 어차피 그의 진짜 얼굴은 여기 있는 사람들에게 보여 준 적이 없다.

그는 그가 원하는 대로 돈만 주면 떠나 줄 생각이었다. 하지만 무사히 떠나기 위해 필요한 게 또 있었다. 그는 재빨리 덧붙였다.

"그리고 마차도."

애슐리를 끌고 가려면 마차가 필요하다. 그가 다가오는 것을 누가 볼까 봐 일부러 마차도 타지 않고 걸어온 탓에 그는 이동 수단이 없었다.

릴리는 프레드의 요구에 입술을 깨물었다. 마차는 있다. 월포드 남작님의 마차는 모두 두 대. 한 대는 이인승이고 한 대는 사인승으로 아까 어머니가 타고 나간 건 이인승이었다. 그러니 사인승 마차가 남아 있을 것이다.

하지만 그녀는 프레드가 마차를 요구한 이유를 알았다. 애슐리를 끌고 가려는 거다. 절대 그렇게 둘 수 없다.

그녀는 프레드를 노려보며 말했다.

"돈은 줄 수 있어. 하지만 마차는 없어."

릴리는 그렇게 말하며 애나를 쳐다봤다. 그녀가 시간을 끄는 동안 빨리 가서 사람을 불러오라는 신호였다. 다행히 그녀의 신호를 알아차린 애나가 뒷걸음질로 주춤주춤 물러나기 시작했다.

"움직이지 마!"

"아아악!"

하지만 애나의 움직임에 자극받은 프레드가 애슐리의 목에 칼을 누르며 소리쳤다. 그와 동시에 애슐리가 비명을 질렀고 뒷걸음질 치던 애나역시 놀라서 비명을 질렀다.

"애슐리한테 손대지 마!"

릴리는 깜짝 놀라서 소리쳤다. 애슐리의 목에 흠집 하나만 나 봐. 그녀는 프레드를 노려보며 재빨리 변명했다.

"애나는 당신이 요구한 돈을 가지러 가는 것뿐이야."

"마차는!"

프레드의 고함에 릴리가 입술을 깨물고 말했다.

"지금 남은 마차가 없어. 마차를 타려면 나가서 불러와야 한다고."

"거짓말하지 마!"

프레드는 릴리의 말이 거짓말이라고 생각하고 소리쳤다. 이 집이 얼마나 부유한지 귀가 따갑도록 자랑을 들었다. 그게 허풍이라고 생각하지 못한 그는 당연히 반스가의 마차가 여러 대일 거라고 생각하고 있었다.

"지, 진짜예요."

프레드에게 잡힌 애슐리가 울먹이며 말했다. 그녀도 집에 사인승 마차가 남아 있다는 것을 알았지만 릴리가 거짓말하는 데는 분명 이유가 있을 거라고 생각했다.

그녀는 릴리를 돕기 위해 홀쩍이며 말을 이었다.

"진짜로 마차는 없어요. 아침에 남작님과 어머니께서 각각 타고 나가셨단 말이에요."

애슐리의 말에 프레드는 잠시 말을 잃었다. 이 집에 마차가 없다고? 그는 잠시 넋을 잃고 릴리를 쳐다보다가 곧 정신을 차렸다. 이럴 때가 아니다.

"그럼 마차를 불러와! 어서!"

"불러올 거야, 불러올 테니까 좀 기다리라고."

"안 불러오고 뭐 해? 빨리 불러와!"

프레드의 고함에 릴리는 말도 안 된다는 표정을 지었다. 애나는 사람들의 도움을 구하기 위해 나갔다. 여기서 릴리까지 마차를 불러온다고 나가 버리면 온실에는 애슐리와 프레드만 남는다.

그녀는 절대로 프레드와 애슐리만 남겨 둘 생각이 없었다.

"난 애슐리를 당신과 단둘이 두고 나가지 않을 거야."

"릴리!"

릴리의 말에 애슐리가 깜짝 놀라서 소리쳤다. 그녀도 안전하게 나갔으면 좋겠다. 하지만 한편으로는 릴리가 자신을 이 남자와 단둘이 두고 가지 않아서 안심이 되기도 했다.

"애슐리!"

그때 온실 밖에서 아이리스가 소리쳤다. 그녀는 달려나간 애나에게 소식을 듣고 달려왔지만 하인들이 막는 바람에 들어올 수가 없었다.

"아가씨, 괜찮으십니까?"

루인은 다른 하인들에게 아이리스를 맡긴 뒤 온실로 들어와 애슐리에게 물었다. 그녀는 프레드에게 잡혀 새하얗게 질린 얼굴로 고개를 끄덕였다.

같은 시각, 밀드레드와 다니엘이 탄 마차는 시내를 달리고 있었다. 집으로 돌아가려면 시간이 좀 걸린다. 밀드레드는 굳은 표정으로 창밖을 쳐다보고 있었다.

집에는 사람이 많다. 요리사를 포함해서 다니엘의 하인만 셋, 집사, 하녀까지 둘이니 총 여섯 명이다. 그러니 그녀의 아이들은 안전할 것이다.

하지만 그럼에도 프레드가 약속 시간이 지나도록 약속 장소에 나오지 않았다는 게 찝찝했다. 단순히 일이 생겨서 못 나온 걸까. 그녀가 다니엘에게 그렇게 물어보려 했을 때였다.

갑자기 다니엘의 얼굴이 굳었다. 그는 밀드레드의 손을 잡더니 나직하게 말했다.

"집에 일이 생긴 것 같습니다."

"일이요? 무슨 일이요?"

"모르겠습니다. 하지만……."

절망이 느껴진다. 작고 희미했지만 누군가의 절망이었다. 다니엘은 전에도 집에서 누군가의 절망을 느낀 적이 있었다. 거쉰이 너무 졸이는 바람에 딱딱해진 잼을 만들었을 때였다.

다행히 재료는 더 남아 있었고 거쉰은 누군가 눈치채기 전에 딱딱해진 잼을 버리고 새로 만듦으로써 절망을 떨치고 일어났다.

다니엘은 거쉰의 이야기를 하고 덧붙였다.

"이번에도 요리사일 수 있습니다만……."

아이들 중 한 명일 수도 있다. 다니엘이 차마 하지 못하는 말을 깨달은 밀드레드의 얼굴이 하얗게 질렸다. 어떻게 하지? 마차는 아직도 시내를 지나고 있었다.

다니엘은 밀드레드가 여기가 어딘지 확인하는 것을 보고 그녀의 손을 잡은 손에 힘을 줘었다. 그것을 느낀 밀드레드가 그를 돌아보았다.

"집으로 당장 갈까요?"

"갈 수 있어요?"

있으면 당장 가야지! 밀드레드의 격렬한 반응에 다니엘은 쓰게 웃었다. 그는 밀드레드를 잡아당기며 말했다.

"이쪽으로 오세요."

이쪽으로? 밀드레드는 그가 어떻게 하려는 건지도 모르면서 아이들 걱정에 시키는 대로 다니엘의 무릎에 앉았다. 그는 밀드레드를 끌어안으며 말했다.

"조금 어지러울 겁니다."

다음 순간, 마차 안이 텅 비었다.

"돈을 가져오라고 했을 텐데!"

프레드는 애나가 사람을 불러왔다는 사실에 버럭 고함을 질렀다. 그리고 애슐리를 꽉 잡은 채 온실 문을 열었다. 도망가야 한다. 이 계집애를 방패로 하면 아무도 그를 공격하지 못할 것이다.

잠깐 루인의 시선이 프레드의 뒤를 향했다. 하지만 프레드가 깨닫기 전에 다시 루인의 시선이 애슐리에게로 돌아갔다.

"네 엄마에게 말해! 딸을 되찾고 싶으면 돈을 가져오라고!"

그 순간 루인이 옆에 있던 화분을 발로 차서 깨버렸다. 퍽! 하는 소리와 함께 모든 사람의 시선이 루인을 향했다.

"뭐, 뭐 하는 짓이야!"

프레드가 소리쳤다. 루인은 다시 옆의 화분을 향해 발을 들어 올렸다. 얘 왜 이래? 릴리와 애슐리도 놀라서 눈을 크게 떴다.

"무슨 꿍꿍이야!"

프레드가 그렇게 소리친 순간 루인이 두 번째 화분을 발로 차서 깨트려 버렸다. 퍽! 하고 다시 화분이 깨지고 흙과 식물이 바닥에 떨어져 내렸다.

"애슐리!"

다들 루인의 기이한 행동에 정신이 팔려 있는 순간 밀드레드가 나타났다. 그녀는 프레드의 등 뒤로 접근해서 애슐리에게 신호를 보내는 것과 동시에 있는 힘껏 프레드의 다리 사이를 걷어찼다.

"……!"

프레드는 비명조차 지르지 못하고 그대로 쓰러졌다. 그의 팔 힘이 풀린 사이 애슐리가 비틀비틀 빠져나오자 밀드레드는 재빨리 애슐리를 끌어당겨 자신의 몸으로 그녀의 몸을 프레드에게서 가렸다.

"어머니!"

"애슐리!"

릴리가 밀드레드와 애슐리에게 달려오는 것과 동시에 온실 밖에서 하인들을 뿌리친 아이리스가 달려왔다. 애슐리는 밀드레드를 끌어안고 엉엉 울었다.

루인은 쓰러진 프레드를 잡아 일으켜 세웠다. 그리고 여전히 끙끙거리는 프레드의 붕대를 벗겨 냈다.

"헉!"

붕대를 벗긴 프레드의 얼굴을 본 모든 사람들이 신음을 삼켰다. 그의 얼굴은 정말로 엉망이었다. 깊게 파인 상처가 얼굴에 가득했고 코는 뭉개진 것처럼 보였다.

"밀드레드, 괜찮아요?"

다니엘은 아이들과 밀드레드가 프레드의 얼굴을 보지 못하도록 프레드의 앞을 막아서며 밀드레드에게 물었다. 애슐리를 꼭 끌어안고 그녀의 등을 쓰다듬고 있던 밀드레드가 다니엘을 쳐다봤다.

그녀도 상태가 별로 좋지 않을 것이다. 다니엘은 밀드레드의 얼굴이 새하얗게 질린 것을 확인했다. 다른 사람들은 지금 상황을 보고 놀라서 밀드레드의 얼굴색이 질렸다고 생각했지만 다니엘은 그녀가 멀미 중이라는 것을 알았다.

"저, 저 녀석을 묶어 놔요."

밀드레드는 어지러움에 눈을 감으며 말했다. 다니엘은 루인이 잡고 있는 프레드를 힐끗 쳐다봤다. 그리고 고개를 끄덕이며 말했다.

"걱정 마세요. 단단히 묶었습니다."

더 이상 밀드레드의 아이들에게 해를 끼칠 수 없다. 그것을 확인받고 나자 밀드레드는 프레드를 돌아보았다.

"감히 내 딸에게……."

거기까지 말한 밀드레드는 욱 하고 눈을 감았다. 어지러워서 눈앞이 빙글빙글 돌았다. 다니엘은 재빨리 그녀를 부축하고 하인들에게 말했다.

"지하에 가둬 놔. 애슐리에게 의사를 불러 주고."

"어머니는요?"

아이리스가 새하얗게 질린 밀드레드의 얼굴을 보고 물었다. 다니엘은 밀드레드를 번쩍 안아 들며 말했다.

"괜찮아. 네 어머니는 멀미니까."

"욱."

흔들림 때문에 밀드레드의 멀미가 더 심해졌다. 다니엘은 그녀를 안고 온실 밖으로 나갔다. 신선한 공기가 필요했다. 하지만 잠시 심호흡을 한 밀드레드는 금세 다니엘에게 말했다.

"이제 괜찮아요. 내려 줘요."

"좀 더 있다가요."

"애슐리가 괜찮은지 가 봐야겠어요."

루인이 안아 들고 가는 것까지는 봤다. 지금 그 애에게 가장 필요한 건 엄마일 것이다. 하지만 다니엘은 밀드레드의 말에 미간을 좁히며 말했다.

"밀드레드, 당시의 멀미는 마법적인 거라 시간이 좀 더 필요합니다. 약이나 체험으로는 사라지지 않아요."

"어차피 시간이 필요하다면 애슐리 옆에서 시간을 보낼래요."

그렇다면 할 수 없다. 다니엘은 밀드레드를 안아 들고 조심스럽게 이 층으로 올라갔다. 그가 그대로 걷기 시작하자 밀드레드는 깜짝 놀라서 말했다.

"혼자 걸을 수 있어요."

"못 걷습니다."

다니엘은 단호하게 말하며 이 층으로 올라갔다. 밀드레드는 그녀를 안고 계단을 오르면서 숨조차 흐트러지지 않는 다니엘의 얼굴을 쳐다보다가 그의 어깨에 얼굴을 기댔다.

그리고 작게 말했다.

"미안해요."

"뭐가 말입니까?"

다니엘은 밀드레드의 얼굴을 보려 했지만 그녀가 자신의 어깨에 얼굴을 대고 있어서 쉽지 않았다. 밀드레드는 죄책감 어린 표정을 감추기 위해 고개를 숙인 채 말했다.

"애들이 먼저라서요."

다니엘의 걸음이 잠깐 멈췄다. 하지만 그는 곧 발걸음을 옮기며 아무렇지 않게 말했다.

"그게 왜 미안한 일입니까?"

"내가 별로 훌륭한 연인은 아니잖아요."

두 번째로 다니엘의 걸음이 멈췄다. 그의 입가에 미소가 떠올랐지만 그는 짐짓 아무렇지 않게 물었다.

"우리가 연인인가요?"

밀드레드의 미간이 좁혀졌다. 그녀는 다니엘을 똑바로 쳐다보며 물었다.

"아니에요?"

"맞습니다."

다니엘은 쿡쿡 웃으며 밀드레드의 이마에 입을 맞췄다. 그리고 그녀를 내려다보며 말했다.

"당신 말대로 우리는 연인이죠. 당신에게는 돌봐줘야 할 아이들이 있고요. 그걸 나한테 미안해할 필요는 없어요."

"하지만 아이들이 우선이라 가끔 당신을 등한시하는 것 같아서 미안한걸요."

밀드레드의 말에 다니엘은 한쪽 눈썹을 들어 올렸다. 그리고 이상하다는 듯 말했다.

"밀드레드, 나는 당신 아이가 아닙니다. 당신이 등한시한다고 등한시될 사람도 아니고 당신이 책임지거나 돌봐줘야 할 어린애도 아니죠."

그건 그렇다. 밀드레드는 입을 열었다가 할 말을 찾지 못하고 입을 다물었다. 다니엘은 다시 걸음을 옮기며 말했다.

"당신 말대로 우리는 연인이고 동등한 관계입니다. 나는 당신이 좋아서 내 의지로 당신과 함께 있는 거고요. 게다가."

다니엘의 걸음이 멈췄다. 밀드레드는 애슐리의 방 앞이라는 것을 깨달았다. 그는 밀드레드를 내려놓으며 말을 이었다.

"이런 상황에서 어머니가 자기 아이를 챙기는 걸 보고 자신을 등한시한다고 싫어할 미친놈은 세상에 없어요."

다니엘의 말에 밀드레드는 아무 말도 하지 않았다. 그녀는 자신을 안고 이 층까지 올라와 준 것에 대한 고마움의 표시로 다니엘의 턱에 입을 맞추고 물러났다.

그리고 애슐리의 방문을 밀었다.

애슐리의 방문은 닫혀 있지 않았기 때문에 그녀가 슬쩍 미는 것만으로 충분히 열렸다. 거기엔 아이리스와 릴리도 있었다. 두 사람은 밀드레드가 들어오는 것을 보고 움직여서 자리를 만들어 주었다.

"애슐리, 괜찮아?"

침대에 누워 있던 애슐리는 밀드레드의 질문에 다시 눈물을 흘리기 시작했다. 겨우 그쳤던 눈물이 다시 시작되자 아이리스는 혀를 차며 손수건으로 애슐리의 눈을 닦아 주었다.

"죄, 죄송해요."

훌쩍이던 애슐리가 입을 열었다. 뭐가? 밀드레드는 이해가 되지 않아서 눈살을 찌푸렸다. 그리고 애슐리의 뺨을 쓰다듬으며 물었다.

"그 남자를 집에 들인 게 너니? 큰일 날 뻔했으니 다음부터는 조심하자."

"그, 그게 아니라요……."

애슐리는 훌쩍이면서 베개에 얼굴을 묻었다. 자신의 멍청함 때문에 가족들이 위험해졌다. 그게 후회돼서 견딜 수가 없었다. 동시에 자신이 아직도 아버지가 살아 있길 바란다는 사실을 깨달아서 슬퍼졌다.

돌아가셨다고 생각했다. 다시는 볼 수 없다고, 그녀는 이제 천애고아니까 좀 더 굳은 마음으로 살아야 한다고 생각했다. 그러던 와중에 가족들이 그녀에게 친절해져서 행복했다.

그런데 아버지가 돌아왔다는 말에 대뜸 문을 열어 정체도 모르는 남자를 들였다는 게 가족을 배신한 것처럼 느껴졌다.

"애슐리."

밀드레드는 애슐리가 더 이상 말을 잇지 못하고 통곡하자 당황해서 그녀의 머리를 쓸었다. 아이리스와 릴리도 그녀가 왜 그러는지 몰라 당황하는 표정을 지었다.

"가서 할 일 해요."

아이리스는 재빨리 사용인들을 내보내고 방문을 닫았다. 그녀는 문을 닫기 전에 문밖에 못마땅한 표정으로 서 있는 다니엘을 발견하고 들어오겠냐고 물었지만 그는 그러지 않았다.

다니엘은 몸을 돌려 지하로 향했다. 프레드의 얼굴에 걸린 마법은 비싼 마법이다. 그리고 프레드는 그런 마법을 사용할 돈도, 지연도 없으니 그의 뒤에 누군가 있는 게 분명했다.

그의 일은 프레드의 뒤에 있는 사람이 누군지 알아내는 것이다.

"죄송해요."

아이리스가 문을 닫고 돌아오자 애슐리는 밀드레드의 무릎에 얼굴을 대고 흐느끼면서 사과하고 있었다. 그 모습을 보자 겁도 없이 정체도 모르는 남자를 집에 들인 행위에 끓어올랐던 아이리스의 화도 가라앉을 수밖에 없었다.

"애슐리, 괜찮아. 난 화난 게 아니라 네가 걱정되는 거야."

밀드레드는 애슐리의 머리를 쓰다듬으며 말했다. 정체도 모르는 남자를 집 안에 들인 행위 자체는 화가 나지만 그것보다 애슐리가 다쳤을까 봐 걱정이 됐다. 눈에 보이는 육체적인 상처는 없겠지만 심정적으로는 크게 다쳤을 게 분명했다.

애슐리는 죄책감이 가득한 표정으로 밀드레드를 쳐다봤다. 그리고 입술을 깨물었다.

자신이 가족들을 배신했다는 생각에 견딜 수가 없었다.

"그런데 그 남자를 왜 들인 거야?"

릴리가 애슐리의 등을 쓸며 이상하다는 듯 물었다. 애슐리가 철이 없긴 하지만 그렇게 딱 봐도 수상한 남자를 겁도 없이 집에 들일 정도로 철이 없는 건 아니다.

그녀는 이상하다고 생각하고 있었다. 그리고 아이리스도.

밀드레드만이 애슐리가 왜 남자를 들였는지 알아차렸다. 그녀는 한숨을 내쉬고 말했다.

"그 남자가 자기가 프레드라고 했구나?"

애슐리의 눈이 커졌다. 놀란 건 아이리스와 릴리도 마찬가지였다. 곧이어 애슐리의 울음소리가 커졌다.

"죄송해요. 죄송해요."

애슐리의 사과에 밀드레드는 도리어 당황했다. 사과해야 하는 건 애슐리가 아니라 밀드레드다. 아이들에게 프레드라고 자신을 소개하는 괴한이 있으니 조심하라고 말했어야 했다.

하지만 그러지 않은 건 애슐리가 상처받을 거라고 생각했기 때문이다.

그녀는 애슐리의 뺨을 감싸며 말했다.

"애슐리, 네가 잘못한 게 뭐가 있어? 그자가 네 아버지라고 널 속인 건데."

"하지만……."

애슐리가 눈물을 글썽이며 입을 열었을 때였다. 릴리가 인상을 쓰며 말했다.

"애슐리, 네 아버지는 돌아가셨잖아."

"릴리!"

아이리스가 릴리를 비난하는 것과 동시에 애슐리가 다시 밀드레드의 무릎 위로 엎어졌다. 맙소사. 밀드레드는 릴리에게 눈을 부라렸다.

그리고 애슐리의 등을 쓸며 말했다.

"애슐리, 그건 당연한 거야. 사랑하는 사람이 죽은 줄 알았는데 살아 돌아왔다면 누구라도 너처럼 했을 거야."

애슐리의 얼굴에 약간 희망이 떠올랐다. 밀드레드는 그녀가 왜 그러는지 몰라서 어리둥절한 표정을 지었다. 애슐리가 눈물을 뚝뚝 흘리며 말했다.

"하지만 살아 돌아온 게 아니었잖아요."

그건 그렇지. 밀드레드는 한숨을 내쉬었다. 그녀는 애슐리가 프레드를 집 안에 들인 것을 이해했다. 그리고 그게 자기 잘못이라고 생각했다. 애슐리를 보호하기 위해 정보를 차단한 것이 오히려 양날의 검이 되어 버렸다.

"애슐리, 넌 네 아버지가 죽는 모습도, 주검도 보지 못했잖아. 사랑하는 사람의 죽음을 쉽게 받아들이는 건 어려운 법이야."

"아니에요."

애슐리는 고개를 저었다. 그리고 말을 이었다.

"아버지가 돌아가신 건 알았어요. 그런데……."

"혹시나 했다는 거잖아."

애슐리의 눈이 커졌다. 정답이다. 밀드레드는 그런 그녀를 보고 쓰게 웃었다. 원래 사기라는 게 그렇다. 아무리 잘 알고 있어도 마음이 흔들리는 순간을 노린다.

밀드레드는 애슐리의 등을 쓸며 사과했다.

"내 잘못이야. 그 남자가 나타났을 때 쫓아내지 말고 너희들에게 알려줘야 했어. 나는……."

그녀의 잘못이다. 밀드레드는 한숨을 내쉬었다. 그 당시에는 최선이라고 생각한 수가 최악이 되어 버렸다. 하지만 그녀는 다시 가짜 프레드가 그녀의 눈앞에 나타난 그 순간으로 돌아간다 해도 같은 선택을 할 것이다.

밀드레드에게 가장 중요한 건 애슐리가 다치지 않도록 지키는 것이다. 그녀는 아이들을 향해 솔직하게 말했다.

"그 남자가 가짜라는 걸 알았어. 그래서 너희에게 말해서 괜히 애슐리를 싱숭생숭하게 만들고 싶지가 않았어. 미안해."

밀드레드의 사과에 애슐리는 얼어붙은 것처럼 멍하니 그녀를 쳐다보고 있었다. 자신의 잘못이라고만 생각했지 어머니가 사과할 줄은 몰랐다.

다시 애슐리의 눈에서 눈물이 흘러나왔다.

어머니는 자신을 위해서 그런 선택을 했는데 자신은 가족들을 배신했다는 생각이 뇌리에서 떠나질 않았다. 애슐리는 훌쩍이며 말했다.

"아니에요. 제가, 제가 멍청해서 그래요."

"애슐리!"

릴리가 깜짝 놀라서 소리쳤다. 넌 멍청하지 않아! 그녀가 소리치는 것과 동시에 아이리스의 얼굴이 일그러졌다. 그녀는 애슐리의 이런 태도가 싫었다. 자신감 없는 태도. 자신을 멍청하다고 하는 굴욕적인 말.

자존심 강한 아이리스는 절대로 자기 자신을 멍청하다고 생각하지도, 남에게 그렇게 말하지도 않는다. 그녀는 스스로를 멍청하다고 말하는 애슐리가, 그녀를 그렇게 생각하게 만든 괴한이 짜증 났다.

"왜 그런 말을 해?"

아이리스는 애슐리에게서 손을 떼고 벌떡 일어나며 소리쳤다.

"네가 뭘 잘못했어? 돌아가신 줄 알았던 아버지가 살아 돌아온 줄 알고 기뻐서 문을 연 것뿐이잖아! 자식이 부모를 보고 싶어 하는 게 뭐가 나빠? 그 남자가 나쁜 거잖아!"

아이고. 밀드레드는 발칵 화는 내는 아이리스를 보고 곤란한 표정을 지었다. 아이리스의 고함에 놀라서 멈췄던 애슐리가 다시 훌쩍이기 시작했다.

그녀는 아이리스의 눈치를 보며 말했다.

"하지만 내가 아버지를 아, 안 보고 싶어 했으면 되는 거잖아. 내 가족은 어머니랑 언니들뿐인데……."

"애슐리."

밀드레드는 애슐리가 무슨 말을 하는지 알 것 같아서 재빨리 그녀의 이름을 불렀다. 애슐리는 편을 선택해야 한다고 생각하게 된 거다.

프레드는 밀드레드와 아이리스, 릴리에게 완전 남이다. 세 사람에게 프레드는 자신들의 인생을 힘들게 만든 적이나 마찬가지였다.

그리고 애슐리는 프레드의 딸이지만 그녀의 울타리가 되어 줄 사람들은 밀드레드와 두 언니들뿐이다. 그러니 그녀는 분위기상 자기 아버지를 적으로 여길 수밖에 없다.

이런 경우는 아주 흔하다. 밀드레드는 그런 생각을 하게 된 애슐리가 가여웠다. 그리고 하나뿐인 딸을 그런 처지로 던져 버리고 죽어 버린 프레드가 증오스러웠다.

"프레드는 네 아버지야. 그리고 우리도 네 가족이고. 너는 어느 쪽도 선택할 필요가 없어. 전부 네 가족이고 네가 사랑하는 사람들이잖아."

애슐리의 울음이 멈췄다. 밀드레드는 그녀의 등을 쓰다듬으며 한숨을 내쉬었다. 그녀의 잘못이다. 어른으로서, 부모로서 애슐리 앞에서 프레드를 비난하거나 싫어하는 태도를 보여서는 안 됐다.

어쨌든 애슐리에게는 아버지였으니까. 심지어 죽기까지 했다면 더더욱 애슐리를 위해서라도 프레드를 미워하는 태도를 보여서는 안 됐다.

"애슐리, 네 아버지는 너를 많이 생각했어. 행동의 잘잘못과 상관없이 그는 널 신경 썼어. 그러니까 그런 생각은 하지 마."

밀드레드는 그렇게 말하며 프레드가 애슐리에게 했던 말과 행동을 떠올렸다. 애슐리가 열일곱 살이 되는 해에 바로 부자에게 시집보낸다고 했었다. 아둔한 자기 딸을 맡아 줘서 고맙다고도 했었다.

하지만 그녀는 그 모든 것을 잊어버리기로 결심했다. 애슐리를 위해서.

죽은 아버지가 자신에게 관심이 없었다는 것보다는 사랑했다고 생각하는 게 애슐리를 위해서 더 나을 것이다. 밀드레드는 애슐리를 끌어안고 그녀의 등을 쓸어 주었다.

그때 하녀가 문을 두드리며 말했다.

"의사 선생님께서 오셨어요."

지난번에 밀드레드를 치료했던 의사가 다시 불려 왔다. 밀드레드는 애슐리의 손을 한 번 잡아 주고 자리에서 일어나며 말했다.

"오늘은 같이 자자. 나 잠깐 가서 해야 할 일만 하고 올게."

그사이에 릴리와 아이리스가 애슐리 곁을 지켜 주기로 했다. 밀드레드는 의사에게 지난번 자신에게 준 약은 절대 주지 말라고 당부하고 애슐리의 방 밖으로 나왔다.

"남작님은 어디 계시죠?"

밀드레드의 질문을 받은 루인이 곤란한 표정을 지었다. 그는 작은 목소리로 말했다.

"지하 창고에 계십니다."

"그 남자도요?"

"네. 하지만 아무도 가까이하지 말라고 하셨습니다."

"여긴 내 집이에요."

밀드레드는 그렇게 말하고 지하로 향했다. 그녀도 가봐야겠다. 무슨 생각으로 이런 짓을 했는지 가짜 프레드를 협박해서라도 탈탈 털어놓게 하고 싶었다.

"밀."

그녀가 지하로 내려가자마자 다니엘이 창고에서 나와서 그녀를 맞이했다. 그는 여전히 그녀와 함께 집에 도착했을 때와 똑같이 단정한 차림이었다.

오히려 밀드레드가 애슐리를 끌어안고 달래 주느라 드레스가 구겨지고 눈물로 얼룩져 있었다.

밀드레드는 닫힌 문을 쳐다보고 물었다.

"저 안에 있어요? 나도 같이 들어가요."

"안 됩니다."

"왜요? 당신이 저 자식 팔다리를 부러트려도 난 눈 하나 까딱 안 할 거예요."

밀드레드의 말에 다니엘이 피식 웃었다. 그는 밀드레드의 빠져나온 머리카락을 귀 뒤로 넘기며 말했다.

"제가 누구 팔다리를 부러트리는 모습을 보여 주고 싶지 않거든요."

34

마리안과 엘레나

다니엘은 내가 아무리 같이 들어가게 해 달라고 부탁해도 거절하고 혼자 가짜 프레드와 이야기를 했다. 그리고 결국 가짜 프레드가 로니 해리스라는 것을, 그가 프레드의 시신을 빼돌렸다는 것을 알아냈다.

그가 어떤 방법을 사용했는지는 모르겠다. 어쨌든 내가 나중에 지하에 내려갔을 때 로니는 여전히 붕대로 감은 얼굴만 제외하고 사지가 멀쩡했으니까.

"시신은 어디에 있는지 모른대요?"

다니엘의 갤러리로 가는 길에 나는 그와 로니에 대해 작은 목소리로 이야기를 나눴다. 가짜 프레드 때문에 애슐리의 감정 상태가 별로 좋지 않아서 그녀는 집에 남아 있기로 했다. 하녀들과 릴리가 애슐리를 위해 남았다.

불쌍한 애슐리. 로니가 애슐리를 납치하려 한 날부터 나와 아이리스와 릴리는 돌아가면서 애슐리와 함께 자고 있었다. 그리고 늘 누군가 한 명이 그녀와 함께 있었다. 심지어 애슐리가 온실조차 무서워했기 때문에 나는 온실을 일시적으로 닫고 릴리의 작업실을 이 층으로 옮겨 주었다.

역시 로니를 걷어차는 걸로는 부족했다. 머리카락을 다 뽑아 놨어야 했는데. 나는 한숨을 내쉬었다. 마음 같아서는 정말 죽여 버리고 싶었는데 그가 프레드인 척한 것을 도운 사람을 찾기 전까지는 참아야 한다.

"네. 의뢰인이 보관하기로 했다더군요."

허. 믿을 수가 없네. 나는 어이가 없어서 혀를 찼다. 로니 해리스를 가짜 프레드로 만든 건 그를 찾아온 어떤 남자라고 했다. 그는 어느 귀족의 하인이었고.

물론 그가 자신이 어느 집에서 일하는 하인이라고 소개한 건 아니고 로니가 보기에 그렇게 보였다는 뜻이다. 게다가 남자는 자신이 모시는 분이 로니의 도움이 필요했다고 했다니까 하인이 맞겠지.

"뭘 믿고 시신까지 넘겨줬대요?"

어이없어하는 내 말에 다니엘 역시 어이없다는 듯 웃었다. 나는 이어서 분풀이하듯 말했다.

"게다가 얼굴을 망가트리는 마법? 그거 안 풀리면 어쩌려고요? 진짜 그 남자 제정신이 아닌 거 아니에요?"

"보석을 줬다더군요."

다니엘은 그렇게 말하며 내 손을 잡았다. 그리고 내 손 안에 보석을 하나 쥐여 주며 말했다.

"이겁니다."

꽤 크다. 약간 큰 메추리 알 정도의 크기였다. 투명도를 보아 상당한 가치를 지녔을 것이다. 하지만 그렇다고 해도 이해가 안 된다.

나는 한숨을 내쉬며 물었다.

"로니의 말을 믿어요?"

로니에게 보석을 준 자의 요구는 이상했다. 내게 접근해서 죽은 프레드가 살아 돌아온 척하고 우리 애들 중 한 명을 납치해 오라고 했다는 거다.

이해가 안 된다. 내 질문에 다니엘은 내 손을 문지르며 말했다.

"아뇨. 그는 거짓말을 하고 있습니다."

"어떤 거짓말이요?"

"돈을 벌기 위해 프레드의 시신을 팔고 자기 얼굴도 그렇게 만들었을 수도 있죠. 그 김에 당신에게 접근한 거고요."

마법 연구에 자원했다가 얼굴이 망가졌다는 거다. 다니엘은 내 손을 들어 입을 맞추더니 두 번째 가설을 이야기했다.

"그의 말이 거짓말이 아니라면 집에 있는 카일라의 그림을 노린 자들이 꾸민 짓일 수도 있습니다. 로니를 프레드인 척 꾸며 우리 집에 들여보내 소동을 피운 걸 수도 있죠."

그 틈에 그림을 훔치려 했다는 거다. 그것도 말이 되네. 나는 고개를 끄덕였다. 확실히 로니가 애슐리를 잡고 인질극을 할 때 모든 사람이 온실에 모여 있었다. 누군가가 카일라의 그림을 훔치려 했다면 그때가 적기였을 것이다.

하지만 안타깝게도 카일라의 그림은 다니엘의 갤러리를 꾸미기 위해 며칠 전에 이미 옮겼다.

나는 한숨을 내쉬고 물었다.

"거짓말하는 것도 알 수 있어요?"

다니엘의 한쪽 눈썹이 올라갔다. 그는 나를 보고 고개를 기울이더니 물었다.

"제 선천적인 능력을 물어보시는 겁니까?"

그렇게 되나? 나는 잠깐 생각하다가 고개를 끄덕였다. 요정이라면 우리가 모르는 어떤 능력이 있는 게 아닐까. 다니엘은 잠시 생각하다가 말을 고르는 것처럼 천천히 입을 열었다.

"상대방이 거짓말을 한다면 압니다. 하지만 정확히 어떤 거짓말을 하는지는 모릅니다."

"요정은 다 그래요?"

"글쎄요. 표본이 저와 제 어머니뿐이라서요. 어머니도 그러시긴 했습니다."

그러니까 요정의 능력은 거짓말 탐지기 같은 거인 모양이다. 거짓말을 하면 알지만 구체적으로 어떤 거짓말인지는 모르는 거.

그것만으로도 엄청난 거긴 하다. 다니엘 앞에서는 절대 거짓말하면 안 되겠네. 나는 그렇게 생각하며 그를 물끄러미 쳐다보고 있었다.

내 손에 입술을 댄 채 다니엘이 눈만 들어 나를 쳐다봤다. 한숨 나오게 잘생겼다. 나는 장난삼아 말했다.

"내가 당신을 안 좋아하는 거 알죠?"

다니엘의 눈이 잠깐 커졌다가 곧 부드럽게 휘었다. 그는 내 손등에 입을 맞추며 말했다.

"그건 제 능력이 아니어도 거짓말이라는 걸 알 수 있습니다."

"내가 당신을 좋아하는 건요?"

"그게 진실이죠."

하하. 나는 빙그레 웃으며 말했다.

"거짓말인데. 못 잡네요."

"그렇습니까? 제게는 진실로 느껴지는데요."

좋아한다는 것도 진실이긴 하겠네. 나는 고개를 내밀어 다니엘의 입술에 입을 맞췄다. 그리고 살짝 떼고 말했다.

"좋아하는 게 아니라 사랑하거든요."

다니엘의 입가가 휘는 게 느껴졌다. 그는 내 입술을 천천히 빨더니 가볍게 깨물었다. 그리고 곧 내 이마에 이마를 대고 한숨을 내쉬었다.

"전 그 말이 거짓이었다 해도 행복했을 겁니다."

거짓이 아니니 더 행복하겠네. 나는 킥킥거리며 다니엘의 뺨을 잡고 다시 한 번 가볍게 입을 맞췄다. 그리고 물러나서 옷차림을 확인했다.

마차가 느려지는 게 느껴졌다. 마차가 병원 앞에서 멈추자 다니엘이 재빨리 내려서 내게 손을 내밀었다. 나를 잡아주려 기다리던 하인이 슬쩍 물러나는 게 보였다.

나는 건물 안으로 들어가 모든 게 다 제자리에 놓여 있는지 확인했다. 다니엘이 수집한 그림과 조각, 휴게실에 놓인 과일을 띄운 물과 차가운 차. 그리고 가벼운 음식과 옷을 잘 차려입은 하인들.

"물은 근처 가게에서 중간에 한 번 가져다주기로 했습니다."

미리 와서 상태를 점검한 짐이 내게 알아야 할 사항을 알려주었다. 그것 외에도 그는 그림과 조각을 보호하기 위해 휴게실 밖을 맴돌며 음식물을 반출하는 사람들에게 주의를 주는 일을 하기로 했다.

파티보다 사용인이 적게 필요하긴 하지만 그래도 일손은 필요했기 때문에 물과 음식을 나르는 하인은 다니엘이 아는 곳에서 구했다.

정확히 말하면 하인은 아니고 이런 행사가 있을 때만 일을 돕는 사람들이다. 많은 귀족과 부자들이 이런 행사를 열 때면 그때만 일을 도와줄 일손을 구한다.

가능하면 몸가짐이 똑바르고 입이 무거운 사람을 선호하는데 다니엘이 아는 곳에서 소개해 준 사람들은 거기에 딱 맞았다.

나는 마지막으로 조명까지 확인하고 현관 앞에 서 있던 하인에게 고개를 끄덕여 보였다. 그리고 그가 문을 여는 것을 확인한 뒤 고개를 돌려 악단에게 시작하라는 신호를 보냈다.

"어서 오세요. 모건 백작, 백작 부인."

은은한 음악이 연주되는 것과 동시에 좀 일찍 도착한 손님이 들어왔다. 초대장에 적은 시간보다 삼십 분이나 이르다. 나는 나이가 지긋한 백작 부부를 향해 인사를 하고 두 분을 안쪽으로 안내했다.

"병원이라니 신선하군요."

백작 부인의 말에 나는 빙그레 웃으며 설명했다.

"남작님께서 평소 어려운 사람들을 돕는 일에 관심이 많았던 모양이에요. 우리는 병원에 올 일이 없으니 직접 올 만한 일을 만들면 병원이 후원받기 쉽지 않을까 해서 여기로 정했어요."

백작 부인의 표정이 살짝 이상해지려다가 다시 원래대로 돌아왔다. 그녀는 주위를 돌아보며 고개를 끄덕였다.

"맞아요. 우리는 이런 곳에 올 일이 없죠. 오기 전에 다른 건물을 지나쳤는데 낡았더군요."

공사 전의 이 건물을 봤다면 더 놀라셨겠군. 나는 그렇게 생각하며 카일라의 그림만 전시해 놓은 벽으로 두 사람을 안내했다.

"그래서 후원을 요청하면 어떨까 했어요. 아, 물론 이 건물은 초대장을 돌리기 전에 거의 다시 지었으니 걱정 마세요."

아무래도 병원이라는 장소가 불안했던지 주위를 두리번거리던 백작이 내 말에 멈칫하고 미소를 지었다. 확실히 병원이란 그리 인기 있는 장소가 아닌 모양이다.

초대한 게 다니엘이니까 온 거지 다른 사람이 초대했다면 안 왔을 것 같다. 아예 입구부터 불안한 표정으로 들어오는 사람도 있었다.

나는 슬쩍 다니엘 곁으로 다가갔다. 그 역시 오는 사람들을 맞이하고 있었다.

"장소가 병원이 아니었다면 더 많은 사람이 왔을 텐데요."

"지금도 충분히 많아요."

그렇긴 하지. 나는 어느새 들어오기 위해 줄을 선 사람들에게로 시선을 던졌다. 루인이 현관에 서서 초대장을 확인하고 있었다.

"하지만 더 많은 사람이 와야 더 많은 후원을 받을 수 있지 않겠어요?"

내 질문에 다니엘이 빙그레 웃었다. 그는 방금 들어온 남작에게 가볍게 인사를 하고 내게 속삭였다.

"병원임에도 초대를 받아들였다는 건 병원에 적대적이지 않은 사람이거나 제게 호의를 가진 사람일 가능성이 높죠. 후원은 그 두 부류의 사람이 할 테고요."

그것도 맞는 말이네. 나는 지나가는 남작에게 미소를 지어 보이고 다니엘에게 고개를 끄덕였다. 어차피 후원할 사람은 정해져 있다. 병원이라는 장소는 그런 사람을 걸러내는 거름망이 될 수도 있겠다.

"어머니."

그때 아이리스가 내게 다가왔다. 그녀는 최근 왕자비 후보에 오른 일로 많은 사람들과 인사를 하고 있던 터였다. 나는 방금 들어온 스튜워드 백작과 백작 부인에게 인사를 한 뒤였다.

"무슨 일이니?"

내 질문에 아이리스가 굳은 표정으로 멀어지는 스튜워드 백작 부부를 쳐다봤다. 백작 부인과 무슨 일이라도 있었나? 나는 다니엘에게 인사한 후 내게 인사하던 백작 부인의 태도를 떠올리며 고개를 갸웃했다.

스튜워드 백작 부인은 어딘지 모르게 서두르는 모습이었다. 초대를 받았으니 참석은 했지만 급한 일이라도 있는 것 같은 모습이었다.

"방금 그 여자 누구예요?"

"여자? 스튜워드 백작 부인?"

아이리스는 스튜워드 백작 부부가 안쪽으로 들어가는 것까지 보고 난 뒤 나를 잡고 한쪽으로 향했다. 그녀는 사람이 가장 적은 그림 앞까지 가더니 잠깐 생각하는 표정을 지었다.

"왜 그래? 백작 부인이 너한테 뭐라고 하기라도 했어?"

그럴 것 같진 않다. 백작 부인은 아이리스 또래처럼 보였다. 실제로 아이리스보다 대여섯 살 정도 많을 것이다.

하지만 그것뿐이다. 그녀는 이미 결혼을 했고 내가 아는 한 아이리스와 접점이 없었다.

"전에 그 부인하고 어떤 일이 있었는데요. 기분 나빠서 곧 잊어버렸거든요."

어떤 일? 내가 그게 무슨 소리냐는 표정을 짓자 아이리스가 고개를 돌려 주변을 살폈다. 그리고 다시 나를 돌아보며 속삭였다.

"별일 아닐 수 있는데, 최근에 애슐리 일도 있고 해서요."

"아이리스, 내가 네 말을 무시하거나 별거 아니라고 한 적 있었니?"

내 말에 아이리스의 얼굴에 안도의 미소가 떠올랐다. 그녀는 목소리를 조금 키워서 말했다.

"전에, 그러니까 케이시 경의 갤러리에 갔을 때 저 여자가 저한테 말을 걸었거든요."

아이리스의 설명이 이어졌다. 스튜워드 백작 부인이 그녀에게 다가와서 이상한 소리를 늘어놨다는 거다. 서로 수준이 맞는 사람끼리 결혼해야 한다는 둥. 그녀의 곁에 있는 사람은 오래전부터 좋아하는 사람이 있었다는 둥.

"너무 당황스러워서요. 그렇잖아요? 한 번도 본 적 없는 여자가 저한테 갑자기 그런 말을 하니까……."

당연하다. 나는 고개를 끄덕이며 아이리스의 팔을 잡았다. 살짝 흥분했던 아이리스는 내가 자신의 감정에 동조하자 다시 침착해졌다.

그리고 얼굴을 붉히며 말했다.

"전 백작 부인이 말하는 사람이 리안인 줄 알았어요."

"리안이 아니었어?"

내 질문에 아이리스가 입술을 깨물었다. 리안이 아니었겠구나. 생각해보니 리안이 좀 철이 없긴 하지만 좋아하는 여자가 따로 있는데 아이리스에게 청혼할 정도로 망나니는 아니긴 하다.

게다가 만에 하나라도 그런 망나니라면 성에서 왕세자비 후보를 뽑는 게 아니라 좋아하는 여자와 결혼을 시켰겠지. 그렇다면 스튜워드 백작 부인은 대체 왜 아이리스에게 그런 말을 한 걸까.

내가 곰곰이 생각하느라 아무 말도 하지 않자 아이리스가 부끄럽다는 듯 얼굴을 감싸며 말했다.

"모르겠어요. 제 이름을 알고 있었거든요. 게다가 시비조라서 욱하는 바람에……."

설마 싸웠나? 나는 차마 싸웠냐고 묻지 못하고 아이리스의 얼굴을 쳐다봤다. 그녀는 웅얼웅얼 말을 이었다.

"말다툼을 좀 했어요."

"어, 음……."

뭐라고 해야 하지? 사람이 살다 보면 말다툼 정도는 할 수도 있지? 잘했어?

하지만 내가 무슨 말을 하기 전에 아이리스가 고개를 들더니 진지한 표정으로 다시 말했다.

"그런데 생각해 보니까 이상한 거예요. 저 여자가 말한 게 리안이라면, 걘 왜 왕자비 후보를 뽑아서 시험을 보는 거죠?"

"그렇지."

"게다가 전 그때 리안이 왕자인 줄도 몰랐거든요."

뭐라고? 그럼 왜 리안을 거절한 거야? 나는 깜짝 놀라서 아이리스를 쳐다봤다가 곧 웹스터 경을 떠올렸다. 그렇군.

그녀는 자신이 동생들을 책임져야 한다고 생각하고 있었다. 그때 아이리스가 아는 리안은 몰락 귀족이었고. 리안과 결혼한다면 리안도 함께 고생해야 한다는 말이다.

나는 아무 말 없이 아이리스를 쳐다보고 있었다. 아이리스가 가여워졌다. 그녀가 리안을 거절한 건 나와 프레드 때문이다. 내가 프레드와 결혼하지 않았다면, 그가 내 재산을 가지고 떠나서 죽지 않았다면 아이리스는 풍족하진 않아도 여유 있었을 테고 몰락 귀족으로 알고 있던 리안의 청혼을 기쁘게 받아들였을 테지.

쉬웠을 길이 나 때문에 꼬불꼬불 돌아가게 됐다고 생각하자 죄책감이 떠올랐다. 나는 말없이 아이리스의 손을 잡았다.

"백작 부인이 뭔가 착각한 거 같긴 한데 그게 말할 사람을 착각한 건 아닌 거 같거든요."

"말할 사람?"

"제 이름을 알고 있더라고요. 만난 적도 없는데요."

만나자마자 대뜸 반스 양이라고 아이리스를 불렀다고 했다. 나는 잠시 생각하다가 물었다.

"백작 부인의 주변 사람도 모르니?"

"전 백작 부인의 친구는커녕 가족도 누군지 몰라요."

진짜 이상한 일이네. 아이리스가 왜 찝찝해하면서 내게 이야기했는지 알겠다. 나는 인상을 쓰며 가슴 앞으로 팔짱을 꼈다.

나도 스튜워드 백작가와는 일면식도 없다. 설마 다니엘이 아냐? 아니면 릴리나 애슐리가 알지도 모른다.

나는 아이리스의 어깨를 감싸 쥐며 말했다.

"별일 아닐 거야. 남작님과 이야기해 볼게."

뭔가 착오가 있었던 게 틀림없다. 불안한 표정이었던 아이리스는 한결 가벼워진 얼굴로 고개를 끄덕였다.

그녀를 위로하기 위해 한 말이지만 진짜로 그렇게 생각하기도 한다. 별일 아닐 거다.

나는 물러나는 아이리스를 쳐다보고 근처에 서서 그림을 구경하는 사람에게 고개를 돌렸다. 아이리스와 이야기하느라 손님과 인사를 나누지 못했다. 그만큼 벌충해야 했다.

"안녕하세요, 케이시 경."

나와 그리 멀지 않은 곳에서 필립 케이시 경이 그림을 구경하고 있었다. 이 사람은 진짜로 그림을 좋아하는구나.

대부분의 사람들은 카일라의 그림 앞에 서 있었다. 하지만 필립은 이 건물에 있는 모든 그림을 꼼꼼하게 보는 모양이었다. 그는 연필로 그린 그림 앞에서 심각한 표정으로 서 있다가 내 인사를 받더니 화들짝 놀랐다.

"바, 반스 부인."

"그림에 푹 빠져 계셨나 봐요."

나는 빙그레 웃으며 그가 놀란 것을 부끄러워하지 않도록 배려해 주었다. 하지만 필립은 자신이 놀란 건 아무것도 아니라는 듯 심각한 표정으로 내게 다가와서 속삭였다.

"이 그림, 누가 그린 겁니까?"

"이 그림이요?"

"여기, 이 그림 말입니다. 부인을 그린 스케치화 말입니다."

필립이 가리킨 그림은 내 옆모습을 그린 그림이었다. 날 그렸으니 당연히 카일라의 그림은 아닐 것이다. 애초에 카일라의 그림은 전부 저쪽 벽에 걸어 놨다.

다니엘이 그린 건가? 나는 그림 아래쪽에 있는 서명을 확인했다. 아, 릴리로군.

응접실에서 내가 뭔가를 읽을 때 스케치한 모양이다.

"릴리가 그린 거네요."

수집품을 진열하는 건 다니엘이 지시했기 때문에 난 사람들의 동선만 체크했다. 그러고 보니 개인적인 작품도 진열하겠다고 한 것 같기도 하고.

나는 고개를 갸웃하며 릴리의 그림과 같은 구역에 놓인 그림을 확인했다. 하지만 난 그림에 대해 아는 게 전혀 없기 때문에 그 그림들이 어떤 건지 전혀 모르겠다. 내 눈에 보이는 거라곤 릴리의 그림이 내 초상화 외에도 두 점 정도 더 있다는 것뿐.

"릴리 반스 양이 그린 겁니까?"

케이시 경은 이상한 표정으로 그렇게 물었다. 곤란해하는 것 같으면서도 기쁜 것 같은 표정이었다. 나는 솔직하게 말했다.

"네. 월포드 남작님이 개인적인 그림도 전시하고 싶다고 했는데 거기에 릴리의 그림도 포함된 모양이네요."

"반스 부인, 꼭 드려야 할 말씀이 있습니다."

뭐지? 나는 심각해진 케이시 경의 얼굴에 눈을 깜빡였다.

"뭔가요?"

"그게…… 저는 몰랐습니다."

"뭐가요?"

"얼마 전에 제가 릴리 반스 양의 방문을 받은 것을 아시지요?"

언제? 내가 그의 집에 릴리를 내려줬을 때? 내가 고개를 끄덕이자 필립은 약간, 아주 약간 안심한 표정을 짓더니 말을 이었다.

"그때 릴리 양이 그림을 사지 않겠냐고 묻더군요."

오호라. 릴리가 무슨 짓을 한 건지 알겠다. 내가 눈을 가늘게 뜨자 필립은 두 손을 들어 보이더니 변명하듯 말했다.

"저는 그게 릴리 양이 거리에서 산 그림인 줄 알았습니다. 그녀가 그렇게 말했거든요. 알았다면 절대 사지 않았을 겁니다."

"릴리의 그림이었군요."

나는 가슴 앞으로 팔짱을 끼며 말했다. 릴리에게 내가 한 달 안에 그림을 팔라는 조건을 주긴 했지. 어째 말이 없길래 실패한 줄 알고 아무 말도 안 했는데 케이시 경에게 판 모양이다.

"다시 한 번 사과드리겠습니다. 그 그림이 릴리 양이 그린 거라는 걸 알았다면 절대 사지 않았을 겁니다."

"얼마를 주셨나요?"

"돈은 돌려주지 않으셔도 됩니다. 그림도 댁으로 돌려보내겠습니다."

"아니에요, 케이시 경. 그 그림은 릴리가 경께 판 거니 경의 그림이죠. 제가 궁금한 건 그림값으로 경께서 릴리에게 얼마를 주셨나 하는 거예요."

필립의 표정이 일그러졌다. 그는 이상하다는 표정으로 나를 쳐다보더니 말했다.

"얼마 안 됩니다. 그 그림을 사려고 한 게 아니고 릴리 양이 용돈이 필요한가 싶어서 약간의 금액을 줬을 뿐입니다."

"릴리의 그림이 돈을 지불할 수준이 아니었나요?"

내 질문에 케이시 경의 얼굴에 혼란이 떠올랐다. 그는 무슨 말을 해야 할지 모르겠는 표정으로 입을 뻐끔거렸다. 저런. 나는 그를 도와주기 위해 한숨을 내쉬며 말했다.

"걱정 마세요, 케이시 경. 경께 화를 내려는 게 아니에요. 제가 릴리에게 증거를 하나 보여 달라고 했거든요."

"증거요? 무슨 증거 말입니까?"

"릴리의 그림이 시장에서 팔릴 만한 값어치가 있는지를 보여 달라고 했어요. 그 애나 우리와의 친분 때문이 아니라 그림만의 값어치로 팔리는지요."

필립의 입이 딱 벌어졌다. 그는 무슨 말을 해야 할지 모르겠다는 표정으로 나를 쳐다보더니 뭔가를 깨달은 것처럼 인상을 쓰며 물었다.

"릴리 양이 화가가 되는 것을 허락하신 겁니까?"

"그건 제가 허락하고 말고의 일이 아니죠. 그 애의 삶이니까요. 전 릴리가 그림만으로 혼자 먹고살 수 있는지를 보고 싶었을 뿐이에요."

다시 한 번, 케이시 경은 입을 딱 벌리더니 손을 들어 자신의 미간을 꾹꾹 눌렀다. 그 정도로 충격적인 이야기인가? 음, 그렇긴 하네.

"그림만으로 혼자 먹고산다고요?"

한참을 말이 없던 케이시 경이 믿을 수 없다는 듯 물었다. 나도 안다. 그게 말도 안 된다는 것을. 나는 허리에 손을 얹으며 한숨을 내쉬었다. 그리고 나직하게 말했다.

"릴리가 그렇게 되는 걸 기대하는 건 아니에요. 어쩌면 그렇게 될 수도 있지만 현실적으로 어렵다는 건 아니까 걱정 마세요."

케이시 경의 표정이 누그러졌다. 나는 계속해서 말을 이었다.

"나는 그림에 대해 전혀 몰라요. 릴리의 실력이 어느 정도인지, 그 애의 그림이 팔릴 만한지, 팔린다면 얼마나 팔리는지도 모르겠어요. 그렇다고 릴리를 무조건 응원할 수도, 무조건 반대할 수도 없잖아요."

그러니 지표를 내세운 거다. 릴리가 반스가의 영향력 없이 그림을 팔 수 있다면 그 애에게 가능성이 있다는 뜻이 아닐까 하고.

내 설명을 들은 케이시 경의 표정이 진지해졌다. 그는 턱을 쓰다듬으며 물었다.

"그 말씀은 릴리 양의 그림이 팔린다면 화가가 되는 걸 허락해 주시는 걸 넘어서 응원해 주실 생각이셨단 말입니까?"

나는 어쩔 수 없지 않냐는 듯 어깨를 으쓱해 보이고 말했다.

"릴리가 나중에 할 후회를 최소한으로 줄이는 게 제 목표거든요."

케이시 경은 잠시 아무 말도 하지 않았다. 그의 얼굴에 복잡한 표정이 떠올랐다. 나 역시 그가 무슨 생각을 하는지 알 것 같아서 아무 말도 하지 않았다.

답도 없는 부인이라고 생각하고 있겠지. 현실을 전혀 모른다고. 카일라는 평생 자기 이름으로 그림을 팔지 못했다. 다른 수많은 화가들도 그렇겠지. 여자 화가들은 자기 이름으로 작품을 내지 못할 테고 남자 화가들도 그림으로 먹고산 사람은 손에 꼽을 것이다.

"대단하시군요."

하지만 잠시 후 케이시 경의 입에서 나온 말은 내 생각과 달리 감탄이었다. 나는 그가 비꼬는 건가 싶어서 미간을 찌푸렸다.

"진심입니다. 릴리 양이 부러워지는군요."

"화가가 되고 싶으셨어요?"

내 질문에 케이시 경이 쓰게 웃었다. 그는 체념한 표정을 짓더니 입을 열었다.

"말도 못 꺼냈습니다. 아시다시피 제 본가는……."

필립은 거기까지 말하고 입을 다물었다. 나는 그가 하지 못한 말을 끝맺어 주었다.

"케이시 후작가죠."

"네. 케이시 후작가죠. 제가 화가가 되고 싶다고 했다면 제 부모님이 어떻게 하셨을지 뻔합니다."

"부모님께서 엄하셨던 모양이군요."

"아뇨. 제 부모님은 절 혼내거나 하지 않으셨을 겁니다. 무시하셨겠죠."

아, 선대 케이시 후작이 어떤 사람인지 알겠다. 나는 입을 다물었다. 그런 아버지 밑에서 자란 현 케이시 후작은 어떠려나. 머릿속에 더글러스가 릴리에게 청혼한 게 떠올랐다.

"어쨌든, 부인께서는 릴리 양이 화가가 되는 것을 지지하신다는 말씀이시군요."

분위기가 어두워지자 필립은 재빨리 분위기를 바꾸려는 것처럼 말했다. 나는 아무 말도 하지 않았다. 사실 아직도 나는 릴리가 화가가 되는 게 마음에 들지 않는다. 하지만 릴리가 그림 그리는 것을 얼마나 좋아하는지도 안다.

그 애가 좋아하는 것을 강제로 못 하게 하고 내가 생각하는 길을 걷게 하는 게 과연 릴리를 위해 좋은 일일까.

그 애는 친구를 구하기 위해 사람들 앞에서 남자에게 **뺨**을 맞는 것도 감수했고 내게 자기 그림이 팔린다는 증거를 보이기 위해 필립을 속였다.

릴리는 그림에 열정을 가지고 있다. 나는 그림에 대해, 그리고 릴리의 그림 실력에 대해 하나도 모르지만 그것만은 알겠다. 릴리가 그림을 그리기 위해서라면 무엇이든 할 수 있다는 것을. 그리고 그녀가 카일라와 비슷한 길을 걷지 않게 하기 위해서라면 나 역시 뭐든 할 수 있다.

"지지하는 건 아니에요."

나는 한숨을 내쉬며 말했다. 케이시 경의 얼굴에 어리둥절한 표정이 떠올랐다. 나는 사람들로 가득한 카일라의 그림을 전시한 공간을 힐끔 쳐다보고 말했다.

"여기서 카일라가 죽었거든요."

필립의 눈동자가 가늘어졌다. 그는 복잡한 표정으로 말했다.

"월포드 남작에게 들었습니다."

나는 숨을 탁 하고 내뱉듯이 말했다.

"릴리가 그렇게 될까 봐 두려워서 이런다는 게 더 맞는 말일 거예요."

케이시 경의 얼굴에 천천히 어떤 깨달음이 떠올랐다. 나는 가만히 서서 그가 무슨 말을 해야 할지 고민하는 것을 지켜보고 있었다.

"릴리 양은……."

필립은 그렇게 입을 열더니 한숨을 내쉬었다. 그리고 다시 말했다.

"솔직히 말하면 반스 부인, 저는 지금도 가끔씩 어떤 생각을 하곤 합니다. 제가 그때 부모님께 용기 있게 말을 했다면 어땠을까, 이름을 속이고 화가가 되는 건 어떨까 하는 생각도 합니다."

"경은 릴리가 화가가 되지 않았을 때 겪을 수 있는 가장 이상적인 삶을 살고 있죠."

내 말에 필립의 입가에 미소가 떠올랐다. 그는 내게 고개를 가볍게 숙이며 말했다.

"칭찬 감사합니다. 하지만 그럼에도 저는 후회를 하고 있죠. 릴리 양의 후회를 최대한 줄이고 싶다는 부인의 의견에 저도 동감합니다."

동감해 줘서 고맙다. 그런 의미로 나는 그를 따라 행동했다. 필립에게 가볍게 고개를 숙였다는 뜻이다.

잠깐 걷자는 의미로 필립이 내게 팔꿈치를 내밀었다. 나는 그의 팔 안쪽에 손을 얹으며 물었다.

"그래서 릴리의 그림은 어떤가요? 솔직하게 말씀해 주세요."

나는 방금 내가 한 이야기로 그가 내게 릴리의 실력에 대해 솔직하게 말해 줄 거라는 믿음이 있었다. 릴리가 재능이 없다면 지지하지 않을 생각이다.

내가 그림에 대해서는 잘 모르지만 화가라는 건 재능이 있어도 사는 게 쉽지 않다는 건 안다.

"솔직히 말하면 미래가 기대됩니다."

"그래요?"

입꼬리가 귀에 가서 걸릴 것 같다. 하지만 나는 억지로 입꼬리를 내리며 심드렁한 표정을 지었다. 케이시 경이 오버할 수도 있지.

하지만 아니었던 모양이다. 그는 뿌듯한 표정으로 물었다.

"전에 제가 댁에 무례하게 찾아간 적이 있잖습니까."

아, 그때. 그러고 보니 처음엔 케이시 경을 속여 넘겼었지. 속였다기보다는 이용했다는 거에 가까우려나.

나는 아무 말도 하지 않고 그를 쳐다봤다. 새삼 케이시 경이 대단하게 느껴졌다. 그는 내가 자신을 속였다는 것을 분명 어느 순간 깨달았을 것이다. 하지만 티 내지 않고 우리와 친분을 유지해 주고 있었다.

"그때 나가면서 홀에서 어느 그림을 하나 봤었습니다."

"그림이요?"

우리 집 홀에 걸린 그림은 꽤 많을 텐데. 낡은 벽을 가리느라 이것저것 걸어 놨다. 하지만 케이시 경이 본 그림은 단 한 점뿐이었던 모양이다.

"둥근 지붕 저택의 전경을 그린 스케치화더군요. 그때 그 그림을 그린 화가가 누군지 매우 궁금했었는데……."

우리 집 전경을 그린 스케치라니까 알겠다. 나는 빙그레 웃으며 말했다.

"릴리가 그린 그림이군요."

내가 그림 그리는 것을 눈감아 주고 나서 얼마 후에 릴리가 내게 선물해 준 것이다. 그건 문외한인 내가 봐도 꽤 잘 그렸기 때문에 창고에 있던 액자를 꺼내 홀에 장식해 두었다.

그걸 케이시 경이 본 모양이다. 그는 고개를 끄덕이며 말했다.

"전 그 화가가 반스가와 친분이 있는 무명 화가라고 생각했습니다. 릴리 양이 그림을 가져왔을 때 그 그림을 그린 화가라는 것을 알아봤거든요."

그렇군. 나는 고개를 끄덕이다가 몇 가지 의문을 떠올리고 물었다.

"그럼 릴리의 그림을 사실 때 우리 집과 친분이 있어서 사신 건가요?"

케이시 경의 얼굴에 미소가 떠올랐다. 그는 뽐내는 듯한 표정을 짓더니 말했다.

"친분과 상관없습니다. 설령 릴리가 본인이 그린 거라는 걸 말했더라도 마음에 들지 않았다면 그림을 받지 않았을 겁니다."

돈은 줬을 거라는 말이군. 나는 고개를 끄덕이며 두 번째 의문을 내뱉었다.

"그럼 그 그림을 그린 사람이 남잔지, 여잔지도 모르셨다는 거군요."

"오, 아닙니다. 여자라는 말은 들었습니다. 릴리 양이 자신과 친하게 지내는 여성 화가라고 말했거든요. 하지만 여성 화가라서 길거리에서 그림을 팔 수 없어서 자신이 팔아 주려고 가져왔다고 했습니다."

뭐야, 릴리가 꽤 영리하게 굴었잖아? 나는 그녀가 성공했다는 것을 인정했다. 릴리는 자신의 그림을 완벽하게 팔았다. 나나 다니엘의 영향이 미치지 않도록. 그러면서 상대방이 알아야 할 문제점도 알려 줬다.

딱 한 가지, 그게 자신의 그림이라는 것만 빼면.

"다시 한 번 사과드릴게요, 케이시 경."

나는 그를 카일라의 그림이 전시된 공간으로 이끌고 가며 사과했다. 릴리는 본의가 아니었겠지만 그녀 때문에 케이시 경은 귀족의 노동에 돈을 지불한 게 되어버렸다.

예의를 중시하는 사람이라면 불쾌하게 여길 만한 행동이다. 하지만 필립은 괜찮다는 듯 고개를 저으며 말했다.

"아닙니다. 오히려 전 릴리 양이 마음에 들어요. 그녀가 제 조카의 청혼을 거절했다는 게 안타까울 뿐이죠."

"경께서도 그걸 아세요?"

"더글러스가 제게 도움을 요청했죠."

"다시 한 번 사과를 드려야겠네요."

"아닙니다. 설령 부인의 따님이 구혼을 받아들였다고 해도 어떻게 될지는 모르는 일이니까요. 아시는지 모르겠지만 더글러스에게는 넘어야 할 산이 또 있거든요."

"요정의 저, 축복이요."

아슬아슬하게 저주라고 말할 뻔한 내게 필립이 다 안다는 듯 웃어 보였다.

"저주라고 하셔도 됩니다. 적어도 저와 더글러스에게는 저주가 맞으니까요."

좀 안타깝다. 나는 미안한 표정을 지어 보였다. 그 저주, 다니엘이 못 풀어주나? 나는 다니엘에게 물어봐야겠다고 생각하며 그를 카일라의 그림 쪽으로 안내했다.

"카일라의 그림을 보셨나요?"

"아뇨. 사람이 적을 때 천천히 보려고 참고 있습니다."

"그럼 이것만 보세요."

카일라의 공간은 여전히 대부분의 사람들이 거기에 서 있었기 때문에 좀 복잡했다.

나는 사람들에게 양해를 구하고 케이시 경을 가운데로 데려갔다. 카일라의 그림은 그녀가 병원에 있을 때 벽에 그린 그림을 중심으로 진열돼 있었다. 필립의 눈이 커졌다.

"이건 카일라가 이 병원에 있을 때 그린 그림이에요. 그녀가 그린 마지막 그림이라고 추정하고 있죠."

사람들의 시선이 나를 향했다. 나는 그들을 한 번 쳐다보고 필립을 쳐다봤다. 그리고 그림으로 시선을 던지며 말을 이었다.

"카일라가 이 병원에서 사망한 건 그녀가 스물다섯 정도일 때였던 것 같아요. 기록이 정확하지 않거든요. 병원은 환자가 너무 많았고 그 환자들을 치료할 예산도 턱없이 부족했어요. 기록할 사람은 더더욱 부족했겠죠."

사람들은 그제야 자신들이 있는 곳이 병원이라는 것을 깨달은 표정을 지었다. 나는 안타까운 표정을 지으며 말했다.

"카일라가 죽기 전에 더 많은 그림을 그렸겠지만 남은 건 이것뿐이에요. 그리고 지금도 이 병원엔 많은 환자들이 치료받지 못하고 죽어 가고 있고요. 사람들의 관심이 있다면 그들을 도울 수 있겠죠."

잠시 정적이 흘렀다. 나는 케이시 경에게 다시 움직이자고 고개를 까딱했다. 그는 내가 이끄는 대로 움직여 주었고 사람이 적은 곳으로 와서 말했다.

"좋은 방법이었습니다, 반스 부인."

"칭찬 감사합니다."

그때 다니엘이 우리 쪽으로 다가왔다. 케이시 경이 그를 보자마자 반색하며 물었다.

"여기 있는 그림 중 몇 점을 팔 생각 없나?"

덕분에 나와 다니엘의 얼굴에 웃음이 떠올랐다. 다니엘은 생각해 보겠다고 말한 뒤 내게 팔꿈치를 내밀었다.

"사람들 반응이 아주 좋습니다. 벌써 제게 와서 병원에 후원금을 내고 싶다는 사람도 있더군요."

"그거 좋은 일이네요."

나는 다니엘의 시선을 따라 고개를 돌렸다가 그 끝에서 병원장을 발견했다. 그는 엘리자베스와 함께 서서 사람들과 대화를 하고 있었다.

"그래서 제가 사람들에게 로저스 씨를 소개했죠."

"잘했어요."

병원장은 행복해 보인다. 그리고 엘리자베스는 약간 뚱한 표정이었지만 얌전히 잘 서 있긴 했다. 나는 다니엘의 팔뚝을 가볍게 토닥이고 아이리스가 어디 있는지 확인했다.

"아이리스라면 잠깐 누구를 만나고 있습니다."

눈치 빠르게도 다니엘은 내가 누굴 찾는지 알아차리고 재빨리 말했다. 누구? 내가 표정만으로 묻자 다니엘의 얼굴에 미소가 짙어졌다.

"리안이 아이리스에게 사과를 하고 싶다고 해서요."

"리안이 왔어요?"

"네, 제가 초대했죠."

"이번엔 아이리스도 그걸 아는 거겠죠?"

"물론입니다."

그럼 됐다. 나는 그와 함께 휴게실에 가서 사람들이 부족한 게 없는지 확인한 뒤 다시 물었다.

"그런데 어디서 만나요? 여기선 사람들의 눈에 띌 텐데요?"

"밖에 마차를 세워 놨습니다."

아하. 그렇다면 리안은 여기 안으로는 안 들어왔다는 말이다. 뭐, 상관없겠지. 아이리스가 왕자비 후보로 시험을 본다면 리안과 감정을 풀어야 할 것이다.

부디 리안이 사과를 잘했으면 좋겠다. 왜냐면 내 딸은 맞고 넌 틀렸거든.

"아, 아이리스가 이야기한 게 있는데요."

아이리스 하니까 생각났다. 나는 다니엘에게 아이리스에게 들은 이야기를 전했다.

*　　*　　*

"안녕, 아이리스."

리안은 아무 특징 없는 마차 안에 앉아 있었다. 미리 다니엘에게 리안이 왔다는 이야기를 들은 덕에 아이리스는 마음의 준비를 할 수 있었다.

하지만 그렇다고 해도 지금 이 상황이 놀랍지 않은 건 아니다. 아이리스는 리안의 반짝이는 금발과 잘 차려입은 옷을 보고 한숨을 내쉬었다.

"안녕, 리안."

존대도 하지 않고 왕자님이라고 부르지도 않는다. 그것만으로 리안은 기분이 좋아졌다. 그는 싱글벙글 웃으며 아이리스에게 찻잔을 내밀었다.

"마실래?"

"아니, 믿을 수 있는 사람이 주는 거 아니면 안 마시는 게 좋을 것 같아."

그 대답으로 순식간에 리안의 표정이 어두워졌다. 아이리스는 픽 웃으며 다시 말했다.

"농담이야. 마실래."

깜짝 놀랐다. 리안은 직접 바구니에서 주전자를 꺼내 찻잔에 차를 따랐다. 그리고 찻잔을 아이리스에게 내밀며 그녀의 얼굴을 살폈다.

농담을 한다는 건 기분이 좀 나아졌다는 뜻이겠지? 그는 아이리스가 찻잔을 안정적으로 받아 드는 것을 확인한 다음에야 다시 입을 열었다.

"미안해. 사과하고 싶어서 찾아왔어."

찻잔을 입으로 가져가던 아이리스의 움직임이 멈췄다. 그녀는 그대로 차를 한 모금 홀짝 마시고 말했다.

"사과는 이미 했잖아."

리안의 얼굴에 죄책감이 어린 미소가 걸렸다. 그녀의 말이 맞다. 그는 이미 한 번 사과를 했다. 하지만 리안은 그걸로 충분하지가 않았다.

"뭐가 문제인지도 모르고 한 사과였지. 다시 하고 싶었어."

"뭐가 문제인지는 알았어?"

"너는 나한테 과분해."

아이리스의 움직임이 멈췄다. 그녀는 믿을 수 없다는 듯 리안을 쳐다보다가 반문했다.

"내가?"

"너는 나보다 책임감도 강하고 많이 생각하지. 네가 내 구혼을 거절한 이유를 들, 아니 생각해 봤어."

그날 이후 리안도 곰곰이 생각했다. 그는 왕이 될 것이다. 하지만 준비가 되어 있는 걸까. 그리고 아이리스는 왕비가 될 준비가 되어 있을까?

준비라는 건 실력이나 능력만을 말하는 게 아니다. 사람의 마음가짐도 준비되어 있어야 한다. 하지만 리안은 왕비가 되는 것을 모두가 좋아할 거라고 생각했지 거기에 수반되는 책임이나 의무에 대해서는 생각해 보지 않았다.

"나는 네게 청혼하기 전에 내가 왕자고 나와 결혼하면 너는 장래 왕비가 될 거라고 알렸어야 했어. 그리고 네가 왕비가 될 마음이 있는지 묻고 마음의 준비를 할 시간을 줬어야 했어. 그게 내 잘못이야."

모든 사람이 높은 지위에 오르는 것을 원하는 건 아니다. 거기에 따르는 수많은 특권에도 불구하고 의무나 책임을 버거워하는 사람도 있기 때문이다.

아이리스는 유독 책임감이 강한 사람이고 왕비라는 자리를 반기지 않을 수도 있다는 것을 알았어야 했다.

"미안해, 아이리스. 내가 잘못 생각했어. 널 무시하거나 나라를 무시한 건 아니야. 내 생각이 짧았던 거야."

리안의 사과에 아이리스는 멍하니 그를 쳐다봤다. 갑자기 달라진 그의 태도가 놀랍게 느껴졌다. 동시에 리안이 어른스럽게 보였다.

그녀가 알던 리안은 잘생겼지만 장난스럽고 약간은 철이 없는, 소년에 가까운 청년이었다. 하지만 오늘의 리안은 달랐다. 책임을 짊어지고 진지하게 사과하는 모습이 소년이 아니라 남자로 보였다.

아이리스의 얼굴이 달아올랐다. 그녀는 고개를 숙이고 중얼거리듯 말했다.

"아냐. 그렇게 말해 줘서 고마워. 그리고 나도 너한테 화내서 미안해."

아이리스가 사과를 받아 줬다. 그것만으로도 다시 리안의 얼굴에 미소가 떠올랐다. 그는 찻잔을 한 번 내려다보고 입술을 깨물었다.

그리고 용기를 내서 말했다.

"아이리스, 나는 여전히 네가 좋아. 앞으로도 계속 그럴 거야."

아이리스의 얼굴은 이제 완전히 새빨갛게 달아올라 있었다. 그녀는 리안을 쳐다보지도 못하고 찻잔만 만지작거리기 시작했다. 리안은 그녀를 향해 몸을 내밀며 물었다.

"네가 무슨 대답을 하든 나는 여전히 네 친구로 남을 거야. 그러니 말해 줘. 너는 어때?"

아이리스는 입을 벌렸다가 닫았다. 머릿속이 붕 뜨는 것처럼 느껴졌다. 그녀는 자신이 실수라도 할까 봐 눈을 꽉 감았다가 뜨고 고개를 들었다.

그리고 리안의 잘생긴 얼굴을 쳐다보다가 다시 얼굴을 붉혔다.

"나, 왕자비 후보에 들었어."

"알아. 봤. 아니 들었어."

"내가 신청한 거 아니야."

"알아."

어떻게 알아? 아이리스는 눈을 크게 뜨고 리안을 쳐다보다가 깨달았다는 듯 말했다.

"남작님이 말하셨어?"

월포드 남작이 말한 건 아니다. 리안의 눈으로 봤지. 리안은 볼을 붉으며 조심스럽게 말했다.

"음. 남작 때문에 알게 됐지."

그렇군. 아이리스는 어깨를 늘어트렸다. 자신이 바보 같았다는 것을 깨달았기 때문이다. 신청서는 애슐리가 썼지만 후보가 됐을 때 기권하지 않은 건 그녀의 선택이다.

"아이리스."

리안은 갑자기 기가 죽은 아이리스의 태도에 어리둥절해하며 그녀를 불렀다. 그는 부모님과 약속한 것을 떠올리며 말을 이었다.

"후보를 선택하기 전에 내가 부모님께 부탁을 드린 게 하나 있어."

"뭔데?"

"후보 중에 내가……."

리안의 목소리가 낮아졌다. 그는 입을 닫았다가 진지한 표정으로 아이리스를 쳐다보며 다시 말을 이었다.

"내가 사랑하는 사람이 있다면 시험을 멈춰 달라는 부탁이었어."

아이리스의 입이 딱 벌어졌다. 리안은 그런 그녀의 얼굴을 똑바로 보며 천천히 말했다.

"내가 사랑하는 건 너야, 아이리스 반스. 그러니까……."

리안은 숨을 깊게 들이켰다. 그리고 천천히 내뱉으며 말했다.

"내가 부모님께 시험을 중단해 달라고 말해도 될까?"

아이리스의 움직임이 멈췄다. 그녀는 멍하니 리안을 쳐다보고 있었다. 그가 하는 말의 의도는 명확했다. 그녀가 원한다면 지금 당장 시험을 중단하고 아이리스를 왕자비로 만들어 주겠다는 것.

골치 아픈 시험 없이 바로 왕자비가 될 수 있다. 그건 모든 사람이 바라는 일일 것이다. 아이리스도 포함해서.

하지만 아이리스가 그러라고 말하기 직전에 그녀의 시선에 병원 건물이 들어왔다. 그녀의 머릿속에 자연스럽게 엘리자베스 로저스가 떠올랐다.

"아니, 안 돼."

당연히 아이리스가 그러라고 할 거라고 생각한 리안은 멈칫해서 눈을 크게 떴다. 안 된다고? 그가 당황하는 것을 본 아이리스는 재빨리 찻잔을 내려놓고 리안의 손을 잡았다.

"나도 네가 좋아, 리안. 너와 결혼하고 싶어. 이런 말 하면 웃기지만 네 옆자리가 탐나. 근데 난 시험은 보고 싶어."

"어, 어째서?"

리안뿐만이 아니라 모든 사람이 지금 아이리스의 선택을 이해하지 못할 것이다. 그녀는 숨을 깊게 들이쉰 다음 작은 목소리로 말했다.

"리안, 여자는 의사가 될 수 없는 거 알아?"

"뭐?"

느닷없는 아이리스의 질문에 리안의 미간에 주름이 생겼다. 그는 그게 무슨 말이냐고 하려다가 아이리스의 질문이니 어떤 이유가 있을 거라고 생각하고 입을 다물었다.

여자는 의사가 될 수 없다고? 생각도 안 해 봤다. 성에서, 그리고 다른 어떤 곳에서도 그가 본 의사는 모두 남자였지만 그걸 이상하게 여긴 적도 없었다.

"어, 음. 그러네. 아카데미는 남학생만을 받으니까."

리안의 말에 아이리스는 고개를 끄덕였다. 그리고 그녀가 만났던 의사가 되고 싶은 소녀에 대해 이야기했다.

"내가 어떤 애를 만났거든. 걔는 의사가 되고 싶은데 될 수 없다고 했어. 그래서 내가……."

거기서 아이리스의 얼굴이 가볍게 달아올랐다. 그녀는 크흠 하고 목을 가다듬은 뒤 말을 이었다.

"내가 왕비가 되면 그 애가 의사가 될 수 있도록 도와주겠다고 했어."

"돼서 도와주면 되잖아."

리안의 단순한 대답에 아이리스의 눈이 가늘어졌다. 그녀와 리안의 입장은 다르다. 리안은 태생부터 왕자였고 왕이 되기 위해 자란 자다.

하지만 아이리스는 가난하고 아버지가 없는 집안의 장녀. 그런 것들이 그녀를 왕비가 되지 못하도록 막지는 않아도 그녀의 영향력을 저하시킬 것이다.

"지금 시험을 중단하고 네가 나를 왕자비로 선택하면 어떻게 될까? 사람들은 내 의견에 귀 기울이지 않을 거야."

사람들에게 아이리스는 운 좋게 왕자의 사랑만으로 왕자비가 된 가난하고 못생긴 여자에 불과할 것이다. 아이리스는 숨을 깊게 들이켠 뒤 다시 말했다.

"나는 힘이 필요해. 네게서 나오는 힘이 아니라 온전히 내가 가진 힘 말야."

리안의 표정은 굳어 있었다. 그는 가만히 아이리스를 보다가 물었다.

"그래서 시험을 계속 보겠다고?"

"내가 왕자비가 돼서 발언권을 가지려면 내 능력으로 사람들에게 인정받아야 해. 만약 네가 원하는 게 발언권이 없고 네게 의지하는 그런 사람이라면……."

"아니, 아냐."

아이리스가 무슨 말을 하려는지 알 것 같아서 리안은 그녀의 말이 끝나기도 전에 재빨리 고개를 저었다. 그리고 재빨리 덧붙였다.

"아이리스, 나는 네가 무엇을 선택하고 어떻게 변한다 해도 상관없어. 하지만 네가 원하는 게 그거라면 알았어."

"그리고 또 있어."

"뭔데?"

"나는 왕비가 되면 여자들도 학교를 다닐 수 있도록 할 거야. 의사도 되고 화가도 될 수 있도록 도울 거야."

아이리스의 마지막 말은 엘리자베스뿐 아니라 릴리도 떠올리며 한 말이었다. 리안 역시 릴리가 그림을 그리는 것을 좋아한다는 것을 기억해 냈다.

아이리스는 리안의 눈을 똑바로 쳐다보며 말했다.

"그걸 별로 좋아하지 않는 사람도 있을 거야. 그러니까 리안, 내가 그러는 게 싫다면……."

"아이리스."

리안은 찻잔을 내려놓고 남은 손으로 아이리스의 손을 감쌌다. 그는 진지하게 말했다.

"난 네가 말해 주기 전까지 여자는 의사가 못 되는 것도 몰랐어."

몰랐다기보다는 생각도 안 하고 있었다. 하지만 다니엘의 교육 덕에 한 가지 문제점을 알게 되자 그에 수반되는 다른 문제점도 그의 머릿속에 떠올랐다. 그렇다면 지금까지 귀부인들은 아플 때 어떻게 진료를 받은 거지?

다니엘이 그에게 보여 주려 했던 게 뭔지 알 것 같았다. 왜 노점의 고기는 닭고기뿐인지 알았던 그때처럼.

답은 간단했다. 소고기나 돼지고기는 비싸니까. 그는 흔하게 먹을 수 있는 것들은 다른 사람들은 흔하게 먹을 수 있는 게 아니었던 거다. 그의 시야에서 보이는 것과 다양한 계층의 사람들이 보는 건 달랐다.

"네가 옳아, 아이리스."

리안은 그렇게 말하고 아이리스의 손등에 입을 맞췄다.

마차 안의 분위기가 가라앉았다. 아이리스는 조심스럽게 그녀의 손등에 입을 맞추는 리안을 멍하니 보고 있었다. 그녀의 어머니에게 윌포드 남작이 이렇게 하는 것을 몇 번 본 적이 있다.

하지만 보는 것과 그녀가 받는 건 전혀 달랐다.

"데려다줄게."

리안은 그렇게 말하며 자리에서 일어났다. 아이리스의 눈이 커졌다. 어딜 데려다줘? 그녀는 그가 말하는 게 병원 건물이라는 것을 깨닫고 재빨리 거절했다.

"괜찮아. 바로 이 앞이고."

"아냐. 너 들어가는 거 볼래."

"하지만 사람들 눈을 피하려고 몰래 온 거 아냐?"

"너랑 이야기하기 전에 방해받지 않으려고 몰래 온 거야."

이제 아이리스와 이야기했으니 방해받아도 된다. 리안은 마차에서 내려 아이리스를 향해 손을 내밀었다. 그녀를 보기 전에는 누구의 방해도 받고 싶지 않았다는 말에 아이리스의 기분이 가볍게 떠올랐다.

그런 그녀의 얼굴을 본 리안의 기분도 좋아졌다. 아이리스에게 우승할 자신이 있냐고 물어보려던 마음도 사라졌다.

아이리스는 우승할 수 있을 것이다. 그는 아이리스를 믿기로 결심했다. 그리고 다니엘과 자신도.

같은 시각, 밀드레드는 스튜어드 백작 부인에 대해 다니엘에게 묻고 있었다.

"스튜워드 백작 부인이 말입니까?"

밀드레드에게 아이리스와 스튜워드 백작 부인 사이에 있었던 이야기를 들은 다니엘이 한쪽 눈썹을 들어 올리며 물었다.

갑자기 아이리스에게 다가가서 시비를 걸었다고? 그의 시선이 마리안 스튜워드 백작 부인을 찾았다. 그는 스튜워드 백작과 결혼하기 전 그녀가 자신에게 마음이 있었다는 것을 알고 있었다.

하지만 마리안은 영리한 사람이었고 다니엘이 자신은커녕 어떤 여자에게도 관심이 없다는 것을 알자 재빨리 그를 단념했다. 그리고 스튜워드 백작과 결혼해 백작 부인이 되었다.

그런 점 때문에 다니엘은 마리안을 좋아하지는 않지만 높게 치고 있었다. 포기하는 법을 아는 사람은 많지 않다. 그녀의 동생인 엘레나만 봐도 그렇다.

엘레나. 한 번도 그의 머릿속에 들어오지 않았던 여자가 처음으로 떠올랐다. 그는 밀드레드를 쳐다보며 물었다.

"아이리스에게 시비를 건 게 확실한가요?"

"반스 양이라고 불렀다니 애슐리나 릴리를 착각했을 수도 있긴 하죠."

"그게 당신일 수도 있죠."

다니엘의 말에 밀드레드는 그게 무슨 소리냐는 표정을 지었다. 그는 예전에 자신이 했던 실수를 떠올리고 있었다. 리안과 대화를 했을 때, 그는 반스가에서 가장 나이가 많은 쪽 여성을 아이리스가 아니라 밀드레드라고 생각하고 실수한 적이 있다.

그건 틀린 생각은 아니다. 밀드레드도 남편이 없고 반스라는 이름을 쓰니까. 하지만 대부분의 사람들은 남편감을 찾는 반스 양이라고 하면 자연히 아이리스를 먼저 떠올리곤 한다.

"날 왜 반스 양이라고 부르겠어요?"

"그야, 밀드레드. 당신은 언제나 아름답기 때문이죠."

그게 반스 양이랑 무슨 상관이야? 밀드레드는 다니엘의 칭찬에 할머니같은 표정을 지었고 다니엘은 소년처럼 웃었다. 그리고 다시 고개를 들어 스튜워드 백작 부인을 찾았다.

"거스 양도 왔군요."

마리안의 옆에는 엘레나도 함께 서 있었다. 밀드레드는 그의 시선을 따라 마리안을 발견한 뒤 깨달았다는 듯 말했다.

"아, 두 사람이 자매였죠, 참."

엘레나 거스 양에게 마리안 스튜워드 백작 부인이라는 언니가 있다는 것은 알았지만 잠깐 잊고 있었다. 그녀는 미간에 주름을 만들며 말했다.

"당신 생각은 스튜워드 백작 부인이 아이리스에게 시비 걸려는 게 아니라 나한테 하려고 했다는 거예요?"

"가능성이 있죠."

뭐 그런 것들이 다 있어? 분노 때문에 밀드레드의 얼굴이 가볍게 달아올랐다. 그녀에게 시비를 거는 건 괜찮다. 하지만 아이들에게 시비를 거는 건 절대 용서 못 한다.

"이상한 사람들이네. 왜 나한테⋯⋯."

거기까지 말하던 밀드레드의 입이 멈췄다. 그녀의 시선이 다니엘을 향했다. 엘레나 거스 양이 다니엘을 좋아한다는 것은 이미 알고 있다. 그리고 마리안 스튜워드 백작 부인은 엘레나의 언니다.

"동생을 위해서 그런 거군요?"

이번에도 다니엘은 같은 대답을 내놓았다.

"가능성 있죠."

하지만 밀드레드는 가능성이 아니라 확신을 하고 있었다. 아이리스는 마리안이 그녀가 아니라 그녀 주변의 누군가를 위해 나선 것 같았다고 말했다. 그리고 마리안이 나설 만한 사람은 엘레나밖에 없다.

"그럼 사과를 해야 할 거 아냐."

밀드레드는 발칵 화를 내며 말했다. 동생을 위해 시비를 걸었다는 것까진 이해할 수 있다. 거기서 사람을 착각했다면 착각당한 사람에게 미안하다고 사과를 해야지!

다니엘은 밀드레드의 얼굴을 보고 슬쩍 그녀의 손 위로 자신의 손을 덮었다. 그리고 부드럽게 토닥이며 말했다.

"제가 먼저 이야기해 보죠."

밀드레드는 다니엘을 쳐다봤다. 그리고 말도 안 된다는 듯 말했다.

"아이리스에게 실수했으니 사과하라고 말하게요? 당신보단 내가 말하는 게 더 나을 텐데요."

"그것도 있지만요."

다니엘의 눈동자가 다시 마리안을 향했다. 그는 이 말을 밀드레드에게 해야 할지 망설였다. 한다면 그녀는 분노해서 앞뒤 안 가리고 마리안에게 달려들 것이다.

"뭔데요?"

"일단 사람들이 돌아간 뒤에 남아 달라고 하겠습니다."

그때 사람들이 웅성거리는 소리가 들렸다. 다니엘과 밀드레드가 고개를 돌리자 현관으로 아이리스가 리안을 데리고 들어오고 있었다.

"어머니, 남작님, 전하께서 오셨어요."

아이리스의 말을 들은 밀드레드는 눈썹을 들어 올렸다가 재빨리 표정을 관리했다. 리안과 화해했냐고 묻고 싶었지만 사람들의 눈이 있어서 그럴 수가 없었다.

"초대해 주셔서 감사합니다."

리안은 예의 바르게 밀드레드와 다니엘에게 인사를 하고 주위를 둘러보며 말했다.

"스승님의 수집품을 공개하신다기에 잠깐 들렀습니다. 저는 신경 쓰지 말고 편하게 계세요."

밀드레드의 시선이 아이리스를 향했다. 그녀는 아이리스의 얼굴이 밝은 것을 보고 두 사람이 화해했다는 것을 깨달았다. 그럼 됐다. 밀드레드의 얼굴도 밝아졌다.

다니엘은 밀드레드를 돌아보며 말했다.

"부인께서 전하를 안내해 주시면 어떨까요? 반스 양도 함께요."

그 사이에 자신은 마리안과 이야기를 해 보겠다는 뜻이다. 밀드레드는 고개를 끄덕이고 리안을 향해 몸을 돌렸다.

리안이 온 덕분에 사람들의 관심이 그에게로 쏠렸다. 다니엘은 어렵지 않게 마리안을 향해 다가갔다. 그녀의 곁에 서 있던 엘레나는 다니엘이 다가옴에도 그다지 표정이 좋지 않았다.

언니가 권해서 오긴 했지만 이 갤러리를 준비한 게 반스 부인이라는 이야기를 들었다. 심지어 반스 부인이 여주인처럼 손님들을 맞이하고 있는 것을 본 순간 엘레나의 마음이 무너져 내렸다.

"남편 장례식도 안 치렀는데 뻔뻔하게 저러고 있네."

마리안은 엘레나에게만 들리는 목소리로 속삭였다. 엘레나는 반스 씨가 이미 이 년 전에 행방불명됐으며 죽은 게 거의 확실하다는 소문을 떠올렸지만 아무 말도 하지 않았다.

아무리 반스 부인이 그녀의 생명을 구해 주긴 했지만 그녀도 실연을 겪고 있어서 언니에게 반스 부인 욕을 하지 말라고 말할 생각은 들지 않았기 때문이다.

"스튜워드 백작 부인. 거스 양."

다니엘은 두 사람을 향해 다가가며 가볍게 인사를 건넸다. 마리안은 다니엘을 향해 미소를 지었다. 그리고 엘레나가 그와 좀 더 가까울 수 있도록 몸을 돌리며 말했다.

"훌륭한 수집품이군요, 남작님."

"칭찬 감사합니다."

다니엘은 예의 바르게 감사를 표하고 엘레나를 향해 물었다.

"불편하거나 부족한 부분은 없으십니까?"

있다. 엘레나는 그렇게 말하고 싶었지만 참고 거짓말을 했다.

"없어요. 모든 게 완벽하네요."

정말로 월포드 남작의 갤러리는 모든 게 완벽했다. 끊기지 않고 흐르는 음악과 바삭하고 차가운 다과. 그리고 사람들의 감탄을 불러일으키는 수준 높은 수집품까지.

게다가 병원에 사람들을 초대함으로써 병원을 위한 후원까지 부탁한다니. 그녀는 생각하지 못했을 것이다. 엘레나는 이 모든 것을 반스 부인이 했다는 사실에 열등감마저 느끼고 있었다.

다니엘은 모든 게 완벽하다는 말이 진심이라는 것을 알아차리고 미소를 지었다. 하지만 그때 마리안이 끼어들었다.

"수집품을 공개하신 게 처음이신 걸로 아는데요. 앞으로도 주기적으로 공개하실 생각이신가요?"

"글쎄요. 주기적으로는 아니어도 또 열 수도 있겠죠."

내년에 또 갤러리를 연다면 둥근 지붕 저택에서 열겠지. 다니엘은 그 때 과연 밀드레드가 둥근 지붕 저택을 개방하는 걸 허락할지 생각하고 있었다.

하지만 갤러리를 또 열 거라는 말에 마리안은 슬쩍 엘레나를 다니엘 곁으로 밀며 말했다.

"그때는 남작 부인이 남작님 댁에서 열겠네요. 어느 분이 남작 부인이 될지 모르겠지만 지금과 다른 갤러리를 볼 수 있겠군요."

마리안의 말에 다니엘은 픽 웃었다. 그러니까 그녀의 말은 지금 비록 반스 부인이 다니엘의 갤러리를 준비해 주었지만 남작 부인은 다른 사람이 될 테니 다른 갤러리를 보게 될 거라는 뜻이다.

그는 이게 함정이라는 것을 알아차렸다. 지금과 똑같은 갤러리를 열 거라고 한다면 밀드레드가 월포드 남작 부인이 되겠지만 그녀의 센스는 이게 한계라는 뜻이 되고 새로운 갤러리를 볼 수 있다고 한다면 밀드레드는 월포드 남작 부인이 될 수 없다는 뜻이 된다.

다니엘은 엘레나가 당황하는 것을 보고 그녀의 의도가 반영되지 않았다는 것도 알아차렸다. 하지만 마리안은 엘레나의 언니고 그녀는 동생을 위해 행동하고 있다.

여기서 엘레나가 결백하다고 주장하기란 어려울 것이다.

"글쎄요. 내년엔 둥근 지붕 저택에서 열어 볼까 하는 생각도 하고 있습니다만."

다니엘은 느긋하게 입을 열었다. 그의 말에 엘레나의 얼굴이 하얗게 질렸다. 마리안은 저도 모르게 엘레나를 돌아보고 억지로 아무렇지 않은 척 다니엘을 향해 말했다.

"아, 아직 거기서 머물고 계시죠? 댁이 화재 피해를 입었다고 들었는데 아직 수리가 안 끝났나요?"

"수리는 거의 끝났습니다. 하지만 그대로 임대를 할 수도 있죠."

엘레나의 귀에 지금 다니엘의 말은 이대로 반스 부인의 저택에 머물겠다는 것처럼 들렸다. 그녀가 입술을 깨물었을 때 마리안이 말했다.

"어머, 계속 거기 머무시겠다는 뜻은 아니시겠죠? 제가 듣기로 반스 씨가 돌아왔다고 하던데요."

다니엘의 눈이 가늘어졌다. 그는 이상하다는 듯 고개를 기울이며 말했다.

"저런, 잘못된 소식을 들으신 모양입니다. 반스 씨는 사망하셨습니다. 시체를 발견했죠."

"어머, 어디서요?"

마리안의 말에 다니엘의 눈이 반짝였다. 그는 짐짓 모르는 척 말했다.

"외국에서죠. 다행히 반스 씨의 친구분께서 시체를 배로 보내 주셨습니다. 그분이 의사에게 사망 날짜가 적힌 확인증까지 받아서 보내 주셨더군요."

마리안의 표정이 일그러졌다. 그녀는 입술을 깨물며 엘레나를 쳐다봤다. 엘레나는 반스 부인의 남편이 사망했다는 사실에 절망하고 있었다.

그렇다면 이제 다니엘과 밀드레드의 결혼을 막을 게 하나도 없다는 말이 된다. 동생이 하늘이 무너진 표정을 짓는 것을 본 마리안이 용기를 냈다.

"이상하네요. 전 얼마 전에 반스 씨를 봤거든요."

다니엘은 이상하다는 표정을 지었다. 그는 다시 고개를 기울이며 말했다.

"사기꾼이겠죠."

"어머, 그럴 리가요. 자신이 프레드 반스라고 하던걸요. 반스 부인에 대해서도 잘 알고 있었고요."

"백작 부인께서는 예전에 반스 씨를 만난 적이 있으신가요?"

"아뇨, 그건 아니지만……."

"그렇다면 반스 씨의 얼굴을 알아볼 수가 없었을 텐데요."

"그, 그게. 배에서 떨어져서 얼굴이 망가졌다고 했거든요. 얼굴에 붕대를 감고 있었어요."

하하하. 다니엘은 유쾌하다는 듯 웃었다. 그리고 말도 안 된다는 듯 말했다.

"얼굴을 붕대로 감고 자신이 프레드 반스라 주장하는 남자라. 신빙성이 떨어지는데요."

"하지만 반스 부인에 대해 잘 알고 있었어요."

"스튜어드 백작 부인."

다니엘의 목소리가 낮아졌다. 어쩐지 주변이 서늘하게 느껴져서 마리안은 저도 모르게 몸을 떨었다. 그는 경멸하는 눈빛을 지우지도 않고 물었다.

"반스 부인에 대해 잘 아십니까?"

"잘 아는 건 아니지만……."

"그렇다면 그자가 말하는 반스 부인에 대한 이야기가 사실인지 어떻게 알고 그리 말씀하십니까?"

마리안의 눈이 커졌다. 그녀는 다니엘의 얼굴을 보고 그가 뭔가를 알고 있다는 것을 깨달았다. 큰일 났다. 마리안의 등 뒤로 식은땀이 흘렀다.

"마리안?"

다니엘과 마리안의 대화를 지켜보던 엘레나가 이게 무슨 소린가 하고 마리안을 돌아보았다. 그녀의 눈에 마리안의 얼굴이 하얗게 질린 게 보였다.

"가자, 엘레나. 너무 오래 있었어."

마리안은 엘레나의 손을 잡고 몸을 돌렸다.

"무슨 일이야? 남작님과 무슨 이야기를 한 거야?"

엘레나는 마리안에게 손을 잡혀 그녀에게 끌려 나가면서 쉼 없이 물었다. 마리안과 월포드 남작님의 대화는 아무것도 모르는 그녀가 보기에도 이상했다.

"아무것도 아냐."

마리안은 마차에 올라타며 말했다. 엘레나는 모르는 일이다. 이건 어디까지나 마리안이 독단으로 한 일이니까.

두 사람이 자리에 앉자 마차가 거스 남작가를 향해 움직이기 시작했다. 엘레나는 입술을 깨문 마리안을 불안한 표정으로 쳐다보고 있었다.

"마리안, 무슨 짓 한 거 아니지?"

"무슨 짓이라니? 무슨 짓을 말하는 거야?"

"방금 월포드 남작님과 한 대화 말야. 그거 뭐였어? 반스 씨를 만났다니, 무슨 소리야?"

엘레나의 질문에 마리안의 눈빛이 흔들렸다. 프레드 반스의 시신은 그녀가 가지고 있다. 그러니 반스 부인은 남편의 시신을 찾을 수 없을 것이다.

남편의 시신은 사라졌고 자신을 프레드 반스라 주장하는 남자가 나타났다. 당연히 월포드 남작과의 사이는 어긋날 것이라 생각했다. 게다가 스스로를 프레드 반스라 우기는 자가 프레드 반스가 아니라는 것이 밝혀져도 상관없었다.

어차피 시신은 그녀에게 있다. 반스 부인은 시신이 없으니 장례식을 치르지 못할 것이고 서류상으로는 기혼녀다. 윌포드 남작과 재혼할 수 있을 리가 없다.

"마리안."

엘레나의 재촉에 마리안의 흔들리던 눈빛이 돌아왔다. 그녀는 사랑하는 동생을 쳐다봤다. 그녀가 열두 살 때 거스 남작 부인인 어머니가 병으로 돌아가셨다.

그때 엘레나의 나이는 열 살. 하마터면 병으로 엘레나도 죽을 뻔했다.

마리안은 돌아가시던 어머니가 그녀의 손을 잡고 동생을 돌봐 달라고 부탁하던 것을 떠올렸다. 엘레나는 그녀가 돌봐 주기로 어머니와 약속했다. 세상에서 가장 행복하게 만들어 주겠노라고 맹세했다.

"엘레나, 윌포드 남작님이 좋니?"

마리안의 질문에 엘레나는 혼란스러운 표정을 지었다. 좋아한다. 그가 아름다운 반스 부인에게 푹 빠져 있다는 것을 알았지만 여전히 좋았다. 아니, 오히려 그래서 더 좋아졌다.

그 전의 윌포드 남작은 타인에게 아무 관심이 없어 보였다. 하지만 밀드레드 반스 부인이 나타나자 그의 태도가 완전히 달라졌다. 여전히 다른 사람들에게는 관심이 없었지만 마치 그의 모든 관심이 반스 부인을 향하는 것처럼 보였다.

모든 사람에게 냉정하고 내게만 다정한 연인이란 어떤 사람에게는 이상적이고 매력적인 존재인 법이다. 엘레나는 입술을 깨물었다.

"좋아하지만⋯⋯."

그의 마음이 온전히 반스 부인을 향해 있다는 것은 누구라도 알아볼 것이다. 엘레나는 너무 늦었지만 마음을 접을 준비를 하고 있었다.

"그럼 됐어."

마리안은 단호하게 말하고 시트에 몸을 기댔다. 부부 중 한 명이 행방불명된 경우는 이전에도 있었다. 행방불명된 사람의 사망이 인정받으려면 행방불명된 채로 오 년이 지나야 한다.

프레드 반스가 행방불명된 지 이 년. 앞으로 삼 년이다. 삼 년 동안 월포드 남작의 마음이 변하지 않을까? 마리안은 반드시 변할 거라 생각했다.

게다가 자신을 프레드 반스라 주장하는 남자가 나타났다. 월포드 남작과 반스 부인의 사이는 흔들릴 수밖에 없다. 마리안은 두 사람이 헤어지면 가짜 프레드 반스를 원래대로 되돌리고 돈을 줘서 다른 지방으로 쫓아낼 생각이었다.

연인과 헤어진 월포드 남작에게 그녀의 동생이 다가가서 위로해 주면 된다. 서로 나쁠 것 없는 일이잖아? 마리안은 창밖으로 시선을 던지며 생각했다.

어차피 반스 부인은 두 번이나 결혼했고 애도 셋이나 있다. 그 나이에 월포드 남작과 결혼해서 집안을 이어 줄 아들을 낳아 줄 것도 아니잖아?

게다가 엘레나는 몇 년 전부터 월포드 남작을 짝사랑해 왔다. 내 동생이 뭐가 부족해서? 훨씬 어리고 집안도 괜찮고 딸린 자식도 없다. 월포드 남작과 안 세월도 훨씬 길다.

"마리안, 나 남작님을 포기할 거야. 그러니까 이상한 짓 하지 마."

"하지만 여전히 좋아하잖아."

"내가 좋아하는 게 무슨 상관이야. 남작님이 다른 사람을 좋아하는데."

"걱정 마, 엘레나. 내가 알아서 할게."

엘레나의 얼굴에 걱정스러운 표정이 떠올랐다. 마리안이 무슨 짓을 하려는 걸까. 어릴 때부터 그녀의 언니는 그녀를 돌봐 주기 위해 깜짝 놀랄 만한 짓을 하곤 했다. 엘레나를 학대한 유모가 잘 때 그녀의 머리카락을 죄다 잘라놓은 적도 있었다.

"마리안, 반스 부인한테 피해가 가는 건 아니지?"

엘레나의 질문에 마리안은 한숨을 내쉬었다. 착한 것. 그녀는 손을 뻗어 동생의 머리를 쓰다듬었다. 세상은 그렇게 착하게 앉아 있는다고 원하는 게 들어오지 않는다. 갖고 싶은 게 있다면 달려 나가서 싸우는 한이 있어도 쟁취해야 한다.

하지만 마리안은 동생이 그렇게 힘들게 살게 하고 싶지 않았다. 지금처럼 마음 편하고 좋은 것만 보면서 살게 하고 싶었다.

"걱정 마, 엘레나. 내가 반스 부인에게 피해를 줄 게 뭐가 있겠어?"

마리안은 엘레나에게 기회를 주려는 것뿐이다. 하지만 그녀가 뭔가를 꾸미고 있다는 것을 월포드 남작이 알아차렸고, 그건 마리안에게 압력으로 다가왔다.

괜찮아. 마리안은 창밖을 쳐다보며 입술을 깨물었다. 증거는 하나도 없다. 그녀는 대리인을 시켜 로니 해리스와 접촉했고 월포드 남작과 반스 부인이 그녀를 추궁할 수는 없을 것이다.

엘레나는 어두운 표정으로 마리안을 쳐다봤다. 마리안이 그녀를 위해 저런다는 건 안다. 하지만 그 대상이 반스 부인이라면 어떻게든 말리고 싶었다. 반스 부인은 그녀의 목숨을 구해 줬다. 생명의 은인과 언니가 원수가 되는 것만은 말려야 한다.

"어서 오세요."

이틀 후, 엘레나는 긴장한 표정으로 둥근 지붕 저택을 찾았다. 이미 방문 허락을 청하는 편지를 보낸 덕에 밀드레드는 그녀를 바로 맞이했다.

"방문을 허락해 주셔서 감사합니다."

밀드레드는 긴장한 표정이 역력한 엘레나를 향해 고개를 끄덕였다. 무슨 일로 찾아온 걸까. 그녀의 머릿속에 안 좋은 상상이 떠올랐다.

설마 다니엘을 사랑하고 있으니 물러나 달라는 요청을 하려는 건 아니겠지. 그녀는 만약 엘레나가 그렇게 말할 경우에 어떻게 대꾸해야 할지 고민하며 차를 권했다.

"드세요. 어떤 걸 좋아하는지 몰라서 디저트도 두 가지를 준비해 봤어요."

밀드레드의 말에 엘레나는 하녀가 내놓는 접시를 내려다보았다. 하나는 최근에 유행하는 티라미수였고 하나는 얇은 팬케이크에 감싸인 거였다.

사실 엘레나가 방문한다는 말에 밀드레드 나름대로 기선 제압을 위해 내놓은 디저트였다. 그녀가 다니엘과 헤어져 달라고 해도 밀드레드와 다니엘은 이미 사업적으로도 이렇게 묶여 있다는 것을 알리기 위해.

하지만 엘레나는 그런 부탁을 할 생각이 추호도 없었다. 그녀는 밀드레드의 권유에 어쩔 수 없이 포크와 나이프를 들었다가 당황했다. 티라미수는 스푼으로 떠먹는다. 그럼 이 포크와 나이프는 뭐지?

"잘라서 먹는 거예요."

밀드레드는 그렇게 말하며 팬케이크를 잘랐다. 그러자 동그랗게 크레이프로 감싸인 아이스크림이 모습을 드러냈다. 그 안에 졸인 복숭아가 들어 있었다.

"어때요?"

원래는 망고로 만드는 디저트지만 이 나라에서는 망고를 구하기가 어려워서 밀드레드는 졸인 복숭아로 대체했다. 엘레나는 조심스럽게 한 조각 입에 넣고 눈을 크게 떴다.

비슷한 걸 요정의 샘에서 먹어 본 적이 있다. 거기선 아이스크림과 복숭아 대신 햄과 치즈와 계란을 넣어서 접었지만.

"갈레트와 비슷하네요."

"겉을 크레이프로 감쌌다는 점에서 비슷하죠. 이번 주에 요정의 샘에 신제품으로 내놓을 거예요."

요정의 샘에 신제품으로 내놓는다는 말에 엘레나의 눈이 커졌다. 하지만 그녀는 곧 자신이 왜 이곳에 왔는지 깨닫고 입술을 깨물었다.

"드릴 말씀이 있어서 왔어요."

"그래요."

밀드레드는 엘레나의 표정에 바짝 긴장했지만 아무렇지 않은 표정을 지어 보였다. 엘레나는 바짝바짝 마르는 입술을 축이기 위해 찻잔을 들어 올렸다.

"어떻게 말씀드려야 할지 모르겠어요. 부디 이해해 주시기 바랄게요. 제겐 절 너무 사랑해서 절 위해 뭐든 하는 언니가 있어요."

"알아요. 마리안 스튜워드 백작 부인이죠."

엘레나는 입술을 깨물고 고개를 끄덕였다. 그녀는 찻잔을 내려놓으며 말했다.

"전 월포드 남작님을 좋아해요. 마리안도 그걸 알고요. 그래서 절 위해 저와 월포드 남작님을 이어 주려 해요."

밀드레드의 눈이 가늘어졌다. 그걸 왜 그녀에게 말하는 건지 모르겠다. 그런 표정에 엘레나는 재빨리 말을 이었다.

"하지만 남작님은 부인을, 그러니까……."

차마 그녀의 입으로 월포드 남작이 반스 부인을 사랑한다는 말은 할 수가 없었다. 밀드레드는 말을 잇지 못하는 엘레나를 가만히 쳐다보고 있었다. 그녀가 나설 수 있는 이야기가 아니기 때문이다.

"그래서 저는, 저, 남작님을 포기하겠다고 했어요. 언니에게요. 하지만 아까도 말씀드렸다시피 언니는 저를 매우 사랑해서요."

어쩐지 이야기가 그녀가 예상하는 쪽으로 흐르지 않으려는 모양이다.

밀드레드는 어리둥절한 표정을 지었다. 엘레나가 한숨을 내쉬고 말을 이었다.

"뭔가 꾸미고 있는 것 같아요. 윌포드 남작님과 지난번 만났을 때 가볍게 다퉜거든요."

다퉜다고 할 정도도 아니었다. 엘레나는 재빨리 그렇게 덧붙이고 숨을 내뱉었다. 긴장한 탓에 숨도 쉬지 않고 말을 내뱉어서 숨이 가빴다.

밀드레드는 심각한 표정으로 그런 그녀를 쳐다보고 있었다. 그러고 보니 갤러리를 열었을 때 분명 다니엘이 스튜워드 백작 부인에게 남아서 이야기를 해 달라는 부탁을 하겠다고 했는데 어느새 그녀가 떠났었다.

다니엘이 말하기 전에 떠난 모양이라고 생각했는데 설마 그와 다퉈서 떠났던 걸까.

"반스 부인."

엘레나는 한숨을 내쉬고 밀드레드를 향해 몸을 내밀었다. 그녀도 밀드레드에 대한 소문을 들었다. 딸들을 협박하려 한 남자를 죽이려 했다는 소문은 부풀려졌다고 해도, 자신에게 무례하게 군 남자의 발목을 걸어차서 부러트렸다는 소문까지 더해지면 그녀의 성격이 장난 아니라는 것을 알 수 있다.

"부인은 제 생명의 은인이에요. 저는 부인께 은혜를 갚으면 갚았지 해를 끼치고 싶지 않아요. 하지만 동시에 제 언니도 사랑해요."

골똘히 생각하느라 심각했던 밀드레드의 표정이 엘레나의 요청에 부드럽게 풀렸다. 그녀의 아이들도 이랬으면 좋겠다.

나이를 먹어서도 서로가 서로를 돌봐 주는 사이좋은 자매로 지냈으면 좋겠다.

"언니에게 이상한 짓을 하지 말라고 말하긴 했지만 혹시 몰라서 찾아왔어요."

언니를 위해, 그리고 밀드레드를 위해 그녀에게 알려 주러 왔다는 엘레나의 마음 씀씀이가 밀드레드는 마음에 들었다. 엘레나 나름대로 최선을 다하는 것이리라. 밀드레드는 한숨을 내쉬고 알았다고 말하려 했다.

하지만 그보다 먼저 누군가 현관에서 안쪽으로 달려오는 소리가 들려왔다. 그리고 짐이 말리는 소리도.

"안 됩니다, 부인! 부인!"

이게 무슨 일이야? 놀란 밀드레드와 엘레나가 벌떡 일어났다. 반사적으로 밀드레드의 머릿속에 애슐리가 떠올랐다. 애슐리는 며칠 전에 납치당할 뻔했다. 그 애를 또 겁에 질리게 할 수는 없었다.

"반스 부인!"

밀드레드가 애슐리에게 달려가려 했을 때 누군가 응접실의 문을 벌컥 열고 들이닥쳤다. 깜짝 놀란 두 사람 앞에 뛰어 들어온 건 마리안이었다. 그녀는 밀드레드의 어깨를 잡고 숨을 헐떡이며 말했다.

"미안해요. 돌려줄 테니 남작님께 아버지는 손대지 말아 달라고 해 줘요. 제발."

이게 무슨 일이지? 밀드레드는 어리둥절해서 마리안을 쳐다봤다. 그녀는 어쩌나 정신없이 달려왔는지 모자도 장갑도 없었다.

"무슨 말씀을 하시는 건지 모르겠어요."

밀드레드는 마리안에게서 떨어지며 말했다. 미안하다는 건 아이리스를 향한 사과인 것 같다. 하지만 뭘 돌려준다는 건지, 아버지는 손대지 말라는 게 무슨 말인지 모르겠다.

반짝하고 밀드레드의 머릿속에 그녀가 가졌어야 했지만 잃어버린 것이 떠올랐다. 프레드 반스의 시신. 로니 해리스는 프레드 반스의 시신을 그의 의뢰인에게 보석을 받고 넘겼다고 말했고 의뢰인이 누군지는 모른다고 했다.

하지만 대리인으로 보아 의뢰인이 귀족일 가능성이 높았다.

"저는, 저는……."

자신이 무슨 짓을 한 건지 설명하는 마리안 앞에서 밀드레드의 표정이 점점 일그러졌다. 설마. 설마?

그때 물러나 있던 엘레나가 입을 열었다.

"마리안, 무슨 소리야?"

그제야 마리안은 엘레나가 이 방에 함께 있다는 것을 깨달았다. 그 순간 마리안의 몸이 휘청했다. 가장 보호하고 싶었던 동생이 사실을 알게 되었다. 그녀는 재빨리 소파 등받이를 짚고 숨을 몰아쉬었다.

"둘만 이야기할 수 있을까요, 반스 부인?"

마리안의 요청에 밀드레드는 눈을 가늘게 떴다. 하지만 그녀가 대답하기도 전에 엘레나가 격하게 반대했다.

"안 돼! 나도 같이 들을 거야! 반스 부인, 저도 곁에 있게 해 주세요."

"안 돼요, 제발요, 반스 부인. 다른 사람 다 있어도 괜찮아요. 엘레나만은 보내 주세요."

마리안의 애원에 밀드레드는 가슴 앞으로 팔짱을 끼었다. 안 좋은 생각이 떠올랐다. 프레드의 시신을 숨긴 사람, 가짜 프레드를 보낸 사람. 그게 다 마리안이라는 추측으로 연결되었다.

"반스 부인, 시키는 건 뭐든 할게요."

마리안의 애원에 밀드레드는 딱딱하게 굳은 표정으로 그녀를 쳐다봤다.

"그게 당신이었어?"

밀드레드의 힐난에 마리안은 눈을 감았다가 떴다. 세상 모든 사람이 그녀를 비난한다 해도 상관없다. 엘레나만 보호할 수 있다면.

밀드레드는 입술을 깨물고 깊이 숨을 들이켰다가 내쉬었다. 그리고 엘레나와 마리안에게 말했다.

"거스 양, 미안하지만 여기서 잠시만 기다려 줄래요? 그리고 스튜워드 백작 부인, 당신은 나와 서재로 가죠."

불안하고 긴장한 표정의 엘레나를 응접실에 두고 밀드레드는 마리안과 함께 서재로 향했다. 그녀는 서재 안으로 들어가자마자 밀드레드에게 감사를 표했다.

"엘레나가 없는 곳으로 데려와 줘서 고마워요."

"착각하지 마세요. 당신 이야기를 듣다가 손이 올라갈 것 같아서 둘만 있는 곳으로 온 거니까."

밀드레드의 말에 마리안의 표정이 다시 굳었다. 하지만 그녀는 숨을 깊이 들이쉬고 고개를 들며 말했다.

"상관없어요. 당신은 날 때릴 자격이 있어요."

그리고 다시 한숨을 내쉬었다. 밀드레드에게 맞을 각오쯤은 하고 왔다. 일을 저지를 때는 피해자에게 원망을 받을 각오는 하고 저지르는 거다. 마리안은 그래도 상관없었다. 엘레나만 행복하다면.

"당신이 해리스 씨를 프레드로 변장시켰어요?"

밀드레드는 주먹을 쥔 채 물었다. 대답 여하에 따라 마리안을 정말로 때릴 생각이었다. 마리안은 눈을 감았다가 뜨며 고개를 끄덕였다.

"네."

"프레드의 시신을 보석을 주고 산 것도 당신이고요?"

"네."

"해리스 씨에게 이 집에 침입해서 애슐리를 납치하라고 한 것도 당신이에요?"

"네, 뭐, 뭐라고요? 그 남자가 뭘 어째요?"

로니 해리스가 애슐리를 납치하려 한 건 마리안의 지시가 아니라 그의 자체적인 판단이었던 모양이다. 하지만 밀드레드는 화가 풀리지 않았다. 그녀는 가슴 앞으로 팔짱을 끼며 말했다.

"애슐리에게 아버지가 살아 돌아왔다고 접근해서 그 애를 행복하게 만든 뒤 납치 시도를 해서 그 애의 아버지를 두 번 죽인 게, 당신 소행이 아니라고요?"

마리안의 얼굴이 새하얗게 질렸다. 그녀는 로니가 그런 짓을 할 줄은 몰랐다. 그녀가 지시한 건 최대한 오래 프레드 반스인 척하라는 것뿐이었다.

하지만 프레드 반스는 결국 애슐리의 아버지다. 그녀가 지시한 건 최대한 오래 애슐리의 아버지인 척하라는 말이나 다름이 없다.

"나, 난⋯⋯."

마리안의 새하얗게 질린 얼굴은 새파란 색으로 변하기 시작했다. 그녀는 고개를 저으며 그럴 생각까지는 없었다고 변명하려 했다.

하지만 어떤 변명도 입에서 나오지 않았다. 프레드 반스는 밀드레드의 남편일 뿐 아니라 애슐리의 아버지다. 밀드레드에게 남편이 돌아온 거라면 애슐리에게는 아버지가 돌아온 것이다.

"당신은 나만 상처 입힌 게 아니라 내가 사랑하는 사람에게까지 상처를 줬어요. 내가 당신을 용서해야 할 이유가 뭐죠?"

"나는 용서하지 않아도 돼요!"

불쑥 마리안이 소리쳤다. 그녀는 밀드레드를 쳐다보며 천천히 무릎을 꿇었다. 그리고 간청하듯 두 손을 모으고 애원했다.

"아버지만은 손대지 말아 주세요. 아버지까지 파산하면 엘레나는 결혼할 수가 없어요. 제발요."

"당신이 내 아이에게 상처를 줬는데 나는 왜 당신의 동생을 봐줘야 하죠?"

"제발, 반스 부인. 뭐든지 할게요. 죽으라면……."

"그건 아니에요."

마리안의 입에서 죽겠다는 말이 나올까 봐 무서워서 밀드레드는 재빨리 손을 들어 보였다. 그녀는 마리안을 한 대 때리고 싶은 거지 죽이고 싶은 게 아니다.

맙소사. 밀드레드는 손을 이마에 대고 한숨을 내쉬었다. 가짜 프레드 사건이 스튜워드 백작 부인의 소행이었다. 그것도 동생 거스 양을 위한.

마음 같아서는 네가 그리 사랑하는 동생이 평생 결혼도 못 할 정도로 망해 보라고 저주를 퍼붓고 싶지만 밀드레드는 꾹 눌러 참았다. 아이들을 어떻게든 좋은 집안으로 시집보내려던 예전의 자신의 모습이 떠올랐기 때문이다.

"시체는 어디 있죠?"

잠시 생각에 잠겨 있던 밀드레드가 입을 열었다. 마리안의 머릿속에 엘레나에게 손대지 않는 조건으로 프레드의 시신을 넘겨주겠다고 제안해 볼까 하는 생각이 떠올랐지만 그녀는 재빨리 포기했다.

월포드 남작은 무서울 정도로 빠르게 스튜워드 백작의 사업을 봉쇄했다. 이틀 전부터 스튜워드 백작의 제분소로 들어오는 곡식이 끊어지더니 어제 새벽부터는 쌓아 둔 밀가루를 가져가는 사람이 나타나지 않았다.

이 나라의 유통은, 적어도 수도와 그 근방의 유통은 한 사람이 좌지우지한다고 해도 과언이 아니다. 다니엘 월포드 남작. 어젯밤, 남편으로부터 월포드 남작에게 무슨 실수를 한 거 있냐는 질문을 들은 순간 마리안의 심장은 철렁 내려앉았다.

그리고 오늘 아침, 월포드 남작으로부터 편지가 한 통 도착했다.

"제 소유의 집이 하나 있어요."

마리안은 고개를 떨어트리며 말했다. 잔꾀를 부려서 거래를 하려 할 때가 아니다. 반스 부인의 화를 돋우지 말자. 그녀는 반스 부인에게 애원해야겠다고 판단했던 것과 마찬가지로 이번에도 빠르게 판단했다.

밀드레드는 마리안을 일으켜 세웠다. 그리고 그녀에게 소파에 앉으라고 손짓하고 맞은편에 앉았다.

"생각을 좀 해 보죠."

밀드레드는 팔걸이에 팔꿈치를 대고 팔을 세워 턱을 괴며 말했다. 그녀에게 피해를 끼치려 한 건 괜찮다. 하지만 애슐리가 상처를 받은 건 어떻게 해야 할지 모르겠다.

"반스 양에게 제가 용서를 빌면……."

"어떻게요?"

마리안의 말에 밀드레드가 날카롭게 물었다. 그녀도 그걸 고민하고 있었다. 이 일을 애슐리에게 알려야 할까? 그녀는 밀드레드와 다니엘의 사이를 이간질하려는 사람 때문에 휘말려서 상처를 입었다.

만약 여기서 마리안의 사과를 받는다면 애슐리가 또 상처받지 않을 거라는 보장이 있을까.

"당신이 그 애에게 사과를 한다면 결국 애슐리는 자신이 휘말린 것뿐이라는 걸 알게 되겠죠. 자기 아버지의 죽음이 이용당했다는 것도요. 그게 그 애에게 또 다른 상처가 되지 않을까요?"

밀드레드의 말에 마리안이 입술을 깨물었다. 밀드레드는 한숨을 내쉬며 자리에서 일어났다. 그리고 설렁줄을 잡아당기며 말했다.

"거스 남작님께 손대지 말라는 말은 윌포드 남작님께 부탁드려 볼게요. 하지만 기대는 하지 말아요."

"하지만 남작님은 부인을 위해서……."

"무슨 소리예요. 당신이 망치려고 한 건 내가 아니잖아요. 나와 윌포드 남작의 관계지. 남작님도 화를 낼 이유가 충분하다는 생각 안 들어요?"

밀드레드의 말에 마리안의 얼굴이 다시 굳었다. 밀드레드는 짐을 불러 마리안과 엘레나를 배웅해 달라고 부탁한 뒤 서재 창문을 통해 두 사람이 탄 마차가 떠나는 것을 확인했다.

그때 누군가 서재 문을 똑똑하고 두드렸다. 밀드레드는 의자에 앉은 채 힘없이 말했다.

"들어와요."

다니엘이었다. 그는 밀드레드가 책상 앞에 앉아 있는 것을 보고 그녀에게 다가오며 물었다.

"괜찮습니까? 방금 거스 양과 스튜워드 백작 부인이 떠나는 거 같던데요."

"스튜워드 백작 부인은 동생을 많이 아끼더군요."

그렇습니까? 다니엘은 한쪽 눈썹을 들어 올리며 책상에 기댔다. 그리고 고개를 기울여 밀드레드의 안색을 살폈다. 그는 마리안의 사과를 받은 밀드레드의 기분이 좋을 거라 생각했다. 하지만 지금 그녀의 표정을 보니 별로 좋지 않아 보였다.

"스튜워드 백작 부인이 거스 양을 아끼는 게 마음에 안 드시는 겁니까?"

"그건 아니에요. 그냥, 좀 그래요."

스튜워드 백작 부인은 아버지가 파산해서 동생이 결혼을 못 할까 봐 걱정했다. 결혼을 못 하면 큰일 나는 것처럼.

그게 틀린 말은 아니다. 어쨌든 귀족 여성은 일을 할 수 없고 작위를 얻을 수도 없다. 아버지가 부유하다면 돈을 물려받을 수는 있겠지. 하지만 그 돈을 불리는 것도 어렵다. 사업을 하는 사람은 대부분 남자들이고 여자들은 거기에 끼기 어려우니까.

귀족 여성의 선택지는 결혼을 하느냐, 독신으로 아버지와 남자 형제의 도움을 받아 사느냐 정도다. 그나마 후자는 부유한 아버지가 있어야 가능한 일이니 결혼한다는 선택지가 우세한 것은 어쩔 수 없다.

밀드레드는 그녀의 아이들을 그 굴레에서 빼내기 위해 노력하고 있었다. 그런 그녀가 마리안의 필사적인 모습을 보고 기분이 우울해진 것은 어쩔 수 없다.

다니엘은 몸을 숙여 밀드레드의 손을 잡았다. 그리고 그녀의 손등에 입을 맞추며 물었다.

"밀드레드, 제 행동이 마음에 안 드신 겁니까?"

"스튜워드 백작을 파산시킨 게요?"

"아직 파산 안 했습니다."

다니엘은 천연덕스럽게 말했다. 진짜로 아직 파산 안 했다. 파산할지도 모른다는 공포를 느끼게 해 준 것뿐이지. 시신을 돌려주고 사과를 했으니 끊었던 유통을 천천히 풀어 줄 생각이었다.

"날 위해 그런 거예요?"

밀드레드의 질문에 다니엘은 한쪽 눈썹을 들어 올렸다. 그녀를 위해서냐고? 그는 그렇다고 말하려다가 말았다. 솔직히 말하면 아니다. 그건 분풀이에 가까웠다.

스튜워드 백작 부인 때문에 프레드의 시신을 찾지 못했고 밀드레드는 그만큼 오래 서류상 기혼자로 표시되었다. 그 부분이 다니엘은 마음에 들지 않았고 자신의 앞길을 막은 사람에게 복수를 한 것뿐이다.

"아뇨."

다니엘의 솔직한 대답에 밀드레드는 빙그레 웃었다. 그녀는 다니엘의 뺨을 감싸며 물었다.

"내가 그만둬 달라고 부탁하면 그만둘 거예요?"

다니엘의 눈이 아주 잠깐 황금색으로 빛났다가 원래대로 돌아왔다. 그는 밀드레드의 손바닥을 향해 고개를 기울이며 말했다.

"생각해 보겠습니다."

35

아이리스의 티 파티

마리안과 엘레나가 돌아간 이튿날, 나는 다니엘과 함께 마리안이 소유한 집으로 가서 프레드의 시신을 수습해 왔다. 그리고 사기죄로 재판에 넘긴 로니는 몇 달이나 몇 년 정도 감옥형일 거라는 소식을 전달받았다.

상관없다. 나는 로니의 붕대 감은 얼굴을 떠올렸다. 그 붕대 안의 얼굴이 어떤지는 모르겠지만 그 마법을 풀려면 어마어마한 돈과 마법사를 소개받을 인맥이 있어야 한다. 로니는 절대 자신의 얼굴을 돌려받을 수 없을 것이다.

그리고 스튜워드 백작 부인은······.

"부르셨어요?"

살짝 까칠해진 얼굴로 애슐리가 서재 안으로 들어왔다. 나는 책상 앞에 있는 의자를 가리키며 말했다.

"네 의견을 듣고 싶어서 불렀어."

"무슨 의견이요?"

애슐리의 얼굴에 의문이 떠올랐다. 로니의 소행 때문에 놀랐던 애슐리의 상태는 빠르게 나아지고 있었다. 첫날은 자다가 비명을 지르며 깨어났는데 지금은 잠도 잘 자고 밥도 잘 먹는다.

그래도 가끔 멍하니 창밖을 보는 애슐리를 발견할 때면 가슴이 미어지곤 했다.

"네 아버지의 시신을 찾았잖니."

애슐리의 얼굴이 눈에 띄게 어두워졌다. 나는 몸을 내밀어 책상 위로 두 손을 겹쳤다. 그리고 조용히 애슐리를 불렀다.

"애슐리. 엄마 봐."

애슐리의 푸른 눈동자가 나를 향했다. 그렇지 않아도 작은 얼굴이 며칠 수척해진 탓에 더 작아져서 그녀의 눈동자가 도드라져 보였다.

"넌 내 딸이야. 네 아버지랑 상관없이, 나는 널 사랑해. 너도 알지?"

애슐리의 눈동자가 젖어 들었다. 그녀는 고개를 숙이더니 곧 희미하게 고개를 끄덕였다. 알면 됐다. 그거면 충분하다.

나는 입을 다물고 두 장의 계획표를 들여다보았다. 하나는 아이리스의 티 파티용 계획표고 하나는 프레드의 장례식 계획표였다.

"아이리스의 티 파티를 일주일 뒤에 열어야 해."

내 말에 애슐리가 알고 있다는 듯 다시 고개를 끄덕였다. 나는 프레드의 장례식 계획표를 집어 들며 말을 이었다.

"그리고 네 아버지의 장례식도 치러야 하지. 네게 묻고 싶어. 어느 걸 먼저 할지."

"어느 걸 먼저 하냐고요?"

그제야 애슐리가 고개를 들었다. 나는 작게 미소 지으며 계획표 두 장을 그녀 앞으로 밀었다.

"각각 장단점이 있지. 네 아버지의 장례식을 먼저 치르면 네 아버지에게 최대한 빨리 안식을 가져다줄 수 있어. 하지만 바로 아이리스의 티 파티 준비를 해야 해서 네가 마음껏 추모할 시간을 갖기가 어려울 거야."

그리고 그녀를 제외한 모든 사람들이 아이리스의 티 파티를 준비하는 것에 혼란스러움을 느낄 것이다. 나는 계획표를 찬찬히 들여다보는 애슐리를 쳐다보며 말을 이었다.

"그리고 아이리스의 티 파티를 먼저 하면 네가 아버지를 천천히 추모할 수 있겠지. 대신 네 아버지에게 안식을 주는 걸 일주일 정도 미뤄야 할 테고."

어느 쪽으로 할래? 나는 말없이 애슐리를 쳐다봤다. 그녀에게 선택권을 주는 건 지금 이 상황에서 자신이 무력하다고 느끼지 않길 바라서였다.

다행히 내 생각대로 애슐리의 눈동자에 생기가 돌기 시작했다.

"아이리스의 티 파티를 먼저 해요."

애슐리의 말에 나는 의자에서 일어나 책상 앞으로 돌아 나갔다. 그리고 애슐리의 손을 잡으며 물었다.

"괜찮겠어?"

"아버지의 장례식을 급하게 해치우고 싶지 않아요. 그리고…… 아버지를 추모하는 시간을 오래 갖고 싶기도 하고요."

알겠다. 나는 한숨을 내쉬고 애슐리를 끌어안았다. 나는 그녀가 소외당했다고, 모든 일이 자신의 의지와 상관없이 돌아간다고 생각하지 않기를 바랐다.

그렇다면 마리안의 사과를 받아들일지 말지도 그녀가 결정해야 하는 거겠지.

나는 다시 숨을 깊이 들이쉬고 애슐리 앞에 무릎을 꿇고 앉았다. 그리고 그녀의 손을 잡은 채 마리안이 무슨 짓을 했는지 설명하기 시작했다.

"당신 딸들은 너무 착해요."

그날 밤, 이 층 서재에 앉은 다니엘이 불만스럽게 말했다. 나는 그의 가슴에 뺨을 댄 채 고개를 끄덕였다. 내 설명을 다 들은 애슐리는 마리안을 만나기로 결심했다.

그녀의 사과를 받아 주겠다는 건 아니었다. 그냥 그녀가 무슨 변명을 하고 어떤 사과를 하는지 들어나 보겠다는 게 그녀의 의견이었다.

하지만 그것만으로도 너무 착하다. 나는 한숨을 내쉬며 말했다.

"애슐리에게 복싱을 가르칠까 봐요."

다니엘의 몸이 굳는 게 느껴졌다. 왜? 내가 고개를 들자 그가 깨달았다는 표정으로 말했다.

"복싱을 할 줄 아셨군요."

"아뇨, 할 줄 몰라요."

"그럼 애슐리를 어떻게 가르치시려고요?"

"주먹을 쥐고 때리라고 하죠, 뭐."

허. 다니엘의 입에서 요상한 소리가 흘러나왔다. 허라고? 너 지금 어이없다는 소리를 냈니? 내가 인상을 쓰자 그는 천연덕스럽게도 결백하다는 표정을 짓더니 내 이마에 입을 맞췄다.

"제가 가르칠 수 있습니다만."

"됐어요. 당신은 바쁘잖아요."

나는 다시 다니엘의 가슴에 얼굴을 기대며 거절했다. 이미 그는 아이들과 내게 호신이 될 법한 것들을 가르쳐 주고 있었다.

검을 다루는 법, 활을 쏘는 법, 방패를 사용하는 법 같은 것들.

누군가 손을 잡으면 어떻게 해야 하는지, 뒤에서 끌어안으면 어떻게 빠져나와야 하는지도 알려줬다. 나는 그대로 허리를 세워 다니엘의 무릎 위에서 그를 향해 돌아앉았다.

그리고 그의 뺨을 두 손으로 감싸 쥐며 물었다.

"그런데 복싱도 할 줄 알았어요?"

"조금요."

흠. 다니엘이 조금이라는 건 꽤 잘한다는 의미다. 나는 그의 어깨를 잡고 키스할 것처럼 다가가다가 물었다.

"어쩌다 복싱도 배웠어요?"

"배운 거 아닙니다. 어쩌다 보니 익힌 거지."

"어쩌다 보니?"

다니엘의 손이 내 허리를 잡는 게 느껴졌다. 그는 고개를 옆으로 기울이더니 물었다.

"키스, 안 해 주시는 겁니까?"

"어쩌다 복싱을 익힌 건지 대답해 주면요."

"그냥 누가 덤비길래 상대방의 행동을 따라 해 봤죠."

누가 덤벼? 나는 깜짝 놀라서 고개를 들었다. 그러자 다니엘이 내 허리를 끌어당기며 불만스럽다는 듯 말했다.

"대답했잖습니까."

대답해 주면 키스해 주기로 했는데 왜 안 해 주냐는 거다. 나는 그의 뺨을 잡고 쪽 하고 입을 맞춘 뒤 다시 물었다.

"누가 덤벼요?"

여전히 다니엘의 표정은 불만족스러웠다. 그는 내 등에 손바닥을 대고 쭉 펴더니 낮은 목소리로 말했다.

"애들한테 해 주는 키스 말고요."

"흠, 난 우리 애들한테 입술에 키스 안 해 주는데요."

다니엘의 입에서 끙하고 신음 소리가 흘러나왔다. 나는 킥킥대면서 다시 그의 입술에 입을 맞췄다. 그리고 그가 원하는 대로 그의 아랫입술을 살짝 깨물었다가 놓았다.

하지만 다니엘이 나를 놓아주지 않았다. 그는 한 손으로 내 목을 받치더니 내 입술을 빨기 시작했다. 정신을 차렸을 때 어느새 우리의 위치는 반대가 되어 있었다.

나는 그의 밑에 깔려서 어리둥절한 표정으로 다니엘을 쳐다봤다. 언제 이렇게 된 거지?

"계속해도 될까요?"

그때 다니엘이 물었다. 뭘? 나는 멍하니 그를 올려다보다가 눈을 가늘게 떴다. 그리고 그의 가슴을 밀며 말했다.

"원 상태로."

"네."

다시 원래대로 돌아갔다. 나는 그의 무릎 위에서 소파 옆자리로 자리를 옮기며 물었다.

"그래서 누가 덤볐다고요?"

"흔한 일입니다. 여기저기 여행을 다니다 보면 이런저런 일을 겪죠."

뭔가 엄청나게 두루뭉술한 이야기가 다니엘의 입에서 흘러나왔다. 여기저기 여행을 다녔다고? 그리고 이런저런 일을 겪어? 내가 물어보려 했을 때였다.

다니엘이 내 다리를 자기 무릎 위로 올리며 물었다.

"그런데, 아이리스의 티 파티 준비는 어떻게 되어 가고 있습니까?"

"말 돌리지 말아요."

내 지적에 그가 어깨를 으쓱하며 웃었다. 그는 어쩔 수 없다는 듯 말했다.

"제 지갑을 훔쳐 가려 하길래 혼을 좀 내줬더니 주먹질을 하더군요. 그래서 따라 해 본 게 시작입니다."

"다치지는 않았어요?"

"밀, 그건 십 년 전 일이에요."

나는 소파 팔걸이에 등을 대고 그를 물끄러미 쳐다봤다. 그래서 다쳤다는 거야, 안 다쳤다는 거야? 내 표정에 어린 질문에 그는 한숨을 내쉬더니 말했다.

"안 다쳤습니다."

"상대방은요?"

다니엘의 얼굴에 장난스러운 미소가 떠올랐다.

"한 달간 못 걸어 다녔죠."

"잘했어요."

그거면 됐다. 나는 다니엘의 무릎 위에 다리를 올리고 소파에 길게 누운 채 아이리스의 티 파티 계획을 떠올렸다. 일주일, 아니다. 이제 육 일 남았다. 초대장은 보냈고, 음식 준비가 한창이었다.

다과는 거쉰이 해 주기로 했다. 정해진 돈으로 요리사를 고용할 수도 있었지만 그 이야기를 하자 거쉰이 매우 자존심 상해하며 자신이 이 나라 요리사 중 한 손에 꼽힌다고 말했기 때문이다.

나는 천천히 준비한 것을 다니엘에게 전했다.

"차는 세 가지 정도 준비했어요. 취향에 맞춰서 내놓으려고요. 그리고 케이크는 거쉰이 트리플 베리 타르트를 내놓겠다고 했고요."

트리플 베리 타르트. 꽤 그럴듯한 이름이지만 쉽게 말해서 세 가지 베리류를 얹은 타르트다. 딸기, 블루베리, 라즈베리를 설탕에 졸여서 타르트 위에 얹겠다고 했다. 그리고 추가로 복숭아 파이와 슈, 티라미수를 내놓겠다고.

신제품인 복숭아 아이스 팬케이크는 뺐다. 신제품이고 아이스크림을 감싼 거라 익숙하지 않은 사람들은 불쾌하게 여길 수도 있어서.

"장소는요?"

다니엘의 질문에 나는 고개를 젖혀 서재 천장을 쳐다봤다.

"응접실이요."

평소 우리가 쓰는 작은 응접실 말고 큰 응접실에서 열기로 했다. 가장 걸리는 건 우리 집이 좀 낡았다는 점인데. 이건 어쩔 수가 없다. 그렇다고 이 집을 리모델링하기엔 티 파티를 치르라고 내려온 돈은 터무니없이 부족했으니까.

"제가 무어 백작가에서 요정의 샘을 하루 빌리고 싶어 했다는 이야기를 했던가요?"

뭐라고? 천장을 쳐다보던 나는 고개를 휙 숙여 다니엘을 쳐다봤다. 그는 소파에 몸을 기댄 채 한 손으로 치마 너머로 내 다리를 쓰다듬고 있었다.

"성공했어요?"

"물론 아닙니다. 제 식당을 아이리스의 라이벌에게 빌려줄 수는 없죠. 물론 가격이 안 맞기도 했지만요."

어째 아이리스의 라이벌이라서가 아니라 가격이 안 맞아서 안 빌려준 걸로 들린다. 나는 한숨을 내쉬며 말했다.

"안 그래도 무어 백작가에서 식당을 빌리려 했다는 말은 들었어요. 실패하고 자기 저택에서 한다고 들었는데요."

"대신 다른 식당의 주방장을 고용했다더군요."

"음, 그 이야기도 들었어요."

물론 무어 백작가에서 고용한 요리사의 이름을 들은 거슨이 콧방귀를 뀌며 그 녀석은 자기 발끝에도 못 미친다고 했었지.

"그리고 크레이그 후작가는 집수리를 했다고 하고요."

뭐라고? 나는 다니엘의 말에 깜짝 놀라서 다시 그를 쳐다봤다. 성에서 준비금으로 내려 준 돈은 집을 수리할 정도의 금액이 안 된다. 응접실 하나 정도면 모르겠는데 그것도 아슬아슬하다. 응접실 하나만 수리하고 가구는 기존 가구 그대로 쓰고 다과도 집에 있는 재료를 그대로 써야 한다.

악단을 고용할 수도 없고. 티 파티 주제에 맞춰서 꾸밀 수도 없다.

아니지. 나는 곧 생각을 정정했다. 크레이그 후작 저택이니 그런 모든 준비물이 다 있는지도 모른다. 예를 들면 이십 개의 식탁 의자와 테이블 같은 거. 매년 크레이그 후작 부인이 티 파티를 열 테니 그런 기본적인 것들은 다 있겠지.

나는 인상을 쓰며 다시 고개를 젖혔다. 이런 시험에서 우리 집은 불리하다. 나는 파티는커녕 티 파티도 연 지 오래돼서 연회용 의자와 테이블이 낡아서 새로 사야 했다.

"스무 명이 들어갈 응접실을 수리하면 수리 비용으로 돈을 다 쓸 텐데요."

내 말에 다니엘이 삐딱하게 웃었다. 잘난 척하는 미소에 내가 왜 저렇게 웃나 하고 생각하자 그가 말했다.

"응접실만이 아닙니다. 집 전체를 다 수리하고 있다더군요."

"집 전체를요?"

돈이 안 될 텐데? 내 의문에 대답하듯 다니엘이 내 쪽으로 몸을 기울이며 말했다.

"화재 때문에 집의 일부가 타 버려서 수리해야 한답니다."

뭐라고? 나는 두 번째로 놀라서 고개를 들었다가 다시 털썩 소파 손잡이에 머리를 댔다. 꼼수네.

"그거 당연히 성에서 나온 준비금에 안 들어가겠네요."

"그렇죠."

허허허. 어이가 없어서 웃음이 나왔다. 하긴, 화재가 나서 집이 망가졌다는데 어쩔 거야. 나는 다니엘에게 시선을 던지며 말했다.

"당신이 쓴 방법이군요."

"뭐가 말입니까?"

다니엘은 이번에도 시치미를 떼고 있었다. 그가 이 집에 들어오려고 그의 집을 불태운 거 말하는 거다. 어휴. 나는 다시 천장을 쳐다보며 어떻게 할지 고민하기 시작했다.

골치 아프네. 한쪽은 식당 요리사를 데려왔고 한쪽은 편법을 써서 집을 고쳤다.

하지만 우리 집은 여전히 낡았고 기대할 수 있는 건 디저트뿐이지. 심지어 티라미수와 슈는 저쪽 요리사들도 할 수 있을 것이다.

뭔가 좋은 인상을 줄 수 있는 게 필요한데.

"밀."

그때 다니엘이 내 쪽으로 몸을 기울였다. 나는 눈만 움직여서 그를 쳐다봤다.

"원한다면 크레이그 저택을 한 번 더 태워 드리죠."

이게 무슨 소리야? 나는 멍하니 다니엘을 보다가 그가 지금 남의 집에 불 지르자고 이야기하는 것임을 깨달았다. 말도 안 되지! 나는 깜짝 놀라서 물었다.

"설마 불 지르는 것에 대한 집착 같은 게 있는 거예요?"

다니엘의 표정이 일그러졌다. 그는 떨떠름하다는 표정으로 물러나며 말했다.

"싫다는 의미로 알겠습니다."

"당연하죠. 화재로 인명 피해까지 가면 어쩔 거예요?"

후작의 저택이라면 일하는 사람도 한두 명이 아닐 거다. 피해가 커질 가능성이 있는 건 절대 안 된다.

나는 어휴 하고 한숨을 내쉬었다. 이래저래 골치가 아프다.

일단 아이리스와 이야기를 해 봐야겠다. 나는 다니엘의 도움을 받아 소파에서 일어나서 내 침실로 돌아갔다. 그는 예의 바르게도 나를 내 침실 앞까지 바래다준 뒤 내 손등에 입을 맞추고 물러났다.

"정원에서 하면 어때요?"

이튿날, 아침. 아이리스와 이야기하는 도중에 애슐리가 끼어들었다. 정원이라. 나와 아이리스뿐 아니라 릴리도 애슐리를 쳐다보고 있었다. 그러고 보니 내가 아이들에게 낸 과제에 애슐리가 비슷한 걸 냈던 기억이 난다.

"네가 구상한 티 파티처럼 말이지?"

애슐리는 정원에서 티 파티를 여는 계획을 세웠었다. 주제는 요정의 티타임. 숲 속에 하얀 돌 여러 개가 동그라미를 그리며 놓인 경우가 종종 발견되는데 그걸 요정의 티타임이라고 부른다.

그래서 애슐리의 티 파티는 정원에 테이블 대신 바위를, 의자 대신 나무 둥치를 놓고 한다는 계획이었다. 이게 계획이라 다행이지.

"애슐리의 티 파티요?"

하지만 아이리스는 단순한 계획으로 느껴지지 않았던 모양이다. 그녀의 얼굴이 하얗게 질렸다. 나는 재빨리 그녀의 무릎을 토닥이며 말했다.

"장소만 정원으로 바꾸면 어떠냐는 거야."

"하지만 정원은 햇빛 때문에 더울 거예요."

안도하는 아이리스 곁으로 릴리가 끼어들었다. 그렇겠지. 햇빛이 꽤 강하다. 티 파티가 점심 식사와 저녁 식사 사이긴 하지만 정원에서 하면 나이 든 분들은 좀 힘들 거다.

"커다란 나뭇잎으로 햇빛을 가리면 어떨까요."

그 비슷한 걸 본 것 같은데? 물론 이곳에서 말고. 나는 멍하니 애슐리를 쳐다봤다. 괜찮을 것 같은데. 잘 휘어지는 나무로 틀을 만들고 녹색 천으로 감싸서 나뭇잎 모양의 햇빛 가리개를 만드는 거다.

이거 돈이 얼마나 들지? 시간은?

"너무 바보 같은 생각이죠?"

내가 자신을 멍하니 쳐다보자 비난한다고 생각했는지 애슐리의 얼굴이 달아올랐다.

"전혀!"

나는 자리에서 벌떡 일어나며 소리쳤다. 그리고 서재로 달려가서 종이와 펜을 가져왔다.

"어머니?"

아이리스와 릴리가 당황해서 나를 불렀다. 나는 다시 응접실로 돌아와서 티 테이블 위에 종이를 놓고 머릿속에 떠오른 것을 그리기 시작했다. 나뭇잎 모양의 햇빛 가리개.

의자와 테이블은 집에 있는 것을 쓰면 된다. 여기저기에서 가져와서 짝이 안 맞을 테지만 그것도 멋이 있지 않을까.

이상한 나라의 앨리스에 나오는 모자 장수의 티 파티처럼.

"요정의 티타임이네요."

내 설명을 들은 애슐리가 박수를 치며 반색했다. 릴리 역시 흥미가 있는지 눈을 반짝이고 있었다. 하지만 아이리스는 조금 불안한 표정으로 물었다.

"나이 드신 분들께 너무 격의 없이 느껴지지 않을까요?"

그럴지도 모른다. 내가 선뜻 대답하지 못하자 릴리가 끼어들었다.

"난 괜찮을 것 같은데. 주제를 요정의 티타임이라고 하면 되잖아."

이어서 애슐리가 의견을 내놓았다.

"좋아하는 의자를 고를 수 있게 선택지를 주는 것도 괜찮을 것 같아."

어차피 티 파티란 주인이 앉을 자리를 정하기 마련이다. 그것도 주인의 능력이 중요한 부분이기 때문이다. 사이가 좋지 않거나 거북한 사람이 있다면 눈치껏 미리 떨어트려 놔야 한다.

애슐리의 의견은 손님이 와서 원하는 의자를 고르면 하인이 정해진 자리에 세팅하자는 거였다.

"괜찮은데?"

나는 감탄한 표정으로 애슐리를 쳐다보며 칭찬했다. 진짜로 괜찮았다. 어차피 의자는 하인이 뒤에서 잡아 주니까 애슐리의 제안도 괜찮을 것 같다.

"난 애슐리 생각도 괜찮은 것 같아. 티 파티에 가면 의자가 불편할 때가 좀 있잖아?"

릴리의 지원 사격에 아이리스의 눈동자가 흔들렸다. 그녀는 물끄러미 나를 쳐다보다가 조용히 물었다.

"크레이그 후작가는 집을 새 단장을 한다고요?"

"그래."

"무어 백작가는 요리사를 새로 초빙했고요."

그래. 내가 그렇게 대답하기 전에 릴리가 끼어들었다.

"거기도 정원에서 할 수도 있어."

"맞아. 지금 정원에 꽃이 많이 펴서 예쁘거든."

그렇다면 어차피 우리는 어느 쪽이든 비교당할 수밖에 없다. 응접실에서 한다면 크레이그 후작가와 비교될 것이고 정원에서 한다면 무어 백작가와 비교되겠지.

아이리스의 눈동자가 단단해졌다. 그녀는 숨을 탁 내뱉으며 말했다.

"좋아."

그녀가 말하자마자 나는 자리에서 벌떡 일어났다. 인조 나뭇잎을 주문하러 가야 한다. 하지만 아이리스가 나를 따라잡으며 속삭였다.

"예산은요, 어머니? 그걸 만들 예산이 남아 있을까요?"

"아, 괜찮아. 의자와 테이블을 원래 있던 걸 쓰고 티 파티용으로 주문한 건 예산에서 빼면 돼."

"그럼 차라리 취소하는 게……."

"거의 다 완성했는데 취소할 수는 없지."

아이리스의 표정이 어두워졌다. 왜? 나는 어리둥절해서 그녀를 쳐다보다가 아이리스가 왜 그러는지 깨달았다.

"아이리스, 우리 안 가난해. 엄청 부자는 아니지만 이제 꽤 괜찮아. 어차피 큰 식당의 의자와 식탁이 낡아서 바꾸려고 했고."

"하지만……."

여전히 아이리스의 표정은 어두웠다. 그 식탁과 의자를 골라 주문한 건 아이리스다. 당연히 가격을 알고 있을 것이다.

다른 데서 돈을 아끼는 대신 테이블과 의자를 좋은 것을 사기로 했었지. 흠. 나는 가만히 그녀를 쳐다봤다. 아이리스가 복잡한 기분이 드는 것도 이해는 된다.

이 티 파티는 처음부터 끝까지 그녀가 계획을 세우고 준비한 거다. 애슐리의 의견대로 장소를 바꾸고 릴리의 의견대로 의자까지 바꾸면 자신의 계획대로 된 게 하나도 없다고 여길 수 있다.

"그러면 이렇게 하자."

나는 아이리스의 계획을 최대한 반영하는 방향으로 의견을 제시했다. 의자와 테이블 구매 가격을 예산에 넣고 사람들이 선택할 의자에 아이리스가 산 의자도 포함시키는 거다.

"그럼 햇빛 가리개는요? 그건 어떻게 사요?"

"꼼수를 써야지."

아이리스의 눈이 동그래졌다. 저쪽이 꼼수를 쓴다면 우리도 써야지. 정정당당하게 이길 수 있다면 그것만큼 좋은 일은 없지만 정정당당하게 이기기는 어려울 것 같으니까.

나는 다시 서재로 돌아가서 편지지를 꺼냈다. 그리고 재빨리 다섯 장의 짧은 편지를 써서 루인에게 넘기며 말했다.

"당장 전달해 줘요."

편지의 주소를 확인한 루인의 얼굴에 잠깐 의외라는 표정이 떠올랐다가 사라졌다. 그가 고개를 끄덕이고 나가자 나는 곧이어 짐을 불렀다.

"손님이 오실 거예요. 최대 다섯 분 정도. 그리고 아이리스가 주문한 가구점에도 연락을 넣어 주세요."

루인과 달리 짐은 알겠다는 말과 함께 물러났다. 빨리빨리 해야 한다. 나는 아이들을 데리고 정원으로 나갔다. 정원에 식탁과 의자를 놔야 하니 준비할 게 많았다.

"한 가지 문제가 있어요."

우리 집 정원은 이제 겨우 가꾸기 시작해서 살아남은 나무가 몇 그루 되지 않았다. 역시 햇빛 가리개를 만들어서 다는 게 좋은 방법이었다고 생각하는데 아이리스가 심각한 표정으로 다가왔다.

"왜? 잔디 때문이면 여기에 카펫을 깔면 해결될 거야."

"그거 말고요."

아이리스는 잔디 위에 카펫을 깐다는 말에 생각도 못 했다는 표정을 짓더니 고개를 저었다. 그리고 날아다니는 나비를 가리키며 말했다.

"벌레요."

"아이리스, 나비는 벌레가 아냐."

애슐리의 말에 릴리와 아이리스가 그녀를 쳐다봤다. 릴리는 어쩔 수 없다는 표정을 지으며 말했다.

"나비도 벌레야."

"벌레긴 한데, 나비는 예쁘잖아."

그렇긴 하지. 나는 팔랑팔랑 날아다니는 나비를 보고 벌레를 무서워하는 사람도 많다는 것을 떠올렸다.

"역시 정원에서 하는 건 무리예요."

그때 아이리스가 다시 말했다. 그러려나? 나는 흠 하고 허리에 손을 얹은 채 정원을 쳐다봤다. 집 안에서 하는 수밖에 없나? 기껏 햇빛 가리개까지 생각했는데?

내 시선이 집으로 향했다. 그러자 환기를 위해 창문을 열었는지 이 층 창문 안쪽으로 커튼이 펄럭이는 게 보였다.

"아냐, 정원에서 할 수 있어."

더 좋은 방법이 떠올랐다. 나는 어리둥절한 표정을 짓는 아이리스를 향해 빙그레 웃어 보였다.

둥근 지붕 저택의 정원에는 가제보, 즉 정자가 하나 있다. 밀드레드는 그것을 이용할 생각이었다. 한때 이 저택에 살던 사람이 부유했을 때 세운 것인지 대리석 기둥을 이용해서 규모도 크고 멋있지만 관리를 안 해서 여기저기 깨지고 무너진 상태였다.

특히 지붕이 가장 피해가 컸다. 밀드레드는 하인들을 시켜 정자를 정리한 뒤 깨끗하게 청소했다. 그리고 아이리스의 드레스에 수를 놔 달라고 부탁한 부인들에게 몇 가지 바느질을 부탁했다.

당연하게도 여기까지 아무 돈도 들지 않았다. 당연하다. 귀족 부인들은 노동을 하지 않고, 밀드레드가 부탁한 건 급한 사람끼리 돕는 것일 뿐이니까.

"대단하군요."

일주일 후, 완성된 정자를 확인한 다니엘은 저도 모르게 신음을 흘렸다. 이렇게까지 훌륭할 줄은 몰랐는데.

지붕의 뚫린 부분은 그대로 두고 의자를 놓을 자리에 부인들에게 부탁해 만든 인조 나뭇잎을 캐노피처럼 놓았다. 그리고 정자의 기둥과 기둥 사이는 망사 천을 커튼처럼 달아 놓았다.

"가격이 꽤 나갔을 것 같은데요."

"천값만 들었어요."

그것도 꽤 싸게 샀다. 밀드레드에게 사용된 금액을 들은 다니엘의 눈이 가늘어졌다. 천은 다비나에게 싸게 샀다고 하면 가능하다. 하지만 나뭇잎 모양을 위한 틀은? 그리고 그 천들을 바느질하는 비용은?

"나뭇잎 모양 틀은 가구를 산 목공소에 부탁했어요. 서비스해 달라고 했죠."

"서비스요?"

"비싼 테이블과 의자를 샀으니 틀을 만들어 달라고 했어요."

휘어져서 사용할 수 없는 나무를 얇게 깎아서 달라고 했다는 말이다. 그렇군. 다니엘은 고개를 끄덕였다. 밀드레드는 이어서 커튼처럼 기둥에 묶어둔 망사 천을 만지며 설명했다.

"그리고 바느질은 아이리스의 드레스에 수를 놓아주는 부인들에게 부탁했죠."

나뭇잎 모양으로 천을 재단한 뒤 가장자리에 가는 나무틀이 들어갈 수 있도록 바느질해 달라고 부탁했다. 그리고 정자의 기둥과 기둥 사이를 막을 수 있도록 망사 천으로 커튼을 만드는 것도.

"그럼 그 부인들께는……."

대가로 뭘 줬냐는 다니엘의 질문에 밀드레드는 씩 웃었다.

"지난번과 같아요. 차와 설탕을 보냈죠. 괜찮은 고기가 들어왔다길래 그거랑 맛보라고 티라미수도 같이 보냈어요."

훌륭한 선물이다. 다니엘은 감탄의 의미로 밀드레드의 손을 잡고 손등에 입을 맞췄다. 그녀는 어깨를 으쓱하고 천천히 집 안으로 발걸음을 옮기며 물었다.

"다른 곳은 어때요?"

"다른 영애들의 티 파티 준비 말이죠?"

눈치 빠르게도 다니엘은 밀드레드가 뭘 묻는지 알아차렸다. 오늘 하루, 세 영애의 티 파티가 각각의 집에서 같은 날 이뤄진다.

다들 오늘까지 어떤 준비를 하는지 숨기려 했지만 사교계의 이목이 왕자비 후보 시험에 몰려 있어서 그리 쉽지는 않았다.

다니엘은 이미 크레이그 후작 영애와 무어 백작 영애가 어떤 디저트를 준비했는지도 알았다. 둘 다 오이 샌드위치를 포함했고 크레이그 후작 영애는 티라미수만, 무어 백작 영애는 티라미수와 슈를 포함했다.

"그리 대단하지는 않을 것 같습니다."

다니엘은 그렇게 말하며 슬쩍 밀드레드의 손을 잡았다. 그의 눈에 정자에 있는 등에 채우기 위해 초를 들고 나오는 윌리엄이 보였다.

오늘 아침에 리안이 도저히 혼자 못 있겠으니 데려가 달라고 부탁해서 데려왔다. 아이리스를 위해 뭐라도 하고 싶다고.

그 심정을 이해하는 만큼 다니엘은 아무 말도 하지 않았다. 그도 리안처럼 변장이라도 하고 이 저택에 있고 싶은 심정이다. 하지만 지금 시점에서 새로운 하인이 등장한다면 밀드레드가 경계심을 품겠지.

"제가 떠나기 전에 필요한 건 없으실까요?"

집 안으로 들어온 다니엘은 밀드레드의 손을 쥔 채 물었다. 그는 티 파티가 끝나는 저녁까지 클럽에 있기로 했다. 오늘 초대받은 손님들은 대부분 노부인이다. 다니엘이 있다면 무슨 마법을 부린 게 아니냐는 소리가 나올 수가 있다.

그렇기 때문에 괜한 소리를 듣지 않기 위해 다니엘은 클럽에 가서 시간을 때우기로 했다. 그의 배려가 고마워서 밀드레드는 다니엘의 손등에 입을 맞췄다.

"없어요. 아, 한 가지."

밀드레드의 말에 아쉬운 표정을 짓던 다니엘은 한 가지 있다는 말에 진지한 표정을 지었다. 밀드레드가 원하는 거라면 뭐든 들어 줄 생각이었다.

그녀는 심각한 표정의 다니엘을 현관 바로 옆에 있는 코트 보관실로 이끌었다. 그리 넓지 않은 보관실이 다니엘이 들어가는 것만으로 꽉 차게 느껴졌다. 밀드레드는 그대로 그의 어깨에 손을 얹고 발돋움을 해서 다니엘의 입술에 입을 맞췄다.

"내게 축복의 키스를 해 주고 가세요, 요정님."

다니엘의 입술이 기분 좋게 휘었다. 그는 가느다란 밀드레드의 허리를 끌어안고 몸을 숙였다. 그리고 부드럽고 다정하게 그녀의 입술에 입을 맞췄다.

"나의 주인님, 당신이 원하는 일이 모두 이뤄지길."

다니엘이 떠나고 얼마 되지 않아 손님이 도착하기 시작했다. 밀드레드의 지시에 따라 루인과 짐이 손님 접대를 맡았다. 짐이 원하는 의자를 물어보면 손님이 선택한 의자를 루인이 정해진 자리에 가져다주는 것이다.

"어머."

모건 백작 부인은 의자를 선택하라는 짐의 말에 눈을 크게 뜨며 신기하다는 듯 신음을 내뱉었다. 몇 가지 의자가 샘플로 나와 있는 게 보인다. 등받이가 길고 팔걸이가 짧은 고풍스러운 의자가 있는가 하면 약간 오래된, 농장에서 쓸 법한 의자도 있었다.

물론 아이리스가 새로 주문한 흰 칠을 한 세련된 의자도 놓여 있었다. 모건 백작 부인은 의자를 살펴보고 그중 하나를 선택했다. 그리고 짐의 안내를 받아 정원으로 향했다.

"와 주셔서 감사합니다."

정자 앞에 아이리스가 서 있었다. 그녀는 데뷔탕트 때 입었던 분홍색 드레스를 입고 모건 백작 부인을 맞이했다. 모건 백작 부인의 눈에 천으로 감싸인 정자가 눈에 들어왔다.

"들어오세요."

아이리스의 말과 함께 또 다른 하인이 입구의 천을 들어 올렸다. 깨끗하게 청소된 정자 안은 온실에서 가져온 화분과 그림으로 꾸며져 있었다.

하얀 테이블보가 씌워진 테이블 위에 크기가 다른 여러 개의 물그릇이 놓여 있었고 그 위에 납작한 초가 띄워져 있었다. 뚫린 지붕으로 햇빛이 새어 들어왔지만 의자 뒤에 나뭇잎 모양의 캐노피가 있어서 앉은 사람에게는 그늘을 만들어 주었다.

모건 백작 부인은 전혀 다른 세상으로 들어온 듯한 기분에 눈을 크게 뜨고 정자 안을 둘러봤다. 같은 규격의 의자를 늘어놓아 통일되고 깔끔한 느낌을 받았던 다른 티 파티와 달랐다.

서로 다른 규격의 의자와 다른 규격의 초. 여기저기 놓인 화분과 그림. 한쪽에 가져다 둔 여러 개의 수반 위에는 꽃과 초와 과일이 물 위에 떠 있는 게 보였다.

"세상에."

모건 백작 부인이 감탄하는 것과 동시에 루인이 그녀를 위해 의자를 밀어 주었다. 자리에 앉은 모건 백작 부인은 이미 와서 앉아 있는 부인들을 향해 눈인사를 보냈다.

"이분은 모건 백작 부인이세요. 훌륭한 연주 솜씨를 가진 손주를 두고 계시죠. 백작 부인의 피아노 솜씨도 아주 훌륭하시다고 들었어요."

마지막 손님까지 도착하자 아이리스는 자리에서 일어나서 손님을 소개하기 시작했다. 서로 잘 모르는 사람이 아이리스와 밀드레드라는 접점만으로 초대되어 이야기를 나누게 됐으니 특징을 잡아 주는 게 중요하다.

아이리스는 사람들이 이야기를 나눌 수 있도록 손님의 장점이나 취미를 넣어 소개했다. 대부분 아이리스와 밀드레드가 초대한 사람들이었지만 몇 명은 성에서 초대하도록 지목한 사람이기도 했다.

"이분은 잭슨 백작 부인이세요. 왕대비 전하의 시녀로 계신답니다."

아이리스는 초대하라고 지시가 내려온 사람 중 한 명인 잭슨 백작 부인을 소개했다. 왕대비의 시녀라는 이야기에 사람들의 눈이 반짝였다. 권력자의 가장 옆에 있는 사람이다. 다들 친해지고 싶어 할 수밖에 없다.

밀드레드는 잭슨 백작 부인이 불편해 보이지 않는지 그녀의 안색을 살폈다. 성에서 초대하라고 지시했다는 건 그 사람들이 이번 시험의 시험관이라는 뜻이기 때문이다. 왕비와 왕대비의 시녀는 각각 두 명. 그중 왕비의 시녀인 크레이그 후작 부인이 왕자비 후보의 어머니이니 남은 세 명이 각각 후보들의 티 파티에 초대받았을 거라는 건 예상할 수 있는 일이다.

소개가 끝나자 대기하고 있던 하인이 서빙 카트를 끌고 다가왔다. 그리고 아이리스가 지시한 대로 각각 손님의 취향에 맞게 차를 따라주었다.

"세 가지 차를 준비했습니다. 좋아하실 만한 걸로 제가 먼저 따라 드리라고 했어요. 혹시 다른 차를 맛보고 싶으시다면 바로 바꿔 드릴게요."

아이리스의 설명에 손님들은 자신의 찻잔을 들어 올려 차를 맛보고 고개를 끄덕였다. 거기까지 본 밀드레드는 디저트 준비가 어떻게 되어 가고 있는지 확인하기 위해 슬쩍 자리에서 일어났다. 첫 번째 디저트로는 티라미수와 슈 먼저 내놓기로 했다.

티라미수는 차갑게 내놓아야 하기 때문에 어제 미리 만들어서 냉동 창고에 넣어 두었다. 그러니 별 무리 없이 나올 것이다. 사실 밀드레드는 디저트가 완벽하게 준비될 거라는 사실을 의심하지 않았다.

거쉰은 툴툴거리기는 했지만 자기 일에 자부심을 가진 자였고 모든 것을 완벽하게 처리하려 하는 게 눈에 보였으니까.

"죽여 버릴 거야!"

물론 그 완벽함을 남에게도 요구한다는 게 문제였지만.

주방으로 들어선 밀드레드의 눈에 들어온 것은 밀대를 들고 펄펄 날뛰는 거쉰과 새파랗게 질린 얼굴로 어쩔 줄 몰라 하는 윌리엄이었다.

"무슨 일이에요?"

밀드레드는 재빨리 거쉰과 윌리엄 사이를 막아서며 물었다. 반죽을 밀었는지 거쉰이 밀대를 흔들자 거기 묻어 있던 하얀 밀가루가 떨어져 내렸다.

"저 녀석이! 저 녀석이 소금을 줬단 말입니다!"

이건 또 무슨 소리야. 밀드레드는 윌리엄을 돌아보고 그가 새파랗게 질려 어쩔 줄 몰라 하는 것을 확인했다. 또 다른 디저트는 트리플 베리 타르트. 세 가지 베리를 설탕에 졸여서 파이지를 채워야 한다. 오븐 위에 설탕이 아닌 소금에 절여진 베리들이 보글보글 끓고 있었다.

거쉰이 펄펄 뛰면서 말했다.

"설탕 대신 소금을 줬다고요! 망했어요! 망쳤다고요!"

밀드레드의 입이 딱 벌어졌다. 그녀는 냄비를 들여다보고 베리가 타기 시작하는 것을 확인했다. 어차피 사용할 수도 없다. 소금에 절인 과일을 어디에 쓴단 말인가.

하지만 밀드레드는 냄비까지 탈까 봐 재빨리 냄비를 들어 싱크대 위에 올려놓았다. 그리고 새파랗게 질린 윌리엄을 한 번 쳐다보고 거쉰에게 작은 목소리로 물었다.

"윌리엄이 설탕을 줬을 때 그게 설탕인지 확인 안 했어요?"

그녀의 질문에 거쉰의 움직임이 딱 멈췄다. 물론 설탕과 소금을 구분하지 못한 윌리엄의 실수긴 하지만 엄밀히 말하면 윌리엄은 주방 하인이 아니다.

주방은 온전히 거쉰의 소관이었다. 문제가 생긴다면 그의 책임이다.

천천히 거쉰의 얼굴 위로 충격이 번져 나갔다. 그는 비틀비틀거리며 몸을 돌리더니 조리대 위에 있는 식칼을 집어 들었다.

죽으려면 윌리엄이 아니라 자신이 죽어야 한다. 거쉰은 식칼로 자신의 가슴을 찌르려 했다.

"거쉰!"

그 장면을 본 밀드레드가 깜짝 놀라서 도마를 들어 거쉰의 칼과 가슴 사이를 막았다. 그 틈에 윌리엄이 달려들어서 거쉰의 손에서 칼을 빼앗았다.

"설탕과 소금도 구분을 못 하다니! 요리사로서 수치입니다! 그런 수치를 당하느니……."

무슨 소릴 하는 거야. 밀드레드는 차라리 죽는 게 낫다는 거쉰의 말에 어이가 없어서 입을 딱 벌렸다. 윌리엄 역시 놀라서 식칼을 든 채 그를 쳐다보고 있었다.

그사이 거쉰은 다시 다른 식칼을 찾아 들었다.

"아, 그만해요!"

밀드레드는 이번에도 그의 식칼을 빼앗아 들었다. 그리고 윌리엄에게 식칼을 넘기고 다시 말했다.

"당신이 죽으면 그 시체는 누가 치우란 말이에요?"

밀드레드의 말을 들은 거쉰의 움직임이 멈췄다. 물론 윌리엄도 입을 딱 벌리고 밀드레드를 쳐다봤다.

밀드레드는 허리에 손을 얹으며 말했다.

"소금과 설탕을 구분 못 한 건 수치고, 지금 진행되는 행사를 마무리 못 하는 건 수치가 아니에요? 그렇다면 썩 꺼져요."

거쉰의 입이 딱 벌어졌다. 그는 밀드레드를 이상한 사람 보듯 쳐다보더니 더듬거리며 말했다.

"하, 하지만 과일이 없어서……."

"복숭아는요?"

밀드레드의 질문에 거쉰이 화들짝 놀라며 오븐 위에 얹어놓은 또 다른 냄비를 들여다봤다. 복숭아 파이도 결국 복숭아를 설탕에 졸여야 한다.

"윌리엄."

냄비 뚜껑을 열자 탄 냄새가 흘러나왔다. 하지만 어차피 이것도 못 썼을 것이다. 역시나 소금에 졸였으니까. 밀드레드는 거쉰의 얼굴이 붉으락푸르락해지는 것을 보고 재빨리 윌리엄을 잡아당겨 자신의 몸 뒤로 숨겼다.

"너, 너!"

거쉰이 윌리엄을 향해 시뻘게진 얼굴로 돌아서며 손가락질했다. 하지만 그럴 때가 아니다. 밀드레드는 눈을 가늘게 뜨며 날카롭게 물었다.

"남은 과일은 뭐가 있죠?"

"네?"

밀드레드의 질문에 거쉰의 움직임이 멈췄다. 남은 과일이 뭐가 있냐고? 그의 머릿속이 혼란스러워지기 시작했다. 베리는 부족하다. 하지만 복숭아는 아직 많다.

"졸일 시간이 부족할 텐데요."

거쉰이 복숭아가 든 바구니를 가져오며 말했다. 티라미수와 슈를 먼저 내간다고 해도 졸이는 시간이 필요하다. 파이 위에 뚜껑을 덮는다면 뚜껑을 구울 시간도 필요하다.

하지만 밀드레드는 파이의 위를 덮을 생각이 없었다.

"장미 복숭아 타르트를 만들죠."

"장미 복숭아요?"

"복숭아를 얇게 저밀 거예요."

밀드레드의 말에 거쉰이 무슨 말인지 모르겠다는 표정을 지었다. 할 수 없지. 밀드레드는 직접 식칼로 복숭아 껍질을 벗겨냈다. 능숙하게 복숭아 껍질을 벗기는 그녀의 실력에 거쉰의 얼굴에 놀라움이 떠올랐다.

물론 그걸로 끝이 아니다. 밀드레드는 복숭아를 반으로 가른 뒤 얇게 저미며 윌리엄에게 말했다.

"냄비를 새로 꺼내 줄래?"

멍하니 밀드레드를 구경하던 윌리엄은 그녀의 부탁에 허둥지둥 냄비를 꺼냈다. 밀드레드는 재빨리 복숭아 하나를 전부 저민 뒤 두 번째 복숭아를 집어 들며 거쉰에게 말했다.

"똑같이 해요."

"그리고 설탕에 졸이는 겁니까?"

"얇으니까 더 빠를 거예요. 뭉그러질 정도로 졸이면 안 돼요. 장미 모양으로 얹을 거니까 모양 유지는 돼야 해요."

여전히 거쉰은 장미 모양으로 얹는다는 게 무슨 소린지 몰랐지만 밀드레드가 시키는 대로 복숭아를 껍질을 벗겨 저미기 시작했다.

"하나 더 하죠. 윌리엄, 계란을 가져다줄래?"

계란은 또 왜? 복숭아를 저미던 거쉰의 시선이 밀드레드를 향했다. 그녀는 빵을 반죽할 때 사용하는 큰 볼과 거품기를 꺼내고 있었다.

"흰자만 분리해 줘."

계란을 바구니째 가져온 윌리엄에게 볼에 흰자만 따로 담아 달라고 부탁한 밀드레드는 이번에는 설탕을 찾아왔다. 그리고 냄비 안에 넣은 복숭아 위에 설탕을 붓고 복숭아를 뒤적였다.

"이대로 졸여요."

밀드레드가 거쉰에게 그렇게 말하고 윌리엄에게 돌아오자 그는 볼 안에 총 열 개의 흰자를 넣은 뒤였다. 물론 쉽지는 않았다. 윌리엄은 계란을 깨는 건 물론이고 흰자와 노른자를 나누는 것도 처음이었기 때문이다.

조리대 앞이 떨어트린 계란으로 엉망이 되어 있는 것을 본 밀드레드는 입을 딱 벌렸지만 곧 아무렇지 않은 척 윌리엄을 칭찬했다.

"잘했어. 이제 이걸로 빠르게 젓는 거야."

젓는다고? 거쉰은 그녀가 무슨 말을 하는지 몰라서 멍하니 밀드레드와 윌리엄을 쳐다봤다. 그의 눈앞에서 밀드레드가 윌리엄에게 시범을 보였다.

"거품기로 이렇게."

밀드레드의 손에 들린 거품기가 경쾌한 착착착 하는 소리와 함께 움직였다. 윌리엄은 물끄러미 그 모습을 지켜보다가 고개를 끄덕이고 거품기를 넘겨받았다.

이어서 밀드레드가 올리브오일을 꺼내자 거쉰은 저도 모르게 눈살을 찌푸렸다. 이 나라는 식물성 오일을 음식에 사용하지 않는다. 저 올리브오일은 밀드레드가 신선한 채소를 씻어 후추와 소금, 올리브오일만 둘러 달라고 부탁해서 구해 놓은 것이다.

"거쉰, 그건 내가 졸일게요. 가서 윌리엄과 교대해 줘요."

교대를 하라고? 거쉰은 밀드레드에게 밀려나서 윌리엄에게 다가갔다. 그리고 거품기를 받아 들고 윌리엄이 하던 대로 흰자를 빠르게 젓기 시작했다.

뭐가 달라지는 건지 모르겠다. 하지만 팔이 아플 정도로 흰자를 젓자 흰자가 점점 색이 연해지면서 묽어지는 것처럼 보였다.

"설탕 넣을게요."

어느새 복숭아를 다 졸인 밀드레드가 다가와서 볼 안에 설탕을 붓고 떠났다. 여기서 더 하라고? 윌리엄은 인상을 쓰며 다시 흰자를 젓기 시작했다.

"어?"

점차 놀라운 일이 벌어지기 시작했다. 흰자가 점점 더 가벼워지면서 부풀어 오른 것이다. 놀라는 거쉰의 신음에 다가온 밀드레드가 다시 설탕을 붓더니 윌리엄에게 말했다.

"윌리엄, 교대해 줘."

그사이 밀드레드는 계란 노른자에 올리브오일을 넣고 저은 뒤 밀가루를 넣어 연노란색의 반죽을 만들고 있었다. 윌리엄이 팔이 떨어져라 거품기를 젓자 흰자가 하얗게 올라왔다.

"이거 설마 머랭입니까?"

거쉰의 입에서 놀랍다는 소리가 흘러나왔다. 이야기를 들은 적이 있다. 계란 흰자만을 이용해서 만드는 과자가 있다고.

하지만 밀드레드는 거기서 끝내지 않았다. 그녀는 윌리엄이 만든 머랭을 들여다보더니 볼을 집어 들었다. 그리고 휙 뒤집어서 머랭이 떨어지지 않는 것을 확인했다.

"헉!"

볼이 뒤집히는 순간 윌리엄과 거쉰이 신음을 내뱉었다. 하지만 머랭은 떨어지지 않았다.

"이 정도면 충분해. 잘했어."

밀드레드는 윌리엄을 칭찬한 뒤 만들어 둔 반죽에 머랭을 세 번 나누어서 덜어 섞었다. 그리고 미리 버터를 칠해둔 틀에 반죽을 담아 오븐 속에 집어넣었다.

"저게 익는 동안 우린 이쪽을 하죠."

이제 졸인 복숭아 차례다. 밀드레드는 어느새 다 졸여서 냉장 찬장에 넣어 뒀던 복숭아를 꺼냈다. 그리고 거쉰이 이미 구워 둔 파이 위에 마찬가지로 그가 미리 만들어 둔 크림을 발랐다.

이다음이 중요하다. 밀드레드는 손을 깨끗하게 씻고 얇게 저며 졸인 복숭아를 가장자리부터 꽃잎처럼 얹어가기 시작했다.

"오오."

꽤 많다 생각했던 복숭아가 타르트 하나에 다 올라갔다. 거쉰은 복숭아 조각이 마치 꽃잎처럼 보이는 타르트의 모양에 감탄했다.

"차갑게 식은 게 더 맛있을 것 같지만요."

지금쯤이면 티라미수와 슈를 거의 다 먹었을 것이다. 밀드레드는 루인을 불러 완성된 복숭아 타르트를 가져가라고 지시했다.

"장미 모양으로 만든 복숭아 타르트예요. 자르기 전에 손님들께 모양을 보여 주세요."

루인이 고개를 끄덕이고 타르트를 가지고 떠났다. 밀드레드는 재빨리 오븐으로 몸을 돌렸다.

"이제 이걸 볼까요?"

사실 밀드레드가 만들고 싶었던 건 시폰이었다. 하지만 시폰 틀이 없어서 카스텔라로 선회했다. 그녀는 틈으로 오븐을 살피다가 문을 열고 틀을 꺼냈다. 그렇지 않아도 풍기던 달콤한 냄새가 확하고 퍼져 나왔다.

"이게 뭐죠?"

밀드레드가 꺼낸 카스텔라를 본 거쉰의 눈이 동그래졌다. 이런 건 처음 봤다. 그는 밀드레드를 도와 조리대 위에 빵틀을 얹고 한참을 카스텔라를 쳐다보고 있었다.

"카스텔라예요. 크림 있죠?"

밀드레드는 이어서 크림을 찾았다. 물론 그녀가 찾은 건 설탕을 넣어 휘핑한 크림이었지만 그건 아까 타르트를 만들 때 다 썼다.

윌리엄이 재빨리 찰랑찰랑한 크림을 가져왔다. 이것도 휘핑해야 한다. 밀드레드는 씻은 거품기를 그에게 내밀며 말했다.

"저어."

다시 무한의 젓기 시간이 시작됐다. 윌리엄이 팔이 떨어져라 저으면 거쉰이 교대했다. 그래도 머랭을 만들 때보다는 쉽게 크림이 단단해졌다.

그즈음에 카스텔라도 한 김 식었다. 밀드레드는 식칼을 들고 카스텔라를 인원수보다 좀 더 많이 잘랐다. 그리고 개인 접시에 하나씩 얹기 시작했다.

"베리, 남은 거 좀 있죠?"

약간 남긴 했다. 밀드레드의 지시에 거쉰은 허둥지둥 몇 개 남지 않은 라즈베리와 블루베리를 씻어 왔다. 그사이 밀드레드는 카스텔라 위에 생크림을 얹었다.

"한두 개씩 얹어요."

카스텔라 위에 생크림을 척척척 얹은 밀드레드가 지시하자 윌리엄과 거쉰이 생크림 위에 라즈베리와 블루베리를 한두 개씩 얹기 시작했다.

"루인 오면 내가라고 하세요."

밀드레드는 그렇게 말하고 손을 닦았다. 다행히 디저트를 두 개나 만드는 동안 그녀의 옷은 더러워지지 않았다. 그녀는 그대로 주방을 나가려다 멈칫하고 말했다.

"아, 카스텔라는 좀 남을 거예요. 남은 건 하나씩 먹어 봐요."

거쉰은 멍하니 밀드레드를 쳐다봤다. 그가 망쳤다고 생각한 순간 획하고 나타나서 일을 수습하고 돌아가는 밀드레드의 모습이 뭔가와 겹쳐보였다.

그때 달칵하고 접시와 포크가 부딪치는 소리가 들렸다. 거쉰이 돌아보자 윌리엄이 밀드레드가 여분으로 만든 카스텔라를 맛보고 있었다.

"무슨 일 있어요?"

밀드레드가 오래 자리를 비웠다가 돌아오자 그녀의 옆에 앉아 있던 모건 백작 부인이 조심스럽게 물었다. 아이리스는 잭슨 백작 부인과 병원 후원에 대해 이야기를 나누고 있었다. 밀드레드는 두 사람의 대화에 끼어들거나 경청하는 사람들을 힐끔 보고 모건 백작 부인에게 목소리를 낮춰 말했다.

"디저트가 잘 준비되는지 확인하고 왔어요."

"그렇지 않아도 복숭아 장미 타르트가 나왔어요. 아주 예쁘던데요?"

모건 백작 부인의 칭찬에 밀드레드의 얼굴에 미소가 떠올랐다. 요정의 샘에 팔 때는 타르트를 작게 만들어서 한 사람당 꽃 하나씩 만들어서 내놓는 것도 괜찮을 것이다.

물론 방금 전에는 거쉰이 이미 타르트지를 크게 한 판 구워서 어쩔 수 없었지만.

"다음에 나오는 것도 괜찮을 거예요."

밀드레드의 말에 그녀와 모건 백작 부인의 대화를 듣고 있던 사람들의 표정에 기대감이 떠올랐다. 때마침 루인이 다시 서빙 카트를 끌고 오는 게 보였다.

"생크림과 베리를 얹은 카스텔라입니다."

루인은 그렇게 말하며 손님 앞에 각각 하나씩 접시를 내려놓았다. 사람들의 시선이 접시로 향하고 곧 신기하다는 반응이 이어졌다.

노르스름한 카스텔라 위에 하얀 생크림이 부드럽게 흘러내리고 그 위에 보라색과 붉은색의 과일이 올라갔다. 방금 전의 화려한 장미 모양 타르트보다 소박하다는 느낌이 들었다.

하지만 포크로 잘라 입에 넣는 순간 감탄이 터져 나왔다.

"어머."

케이크였는데 묵직하고 촉촉한 식감이 아니라 가볍고 부드러웠다.

이게 뭐지? 사람들의 시선이 아이리스를 향했다. 하지만 아이리스가 거쉰에게 미리 들은 디저트는 이게 아니었다. 그녀가 대답할 수 있을 리가 없었다.

밀드레드는 아이리스가 당황하기 전에 재빨리 입을 열었다.

"신제품이에요. 아까 내온 복숭아 타르트와 마찬가지로 요정의 샘에 나가기 전에 오늘 와 주신 분들께 미리 맛보여 드리고 싶어서 준비했어요."

사람들의 시선이 부딪쳤다. 디저트만 두고 보면 아마 반스가의 티 파티가 가장 훌륭했을 것이다. 하지만 티 파티는 그것만이 아니다.

잭슨 백작 부인의 시선이 정자 안을 훑었다. 차를 마시고 케이크를 먹으며 이야기를 나누는 사이 시간이 흘러 주변이 약간 어두워져 있었다. 어느새 하인이 수반 위에 띄워 둔 초에 불을 붙인 게 보였다.

머리 위를 가린 인조 나뭇잎 덕분에 마치 숲 속에서 차를 마시는 느낌이 들었다. 하지만 수반 위의 납작한 초나 정자를 두른 천 때문에 숲 속보다는 이국적인 느낌이 들었다.

그 분위기에는 바깥과 정자 안을 차단하는 커튼도 한몫했다. 망사로 커튼을 만든 덕분에 바람이 솔솔 들어오고 바깥의 모습도 보이는데 이 안만 다른 세상처럼 느껴졌다.

"벌레가 없네."

문득 발레리는 이 날씨에 정원에서 이뤄지는 티 파티라면 반드시라고 해도 좋을 만큼 나타나는 벌레가 없다는 것을 깨달았다.

그녀의 정원에서도 티타임을 가질 때면 늘 달콤한 차와 잼의 냄새를 맡은 벌이나 나비가 꼬이곤 했다. 하지만 반스가의 티 파티는 벌은커녕 나비도 없었다.

"모기장이에요."

밀드레드는 잭슨 백작 부인을 향해 미소를 지으며 말했다. 그냥 보기 좋으라고 망사 천을 두른 게 아니다. 모기장으로 사용하기 위해 두른 거였다.

그녀의 말에 발레리는 깨달았다는 표정으로 다시 정자를 감싼 커튼을 쳐다봤다. 그녀의 침대에도 모기장을 달아 놓긴 했다.

하지만 그걸 정자에도 두른다는 생각은 못 했다.

"좋은 생각이네요."

발레리의 칭찬에 밀드레드는 천장을 가리키며 말했다.

"원래는 저 햇빛 가리개만 사용하려고 했는데 아이리스가 벌레 때문에 곤란해하는 분들도 분명 있을 거라고 제안했어요."

사람들의 시선이 아이리스를 향했다. 확실히 벌레 때문에 정원에서 식사를 하는 걸 포기하는 사람이 있다. 하지만 다들 불편하다고만 생각했지 이런 식으로 고친다는 생각은 못 했다.

사람들의 감탄하는 표정에 아이리스는 부끄러운 표정을 지었다.

"저도 집에 가면 정자에 모기장을 쳐야겠어요."

산드라가 좋은 생각이라는 듯 말했다. 왜 이 좋은 생각을 못 했을까. 그때 상대적으로 나이가 어린 편에 속하는 넬슨 남작 부인이 끼어들었다.

"전 이 나뭇잎 모양 캐노피요. 집에 가자마자 바로 주문을 넣어야겠어요. 반스 양, 어디서 주문하셨는지 알 수 있을까요?"

넬슨 남작 부인의 요청에 아이리스의 시선이 밀드레드를 향했다. 그것도 이미 이야기를 끝냈다. 그녀는 다시 넬슨 남작 부인을 쳐다보며 말했다.

"사실 이건 참석해 주신 분께 선물로 드리려고 했어요. 댁으로 보내드려도 될까요?"

그 순간 정자 안에 가벼운 환호성이 터져 나왔다. 넬슨 남작 부인처럼 말을 하지 않아서 그렇지 다른 사람들도 은근히 가지고 싶어 하고 있던 거다.

밀드레드는 빙그레 웃으며 찻잔을 들어 올렸다. 미리 냉침해 둔 시원한 차가 기분 좋게 느껴졌다.

"마님."

그때 짐이 다가와서 밀드레드에게 몸을 기울였다. 무슨 일이지? 어리둥절해하는 그녀에게 그가 속삭였다.

"손님께서 한 분 더 오셨습니다."

"한 분 더요?"

초대한 사람은 다 왔는데? 밀드레드가 정자 안의 손님들을 둘러봤을 때였다. 짐이 재빨리 덧붙였다.

"왕비 전하십니다."

밀드레드의 시선이 정자 밖을 향했다. 날이 저물고 있는 탓에 밖의 모습이 선명하게 보이지 않았다. 하지만 누군가 이쪽으로 다가오고 있는 게 보이긴 했다.

맙소사. 밀드레드는 그대로 벌떡 일어나며 짐에게 말했다.

"찻잔 준비를 해 주세요. 디저트 남은 게 있는지도 확인하고요."

알겠습니다. 짐이 고개를 끄덕이고 물러나자 사람들이 무슨 일인가 하고 밀드레드를 쳐다보고 있었다. 그녀는 아이리스를 쳐다보고 안심하라는 의미로 미소를 지었다.

그리고 사람들을 둘러보며 말했다.

"놀라운 손님께서 오셨다네요."

놀라운 손님? 사람들은 무슨 일인가 하고 밀드레드에게서 입구로 시선을 옮겼다. 그 순간, 키가 훤칠한 남자가 모기장으로 사용하는 커튼을 걷고 들어왔다.

그가 누군지 알아본 사람들의 눈이 커졌다. 클레이 스톤 경. 왕비의 호위 기사다. 그가 이곳에 있다는 말은 왕비가 반스가의 티 파티에 방문했다는 말이다.

"전하."

"전하."

그 순간 정자 안의 사람들이 자리에서 벌떡 일어나며 고개를 숙였다. 왕비는 사람들이 아직 전부 자리를 채우고 있는 것을 보고 가볍게 놀란 표정을 지었다.

오늘 그녀는 반스가의 티 파티뿐 아니라 크레이그 후작가의 티 파티와 무어 백작가의 티 파티에도 참석했다. 일부러 반스가의 티 파티를 가장 뒤로 미룬 건 반스가를 무시하는 게 아니라 반대로 아이리스가 궁금했기 때문이었다.

다니엘 윌포드 남작이 추천한 소녀. 부유하지 않고 아버지도 없는, 눈에 띄는 미인도 아닌 아가씨. 하지만 그녀가 입은 드레스가 사교계의 첫 한 달을 달궜고 왕대비 전하도 좋게 보고 있었다.

게다가 왕자가 직접 후보 중 하나로 선택하기까지 했다니. 헤더는 아이리스가 자신의 아들을 차 버린 바로 그 아가씨일 거라고 직감했다. 그녀의 아들은 대체 아이리스 반스 양의 어디가 그렇게 좋아서 차이고도 포기를 못 한 걸까.

궁금했다. 그래서 그녀는 일부러 반스가를 가장 늦게 방문하기로 한 것이다. 가장 늦게 가면 손님들도 거의 떠났을 테고 아이리스와 그녀의 어머니인 반스 부인과 조용히 이야기할 수 있을 거라 생각해서.

"갑자기 와서 놀라게 한 게 아닌지 모르겠군."

왕비는 그렇게 말하며 정자 안으로 들어왔다. 밖에서 보기에도 하얀 천에 감싸여 여기저기 불빛이 보이는 정자의 모습은 신비로워 보였다.

하지만 안에 들어와 보니 그 신비로움은 더 강해졌다. 의자마다 놓인 거대한 나뭇잎. 수반 위에 띄워진 작은 초. 규격이 저마다 제각각인 의자.

왕비의 시선이 커튼을 고정하기 위해 가져다 놓은 화분과 액자를 향했다.

"여기 앉으세요, 전하."

그때 밀드레드가 자신의 의자를 왕비에게 양보하고 물러났다. 헤더는 하인이 가져온 또 다른 의자에 앉는 밀드레드에게 감사의 표시로 눈인사를 하고 자리에 앉으며 말했다.

"요정의 티타임이로군."

"과연 현명하신 전하께선 한 번에 알아채시는군요."

누군가 입에 발린 소리를 한 덕에 분위기가 부드러워졌다. 왕비는 주변을 둘러보며 즐겁다는 듯 말했다.

"아주 재미있어. 신선하고 영리하군."

"모기장으로 전체를 감싸서 벌레도 안 들어온답니다."

모건 백작 부인이 자기 일처럼 자랑스레 말했다. 그렇군. 왕비는 무어 백작의 티 파티를 떠올렸다. 프리실라 무어 양도 정원에서 티 파티를 열었다.

정원을 아름답게 꾸며 놔서 눈이 즐겁긴 했지만 정원이라 벌레로부터 자유롭지는 못했다. 그런 면에서 아이리스 반스 양은 영리하게 머리를 썼다.

어차피 정원 조경은 무어 백작가를 따라갈 수 없을 것이다. 그러니 정자에서 티 파티를 열되 모기장을 쳐서 주변의 모습을 한 꺼풀 가리고 이국적인 느낌이 들게 한 것이다.

"반스 양의 생각인가?"

왕비의 질문에 아이리스는 긴장한 나머지 반사적으로 고개를 끄덕였다. 하지만 곧 그녀는 솔직하게 대답했다.

"아이디어를 낸 건 제 막냇동생이었습니다, 전하. 안에 화분과 그림을 두자는 건 둘째 동생의 생각이었고요."

"창의적인 동생을 두었군."

헤더는 그렇게 말하고 밀드레드에게 물었다.

"자네의 딸이 모두 셋이라고 했던가?"

"네, 전하. 이 애가 첫째인 아이리스입니다. 밑으로 릴리, 애슐리가 있습니다."

"릴리."

어디서 들은 이름이다. 왕비가 릴리의 이름을 어디서 들었는지 곱씹는 사이 짐이 새로운 찻잔과 케이크를 가지고 돌아왔다.

"날이 선선해져서 따듯한 차로 준비했습니다."

좋은 냄새에 왕비는 가볍게 눈을 감았다. 오늘 하루 종일 티 파티를 다니면서 차가운 차를 마셔서 따듯한 차가 그립던 차였다. 짐은 이어서 접시를 내려놓으며 말했다.

"생크림과 과일을 얹은 카스텔라입니다."

이게 남아 있었어? 밀드레드의 얼굴에 놀란 표정이 떠올랐지만 재빨리 원래대로 돌아갔다. 운이 좋았다. 거쉰이 밀드레드가 만든 방법을 따라 해서 비교해 보겠다고 자신의 것을 먹지 않았던 것이다.

"그리고."

짐이 두 번째 접시를 왕비 앞에 내려놓으며 말했다.

"햄과 치즈를 넣은 샌드위치입니다."

반가운 소리에 왕비의 눈이 반짝였다. 하루 종일 케이크만 먹었더니 묵직한 요깃거리가 될 만한 것이 먹고 싶었던 참이다. 그리고 그건 왕비만이 아니었다. 네 가지 간식과 차를 마셨지만 신나게 이야기를 한 덕에 초대받은 사람들도 출출했다.

단 게 아닌 뭔가가 먹고 싶던 차다. 이어서 하인들이 따라주는 따듯한 차와 햄을 두껍게 잘라 끼워 넣은 샌드위치 한 조각에 정자 안에 다시 활기가 살아났다.

"재미있군, 재미있어."

왕비는 특별할 것 없는 샌드위치를 눈 깜짝할 사이에 먹어치운 뒤 카스텔라를 맛보며 미소 지었다. 성에서도 먹을 수 있는 샌드위치였지만 단것만 하루 종일 먹은 그녀의 입에 특히 더 맛있게 느껴졌다.

즐거워하는 왕비를 본 사람들의 얼굴에 의미심장한 표정이 떠올랐다. 그녀의 표정을 본 것만으로 이번 시험의 우승자가 누구인지 알 것 같았다.

"너무 재미있었어요."

해가 저물고 사위가 어둑어둑해지자 손님들이 떠나기 시작했다. 그사이 거쉰이 새로 만들어 내온 파운드케이크와 치즈, 와인까지 대접받은 손님들은 즐거운 마음으로 떠나갔다.

밀드레드는 손님들의 집에 인조 나뭇잎 캐노피를 보내 주겠다고 약속하며 손님들을 배웅했다. 그리고 그 배웅의 끝에 왕비가 밀드레드와 아이리스를 돌아보며 말했다.

"사실은 반스 양과 이야기를 하고 싶어서 온 거였는데."

"영광입니다, 전하."

이제는 긴장이 약간 풀린 아이리스가 빙그레 웃으며 인사했다. 그녀의 뒤로 릴리와 애슐리가 왕비님께 인사하기 위해 다가왔다.

"자네의 딸들이군."

"네, 전하. 이쪽이 릴리, 이쪽이 애슐리랍니다."

릴리는 아이리스와 비슷하게 생겼다. 하지만 애슐리는 눈에 띄게 아름다운 아가씨였다. 재미있군. 왕비는 반스가의 세 아가씨를 번갈아 보며 미소 지었다.

그녀의 아들이 한 번 차이고도 잊지 못한 아가씨다. 집안이나 외모라면 로레나 크레이그가 더 나았다. 욕심과 재력은 프리실라 무어가 더 나았다.

왕비의 머릿속에 애슐리는 반스 부인이 두 번째 남편의 죽은 부인에게서 얻은 딸이라는 게 떠올랐다. 아까 정자 안에서 아이리스는 정자를 꾸민 공을 친동생인 릴리뿐 아니라 애슐리에게도 돌렸다.

"자매가 사이가 좋다는 건 좋은 일이지."

왕비는 그렇게 말하고 아이리스를 향해 고개를 돌렸다. 자매가 사이가 좋은 것과 자기 형제에게 공을 돌리는 것은 또 다른 문제다. 그건 아랫사람의 공을 인정할 수 있다는 의미다.

"조만간 내, 반스 양을 티타임에 초대하지."

아이리스의 눈이 커졌다. 왕비의 초대를 받는다는 건 영광이다. 특히나 지금처럼 왕자비 후보 시험 중이라면 더더욱.

헤더는 한쪽 눈을 감으며 장난처럼 말했다.

"그때 아까 먹은 그 부드러운 케이크를 한 번 더 맛보고 싶은데."

"아이리스에게 들려 보내겠습니다, 전하."

재빠른 밀드레드의 말에 왕비는 빙그레 미소를 지었다. 그녀는 밀드레드와 아이리스, 릴리, 애슐리에게 눈인사를 하고 돌아섰다.

"릴리 반스."

생각났다. 마차를 타고 성으로 가는 길에 헤더는 릴리의 이름을 어디서 들었는지 기억해냈다. 더글러스 케이시 경이 좋아서 어쩔 줄 몰라 하다던 아가씨의 이름.

"아, 이거 재미있네."

헤더의 입가에 미소가 떠올랐다. 그녀의 아들이 푹 빠져 있는 아이리스 반스. 더글러스 케이시 경이 푹 빠져 있는 릴리 반스.

그리고 그 다니엘 월포드 남작이 푹 빠져 있는 밀드레드 반스.

36

오이 샌드위치

왕자비 후보의 첫 번째 시험 이튿날. 사교계는 그 어느 때보다 후끈하게 달아올랐다. 다들 시험 결과가 어땠는지, 세 후보의 티 파티가 어땠는지 궁금해했기 때문이다.

가십 신문에서는 어떻게 알아냈는지 세 후보의 티 파티 주제와 내온 음식들을 기사화했고 사람들은 반스가의 티 파티에서 나온 부드러운 케이크가 뭔지 궁금해했다.

"폭신폭신한 식감이라면서요?"

"부드럽고 입에 넣자마자 사르르 녹아 버렸다던데요."

"이번에도 요정의 샘에서 팔겠죠?"

다들 반스 부인이 만든 이번 케이크도 요정의 샘에서 팔 거라고 믿어 의심치 않았다. 그렇다면 이번에도 요정의 샘에 예약을 걸어 봐야 한다.

덕분에 요정의 샘은 향후 육 개월간의 예약이 꽉 차는 기염을 토했다.

"고기가 맛있네. 그렇지 않니?"

한편, 성의 한쪽에서 왕비와 왕자가 식사를 하고 있었다. 이번 식사는 급하게 왕자가 청해 이뤄진 것으로 헤더는 아들이 무엇 때문에 찾아왔는지 눈치챘지만 모른 척하고 있었다.

"어, 네. 맛있네요."

정말? 헤더는 리안의 접시를 잠시 쳐다봤다. 왕자의 접시는 여전히 꽉 차 있었다. 아무것도 손대지 않고 포크를 집었다 놨고 컵을 들었다 놨다만 반복했으니 당연하다.

맛보지도 않았는데 어떻게 맛있다는 말이 나올까. 다른 사람이라면 왕비를 앞에 두고 긴장해서 그렇다고 생각하겠지만 리안이 어머니를 앞에 두고 그럴 리가 없다.

결국 헤더는 한숨을 내쉬며 리안이 원하는 이야기로 이끌기 위해 새로운 화제를 꺼냈다.

"어제 반스가의 티 파티에서 신기한 케이크를 맛봤거든."

반스가라는 말에 리안의 고개가 번쩍 떠올랐다. 그럴 줄 알았다. 헤더는 웃음을 참으며 일부러 모르는 척 말했다.

"괜찮더구나. 다음에 반스 부인이 보내 준다고 하니 그때 네게도 나눠 주마."

"어, 어머니."

리안은 결국 참지 못하고 입을 열었다. 헤더는 부러 그가 왜 부르는지 모르겠다는 표정을 지어 보였다.

"그, 반스 양의 티 파티 말입니다."

뭐라고 말을 해야 하지? 리안은 무슨 말을 해야 할지 몰라서 어머니의 눈치를 살폈다. 그가 망쳤다. 뭔가 문제가 생겼다면 그건 모두 그의 잘못이다.

리안은 입술을 한 번 깨물었다가 재빨리 말했다.

"반스 양의 티 파티에 문제가 생겼다면 그건 제 실수예요. 그러니 반스 양의 시험 점수를 조금만 올려주세요."

응? 헤더는 생각도 못 한 부탁에 멍하니 아들을 쳐다봤다. 그녀가 예상한 건 반스 양의 티 파티가 어땠는지 들려 달라고 부탁하는 거였다. 점수를 올려 달라고 할 줄은 몰랐다.

"네 실수라니? 그게 무슨 소리지?"

왕비의 질문에 리안은 눈을 꽉 감았다. 그의 부모님도 다니엘이 그를 변장시켜 귀족가에서 자질구레한 일을 경험하도록 한다는 건 알고 있다. 하지만 그 귀족가가 반스가인 줄은 모르고 있었다.

리안은 자신이 반스가에서 티 파티가 열리는 날 일을 했다는 이야기를 조심스럽게 꺼냈다. 그리고 설탕을 가져오라는 심부름마저 장렬하게 실패했다는 것도.

"맙소사."

헤더는 아들의 멍청한 실수에 웃음을 터트렸다. 왕비의 웃음소리에 밖에서 대기하고 있던 로완 후작 부인이 무슨 일인가 하고 들여다보았다.

"소금을 설탕과 착각했다고?"

왕비의 웃음소리가 높아졌다. 리안은 어머니의 웃음에 어쩔 줄 몰라하며 앉아 있었다. 멍청한 실수긴 했다. 하지만 어머니께서 이 정도로 재미있어 하실 줄은 몰랐다.

"그래서 어떻게 됐니?"

"반스 부인이 와서 수습했습니다. 망친 과일은 모두 버리고 남은 복숭아로 복숭아 타르트를 만들더군요. 그리고 계란으로 케이크를 만들었고요."

"바로 수습을 했다고?"

리안의 대답에 헤더는 자신이 크게 웃었다는 것도 잊고 눈을 크게 떴다. 티 파티 도중에 사건이 일어났는데 그걸 아무도 눈치채지 못하게 수습했을 뿐 아니라 훌륭한 디저트를 새로 만들어 내기까지 했다.

그녀는 문득 로완 후작 부인이 자신의 후임으로 반스 부인을 추천하고 싶다고 지나가듯 말을 흘렸던 것을 떠올렸다. 센스와 순발력이 뛰어난 부인이라고 했던가.

"어머니, 반스 부인이 수습하지 않았다면 제 실수로 아이리스, 반스 양은 큰 손해를 봤을 거예요. 그녀가 저 때문에 피해를 입지 않았으면 좋겠습니다."

잠시 생각하는 헤더에게 리안이 진지하게 말했다. 밀드레드를 떠올리던 왕비는 아들의 부탁에 눈을 가늘게 뜨고 그를 쳐다봤다.

그녀는 왕자를 낳고 지금까지 한 번도 그에게 누군가를 도와 달라는 부탁을 받아 본 적이 없었다. 물론 리안 주변에 있는 사람들은 케이시 경이나 윌포드 남작 같은 쟁쟁한 사람들이니 왕비에게까지 도와 달라는 부탁을 할 필요가 없었는지도 모른다.

하지만 그녀는 아들이 자신에게 이런 부탁을 하는 게 처음이라 신선했다.

"그 아가씨가 그렇게 좋니?"

왕비의 질문에 리안의 몸이 굳었다. 그는 곧 허둥지둥 왕비의 시선을 피하다가 다시 그녀를 똑바로 쳐다보며 말했다.

"네."

"내 기억에 반스 양이 널 한 번 거절했었는데."

"그건…… 오해였습니다. 지금은 그녀도 절 좋아해요."

"그렇다면 쥬세페, 어째서 시험을 멈춰 달라고 하지 않는 거니?"

시험 도중에 왕자가 후보 중 한 명과 사랑에 빠져 시험을 멈추는 건 흔한 일이 아니지만 있을 법한 일이다. 어머니의 말에 리안은 잠시 망설이다가 대답했다.

"아이리스, 아니 반스 양이 시험을 계속 치르겠다고 했습니다."

"우승할 자신이 있다는 말이군?"

헤더는 그렇게 말하며 피식 웃었다. 왕자비가 될 사람이다. 그리고 왕비가 될 사람이다. 그 정도 자신감은 있어야지.

그녀가 아이리스를 마음에 들어 하려는데 리안이 다시 말했다.

"그것보다는 우승해야 자신의 입지가 생긴다고 하더군요."

"입지?"

무슨 소린가 하고 눈을 크게 뜬 왕비는 곧 아들이 무슨 말을 하는지 이해했다. 아이리스 반스. 예쁘지도 부유하지도 훌륭한 집안이지도 않은 아가씨.

왕자가 지금 시험을 멈추고 그녀와 결혼한다면 아이리스 반스는 운이 좋은 왕자비가 될 것이다. 하지만 시험에 우승한다면 자격을 가진, 그리고 실력을 증명한 왕자비가 되겠지.

"흠."

헤더는 의자에 등을 대고 가슴 앞에 팔짱을 꼈다. 점점 더 그녀도 아이리스가 마음에 들기 시작했다. 어떤 자리에 오르기 위해 단순히 운에 기대는 게 아니라 그 자격을 갖추려 하는 자세가 마음에 들었다.

왕비는 왕자를 보며 말했다.

"어쩌면 지금 네게 가장 필요한 사람일 수도 있겠구나."

"어쩌면이 아니라 확실히입니다. 제게 많은 것을 가르쳐 줬거든요."

"구체적으로 말하면?"

"책임감이죠."

리안의 표정에 뿌듯함과 자랑스러움이 흘러넘쳤다. 그렇군. 헤더는 최근 그녀의 아들이 좀 달라졌다는 보고를 떠올렸다.

하기 싫어하던 수업이나 훈련에도 열심히 임한다고 들었다. 왕의 대리로 처리하던 업무도 매번 대충 처리하고 도망치더니 최근엔 전문가를 불러와서 의견을 묻는다고도 들었다.

갑자기 아들이 철이 들었다고 좋아했는데 그건 아이리스 반스 양의 좋은 영향이었던 거다.

"그래. 시험은 그대로 진행하는 걸로 하마."

"어머니, 아이리스의 티 파티 점수는요?"

이야기를 끝내자는 어머니의 말에 리안은 허둥지둥 물었다. 이대로 이야기가 끝나면 안 된다. 그 때문에 피해 본 아이리스에게 만회해 줘야 한다.

아들의 질문에 헤더는 씩 웃었다. 그녀는 빵을 찢으며 말했다.

"손댈 것도 없어. 반스가의 티 파티 점수가 가장 높았으니까."

리안의 눈이 커졌다. 하지만 그는 곧 빙그레 웃고 드디어 자기 접시에 담긴 음식을 먹기 시작했다.

"맛있네요."

둥근 지붕 저택의 식당에서 다니엘은 밀드레드가 만든 카스텔라를 맛보고 있었다. 정확히 말하면 밀드레드가 시키는 대로 다니엘이 만든 카스텔라지만.

"대량으로 만들기 좀 힘들긴 할 거예요."

밀드레드는 다니엘의 옆에 서서 그가 카스텔라를 맛보는 것을 구경하며 말했다. 일일이 손으로 머랭을 쳐야 해서 대량으로 만드는 건 어렵다.

다니엘 역시 밀드레드의 의견에 동의했다. 실제로 티 파티 이튿날 거쉰과 윌리엄은 근육통으로 고생했으니까.

밀드레드는 셔츠 소매를 팔꿈치까지 걷은 덕에 보이는 다니엘의 팔뚝을 쳐다보다가 그의 얼굴로 시선을 돌렸다. 거쉰과 윌리엄이 팔이 떨어져라 머랭을 칠 때는 애쓴다는 생각만 들었는데 다니엘이 머랭을 칠 때는 섹시했다.

이건 그녀가 다니엘에게 반해 있기 때문인 걸까, 섹시함도 결국은 얼굴과 몸의 결과물이기 때문인 걸까.

"거쉰과 윌리엄이 왜 팔이 아프다고 했는지 알겠습니다."

다니엘은 폭신폭신한 식감의 카스텔라가 입 안에서 사라지자 씩 웃으며 말했다. 이건 대량생산할 수가 없다. 하려면 그만큼 만드는 사람이 필요하고 그러면 만드는 방법이 너무 쉽게 유출돼 버린다.

"왕비님께 조만간 하나 만들어서 보내드리기로 했어요."

밀드레드는 순식간에 비워진 다니엘의 접시를 바라보며 재빨리 말했다. 어쨌든 그녀가 만드는 음식은 모두 다니엘이 사기로 했으니 이런 건 알려 줘야 한다.

다니엘은 한쪽 눈썹을 들어 올렸다. 티 파티에 왕비도 들렀다는 말은 들었다. 그는 포크를 내려놓으며 말했다.

"마음에 들어 하신 모양이군요."

"굉장히요. 아이리스를 초대할 테니 가지고 오라고 하시더군요."

아하. 다니엘은 왕비가 무슨 생각으로 그랬는지 알 것 같아서 씩 웃었다. 마음에 든 케이크도 먹고 아들이 푹 빠진 아가씨와도 한 번 더 이야기하고 싶은 거겠지.

그는 밀드레드 쪽으로 몸을 돌렸다. 그녀는 다니엘 옆에 서 있고 다니엘은 앉아 있었지만 얼추 시야가 맞았다.

"아이리스의 점수가 가장 높습니다."

"그래요?"

다니엘의 말에 밀드레드의 얼굴이 밝게 빛났다가 원래대로 돌아왔다. 그럴 줄 알았다. 그녀는 자신이 있었고 또 그만큼 손님 모두에게 호평을 받았다.

로레나 크레이그의 티 파티는 정석적이었고 훌륭했다는 평이었고 프리실라 무어의 티 파티는 활기가 넘쳤다는 평이었다.

하지만 정원에서 진행된 프리실라의 티 파티는 벌레의 피해에서 벗어날 수가 없었다. 달콤한 디저트와 차 향기를 맡은 벌레들이 날아오는 통에 벌레를 싫어하는 손님 몇 명이 곤욕을 치렀다.

연회장에서 이뤄진 로레나의 티 파티는 단점이 하나도 없었다. 다들 훌륭했다고 입을 모았기 때문에 똑같이 훌륭하다고 입을 모은 아이리스의 티 파티와 동점이었다.

마지막 시험관인 왕비가 점수를 내기 전까지.

"왕비 전하께선 아이리스의 티 파티가 신선해서 좋았다고 하시더군요."

늘 정석적이고 호화로운 티 파티만 참석해 본 왕비로서는 반스가의 이국적인 티 파티가 신선하고 좋았던 것이다. 밀드레드는 기분이 좋아서 빙그레 웃었다.

다니엘은 밀드레드의 기분이 좋은 것을 보고 따라 웃었다. 그리고 그녀를 향해 몸을 기울이며 물었다.

"그 초는 어떻게 하신 겁니까?"

"초요?"

"물 위에 초가 떠다녔다던데요."

"아, 그거."

밀드레드는 다니엘의 질문에 킬킬대고 웃었다. 어렵지 않은 일이다. 초를 짧고 넓게 만들어서 물 위에 띄운 것뿐이니까.

그녀의 설명을 들은 다니엘의 눈썹이 올라갔다. 그는 놀랍다는 듯 물었다.

"그것뿐입니까?"

"그것뿐이에요. 초가 얇고 넓다면 부력 때문에 물 위에 뜨거든요. 그걸 이용해서 꽃 모양으로 초를 만들어도 괜찮았을 거예요."

물론 그녀는 시간이 없어서 그렇게까지는 하지 못했지만. 밀드레드의 이야기를 들은 다니엘이 자리에서 일어나며 물었다.

"그거, 팔 생각 없으십니까?"

"초 말이에요?"

"네. 수반 위에 띄우는 초를 팔죠."

"그게 팔릴까요?"

지금까지 디저트류는 이 나라에 없는 것들이니 팔렸다. 하지만 초는 이미 있는 건데? 밀드레드의 질문에 다니엘은 자신만만하게 웃었다.

그는 밀드레드가 선보인 초가 반드시 팔린다고 생각했다. 특히나 반스가의 가제보 티 파티를 다들 따라 하고 싶어 하는 지금이라면 더더욱.

"당연하죠."

밀드레드는 의욕적인 다니엘의 제안에 고개를 끄덕이며 선선히 수긍했다. 팔린다면 팔면 좋지, 뭐. 그렇게 생각하는 밀드레드의 허리를 한 팔로 끌어안은 다니엘이 그녀의 뺨에 입을 맞추고 말했다.

"그럼 전 다녀오겠습니다."

어딜? 밀드레드는 눈앞에 보이는 다니엘의 가슴에서 시선을 떼고 그의 얼굴을 쳐다봤다. 그에게 안겨 있는 덕분에 좋은 냄새가 났다. 물론 그중 절반은 달콤한 카스텔라 냄새였지만.

"어, 초를 팔려고 나가는 거예요?"

"그것도 있고요."

다니엘은 밀드레드를 끌어안은 채 고개를 기울였다. 그는 그녀가 자신에게 키스해 주지 않을까 기대하며 말을 이었다.

"비누 때문에요. 가뭄 때문에 비누 나무 수급이 안 되고 있거든요."

비누 나무. 이 나라뿐 아니라 이 대륙에서 만들어지는 세제류는 비누 나무를 이용해서 만들어진다. 그리고 대륙에 유통되는 비누 나무의 80%를 이 나라에서 공급하고 있다.

밀드레드는 별생각 없이 넘겼던 비누 나무에 대해 호기심이 들었다. 그녀는 고개를 기울이며 물었다.

"가뭄이랬죠? 비누 나무가 얼마나 죽은 거예요?"

피해가 크다. 반 이상이 말라 죽었으니까. 하지만 다니엘은 밀드레드가 걱정할까 봐 자세한 설명은 하지 않았다. 그는 여유로운 미소를 지으며 말했다.

"이 집에서 쓸 건 충분히 있으니 걱정하지 않으셔도 됩니다."

"하지만 수급이 안 된다는 건 가격이 올라간다는 거죠?"

그렇다. 다니엘은 고개를 끄덕이며 말했다.

"아이러니하죠. 이런 상황에 오히려 저 같은 사람은 돈을 벌 수 있다는 게."

밀드레드가 만든 새로운 케이크와 똑같다. 사고 싶어 하는 사람은 많은데 공급할 수 있는 양이 적으면 가격은 올라간다.

하지만 비누와 케이크는 다르다. 케이크는 사치품에 가깝지만 비누는 생필품이다. 밀드레드의 표정이 어두워졌다.

"밀."

다니엘은 고개를 기울이며 조심스럽게 그녀를 불렀다. 혹시 그가 하는 일이 마음에 들지 않는 걸까. 그는 밀드레드가 원한다면 사업을 그만둘 생각이었다.

"제가 돈을 버는 게 마음에 안 드시는 겁니까?"

"그건 아니에요. 난 돈은 많으면 많을수록 좋다고 생각하거든요."

밀드레드는 돈을 많이 벌어야 한다. 그녀에게는 딸만 셋이니까. 아이리스가 왕자와 결혼하게 된다면 부족하더라도 부끄럽지 않은 수준으로 결혼 준비를 해야 한다.

릴리는 결혼하고 싶지 않다고 했지만 화가가 되고 싶다고 했으니 그녀가 죽을 때까지 화가로 살 수 있을 만한 재산을 물려줘야 한다.

그리고 애슐리는.

밀드레드는 잠시 애슐리를 떠올렸다. 그 애가 뭘 하고 싶어 하는지는 아직 알 수 없다. 하지만 두 언니들과 달리 아버지가 귀족도 아닌 애슐리가 이 나라에서 아쉬운 소리 없이 하고 싶은 일을 하려면 돈이 필요하다.

"하지만 돈을 벌고 싶은 거지 누가 죽는 걸 보고 싶은 건 아니거든요."

밀드레드의 말에 다니엘이 어리둥절한 표정을 지었다.

그녀는 위생 상태가 병과 연관이 있다는 것을 알고 있었다. 비누 가격이 오른다면 제일 먼저 비누를 살 돈이 없는 가난한 사람들이 병에 걸리거나 아플 것이다. 그리고 그건 전염병으로 이어지겠지.

"일단 가요. 난 뭘 좀 해 봐야겠어요."

밀드레드는 여전히 자신의 허리를 끌어안고 있는 다니엘의 가슴에 손을 얹으며 말했다. 그리고 발돋움을 해서 그의 입술에 입을 맞췄다.

"뭘 하는데요?"

원하는 키스를 받았음에도 다니엘은 불안한 마음에 쉽게 떠나지 못하고 물었다. 글쎄. 밀드레드는 여전히 그의 가슴에 손을 댄 채 빙그레 웃었다.

그녀도 자신의 생각대로 일이 흘러갈지 아닐지 몰라서 말을 못 하겠다. 밀드레드는 다시 발돋움을 해서 이번에는 다니엘의 턱에 입을 맞췄다.

"해 보고 알려 줄게요."

"위험한 건 아니죠?"

"그럼요."

아마도. 밀드레드는 다시 다니엘의 입에 입을 맞추며 속으로 생각했다.

"이게 뭐예요?"

릴리의 옆에 누워 늘어지게 책을 읽고 나온 애슐리는 하인들을 시켜 커다란 통을 세탁실로 옮기는 어머니를 보고 다가왔다. 슬슬 출출해져서 거원에게 간식거리를 만들어 달라고 할 생각이었다.

"음, 비누를 만들어 볼까 하고."

"비누요?"

비누는 그냥 사면 되지 않나? 애슐리는 그렇게 생각하며 하인들이 옮겨놓은 통 안을 들여다봤다. 하지만 당연히 비누 나무 열매나 비누 나뭇잎이 들어 있을 거라 생각한 통에는 재가 가득 담겨 있었다.

"이거 재예요?"

애슐리는 어리둥절해서 물었다. 재를 거름으로 주는 이야기는 들었다. 하지만 분명 어머니는 그녀에게 비누를 만들까 한다고 말했다.

"맞아. 이걸로 비누를 만들어 볼 거야."

"가능해요?"

글쎄. 밀드레드는 애슐리의 질문에 아무 말도 하지 않았다. 그녀가 살던 곳에는 공짜면 양잿물도 마신다는 속담이 있다. 양잿물은 외국에서 온 잿물이라는 뜻이고 잿물은 말 그대로 재에 물을 섞은 거다.

밀드레드는 그녀가 살던 곳에서는 아주 옛날에 잿물로 빨래를 했다는 이야기를 떠올렸다. 그렇다면 잿물에 세정력이 있다는 말이 아닐까.

"가능한지는 봐야지."

그녀는 비누 만드는 법을 알고 있었다. 만들어 본 건지 누가 만드는 걸 본 건지는 모르지만. 기름에 가성소다를 넣어서 만드는 거다. 밀드레드는 심지어 가성소다가 위험해서 장갑을 껴야 한다는 것도 알았다.

가성소다의 역할을 잿물이 하는 거 아닐까? 그렇다면 기름에 잿물을 넣어서 비누를 만들 수 있는지도 모른다.

"안 해 보셨어요?"

"응. 그런데 어떻게 하는지는 대충 알아."

밀드레드의 질문에 애슐리는 다시 어리둥절한 표정을 지었다. 그녀는 통 안에 담은 재 위로 물을 뿌리는 어머니를 따라다니며 물었다.

"어떻게 아세요?"

"음, 뭐. 책에서도 봤고."

밀드레드의 말이 짧아졌다. 아마 텔레비전이나 인터넷에서 본 게 아닐까. 하지만 애슐리는 텔레비전이나 인터넷이라는 게 뭔지도 모르니 거기서 봤다고 말할 수는 없다.

이어서 밀드레드는 나무 주걱을 가져와서 통 안에 든 잿물을 섞었다. 이대로 며칠 뒀다가 걸러내서 사용하면 될 것 같다.

"맨손으로 만지면 절대 안 돼."

애슐리는 고개를 끄덕이고 약간 떨어진 곳에서 뿌옇게 된 잿물을 쳐다봤다. 가끔 그녀의 어머니가 이상한 일을 벌이곤 하지만 대부분 결과가 좋았다.

"주방에 카스텔라 있어."

밀드레드는 자신의 방으로 올라가며 애슐리에게 말했다. 먹고 싶으면 먹으라는 뜻이다. 그렇지 않아도 출출해서 내려왔던 터라 애슐리는 신이 나서 주방으로 들어섰다.

주방으로 향하는 복도부터 이미 달콤한 냄새가 흘러나오고 있었다.

맛있겠다. 큼직하게 한 조각 잘라서 차와 함께 가져갈 생각에 콧노래를 흥얼거리며 주방으로 들어서던 애슐리는 생각지 못한 광경에 걸음을 멈췄다. 그녀가 생각한 건 주방 식탁 위에 올라간 커다란 카스텔라 하나였다. 조리대까지 가득 늘어져 있는, 열 개는 넘어 보이는 카스텔라가 아니라.

"거쉰?"

거쉰의 모습은 보이지 않았다. 이상하다. 애슐리는 가장 가까운 데에 있는 카스텔라를 살짝 만져서 그게 아직 뜨겁다는 것을 확인했다. 그렇다면 만든 지 얼마 안 됐다는 뜻이다.

"거쉰, 이거 먹어도 돼요?"

"안 됩니다!"

그 순간 조리대 밑에서 거쉰이 튀어나왔다. 그는 상대가 애슐리라는 것을 확인하더니 재빨리 다가와서 가장 모양이 예쁜 것을 골라 들며 말했다.

"이걸로 드세요. 잘라드릴게요."

주방을 가득 채운 카스텔라는 모양이 엉망인 것부터 너무 반듯한 것까지 다채로웠다. 어떤 건 덜 익었고 어떤 건 오븐에서 꺼내자마자 가라앉아서 모양이 엉망이었다.

거쉰은 덜덜덜 떨리는 손으로 카스텔라를 잘라 접시에 얹었다. 그리고 복숭아 콤포트를 그 위에 뿌리고 포크와 함께 주방 식탁에 내려놓았다.

"드세요."

생크림을 얹고 싶었지만 도저히 이 팔로는 더 이상 거품기를 칠 수가 없다. 거쉰은 덜덜 떨리는 팔을 뒤로 숨겼다. 이대로라면 내일 아침에 팔을 들어 올릴 수도 없을지 모른다.

점심 식사를 마치고 다니엘이 밀드레드에게 어제 아이리스의 티 파티에 나왔던 카스텔라라는 것을 맛보고 싶다고 부탁하자 밀드레드는 거쉰에게 만드는 법을 다시 보여 줄 겸 다니엘과 거쉰에게 머랭을 치도록 시켰다.

그 결과가 이거다. 무사히 완성된 하나를 밀드레드와 다니엘이 식당으로 가지고 가자 거쉰은 밀드레드에게 배운 것을 잊지 않기 위해 미친 듯이 카스텔라를 만들기 시작했다.

그리고 주방을 가득 채울 정도로 카스텔라를 만들어 냈다.

"어떻습니까?"

거쉰은 애슐리가 맛을 볼 때까지 그녀의 곁을 떠나지 못하고 안절부절못하며 물었다. 하도 많이 만들어서 그는 달콤한 냄새조차 맡지 못하고 있었다.

엄청나네. 애슐리는 주방에 가득한 카스텔라를 돌아보고 거쉰을 쳐다봤다. 그가 자신의 일에 자부심을 가지고 있다는 것은 애슐리도 어렴풋이 느끼고 있었다. 그 자부심이 안 좋은 쪽을 스쳐서 어머니께 기 싸움을 걸었다는 것도 아이리스에게 들어 알고 있다

하지만 그녀의 어머니는 무리 없이 거쉰의 항복을 받아 냈고 어제부로 그는 밀드레드에게 완전히 충성하기 시작했다. 예전이라면 계란프라이를 해달라고 하면 묻지도 않고 완숙으로 해 오던 사람이 오늘 아침엔 계란프라이를 해 달라고 하자 밀드레드의 취향에 맞춰서 소금과 후추만 살짝 쳐서 반숙으로 노른자가 걸쭉해질 정도로 익혀서 내왔다.

"맛있어요."

진짜로 맛있었다. 입에 넣자 아직 따뜻한 카스텔라가 폭신폭신하고 부드럽게 녹아내렸다. 하지만 거쉰은 그 대답이 마음에 들지 않았다. 구체적으로 어디가 어떻게 맛있고 어디가 어떻게 부족한지 말해 줬으면 좋겠다.

누군가 자신을 못마땅해하는 것만은 귀신같이 아는 애슐리는 자신의 대답이 거쉰의 마음에 들지 않는다는 것을 알아차렸다. 그녀는 접시를 들어 올리며 말했다.

"두 조각 더 잘라 줄래요? 릴리랑 아이리스한테도 갖다 주고 어떤지 물어볼게요."

"네, 아가씨."

거쉰은 재빨리 쟁반을 꺼내 카스텔라를 두 조각 더 잘랐다. 그리고 각각 접시에 담은 뒤 마찬가지로 복숭아 콤포트를 얹었다.

"내가 들고 갈게요."

하녀를 부를 필요까지는 없다. 아이리스는 응접실에 있을 테니 릴리를 응접실로 내려오라고 부르면 된다.

애슐리는 쟁반을 들고 응접실로 천천히 걸어갔다. 그녀가 응접실에 거의 도착했을 때 누군가 둥근 지붕 저택의 문을 두드렸다.

"아이리스 반스 양의 댁입니까?"

짐은 방문한 사람이 어느 귀족가의 하인이라는 것을 깨닫고 무표정한 얼굴로 고개를 끄덕였다. 제복을 입은 하인은 밀봉한 초대장을 짐에게 내밀며 말했다.

"무어 백작가에서 왔습니다. 아이리스 반스 양을 초대하는 초대장입니다."

무어 백작가라고? 짐은 하인을 물끄러미 쳐다보며 초대장을 받아 들었다. 그리고 문손잡이를 잡으며 말했다.

"아가씨께 전하겠네."

"답변을 바로 주셨으면 하는데요."

뭐라고? 짐은 이상하다는 듯 초대장을 쳐다보고 잠시 기다리라고 한 뒤 응접실로 향했다.

아이리스는 애슐리가 가져온 카스텔라를 막 먹으려던 차였다. 릴리는 하녀에게 불러 달라고 했기 때문에 애슐리도 마음을 놓고 카스텔라를 먹고 있었다. 두 사람의 뒤에서 다른 하녀가 차를 우리고 있었다.

"아이리스 아가씨, 무어 백작가에서 초대장이 왔습니다."

"무어 백작가요?"

아이리스의 얼굴에 의외라는 표정이 떠올랐다. 무어 백작가와는 아무 친분이 없다. 백작 영애인 프리실라 무어가 아이리스와 같은 왕자비 후보라는 것 말고는.

"바로 답장을 달랍니다."

짐의 말에 아이리스는 재빨리 초대장을 뜯었다. 그리고 바로 답장을 달라고 하는 이유를 깨달았다.

"내일이네요."

무어 백작 부인이 아이리스를 초대한 티 파티는 바로 이튿날이었다. 내일이라고? 아이리스는 어이가 없어서 초대장을 뚫어져라 쳐다봤다.

이런 경우에 초대장이 의미하는 건 한 가지다. 아이리스에게 관심이 없었지만 어제 있었던 그녀의 티 파티에 관심이 생겨서 부랴부랴 그녀를 초대했다는 뜻이다.

이미 아이리스는 이런 일을 겪은 적이 있었다. 사교계 초반에 애슐리가 망친 드레스를 수습해서 입고 데뷔탕트에 나갔을 때, 패션에 관심 있다 하는 부인들이 모두 너 나 할 것 없이 밀드레드와 아이리스를 초대했었다.

"거절할까요?"

짐의 질문에 아이리스가 그러라고 말하려 했을 때였다. 어느샌가 짐의 뒤로 다가온 밀드레드가 그녀에게 물었다.

"너 혼자 오래?"

"네? 어, 아뇨. 한 명 더 데려와도 된다네요."

아이리스의 대답에 밀드레드가 짐에게 말했다.

"간다고 전해 줘요. 나도 같이."

"알겠습니다."

짐이 고개를 꾸벅하고 물러나자 아이리스는 어리둥절한 표정으로 밀드레드를 쳐다봤다. 문 앞에 다른 집 하인이 서 있는 것을 보고 내려왔던 밀드레드는 그대로 응접실에 들어가서 소파에 깊게 앉았다.

침대에 누워 있으려고 했는데 그녀는 역시 아이들과 함께 있는 게 더 좋았다.

"왜 거절하지 않으신 거예요?"

하녀가 차를 따라 주자 아이리스가 조심스럽게 물었다. 찻잔을 든 밀드레드는 어리둥절해서 물었다.

"혹시 가기 싫었니?"

"무어 백작가라면 경쟁자잖아요. 일부러 참석할 필요가 없다고 생각했어요."

"하지만 거절하면 네가 피했다고 생각할 텐데?"

아이리스의 얼굴이 못마땅하다는 듯 일그러졌다. 그녀도 그걸 생각하지 않은 건 아니다. 하지만 그래도 거절하려 한 건 도전적인 이유로 그녀를 초대한 거라면 더더욱 안 가는 게 낫다고 생각했기 때문이다.

물론 티 파티는 프리실라 무어가 아니라 무어 백작 부인이 여는 거지만 그렇다 해도 결국 초대한 사람들은 모두 무어 백작가와 친분이 있는 사람들일 것이다.

괜히 다른 사람의 홈그라운드에 혼자 가서 안 좋은 일을 겪을 필요가 없다고 생각했던 거다.

"저쪽에서 흠잡을 일을 만들고 싶지 않아요."

아이리스의 말에 밀드레드는 가슴 앞으로 팔짱을 끼며 고개를 끄덕였다. 그녀가 무슨 말을 하는지 알겠다. 그리고 이해도 됐다.

"초대장 줘 봐."

밀드레드의 말에 아이리스가 무어가의 초대장을 내밀었다. 밀드레드는 초대장 안에 아이리스가 눈치채지 못한 부분이 있는지 확인했다.

특정 주제를 가지고 티 파티를 열 경우 손님들에게도 주제에 맞는 소품이나 복장을 하고 오도록 권하는 경우가 있다. 하지만 무어 백작 부인의 초대장에는 어떤 소품이나 복장, 하다못해 색깔을 언급하는 부분조차 없었다.

이건 둘 중 하나다. 손님이 준비해야 할 소품이나 입어야 할 복장이 없거나, 무어 백작가에서 아이리스에게 창피를 주기 위해 일부러 알려 주지 않았거나.

"함정이면 어떻게 해요?"

아이리스의 질문에 애슐리가 어두운 표정을 지었다. 신발을 벗고 소파 위에 발을 올리고 있던 릴리도 눈썹을 들어 올렸다. 밀드레드는 다시 소파에 몸을 기대며 말했다.

"함정이면 빠져 주지 뭐."

"네? 왜요?"

"아이리스, 무어가의 티 파티는 내일이야. 설령 준비할 게 있었다 해도 오늘 초대한다면 우리가 어떻게 준비를 하겠어?"

저쪽이 밀드레드와 아이리스에게 준비가 부족했다고 비난할 수가 없다는 뜻이다. 만약 비난한다면? 밀드레드는 그것도 나쁘지 않다고 생각했다.

무어가와 반스가가 왕자비 후보로 경쟁 상태라는 걸 사교계에서 모르는 사람이 없다. 이 시점에서 굳이 티 파티 전날 초대한 뒤 준비가 부족했다고 비난한다면 대부분의 사람들은 아이리스가 아니라 프리실라의 사람 됨됨이를 의심할 것이다.

"저쪽이 싸움을 걸어오는데 굳이 피할 필요가 없지."

밀드레드는 그렇게 말하고 어깨를 으쓱해 보였다. 무어가에서 크레이그 후작 영애도 초대했다면 모르지만 아이리스만 초대한 거라면 그녀를 만만하게 봤다는 뜻이다.

"이쪽이 만만하지 않다는 걸 보여 줘야지."

"맞아. 아이리스, 언니가 왕자비가 된다면 미리 기선 제압해 두는 게 좋을 거 같아."

릴리의 말에 아이리스의 얼굴에도 알겠다는 표정이 떠올랐다. 역시 못마땅하다는 표정이 섞여 있긴 했지만.

결국 이튿날, 밀드레드는 아이리스와 함께 무어가에 갈 채비를 하고 있었다. 릴리와 애슐리는 다니엘과 함께 어느 남작의 갤러리에 참석하기로 했기 때문에 그전까지 느긋하게 있을 수 있다. 밀드레드의 침실에서 릴리와 애슐리가 침대에 앉아 이런저런 이야기를 하는 사이 아이리스는 서재에 있는 다니엘을 찾았다.

"남작님."

다니엘은 보고서를 읽느라 고개도 들지 않았다. 비누 열매를 수입해 올 수 있는 다른 대륙을 조사한 보고서였다. 이 보고서에 관심이 있는 건 다니엘뿐만이 아니다. 하루가 다르게 오르는 비누와 세제의 가격에 왕도 관심을 보이고 있었다.

"잠깐 시간 좀 내주시겠어요?"

아이리스의 요청에도 다니엘은 고개를 들지 않았다. 그는 안경을 쓴 채 그가 읽던 페이지의 마지막 부분까지 읽고 고개를 들었다.

그리고 안경을 벗으며 물었다.

"뭐지?"

"윌리엄 말인데요."

얼마 전에 쫓겨난 하인의 이름에 다니엘의 눈이 가늘어졌다. 윌리엄은 거쉰의 요리를 망친 죄로 결국 쫓겨났다. 거쉰이 절대로 같은 지붕 아래 있을 수 없다고 했기 때문에 다니엘이 다른 일자리를 구해 주겠다며 데려갔다.

아이리스가 그 사실을 알았을 때는 이미 다니엘이 윌리엄을 데리고 나간 뒤였다.

"제가 그 애에게 실수한 게 있잖아요. 그래서 너무 늦었지만……."

아이리스는 그렇게 말하며 쥐고 있던 주머니를 내밀었다. 다니엘은 여전히 아무 말도 없이 그녀를 쳐다보고 있었다. 이게 뭐냐는 말 없는 질문에 그녀는 주머니를 열어 안을 내보였다.

"제 용돈을 모은 거예요. 저 때문에 크게 멍이 났을 거예요. 보상이라기엔 좀 부족하지만요."

다니엘의 눈이 가늘어졌다. 그는 가까스로 아이리스가 말하는 게 그가 그녀와 윌리엄을 대련을 시켰을 때 아이리스가 윌리엄을 꽤나 아프게 때린 것을 말하는 것이라는 걸 알아차렸다.

얼마나 세게 때렸는지 순간적으로 그의 마법이 풀려서 윌리엄이 원래 모습으로 돌아올 정도였다. 다니엘은 피식 웃으며 말했다.

"그건 내가 대신 보상했으니 신경 쓸 필요 없어."

"하지만 그건 남작님이 보상하신 거잖아요. 가해자는 저니까 제가 제대로 사과해야 한다고 생각해요."

아이리스는 제대로 사과하지 않았다. 물론 바로 미안하다고 사과했고 의사를 불러 주었으며, 그 이튿날도 괜찮냐고 묻기는 했다. 그래도 아이리스는 신경이 쓰였다.

그녀는 잠시 망설이다가 다시 말했다.

"얼마 안 돼서 부끄럽지만 윌리엄에게 도움이 됐으면 좋겠어요."

흠. 다니엘은 무표정한 얼굴로 아이리스를 쳐다봤다. 그는 아이리스가 이 정도로 윌리엄에게 죄책감을 가지고 있는 줄은 몰랐다.

아니면.

손에 쥔 안경으로 책상을 툭툭 치던 다니엘은 낮은 목소리로 말했다.

"윌리엄에게 호감이 있니?"

아이리스의 눈이 커졌다. 그녀는 다니엘이 그런 질문을 할 줄은 생각도 못 했다. 화를 벌컥 낼 뻔했지만 아이리스는 요 몇 달간 어머니에게 배운 참을성으로 화를 눌렀다.

"아니에요. 그 애에게 미안해서 그러는 거예요. 게다가……."

"게다가?"

"어딘지 모르게 리안이 생각나거든요."

다니엘의 눈이 커졌다. 아이리스는 그가 놀라는 이유를 다른 것으로 생각하고 얼굴을 붉히며 변명했다.

"알아요. 윌리엄을 보고 리안을 떠올린다는 게 얼마나 말도 안 되는지. 하지만 그 애는 리안과 나이도 같고 키도 비슷한걸요. 그리고……."

어딘지 모르게 비슷하게 느껴졌다. 이유는 모르겠지만.

말을 잇지 못하는 아이리스를 쳐다보며 다니엘은 씩 웃었다. 놀랄 일은 없다고 생각했는데. 그는 그렇게 생각하며 툭 던지듯 말했다.

"리안을 사랑하는구나."

아이리스의 얼굴이 그 순간 확 하고 달아올랐다. 그녀는 저도 모르게 화를 벌컥 내려다가 입술을 깨물었다. 정곡을 찔렸다고 화를 내면 안 된다. 아이리스는 숨을 깊이 들이쉰 뒤 침착하게 말했다.

"남작님이 어머니를 사랑하시는 것처럼요."

놀랍게도 다니엘은 멈칫했다. 그리고 곧 아이리스가 그걸 반격이라고 생각한다는 것을 깨닫고 저도 모르게 웃음을 터트렸다. 맙소사. 고개를 숙인 채 한참을 쿡쿡대고 웃던 그는 여전히 얼굴을 붉힌 채 서 있는 아이리스를 쳐다봤다.

"알았다. 내가 전해 주지."

"감사합니다."

가 보라는 말이 없어도 아이리스는 재빨리 서재 밖으로 빠져나갔다. 윌포드 남작님은 어머니가 있을 때와 없을 때의 태도 차이가 크다. 하지만 방금은 아주 조금 어머니가 있을 때와 비슷했다.

"사랑이라."

다니엘은 아이리스가 떠난 뒤 책상 위에 그녀가 두고 간 주머니를 집어 들었다. 분명 아이리스가 몇 주간 아꼈을 돈이 들어 있었다.

사실 그는 아이리스가 윌리엄에게 사죄의 표시로 돈을 줬다는 것보다 그녀가 윌리엄의 모습에서 리안을 떠올렸다는 데 놀라고 있었다.

"요정만큼 사랑을 바라는 존재도 없지."

다니엘은 주머니 안을 쳐다보며 중얼거렸다. 요정은 사랑을 바란다.

진정한 사랑을 만날 거라는 축복. 진정한 사랑이 아니라면 헤어질 거라는 저주. 진정한 사랑만이 본 모습을 볼 것이라는 조건.

그 수많은 사랑과 관련된 축복과 저주들은 아이러니하게도 사랑의 존재를 보고 싶기 때문에 생겨난 것들이다. 다니엘은 왕족과 케이시가에 내려진 상반된 축복이 그 증거라고 생각했다.

왕이 될 자는 반드시 사랑하는 사람과 결혼하게 된다는 축복을. 케이시가의 남자들에게는 한 세대에 한 명씩 그와 약혼하는 여자들이 진정한 사랑을 찾을 거라는 저주를.

사랑이 과연 너를 얼마나 흔들어 놓을 수 있을까. 그리고 너는 그 사랑을 위해 과연 어디까지 할 수 있을까.

잊어버렸다고 생각한 어린 시절의 기억이 밀려와서 다니엘은 미간을 꾹 눌렀다. 그의 어머니는 남편과 아직 어린 다니엘을 두고 요정계로 돌아가 버렸다. 돌아가기 전 그녀는 다니엘을 붙잡고 기쁜 것처럼 이야기했다.

— 드디어 돌아갈 수 있어.

요정은 백 개의 절망을 먹고 소원을 들어준다면 요정계로 돌아갈 수 있다. 반대로 말하면 백 개의 소원을 들어줄 때까지 이 세계에 남아 있어야 한다.

사랑해서 결혼했고 작위를 얻도록 해 준 남자였지만 요정계로 돌아가는 것과 사랑은 별개였던 거다. 그때는 이해할 수 없었지만 지금은 다니엘도 이해할 수 있었다.

아버지를 사랑한 게 아니었냐고 묻는 어린 아들에게 그의 어머니는 다정하고 침착하게 말했다.

— 사랑했지. 그리고 지금도 사랑해. 하지만 모든 것이 그렇듯 그걸로 내 정체성을 포기하고 싶지 않을 뿐이야.

*   *   *

"어서 오세요."

무어 백작 부인은 친절하게 밀드레드와 아이리스를 맞이했다. 아이리스가 상상했던 것처럼 깐깐해 보이지도 않았고 그녀와 밀드레드를 보는 순간 비웃는 표정을 짓지도 않았다.

그녀는 그저 친절하게 두 사람을 응접실로 안내했을 뿐이었다. 그리고 손님들을 소개했다.

여기서 밀드레드와 아이리스가 놀랄 사건이 일어났다.

"이쪽은 더글러스 케이시 경이에요."

무어 백작 부인에게 더글러스를 소개받은 밀드레드와 아이리스는 놀란 표정을 지었다. 여기서 그를 보게 될 줄은 몰랐다.

밀드레드는 그가 릴리를 찾아왔었다는 것을 알고 있었다. 당연히 릴리가 말해 준 건 아니고 짐이 말해 줬다. 짐이 말하길, 릴리가 그림을 그리던 복장 그대로 이젤 앞에서 더글러스를 응대했다고 했다.

그 후로 찾아오지 않아서 밀드레드는 더글러스가 릴리에게 마음이 식었을지도 모른다고 생각하던 차였다. 그녀의 머릿속에 못마땅한 생각이 떠올랐다.

설마 케이시 경이 무어 양에게 마음이 있나?

"아, 안녕하십니까, 반스 부인. 반스 양."

이 자리에 밀드레드와 아이리스가 올 줄은 몰랐던 것은 더글러스도 마찬가지였다. 그는 자리에서 벌떡 일어나 가까스로 인사를 건넸다.

그 모습에 무어 백작 부인은 반색을 하며 말했다.

"세 분이 이미 안면이 있었군요. 잘됐네요."

그리고 밀드레드와 아이리스를 더글러스의 옆자리로 바꿔 주었다.

곤란하게 됐다. 더글러스는 어쩔 줄 몰라 하며 밀드레드의 옆에 앉아 있었다. 그는 자신이 하필이면 무어 백작가의 티 파티에 참석한 것을 밀드레드와 아이리스에게 들킨 것에 당황했다.

"오랜만에 보네요."

밀드레드는 더글러스가 당황하건 말건 상관하지 않고 인사를 건넸다. 진짜로 오랜만에 본다.

더글러스가 릴리를 방문한 다음에 밀드레드는 아이들을 데리고 티 파티나 갤러리, 음악회 등에 참석했지만 더글러스를 만난 적이 없었다. 바빠서 그랬거나 릴리에게 마음이 식어서 그랬겠거니 했는데 후자였던 모양이라고 생각하며 밀드레드는 삐딱하게 웃었다.

"아, 네. 오랜만입니다. 잘 지내셨습니까?"

더글러스는 릴리는 어떻게 지내냐고 묻고 싶은 것을 눌러 참으며 성실하게 인사했다. 그리고 혹시라도 밀드레드가 릴리의 근황에 대해 알려 주지 않을까 하고 기대했다.

"무어 백작가와 친분이 있는 줄은 몰랐네요."

안타깝게도 밀드레드는 더글러스가 원하는 대로 릴리의 근황을 알려 주지 않았다. 그녀는 더글러스가 마음이 있는 사람이 누구일지 궁금해하고 있었다. 프리실라 무어가 왕자비 후보기는 하지만 그는 리안이 아이리스를 좋아한다는 것을 알고 있다. 그러니 마음에 둘 수도 있지.

"아, 네. 그, 어머니 대신 참석했습니다."

"무어 백작가와 케이시 후작가 사이에 친분이 있는 줄은 몰랐네요."

어머니들 사이의 친분이라기보다는 아버지들 사이의 사업 관계에 가깝다. 하지만 더글러스는 간단하게 설명하고 아이리스를 한 번 쳐다본 뒤 밀드레드에게 물었다.

"그런데 무어 백작 부인과 친분이 있으셨습니까?"

"아니에요. 어제 초대장을 보내셨길래 염치 불고하고 참석했어요."

어제 초대장을 보냈다고? 더글러스의 눈이 커졌다. 그와 동시에 맞은편에 있던 왓슨 자작 부인이 몸을 내밀며 이야기에 끼어들었다.

"어머, 갑자기 초대를 받으셨군요. 그렇지 않아도 만나 뵙고 싶었는데 이렇게 뵙네요."

"안녕하세요, 왓슨 자작 부인."

밀드레드는 빙그레 웃으며 인사를 건넸다. 그것을 기점으로 밀드레드의 주변에 있던 사람들이 기다렸다는 듯 그녀에게 말을 걸었다.

다들 밀드레드와 안면을 익히고 싶어서 기회를 보고 있었던 거다. 그녀는 언제 한번 자기 집에 초대하고 싶다는 사람들의 이야기를 웃으면서 적당히 받아넘겼다.

그즈음 해서 무어가의 하인들이 서빙 카트를 끌고 들어왔다. 밀드레드는 하인이 손님들에게 차를 따르는 사이 프리실라가 자리에서 일어나 오늘 준비한 디저트와 차에 대해 설명하는 것을 가만히 지켜보고 있었다.

"다섯 가지 차를 준비했어요. 왕실에도 납품하는 곳인데 오늘 이 자리를 위해 가장 높은 등급의 찻잎을 선별해서 주문했답니다."

갈색 머리에 푸른색 눈을 가진 프리실라는 그 후로도 지금 마시게 될 차가 얼마나 좋은 제품인지 설명했다. 밀드레드는 지루함을 쫓기 위해 아이리스에게 고개를 숙여 속삭였다.

"똑똑해 보이는 아이네."

"아는 것도 많은 것 같아요."

그때 프리실라가 밀드레드와 아이리스를 쳐다봤다. 갈색 머리에 푸른 눈을 가진 프리실라는 조용히 목소리를 낮춰 이야기하는 모녀를 보고 훗 하고 웃었다.

오늘 무어 백작 부인의 티 파티는 한 달 전부터 예정되어 있었다. 그래서 미리 준비한 찻잎이 있었지만 이틀 전에 열렸던 티 파티 준비를 위해 프리실라는 비싼 찻잎을 사 왔다.

어차피 귀족의 티 파티란 친목과 자랑용이기 마련이다. 이왕 산 비싼 찻잎을 자신의 티 파티에서도 내놓자는 무어 백작 부인의 의견에 프리실라는 흔쾌히 찻잎을 내놓았다.

그러면서 일부러 아이리스도 초대했다. 지난 시험에서 아이리스의 점수가 가장 높았다는 이야기를 들었다. 그건 그녀의 티 파티보다 아이리스의 티 파티에 나온 재료나 장식 같은 게 신기했기 때문일 것이다.

프리실라가 아이리스를 초대한 건 자신의 수준이 이 정도라는 것을 과시하기 위해서였다. 첫 번째 시험은 요행으로 점수가 좋았을지 몰라도 두 번째부터는 그렇게 쉽지 않을 것이다.

그녀는 하인이 따라 준 차를 홀짝이며 고개를 끄덕이는 밀드레드와 아이리스를 보며 만족스러운 미소를 지었다.

"맛이 어떤가요?"

무어 백작 부인의 질문에 밀드레드는 자신의 찻잔을 쳐다봤다. 프리실라의 의도와 달리 밀드레드는 익숙한 차 맛에 다른 의미로 놀라고 있었다.

"맛있네요."

밀드레드는 자신이 마시던 차가 왕실에 납품하는 차라는 사실에 다니엘과 이야기를 해 봐야겠다고 생각하며 대답했다.

둥근 지붕 저택에 다니엘이 들어오면서 그는 그 저택에서 마시는 모든 차를 최고급품으로 바꿔 버렸다. 가격은 밀드레드가 원래 마시던 것의 몇 배나 비싸지만 수도의 유통은 전부 다니엘의 손아귀에 있다. 원가에 가까운 금액으로 들여오기 때문에 밀드레드는 그게 고급이라는 건 알았지만 이 정도로 고급인 줄은 모르고 있었다.

"반스 부인, 디저트에 대해 잘 아신다죠? 이 차와 어떤 디저트가 잘 맞을까요?"

그때 약간 떨어진 곳에 있던 귀족 부인이 밀드레드에게 물었다. 밀드레드는 그녀를 한 번 쳐다보고 다시 자신의 차를 쳐다봤다. 글쎄. 솔직히 말하면 그녀는 뭐든 비슷하게 어울릴 거라고 생각하고 있었다.

파운드케이크? 티라미수? 적당히 아무거나 대려던 밀드레드는 문득 프리실라의 얼굴을 보고 자신이 안일했다는 것을 깨달았다. 프리실라의 눈이 빛나고 있었다. 밀드레드가 뭐라고 하는지 두고 보겠다는 표정에 그녀는 재빨리 대답했다.

"무어 백작 부인께서 가장 잘 어울리는 것으로 준비하셨을 것 같은데요. 그렇죠?"

응접실에 흐르던 묘한 긴장감이 순식간에 화기애애한 분위기로 바뀌었다.

"어머, 그렇겠네요. 백작 부인, 어떤 디저트를 준비하셨어요?"

"기대돼요."

곧이어 대기하고 있던 하인들이 손님 앞에 파운드케이크를 한 조각씩 올린 작은 접시를 놓기 시작했다.

정답이었군. 밀드레드는 차를 홀짝이며 자신이 제대로 대답했다는 사실을 다시 한 번 곱씹었다. 그녀의 옆에서 아이리스도 침착한 표정을 짓고 있었지만 속으로는 안도의 한숨을 내쉬었다.

"맙소사."

더글러스는 분위기가 휙 바뀌는 것을 느끼고 한숨을 내쉬었다. 그는 그제야 방금 전 반스 부인을 향한 질문이 일종의 시험이었다는 것을 깨달았다.

만약 그 질문이 그를 향했다면? 등골이 오싹했다. 더글러스였다면 별생각 없이 '요새 슈라는 게 인기 있던데요? 하하하.'라고 대답한 뒤 분위기가 왜 싸늘해졌는지 깨닫지 못하고 어리둥절해 있었을 것이다.

"파운드케이크의 향이 참 좋네요."

"찻잎을 넣었거든요."

다시 화기애애해진 분위기 속에서 무어 백작 부인과 프리실라가 찻잎을 넣은 파운드케이크로 사람들과 이야기를 나누기 시작했다.

더글러스는 파운드케이크를 한입 맛보고 밀드레드를 향해 고개를 돌렸다. 그녀 역시 케이크를 먹고 있었다. 그는 조심스럽게 목소리를 낮춰 물었다.

"다른 분들은 같이 안 왔습니까?"

밀드레드는 더글러스를 쳐다보고 그가 긴장하고 있다는 것을 확인했다. 더글러스가 묻고 싶은 건 당연히 릴리였다. 하지만 태어나서 지금까지 후작가의 후계자로 자란 그는 직접적으로 묻는 것에 서툴렀다.

"네. 월포드 남작은 선약이 있어서 저와 아이리스만 왔어요."

밀드레드의 대답에 더글러스의 입이 벌어졌다. 설마 그 다른 분에 다니엘이 속할 줄은 몰랐다. 그는 망설이다가 다시 말했다.

"그, 저, 그럼 아이리스 양의 동생분들은요? 그분들도 선약이 있나요?"

"오, 릴리와 애슐리라면 남작과 함께 가기로 했어요. 저와 아이리스도 함께 가려고 했는데 고맙게도 무어 백작 부인께서 아이리스를 초대해 줘서 여기로 왔죠."

그렇군. 릴리가 어디 아픈 게 아니라는 말에 더글러스의 표정이 밝아졌다. 하지만 한편으로는 그녀가 그와 상관없이 사교계를 잘 다닌다는 사실에 더글러스는 씁쓸함을 느꼈다.

"그런데 케이시 경이 티 파티에 관심이 있는 줄은 몰랐네요."

더글러스가 씁쓸함을 채 다 느끼기도 전에 밀드레드가 말했다. 티 파티에 더글러스가 참석할 줄은 몰랐다는 말에 그의 표정이 살짝 굳었다.

밀드레드의 반응도 당연하다. 그는 올해, 아니 지난달까지만 해도 티 파티에는 관심이 없었다. 티 파티는 보통 여자들의 것이고 참석하는 남자들은 대부분 초대받은 예술가거나 인사하기 위한 약혼자였다.

때때로 연인을 에스코트하기 위한 남자가 참석하는 경우도 있었지만 더글러스는 그 어느 쪽에도 해당하지 않으니 밀드레드가 신기하게 여기는 것도 당연했다.

"그게……."

더글러스는 뭐라고 말해야 할지 몰라 망설였다. 이번 달 들어서 그는 자신이 갈 수 있는 모든 초대에 다 참석하고 있었다. 이유는 단 하나, 릴리 때문이었다.

물론 릴리를 만나기 위해서가 아니었다. 릴리가 참석하지 않을 곳만 골라서 참석하고 있었으니까. 더글러스는 릴리가 자신이 결혼과 맞지 않다고 말한 것을 이해했고 그럼에도 그녀를 포기하고 싶지가 않았다.

"오이 샌드위치입니다."

그때 하인들이 다시 손님 앞에 샌드위치가 담긴 접시를 내려놓기 시작했다. 얇은 빵에 버터를 바른 뒤 얇게 썬 오이를 끼운 것이다.

밀드레드는 최근 오이 샌드위치가 사교계의 티타임에 인기가 있다는 것을 알고 있었다. 하지만 채소를 잘 먹지 않는 이 나라에서 오이가 이만큼 인기 있게 된 이유는 잘 몰랐다.

어떻게 보면 그것도 밀드레드 때문이긴 했다. 그녀는 늘 신선한 채소를 구비해 두고 먹었다. 샐러드뿐 아니라 샌드위치나 스테이크, 파스타를 먹을 때도 채소를 넣어 먹었고 아이들에게도 그렇게 먹였다.

그녀의 식성을 위해 거쉰은 근방에서 늘 신선한 채소를 사 왔고 그게 상인들에게 영향을 끼쳤다. 어느 지체 높은 귀부인이 채소를 대량으로 소비한다는 소문이 돌았고 그게 둥근 지붕 저택이라는 것을 알게 된 요리사들이 채소에 관심을 보이기 시작한 것이다.

그들은 그중에서도 밀드레드와 아이리스가 그리 좋아하지 않아서 언제나 팔리지 않는 오이에 집중했고 그게 오이 샌드위치라는 결과로 나타났다.

물론 그전에도 오이가 유통되긴 했다. 하지만 대부분 피클로 소진됐고 생오이는 그다지 인기가 없었다. 유통하기도 힘들고 배가 부르지도 않기 때문이다.

그리고 아이러니하게도 바로 그 점이 귀족들에게 그들의 부와 여유로움을 자랑하는 방법으로 인기를 얻기 시작했다.

"버터 대신 크림치즈를 바른 거예요. 한번 드셔 보세요. 새로 고용한 요리사가 이걸 괜찮게 만든답니다."

무어 백작 부인의 말에 손님들은 저마다 샌드위치를 집어 들어 한입 베어 물었다. 더글러스 역시 이걸 왜 먹는지 모르겠다고 생각하면서 입에 넣었다. 그에게 오이 샌드위치는 배가 부른 것도 아니고 딱히 맛있는 것도 아닌, 그냥 오이를 끼운 빵일 뿐이었다.

하지만 아이리스는 오이 샌드위치를 깨작대고 있었다. 그녀는 손님인 도리상 맛을 봐야 하기 때문에 나이프로 한 귀퉁이를 잘라내어 입에 넣었다.

그때 프리실라가 이상하다는 듯 물었다.

"어머, 반스 양. 오이 샌드위치가 입에 안 맞아요?"

안 맞는다. 하지만 그렇게 말할 수 없어서 아이리스는 곤란한 표정을 지으며 말했다.

"아니에요. 맛있어요. 그저, 제가 오이를 별로 안 좋아하거든요. 편식이 나쁘다는 건 아는데 그래도 이러네요."

"그래요? 신기하네요. 오이는 딱히 향도 강하지 않잖아요?"

프리실라의 질문에 밀드레드에게 차와 어울리는 디저트를 물었던 부인이 끼어들어서 받아쳤다.

"맞아요. 오이는 맛도 튀지 않아서 차와 함께 먹기 참 좋은 음식인데요. 반스 양은 안 맞는 모양이에요."

분위기가 순식간에 이상하게 흘러갔다. 밀드레드는 프리실라의 말을 받아친 젊은 부인이 라슨 부인이라는 것을 떠올렸다. 라슨 백작의 손자 며느리라는 것도.

라슨 부인과 그녀의 옆에 앉은 다른 사람들이 소곤거리며 키득거리기 시작했다. 오이 샌드위치는 사교계에서 고급스러운 다과로 자리를 굳혀 가고 있었다. 그러니 저들은 아이리스가 고급스러운 다과가 입에 맞지 않는 촌스러운 입맛이라고 소곤거리는 것이다.

분위기가 별로 좋지 않자 더글러스가 나섰다.

"오이도 향이 있죠."

특유의 냄새가 있다. 그걸 뭐라고 설명해야 할지 모르지만. 하지만 프리실라는 더글러스의 지원은 가볍게 묵살했다.

"향긋하죠. 거슬리는 정도는 아니지 않아요?"

프리실라의 말에 티 파티에 초대된 손님들이 소극적으로 고개를 끄덕였다. 그들도 아이리스를 공격하고 싶지는 않지만 확실히 오이는 딱히 튀는 식재료가 아니다.

"프리실라, 안 맞는 사람이 있을 수도 있지. 너도 못 먹는 음식이 있잖니."

오히려 그런 프리실라를 말린 것은 무어 백작 부인이었다. 그녀는 딸이 욕심이 많고 경쟁심이 강하다는 것을 알고 있었다. 그런 이유로 오늘 아이리스를 초대하자고 한 것도 알았다.

그럼에도 아이리스를 초대한 건 그녀가 이틀 전 티 파티에서 내놓은 장식과 케이크가 궁금했기 때문이다. 그녀는 딸 때문에 아이리스가 기분이 상해서 장식과 케이크를 이야기해 주지 않으면 곤란했다.

그때 밀드레드가 나섰다.

"죄송해요. 딸아이가 분위기를 어지럽혔네요. 오이라는 게 괜찮긴 한데 살짝 쓴맛이 있잖아요? 미각이 예민하신 분들은 이해하실 거라 믿어요."

그 순간 응접실 안의 수군거리던 소리가 뚝 멈췄다. 다들 밀드레드가 무슨 말을 하는 건가 하고 그녀를 쳐다보고 있었다.

무어 백작 부인 역시 이상하다는 듯 물었다.

"오이가 쓰다고요?"

"조금요. 이 샌드위치는 크림치즈를 발라서 가리긴 했는데 잘 씹어 보면 끝 맛에 씁쓸한 맛이 나잖아요? 역시 이것만은 어쩔 수가 없더라고요."

쓰다고? 라슨 부인은 저도 모르게 손에 들고 있던 오이 샌드위치를 입에 넣었다. 그리고 천천히 씹기 시작했다.

하지만 그녀에게는 쓴맛이 느껴지지 않았다. 반스 부인이 거짓말하는 거 아냐? 라슨 부인이 그렇게 생각한 순간 왓슨 자작 부인이 손뼉을 치며 말했다.

"맞아요. 어쩐지 끝 맛이 써서 이상하다고 생각했는데. 역시 오이는 좀 쓴 게 맞군요?"

밀드레드의 얼굴에 미소가 떠올랐다. 그녀는 고개를 끄덕이며 말했다.

"왓슨 자작 부인께서는 역시 미각이 예민하셔서 이해하시는군요. 다른 분들도 이해하시죠? 다들 미각이 뛰어나실 테니까요."

그럴 리가 없다. 하지만 여기서 아니라고 하면 자기 미각은 둔하다는 말이 되니 아니라고 말할 수 있는 사람이 있을 리가 없었다.

더글러스는 멍하니 밀드레드를 쳐다보다가 접시에 놓인 오이 샌드위치를 입에 넣었다. 하지만 그에게는 그저 아삭한 오이일 뿐 쓴맛은 나지 않았다.

"사실 저도 오이가 좀 썼어요."

끝에 앉아 있던 사람이 그렇게 말하며 밀드레드에게 동의한다는 표정을 지어 보였다. 순식간에 분위기가 반전됐다. 사람들은 보통 있어 보이고 싶어 하고 미각이 예민한 것을 있어 보인다고 생각한다.

특히나 부와 고귀함을 자랑하고 싶어 하는 사교계라면 더 심하다. 무어 백작 부인의 티 파티에 초대받은 사람들은 모두 자신의 미각이 예민하다고 생각하거나 예민하게 보이기를 원했다.

밀드레드와 아이리스는 재빨리 오이 샌드위치를 내려놓는 사람들을 보고 어이없는 마음에 속으로 웃었다. 그건 더글러스도 마찬가지였다.

그대로 응접실의 대화가 잦아들었다. 티 파티의 대화가 끊기면 안 된다. 무어 백작 부인은 일부러 흥겨운 목소리로 밀드레드에게 물었다.

"밴스 부인, 밴스 양의 티 파티에서 재미있는 게 많이 나왔다던데요. 이야기 좀 해 줄 수 있을까요?"

그걸로 다시 응접실의 분위기가 살아났다. 손님들은 다시 눈을 반짝이며 밀드레드를 쳐다보기 시작했다. 다들 밴스가의 티 파티에서 나왔다는 새로운 디저트나 모기장, 햇빛 가리개 같은 게 궁금하던 터였다.

"물론이죠."

밀드레드는 빙그레 웃으며 백작 부인을 쳐다보고 아이리스가 어떤 아이디어를 내놓았는지 이야기를 시작했다. 그러면서 동시에 그녀는 무어 백작 부인의 손님맞이 기술이 훌륭하다는 것을 인정했다.

사람들의 관심이 밀드레드가 이야기하는 모기장과 햇빛 가리개로 쏠렸다. 다들 집에 돌아가면 정원에 있는 정자에 모기장을 둘러야겠다고 우스개 반 진심 반인 이야기를 던졌다.

그 틈에서 프리실라만이 억지로 화를 참으며 앉아 있었다.

"갑자기 초대했는데 참석해 주셔서 고마워요."

무어 백작가의 티 파티가 끝나고 손님들이 자리에서 일어났다. 무어 백작 부인은 한 명, 한 명에게 인사를 한 뒤 밀드레드의 손을 잡으며 감사를 표했다.

"아니에요, 그보다 제가 괜한 소리를 해서 기분이 상하지 않으셨는지 모르겠어요."

밀드레드는 사려 깊은 무어 백작 부인의 감사에 반대로 사과를 건넸다. 아이리스를 보호하기 위해 한 말이긴 하지만 덕분에 무어 백작 부인의 오이 샌드위치는 반 이상 남아 버렸다.

무어 백작가는 부유하니 저걸로 경제적인 타격을 입지는 않을 것이다. 하지만 기껏 준비한 음식을 손님들이 거부하는 건 좀 가슴 아픈 일이다.

백작 부인은 별소리를 다 한다는 표정을 지었다. 손님들이 내놓은 음식을 손대지 않는 건 흔한 일이다. 게다가 그녀도 먼저 시작한 게 자신의 딸이라고 생각하고 있었다.

"무슨 말이에요. 먼저 시작한 건 우리 프리실라였는걸요. 나야말로 버릇없는 딸을 둬서 미안하죠."

어라. 밀드레드의 눈이 커졌다. 그녀는 백작 부인이 그렇게 나올 줄은 몰랐다. 백작 부인은 그런 밀드레드의 반응에 아랑곳없이 한 손으로 뺨을 감싸며 한숨을 내쉬었다.

"내 딸이지만 참 특이한 아이예요. 어쩜 그렇게 욕심이 많은지. 사실 이번 왕자비 후보도 우린 반대했거든요. 프리실라가 예쁘긴 하지만 고작 좀 예쁜 걸로 왕자비가 될 수 있는 건 아니니까요."

좀 예쁘다고? 밀드레드는 이번에도 말없이 저 멀리 라슨 부인과 이야기를 나누는 프리실라를 쳐다봤다. 프리실라 무어는 예뻤다. 상당히. 누가 봐도 미인이라고 할 정도의 외모였다.

하지만 그걸 그녀의 어머니인 백작 부인은 좀 예쁜 수준이고 왕자비가 될 정도는 아니라고 말하고 있는 것이다.

설마 겸손인 건가? 밀드레드가 어떻게 반응해야 할지 몰라서 망설이는 사이 백작 부인은 계속해서 목소리를 낮춰 말했다.

"우리끼리니까 하는 말인데, 왕자비는 이미 크레이그 영애로 내정되어 있지 않을까요? 크레이그 후작 부인은 왕비님의 시녀잖아요."

"하지만 내정되어 있다면 후보를 뽑아서 시험을 보지 않았겠죠."

침착한 밀드레드의 반박에 백작 부인은 '그럴까요?' 하더니 곧 고개를 저으며 말했다.

"게다가 크레이그 영애가 엄청난 미인이거든요. 사람들이 하는 말에, 어릴 때부터 왕비가 되기 위한 교육을 받아 왔대요. 분명 왕자비는 크레이그 영애가 될 거예요."

마치 결정됐다는 듯한 투에 밀드레드는 잠시 아이리스와 프리실라를 쳐다봤다. 그녀의 딸은 왕자비가 되기 위해 노력하고 있다. 그걸 아무리 담소라고 해도 무시하고 싶지 않았다.

"그건 시험이 끝나야 아는 거겠죠."

밀드레드의 단호한 대답에 무어 백작 부인은 잠시 놀라더니 곧 알겠다는 표정을 지었다. 그리고 한숨을 내쉬며 말했다.

"반스 양을 추천한 사람이 월포드 남작님이라면서요? 월포드 남작님이라면 왕자님의 스승이기도 하니 크레이그 영애의 상대가 될 수도 있겠네요. 우리 프리실라는 틀렸어요."

"하지만 무어 양도 아주 아름답고 재능 있는 아가씨인데요."

약간 심술궂긴 하지만. 밀드레드는 속으로 그렇게 덧붙이고 미소를 지었다. 무어 백작 부인은 고개를 돌려 자신의 딸을 한 번 쳐다보고 다시 밀드레드를 쳐다보며 입을 열었다.

"좀 예쁘긴 하지만 그게 다죠. 주제에 무슨 왕자비가 되고 싶다고 하는지, 원. 여자는 너무 탐욕스러우면 안 되는데. 프리실라가 이번 일로 정신 차리면 좋겠어요."

생각하지 못한 무어 백작 부인의 말에 밀드레드는 그대로 멍하니 서 있었다. 때때로 그런 부모가 있기는 하다. 자식의 모든 것을 후려치는 사람.

밀드레드는 충분히 아름답고 재능 있는 프리실라를 쳐다봤다. 아이리스만큼이나 프리실라도 왕비가 되고 싶어 할 수 있다. 모든 사람은 자신이 가지지 못한 것을 욕망하고 갖기 위해 노력할 자격이 있다.

그 노력이 남에게 해를 끼치지 않는다면 밀드레드는 얼마든지 응원해 줄 생각이었다. 하지만 무어 백작가는 아닌 모양이었다.

"무어 양은 잘될 거예요."

가까스로 밀드레드가 내뱉은 말은 그것뿐이었다. 그녀는 그렇게 말하고 무어 백작 부인을 한 번 끌어안은 뒤 아이리스를 데리고 마차를 타기 위해 문을 나섰다.

아이리스는 와 줘서 고맙다는 인사를 받고 밀드레드와 백작 저택을 나서며 나직하게 입을 열었다.

"무어 백작 부인은, 좀…… 특이한 사람이네요."

"그래?"

"다른 사람에게는 좋은 사람인데 정작 무어 양에게는 좀 가혹한 어머니 같아요."

그런 사람은 많다. 역사적으로, 세계적으로 훌륭한 위인이지만 자기 자식은 버린 사람도 있다. 밀드레드는 아이리스에게 그것을 이야기해 줄까 하다가 말았다. 그녀는 그저 아이리스의 손을 잡으며 이렇게 말했다.

"사람은 다면적이거든. 모든 사람에게 좋을 수는 없겠지."

아이들에게는 다정한 사람이 배우자에게는 잔인할 수도 있고 자식에게는 냉정한 사람이 키우는 동물에게는 다정할 수도 있다.

"하지만 무어 양은 백작 부인의 친딸이잖아요. 다른 사람에게 자기 딸에 대해 안 좋은 이야기를 하는 건 좀⋯⋯."

아이리스는 이해가 되지 않아서 불편하다는 듯 말했다. 다른 사람도 아니고 자기 자식 욕을 남에게 한다는 게 그녀는 이해가 되지 않았다.

그런 사람도 있다. 밀드레드가 그렇게 말하려 했을 때였다. 인사를 마치고 나온 더글러스가 두 사람이 올라탄 마차에 다가와 문을 잡으며 말했다.

"반스 부인. 오늘 여기서 저를 만난 것을 릴리 양에게 비밀로 해 주실 수 있으실까요?"

한창 프리실라와 무어 백작 부인의 이야기로 어두웠던 밀드레드와 아이리스의 표정이 어리둥절해졌다. 밀드레드는 가만히 더글러스를 보다가 말했다.

"일단 탈래요? 가는 곳에 내려 줄게요."

더글러스도 마차를 타고 왔다. 그는 잠시 망설이다가 자신의 마부에게 다음 목적지까지 오도록 전한 뒤 밀드레드의 마차에 올라탔다.

"릴리에게는 비밀로 해 달라고요?"

밀드레드의 질문에 더글러스는 어떻게 말해야 할지 잠시 고민했다. 지난번에 릴리와 만나 이야기를 하고 난 뒤 그는 한참을 고민했다.

필립을 찾아가 조언을 구하기도 했고 자신의 어머니인 케이시 후작 부인을 찾아가서 상담을 청하기도 했다. 그 상담 끝에 나온 결과가 바로 이거다.

"지난번에 릴리 양을 만났을 때 그녀가 제게 자신은 결혼과 맞지 않다고 했습니다."

더글러스가 이야기를 시작했다. 그런 말을 했어? 밀드레드와 아이리스의 시선이 부딪쳤지만 두 사람은 아무 말도 하지 않았다.

"그림을 방해하는 모든 일을 원치 않는다고요. 그렇다면, 제가 그녀가 그림만 그릴 수 있도록 모든 일을 하면 어떨까 하고 생각했습니다."

그게 무슨 소리야? 아이리스는 이해가 되지 않아서 인상을 썼고 밀드레드는 알아차리고 눈을 크게 떴다. 그녀는 한숨을 내쉬며 말했다.

"귀족 부인이 해야 할 일을 당신이 하겠다는 거군요."

네. 더글러스가 고개를 끄덕였다. 그제야 그가 무슨 말을 하는지 알아차린 아이리스의 눈이 커졌다. 귀족 부인이 하는 일. 간단히 말해서 집안을 꾸리는 거다. 사용인에게 봉급을 주고, 일을 시키며 재정을 관리하고 행사를 연다.

그 행사에는 오늘 그들이 참석한 티 파티 같은 것도 들어 있다.

"사람들의 말이 많을 텐데요."

침착한 밀드레드의 말에 더글러스는 힘없이 웃으며 그녀의 얼굴을 쳐다봤다. 그의 어머니만큼이나 밀드레드도 걱정스러운 표정으로 그를 쳐다보고 있었다.

그건 각오했다. 더글러스는 진지한 표정으로 말했다.

"구설수는 두 번 파혼했을 때 이미 충분히 경험했습니다. 그게 제 인생에 영향을 끼치지는 않더군요."

37

장례식

프레드의 장례식은 조용했고 소박했다. 화려하게 한다면 할 수 있었을 테지만 애슐리는 이 정도로 충분하다고 말했다.

사실 손님이 없어서 화려했다면 오히려 더 슬펐을 것 같다. 프레드 때문이 아니라 애슐리 때문에.

나는 닫힌 관 앞에 멍하니 서 있는 애슐리에게 다가가 그녀의 어깨를 감싸 안았다. 오늘따라 애슐리의 어깨가 더 작게 느껴졌다.

"뚜껑을 열면 후회하겠죠?"

작은 목소리로 애슐리가 물었다. 아마도.

사실 나도 모르겠다. 나는 한숨을 내쉬고 말했다.

"모르겠어. 그런데 난 네가 안 봤으면 좋겠어. 그냥, 마지막으로 봤던 그 모습으로 네 아버지를 기억하는 게 낫지 않을까?"

프레드의 시체는, 그걸 시체라고 하면 안 될 것 같지만. 어쨌든 시체는 뼈만 남았다고 들었다. 이미 그는 행방불명됐던 이 년 전에 죽었던 거다.

아마도 강도를 만났던 모양이라고 로니가 가져온 사망 진단서에 적혀 있었다. 수중의 돈은 물론이고 귀금속뿐 아니라 신발까지 벗겨 갔다고 했다. 그나마 옷은 남아 있었는데 옷을 벗겨 가지 않은 이유가 칼에 찔리는 바람에 옷에 구멍이 나고 피가 묻어서일 거라고.

그리고 며칠이 지난 뒤 지나가던 사람의 신고로 도시의 치안관들이 프레드의 시체를 수습했던 모양이다. 운 좋게도 치안관들은 프레드의 옷차림이 고급스럽다는 것을 알아차렸고 그의 행방을 찾는 사람이 있을지도 모른다고 생각해서 의사에게 보내 사망 확인서를 받아 놓았다.

진짜 운이 좋았다. 나는 애슐리를 끌어안은 채 한숨을 내쉬었다. 자칫 잘못했으면 프레드의 시체를 찾지 못했을 수도 있다. 치안관들이 죽은 프레드를 행려병자로 착각해서 공동 무덤 같은 데 던져 넣었을 수도 있다.

"봐야 할 것 같은데 보기 싫기도 하고, 보면 안 될 것 같은데 보고 싶기도 해요."

한숨을 내쉬며 애슐리가 말했다. 무슨 기분인지 알 것 같아서 나는 그녀를 위해 말했다.

"봐도 네 아버지의 모습은 하나도 안 남아 있어. 너무 오래돼서 뼈만 남았거든. 네가 보고 싶다면 봐도 괜찮아."

너무 끔찍하거나 잔인해서 보지 말라고 하는 게 아니라는 말이다. 애슐리가 보지 않기를 바라는 건 그녀의 프레드에 대한 기억 위에 지금 저 관 속에 있는 해골이 덧씌워질까 봐서다.

나중에 애슐리가 아버지를 기억할 때 그녀를 놓고 떠나던 잘생긴 프레드를 떠올렸으면 좋겠다. 관 속에 누워 있는 해골이 아니라.

"좀 더 고민해 볼게요."

내 말에 애슐리는 고개를 끄덕이며 그렇게 말했다. 고민해 보는 것도 괜찮지. 아직 몇 시간 더 남았으니까. 장례식이 끝나면 관에 못을 박고 묘지로 가져가서 묻을 거다.

"얼마든지 고민해도 괜찮아."

나는 그렇게 말하고 애슐리를 끌어안은 채 그녀와 함께 가만히 서 있었다. 내가 있으니까 고민해도 된다. 애슐리의 고민이 내일까지 넘어가면 묘지에 가져가는 것도 내일로 미루지 뭐.

그렇게 생각하며 서 있자니 아이리스가 슬쩍 다가와서 속삭였다.

"어머니, 케이시가에서 오셨어요."

"고마워."

애슐리가 프레드의 관 앞에 서 있는 동안, 아이리스와 릴리가 손님을 맞이해 주기로 했다. 원래 아들이나 남자 형제가 하는 일이지만 프레드는 남자 형제도 아들도 없으니 어쩔 수 없다.

그렇다고 게리나 다니엘에게 부탁할 수도 없잖아.

나는 아이리스에게 애슐리를 부탁하고 몸을 돌렸다. 열린 현관문 앞에 더글러스가 중년의 부인과 함께 서 있는 게 보였다.

"어서 오세요, 케이시 후작 부인. 케이시 경."

딱 봐도 더글러스와 함께 온 부인이 케이시 후작 부인이라는 걸 알 정도로 더글러스는 자신의 어머니를 닮아 있었다. 붉은 머리카락에 녹색 눈동자. 케이시 후작 부인도 키가 훤칠했다. 필립 케이시 경도 키가 훤칠했던 걸 떠올리면 케이시 후작도 키가 클 테니 역시 더글러스는 키 큰 유전자만 물려받은 모양이다.

"안녕하세요, 반스 부인. 제 어머니 제네비브 케이시 후작 부인이십니다. 어머니, 이분은 밀드레드 반스 부인이세요."

더글러스의 소개에 케이시 후작 부인이 내게 웃으며 말했다.

"소개받지 않아도 제 아들이 저를 많이 닮았죠?"

"누굴 닮아 잘생겼나 했는데 후작 부인을 닮았었네요."

가벼운 농담에 케이시 후작 부인의 얼굴이 밝아졌다. 더글러스는 어쩐지 부끄러운 표정이라 나는 후작 부인과 함께 한 번 더 웃었다.

"갑자기 찾아와서 미안해요. 어제 케이시 경이 다녀왔다고 들었거든요. 오늘은 더글러스가 간다길래 저도 같이 가자고 했어요."

"잘 오셨어요."

나는 고개를 끄덕이며 케이시 후작 부인을 응접실로 안내했다. 프레드는 친구보다 적이 더 많은 자였기 때문에 그의 장례 소식에도 참석한 사람은 별로 없었다.

오히려 나와 다니엘의 지인들이 더 많이 왔지. 필립도 나와 다니엘의 지인으로 어제 왔다가 돌아갔다. 그리고 오늘 저녁에 묘지에 묻을 때 다시 와 주겠다고 했다.

나는 제네비브를 응접실로 안내하며 더글러스를 힐끔 쳐다봤다. 그는 머뭇거리면서 릴리에게 다가가고 있었다.

"더글러스가 이 집 칭찬을 입에 침이 마르도록 하더군요."

"그런가요?"

루인이 들어와서 후작 부인의 앞에 차를 내려놓고 돌아갔다. 나는 차를 마시라고 손짓하고 내 찻잔을 들어 올렸다.

"아주 재미있고 좋은 분들이라고 어찌나 칭찬하던지. 부인의 첫째 딸이 왕자비 후보로 시험 중이라면서요? 첫 번째 시험을 가장 우수하게 통과했다는 이야기도 들었어요."

케이시 후작 부인의 말에 나는 말없이 웃어 보였다. 놀랄 일이 아니다. 눈앞의 여자는 다른 사람도 아닌 후작 부인이다. 당연히 아이리스가 왕자비 후보라는 것도, 첫 번째 시험을 통과했다는 것도 가장 먼저 알았을 것이다.

그러니 이제 와서 이야기하는 건 정말 지금 알아서가 아니라 아이리스가 왕자비가 될 가능성이 높다고 생각해서 친분을 만들려고 이러는 것일 가능성이 높다. 아니면 시동생과 아들이 둘 다 우리 집에 대해 이야기하니 궁금해서 온 걸 수도 있고.

하지만 나는 그것보다 릴리가 궁금해서 왔을 거라고 생각했다. 자기 아들이 청혼했다가 거절당하고도 다시 청혼하려 노력하고 있으니 대체 어떤 여자인지 궁금하겠지.

"저도 부인의 아드님이 얼마나 훌륭한지 이야기 들었답니다. 왕자님의 검술 스승이라고요."

내 말에 후작 부인의 얼굴에 잠깐 뿌듯하다는 표정이 떠올랐다. 하지만 곧 그녀는 걱정스러운 표정으로 말했다.

"결혼만 하면 걱정이 없을 텐데 말이에요."

"더글러스 케이시 경이 외동아들이죠?"

"맞아요. 이럴 줄 알았으면 힘들어도 한 명 더 낳을걸. 부인은 아이가 셋이라 나중에 외롭지 않고 좋겠어요."

그중 막내는 심지어 내가 낳은 게 아니라 운 좋게 얻은 아이다. 나는 내가 얼마나 운이 좋은지 제네비브에게 굳이 말하지 않았다.

그때 제네비브가 목소리를 낮춰 물었다.

"혹시 부인의 둘째가 따로 마음을 두고 있는 사람이 있나요?"

그럴 줄 알았다. 나는 드디어 릴리에 대한 질문이 나왔다는 사실에 침착함을 유지하며 말했다.

"아뇨, 딱히 마음에 둔 사람은 없는 걸로 알아요."

"사교계에 언제 데뷔했죠?"

"열여덟이에요. 위로 열아홉, 밑으로 열일곱 살이죠. 사교계에는 올해 셋이 같이 데뷔했죠."

"그럼 아직 여유가 있네요."

그렇게 말하는 제네비브의 얼굴에는 여유가 떠올라 있었다. 자기 아들이 잘났으니 자신이 있다는 걸까. 나는 찻잔을 들어 올려 웃음을 감췄다.

더글러스 케이시의 어머니라면 저런 반응도 이해가 된다. 케이시 후작가에 왕자의 스승, 훤칠한 키와 잘생긴 외모를 가진 남자를 아들로 뒀으니까.

여러 계산이 섰겠지. 올해 딸 셋을 한꺼번에 데뷔시켰다는 이야기나 프레드가 죽었다는 것도 이미 알고 있었을 것이다. 그러니 지금 이 대화는 릴리의 상황을 재확인하는 것과 동시에 더글러스가 매달리고 있지만 케이시가는 아쉬울 게 없다는 것을 보이는 거다.

나는 찻잔을 내려놓으며 말했다.

"사실, 릴리는 결혼할 생각이 없다고 해서요. 저도 그 애의 의견을 존중해 주고 있어요."

"결혼할 생각이 없다고요?"

제네비브의 얼굴에 경악이 떠올랐다. 내가 사람을 죽였다고 해도 이것보단 덜 놀랄 것 같은데. 나는 짐짓 모르는 척 말했다.

"다행히 제가 그럭저럭 먹고 살 만큼 여유가 있기도 하고, 딸이 셋이나 되니 그중 한 명 정도는 미혼으로 평생 살아도 괜찮지 않나 싶네요."

"미혼으로 평생 살아도 괜찮다고요? 진심이에요?"

마치 내가 릴리가 사람을 죽여도 된다고 했다는 반응이다. 나는 당연하다는 표정으로 말했다.

"그 애의 인생이니까요. 릴리가 행복한 쪽을 지지해 줘야죠."

"세상에, 반스 부인. 여자는 결혼을 해야죠."

"그래요?"

나는 찻잔을 들어 올리며 정말 그러냐는 표정을 지었다. 그래? 꼭 결혼을 해야 해?

제네비브는 내 표정에 잠시 멈칫하더니 고개를 끄덕이며 열정적으로 말했다.

"당연하죠! 사람은 결혼을 해야 해요. 결혼을 해서 작위를 물려주고 가문의 미래를 맡길 아이를 낳아야죠."

"그건 남자들에게나 해당되는 일이죠."

나는 심드렁하게 말했다. 작위는 남자의 것이다. 가문의 미래? 그것도 남자들이 알아서 해야지. 나는 리베라 남작 부인이었지만 리베라 남작가가 지금 어떻게 돌아가는지 전혀 모른다. 그들도 내게 뭘 알려 주거나 지원해 주는 거 없고.

그런데 가문의 미래는 무슨. 그렇다고 반스가에게 미래가 있냐면 오늘이 반스가의 장례식이라고 말해 주겠다.

제네비브는 내 대답에 충격받은 표정이었다. 너무 냉소적이었나? 나는 억지로 미소를 지어 보였다. 프레드의 죽음이 나와 아무 상관없다고 생각했는데 아니었던 모양이다.

생각해 보니 오늘로 나는 공식적인 과부가 됐으니 좀 냉소적일 필요가 있다. 제네비브 말대로 가문의 수장인 남자들에게는 부인이 필요하고 아들이 없는 나는 재혼 상대로 딱 좋을 테니까.

"정말로 부인의 딸을 평생 쓸쓸하게 늙어 죽도록 내버려 둘 생각인 건 아니겠죠?"

어지간히 당황했는지 케이시 후작 부인은 꽤나 예의 없는 단어를 사용해서 질문해 왔다. 흠, 평생 쓸쓸하게 늙어 죽는다라. 나는 빙그레 웃으며 물었다.

"결혼을 안 하면 평생 쓸쓸하게 늙어 죽나요?"

제네비브의 얼굴에 아차 하는 표정이 떠올랐다. 나는 찻잔을 내려놓으며 말을 이었다.

"제가 아는 분은 하녀를 데리고 여기저기 여행을 다니며 잘 지내시던데요."

"하지만 찾아오는 자식도 없을 텐데요."

"케이시 후작 부인."

달칵하고 찻잔이 테이블에 부딪히는 소리가 작게 났다. 나는 걱정스러운 표정으로 말했다.

"케이시 경의 얼굴을 봐서 오늘 후작 부인과의 대화는 없었던 일로 하겠습니다."

확하고 제네비브의 얼굴이 하얗게 굳었다. 그녀는 방금 릴리가 결혼해야 할 이유를 말한 거겠지만 그건 역으로 말하면 필립 케이시를 공격하는 것이나 다름이 없었다. 그도 결혼하지 않았고 자식이 없으니까.

"내가, 무례했네요."

가볍게 입술을 떨면서 후작 부인이 말했다. 괜찮다. 나는 고개를 저었다. 아닌 척했지만 릴리가 더글러스를 거부하는 걸로 마음고생을 한 모양이다.

어쩐지 케이시 후작 부인이 이해가 돼서 나는 아무 말도 하지 않았다. 더글러스는 두 번이나 파혼했고 좋다고 따라다니는 릴리는 아예 결혼할 생각이 없다. 설령 릴리가 더글러스의 청혼을 받아들인다 해도 두 사람이 결혼할 수 있을지는 모른다.

그렇게 생각하자 후작 부인이 안됐다는 생각이 들었다. 가문을 이어야 할 의무가 있는 후작의 후계자가 자식은커녕 결혼을 할 수 있을지도 모른다니. 내 일이 아니라 생각하지 못했는데 케이시 후작가로서는 꽤 절망적인 상황이었다.

"어머니. 반스 부인."

다행히 가라앉은 분위기를 깨고 더글러스가 나타났다. 그는 열린 응접실 문으로 몸을 내밀더니 나와 제네비브의 분위기가 어색한 것을 눈치채지 못하고 말했다.

"왕자님께서 오셨습니다."

리안이? 그가 올 줄은 몰랐는데. 내가 놀라서 일어나는 것과 동시에 케이시 후작 부인도 깜짝 놀라서 일어났다. 그녀는 더글러스에게 다가가며 작은 목소리로 핀잔했다.

"네가 왕자님께 말씀드렸니?"

"아뇨. 윌포드 남작님과 함께 오신 모양이에요."

그제야 후작 부인의 시선이 나를 향했다. 나는 그녀의 표정을 보고 케이시 후작가도 아이리스와 리안의 사이가 가까운 것을 안다는 것을 알아차렸다. 하긴, 더글러스가 말을 했겠지.

하지만 티를 내지 않은 건 남녀 관계는 어떻게 될지 모르고 아이리스가 왕자비가 되는 게 아니라 후보 시험을 치르고 있기 때문일 것이다.

그리고 그런 이야기를 떠들고 다니면 아들의 입이 가볍다고 소문내는 거나 다름없기 때문이기도 할 테고.

"어머니."

이윽고 아이리스가 더글러스의 뒤에서 말을 걸었다. 더글러스가 한쪽으로 물러나자 아이리스가 왕자의 팔 안쪽에 손을 얹고 있는 모습이 보였다.

"왕자님께서 오셨어요."

제네비브의 얼굴에 다시 놀라움이 떠올랐다가 재빨리 사라졌다. 그녀는 나를 한 번 쳐다보더니 왕자를 향해 고개를 기울이며 말했다.

"어서 오세요, 전하. 여기서 뵙네요."

"케이시 후작 부인."

리안은 후작 부인을 보고 잠깐 당황하는가 싶더니 후작 부인과 마찬가지로 표정 관리를 하고 인사를 건넸다. 그 틈에 나는 아이리스의 표정을 살폈다. 아이리스의 표정은 밝았다. 그녀도 리안이 올 줄은 몰랐던 모양이다.

생각해보면 아이리스가 리안에게 프레드의 장례식에 와달라고 할 리가 없다. 프레드는 귀족이 아니고 아이리스의 친아버지도 아니다.

그렇다고 애슐리가 리안에게 편지를 썼을 리도 없으니 지금 리안이 온 건 그가 아이리스를 생각해서 왔다는 말이 되겠지.

"돌아가신 분과 친분이 있으셨나요?"

제네비브의 질문에 리안은 고개를 저었다. 그리고 나와 아이리스를 쳐다보며 말했다.

"아이리스 양이 왕자비 후보니까요. 그녀의 아버지의 장례식이니 당연히 와야죠."

일리 있는 말이다. 말 잘하는데? 나는 리안을 쳐다보며 씩 웃었다. 여기서 그가 아이리스나 우리 집과 친분이 있어서 왔다고 하면 상황은 이상해졌을 것이다.

아이리스는 왕자비 후보고, 시험 중인 후보를 왕자가 편애한다는 인상을 줄 수 있다.

"정말 사려 깊으시군요."

케이시 후작 부인은 리안의 대답에 감동한 표정이었다. 나는 리안의 뒤로 다가오는 다니엘을 발견하고 씩 웃었다.

"들어와서 이야기하세요."

나는 리안과 제네비브를 다시 안쪽으로 안내했다. 응접실 소파에 사람들이 앉자 다시 루인이 차를 내왔다.

"그런데 후작 부인께서도 반스가와 친분이 있으신지는 몰랐습니다."

찻잔을 들어 올리며 리안이 말했다. 아이리스와 릴리는 손님을 맞이하기 위해 다시 홀로 나간 뒤였다. 리안의 말에 제네비브가 가볍게 얼굴을 붉히며 말했다.

"더글러스가 많은 신세를 졌다길래 인사할 겸 찾아왔습니다."

리안의 얼굴에 아하 하는 표정이 떠올랐다. 그는 어쩐지 안절부절못하는 더글러스를 한 번 쳐다보더니 씩 웃었다.

"이겼다는 표정이군요."

그때 다니엘이 내게 속삭였다. 뭘? 내가 무슨 소린지 모르겠다는 표정을 짓자 그가 다시 속삭였다.

"케이시 경은 아직도 릴리와 편지도 못 주고받잖습니까."

금시초문인데? 나는 깜짝 놀라서 속삭였다.

"아이리스랑 리안이 편지를 주고받아요?"

"한 번요. 티 파티가 끝나고 리안이 편지를 전해 달라고 해서 제가 전해 줬습니다."

"아이리스는 답장을 했고요?"

"그 이튿날에요."

맙소사. 나는 어이가 없어서 입을 딱 벌렸다. 그걸 다니엘이 전달해 줬다는 말이잖아. 어쩌다가 내 남자가 제자의 우편배달부가 됐을까.

"미안해요. 아이리스가 고맙다고 인사했죠?"

"그보다 더한 걸 해 주기로 했죠."

그래? 나는 그게 뭔지 궁금하다는 표정을 지었다. 하지만 그보다 먼저 다니엘이 덧붙였다.

"그리고 리안도요."

하긴 편지는 두 사람이 주고받는 거니까 두 사람 모두 대가를 줘야겠구나. 나는 나중에 아이리스에게 너무 다니엘을 곤란하게 하지 말라고 주의를 줘야겠다고 생각하며 고개를 끄덕였다.

그때 제네비브가 재미있다는 듯 말하는 게 들렸다.

"두 분이 사이가 좋으시네요."

응접실 안의 모든 사람이 나와 다니엘을 쳐다보고 있었다. 손님을 앞에 두고 속삭이는 건 별로 좋은 행동이 아니긴 하지.

나는 재빨리 자세를 바로 하며 사과했다.

"죄송해요. 월포드 남작께 왕자님께서 언제까지 계실 수 있는지 물어봤어요."

입에 침도 바르지 않은 거짓말이지만 그럴듯했다. 리안은 재빨리 대답했다.

"오늘 저녁까지 괜찮습니다."

"그러시다면, 전하. 제게 저녁 식사를 대접할 영광을 주시겠어요?"

리안의 얼굴이 밝아졌다. 동시에 제네비브의 표정은 안 좋아졌다. 나는 리안이 대답하기 전에 더글러스에게도 물었다.

"케이시 경도요. 시간 괜찮으시면 후작 부인과 함께 저녁 식사도 하고 가시면 어떠세요?"

그제야 제네비브의 표정이 풀어졌다. 그렇군. 나는 그녀의 표정이 굳은 이유가 리안만 초대하고 자기 아들은 초대하지 않을까 봐서라는 것을 깨달았다.

"감사합니다."

더글러스는 내 말이 끝나기가 무섭게 재빨리 대답했다. 그리고 아차 하는 표정으로 제네비브를 쳐다보더니 물었다.

"시간 괜찮으시죠?"

제네비브는 어이가 없다는 표정이었다. 그녀는 피식 웃더니 나를 향해 말했다.

"초대 감사합니다. 그렇지 않아도 반스가의 놀라운 음식 실력이 궁금하던 차였어요."

그걸 케이시 후작 부인이 알고 있다는 게 더 놀랍다. 나는 거쉰에게 저녁 식사 준비를 부탁하기 위해 자리에서 일어나며 말했다.

"아직 저녁 식사 시간까지 시간이 많이 남아 있으니 다녀오셔도 괜찮아요. 저희도 묘지에 다녀와야 하고요."

"괜찮습니다."

이번에도 더글러스가 먼저 대답했다. 나는 케이시 후작 부인을 향해 웃어 보이고 응접실을 나왔다. 그 뒤로 다니엘이 따라 나왔다.

"후작 부인이 왔을 줄은 몰랐습니다."

"릴리가 궁금해서 온 거겠죠."

내 대답에 다니엘의 시선이 릴리를 향했다. 그녀가 애슐리와 함께 서 있는 게 보였다. 아이리스는 애슐리와 멀지 않은 곳에 서서 우리 쪽을 쳐다보고 있었다.

"후작 부인이 릴리에 대해 묻던가요?"

"오, 그보다 노골적일 수 없게요."

케이시 후작 부인의 말은 릴리가 반드시 더글러스와 결혼해야 한다는 것처럼 들렸다. 그녀는 더글러스의 어머니니까 어쩔 수 없겠지만.

"릴리를 설득하실 생각이십니까?"

다니엘의 질문에 나는 고개를 저었다. 솔직히 말하면 나도 릴리가 더글러스와 결혼했으면 좋겠다. 저렇게 릴리를 좋아하고 그녀를 위해 노력을 하고 있으니까.

하지만 릴리가 싫으면 싫은 거다. 더글러스가 좋은 사람이고 그의 조건이 좋은 것과 별개로 그의 노력이 반드시 보상받아야 하는 건 아니니까.

"내 딸은 누군가의 노력의 보상이나 대가가 아니거든요."

나는 다니엘의 뺨에 가볍게 입을 맞추며 그렇게 말한 뒤 주방으로 향했다. 손님은 셋. 우리집 사람은 다섯. 총 여덟 명의 식사를 준비해 달라고 거쉰에게 부탁해야 한다.

"고기가 부족한데요."

필립까지 오면 아홉 명이 될 수도 있다. 아홉 명분의 식사를 준비해야 한다고 하니 거쉰이 당황한 표정으로 말했다. 소고기는 한두 명이 먹을 정도밖에 안 된다. 돼지고기는 다행히 우리 가족이 먹고도 남을 정도지만 그것도 아홉 명이 먹을 정도는 안 된다고 했다.

닭고기는 딱 사용인들이 먹을 만큼만 남았다.

"샐러드를 내놓으면……."

"후작 부인과 왕자님은 안 좋아하실 거예요."

채소를 잘 먹는 사람들이면 모를까 귀족들은 그리 좋아하지 않아서 이럴 때 내놓기는 좀 그렇다. 잠시 고민하던 거쉰이 메뉴를 제안했다.

"고기를 모두 다져서 미트로프를 만들면 어떨까요?"

그것도 별로다. 안에 빵가루나 채소를 넣어서 양을 불린다는 느낌이라 다른 것도 있으면 모를까 후작 부인과 왕자님을 대접하기에 단품으로는 부족하다.

"돼지고기는 많다고요?"

내 질문에 거쉰이 고개를 저으며 말했다.

"잘 자르면 칠 인분 정도는 나올 겁니다. 하지만 그게 한계예요."

"더 잘게 자르면 되죠."

거쉰의 얼굴에 그게 무슨 소리냐는 표정이 떠올랐다. 좋은 생각이 났다. 나는 와인 저장고로 걸어가며 말했다.

"손가락만 하게 잘라서 소금과 후추를 뿌려주세요. 그걸 튀길 거예요."

우리 집 지하에 있는 와인 저장고에서 와인 식초를 찾아냈던 기억이 있다. 거쉰이 꽤 고급이라고 감탄했던 것도. 그걸로 탕수육 소스를 만들면 어떨까.

색이 좀 거무스름해지겠지만 내 기억 속의 탕수육 소스는 간장을 넣거나 복분자를 넣어서 거무스름하거나 불그스름한 것도 많았다.

내 설명을 들은 거쉰은 군소리 없이 꽤 많은 돼지고기를 손가락만 하게 썰기 시작했다. 아이리스의 티 파티 이후로 그는 마음에 들게 행동하고 있었다. 나는 거쉰에게 요리를 맡기고 관을 무덤으로 옮길 준비를 위해 이 층, 내 방으로 올라갔다.

그리고 관을 묻고 돌아오자 거쉰은 돼지고기를 우유에 재웠다가 한 번 튀겨 놓고 나를 기다리고 있었다.

"케이시 경."

"안녕하세요, 후작 부인."

프레드의 관을 묻고 돌아오는 길에 필립을 만난 덕분에 손님은 세 명에서 네 명으로 늘어났다. 넉넉하게 아홉 명을 기준으로 음식을 준비시켜서 다행이다. 내가 손님을 이끌고 식당에 앉자 짐이 탕수육을 들고 들어왔다.

"탕수육입니다."

"그게 뭐예요?"

"고기를 튀긴 거예요. 위에 얹은 소스는 와인 식초로 만든 거고요."

내 설명에 케이시 후작 부인의 눈이 깜빡였다. 그녀는 이걸 먹어도 되는지 모르겠다는 듯 다른 사람들을 둘러보다가 리안이 주저 없이 고기를 입에 넣는 것을 보고 놀란 표정을 지었다.

"맛있네요."

"새콤달콤해요."

리안과 더글러스의 칭찬에 제네비브도 용기를 내는 표정으로 탕수육을 한 점 집었다. 그사이 짐이 샐러드도 가지고 들어오며 말했다.

"소고기 샐러드입니다."

그 순간, 제네비브가 감탄하는 소리가 들렸다.

"어머, 맛있어!"

바삭한 고기 튀김 위에 새콤달콤한 소스를 얹었는데 맛이 없을 리가 없다. 나는 다니엘을 보고 빙그레 웃었다. 그 역시 나를 보며 웃고 있었다.

"조만간 반스 영애들을 초대하고 싶은데요."

식사를 마치고 간단한 디저트까지 먹고 나자 제네비브가 옷차림을 정리하며 내게 물었다. 오늘 디저트는 복숭아 장미 타르트. 아이리스의 티 파티에서 거쉰에게 알려 준 건데 최근에 그는 그걸 다양한 방법으로 만들고 있었다.

복숭아를 아주 얇게 썰어서 꽃잎이 겹장인 것처럼 만든다거나 파이들을 손바닥만 하게 만들어서 한 명에게 온전한 꽃 파이를 내놓는다거나.

나는 거쉰이 파이 위에 같이 졸인 체리를 한두 개 얹어 놓은 것을 보고 가볍게 감탄했다. 확실히 아이디어 하나를 내놓으면 거쉰 같은 전문가들은 엄청난 응용력을 보여 준다. 얼마 전에 만드는 법을 알려 준 카스텔라도 마찬가지다.

요정의 샘에서는 벌써 카스텔라를 두툼하게 구워 위아래로 반을 가르고 그사이에 잼과 크림, 졸인 과일을 끼워서 팔기 시작했다.

"영광이죠."

나는 빙그레 웃으며 대답했다. 그리고 별생각 없어 보이는 릴리, 애슐리와 반대로 긴장한 아이리스를 돌아봤다. 너희, 긴장할 사람이 바뀐 거 아니니?

긴장한 건 더글러스도 마찬가지였다. 그는 못마땅한 표정으로 자신의 어머니를 말리려는 듯 입을 열었다. 하지만 그보다 먼저 필립이 그의 어깨를 잡더니 가볍게 고개를 젓는 게 보였다.

"그럼 조만간 초대장을 보내겠습니다."

케이시 후작 부인은 그렇게 말하고 아이들을 한 명, 한 명 쳐다보고 돌아섰다. 특히 릴리를 쳐다보는 시간이 유독 길었기 때문에 그녀가 진짜 초대하고 싶은 사람이 누군지 알 수 있었다.

오늘 릴리가 인기가 많네. 이어서 필립도 릴리에게 뭔가를 속삭이자 나는 가슴 앞으로 팔짱을 끼며 생각했다.

이런 날도 있어야지. 늘 무도회나 음악회에 가면 애슐리의 주변에 사람이 몰렸다. 최근에는 왕자비 후보 시험 때문에 아이리스가 관심을 받았고.

릴리가 웃으면서 필립에게 고맙다고 말하는 게 들렸다. 무슨 이야기를 한 걸까. 궁금해하는데 그가 나와 아이들을 돌아보며 인사했다.

"다음에 뵙겠습니다."

나중에 릴리에게 물어봐야겠다. 나는 고개를 끄덕이고 뒤따른 더글러스의 감사 인사를 받았다.

"식사 초대 감사합니다. 정말 맛있었습니다."

더글러스는 예의 바르게 인사를 하더니 바로 릴리를 쳐다봤다. 그리고 무슨 말을 하려는 것처럼 머뭇거리더니 말없이 릴리의 왼손을 잡았다.

"반스 양."

케이시 후작 부인이나 필립에게는 긴장하지 않던 릴리가 더글러스의 말과 행동에 가볍게 긴장하는 게 보였다. 그는 우리 가족의 시선을 받으면서도 꿋꿋하게 릴리를 향해 몸을 숙였다. 그리고 릴리의 손등에 입을 맞추며 인사했다.

"다음에 또 만날 행운을 기다리겠습니다."

귀엽네. 나는 피식 웃었다. 아이리스와 애슐리도 더글러스의 예의 바른 인사에 서로를 쳐다보더니 소리를 내지 않고 웃었다. 다행히 아이리스와 애슐리는 케이시가의 관심이 릴리에게 집중된 것을 별로 신경 쓰지 않는 모양이었다. 우리는 케이시가의 사람들을 배웅한 뒤 천천히 몸을 돌려서 이 층 계단을 향해 걷기 시작했다.

"릴리, 케이시 경이 네게 무슨 이야기를 한 거니?"

나는 애슐리와 아이리스가 뭔가를 이야기하며 키득거리는 것을 보고 릴리에게 다가가며 물었다. 다니엘은 잠깐 주위를 둘러보고 온다고 했고 짐은 문단속을 시작했다.

"아, 다른 화가들을 만나 보면 어떻겠냐고 하셔서요."

"다른 화가들?"

"케이시 경이 알고 있는 화가들이 좀 있다고 하시더라고요. 작게 모임 같은 것도 있는 모양인데 만나 보면 어떻겠냐고 권하셨어요."

괜찮을 것 같다. 우리 집은 그림에 대해 아는 사람이 전혀 없으니까. 아니, 아니지. 다니엘이 있지.

하지만 다니엘은 화가라기보다는 바이어에 가까우니까 릴리에게는 그런 모임이 도움이 되는지도 모른다. 나는 릴리와 팔짱을 끼고 진지하게 물었다.

"케이시 경이 너와 함께 가는 거겠지?"

"그럼요. 만나기 전에 어머니께 먼저 물어본다고도 하셨어요."

그렇다면 안심이다. 필립이 허락도 없이 남의 집 귀한 자식을 위험한 곳에 던져 놓고 올 사람도 아니긴 하지만.

그때 아이리스가 나와 릴리를 돌아보며 물었다.

"릴리, 오늘 애슐리 방에서 같이 잘 건데 올래?"

"갈래!"

릴리는 손을 번쩍 들며 대답했다. 그래라. 나는 그녀가 애슐리와 아이리스에게 갈 수 있도록 팔짱을 풀어 주었다. 잠깐 나도 같이 자겠다는 말이 목까지 나왔지만 오늘은 아이들끼리만 자는 게 좋을 것 같아서 눌러 참았다.

자매들이 친한 건 좋은 일이다. 애슐리가 아이리스와 릴리와 친해질 기회를 줘야겠지. 나는 여유 있게 허리에 손을 얹으며 말했다.

"머리 감고 다 말리고 자야 한다."

"네."

대답은 잘도 한다. 애슐리와 릴리가 신이 나서 이 층으로 뛰어 올라갔다. 나는 슬쩍 발걸음을 늦춰 나를 기다리는 아이리스에게 다가가며 물었다.

"왜 그래?"

"오늘 애슐리의 아버지를 무덤에 묻었잖아요."

그랬지. 나는 고개를 끄덕였다. 나를 바라보는 아이리스의 표정에 망설임이 떠올라 있었다. 뭔데? 내가 계속 말하라는 표정을 짓자 그녀가 시선을 피하며 물었다.

"그럼 월포드 남작님과 결혼하실 거죠?"

"음, 글쎄."

모르겠는데. 내 대답에 아이리스가 놀랍다는 표정을 지었다. 그게 놀라운가? 나는 그녀가 왜 놀라는지 어리둥절해하다가 곧 이유를 깨달았다.

이 정도로 교제를 하면 결혼을 하기 마련이다. 귀족 사회에서 여성은 반드시라 해도 좋을 만큼 결혼을 했고, 가끔 결혼하지 않는 사람이 있긴 했지만 그들은 약혼자가 결혼 전에 죽었다거나 하는 이유로 큰 사연을 가지고 있었다.

"생각 안 해 봤어. 할 수도 있고 안 할 수도 있겠지."

"하지만 월포드 남작님은 어머니와 결혼하고 싶어 할 수도 있잖아요."

할 수도 있는 게 아니라 하고 싶어 하지. 내가 고개를 끄덕이자 아이리스가 다시 망설이며 물었다.

"그러면, 만약 두 분이 결혼하셔서 어머니께서, 음, 그러니까……."

그러니까 뭐? 나는 그녀가 무슨 말 때문에 부끄러워하는지 몰라서 어리둥절해하며 말했다.

"내가 다니엘과 결혼한다면 밀드레드 월포드 남작 부인이 되겠지."

그 순간 아이리스의 얼굴이 확 하고 달아올랐다. 응? 왜 얼굴을 붉히는 거야? 나는 깜짝 놀라서 그녀를 쳐다봤다. 아이리스는 어찌할 바를 몰라 하더니 물었다.

"그럼 저는 아이리스 월포드 남작 영애가 되는 거죠?"

"그렇겠지."

아직도 얘가 어느 지점에서 부끄러워한 건지 모르겠다. 아이리스는 안절부절못하더니 릴리와 애슐리가 완전히 이 층으로 올라간 것을 보고 목소리를 낮춰 물었다.

"제가 월포드 남작 영애인 쪽이 왕자비 시험에 더 유리할까요?"

아, 그걸 생각한 거였군. 나는 우뚝 멈춰 서서 아이리스를 쳐다봤다. 그럴까? 잘 모르겠다. 이건 다니엘에게 한번 물어봐야겠는데.

다니엘이 돌아오면 물어봐야겠다고 생각하는데 다시 아이리스의 표정이 안 좋아졌다. 그녀는 고개를 푹 숙이며 말했다.

"죄송해요. 제 이익을 위해 어머니의 재혼을 바라는 건 아니에요. 전 어머니가 윌포드 남작님과 행복하시길 바라요."

"뭐? 나 화난 거 아냐."

나는 깜짝 놀라서 아이리스의 손을 잡았다. 아이리스가 당연히 생각할 수 있는 부분이다. 그녀는 왕자비 후보 시험 중에 있고 환경적인 조건은 확실히 다른 후보보다 약간 부족하다.

거기에 나와 다니엘은 서로 좋아하는 사이고 프레드의 시신을 묻음으로써 내가 완벽한 과부가 됐으니까 다니엘과 결혼할 거라고 생각할 수도 있겠지.

"네 말대로인지 생각하느라 말을 안 한 거야. 화난 거 아니니까 걱정 마."

"하지만 어머니는 남작님과 결혼할지 안 할지 모르겠다면서요."

"결혼하는 것도 나쁘진 않지. 문제는 다니엘과 결혼하면 내가 윌포드 남작가의 후계자를 낳아 줘야 할지도 모른다는 거거든."

이 나이에 또 애를 낳으라니. 절대 사양이다. 하지만 다니엘의 생각은 또 다를 수 있다.

내가 다니엘의 연인이 아니라면 그의 잘난 유전자를 세상에 남겨야 한다고 말할 수도 있었을 거다. 하지만 안타깝게도 그 유전자를 낳아 줘야 할 게 나라면 문제가 달라진다.

"아, 후계자……."

아이리스는 생각하지 못했다는 표정이었다. 그야 그렇겠지. 앤 고작 열아홉 살이니까. 좋아하는 남자와 결혼하면 신혼 생활 같은 달콤한 꿈에 젖어 있을 나이다. 왕자비니까 왕비로서의 책임감 같은 것까진 생각할 수 있겠지.

하지만 아이를 낳는다는 건 또 다른 문제다.

"그럼, 헤어지실 거예요?"

"음, 모르겠네. 다니엘과 아직 이야기를 안 해 봐서."

그러고 보니 그런 것도 이야기를 해 봐야겠다. 후계자를 원하는지. 어쩐지 다니엘은 개의치 않아 할 것 같기도 하고. 반대로 자식에 집착할 것 같기도 하고.

잘 모르겠다.

나는 한숨을 내쉬며 말했다.

"만약 다니엘이 후계자를 원한다면 이 나이에 아들을 낳을 때까지 임신하라는 말인데. 난 못 해."

기껏 애들 다 키워 놓고 좋은 집안에 시집보내서 나 혼자 호젓하게 살려고 했는데 젊은 남자 만나서 또 임신하라고?

됐다, 됐어. 다니엘이 정말 좋지만, 그는 정말 멋진 남자긴 하지만 목숨 걸고 후계자를 낳아 줘야 한다고 생각하면 좀 생각을 해 봐야겠다. 난 서른일곱이고 곧 마흔이다. 이 나라에서 이 나이에 임신 출산을 한다는 건 쉽게 말해서 목숨 내놓는다는 뜻이다.

내가 있던 곳은 좀 다를 수도 있지만 이 나라에서는 열아홉 살짜리 아이리스가 아이를 낳는 것도 솔직히 반대하고 싶다.

"하지만 결혼을 한다는 건 자식을 낳겠다는 뜻이잖아요."

아이리스가 곤란하다는 표정으로 말했다. 그럴 수도 있겠지. 특히나 귀족이라면 여자의 의무에는 후계자 생산이 들어가니까. 나는 한숨을 내쉬며 말했다.

"남자 애인데 왜 남자가 안 낳고 여자가 낳아야 하는 걸까."

"어머니도 참."

내가 농담을 했다고 생각하는지 아이리스가 웃음을 터트렸다. 하지만 난 진심이다. 나는 아이리스의 어깨를 끌어안으며 말했다.

"그렇잖아. 내가 낳았는데 왜 내 성이 아니라 남자 성을 따라야 하는 걸까?"

"그야……."

여전히 웃음기 어린 표정으로 아이리스가 변명하려는 것처럼 입을 열었다. 하지만 곧 그녀의 얼굴에서 웃음기가 사라졌다.

그게 당연하니까? 그래? 정말 그게 당연해?

나는 가만히 서서 아이리스의 얼굴을 들여다보았다. 불공평하지 않아? 내가 낳았고 나는 아직 살아 있는데 왜 아이리스와 릴리는 두 번이나 성이 바뀌어야 했지?

이 애들은 반스라는 성을 쓰지만 반스가의 사람이 아니다. 그렇다고 리베라 남작가의 사람이냐고 하면 그것도 아니지. 지금 리베라 남작은 먼 친척이고 아이들을 등한시했으니까.

조금이라도 아이리스와 릴리를 챙겨 준 건 내 친정인 머피 백작가였다. 그런데 이 애들은 반스라는 성을 쓰고 있지.

"너는 어때, 아이리스? 네가 리안과 결혼하면 아이리스 챠클레어가 되겠지."

그 순간 다시 아이리스의 얼굴이 달아올랐다. 응? 왜 부끄러워하는 거지? 나는 어리둥절해서 그녀를 쳐다보다가 곧 이유를 깨달았다.

아이리스 챠클레어. 아이리스는 그걸 부끄러워하는 거다. 나는 그런 그녀가 귀여워서 웃음을 터트렸다. 그런 걸 생각할 나이긴 하지. 내가 있던 곳에서도 좋아하는 연예인이 생기면 누구 부인이라고 적는 경우가 있었다.

믿음직스럽게만 보이던 아이리스가 열아홉 살의 여자애라는 느낌이 확 다가왔다.

세상에. 나는 웃다 말고 아이리스를 끌어안았다. 열아홉 살밖에 안 된 내 딸이 왕자비 시험을 치르고 있다니. 이거 너무 이른 거 아냐? 결혼은 마흔쯤 된 다음에 하면 안 되는 거냐고.

"어머니?"

내 어깨를 마주 끌어안으며 아이리스가 나를 불렀다. 나는 그녀의 얼굴이 보일 만큼만 몸을 떼고 말했다.

"네가 왕비가 된다면, 아이리스. 너는 후계자를 낳아야 할 거야. 그 말은 아들을 낳을 때까지 임신해야 한다는 말이지."

아이리스의 표정이 확 굳었다. 이제 겨우 열아홉 살짜리 딸에게 겁을 먹게 하고 싶지는 않다. 하지만 동시에 그녀가 알고 있어야 할 문제기도 했다.

언제 아들이 태어날지 모른다. 50%의 확률이라고 하지만 나는 두 번 다 딸을 낳았고 세 번째 얻은 아이는 내 배로 낳은 아이가 아니지만 딸이었다.

나는 한숨을 내쉬며 말했다.

"아이리스, 너희를 낳아서 후회한다거나 싫다는 말이 아닌 거 알지? 나는 너랑 릴리가 내 딸이라 다행이라고 생각해. 너는 나한테 너무 과분한 딸이고."

영리하고 책임감이 강한 아이리스. 하지만 이 애는 여자기 때문에 아무리 영리하고 똑똑해도 작위를 받지 못한다.

"알아요."

아이리스가 고개를 끄덕이며 말했다. 알면 다행이다. 나는 그녀를 끌어안은 채 그녀의 머리카락을 쓰다듬었다. 아이리스를 위해서라면 뭐든 할 수 있다. 이건 모든 엄마들이 그럴 것이다.

하지만 아이리스에게 아들을 낳게 하는 건 내가 어쩔 수 있는 게 아니다.

"나는 네가 리베라 남작이 됐으면 했어."

나는 그렇게 말하며 다시 한숨을 내쉬었다. 아이리스가 리베라 남작이 된다면 좋았을 것이다. 이 애는 영리하고 책임감이 강하니까.

좋은 남작이 됐겠지.

아이리스의 몸이 굳었다가 풀어지는 게 느껴졌다. 그녀는 말도 안 된다는 듯 말했다.

"에이, 제가 어떻게 남작이 돼요."

"왜 안 돼?"

"여자는 작위를 못 받잖아요."

그게 문제다. 나는 아이리스의 눈동자를 똑바로 쳐다보며 말했다.

"그렇지."

천천히 아이리스의 눈동자 속에 여러 가지 감정이 떠올랐다. 나는 그녀의 눈동자에 의문과 놀라움이 떠오르는 것까지 확인하고 말했다.

"네가 월포드 남작 영애가 되면 더 유리할지는 월포드 경에게 물어볼게. 잘 자."

아이리스는 멍하니 나를 쳐다보다가 뭔가를 생각하는 표정으로 계단을 오르기 시작했다. 나는 계단 아래에 서서 그녀가 생각에 잠겨 계단을 올라가는 것을 지켜봤다.

"왜 거기 계십니까?"

아이리스가 이 층으로 올라간 지 얼마 되지 않아서 다니엘이 다가왔다. 밖에 나갔다가 왔는지 그의 신발에 흙이 묻어 있었다. 나는 가슴 앞으로 팔짱을 낀 채 그를 쳐다봤다.

"설마 절 기다리신 건 아니겠죠?"

다니엘이 유쾌하게 물었다. 그 설마가 맞다. 그의 얼굴에 떠오른 미소가 내 표정을 보고 믿을 수 없다는 표정으로 바뀌었다.

"어, 정말입니까?"

"물어볼 게 있어서요."

"뭔데요?"

그가 더 가까이 다가오자 바람 냄새가 났다. 그리고 흙냄새도. 산책이라도 하고 왔나? 나는 다니엘의 팔에 손을 얹고 세탁실을 향해 몸을 돌리며 입을 열었다.

"만약 아이리스가 아이리스 윌포드 남작 영애가 되면 왕자비 시험에 더 유리할까요?"

다니엘의 얼굴에 묘한 표정이 떠올랐다. 아차. 나는 재빨리 덧붙였다.

"그것 때문에 당신한테 청혼하지 않을 거예요. 그냥 궁금해서 물어보는 거예요."

정확히 말하면 내가 아니라 아이리스가 궁금해한 거지만.

내 변명에 다니엘의 얼굴이 다시 부드럽게 풀렸다. 그는 어깨를 으쓱해 보이며 말했다.

"별 차이는 없을 겁니다. 어차피 추천한 건 저니까요."

그렇군. 생각해 보니 어차피 아이리스가 후보가 됐다는 건 배경에 문제가 없었다는 뜻이다. 그 후의 시험은 후보자의 실력을 보는 거니까 아버지나 추천자는 별 상관이 없을지도 모른다는 생각이 들었다.

"그런데 그것 때문에 제게 청혼하지 않으신다는 건 청혼하실 생각이 있으시다는 뜻입니까?"

혼자 아이리스에 대해 생각하고 있자니 나와 속도를 맞춰 걷고 있던 다니엘이 물었다. 응? 나는 어리둥절해서 그를 돌아봤다.

"어, 글쎄요. 상황 봐서 다르죠."

"상황이요?"

다니엘의 한쪽 눈썹이 올라갔다. 나는 세탁실 앞에서 멈춰 그를 돌아보았다. 짐이 문단속을 하면서 불단속도 했는지 이쪽 복도는 어두웠다.

어둠 속에 다니엘이 마치 녹아들어 간 것처럼 느껴졌다. 그의 팔에 얹은 내 손바닥에 그의 팔뚝이 느껴지지 않았다면 정말로 여기 나 혼자 있는 게 아닐까 하고 의심했을 것 같다.

"나랑 결혼하고 싶어요?"

내 질문에 다니엘의 미간에 주름이 생겼다. 당연한 질문을 하냐는 표정에 나는 한숨을 내쉬었다. 너야 당연하겠지. 애 낳는 건 네가 아니니까.

나는 할 수 없이 다시 물었다.

"당신 월포드 남작이잖아요. 후계자가 필요하지 않아요? 남작 위를 물려줄……."

"아뇨."

내 말이 끝나기도 전에 다니엘이 내 손을 잡으며 단호하게 말했다. 깜짝이야. 나는 어느새 불쑥 가까워진 그의 얼굴을 보고 놀라서 눈을 크게 떴다.

"필요 없습니다."

"하지만 당신은 남작이고……."

"밀. 내가 후계자가 필요했으면 벌써 결혼해서 애가 사교계에 데뷔를 했겠죠."

정말? 나는 믿을 수 없다는 표정을 지었다. 네 나이에 애가 벌써 사교계에 데뷔하려면 최소한 십칠 년 전에 결혼했어야 하는데?

십칠 년 전이면 너 열다섯 살이다?

"말이 그렇다는 겁니다. 후계자를 원했다면 이미 결혼하고도 남았을 거라는 거죠."

내 표정을 본 다니엘이 그렇게 덧붙였다. 뭐, 그럴 수는 있겠지. 다니엘은 서른둘이고 그가 사교계에 데뷔한 지 십삼 년이 지났으니까.

"하지만 당신은 남작이잖아요. 후계자를 가져야겠다는 생각이 들지 않을까요."

"밀, 그건 제 책임이지 당신의 책임이 아닙니다. 당신을 만나지 않았어도 어차피 이 집안은 제 대에서 끝이었고요."

"당신 대에서 끝이라고요? 결혼 안 하려고 했어요?"

"제가 자식을 낳으면 그 애도 저처럼 될지도 모르잖습니까."

그런데? 나는 다니엘이 무슨 소릴 하는지 몰라서 멍하니 그를 쳐다봤다. 다니엘을 닮으면 더 좋지. 이렇게 잘생긴 얼굴이 세상에 둘이 되는 건데.

아, 물론 내가 낳는 게 아니라면.

"당신과 나 사이에 자식이 태어난다면 요정이 태어날 확률이 반이라는 말입니다."

아, 무슨 말인지 알겠다. 나는 가만히 다니엘의 뺨에 손을 댔다. 요정은 누군가의 절망을 느낀다고 했다. 그게 즐거운 일은 아닐 것이다.

"이대로 당신의 자식이 안 생기면 어떻게 해요? 다음 요정이 와요?"

"글쎄요."

다니엘은 자기 뺨에 댄 내 손 위로 자신의 손을 겹쳤다. 그리고 깊은 한숨을 내쉬더니 빠르게 말했다.

"백 개의 소원을 들어주면 요정의 세상으로 갈 수 있다지만, 전 여기서 태어나고 자랐거든요. 제 어머니와 저는 상황이 다르죠."

그렇겠네. 나는 다니엘의 뺨에서 손을 떼고 그를 끌어안았다. 다른 요정들이 잠깐 출장 나온 거라면 그는 소원을 들어주는 순간 생판 처음 보는 요정의 세계로 끌려가 버리는 거나 다름이 없다.

왜 소원을 들어주지 않았는지 알 것 같아서 나는 한숨을 내쉬었다. 그리고 그가 왜 자식을 원하지 않는지도.

"그리고 전 요정이 사람을 구해 주는 게 싫습니다."

내 허리를 끌어안으며 다니엘이 나직하게 말했다. 어째서? 나는 그대로 고개를 들어 그를 쳐다봤다. 다니엘은 내 허리를 끌어안은 채 고개를 숙여 나를 내려다보고 있었다.

"어려운 사람을 구하는 건 일개 개인이 해야 할 일이 아닙니다. 나라가, 나라에 살고 있는 모든 사람들이 함께해야죠. 요정이 절망에 빠진 사람을 구했을지는 몰라도 그 덕분에 이 나라는 더 이기적이고 타인의 고통에 무감각해졌다고 봅니다."

세상에. 나는 저도 모르게 입을 딱 벌리고 그를 쳐다봤다. 다니엘이 그런 생각을 하는지는 몰랐다. 하지만 그래. 그의 말이 맞다.

절망에 빠진 사람을 구하는 건 요정 대모라는 신비로운 힘을 가진 존재가 아니라 사회와 시스템이어야 한다. 죽음에 이를 정도로 절망한 사람에게 나타나는 요정 대모라는 건 결국 사람들을 각박하고 이기적으로 만들 수밖에 없다.

요정 대모의 존재가 있는 이 나라에서 누군가 절망에 빠진다면 사람들은 그를 돕는 게 아니라 요정 대모가 도울 거라 생각하고 관심을 꺼버릴 것이다.

만약 절망했음에도 요정 대모가 나타나지 않는다면 사람들은 역으로 절망한 사람을 비난하겠지.

네가 충분히 절망하지 않아서 요정 대모가 나타나지 않은 거라고.

그건 옳지 않다. 그건 제대로 된 사회가 아니다.

나는 멍하니 다니엘을 쳐다보고 있었다. 그가 그런 생각을 하는 줄은 몰랐다. 그냥 자신이 요정이라는 게 싫어서 사람들을 돕지 않는다고 생각했는데.

"어, 그럼 정말 어떻게 되는 거예요? 당신이 죽으면 다음 요정이 와요? 아니면 소원 백 개를 이뤄 줄 때까지 당신이 안 죽어요?"

잠깐, 다니엘은 요정이니까 아예 안 죽나? 나는 어리둥절해서 눈을 깜빡였다. 그는 내 얼굴 위로 고개를 떨어트리며 말했다.

"모르겠습니다. 아직은."

"아직은?"

"저도 태어난 건 처음이라."

맙소사. 나는 다니엘의 어깨를 붙잡고 웃음을 터트렸다. 이 녀석이 지금 뭐라고 하는 거야. 다니엘 역시 내 허리를 잡은 채 웃기 시작했다.

자연스럽게 우리 시선이 부딪쳤다. 내가 키스하고 싶다고 생각한 순간 다니엘이 물었다.

"키스해도 됩니까?"

"그럼요."

대답을 너무 빨리했나. 그렇게 생각한 순간 다니엘이 내 뺨을 감쌌다. 눈 깜짝할 사이에 그가 내 입술을 빨기 시작했다. 나는 다니엘의 목에 팔을 감고 그에게 바짝 붙었다.

다음 순간, 그가 나를 번쩍 들어 올렸다.

"헉."

깜짝 놀라서 눈을 떠보니 다니엘의 얼굴이 아래에 있었다. 나는 어둠 속에서 빛나는 것처럼 보이는 그의 눈동자를 보고 씩 웃었다. 그리고 다니엘의 입술에 가볍게 입을 맞추며 물었다.

"오늘 프레드의 장례식인 거 알죠?"

"네."

다니엘은 한숨을 내쉬며 나를 다시 내려놓았다. 그래, 그래야지. 나는 프레드에게 아무 감정도 없지만 그래도 애슐리를 생각하면 이쯤에서 끝내야 한다.

"대신 좋은 걸 보여 줄게요."

나는 아쉽다는 표정을 감추지 않는 다니엘을 보고 킥킥대며 그의 손을 잡았다. 그리고 세탁실로 그를 이끌었다.

이 저택에는 상당히 큰 세탁실이 있지만 올해 초부터는 거의 사용하지 않았다. 밀드레드가 대부분의 세탁물을 세탁소에 맡겼기 때문이다.

하녀들을 고용했지만 고작 두 명의 하녀가 저택의 모든 세탁물을 처리하는 건 불가능하다. 나는 손수건이나 속옷, 장갑 같은 것만 하녀에게 세탁하도록 시키고 여전히 세탁소에 세탁물을 맡기고 있었다.

덕분에 텅 빈 커다란 세탁실에는 내가 만드는 비누 재료로 가득했다. 잿물이 담긴 커다란 통. 만든 비누를 넣어 굳히는 틀.

한쪽에 숙성을 위해 늘어놓은 비누들.

"세탁실 아닙니까?"

다니엘의 질문에 나는 말없이 창문 앞으로 가서 나란히 늘어놓은 비누를 가리켰다. 처음에는 그게 뭔지 알아보지 못하는 듯했던 다니엘의 표정이 곧 놀랍다는 표정으로 변했다.

그는 아직 말리고 있는 비누를 집어 들며 물었다.

"이거 설마 비누입니까?"

"맞아요. 비누 나무가 아닌 다른 재료로 만들었어요. 질은 그리 좋지 않지만 빨래를 하기엔 충분해요."

다니엘은 믿을 수 없다는 듯 나와 비누를 번갈아 쳐다봤다. 그러더니 내게 목소리를 낮춰 물었다.

"이걸 파실 겁니까?"

"오, 아니에요. 이건 나눠 줄 거예요."

"나눠 준다고요?"

비누 나무로 만든 비누에 비하면 그리 질이 좋지 않다. 세정력은 좋긴 하지만 향이 좋은 것도 아니고 모양도 투박한 그냥 세탁비누였다.

귀족들은 사지 않을 것이다. 그렇다면 일반 사람들에게나 팔릴 텐데 요즘같이 비누 가격이 높을 때 이걸 팔 생각은 없었다.

나는 가슴 앞으로 팔짱을 끼며 다시 말했다.

"필요한 사람들에게 나눠 줄 거예요."

38

요정을 물리치는 법

비누 가격이 올라가서 세탁소는 물론 일반 가정집도 곤란해하고 있던 와중에 둥근 지붕 저택에서 비누를 나눠 준다는 소문은 빠르게 퍼졌다.

"한 사람당 하나씩이래."

비누를 받아 온 여자가 투박한 비누를 이웃 사람들에게 보여 주며 말했다. 둥근 지붕 저택에 청소를 도와주러 갔다가 운 좋게 받아 온 비누였다. 그녀는 밀드레드가 말한 주의점을 사람들에게 자랑스럽게 이야기했다.

바람이 부는 곳에 이삼일 말렸다가 쓸 것.

몸에 직접 문지르지 말 것.

"피부에는 독할 수 있다고 세탁에만 쓰라는데 그건 곱게 자란 귀족들한테나 그렇겠지."

"그냥 주는 거야? 하나씩?"

"대신에 남는 기름 있으면 가져오라던데."

"기름? 남는 기름이 어딨어?"

"비계 같은 거 말야."

동물 비계 같은 건 초를 만드는 데 사용한다. 때때로 피부에 바르기도 한다. 사람이 많이 사는 저택 같은 데서는 요리사들이 그런 비계만 모아서 팔아 개인적인 수익을 얻는 경우도 있었다.

하지만 일반 가정에서 팔 만큼의 양이 나올 리가 없으니 보통은 음식을 할 때 기름을 내는 용으로 사용하거나 얼마 안 되는 양은 버리기도 했다.

그걸 가져오면 비누를 준다고? 사람들의 얼굴에 믿을 수 없다는 표정과 말도 안 된다는 표정이 떠올랐다.

"밑져야 본전이잖아."

둥근 지붕 저택에서 비누를 받아 온 여자는 그렇게 말하고 떠났다. 비누가 생긴 덕에 밀린 빨래를 할 수 있게 됐으니 어서 집에 돌아가야 한다.

*   *   *

"예쁘다."

아이리스의 방에서 애슐리가 감탄을 내뱉으며 말했다. 그녀는 오늘 아침 완성된 아이리스의 드레스를 구경하고 있었다. 그 옆에 같이 앉아서 구경하던 릴리가 생각났다는 듯 드레스를 입은 아이리스를 빠르게 스케치하기 시작했다.

"머리는 이렇게 올리려고 하는데."

드레스를 입은 아이리스가 자신의 머리카락을 하나로 잡아 위로 말아 올리며 말했다. 곁에서 드레스의 마무리를 확인하고 있던 하녀가 재빨리 아이리스의 머리카락을 잡아 주었다.

"목걸이를 드러내려면 머리카락을 올리는 게 낫긴 하겠다."

애슐리의 말에 아이리스도 고개를 끄덕였다. 하지만 릴리는 못마땅하다는 듯 말했다.

"서클릿을 하면 좋을 텐데."

"릴리!"

말이 서클릿이지 결국 관이다. 간혹 결혼하는 신부가 베일이 달린 관을 쓰기도 하지만, 기본적으로 관은 왕족이 쓰는 왕관이다.

아이리스는 어이없다는 듯 릴리를 부르고 한숨을 내쉬며 덧붙였다.

"왕자비 후보가 그런 걸 쓰고 나타나면 건방지다고 생각할 거야."

"내 디자인이 아까워서 그렇지."

릴리는 한숨을 내쉬며 노트를 넘겨 자신이 디자인한 서클릿을 찾았다. 아이리스가 이마에 보석이 달린 가느다란 관을 쓰고 있는 스케치가 나타났다.

"릴리가 아쉬운 것도 이해돼. 진짜 예쁘거든."

그녀의 곁에서 애슐리가 릴리의 노트를 들여다보며 말했다. 성에서 나온 보석을 이용해 디자인한 서클릿은 애슐리가 보기에도 너무 예뻤다.

아이리스 역시 저도 모르게 고개를 끄덕이다가 멈췄다. 스케치 속의 그녀는 머리카락을 아래쪽으로 말아 붙인 뒤 이마에 서클릿을 쓰고 있었다.

예쁘긴 진짜 예쁘다. 그녀가 할 수 없어서 그렇지.

그때 애슐리가 아이리스에게 고개를 돌리며 물었다.

"아이리스, 결혼식 때 리안한테 이 디자인으로 하나 만들어 달라고 하면 안 돼?"

"그것도 좋을 거 같아!"

릴리의 동조에 아이리스는 한숨을 내쉬었다. 왕자님을 리안이라고 부르는 걸 지적해야 할지, 결혼식에 릴리가 디자인한 서클릿을 쓰는 걸 지적해야 할지 모르겠다.

"안 돼. 왕비가 될 사람은 벨라의 관을 쓰잖아."

아이리스의 지적에 잠깐 멈칫했던 릴리와 애슐리의 얼굴이 확하고 밝아졌다. 두 사람은 침대에서 내려와 아이리스 옆에 붙으면서 말했다.

"맞아! 벨라의 관이 있지!"

"멋지다!"

제다와 함께 나라를 세운 요정 벨라의 관은 성에 대대로 내려오는 보물이다. 그건 오직 왕비가 될 신부만 쓸 수 있기 때문에 아이리스는 물론이고 릴리와 애슐리도 이야기만 들었지 실제로 본 적은 없었다.

"너희 아직도 드레스 구경하고 있니?"

그때 밀드레드가 아이리스의 방에 들어오며 물었다. 이미 아이리스의 드레스는 오전에 도착하자마자 확인해 봤다. 지금 이건 릴리가 드레스를 입은 아이리스를 그리고 싶다고 부탁해서 입어 보고 있는 거다.

어머니의 등장에 릴리가 후다닥 달려가 노트를 집어 들었다. 그녀는 다시 분주하게 연필을 움직이며 말했다.

"거의 다 해가요."

"그런데 벨라의 관은 왜?"

밀드레드의 질문에 아이리스의 얼굴이 붉게 달아올랐다. 복도까지 다 들렸던 모양이다. 그녀는 웅얼웅얼 변명처럼 말했다.

"릴리가 서클릿을 디자인했나 봐요."

서클릿? 밀드레드가 어리둥절한 표정을 짓자 릴리가 재빨리 노트를 넘겨 자신이 디자인한 서클릿을 그녀에게 보여 주었다.

실제보다 좀 더 예쁘게 그려진 아이리스가 정면을 바라보고 있는 스케치였다. 이마 위에 성에서 보낸 보석을 엮은 서클릿이 그려져 있었다.

"어머, 예쁘다."

"그렇죠?"

어머니까지 칭찬하자 신이 난 릴리의 얼굴이 밝아졌다. 그녀는 밀드레드 곁으로 바짝 붙으며 말했다.

"그 보석 말인데요, 다른 집도 다 목걸이를 만들 거 같거든요. 게다가 아이리스의 드레스는 가슴 쪽에 작은 보석이 박혀 있으니까 그 위에 보석 목걸이를 걸면 기껏 박은 드레스의 보석이 가려지잖아요."

그것도 그러네. 밀드레드가 고개를 끄덕이자 릴리가 그것 보라는 듯 아이리스를 쳐다봤다. 그리고 자신이 그린 서클릿을 가리키며 말했다.

"그러니까 차라리 이렇게 서클릿을 하면 어떨까 해서 디자인해 봤어요."

"말도 안 돼요."

어머니가 릴리에게 넘어갈 것 같자 아이리스가 재빨리 끼어들었다. 그녀는 허리에 손을 얹으며 말했다.

"제가 서클릿을 하고 가 봐요. 다들 건방지다고 한 소리 할 거라고요."

그것도 그렇다. 하지만 목걸이는 너무 흔하다는 릴리의 말도 밀드레드는 납득이 됐다. 그녀는 릴리의 스케치를 물끄러미 내려다보다가 불쑥 말했다.

"뒤로 하면 어때?"

"뒤로요?"

아이리스와 릴리의 눈이 동그래졌다. 밀드레드는 스케치의 장식을 가리키며 말했다.

"이 부분이 아이리스의 뒤통수로 가는 거야."

"그럼 사람들 눈에 안 보이잖아요."

"네가 등을 보여 주면 보이겠지."

"하지만 굳이 만들어서 뒤에다 장식하는 건 좀 아깝잖아요?"

"무슨 소리야."

밀드레드는 그렇게 말하며 검지를 들어 올렸다. 그녀는 빙그레 웃으며 말을 이었다.

"그게 더 있어 보이잖아. 남들에게 안 보이는 곳에 장식하는 거."

아이리스의 입이 딱 벌어졌다. 애슐리의 입도. 릴리만이 커다랗게 뜬 눈을 반짝이기 시작했다.

"재미있겠다!"

곧이어 애슐리도 소리쳤다.

"멋있어! 아이리스! 그렇게 하자!"

맙소사. 아이리스는 멍하니 밀드레드를 쳐다보다가 릴리의 스케치로 시선을 던졌다. 이건 재미로 할 만한 게 아니다. 하지만 그녀도 릴리의 디자인이 정말 예쁘다는 것을, 그리고 자신도 그것을 착용하고 싶었다는 것을 인정했다.

"아직 목걸이로 완성이 안 된 거죠?"

아이리스의 질문에 밀드레드가 빙그레 웃으며 말했다.

"시작도 안 했을 거야. 월포드 경이 가지고 있거든."

다니엘이 잘 아는 세공사에게 맡기겠다고 했다. 밀드레드는 바로 일 층으로 내려와 서재 문을 두드렸다. 보고서를 읽고 있던 그는 밀드레드의 방문에 벌떡 일어나 문을 열어 주었다.

"시키실 일이라도?"

다니엘의 질문에 밀드레드는 재미있다는 듯 웃었다. 귀족이 아니라 집사 같은 질문이었다. 하지만 그녀는 굳이 집사처럼 말하지 말라고 하지 않고 헛기침을 한 뒤 그를 찾아온 용건을 말했다.

"아이리스의 목걸이를 만들 보석이요. 그걸 머리 장식으로 바꾸려고요."

"머리 장식이면 어떤 디자인입니까?"

밀드레드는 곧바로 가져온 릴리의 스케치화를 보여 주었다. 이건 머리 장식이긴 하지만 티아라라 좀 과하다는 평을 받을 텐데? 다니엘이 그렇게 생각한 순간 그녀가 덧붙였다.

"양쪽에 핀을 달아서 이걸로 뒤통수를 장식할 거예요."

"아."

무슨 말인지 알겠다. 색다르고 재미있는 방식이다. 그는 밀드레드를 한 번 보고 릴리의 스케치화를 받아 들며 말했다.

"오늘 저녁때 세공사를 방문하겠습니다."

"부탁 좀 할게요."

밀드레드의 부탁에 다니엘은 고개를 끄덕이며 릴리의 스케치를 품에 넣었다. 그리고 돌아서는 그녀에게 말을 걸었다.

"릴리가 화가들을 만나러 간다던데요. 알고 계십니까?"

알고 있다. 밀드레드는 다시 다니엘을 향해 돌아서며 말했다.

"네. 릴리에게 들었어요. 케이시 경이 데려간다고 하시더군요."

알고 있다면 좀 더 이야기하기가 쉬울 것이다. 다니엘은 밀드레드를 안으로 잡아당기면서 서재 문을 닫았다. 무슨 일이지? 어리둥절해하는 그녀에게 그가 말했다.

"당신이 알아서 잘하실 거라 믿지만 혹시 몰라서 말입니다."

"뭔데요?"

"릴리를 케이시 경이 화가들에게 소개하는 거잖습니까."

밀드레드는 그가 무슨 말을 하는지 알 것 같아서 고개를 끄덕였다. 부유한 귀족이 소개하는 나이 어린 여자 화가. 화가 모임의 질투를 살 수가 있다. 그게 릴리의 실력을 폄훼하는 방향으로 갈 수도 있고.

밀드레드는 가슴 앞으로 팔짱을 끼며 한숨을 내쉬었다. 릴리가 상처를 받는 건 원하지 않지만 그런 이유 때문에 반대할 수는 없다.

"그건 어쩔 수 없죠. 릴리가 감당할 일이고요."

"하지만 주의는 주는 게 좋지 않을까요?"

"남들이 자신을 질투할 수도 있다는 거를요? 이미 알지 않을까요?"

다니엘은 밀드레드의 말에 한쪽 눈썹을 들어 올렸다. 그가 말하려 한 건 그런 게 아니었기 때문이다. 그도 릴리가 화가 모임에 필립의 소개로 참석하면 일부 화가들의 질투를 받을 것이라는 것쯤은 알고 있었다.

그건 릴리가 감당할 일이다. 그녀는 재능 있고 어린 화가다. 굳이 필립의 소개가 아니더라도 언젠가는 다른 사람들의 시기와 질투를 받을 것이다.

다니엘이 걱정하는 건 그게 아니었다.

"그게 아니라, 부유한 후견인을 둔 미혼의 여성이 경제적으로 여유가 부족한 남자들이 가득한 모임에 소개되는 거잖습니까."

그의 지적에 밀드레드의 입이 딱 벌어졌다.

생각도 못 했다. 밀드레드는 무슨 말을 해야 할지 몰라 다니엘을 멍하니 쳐다보고 있었다.

화가 모임이라는 건 예술가들이 모여서 예술에 대한 고뇌를 나누는 곳이라고만 생각했지, 경제적으로 여유가 없는 남자들이 대부분이라는 측면은 생각도 못 했다.

"거기서 릴리는 상당한 인기를 얻을 겁니다. 물론 그녀는 매력적인 아가씨지만 그 매력은 릴리의 재능이나 언행이 아니라 그녀를 소개한 케이시 경의 존재가 더 강할 거라는 말입니다."

"릴리가 부잣집 아가씨라고 생각해서 화가들이 그녀를 꼬시, 아니, 유혹할 거라는 말이에요?"

"실제로 릴리는 부유한 집 아가씨죠."

그래? 밀드레드는 다니엘의 말에 눈을 굴렸다. 그녀가 이런저런 아이디어를 내놓은 덕분에 반스가는 올해 초에 비하면 상당한 여유를 가지게 되었다. 반스가의 수익에서 나가는 사용인의 봉급은 셋. 짐과 다니엘이 데려온 하녀 둘이다.

짐은 이미 밀드레드가 게리에게 부탁해서 그녀가 봉급을 지불하기로 하고 집사로 승급시킨 지 오래다. 다니엘이 처음에 데려온 사용인들의 봉급은 그가 주고 있지만 예전과 달리 식비는 밀드레드가 처리하고 있었다.

사실 이미 이 큰 집을 관리할 사용인을 셋이나 고용했다는 점에서 반스가는 평민이 보기엔 부유한 집이다. 하지만 기준이 귀족인 밀드레드에게는 아니었다. 그녀는 자신이 화가들에 비하면 부유하다는 사실을 다니엘에게 듣고 나서야 이해했다.

"릴리에게 주의를 줘야겠네요."

"케이시 경이 적당히 쳐내 주겠지만 본인도 조심은 해야 할 겁니다."

다니엘이라면 못 가게 했을 것이다. 하지만 릴리는 그의 딸이 아니고 릴리가 많은 사람과 상황을 겪어 봐야 한다는 밀드레드의 방침을 이해했다. 그녀를 존중하기도 했고.

릴리를 귀찮게 구는 남자 때문에 밀드레드가 골치 아파하면 나라 밖으로 쫓아내면 된다. 다니엘은 그렇게 생각하며 빙그레 웃었다. 그는 이미 밀드레드를 위해 그렇게 한 적이 있다. 그녀는 모르지만.

"마님."

그때 짐이 서재 문을 두드리며 밀드레드를 불렀다. 다니엘과 나란히 서서 이야기를 나누던 밀드레드는 재빨리 몸을 돌려 문을 열었다. 다니엘은 붙어 있던 그녀가 사라지자 아쉬움을 느꼈지만 아무 말도 하지 않았다.

"케이시 후작가에서 초대장이 왔습니다."

"고마워요."

후작 부인이 조만간 아이들을 초대하겠다고 했었다. 밀드레드가 초대장을 받아 드는 사이 다니엘이 책상에서 페이퍼 나이프를 가져와 그녀에게 내밀었다.

"고마워요."

밀드레드는 그에게 페이퍼 나이프를 받아 초대장을 뜯었다. 내용은 간결했다. 전에 식사를 대접해 줘서 고맙다는 인사와 그녀도 반스가의 사람들을 초대해서 간단한 식사를 대접하고 싶다는 내용이었다.

"흠?"

밀드레드의 눈썹이 올라갔다. 식사 자체는 나쁘지 않았다. 문제는 장소와 날짜였다. 그녀는 다니엘에게 초대장을 보여 주며 물었다.

"케이시 후작가의 교외 별장이 어디에 있는 건지 알아요?"

안다. 하지만 다니엘은 대답하지 않고 밀드레드가 내미는 초대장을 재빨리 훑었다. 반스가의 모든 사람들을 초대하고 있었다. 심지어 월포드 남작도 와 주면 고맙겠다고 말하고 있었다.

장소는 케이시 후작가의 교외 별장.

"날짜가 문제군요."

다니엘의 지적에 밀드레드는 고개를 끄덕였다. 아이리스가 성에 가야 하는 날짜와 겹친다. 정확히 말하면 아이리스가 성에 가는 날짜보다 이틀 빠른 날짜였다.

"일부러 이런 걸까요?"

밀드레드의 말에 다니엘은 피식 웃으며 어깨를 으쓱였다. 케이시 후작가의 교외 별장은 여기서 마차로 반나절은 달려야 한다.

아침에 출발하면 점심시간이 훌쩍 지나서 도착할 것이다. 간단한 식사라고 해도 거기까지 갔으니 저녁을 먹어야 할 테고 돌아오는 것은 빨라야 이튿날 오후가 되겠지.

그 이튿날이 아이리스가 입궁하는 날이다. 왕자비 후보들은 아침부터 입궁해서 왕궁을 안내받고 왕자와 점심 식사를 하도록 되어 있다.

그리고 저녁때는 왕자비 후보의 가족들도 입궁해서 국왕 부부와 함께 저녁 식사를 할 예정이었다.

시간이 애매해진다. 케이시가의 교외 별장에서 하룻밤 머물고 온다 해도 다른 가족들은 이튿날 저녁에나 입궁할 테지만 아이리스는 아침부터 준비해서 입궁해야 하니 곤란하다.

무리하면 그녀도 케이시 후작가의 별장에 다녀올 수 있지만 혹시라도 피곤해서 국왕 앞에서 하품이라도 하면 창피한 건 둘째치고 무례한 행동이 된다.

"릴리만 초대하고 싶다는 말이네요."

"귀족답죠."

다니엘의 가벼운 빈정거림에 밀드레드는 쓰게 웃었다. 후작 부인의 초대를 반스가에서 거절할 수 있을 리가 없다. 그러니 제네비브가 노린 것은 릴리만 오거나 릴리와 애슐리 둘이 오는 것이다.

아이리스가 가지 않는다면 밀드레드도 딸을 보살피기 위해 남아 있어야 할 테니까.

곤란하다. 밀드레드는 초대장을 들여다보며 미간을 찡그렸다. 후작 부인의 초대를 거절할 수도 없고 누가 봐도 릴리와 이야기하려는 목적이 다분한 초대에 릴리를 보내고 싶지도 않았다.

"역시 차를 만들었어야 했어."

밀드레드의 한숨에 다니엘이 한쪽 눈썹을 들어 올렸다. 그녀는 허리에 손을 얹으며 말했다.

"마차보다 빠른 건데, 생각해 보니 차가 어떻게 움직이는지를 모르니 소용이 없네요."

"갔다 오실 겁니까?"

"그래야죠. 후작 부인의 초대잖아요. 릴리만 보내고 싶지 않아서 문제인 거고요."

"다 함께 가면 되는 겁니까?"

"아이리스가 이튿날 입궁하는 데 체력적으로도 무리가 없어야죠."

다니엘은 물끄러미 밀드레드를 쳐다보면서 자신의 턱을 쓰다듬다가 말했다.

"방법이 있긴 합니다만."

"있어요?"

"지난번 온실 사건 때 제힘으로 이동을 했잖습니까."

무슨 말을 하는지 알겠다. 다니엘의 말에 밀드레드가 고개를 끄덕였다. 그는 조심스럽게 물었다.

"아이들이 멀미를 견딜 수 있을까요?"

얼마나 됐더라? 서너 시간 정도 지속됐던 것 같다. 그녀가 그 정도였으니 젊은 아이리스는 좀 더 짧을지도 모른다. 밀드레드는 반색하며 물었다.

"해 줄 수 있어요?"

"할 수는 있는데 대가가 필요합니다."

"뭔데요?"

밀드레드의 질문에 다니엘의 얼굴에 미소가 떠올랐다. 어딘지 모르게 장난꾸러기 소년 같은 미소에 밀드레드의 눈이 커졌다. 그는 그녀의 허리를 잡으며 말했다.

"키스해 주세요. 아이들 숫자만큼."

맙소사. 밀드레드는 어이가 없어서 키득대고 웃었다. 그리고 그의 가슴에 손을 얹으며 물었다.

"대가예요, 욕심이에요?"

"대가죠. 요정이 타인을 위해 힘을 쓰는 데는 거기에 상응하는 대가가 필요한 법이거든요."

"그 대가가 고작 키스여도 되는 거예요?"

하하하. 다니엘은 밀드레드의 몸을 잡아당기며 소리 내어 웃었다. 고작 키스라니. 그는 그녀의 이마에 자신의 이마를 대고 나직하게 속삭였다.

"밀, 당신의 키스를 받기 위해서라면 난 별도 따올 수 있어요. 그건 절대 고작이 아니죠."

밀드레드의 눈이 커졌다. 하지만 곧 그녀의 눈동자가 부드럽게 휘었다. 밀드레드는 손을 들어 다니엘의 뺨을 감싸고 입을 맞췄다. 우선 천천히 부드럽게.

* * *

"월포드 남작님이 요정이라는 거 알았어?"

이튿날, 케이시 후작가의 교외 별장에 어떻게 다녀올 건지 밀드레드에게 이야기를 들은 아이리스의 얼굴이 하얗게 굳었다. 그녀는 밀드레드가 비누를 확인하기 위해 세탁실로 향하자 릴리를 붙잡고 물었다.

"어, 음. 뭐. 눈치로는."

"알았다고?"

릴리의 떨떠름한 태도에 놀란 건 아이리스만이 아니었다. 애슐리 역시 깜짝 놀라서 릴리를 쳐다봤다. 졸지에 이젤 앞에 앉아 있던 릴리는 강제로 붓을 놓는 수밖에 없었다.

어휴. 그녀는 한숨을 내쉬고 입을 열었다.

"가끔 이야기하실 때 그게 가능한가? 싶은 이야기를 하실 때가 있거든. 그림을 보려고 하멜에 갔다고 하셨는데 이튿날 수도에 도착했다거나 하는 거."

하멜에서 수도까지 하루 만에 말을 달리는 건 불가능하다. 먹지도 자지도 않고 달리면 가능할지도 모르지만 다니엘이 그렇게 위험하게 달릴 리도 없으니 릴리도 이상하다고 생각한 것이다.

그녀의 이야기를 들은 아이리스와 애슐리의 시선이 부딪쳤다. 다니엘과 가장 많은 시간을 보내는 건 세 사람의 어머니인 밀드레드를 제외하면 릴리다. 그녀는 다니엘에게 그림 수업을 받고 있으니 당연했다.

"그리고 가끔 요정에 대해 잘 아시는 것처럼 이야기하시더라고."

"세상에."

아이리스는 어이가 없어서 이마에 손을 짚었다. 생각도 못 했다. 그냥 엄청 부유하고 잘생긴 남자라고만 생각했다. 그 모습을 본 릴리는 그녀가 아는 또 다른 정보는 절대 말하지 않기로 했다.

다니엘이 뒷골목을 꽉 잡고 있다는 것. 이건 필립 케이시 경에게 들었다. 그도 구체적으로 그렇게 말한 건 아니고 그녀가 그림 도구를 파는 거리에 가고 싶다고 말하자 윌포드 남작과 함께 가라고 말했을 뿐이다.

릴리가 자신도 돈이 있으니 그녀의 돈으로 살 거라고 대답하자 필립이 이렇게 대답했다.

─ 돈이 문제가 아니라 그 거리 근방이 좀 위험하거든. 윌포드 남작이 그쪽을 잘 알고 있으니 한 번쯤은 같이 가서 자네가 그와 친분이 있다는 것을 알리면 좋을 거야.

보통 위험한 거리에 부유한 사람과 함께 가서 그와의 친분을 알리는 게 좋은 일일 리가 없다. 릴리도 부유하다고 생각해서 해코지하려 할 게 뻔하기 때문이다.

하지만 필립은 다니엘과 친분이 있다는 것을 알리는 게 좋다고 말했다. 그 말은 그 거리가 다니엘과 친분이 있는 사람은 건들지 않는 분위기라는 뜻이고, 결국 다니엘이 꽉 잡고 있다는 말이다.

하지만 이것까지 아이리스와 애슐리에게 이야기할 필요는 없을 것 같다. 괜히 자매들이 남작님에게 겁이라도 먹으면 안 되니까.

"호, 혹시 어머니가 남작님을 좋아하시는 게 남작님이 어머니께 이상한 마법을 부려서인 건 아니겠지?"

애슐리의 말에 아이리스와 릴리의 시선이 마주쳤다. 그쪽으로는 전혀 생각도 안 해 봤다. 잠시 어색한 침묵이 흘렀다가 릴리가 먼저 웃음을 터트리며 말했다.

"에이, 말도 안 돼!"

"하지만 이야기 속에서 나쁜 요정들이 막, 잘생긴 남자를 유혹하고 그랬잖아."

"일단 윌포드 남작님은 나쁜 요정이 아니고. 어머니는 잘생긴 남자가 아니거든?"

릴리의 반박에 애슐리가 입을 다물었다. 하지만 아이리스는 아니었다. 그녀는 굳은 표정으로 곰곰이 생각하다가 말했다.

"반대라면 말이 되지. 여자 요정이 잘생긴 남자를 유혹하는 것처럼 남자 요정이 잘생긴 여자를 유혹한다거나."

"아이리스!"

순식간에 다시 분위기가 어두워졌다. 릴리는 생각도 못 한 발언에 아이리스를 향해 고함을 질렀다가 입을 다물었다.

그럴 리 없다. 그녀가 아는 윌포드 남작님은 좀 무서운 구석이 있고 어딘지 모르게 사람을 밀어내는 경향이 있으며 간혹 싸한 모습을 보이긴 하지만 어머니를 좋아한다.

하지만 그 모든 게 이야기 속의 사악한 요정의 모습이 아니던가.

"꼭 어머니가 남작님의 유혹에서 빠져나와야 할까?"

릴리의 질문에 다시 조용해졌다. 윌포드 남작님은 어머니에게 너무 잘해 주고 있다. 세 사람 다, 그가 어머니를 위해서라면 뭐든 한다는 것을 알았다.

그렇다면 그냥 그대로 두는 게 낫지 않을까.

그때 아이리스가 물었다.

"요정한테 유혹당한 사람은 어떻게 되는데?"

"어, 요정이 요정의 나라로 데려간다고 하던데."

세 아이들의 눈이 마주쳤다. 어머니를 요정의 나라로 데려간다고? 절대 안 된다. 애슐리는 후다닥 일어나 서재로 달려갔다. 그 뒤로 아이리스와 릴리가 따랐다.

"누가 뛰는 거니!"

세탁실에서 막 나오던 밀드레드가 소리쳤지만 아이들은 지금 그게 중요한 게 아니었다. 제일 먼저 애슐리가 민담집을 꺼내 요정이 나오는 부분을 마구 뒤지기 시작했다.

그 뒤를 아이리스와 릴리가 따랐다.

"은으로 만든 검으로 찌르래!"

애슐리의 외침에 릴리가 냉정하게 물었다.

"여기서 남작님 찌를 능력 되는 사람?"

없다. 시무룩한 표정으로 애슐리가 다시 책을 뒤지기 시작하자 이번에는 아이리스가 말했다.

"선물을 주래."

"선물을 주면 마법이 풀리는 거야?"

"음, 요정이 사라진다니까 마법이 풀리지 않을까?"

"남작님이 사라지면 안 되지!"

릴리의 지적에 아이리스와 애슐리의 시선이 부딪쳤다. 그건 그렇다. 남작님이 사라진다면 어머니께서 슬퍼하실 거다.

하지만 아이리스의 머릿속에 한 가지 의문이 떠올랐다.

"어차피 어머니가 남작님의 유혹에 빠진 거라면, 남작님이 사라져도 상관없는 거 아냐?"

"아닐 수도 있잖아."

그것도 그러네. 다시 서재에 침묵이 찾아왔다.

잠시 후, 이번 침묵을 깬 건 애슐리였다.

"그럼 남작님한테 뭔가를 하려고 하면 안 되는 거 아냐?"

"아아악!"

애슐리의 질문을 들은 릴리가 머리를 감싸며 고함을 질렀다. 엄마야. 깜짝 놀라 일어나는 애슐리와 마찬가지로 놀라서 눈을 부릅뜨는 아이리스 앞에서 그녀는 머리카락을 헤집으며 말했다.

"난 이런 답 없는 게 제일 싫어! 그냥 남작님한테 물어볼래!"

뭐라고? 아이리스와 애슐리는 그대로 벌떡 일어나 서재 밖으로 나가는 릴리를 멍하니 쳐다보다가 허겁지겁 뒤따르기 시작했다.

"릴리, 남작님이 물어본다고 대답해 주실까?"

아이리스의 질문에 릴리는 이 층 계단을 성큼성큼 오르며 퉁명스럽게 대답했다.

"그건 물어봐야 알지."

그건 그렇긴 한데. 아이리스와 애슐리의 시선이 부딪쳤다. 이번에는 애슐리가 물었다.

"그랬다가 어머니를 데려가면 어떻게 해?"

"데려가지 말아 달라고 해야지."

릴리의 말에 아이리스가 어이없다는 표정을 지었다. 요정이 데려가지 말아 달란다고 '그래.' 하고 안 데려갈 리가 없다.

애슐리 역시 아이리스와 같은 생각을 했다. 만약 남작님이 꼭 누군가를 데려가야 한다고 하면 차라리 자신을 데려가라고 하면 어떨까. 애슐리의 표정이 결연하게 굳었다.

"남작님."

아이리스와 릴리가 각자의 생각으로 바쁜 사이, 릴리는 다니엘의 작업실 문을 두드리고 있었다.

와 버렸어. 아이리스가 긴장된 표정으로 애슐리를 돌아봤다. 릴리 역시 긴장된 표정을 짓고 있었다. 곧이어 안에서 다니엘의 목소리가 들려왔다.

"들어와."

다니엘은 여전히 책상 앞에 앉아서 고개도 들지 않은 채였다. 이런 모습은 익숙하다. 릴리는 안으로 들어가며 조심스럽게 물었다.

"뭐 좀 여쭤봐도 돼요?"

그제야 다니엘이 고개를 들고 안경을 벗었다. 그 얼굴을 본 릴리의 머릿속에 과연 그가 어머니를 요정의 힘을 사용해 유혹했을까 하는 생각이 들었다.

그냥 저 얼굴로 충분한 거 아닌가?

"남작님이 요정이라고 들었거든요."

"누구에게?"

"어머니께요."

"맞아."

누구에게 들은 거냐고 물어볼 때까지만 해도 험악했던 다니엘의 분위기가 밀드레드에게 들었다는 말을 듣자마자 바로 풀어졌다.

그 모습을 본 아이리스와 애슐리의 시선이 다시 부딪쳤다. 이래서 다니엘에게 직접 묻고 싶지 않았던 거다. 그가 밀드레드에게 푹 빠져 있다는 것을 알고 있으니까.

다니엘이 어머니를 사랑하고 어머니가 그를 사랑한다면 그걸로 충분하다. 세 사람은 바로 곁에서 다니엘이 그들의 어머니에게 얼마나 잘해 줬는지 봤다.

그렇다면 그냥 그대로 두고 싶다. 그동안 아이들을 키우느라 고생한 어머니가 행복하다면 축하해 주고 싶다.

문제는 다니엘이 어머니를 데리고 요정의 나라로 갈지도 모른다는 거지만.

"이야기 속에서 요정이 미남을 유혹해서 자신의 나라로 데려가잖아요."

릴리의 말에 다니엘이 한쪽 눈썹을 들어 올렸다. '그런데?'라는 그의 태도에 아이리스와 애슐리는 저도 모르게 서로의 손을 잡았다.

"어머니를 요정의 나라로 데려가실 생각은 아니시죠?"

"아."

그제야 다니엘은 아이들이 긴장한 표정을 하고 자신을 찾아온 이유를 깨달았다. 허. 아닌 척했지만 그도 살짝 긴장하고 있었던 탓에 다니엘의 얼굴에 김빠진 표정이 떠올랐다.

그가 요정이라서 밀드레드와의 사이를 반대할지도 모른다고 생각했다. 아이들의 반대 따위는 무시하면 되지만 밀드레드는 아니다. 그녀는 아이들이 두 사람의 관계를 반대하면 곤란해할 것이다.

"아닌데."

다니엘은 긴장이 풀린 나머지 의자에 몸을 기대며 말했다. 하지만 표정과 말투는 여전히 덤덤했기 때문에 아이들은 그가 긴장했다는 것도, 긴장이 풀렸다는 것도 눈치채지 못했다.

"저, 그럼…… 어머니를 유혹하신 것도 아니에요?"

분위기가 조금 누그러지자 애슐리가 용기를 내서 나섰다. 유혹이라고? 다니엘은 한쪽 눈썹을 들어 올리고 애슐리를 쳐다봤다. 그 표정만으로 애슐리의 용기가 푸쉬식 가라앉았다.

"유혹한 건 맞는데."

했다. 상당히. 그가 살면서 이 정도로 열성적으로 누군가를 유혹한 적이 있을까 싶을 정도로. 아니, 생각해 보니 다니엘은 누군가를 유혹해 본 적이 처음이었다.

그는 그냥 서 있기만 해도 사람들이 다가왔다. 그걸 밀어내면 밀어냈지 오히려 자신을 남자로 보지 않는 여성에게 남자로 보이기 위해 노력한 건 처음이다.

"요정의 힘으로요?"

다니엘의 말을 잘못 이해한 아이들이 깜짝 놀라서 물었다.

뭐? 다니엘은 아이들의 질문에 눈살을 찌푸렸다가 곧 그들이 뭘 묻는 건지 확실히 이해했다. 아하. 그는 아이들이 자신이 요정의 힘을 이용해서 밀드레드를 유혹했다고 생각하는 것을 웃어야 할지 불쾌해해야 할지 망설이다가 물었다.

"내가 누군가를 유혹하는 데 마법까지 필요한 사람으로 보이나?"

순식간에 작업실 안에 침묵이 내려앉았다. 릴리는 거 보라는 표정을 지었고 아이리스와 애슐리는 눈동자를 굴렸다.

다니엘은 어이가 없어서 한숨을 내쉬다가 손을 저으며 말했다.

"다 물어봤으면 나가도 좋아."

말이 나가도 좋다지 그냥 축객령이다. 아이리스의 얼굴이 부끄러움으로 달아올랐다. 어머니 생각에 무례를 저질렀다.

"죄송해요, 남작님. 남작님께 무례하게 굴려던 건 아니었어요. 어머니가 걱정돼서……."

아이리스의 사과에 다시 안경을 쓴 다니엘이 피식 웃었다. 그는 손에 들었던 조각을 내려놓으며 말했다.

"난 너희 어머니가 원하지 않는 일은 아무것도 하지 않을 거야."

"결혼도요?"

불쑥 애슐리가 물었다. 다시 공간이 얼어붙었다. 아이리스는 저도 모르게 소리쳤다.

"애슐리!"

괜찮다. 다니엘은 아이리스에게 손을 들어 괜찮다는 표시를 해 보였다. 애슐리의 말이 맞다. 그는 그게 뭐든 밀드레드가 원하지 않으면 아무것도 할 생각이 없다.

밀드레드는 이미 두 번이나 결혼을 해 봤고 아이도 셋이나 있다. 이 시점에서 그녀가 결혼으로 얻을 수 있는 이점은 남편의 보호 정도지만, 다니엘은 밀드레드가 그걸 그리 필요하다고 생각하지 않는다는 것을 알았다.

아이리스가 왕비가 된다면 그와의 결혼을 생각할지도 모르지. 아이리스를 위해서. 하지만 다니엘은 밀드레드가 원해서 그와의 결혼을 생각하길 바라지, 상황이나 입장 때문에 결혼하기를 원하지 않았다.

"너희는 어때."

다니엘은 대답 대신 반대로 질문했다. 그는 그의 질문이 무슨 소린지 알아듣지 못하는 애슐리를 쳐다보며 다시 물었다.

"내가 너희 어머니와 결혼해도 될까?"

"저희는 상관없죠. 남작님과 결혼하는 건 어머니니까요."

릴리가 대답했다. 하지만 다니엘은 애슐리가 입술을 깨무는 것을 알아차렸다. 애슐리도 릴리의 말이 맞다고 생각한다.

어머니가 월포드 남작과 결혼할지 말지는 어머니가 정할 일이다. 하지만 그건 어머니가 어디서 무엇을 해도 혈연이라는 두꺼운 줄로 묶인 아이리스나 릴리니까 할 수 있는 말이다.

다니엘은 애슐리가 무엇을 가장 불안해하는지 알고 있었다. 그리고 밀드레드가 그걸 걱정한다는 것도.

"애슐리, 내가 네 어머니와 결혼한다면 아마 이 집에 들어와서 살게 될 거야. 어쩌면 네 어머니가 내 집으로 올 수도 있지만 난 이 집이 꽤 마음에 들거든."

둥근 지붕 저택은 시내에서 꽤 떨어져 있고 주변이 정원과 들판이라 누가 접근하는지 볼 수 있어서 좋았다. 다니엘은 이 집이 낡았다는 부분까지도 마음에 들었다.

많은 방. 높은 천장. 넓은 계단. 좁은 창문을 보완하기 위한 선룸과 온실.

좁은 창문은 그가 고치면 된다. 밀드레드와 결혼한다면.

다니엘은 밀드레드와의 결혼을 생각하자 기분이 좋아져서 빙그레 웃었다. 그는 자신의 미소에 어리둥절해하는 아이들에게 물었다.

"그때 내가 네 어머니의 남편으로 너희들과 같이 살아도 될까?"

이미 살고 있잖아? 아이리스와 릴리의 머릿속에 제일 먼저 떠오른 생각은 그거였다. 하지만 애슐리는 아니었다. 그녀의 얼굴이 일그러졌다.

어머니가 늘 그녀와 함께 살 거라고, 아버지와 상관없이 그녀는 자신의 딸이라고 말해 줬지만 그건 어머니의 생각일 뿐이다. 애슐리는 윌포드 남작님이 그녀를 귀찮아할 수도 있다고, 설령 그렇다고 해도 그건 어쩔 수 없는 일이라고 생각했다.

만약 윌포드 남작님이 어머니와 결혼한다면 두 사람은 신혼일 테고 그 사이에 아무도 없기를 바랄 테니까. 애슐리는 어쩌면 윌포드 남작님이 그녀를 빨리 어디론가 결혼시키려 할지도 모른다고 생각했다.

그래서 애슐리는 자신도 함께 살아도 되냐는 다니엘의 질문에 감동했다.

"꼭 같이 살아야 해요? 전 언젠가 혼자 살아 보고 싶거든요."

애슐리가 감동받은 나머지 남몰래 눈물을 훔치는 사이 릴리가 물었다. 윌포드 남작님이 어머니와 함께 살아 준다면 그녀는 잘된 일이다. 어머니를 남작님께 맡기고 집을 얻어서 혼자 살 수도 있을 테니까.

다니엘은 훌쩍이는 애슐리를 모른 척하며 릴리에게 말했다.

"네 어머니가 허락하신다면."

어머니께선 허락 안 해 주실 것 같은데. 릴리가 혼자 심각해진 사이 아이리스는 애슐리의 손을 잡았다. 다니엘은 확인하던 조각을 다시 집어 들며 말했다.

"대답이 됐다면 나가도 좋아."

대답이 됐다. 아이들은 우르르 밖으로 나갔다.

"왜 울어?"

복도에 나와서야 애슐리가 훌쩍이는 것을 알아차린 릴리가 물었다.

모르겠다. 애슐리는 훌쩍이면서 고개를 저었다. 언젠가 이 집에서 떠나야 한다고 생각했다. 평생 여기서 살 수 있을 거라는 기대조차 해 본 적이 없었다.

아이리스나 릴리처럼 떠나도 다시 돌아올 수 있다는 확신이 없었다. 늘 그녀가 집을 구성하는 가족의 일원이 아니라 덤처럼 느껴졌었다.

한번 떨어져 나가면 다시 붙을 수 없는.

〈다음 권에서 계속〉